Aus Freude am Lesen

Sonnensturm

Winter in Nordschweden: Zwischen Schnee und Eis und ewiger Nacht geschieht ein schreckliches Verbrechen: Viktor Strändgard liegt tot in der Kirche vor dem Altar, brutal ermordet. Die hochschwangere Kriminalinspektorin Anna-Maria Mella nimmt die Ermittlungen auf. Und auch die Anwältin Rebecka Martinsson, eine alte Freundin des Toten, kehrt kurz entschlossen in ihre Heimat zurück, um Viktors Schwester beizustehen. Sie ahnt nicht, dass auch ihr die Vergangenheit gefährlich werden kann ...

Weiße Nacht

Mord in der Mittsommernacht: Eine Pastorin wird tot in der Kirche von Kiruna aufgefunden. Sie wurde erschlagen und dann unter der Kirchenorgel aufgehängt. Verdächtige gibt es viele, denn ihr radikales Engagement für Frauen in Not war einigen Männern ein Dorn im Auge. Ein ausreichendes Motiv für ein grausames Verbrechen? Rebecka Martinsson wird schneller in den Fall hineingezogen, als ihr lieb ist ...

Autorin

Åsa Larsson wurde 1966 in Kiruna geboren. Sie arbeitete lange Jahre als Steueranwältin. Die Kriminalromane »Sonnensturm« und »Weiße Nacht« standen beide monatelang auf den schwedischen Bestsellerlisten und wurden jeweils mit dem Schwedischen Krimipreis ausgezeichnet. Larsson lebt mit ihrer Familie südlich von Stockholm.

Åsa Larsson bei btb

Sonnensturm. Roman (73600)
Weiße Nacht. Roman (73641)
Der schwarze Steg. Roman (73862)
Bis dein Zorn sich legt. Roman (74086)

Åsa Larsson

Sonnensturm
Weiße Nacht

Zwei Romane in einem Band

btb

Die schwedische Originalausgabe von »Sonnensturm« erschien 2003
unter dem Titel »Solstorm«, die schwedische Originalausgabe von
»Weiße Nacht« erschien 2004 unter dem Titel »Det blod som spillts«,
beide bei Albert Bonniers Förlag Stockholm.

Verlagsgruppe Random House FSC-DEU-0100
Das für dieses Buch verwendete FSC®-zertifizierte Papier
München Super liefert Mochenwangen.

7. Auflage
Taschenbuch-Sonderausgabe Juli 2009
btb Verlag in der Verlagsgruppe Random House GmbH, München
Sonnensturm
Copyright © 2003 by Åsa Larsson
Copyright © der deutschsprachigen Ausgabe 2005 by C. Bertelsmann
Verlag in der Verlagsgruppe Random House GmbH, München
Weiße Nacht
Copyright © 2004 by Åsa Larsson
Copyright © der deutschsprachigen Ausgabe 2006 by C. Bertelsmann
Verlag in der Verlagsgruppe Random House GmbH, München
Published in German language by arrangement with Bonnier Group
Agency, Stockholm, Sweden.
Umschlaggestaltung: semper smile, München
Umschlagfoto: © Jesco Denzel / buchcover.com
Satz: Uhl + Massopust, Aalen
Druck und Einband: CPI – Clausen & Bosse, Leck
UB · Herstellung: SK
Printed in Germany
ISBN 978-3-442-73925-7

www.btb-verlag.de

Sonnensturm

*Aus dem Schwedischen
von Gabriele Haefs*

Hinter meiner Stirn
wächst es wie ein Baum des Zorns,
mit rotem, blitzendem Laub, blauem Laub, weißem!
Wie ein Baum,
der noch immer im Wind bebt.

Und ich werde
dein Haus zerstören, und nichts
soll mir fremd sein,
nicht einmal
das Menschliche.

Wie ein Baum, der sich von
innen einen Ausweg bricht
und das Haus
des Schädels zerschlägt.

Und leuchtet
wie eine Laterne in den Wald,
in die Finsternis.

Göran Sonnevi

Und es ward Abend, und es ward Morgen, das war der erste Tag.

DASS ER STIRBT, passiert Viktor Strandgård durchaus nicht zum ersten Mal. Er liegt in der Kirche der Kraftquelle auf dem Rücken und schaut durch die riesigen Dachfenster hoch droben. Nichts scheint ihn von dem düsteren Winterhimmel über ihm zu trennen.

Näher als jetzt kann man gar nicht kommen, denkt er. Wenn man die Kirche auf dem Felsen am Ende der Welt erreicht hat, dann ist der Himmel so nah, dass man fast die Hand ausstrecken und ihn berühren kann.

Das Nordlicht schlängelt sich wie ein Lindwurm durch die Nacht. Sterne und Planeten müssen ihm weichen, diesem gewaltigen Wunder aus funkelndem Licht, das sich gelassen seinen Weg durch das Himmelsgewölbe bahnt.

Viktor Strandgård folgt dieser Wanderung mit seinen Augen.

Ob es wohl singt, überlegt er. Wie ein einsamer Wal unter dem Himmel?

Und als hätten seine Gedanken es erreicht, hält das Nordlicht für eine Sekunde inne. Unterbricht seine unaufhaltsame Reise. Betrachtet Viktor Strandgård aus kalten Winteraugen. Denn er ist wahrlich schön wie eine Ikone, wie er so daliegt. Das dunkle Blut wie ein Heiligenschein um seine langen blonden Luciahaare. Jetzt spürt er seine Beine nicht mehr. Er ist unendlich müde. Er hat keine Schmerzen.

Seltsamerweise denkt er an seinen ersten Tod, während er hier liegt und dem Lindwurm ins Auge schaut. Damals fuhr er im Spätwinter auf dem Rad den langen Hang auf die Kreuzung von Adolf Hedinsvägen und Hjalmar Lundbohmsvägen zu.

Fröhlich und fromm und mit der Gitarre auf dem Rücken. Er weiß noch, wie sein Rad hilflos über das Eis glitt, als er zu bremsen versuchte. Wie er sie von rechts kommen sah, die Frau in dem roten Fiat Uno. Wie sie einen Blick tauschten, wie beide im Auge des Gegenübers die Erkenntnis registrierten, jetzt beginnt sie, die eisige Rutschfahrt in den Tod.

Mit diesem Bild vor Augen stirbt Viktor Strandgård zum zweiten Mal in seinem Leben. Schritte nähern sich, aber die hört er nicht. Seine Augen brauchen das funkelnde Messer nicht einmal zu sehen. Wie eine leere Schale liegt sein Körper auf dem Kirchenboden und wird durchbohrt. Wieder und wieder. Und der Lindwurm nimmt gelassen seine Wanderung über das Himmelsgewölbe wieder auf.

Montag, 17. Februar

REBECKA MARTINSSON wurde von ihrem Keuchen geweckt, als die Unruhe ihren Körper erfasste. Sie riss in der Dunkelheit die Augen auf. Genau an der Grenze zwischen Traum und Wachen hatte sie das deutliche Gefühl, dass da jemand in ihrer Wohnung war. Sie blieb ganz still liegen und lauschte, aber sie hörte nur ihr eigenes Herz, das wie ein verängstigter Hase durch ihre Brust zu jagen schien. Ihre Finger tasteten nach dem Wecker auf dem Nachttisch und fanden den kleinen Leuchtknopf. Viertel vor vier. Vier Stunden zuvor war sie schlafen gegangen, und nun war sie bereits zum zweiten Mal aufgewacht.

Das liegt an der Arbeit, dachte sie. Ich arbeite zu viel. Und deshalb kommen meine Gedanken nachts ebenso wenig zur Ruhe wie ein Hamster in einem ungeölten Laufrad.

Ihr Kopf und ihr Nacken taten weh. Offenbar hatte sie im Schlaf mit den Zähnen geknirscht. Da konnte sie auch gleich aufstehen. Sie wickelte sich in ihre Decke und ging in die Küche. Ihre Füße fanden den Weg auch im Dunkeln, deshalb brauchte sie kein Licht. Sie schaltete Kaffeemaschine und Radio ein. Immer wieder erklang das Pausensignal, wie ein tonloser Gebetsruf, während das Wasser in den Filter tropfte und sie duschte.

Ihre langen Haare mussten von selbst trocknen. Sie trank Kaffee und zog sich gleichzeitig an. Während des Wochenendes hatte sie ihre Garderobe für die kommende Woche gebügelt und in den Schrank gehängt. Jetzt war Montag. Auf dem Montagskleiderbügel hingen eine kreideweiße Bluse und ein marineblaues Kostüm von Marella. Sie schnupperte an ihren Strümpfen vom Vortag, die mussten noch einen Tag halten. Sie beulten am Spann ein wenig aus, aber wenn sie sie straff zog und unter ihren Fuß stopfte, fiel das nicht weiter auf. Sie durfte eben tagsüber ihre Schuhe nicht abstreifen. Aber das war nicht wichtig. Um Unterwäsche und Strümpfe könnte sie sich noch Gedanken genug machen, wenn die Möglichkeit bestand, dass jemand ihr beim Ausziehen zusehen würde. Ihre Unterwäsche war verwaschen und grau.

Eine Stunde später saß sie in ihrem Büro am Computer. Der Text plätscherte wie ein Gebirgsbach durch ihren Kopf, durch ihre Arme und bis hinaus in ihre über die Tastatur jagenden Finger. Bei der Arbeit fand sie Ruhe. Ihr Unbehagen von vorhin war wie weggeblasen.

Das ist schon seltsam, dachte sie. Die ganze Zeit jammere ich mit den Kollegen darüber, wie schrecklich die Arbeit doch ist. Aber wenn ich arbeite, komme ich zur Ruhe. Finde fast eine Art Freude. Wenn ich dagegen nicht arbeite, dann überkommt mich die Unruhe.

Das Licht der Straßenlaternen bahnte sich mühsam einen Weg durch die großen, vielfach unterteilten Fenster. Noch immer waren im Klangbild von draußen einzelne Autos zu unterscheiden, aber schon bald würde die Straße sich in ein dumpfes Verkehrsdröhnen verwandeln. Rebecka ließ sich in ihrem Schreibtischsessel zurücksinken und begann mit dem Ausdrucken. Im dunklen Gang draußen erwachte der Drucker zum Leben und machte sich an den ersten Auftrag des Tages. Dann fiel die Tür bei der Rezeption ins Schloss. Rebecka seufzte und schaute auf die Uhr. Zehn vor sechs. Ihre Einsamkeit hatte ein Ende.

Sie konnte nicht hören, wer da gekommen war. Die weichen Teppiche auf dem Gang dämpften alle Schritte, aber nach einer Weile wurde die Tür zu ihrem Zimmer geöffnet.

»Darf man stören?«

Es war Maria Taube. Sie stieß die Tür mit der Hüfte auf, denn sie hielt in jeder Hand eine Kaffeetasse. Rebeckas Computerausdruck klemmte unter ihrem rechten Arm.

Beide Frauen arbeiteten als frischgebackene Anwältinnen mit Spezialgebiet Steuerrecht in der Kanzlei Meijer & Ditzinger. Die Kanzlei lag im Obergeschoss eines schönen Jugendstilgebäudes in der Birger Jarlsgatan. Der Flur war von semi-antiken Perserteppichen bedeckt, und an einigen Stellen standen gediegene Sofas und bequeme Sessel aus altem Leder. Alles strahlte Erfahrung, Einfluss, Geld und Kompetenz aus. Es war ein Büro, das den Mandanten das Gefühl gab, sich hier in sicherer Obhut zu befinden und sorgsam betreut zu werden.

»Wenn man stirbt, wird man so müde sein, dass man sich wünscht, es gäbe kein Leben nach dem Tod«, sagte Maria und stellte eine Tasse auf Rebeckas Schreibtisch. »Aber das gilt natürlich nicht für dich, Maggie Thatcher. Wann bist du heute gekommen? Oder bist du gar nicht erst zu Hause gewesen?«

Sie hatten beide den Sonntagabend im Büro verbracht. Maria war als Erste nach Hause gegangen.

»Ich bin erst seit ein paar Minuten hier«, log Rebecka und nahm Maria den Ausdruck ab.

Maria ließ sich in den Besuchersessel sinken, streifte ihre viel zu teuren Lederschuhe ab und zog die Beine hoch.

»Was für ein Wetter«, sagte sie.

Rebecka schaute überrascht aus dem Fenster. Regen hämmerte gegen die Fensterscheibe. Ihr war das noch gar nicht aufgefallen. Doch dann fiel ihr ein, dass es schon geregnet hatte, als sie ins Büro gekommen war. Aber sie wusste nicht mehr, ob sie zu Fuß gekommen war oder die U-Bahn genommen hatte. Ihr Blick haftete wie hypnotisiert an dem Wasser, das gegen das Fenster prasselte und daran hinunterlief.

Stockholmer Winter, dachte sie. Kein Wunder, dass man sein Bewusstsein ausschaltet, wenn man das Haus verlässt. Zu Hause ist das anders. Mit mittwinterblauem Dämmerlicht und knisterndem Schnee. Oder im späten Winter. Wenn man auf Skiern von Omas Haus in Kurravaara am Fluss entlang zur Hütte in Jiekajärvi gelaufen ist und dann eine Pause macht und sich auf den ersten schneefreien Fleck unter einer Tanne setzt. Die Baumrinde, die in der Sonne kupferrot aufglüht. Der Schnee seufzt vor Erschöpfung, wenn er in der Wärme in sich zusammensinkt. Kaffee, Apfelsinen und belegte Brote im Rucksack.

Marias Stimme holte sie aus diesen Erinnerungen. Rebeckas Gedanken wehrten sich und wollten weiter ihren Gang gehen, aber sie riss sich zusammen und sah die erhobenen Augenbrauen ihrer Kollegin.

»Hallo! Ich habe gefragt, ob du die Nachrichten hören willst.«
»Sicher.«

Rebecka ließ sich im Sessel zurücksinken und streckte die Hand nach dem Radio auf der Fensterbank aus.

Himmel, was ist sie mager, dachte Maria und musterte den Brustkorb ihrer Kollegin, der sich unter deren Jacke abzeichnete. Auf den Rippen kann man doch glatt Xylophon spielen.

Rebecka drehte das Radio lauter, und die zwei Frauen saßen mit ihren Kaffeetassen da und senkten ihre Häupter wie zum Gebet.

Maria blinzelte. Dabei taten ihre müden Augen weh. Heute würde sie beim Bezirksgericht im Fall Stenman Berufung einlegen müssen. Måns würde sie umbringen, wenn sie ihn um noch mehr Zeit bäte. Sie spürte, wie ihr Zwerchfell brannte. Bis zum Mittagessen durfte sie keinen Kaffee mehr trinken. Hier saß sie wie in einem Dornröschenschloss, Tage und Nächte, Abende und Wochenenden in diesem tristen Büro mit all den verdammten Akten, die sich zum Teufel scheren konnten, all den versoffenen Partnern, die ihr in den Ausschnitt glotzten, und draußen strömte das Leben einfach vorbei. Sie wusste nicht, ob sie weinen oder revoltieren sollte, aber am Ende konnte sie sich nur nach Hause vor den Fernseher schleppen und im angstdämpfenden Geflimmer einnicken.

»Es ist sechs Uhr morgens, hier kommen die Nachrichten. Ein bekannter religiöser Aktivist von Mitte zwanzig wurde am frühen Morgen in der Kirche der Kraftquelle in Kiruna ermordet aufgefunden. Die Polizei von Kiruna wollte sich bisher zu diesem Mordfall nicht äußern, hat inzwischen aber mitgeteilt, dass noch keine Verdächtigen festgenommen worden sind und dass die Tatwaffe bisher fehlt. Immer mehr Gemeinden entziehen sich ihren Fürsorgeverpflichtungen, wie eine neue Untersuchung zeigt...«

Rebecka ließ ihren Stuhl so rasch herumwirbeln, dass sie mit der Hand gegen die Fensterbank knallte. Sie schlug auf die Austaste des Radios und goss sich gleichzeitig Kaffee über das Knie.

»Viktor«, rief sie. »Jemand anders kann das doch gar nicht sein.«

Maria musterte sie überrascht.

»Viktor Strandgård? Der Paradiesjünger? Hast du den gekannt?«

Rebecka riss sich von Marias Blick los. Starrte den Kaffeefleck auf ihrem Rock an. Ihr Gesicht war ausdruckslos und verschlossen. Ihre Lippen dünn und zusammengepresst.

»Natürlich hab ich ihn gekannt. Aber ich war seit Jahren nicht mehr zu Hause. Ich kenne da eigentlich niemanden mehr.«

Maria erhob sich aus ihrem Sessel, kam auf Rebecka zu und nahm die Kaffeetasse aus den erstarrten Händen ihrer Kollegin.

»Wenn du sagen willst, dass du ihn nicht gekannt hast, dann macht das auch nichts, Herzchen, aber du kannst hier jeden Moment ohnmächtig werden. Du bist leichenblass. Beug dich vor und steck den Kopf zwischen die Knie.«

Rebecka gehorchte wie ein Schulkind. Maria lief zur Toilette und holte Papier. Sie wollte versuchen, den Kaffeefleck aus Rebeckas Rock zu bekommen. Als sie zurückkam, saß Rebecka zurückgelehnt im Sessel.

»Geht's dir besser?«, fragte Maria.

»Ja«, antwortete Rebecka zerstreut und sah hilflos zu, wie

Maria sich mit feuchtem Papier über ihren Rock hermachte.

»Ich habe ihn gekannt«, sagte sie dann.

»Mmm, dazu war ja auch kein Lügendetektor nötig«, sagte Maria, ohne den Blick vom Fleck zu heben. »Geht es dir nahe?«

»Nahe? Ich weiß nicht. Nein, es macht mir eher Angst.«

»Angst?« Maria unterbrach ihre heftigen Wischbewegungen. »Angst wovor denn?«

»Ich weiß nicht. Dass vielleicht jemand...«

Rebecka konnte den Satz nicht beenden, denn jetzt brach das Telefon in schrilles Gedudel aus. Sie fuhr zusammen und starrte es an, nahm den Hörer aber nicht ab. Nach dem dritten Klingeln griff Maria ein. Sie legte die Hand auf die Sprechmuschel, damit die Person am anderen Ende der Leitung sie nicht hören konnte, und flüsterte:

»Das ist für dich und offenbar aus Kiruna. Irgendein Mitglied der Muminfamilie.«

Als das Telefon klingelte, war Polizeiinspektorin Anna-Maria Mella bereits wach. Der Wintermond füllte das Zimmer mit seinem starken weißen Licht. Die Birken vor dem Fenster zeichneten blaue Bilder ihrer verkrümmten Körper an die Wand. Noch ehe das erste Klingeln verhallt war, hatte Anna-Maria den Hörer abgenommen.

»Hier ist Sven-Erik, warst du schon wach?«

»Ja, aber ich liege noch im Bett. Also?«

Sie hörte Robert seufzen und lugte verstohlen zu ihm hinüber. War er geweckt worden? Nein, er atmete weiterhin gleichmäßig und tief. Sehr gut.

»Verdächtiger Todesfall in der Kirche der Kraftquelle«, sagte Sven-Erik.

»Na und? Ich habe seit Freitag Bürodienst, falls du das vergessen haben solltest.«

»Ich weiß.« Sven-Eriks Stimme klang gequält. »Aber verdammt, Anna-Maria, das hier ist wirklich kein Normalfall. Schau dir die Sache doch wenigstens mal an. Die Technik wird bald fertig sein, dann können wir rein. Es geht um Viktor Strandgård, er liegt hier, und die Kirche sieht aus wie ein Schlachthof. Ich schätze, wir haben eine Stunde, dann wird jeder verdammte Fernsehsender mit Kameras und dem ganzen Scheiß hier antanzen.«

»Ich bin in zwanzig Minuten bei dir.«

Sieh mal an, dachte sie. Da ruft er mich doch wirklich an, um mich um Hilfe zu bitten. Er hat sich geändert.

Sven-Erik gab keine Antwort, aber Anna-Maria hörte, wie er

beherrscht, aber erleichtert aufatmete, ehe er das Gespräch beendete.

Sie drehte sich zu Robert um und ließ ihren Blick auf seinem schlafenden Gesicht ruhen. Seine Wange lag auf seinem Handrücken, und er hatte seine himbeerroten Lippen ein wenig geöffnet. Sie fand es unwiderstehlich sexy, dass sein struppiger Schnurrbart und seine Schläfen jetzt graue Sprenkel aufwiesen. Er selbst dagegen stand häufig besorgt vor dem Badezimmerspiegel und vertiefte sich in den Anblick seiner wachsenden Geheimratsecken.

»Die Wüste breitet sich aus«, jammerte er dann immer.

Sie küsste ihn auf den Mund. Ihr Bauch war im Weg, aber sie schaffte es doch. Zweimal.

»Ich liebe dich«, beteuerte er, noch immer schlafend. Seine Hand kam vorsichtig unter der Decke zum Vorschein, um sie an sich zu ziehen, aber inzwischen saß sie bereits auf der Bettkante. Sie musste plötzlich entsetzlich dringend pinkeln. Das war wirklich eine nervtötende Sache, die ganze Zeit. In dieser Nacht war sie schon zweimal auf dem Klo gewesen.

Eine Viertelstunde später stieg Anna-Maria auf dem Parkplatz vor der Kirche der Kraftquelle aus ihrem Ford Escort. Es war noch immer höllenkalt. Die Luft biss und kniff in ihre Wangen. Wenn sie durch den Mund atmete, schmerzten Hals und Lunge. Atmete sie durch die Nase, dann froren die Flimmerhärchen dabei aneinander fest. Sie wickelte ihren Schal so, dass er ihren Mund bedeckte, und schaute auf die Uhr. Höchstens eine halbe Stunde, sonst würde der Wagen nicht mehr anspringen. Es war ein großer Parkplatz, der mindestens hundert Wagen Platz bot. Ihr blassroter Escort sah klein und jämmerlich aus, neben Sven-Erik Stålnackes Volvo 740. Neben dem Volvo stand ein Streifenwagen. Ansonsten war auf dem Parkplatz höchstens ein Dutzend verschneiter Autos zu sehen. Die Techniker waren offenbar schon wieder weg. Sie ging den schmalen Weg zur Kirche auf Sandstensberget hoch. Der Raureif lag wie Kristallstaub auf den Birken, und oben auf dem Berg ragte die mächtige Kristallkirche in den dunklen Nachthimmel, umgeben von Sternen und Planeten. Wie ein riesiger leuchtender Eiswürfel lag sie dort und funkelte mit dem Nordlicht um die Wette.

Verdammter Protzkasten, dachte sie und mühte sich den Hang hoch. Diese stinkreiche Gemeinde sollte ihre Kohle lieber den SOS-Kinderdörfern geben. Aber bestimmt ist es witziger, in einer prachtvollen Kirche Gospel zu singen, als in Afrika Brunnen zu bohren.

Aus der Ferne sah sie vor der Kirchentür ihren Kollegen Sven-Erik Stålnacke, den Assistenten Tommy Rantakyrö und den Inspektor Fred Olsson. Sven-Erik, wie immer barhäuptig, stand ganz still und leicht zurückgelehnt da und hatte die Hände in die wärmenden Taschen seiner Daunenjacke gebohrt. Die beiden jüngeren Männer neben ihm liefen wie eifrige junge Hunde aufgeregt hin und her. Sie konnte sie nicht hören, sah aber Rantakyrös und Olssons aufgeregte Reden wie weiße Blasen aus ihren Mündern quellen. Die jungen Hunde begrüßten sie mit glücklichem Gebell, als sie sie entdeckten.

»Hallo«, kläffte Tommy Rantakyrö. »Wie geht's denn?«

»Mir geht's gut«, rief sie freundlich zurück.

»Jetzt kann man zuerst deinen Bauch begrüßen, und eine Viertelstunde später kommst du dann nach«, sagte Fred Olsson.

Anna-Maria lachte.

Sie erwiderte Sven-Eriks ernsten Blick. In seinem gewaltigen Walrossschnurrbart hatten sich bereits kleine Eiszapfen gebildet.

»Danke, dass du gekommen bist«, sagte er. »Ich hoffe, du hast schon gefrühstückt, das hier ist nämlich nicht gerade appetitanregend. Gehen wir rein?«

»Sollen wir auf euch warten?«

Fred Olsson stapfte im Schnee hin und her. Sein Blick wanderte zwischen Sven-Erik und Anna-Maria hin und her. Sven-

Erik sollte Anna-Maria vertreten, rein formal war er jetzt also der Chef. Aber da auch Anna-Maria hier war, war es nicht so leicht zu entscheiden, wer gerade das Sagen hatte.

Anna-Maria hielt den Mund und schaute Sven-Erik an. Sie war nur zur Gesellschaft hier.

»Es wäre nett, wenn ihr warten könntet«, sagte Sven-Erik. »Damit nicht plötzlich irgendwelche Unbefugten reinkommen, solange der Leichnam noch hier liegt. Aber ihr könnt ruhig in die Kirche gehen, wenn euch kalt ist.«

»Nicht doch, Mann, wir können im Freien warten, ich wollte das nur wissen«, beteuerte Fred Olsson.

»Genau«, sagte Tommy Rantakyrö grinsend und mit blauen Lippen. »Man ist schließlich ein Kerl. Und Kerle frieren nicht.«

Sven-Erik ging dicht hinter Anna-Maria her und zog die schwere Kirchentür hinter ihnen zu. Sie wanderten durch eine Art Garderobe, die im Halbdunkel zu schlummern schien. Lange Reihen leerer Kleiderbügel klirrten wie ein tonloses Glockenspiel im Luftstrom, mit dem die Kälte von draußen auf die Wärme im Haus stieß. Zwei Schwingtüren führten in die eigentliche Kirche. Sven-Erik wurde unwillkürlich leiser, als sie sie betraten.

»Viktor Strandgårds Schwester hat gegen drei die Wache angerufen. Sie hatte ihn tot aufgefunden und rief aus dem Pfarramt an.«

»Wo ist sie jetzt? Auf der Wache?«

»Nein. Wir haben keine Ahnung. Ich habe auf der Wache Bescheid gesagt, dass sich jemand auf die Suche nach ihr machen muss. Als Tommy und Fredde hergekommen sind, war hier kein Mensch mehr.«

»Was sagt die Technik?«

»Nur ansehen, nicht anfassen.«

Der Leichnam lag mitten vor dem Altar. Anna-Maria blieb ein Stück weit von ihm entfernt stehen.

»Aber was zum Teufel«, rutschte ihr heraus.

»Sag ich doch«, sagte Sven-Erik, der dicht hinter ihr stand.

Anna-Maria zog ein kleines Tonbandgerät aus der Jackentasche. Sie zögerte einen Moment. Sie sprach normalerweise auf Band, statt sich Notizen zu machen. Aber jetzt war sie ja eigentlich nicht einmal im Dienst. Vielleicht sollte sie einfach den Mund halten und nur Sven-Erik Gesellschaft leisten?

Mach jetzt nicht alles so kompliziert, ermahnte sie sich selbst und schaltete das Tonbandgerät ein, ohne ihren Kollegen auch nur anzusehen.

»Es ist fünf Uhr fünfunddreißig«, sagte sie ins Mikrofon. »Es ist der 16. Februar, nein, der 17. ist es jetzt schon. Ich stehe in der Kirche der Kraftquelle und betrachte jemanden, den wir nach unserem bisherigen Wissensstand für Viktor Strandgård halten, allgemein als Paradiesjünger bekannt. Der Tote liegt mitten vor dem Altar. Er scheint mit vielen Stichen getötet worden zu sein, denn er stinkt bestialisch und der Teppich unter dem Leichnam ist durchgeweicht. Bei der Flüssigkeit handelt es sich vermutlich um Blut, aber das ist nicht so leicht zu sagen, da es sich um einen roten Teppich handelt. Seine Kleidung ist ebenfalls blutverschmiert, und die Wunden in seinem Bauch sind kaum zu sehen, aber ich habe den Eindruck, dass ein wenig Gedärm hervorquillt. Dazu kann sich später ein Arzt äußern. Er trägt Jeans und einen Pullover. Seine Schuhsohlen sind trocken, und unter den Schuhen ist der Teppich nicht nass. Die Augen sind ausgestochen worden...«

Anna-Maria unterbrach sich und schaltete das Tonbandgerät aus. Sie ging um den Leichnam herum und beugte sich über dessen Gesicht. Sie hatte schon den alten Spruch über die schöne Leiche loslassen wollen, aber es musste doch Grenzen dafür geben, was sie Sven-Erik gegenüber laut denken durfte. Als sie das Gesicht des Toten sah, fiel ihr König Ödipus ein. Sie hatte in ihrer Schulzeit einen Film davon auf Video gesehen. Damals hatte sie die Szene, in der Ödipus sich die Augen aussticht, nicht weiter berührt, jetzt aber tauchte dieses Bild mit seltsamer

Kraft vor ihr auf. Und sie musste schon wieder aufs Klo. Und sie durfte ihr Auto nicht vergessen. Also beeilte sie sich wohl besser ein wenig. Sie schaltete das Tonbandgerät wieder ein.

»Die Augen sind ausgestochen worden, seine langen Haare sind blutig. Offenbar hat er eine Wunde am Hinterkopf. Eine Schnittwunde auf der rechten Halsseite, aber die blutet nicht, und seine Hände fehlen...«

Anna-Maria schaute Sven-Erik fragend an, und der zeigte auf die Stuhlreihen. Sie bückte sich mühsam und musterte aus zusammengekniffenen Augen den Boden zwischen den Stühlen.

»Ach nein, eine Hand liegt drei Meter vom Leichnam entfernt zwischen den Stühlen. Aber wo ist die andere?«

Sven-Erik zuckte mit den Schultern.

»Kein Stuhl ist umgekippt«, sagte Anna-Maria jetzt. »Kein Hinweis auf eine tätliche Auseinandersetzung, oder wie siehst du das, Sven-Erik?«

»Nein«, antwortete Sven-Erik, der ungern auf Band sprach.

»Welcher Techniker hat Fotos gemacht?«, fragte sie.

»Simon Larsson.«

Gut, dachte sie. Dann können wir mit scharfen Aufnahmen rechnen.

»Ansonsten herrscht in der Kirche Ordnung«, sagte sie dann. »Ich bin zum ersten Mal hier. Hunderte von Lampen aus Milchglas, an den Teilen der Wände, die nicht aus Glasbeton bestehen. Wie hoch mögen die Wände sein? Sicher über zehn Meter. Riesige Dachfenster. Die blauen Stühle stehen in schnurgeraden Reihen da. Wie viele Leute passen hier wohl rein? Zweitausend?«

»Und dann ist da ja auch noch die Empore«, sagte Sven-Erik.

Er wanderte durch den Saal und ließ seinen Blick wie einen Staubsauger über die Wände schweifen.

Anna-Maria drehte sich um und musterte die hinter ihr aufragende Empore. Die Orgelpfeifen thronten in luftiger Höhe und spiegelten sich in den Dachfenstern. Es war ein beeindruckender Anblick.

»Viel mehr gibt es nicht zu sagen«, Anna-Maria dehnte jedes Wort aus, als wollte irgendein Gedanke aus ihrem Unterbewusstsein aufsteigen und durch eine Lücke in ihren Wörtern schlüpfen, »aber irgendetwas… irgendetwas frustriert mich, wenn ich mir das hier ansehe. Abgesehen davon, dass er die übelst zugerichtete Leiche ist, die ich je gesehen habe…«

»Hört mal! Der stellvertretende Oberstaatsanwalt ist hierher unterwegs!«

Tommy Rantakyrö steckte den Kopf durch die Tür.

»Und wer zum Teufel hat ihm Bescheid gesagt?«, fragte Sven-Erik verzweifelt, aber Tommy war schon wieder verschwunden.

Anna-Maria sah ihn an. Vier Jahre zuvor, als sie zur Abteilungsleiterin ernannt worden war, hatte Sven-Erik im ersten halben Jahr kaum je ein Wort mit ihr gesprochen. Es hatte ihn zutiefst gekränkt, dass sie den Posten erhalten hatte, um den er sich beworben hatte. Und jetzt, wo er sich mit seiner Stellung als Nr. 2 abgefunden hatte, wollte er nicht vortreten. Sie beschloss, ihm bei einer späteren Gelegenheit gut zuzureden. Aber jetzt musste er selber sehen, wie er fertig wurde. Als dann der stellvertretende Oberstaatsanwalt Carl von Post in die Kirche stürmte, warf sie Sven-Erik einen aufmunternden Blick zu.

»Und was zum Teufel soll das hier bedeuten?«, kläffte von Post.

Er riss sich die Pelzmütze vom Kopf, und aus alter Gewohnheit fuhr seine Hand durch seine lockige Löwenmähne. Er stampfte mit den Füßen auf. Schon auf dem kurzen Weg vom Parkplatz hierher hatten sie sich in ihren eleganten Schuhen von Church's in Eis verwandelt. Er kam auf Anna-Maria und Sven-Erik zu, fuhr beim Anblick des Leichnams auf dem Boden jedoch zurück.

»O verdammt«, rief er und schaute nervös seine Schuhe an, in der Hoffnung, dass die noch nicht versaut waren.

»Warum hat mich niemand angerufen?«, fragte er dann, an Sven-Erik gewandt. »Von jetzt an leite ich die Voruntersuchungen, und du kannst dich auf ein ernstes Gespräch mit dem Kommissar vorbereiten, wenn du hinter meinem Rücken vorgegangen bist.«

»Niemand ist hinter deinem Rücken vorgegangen, wir wussten nicht, was passiert war. Eigentlich wissen wir noch immer nichts«, sagte Sven-Erik unglücklich.

»Blödsinn«, fauchte der Staatsanwalt. »Und was willst du überhaupt hier?«

Diese Frage galt Anna-Maria, die schweigend dastand und ihre Blicke auf Viktor Strandgårds verstümmelte Arme richtete.

»Ich habe sie angerufen«, erklärte Sven-Erik.

»Ach was«, sagte von Post verbissen. »Sie hast du angerufen, mich aber nicht.«

Sven-Erik schwieg, und Carl von Post starrte Anna-Maria an, die gelassen aufblickte und seinen Blick erwiderte.

Carl von Post biss die Zähne so fest zusammen, dass seine Wangen schmerzten. Er hatte diese Zwergin im Polizeidienst noch nie ausstehen können. Ihre Kollegen aus der Ermittlungsabteilung machten offenbar alle Männchen vor ihr, und er begriff einfach nicht, warum. Und wie sie schon aussah. Höchstens eins fünfzig auf Socken, und mit einem hässlichen langen Pferdegesicht, das ihr so ungefähr bis auf den Bauch hing. Im Moment hätte sie mit ihrem Riesenbauch auch gleich im Zirkus auftreten können. Sie sah aus wie ein grotesker Würfel, ebenso breit wie hoch. Bestimmt das unvermeidliche Resultat generationenlanger Inzucht in den kleinen abgelegenen Dörfern hier oben.

Er fuchtelte in der Luft herum, wie um seine harten Worte zu verscheuchen, und machte einen neuen Anfang.

»Wie geht es dir, Anna-Maria?«, fragte er und setzte ein sanftes, fürsorgliches Lächeln auf.

»Gut«, antwortete sie mit ausdrucksloser Miene. »Und dir?«

»Ich gehe davon aus, dass mir in etwa einer Stunde die Presse an den Fersen kleben wird. Das hier wird ein gewaltiges Geschrei geben, also raus damit, was ihr schon wisst, über den Mord und über den Toten. Ich weiß eigentlich nur, dass er ein religiöser Promi war.«

Carl von Post ließ sich auf einen der blauen Stühle sinken und zog seine Handschuhe aus.

»Das kann dir Sven-Erik erzählen«, sagte Anna-Maria kurz, aber nicht unfreundlich. »Ich werd ja bis auf weiteres einfach am Schreibtisch sitzen. Ich bin hergekommen, weil Sven-Erik mich darum gebeten hat und weil vier Augen mehr sehen als zwei... du weißt schon. Und jetzt muss ich pinkeln. Wenn ihr entschuldigt.«

Zufrieden registrierte sie von Posts angestrengtes Lächeln, als sie zur Toilette ging. Allein schon das Wort pinkeln tat sicher seinen Ohren weh. Sie hätte wetten mögen, dass seine Gattin dabei ihren Strahl auf das Porzellan richtete, auf dass kein Plätschern die Rosenohren des bedauernswerten Staatsanwalts beleidige. Was für ein Arsch!

»Tja«, sagte Sven-Erik, als Anna-Maria verschwunden war, »du siehst es ja selbst, und viel mehr wissen wir auch nicht. Irgendwer hat ihn umgebracht. Und wie, um das mal so zu sagen. Der Tote ist Viktor Strandgård, der Paradiesjünger, wie er genannt wurde. Er war die große Attraktion dieser Riesengemeinde. Vor neun Jahren geriet er in einen scheußlichen Autounfall. Er starb im Krankenhaus. Sein Herz kam zum Stillstand und überhaupt, aber dann konnten sie ihn doch wieder beleben, und später erzählte er, was er während der Operation und der Belebungsversuche erlebt hatte, dass dem Arzt die Brille runtergefallen war und so. Und dann konnte er noch mitteilen, dass er im Himmel gewesen war. Und dort hatte er die Engel und sogar Jesus gesehen. Tja, und danach wurden eine der Schwestern, die bei der Operation assistiert hatten, und die Frau, die ihn angefahren hatte, bekehrt, und plötzlich brach in ganz Kiruna die pure religiöse Ekstase aus. Die drei größten freikirchlichen Gemeinden schlossen sich zu einer neuen Kirche zusammen, der Kraftquelle. Die Gemeinde wuchs, und vor einigen Jahren bauten sie dann diese Kirche, machten eine Schule und einen Kindergarten auf und veranstalteten große Erweckungsandachten. Sie sacken jede Menge Geld ein, und die Leute strömen aus aller Welt hierher. Viktor Strandgård arbeitet, oder wir müssen jetzt wohl sagen, er hat rund um die Uhr in der Gemeinde gearbeitet, und er hat einen Bestseller veröffentlicht...«

»Einmal Himmel und zurück. Heaven and back.«

»Genau. Er ist hier das goldene Kalb. Die landesweiten Zeitungen haben über ihn berichtet, und da wird es jetzt noch viel mehr Schreibereien geben. Und Fernsehberichte.«

»Genau«, sagte von Post und erhob sich mit ungeduldiger Miene. »Ich will nicht, dass irgendwas an die Presse durchsickert. Ich kümmere mich um die Zusammenarbeit mit den Medien, und du wirst mir regelmäßig mitteilen, was bei Vernehmungen und so weiter herauskommt, verstehst du? Ich werde über alles informiert. Wenn die Pressefritzen sich melden, kannst du sagen, dass ich um zwölf Uhr mittags auf der Kirchentreppe eine Pressekonferenz abhalten werde. Und was steht bei dir als Nächstes auf dem Programm?«

»Wir müssen seine Schwester erwischen, sie hat ihn gefunden, und danach müssen wir mit den drei Pastoren dieser Gemeinde sprechen. Der Gerichtsmediziner ist schon von Luleå aus unterwegs, er kann jeden Moment hier sein.«

»Gut. Ich will bis halb zwölf einen Bericht über die Todesursache und über den mutmaßlichen Verlauf der Ereignisse vorliegen haben, und dann kannst du auf meinen Anruf warten. Das wär's für den Moment. Wenn ihr fertig seid, dann seh ich mich hier mal um.«

»Na los«, sagte Anna-Maria zu Sven-Erik, »das ist ja wohl besser, als besoffene Schneemobilfahrer verhören zu müssen.«

Der Ford Escort hatte nicht anspringen wollen, und Sven-Erik fuhr sie nach Hause.

Auch gut, dachte sie. Sie musste ihm gut zureden, damit er nicht die Arbeitslust verlor.

»Das liegt an dieser verdammten Postratte«, erwiderte Sven-Erik mit einer Grimasse. »Sowie ich mit dem zu tun habe, möchte ich am liebsten auf alles schießen, mich durch den Tag pfuschen und nur noch auf den Feierabend warten.«

»Aber jetzt brauchst du ja nicht an ihn zu denken. Denk lieber an Viktor Strandgård. Irgendein verdammter Irrer, der ihn ermordet hat, läuft hier rum, und den wirst du finden. Soll der Post schreien und fauchen und mit den Zeitungen reden. Wir anderen wissen ja doch, wer die Arbeit leistet.«

»Wie soll ich denn nicht an ihn denken? Er hängt doch die ganze Zeit wie ein Habicht über uns.«

»Ich weiß.«

Sie schaute aus dem Autofenster. Noch immer schliefen die Häuser in der Dunkelheit am Straßenrand. Nur hinter einigen wenigen Fenstern brannte Licht. Hier und dort hingen noch orangene Papiersterne. In diesem Jahr war niemand verbrannt. Es war natürlich zu einigen üblen Schlägereien gekommen, aber die waren nicht schlimmer gewesen als sonst. Ihr war ein wenig schlecht. Was ja eigentlich kein Wunder war. Sie war schon seit einer guten Stunde auf und hatte noch nichts gegessen. Sie merkte, dass sie Sven-Erik nicht mehr zuhörte, und gab sich alle Mühe, um sich daran zu erinnern, was er zuletzt gesagt hatte. Er hatte wissen wollen, wie sie es schaffte, mit von Post zusammenzuarbeiten.

»Wir haben eigentlich nicht viel miteinander zu tun«, sagte sie.

»Verdammt, Anna-Maria, jetzt brauche ich wirklich deine Hilfe. Dieser Fall wird eine schreckliche Belastung für uns alle sein, und zu allem Überfluss müssen wir uns auch noch mit diesem Kontrolletti rumschlagen. Und da braucht man eben die Hilfe seiner Kollegin!«

»Das ist doch die pure Erpressung!«

Anna-Maria konnte ein Lachen nicht unterdrücken.

»Ich tue nur, was sein muss. Ich erpresse und drohe. Ein bisschen Bewegung tut dir übrigens gut. Du kannst doch wenigstens mit der Schwester reden, wenn wir sie gefunden haben. Mir am Anfang helfen.«

»Sicher, ruf an, wenn ihr sie habt.«

Sven-Erik beugte sich über das Lenkrad und schaute hinauf in den Nachthimmel.

»Was für ein Mond«, sagte er und kniff die Augen zusammen. »Jetzt sollte man Füchse beschleichen!«

In der Kanzlei Meijer & Ditzinger nahm Rebecka Martinsson Maria Taube den Telefonhörer aus der Hand.

Ein Mitglied der Muminfamilie, hatte Maria gesagt. Und das konnte nur eine einzige Person sein. Das Bild eines stupsnasigen Puppengesichts tauchte vor ihrem inneren Auge auf.

»Rebecka Martinsson.«

»Hier ist Sanna, ich weiß nicht, ob du schon Nachrichten gehört hast, aber Viktor ist tot.«

»Ja, das habe ich eben gehört. Es tut mir so Leid.«

Unbewusst nahm Rebecka einen Kugelschreiber vom Tisch und schrieb »Nein! Nein sagen!« auf einen gelben Klebezettel.

Am anderen Ende der Leitung holte Sanna Strandgård tief Luft.

»Ich weiß ja, dass wir keinen besonderen Kontakt mehr haben. Aber du bist noch immer meine beste Freundin. Ich weiß einfach nicht, wen ich sonst anrufen soll. Ich war das, die Viktor in der Kirche gefunden hat, und ich... aber vielleicht hast du gerade zu tun?«

Zu tun, dachte Rebecka und spürte, wie ihre Verwirrung hochjagte wie Quecksilber in einem heißen Thermometer. Was war das denn für eine Frage? Glaubte Sanna wirklich, dass irgendwer die in diesem Moment mit »ja« beantworten würde?

»Natürlich habe ich nicht ›zu tun‹, wenn du aus einem solchen Grund anrufst«, sagte sie freundlich und presste sich die Hand auf die Augen. »Also du hast ihn gefunden?«

»Es war schrecklich.« Sannas Stimme klang leise und tonlos. »Ich kam heute Morgen gegen drei Uhr in die Kirche. Er wollte gestern Abend bei mir und den Mädchen essen, aber er kam nicht. Und da dachte ich, er habe es einfach vergessen. Du weißt doch, wie er ist, wenn er allein in der Kirche betet, dann vergisst er Zeit und Raum. Ich sage ihm ja immer, man kann auf diese Weise nur Christ sein, wenn man ein junger Mann ist und keine Verantwortung für Kinder trägt. Unsereins kommt höchstens noch zum Beten, wenn man auf der Toilette sitzt.«

Sie verstummte für einen Moment, und Rebecka hätte gern gewusst, ob sie schon gemerkt hatte, dass sie über Viktor redete, als sei er immer noch am Leben.

»Aber dann bin ich mitten in der Nacht aufgewacht«, sagte Sanna. »Und da spürte ich einfach, dass etwas passiert war.«

Wieder verstummte sie und begann, einen Choral zu summen. *In Gottes Hut die Vögel klein.*

Rebecka starrte den flimmernden Text auf ihrem Bildschirm an. Aber die Buchstaben lösten sich aus ihrem Zusammenhang, schlossen sich in neuen Gruppen zusammen und zeigten ihr das Bild von Viktor Strandgårds blutverschmiertem Engelsgesicht.

Sanna Strandgård sprach jetzt weiter. Ihre Stimme klang brüchig wie Septembereis. Rebecka kannte diese Stimme. Schwarzes kaltes Wasser wirbelte unter der blanken Oberfläche.

»Sie haben ihm die Hände abgehackt. Und seine Augen, ja, das war alles so seltsam. Als ich ihn umdrehte, war sein Hinterkopf total… ich hab irgendwie das Gefühl, den Verstand zu verlieren. Und die Polizei sucht mich. Sie waren heute früh bei mir zu Hause, aber ich habe den Mädchen gesagt, sie müssten ganz still sein, und wir haben nicht aufgemacht. Die Polizei glaubt offenbar, ich hätte meinen eigenen Bruder umgebracht. Danach bin ich mit den Mädchen von zu Hause weggefahren. Ich habe solche Angst vor einem Zusammenbruch. Aber das ist noch nicht das Schlimmste.«

»Nein?«, fragte Rebecka.

»Sara war dabei, als ich ihn gefunden habe. Ja, Lova auch,

aber die schlief vor der Kirche im Pulkschlitten. Und Sara steht total unter Schock. Sie sagt kein Wort. Ich versuche, sie zu erreichen, aber sie starrt nur aus dem Fenster und schiebt sich immer wieder die Haare hinter die Ohren.«

Rebecka merkte, wie ihr Magen sich verkrampfte.

»Aber um Gottes willen, Sanna. Du brauchst Hilfe. Ruf den psychiatrischen Notdienst an und fahr sofort hin. Du und die Mädchen, ihr braucht jetzt Unterstützung. Ich weiß, dass sich das dramatisch anhört, aber...«

»Ich kann nicht, das weißt du doch«, jammerte Sanna. »Mama und Papa werden behaupten, ich sei nicht mehr zurechnungsfähig, und dann werden sie versuchen, mir die Kinder wegzunehmen. Du kennst sie doch. Und die Gemeinde lehnt Psychologen und Krankenhäuser ja sowieso ab. Von denen könnte ich keinerlei Verständnis erwarten. Ich traue mich nicht, mit der Polizei zu sprechen, die machen doch alles nur noch schlimmer. Und ich traue mich nicht, ans Telefon zu gehen, das könnte doch irgendein Pressemensch sein, die Anfangszeit der Erweckung war schon schlimm genug, als alle angerufen und behauptet haben, er habe Halluzinationen und sei verrückt geworden.«

»Aber du musst doch einsehen, dass du dich aus der Sache nicht raushalten kannst«, sagte Rebecka beschwörend.

»Ich schaff das nicht, ich schaff das nicht«, sagte Sanna, wie an sich selbst gerichtet. »Verzeih die Störung, Rebecka. Jetzt kannst du in Ruhe weiterarbeiten.«

Rebecka fluchte in Gedanken. Was für ein verdammter Mist!

»Ich komme«, seufzte sie. »Du musst mit der Polizei sprechen. Ich komme hoch und leiste dir Gesellschaft, okay?«

»Okay«, flüsterte Sanna.

»Kannst du Auto fahren? Kannst du irgendwie zur Hütte in Kurravaara gelangen?«

»Ich kann mich von einem Bekannten fahren lassen.«

»Schön. Im Winter ist da nie ein Mensch. Nimm Sara und

Lova mit. Du weißt doch noch, wo der Schlüssel liegt? Mach im Kamin Feuer. Ich komme irgendwann am Nachmittag. Kannst du so lange durchhalten?«

Rebecka legte auf und starrte dann das Telefon an. Sie fühlte sich leer und verwirrt.
»Das ist doch unglaublich, meine Güte«, sagte sie resigniert zu Maria Taube. »Sie brauchte mich nicht einmal zu bitten.«
Rebecka schaute auf ihre Armbanduhr. Dann schloss sie die Augen, atmete durch die Nase ein, hob den Kopf, atmete durch den Mund aus und ließ die Schultern sinken. Maria sah das nicht zum ersten Mal bei ihr. Vor Verhandlungen und wichtigen Besprechungen führte Rebecka dieses Ritual durch. Oder wenn sie mitten in der Nacht bei der Arbeit saß, während ein Termin wie ein Damoklesschwert über ihr hing.
»Wie fühlst du dich?«, fragte Maria.
»Ich glaube, das will ich gar nicht wissen.«
Rebecka schüttelte den Kopf und schaute aus dem Fenster, um Marias besorgtem Blick auszuweichen. Sie biss sich wütend auf die Lippen. Es regnete jetzt nicht mehr.
»Wuschel, du darfst nicht immer so unendlich tüchtig sein«, sagte Maria mit sanfter Stimme. »Manchmal kann es gut tun, sich gehen zu lassen und einfach zu schreien.«
Rebecka faltete die Hände auf ihren Knien.
Sich gehen lassen, dachte sie. Was passiert, wenn man dann feststellt, dass man nicht geht, sondern stürzt? Und was passiert, wenn man mit dem Schreien nicht mehr aufhören kann? Plötzlich ist man fünfzig. Vollgedröhnt mit Drogen. Eingesperrt in irgendeinem Irrenhaus. Mit einem Schrei im Kopf, der einfach nie mehr verstummt.
»Das war die Schwester von Viktor Strandgård«, sagte sie und staunte über ihre ruhige Stimme. »Sie hat ihn offenbar in der Kirche gefunden. Und sie und ihre beiden Töchter können jetzt wohl nicht allein sein, deshalb nehme ich mir ein paar Tage

frei und fahre zu ihnen. Ich nehme den Laptop mit und arbeite unterwegs weiter.«

»Dieser Viktor Strandgård, der war da oben wohl sehr bekannt?«, fragte Maria.

Rebecka nickte.

»Er hatte so ein Nah-Tod-Erlebnis, und danach brach dann in Kiruna eine religiöse Explosion los.«

»Das weiß ich noch«, sagte Maria. »Die Zeitungen waren auch hier voll davon. Er war im Himmel gewesen und konnte erzählen, dass man sich dort nicht verletzt, wenn man hinfällt, zum Beispiel, weil der Boden uns dann aufnimmt wie eine Umarmung. Ich fand, das hörte sich richtig wunderbar an.«

»Mmm«, sagte Rebecka. »Und er sagte, Gott habe ihn auf die Erde zurückgeschickt, um zu berichten, dass Gott mit den Christen in Kiruna große Pläne habe. Eine große Erweckung stehe bevor, die sich von Norden her über die ganze Welt ausbreiten werde. Zeichen und Wunder würden geschehen, wenn die Gemeinden sich zusammenschlössen und glaubten.«

»Woran denn glaubten?«

»An Gottes Kraft. An die Vision. Am Ende bildeten die Gläubigen dann wirklich eine neue Gemeinde, die Kraftquelle. Und danach wurde das gesamte rote Kiruna zu einer einzigen Erweckungsbewegung. Viktor schrieb ein Buch, das in eine Menge Sprachen übersetzt wurde. Er gab sein Studium auf und predigte nur noch. Die Gemeinde baute eine neue Kirche, die Kristallkirche, die an die Eiskirche und die Eisskulpturen erinnern soll, die jeden Winter in Jukkasjärvi errichtet werden. Vor allem aber sollte sie nicht aussehen wie die alte Kirche von Kiruna, die ist innen nämlich schrecklich düster.«

»Und was ist mit dir? Hast du auch mitgemacht?«

»Ich war schon vor Viktors Unfall Mitglied der Missionskirche. Also war ich anfangs dabei.«

»Und jetzt?«, fragte Maria.

»Jetzt bin ich Heidin«, antwortete Rebecka mit freudlosem

Lächeln. »Ich wurde von den Pastoren und den Ältesten Brüdern aufgefordert, die Gemeinde zu verlassen.«

»Warum das denn?«

»Das ist eine lange Geschichte, die nichts mit der Sache zu tun hat.«

»Na gut«, sagte Maria langsam. »Was glaubst du, was Måns sagt, wenn er hört, dass du ganz kurzfristig Urlaub nehmen willst?«

»Nichts. Er wird mich einfach umbringen, mir alle Glieder abhacken und mit meinen Überresten die Fische in Nybroviken füttern. Ich werde mit ihm sprechen, sowie er ins Haus kommt, aber zuerst muss ich die Polizei in Kiruna anrufen. Die dürfen Sanna nicht einsperren, das könnte sie nicht ertragen.«

DER STELLVERTRETENDE OBERSTAATSANWALT Carl von Post stand neben der Tür der Kristallkirche und sah zu, wie die Kollegen Viktor Strandgårds Leichnam verpackten. Der Gerichtsmediziner, Oberarzt Lars Pohjanen, nuckelte wie immer an seiner Zigarette und erteilte der Obduktionstechnikerin Anna Granlund und zwei hochgewachsenen Männern mit einer Bahre seine Instruktionen.

»Versucht, die Haare zusammenzubinden, damit sie nicht in die Tragriemen geraten. Wickelt Plastikfolie um die ganze Ladung und hebt ihn vorsichtig hoch, damit das Gedärm im Leib bleibt. Anna, besorgst du eine Papiertüte für die Hand?«

Ein Mord, dachte von Post. Und was für ein grauenhafter Mord. Keine traurige Geschichte, bei der irgendein Scheißsuffkopp am Ende seine versoffene Alte totschlägt, mehr oder weniger aus Versehen, nach einer Woche Sumpferei. Ein widerlicher Mord. In besseren Kreisen. Ein widerlicher Promimord.

Und all das fiel ihm zu. Es gehörte ihm. Er konnte einfach ans Ruder treten, die ganze Welt die Scheinwerfer anwerfen lassen und auf geradem Weg in den Ruhm segeln. Und danach konnte er dieses Bergwerksloch verlassen. Er hatte nie vorgehabt, hier zu landen. Aber nach dem Studium hatten seine Examensnoten gerade für einen Posten beim Gericht in Gällivare gereicht. Danach war er zur Staatsanwaltschaft versetzt worden. Immer wieder hatte er sich erfolglos um Jobs in Stockholm beworben. Und plötzlich waren Jahre vergangen.

Er trat einen Schritt beiseite und ließ die Männer mit der Bahre vorbei, auf der der Leichnam in dem fest verschlossenen grauen Plastiksack lag. Oberarzt Lars Pohjanen lief hinterher, die Schultern ein wenig hochgezogen, als ob ihm kalt sei, den Blick zu Boden gerichtet. Die Zigarette hing noch immer in seinem Mundwinkel. Die Haare, die sonst über seinen glatten Schädel nach hinten gestrichen waren, hingen ihm müde über die Ohren. Die Obduktionstechnikerin Anna Granlund folgte ihm. Sie trug eine Papiertüte mit Viktor Strandgårds Hand. Sie kniff die Lippen zusammen, als ihr Blick auf von Post fiel. Er hielt sie an, als sie zum Parkplatz gehen wollten.

»Na?«, sagte er auffordernd.

Pohjanen machte ein verständnisloses Gesicht.

»Was kannst du zum jetzigen Zeitpunkt sagen?«, fragte von Post ungeduldig.

Pohjanen nahm seine Zigarette zwischen Daumen und Zeigefinger und saugte energisch daran, dann zog er sie wieder zwischen seinen dünnen Lippen hervor.

»Tja, bisher habe ich ja noch keine Obduktion vorgenommen«, antwortete er langsam.

Carl von Post spürte, wie sein Puls sich um einige Stufen beschleunigte. Er hatte nicht vor, sich solche Störmanöver bieten zu lassen.

»Aber irgendetwas muss dir doch schon aufgefallen sein? Ich verlange von jetzt ab fortlaufende und vollständige Information.«

Er schnippte mit den Fingern, wie um das Tempo zu illustrieren, in dem alle Information weitergeleitet werden sollte.

Anna Granlund sah dieses Fingerschnippen und dachte daran, dass sie auf dieselbe Weise ihren Hunden Befehle erteilte.

Pohjanen schwieg und starrte zu Boden. Sein lautes und ein wenig zu rasches Atmen verstummte nur dann, wenn er die Zigarette an seine Lippen führte und konzentriert den Rauch einsog. Carl von Post fing Anna Granlunds hasserfüllten Blick auf.

Glotz du nur, dachte er. Vor einem Jahr, auf dem Weihnachtsfest der Polizei, da hast du mich ja doch ganz anders angesehen. Herrgott, er war hier umgeben von Säufern und Halbidioten. Pohjanen sah jetzt schlimmer aus als vor Operation und Krankschreibung.

»Hallo«, sagte er auffordernd, als er fand, der Gerichtsmediziner habe jetzt lange genug geschwiegen.

Lars Pohjanen hob das Gesicht und sah die hochgezogenen Augenbrauen des Staatsanwalts.

»Was ich jetzt weiß«, sagte er mit seiner rauen Stimme, die eigentlich kaum mehr war als ein lautes Flüstern, »ist erstens, dass er tot ist, und dass zweitens dieser Tod in Folge von Gewaltanwendung eingetreten ist. Das ist alles, und jetzt lass uns gefälligst vorbei, Alter.«

Der Staatsanwalt sah, wie Anna Granlund ihre Mundwinkel verzog, im Versuch, ein Lächeln zu unterdrücken, als sie an ihm vorbeigingen.

»Und wann bekomme ich den Obduktionsbericht?«, fauchte von Post, der ihnen auf dem Fuß folgte.

»Wenn wir fertig sind«, erwiderte Pohjanen und knallte dem stellvertretenden Oberstaatsanwalt die Kirchentür vor der Nase zu.

Von Post hob die rechte Hand und hielt die Kirchentür fest, während er zugleich mit der linken Hand in seiner Jackentasche nach seinem Mobiltelefon suchte, das jetzt zu vibrieren begonnen hatte.

Es war die Frau aus der Telefonzentrale der Polizei.

»Du, hier hab ich eine Rebecka Martinsson an der Strippe, und sie sagt, sie weiß, wo Viktor Strandgårds Schwester steckt und dass sie einen Vernehmungstermin absprechen will. Tommy Rantakyrö und Fred Olsson suchen sie ja gerade, und da wusste ich nicht, ob ich die Frau zu ihnen oder zu dir durchstellen soll.«

»Das ist ganz richtig so, gib sie mir mal.«

Von Post ließ seinen Blick durch die Kirche wandern und wartete auf die Verbindung. Offenbar hatte der Architekt sich etwas dabei gedacht, als er den roten handgewebten Läufer vom Altar bis zum Chor ausgelegt hatte. Auf beiden Seiten des Läufers standen Reihen von blauen Stühlen mit wellenförmigen Rückenlehnen. Von Post dachte spontan an die Szene in der Bibel, wo sich das Rote Meer vor Moses teilt. Er ging diesen Gang hinauf.

»Hallo«, sagte eine Frau im Telefon.

Er nannte seinen Rang und seinen Namen, und sie sprach weiter.

»Hier spricht Rebecka Martinsson. Ich rufe im Auftrag von Sanna Strandgård an. Sie möchten offenbar wegen dieses Mordes mit ihr sprechen.«

»Ja, und Sie wissen, wie wir Frau Strandgård erreichen können.«

»Naja, das nun nicht gerade«, sagte die höfliche und fast übertrieben wohlartikulierte Stimme. »Da Sanna Strandgård meine Anwesenheit bei dieser Vernehmung wünscht und ich mich derzeit noch in Stockholm aufhalte, wollte ich zuerst einmal wissen, ob es Ihnen recht ist, wenn wir heute Abend kommen, oder ob Ihnen morgen besser passt.«

»Nein.«

»Verzeihung?«

»Nein«, sagte von Post und versuchte gar nicht erst, seinen Ärger zu verbergen. »Heute Abend ist uns nicht recht, und morgen passt auch nicht. Ich weiß nicht, ob Sie das kapiert haben, Rebecka Wie-Sie-auch-heißen-mögen, aber hier läuft derzeit eine Mordermittlung, für die ich die Verantwortung trage, und ich will jetzt sofort mit Sanna Strandgård sprechen. Ich möchte Ihrer Freundin raten, sich nicht weiter zu verstecken, sonst wird sie jetzt sofort zur Fahndung ausgeschrieben und dann verhaftet. Und was Sie angeht, so gibt es ein Vergehen namens Beihilfe zur Flucht. Wer dafür verurteilt wird, kann im Gefängnis landen. Weshalb Sie mir jetzt gefälligst erzählen werden, wo Sanna Strandgård sich herumtreibt.«

Am anderen Ende der Leitung blieb einige Sekunden lang alles still. Dann war die Stimme der jungen Frau wieder zu hören. Sie sprach jetzt unendlich langsam, fast schleppend, und mit deutlicher Selbstbeherrschung.

»Ich fürchte, hier liegt ein kleines Missverständnis vor. Ich rufe nicht an, um darum zu bitten, dass ich später mit Sanna Strandgård zur Vernehmung erscheinen darf, sondern um Ihnen mitzuteilen, dass sie durchaus die Absicht hat, mit der Polizei zu sprechen, dass das aber frühestens heute Abend möglich ist. Frau Strandgård und ich sind nicht befreundet. Ich bin Anwältin bei Meijer & Ditzinger, falls dieser Name bei Ihnen da oben bekannt sein sollte...«

»Ja, hören Sie, ich bin schließlich aus Stock...«

»Und an Ihrer Stelle würde ich hier nicht mit Drohungen kommen«, unterbrach die Frau von Posts Versuch, sich Gehör zu verschaffen. »Ihr Versuch, mir Angst einzujagen, damit ich Ihnen Sanna Strandgårds Aufenthaltsort verrate, grenzt meines Erachtens bereits an ein Dienstvergehen, und wenn Sie sie zur Fahndung ausschreiben, ohne dass sie eines Verbrechens verdächtigt wird, nur, weil sie nicht ohne juristischen Beistand zur Vernehmung kommen will, dann wird das für Sie auf jeden Fall zu einer Klage beim Juristischen Ombudsmann in Stockholm führen.«

Noch ehe von Post antworten konnte, wechselte Rebecka Martinsson plötzlich in einen freundschaftlichen Tonfall über.

»Meijer & Ditzinger wollen wirklich keinen Ärger haben oder machen. Wir haben ansonsten ein ausgezeichnetes Verhältnis zu den Anklagebehörden. Zumindest ist das hier in Stockholm so. Ich hoffe, Sie glauben mir, dass Sanna Strandgård sich wie abgemacht zur Vernehmung einfinden wird. Sagen wir, heute Abend gegen acht auf der Wache.«

Damit beendete sie das Gespräch.

»Scheiße«, rief Carl von Post, als er merkte, dass er in Blut und noch etwas anderes Klebriges getreten war, über dessen Herkunft er lieber gar nicht erst nachdenken wollte.

Angeekelt wischte er sich am Läufer die Schuhe ab und ging zur Tür zurück. Dieses arrogante Weibsstück würde er sich noch vornehmen, wenn sie abends auftauchte. Aber jetzt musste er sich auf die Pressekonferenz vorbereiten. Er fuhr sich mit der Hand übers Gesicht. Er musste sich rasieren. In drei Tagen würde er der Presse mit kurzen Bartstoppeln gegenübertreten, um auszusehen wie der erschöpfte Mann, der auf der Jagd nach dem Mörder einfach alles gibt. Aber an diesem Tag galt es, glatt rasiert und ein wenig salopp aufzutreten. Dann würden sie ihn lieben. Etwas anderes wäre doch gar nicht möglich.

Rechtsanwalt Måns Wenngren, Partner bei Meijer & Ditzinger, saß hinter seinem Schreibtisch und musterte Rebecka Martinsson. Ihre ganze Haltung ärgerte ihn. Keine Verteidigungsposition mit vor der Brust verschränkten Armen. Ihre Arme hingen gerade herab, sie hätte auch vor einer Eisbude in der Schlange warten können. Sie hatte ihren Spruch aufgesagt und wartete auf Antwort. Ihr Blick ruhte ausdruckslos auf dem japanischen erotischen Holzschnitt an der Wand. Ein junger Mann, so jung, dass er noch lange Haare hatte, saß vor einer Prostituierten auf den Knien, beide hatten ihre Geschlechtsteile entblößt. Andere Frauen wichen diesem zweihundert Jahre alten graphischen Blatt mit Blicken aus. Måns Wenngren konnte oft sehen, wie sie trotzdem verstohlen zu dem Bild hinüberschielten, neugierig wie schnüffelnde Hunde. Aber lange wurde nie geschnüffelt. Der Blick wurde rasch niedergeschlagen oder auf einen anderen Gegenstand im Zimmer gerichtet.

»Wie viele Tage willst du wegbleiben?«, fragte er. »Bei dringenden Familienangelegenheiten hat man Anspruch auf zwei freie Tage, reicht das?«

»Nein«, antwortete Rebecka Martinsson. »Und es geht nicht um meine Verwandtschaft, ich bin, wie soll ich sagen, eine alte Freundin ihrer Familie.«

Etwas in ihrer Ausdrucksweise weckte in Måns Wenngren den Verdacht, dass sie log.

»Ich kann leider nicht genau sagen, wie lange ich wegbleiben werde«, sagte Rebecka jetzt und schaute ihm gelassen in die Augen. »Ich habe noch ziemlich viel Urlaub und...«

Sie verstummte.

»Und was?«, vervollständigte ihr Chef diesen Satz. »Ich hoffe, du wolltest jetzt nicht mit mir über Überstunden reden, Rebecka, das würde mich dann doch enttäuschen. Ich habe es schon früher gesagt, und ich sage es jetzt wieder, wenn ihr merkt, dass ihr eure Arbeit nicht innerhalb der normalen Arbeitszeit erledigen könnt, dann müsst ihr weniger Aufträge annehmen. Alle Überstunden hier sind freiwillig und unbezahlt. Sonst könnten wir dich ja auch gleich zu einem Jahr bezahlten Urlaub entlassen.«

Das Letzte fügte er mit einem versöhnlichen Lächeln hinzu, aber dann setzte er sofort wieder seine grimmige Miene auf, als sie nicht einmal ein Lächeln als Antwort andeutete.

Rebecka betrachtete ihren Chef schweigend, ehe sie wieder etwas sagte. Er machte sich zerstreut an irgendwelchen Unterlagen zu schaffen, die vor ihm lagen, wie um klarzustellen, dass ihre Audienz eigentlich zu Ende sei. Die Post des Tages lag auf einem ordentlichen Stapel. Einige Erzeugnisse des Silberschmieds Georg Jensen standen in Reih und Glied am Schreibtischrand. Keine Fotos. Sie wusste, dass er verheiratet gewesen war und zwei erwachsene Söhne hatte. Aber das war schon alles. Er erwähnte seine Familie nie. Und auch sonst sprach niemand darüber. In dieser Kanzlei erfuhr man nur langsam etwas. Die Partner und die älteren Anwälte waren zwar versessen auf Klatsch, aber klug genug, um untereinander zu klatschen, nicht mit den jüngeren. Und die Sekretärinnen würden sich niemals trauen, irgendwelche Geheimnisse weiterzutragen. Aber ab und zu trank jemand auf einem Fest einen über den Durst und erzählte dann Dinge, die nicht erwähnt werden durften, und auf diese Weise gehörte auch Rebecka langsam zu den Eingeweihten. Sie wusste, dass Måns zu viel trank, aber das wussten fast alle, die ihm auf der Straße begegneten. Er sah eigentlich gut aus, mit seinen dunklen Locken und seinen blauen Husky-Augen. Aber langsam war er doch ziemlich verlebt.

Tränensäcke unter den Augen, ein wenig Übergewicht. Er gehörte noch immer zu den absolut besten Steuerfachleuten im Land, egal, ob es sich um Strafprozesse oder Verwaltungsangelegenheiten handelte. Und solange er genug Geld hereinholte, konnte er nach Ansicht der Kollegen saufen, soviel er wollte. Wichtig war das Geld. Jemanden dazu zu bewegen, dass er mit dem Trinken aufhörte, würde die Kanzlei vermutlich teuer zu stehen kommen. Entzugsklinik und Krankschreibung, das kostete, vor allem verlorene Einnahmen. So ging es sicher vielen. Das Privatleben war das Erste, was dem Alkohol zum Opfer fiel.

Rebecka fühlte sich noch immer gedemütigt, wenn sie an die Weihnachtsfeier im vergangenen Jahr dachte. Måns hatte an diesem Abend mit allen anderen Anwältinnen getanzt und geflirtet. Gegen Ende des Festes war er dann auch zu ihr gekommen. Mitgenommen, betrunken und voller Selbstmitleid hatte er ihr den Arm um den Nacken gelegt und einen unzusammenhängenden Vortrag gehalten, der mit dem peinlichen Versuch geendet hatte, sie zu sich nach Hause zu nehmen, oder vielleicht auch nur in sein Arbeitszimmer, was wusste sie schon. Seither hatte sie immerhin gewusst, was sie in seinen Augen war. Der letzte Außenposten. Die, bei der man sein Glück versucht, wenn man bei allen anderen gescheitert ist und nur noch einen halben Millimeter vor der Bewusstlosigkeit steht. Seit damals war die Beziehung zwischen ihr und Måns abgekühlt. Er lachte und redete nie mehr so ungezwungen mit ihr wie mit allen anderen. Ihre Kommunikation fand vor allem per Mail und durch Zettel statt, die sie auf seinen Schreibtisch legte, wenn er nicht im Haus war. In diesem Jahr hatte sie die Weihnachtsfeier nicht besucht.

»Dann sagen wir Urlaub«, sagte sie, ohne auch nur einen Mundwinkel zu verziehen. »Und ich nehme den Laptop mit, dann kann ich da oben doch einiges erledigen.«

»Na gut, mir ist das egal«, sagte Måns hörbar beleidigt. »Die

Last haben ja deine Kollegen zu tragen. Ich gebe Wickman Industrimontage also weiter.«

Rebecka zwang ihre Hände, still zu bleiben. Dieser Arsch. Er wollte sie bestrafen. Wickman Industrimontage war ihr Mandant. Sie hatte diese Firma immer unterstützt, hatte sehr guten Kontakt zu den Leuten, und wenn erst alle Steuerangelegenheiten geklärt wären, wollte sie den Generationswechsel in diesem Familienbetrieb vorbereiten. Und die Leute mochten sie gern.

»Tu, was du für richtig hältst«, sagte sie mit einem kaum merklichen Schulterzucken und ließ ihre Augen über die verschlissenen Teppichfransen auf dem Boden wandern. »Du kannst mich per Mail erreichen, wenn etwas sein sollte.«

Måns Wenngren hatte Lust, zu ihr zu gehen, ihre Haare zu packen, ihren Kopf nach hinten zu reißen und sie dazu zu zwingen, ihm in die Augen zu sehen. Oder ihr einfach eine zu scheuern.

Sie drehte sich um, um das Zimmer zu verlassen.

»Und wie kommst du dahin?«, fragte er rasch. »Gibt's einen Flug nach Kiruna, oder musst du dich in Umeå einer Rentierkarawane anschließen?«

»Es gibt einen Flug«, antwortete sie in neutralem Ton.

Als habe sie seine Frage richtig ernst genommen.

Polizeiinspektorin Anna-Maria Mella ließ sich in ihrem Schreibtischsessel zurücksinken und musterte lustlos die vor ihr ausgebreiteten Unterlagen. Alter Sauerteig. Ermittlungen, die ins Stocken geraten waren. Jahre alte Laden- und Autodiebstähle. Sie machte sich an der ihr am nächsten liegenden Akte zu schaffen. Häusliche Misshandlung, sehr brutal, aber die Frau hatte später ihre Anzeige zurückgezogen und energisch behauptet, die Treppe hinuntergefallen zu sein.

Das war ja wirklich ein teuflischer Fall, dachte Anna-Maria und sah die schrecklichen Fotos vor sich, die im Krankenhaus gemacht worden waren.

Sie griff nach einer anderen Akte. Reifendiebstahl in einer Firma unten im Gewerbegebiet. Ein Zeuge hatte gesehen, wer das Tor geknackt und die Reifen auf seinen Toyota Hillux geladen hatte, doch bei einer späteren Vernehmung konnte dieser Zeuge sich dann plötzlich an nichts mehr erinnern. Dabei war überaus deutlich geworden, dass er sich bedroht fühlte.

Anna-Maria seufzte. Es gab kein Geld für Zeugenschutz oder andere Maßnahmen, wenn es sich um einen schnöden Reifendiebstahl handelte. Sie gab den Toyota Hillux in ihren Computer ein und merkte sich den Namen des Besitzers. Einer von diesen halbkriminellen Duodezfürsten, die sich nahmen, was sie wollten. Aller Wahrscheinlichkeit würde sie diesem Namen in anderen Zusammenhängen wieder begegnen. Sie suchte sich alle möglichen Informationen über den Mann heraus. Vorbestraft wegen Gewaltanwendung und allerlei unbefugten Waffenbesitzes. Eine Anzahl Treffer im Register von Verdächtigen.

Jetzt reiß dich mal zusammen, ermahnte sie sich. Mach hier nicht einfach nur Akten auf und zu.

Sie legte den Reifendiebstahl beiseite. Das führte doch nicht weiter. Da konnte man das Verfahren auch gleich einstellen. Sie konnte hören, wie der Kaffeeautomat draußen auf dem Gang einen Pappbecher ausspuckte und ihn mit seiner Plörre füllte. Für einen Moment hoffte sie, dass Sven-Erik draußen stand und ihr etwas Neues über Viktor Strandgård erzählen könnte. Aber dann hörte sie den über den Gang verschwindenden Schritten an, dass es sich um jemand anderen handelte.

Nicht daran denken, sagte sie halblaut und nahm einen anderen Ordner von ihrem Stapel.

Ihr Blick wandte sich sofort vom Inhalt dieses Ordners ab und irrte ziellos auf ihrem Schreibtisch umher. Sie bedachte den Becher mit dem kalten Tee mit einem traurigen Blick. Aber schon beim bloßen Gedanken an Kaffee wurde ihr derzeit fast schlecht. Leider war sie noch nie eine Teetrinkerin gewesen. Weshalb der Tee bei ihr immer wieder kalt wurde. Und von Cola bekam sie nur Blähungen.

Als das Telefon klingelte, riss sie den Hörer an sich. Sie hatte mit Sven-Erik gerechnet, aber es war Lars Pohjanen, der Gerichtsmediziner.

»Ich habe den vorläufigen Obduktionsbericht fertig«, sagte er mit seiner rauen Roboterstimme. »Willst du vorbeikommen?«

»Naja, eigentlich ist da ja Sven-Erik zuständig«, antwortete sie zögernd. »Und von Post.«

Pohjanens Stimme wurde scharf.

»Also wirklich, ich hab nicht vor, Sven-Erik durch die halbe Stadt zu jagen, und der Herr Staatsanwalt kann den Bericht immer noch lesen. Also packe ich alles zusammen und fahre zurück nach Luleå.«

»Nein, zum Teufel. Ich komme«, sagte Anna-Maria im selben Moment, in dem am anderen Ende der Leitung das Gespräch mit einem Klicken beendet wurde.

Hoffentlich hat der alte Griesgram das noch gehört, dachte sie, als sie in ihre Stiefel schlüpfte. Sonst ist er sicher schon weg, wenn ich im Krankenhaus ankomme.

Sie fand Lars Pohjanen im Raucherzimmer des Krankenhauspersonals. Er saß in sich zusammengesunken auf einem grünen Noppensofa aus den siebziger Jahren. Er hatte die Augen geschlossen, und nur die glühende Zigarette in seiner Hand wies darauf hin, dass er wach oder überhaupt am Leben war.

»Ach«, sagte er, ohne die Augen zu öffnen. »Interessiert der tote Viktor Strandgård dich denn gar nicht? Ich hätte ja erwartet, dass der etwas für dich wäre, Mella.«

»Bis zur Entbindung soll ich nur Papiere sortieren«, sagte sie und blieb in der Türöffnung stehen. »Aber es ist doch besser, ich rede mit dir, statt dass du fährst, ohne mit irgendwem gesprochen zu haben.«

Er stieß ein heiseres Lachen aus, das in einen leichten Husten überging, dann schlug er die Augen auf und durchbohrte sie mit seinem scharfen blauen Blick.

»Du wirst nachts von ihm träumen, Mella. Sieh dir den Dreck besser jetzt an, sonst wirst du im Mutterschaftsurlaub mit dem Kinderwagen hin und her laufen und Verdächtige vernehmen. Gehen wir?«

Mit übertrieben einladender Geste winkte er in Richtung Obduktionssaal.

Der Obduktionssaal war sauber und ordentlich. Ein reiner Steinboden, drei rostfreie Obduktionstische, rote Plastikeimer, nach Größen sortiert unter dem Spülstein, zwei Waschbecken, von Anna Granlund immer mit frischgewaschenen Handtüchern versorgt. Der Seziertisch war abgespült und getrocknet worden. In der Spülküche dröhnten die Spülmaschinen. Das Einzige, was hier an den Tod erinnerte, war die lange Reihe mit nummerierten durchscheinenden Plastikbehältern voller grauer und blassbrauner Stücke von Gehirnen und inneren Organen, die in Formalin eingelegt waren und von denen irgendwann Proben genommen werden sollten. Und dann war da noch Viktor Strandgårds Leichnam. Er lag auf einem Obduktionstisch auf dem Rücken. Ein Schnitt zog sich an seinem Hinterkopf von einem Ohr zum anderen, und die Kopfhaut war über seine Stirn gestülpt worden und legte die Schädelknochen bloß. Zwei lange Wunden liefen über seinen Bauch und wurden von großen Klammern zusammengehalten. Den einen Schnitt hatten die Obduktionstechniker ihm zugefügt, um seine Innereien untersuchen zu können. Sein Körper wies auch kleinere Wunden auf. Anna-Maria kannte solche Verletzungen. Messerstiche. Er war sauber, zusammengeflickt und gewaschen, und im Neonlicht sah er bleich aus. Anna-Maria fühlte sich unangenehm berührt vom Anblick seines nackten geschmeidigen Körpers auf dem kalten Stahltisch. Sie selbst trug noch immer ihre Daunenjacke.

Lars Pohjanen streifte einen grünen Ärztekittel über, schob die Füße in seine abgenutzten Holzschuhe, die nur noch spärliche Reste ihrer einst weißen Farbe aufwiesen, und zog dünne, geschmeidige Gummihandschuhe an.

»Wie geht es den Kindern?«, fragte er.

»Jenny und Peter geht es gut. Marcus leidet an gebrochenem Herzen und liegt meistens mit Kopfhörern auf dem Bett, um sich einen Gehörsturz einzufangen.«

»Der Arme«, sagte Pohjanen mit aufrichtigem Mitgefühl und wandte sich dann Viktor Strandgård zu.

»Darf ich?«, fragte sie und zog ihr Tonbandgerät aus der Tasche. »Dann können die anderen sich das auch noch anhören.«

Pohjanen zuckte als Zustimmung mit den Schultern. Anna-Maria schaltete das Tonbandgerät ein.

»Chronologisch«, sagte er. »Zuerst stumpfer Gegenstand am Hinterkopf. Du und ich können ihn wohl nicht umdrehen, aber ich kann es dir zeigen.«

Er holte eine Computertomographie und befestigte sie am Röntgenschrank. Anna-Maria sah sich die Bilder schweigend an und dachte an die schwarzweißen Ultraschallaufnahmen, die ihr von ihrem Kind gezeigt worden waren.

»Hier siehst du den Riss im Schädelknochen. Und die subdurale Blutung. Hier.«

Der Finger des Gerichtsmediziners fuhr über ein schwarzes Gebiet auf den Bildern.

»Möglicherweise hätte sein Leben gerettet werden können, wenn er nur diesen Schlag auf den Hinterkopf bekommen hätte, aber wahrscheinlich nicht«, sagte er.

»Dein Mörder ist vermutlich Rechtshänder«, sagte er dann. »Naja, nach diesem Schlag auf den Kopf kamen die Messerstiche in Bauch und Brust.«

Er zeigte auf zwei der Wunden an Viktor Strandgårds Körper.

»Die Beschaffenheit der Verletzung am Hinterkopf sagt leider nichts darüber aus, wie groß der Mörder ist, und die Stichwunden helfen da auch nicht weiter. Sie sind von oben her verpasst worden, und deshalb nehme ich an, dass Viktor Strandgård dabei auf den Knien saß. Entweder habe ich damit Recht, oder dein Täter ist ein Riese, so eine Art Basketballstar aus den USA. Aber vermutlich wurde Strandgård zuerst am Hinterkopf getroffen. Peng.«

Der Gerichtsmediziner schlug sich auf seinen kahlen Schädel, um den Schlag darzustellen.

»Der Schlag hat ihn in die Knie gezwungen – seine Knie weisen keine Schrammen oder Hämatome auf, aber der Teppich ist ja ziemlich weich –, und dann sticht der Täter zweimal zu. Deshalb gehen die Wunden schräg nach oben. Und deshalb ist es schwer zu sagen, wie groß der Täter wohl sein mag.«

»Er ist also von dem Schlag und den beiden Stichen getötet worden?«, fragte Anna-Maria.

»Jepp«, sagte Pohjanen und unterdrückte ein Husten. »Die

Stichwaffe durchbohrte die Wand des Brustkorbs, zerbrach das linke Schlüsselbein und öffnete das Perikardium...«

»Sag das bitte auf Schwedisch.«

»Das Herz an sich, und die rechte Ventrikel, ich meine, die Herzkammer. Das führt zu einer Blutung im Herzbeutel und im rechten Lungenflügel. Beim zweiten Stich hat das Messer die Leber durchtrennt und zu einer Blutung in Bauchhöhle und Gedärmen geführt.«

»War er sofort tot?«

Pohjanen zuckte mit den Schultern.

»Und die übrigen Verletzungen?«, fragte Anna-Maria.

»Die sind ihm nach Eintritt des Todes zugefügt worden. Diese vielen Stiche in Rumpf und Bauch. Ich nehme an, dass Viktor Strandgård dabei auf dem Rücken lag. Und dann ist hier noch der lange Schnitt, der seinen Bauch aufgeschlitzt hat.«

Er zeigte auf die lange rotblaue Wunde am Bauch, die jetzt von groben Klammern zusammengehalten wurde.

»Und die Augen?«, fragte Anna-Maria und musterte die klaffenden Löcher in Viktor Strandgårds Gesicht.

»Schau mal«, sagte Pohjanen und befestigte eine Röntgenaufnahme am Schrank. »Hier! Siehst du den Splitter, der sich in der Augenhöhle vom Schädel gelöst hat? Und hier? Das habe ich erst auf den Bildern entdeckt, aber danach habe ich die Augenhöhlen ein wenig gereinigt und mir den eigentlichen Schädelknochen angesehen. Die Kratzspuren am Schädelknochen sitzen gleich neben den Augenhöhlen. Der Mörder hat das Messer in die Augen gestoßen und es immer wieder umgedreht. Er hat sie herausgebohrt, könnte man sagen.«

»Was zum Teufel hat er sich bloß davon versprochen?«, rief Anna-Maria leidenschaftlich aus. »Und was ist mit den Händen?«

»Auch die wurden erst nach Eintritt des Todes abgehackt. Die eine lag ja noch am Tatort.«

»Fingerabdrücke?«

»Vielleicht auf den Armstümpfen, aber darum muss sich das Labor in Linköping kümmern. Obwohl ich mir da keine großen Hoffnungen machen würde. Es gibt zwei deutliche Greifspuren um die Handgelenke, aber soviel ich sehen kann, sind keine Fingerabdrücke vorhanden. Ich nehme an, dass Linköping sagen wird, wer immer die Hände abgehackt hat, habe Handschuhe getragen.«

Anna-Maria spürte Resignation in sich aufsteigen. Das heftige Verlangen, den Mörder zu fassen, überkam sie. Sie hatte plötzlich das Gefühl, dass sie es nicht ertragen würde, wenn diese Voruntersuchung ergebnislos im Archiv verschwände. Pohjanen hatte Recht. Bestimmt würde sie von Viktor Strandgård träumen.

»Was war es für ein Messer?«, fragte sie.

»Modell größeres Jagdmesser. Zu breit für ein Küchenmesser. Nicht zweischneidig.«

»Und der stumpfe Gegenstand am Hinterkopf?«

»Kann alles Mögliche gewesen sein«, sagte Pohjanen. »Ein Spaten, ein großer Stein...«

»Ist es nicht seltsam, dass er von hinten mit einem Gegenstand niedergeschlagen und dann von vorn erstochen wurde?«, fragte Anna-Maria.

»Ja, aber du bist hier die Polizistin«, sagte Lars Pohjanen.

»Vielleicht war das nicht nur einer«, überlegte Anna-Maria laut. »Sonst noch was?«

»Im Moment nicht. Keine Drogen. Kein Alkohol. Und er hatte seit einigen Tagen nichts mehr gegessen.«

»Was? Seit einigen Tagen?«

Anna-Maria musste derzeit alle zwei Stunden etwas zu sich nehmen.

»Er war nicht ausgetrocknet, er litt also nicht an einer Magenkrankheit oder fastete bewusst. Aber offenbar hat er nur flüssige Nahrung zu sich genommen. Das Labor wird ja feststellen, was er so alles intus hatte. Du kannst das Tonbandgerät ausschalten.«

Er reichte ihr eine Kopie des vorläufigen Obduktionsberichtes. Anna-Maria schaltete das Tonbandgerät aus.

»Ich möchte nicht spekulieren«, sagte Pohjanen und räusperte sich. »Jedenfalls nicht, wenn es aufgenommen wird.«

Er nickte zum Tonbandgerät hinüber, das jetzt in Anna-Marias Tasche verschwand.

»Aber der Schnitt an seinen Handgelenken hat so was«, sagte er dann. »Vielleicht solltest du einen Jäger suchen, Mella.«

»Hier bist du also«, erklang von der Tür her eine Stimme.

Es war Sven-Erik Stålnacke.

»Ja«, antwortete Anna-Maria und stellte fest, dass die Befürchtung, ihr Kollege könne glauben, sie handele hinter seinem Rücken, sie in Verlegenheit brachte. »Pohjanen hat angerufen und wollte schon fahren und...«

Sie verstummte. Sie ärgerte sich schrecklich darüber, dass sie mit diesen Erklärungen und Entschuldigungen überhaupt angefangen hatte.

»Schon gut«, sagte Sven-Erik. »Das kannst du mir im Auto erzählen. Wir haben ein Problem mit diesen Pastoren. Meine Güte, ich hab vielleicht gesucht. Am Ende hab ich Sonja in der Zentrale gefragt, wer dich denn angerufen hat. Du musst kommen.«

Anna-Maria schaute Pohjanen fragend an, und er zuckte mit den Schultern und hob zugleich die Augenbrauen, um zu bestätigen, dass sie fertig waren.

»Luleå ist von Färjestad zusammengefaltet worden«, sagte Sven-Erik grinsend zu dem Gerichtsmediziner und zerrte dabei Anna-Maria mehr oder weniger aus dem Raum.

»Reib mir nur Salz in die Wunden, ja, tu das«, seufzte Lars Pohjanen und fischte die Zigaretten aus seiner Tasche.

Die Maschine nach Kiruna war fast voll besetzt. Ausländische Touristen, die mit Hundeschlitten fahren und im Eishotel von Jukkasjärvi auf Rentierfellen übernachten wollten, saßen neben erschöpften heimkehrenden Geschäftsleuten mit Gratisobst und Zeitungen in den Händen.

Rebecka ließ sich auf ihren Platz sinken und schloss den Sicherheitsgurt. Das Stimmengewirr, das synthetische Pling der Schilder, die in der Decke ein- und ausgeschaltet wurden, und das Brummen der Motoren lockten sie in einen unruhigen Schlaf. Sie verschlief den ganzen Flug.

Im Traum springt sie über ein mit Torfbrombeeren bewachsenes Moor. Es ist ein heißer Tag im August. Die Sonnengase treiben die Feuchtigkeit aus dem Boden. Mückenöl und Schweiß fließen ihr in die Augen. Das brennt. Die Augen tränen. Eine schwarze Wolke aus Kriebelmücken kriecht ihr in Nasenlöcher und Augen. Sie kann nichts sehen. Und irgendjemand verfolgt sie. Ist ihr dicht auf den Fersen. Wie immer in ihren Träumen wollen ihre Beine sie nicht tragen. Sie haben keine Kraft, und das Moor ist weich. Ihre Füße versinken immer tiefer, und jemand oder etwas jagt sie. Jetzt kann sie den Fuß nicht mehr heben. Sie versinkt im weichen Moor. Sie versucht, nach ihrer Mutter zu rufen, aber aus ihrer Kehle kommt nur ein leises Piepsen. Dann spürt sie die Hand, die sich schwer auf ihre Schulter legt.

»Verzeihung, hab ich Sie geweckt?«

Rebecka schlug die Augen auf und sah eine Stewardess, die sich über sie beugte. Die Frau lächelte ein wenig unsicher und nahm die Hand von Rebeckas Schulter.

»Wir sind schon im Anflug auf Kiruna, Sie müssen Ihre Sitzlehne gerade stellen.«

Rebecka schlug die Hand vor den Mund. Hatte sie gesabbert? Oder schlimmer noch, geschrien? Sie wagte nicht, ihren Sitznachbarn anzusehen, sondern schaute in die Dunkelheit vor dem Fenster. Dort unten lag sie. Die Stadt. Wie ein glitzerndes Schmuckstück auf dem Grund eines Brunnens leuchteten ihre Lichter, umgeben von der Finsternis des Gebirges. Magen und Herz krampften sich bei diesem Anblick zusammen.

Meine Stadt, dachte Rebecka mit der Wehmut des Wiedersehens. Mit einer seltsamen Mischung aus Freude, Zorn und Angst.

Zwanzig Minuten später war sie mit ihrem gemieteten Audi unterwegs nach Kurravaara. Dieser Ort lag fünfzehn Kilometer von Kiruna entfernt. Als Kind hatte sie bisweilen den ganzen Weg mit dem Tretschlitten zurückgelegt. Daran erinnerte sie sich nur zu gern. Vor allem im Spätwinter, wenn der Weg von wunderbarem dickem blankem Eis bedeckt war, das niemand mit Salz, Sand oder Kies ruiniert hatte.

Der Mond beleuchtete den verschneiten Wald, der sie umgab. Die Schneewehen ragten am Straßenrand auf.

Das ist nicht richtig so, dachte sie, ich hätte mir das nicht alles wegnehmen lassen dürfen. Und ehe ich zurückfahre, werde ich Tretschlitten fahren, verdammt noch mal.

Von welchem Moment an hätte ich mich anders verhalten sollen?, überlegte sie, während ihr Wagen durch den Wald sauste. Wenn ich die Zeit zurückdrehen könnte, würde ich dann zum ersten Sommer zurückgehen? Oder noch weiter? Sicher bis zum Frühling. Dem, in dem mir Thomas Söderberg zum ersten Mal begegnet ist. Als er meine Klasse auf der Hjalmar-Lundbohms-Schule besuchte. Schon damals hätte ich mich anders verhalten müssen. Und ihn durchschauen. Statt so verdammt naiv zu sein. Die anderen in der Klasse, die waren offenbar viel cleverer als ich. Warum sind die nicht auf ihn hereingefallen?

»Hallo, ihr, ich möchte euch Thomas Söderberg vorstellen. Er ist Pastor der Missionskirche. Ich habe ihn als Vertreter der Freikirchen eingeladen.«

Das sagt Margareta Fransson. Die Religionslehrerin.

Sie lächelt die ganze Zeit, überlegt Rebecka, warum macht sie das? Es ist kein fröhliches Lächeln, es ist unterwürfig und schmeichlerisch. Und sie kauft alle ihre Kleider bei der Helfenden Hand, einem Laden, der die Produkte von Frauenkollektiven in Ländern der Dritten Welt verkauft.

»Bisher hatten wir Evert Aronsson von der schwedisch-lutherischen Staatskirche und den römisch-katholischen Geistlichen Andreas Gault zu Besuch«, sagt Margareta Fransson jetzt.

»Ich finde, wir brauchen auch noch einen Buddhisten oder einen Muslim oder so was«, erklärte Nina Eriksson. »Warum sollen wir nur mit einem Haufen Christen reden?«

Nina Eriksson ist Sprachrohr und Leitwölfin der Klasse. Hoch und hart schrillt ihre Stimme durch das Klassenzimmer. Viele stimmen ihr murmelnd zu.

»Da ist das Angebot in Kiruna ja nicht gerade groß«, lautet Margareta Franssons lahme Entschuldigung.

Dann übergibt sie das Wort an Pastor Thomas Söderberg.

Er ist schön, so ist das einfach. Dunkelbraune Locken, langer Pony. Er lacht und scherzt, aber ab und zu wird er auch sehr ernst. Er ist zu jung, um Geistlicher zu sein, oder Pastor, wie er sagt. Und er trägt Jeans und Hemd. Er zeichnet an die Tafel. Eine Brücke. Wie Jesus sein Leben für die Menschen gegeben hat. Um eine Brücke zu Gott zu bauen. Denn so sehr liebte Gott die Welt, dass Er Seinen eingeborenen Sohn für sie hingab. Er nennt die Klasse »du«, obwohl er vierundzwanzig Schüler auf einmal anspricht. Er will, dass sie das Leben wählen. Ja sagen. Und er hat auf alle Fragen, die sie ihm später stellen, eine Antwort. Einige Fragen lassen ihn zunächst verstummen. Die Stirn runzeln und nachdenklich nicken. Als habe er sie zum allerersten Mal gehört. Als hätten sie ihm Grund zum Nachdenken ge-

liefert. Viel später wird Rebecka wissen, dass das alles durchaus nicht der Fall war. Dass er die Antworten schon längst bereit liegen hatte. Aber wer immer eine Frage stellt, soll das Gefühl haben, etwas ganz Besonderes zu sein.

Er beendet seinen Besuch mit einer Einladung ins Sommerlager der Missionskirche in Gällivare. Drei Wochen Arbeit und Bibelstudien, ohne Bezahlung, nur gegen Kost und Logis.

»Trau dich, neugierig zu sein«, ermahnt er sie. »Du kannst nicht wissen, ob der christliche Glaube nichts für dich ist, solange du nicht weißt, was er wirklich bedeutet.«

Rebecka hat das Gefühl, dass er sie ansieht, als er das sagt. Deshalb sieht sie ihm ins Gesicht. Und kann das Feuer spüren.

Auf der Straße war bis zum grauen Eternithaus der Großmutter der Schnee geräumt. Im Obergeschoss brannte Licht. Rebecka nahm ihre Tasche und die Einkaufstüte voller Lebensmittel aus dem Wagen. Sie hatte unterwegs eingekauft. Das war vielleicht nicht nötig, aber man wusste doch nie. Sie schloss das Auto ab.

So bin ich jetzt, dachte sie. Eine, die abschließt.

»Hallo«, rief sie, als sie die Tür öffnete.

Es kam keine Antwort, aber vermutlich hatten Sanna und die Kinder die Tür zur Treppe geschlossen und sie nicht gehört.

Sie ließ Tasche und Einkaufstüte auf den Boden fallen und drehte im Erdgeschoss eine Runde, ohne die Lampen einzuschalten. Es roch stickig und dumpf. Nach Linoleumboden und Feuchtigkeit. Vernachlässigt. Die Möbel standen da wie müde Gespenster und drückten sich in der Dunkelheit unter den handgesäumten Leintüchern der Großmutter gegen die Wände.

Vorsichtig ging sie die Treppe hoch. Sie hatte Angst, auszurutschen, da der geschmolzene Schnee unter ihren Schuhsohlen ihre Schuhe glatt machte.

»Hallo«, rief sie nach oben, aber auch diesmal kam keine Antwort.

Rebecka öffnete die Tür zur oben gelegenen Wohnung und betrat die enge, dunkle Diele. Als sie sich bückte, um ihre Stiefel zu öffnen, stieß etwas Schwarzes gegen ihr Gesicht. Sie schrie auf und kippte rückwärts um. Zweimal wurde glücklich gebellt, dann nahm das Schwarze die Form eines niedlichen Hundekopfes an. Eine schmale Zunge nutzte die Gelegenheit, um sich mit Rebeckas Gesicht bekannt zu machen. Die Hündin bellte noch zweimal aufmunternd, dann leckte sie wieder los.

»Tjapp, hierher!«

Ein Mädchen von vielleicht vier Jahren erschien in der Türöffnung. Die Hündin drehte auf Rebeckas Bauch eine kleine Pirouette, tanzte zum Mädchen hinüber, leckte auch dieses kurz ab und wuselte danach zu Rebecka zurück. Aber die war inzwischen wieder auf die Beine gekommen. Während die Hündin ihre Nase in die Einkaufstüte bohrte.

»Du bist bestimmt Lova«, sagte Rebecka und schaltete das Licht ein, während sie zugleich mit dem Fuß die Hündin von der Einkaufstüte wegschob.

Das Licht fiel auf das Mädchen. Es hatte sich in eine Decke gehüllt, und Rebecka merkte, wie kalt es im Haus war.

»Wer bist du?«, fragte Lova.

»Ich heiße Rebecka«, sagte Rebecka kurz. »Wir gehen in die Küche.«

Gleich hinter der Küchentür blieb sie stehen und schaute sich voll stummer Verwirrung um. Die Stühle waren umgekippt. Die Flickenteppiche ihrer Großmutter lagen wild durcheinander unter dem Küchentisch. Die Hündin lief zu einem Stapel von Laken, die vermutlich über den Möbeln im Schlafzimmer gelegen hatten. Sie knurrte und zog verspielt daran. Es roch nach Reinigungsmittel und Seife. Als Rebecka genauer hinsah, ging ihr auf, dass der Boden mit Reinigungsmittel verschmiert war.

»Aber was in aller Welt«, rief sie, »ist denn hier passiert? Und wo sind deine Mama und deine große Schwester?«

»Ich hab mich gewaschen«, gestand Lova. »Und Tjapp auch.«

Unter der großen Decke, in die sie sich gewickelt hatte, kam ihre kleine Hand zum Vorschein und machte sich an einem glitzernden Knopf an Rebeckas Mantel zu schaffen. Ungeduldig schob Rebecka die Kinderhand weg.

»Wo sind deine Mama und deine Schwester?«, fragte sie noch einmal.

Lova zeigte auf das Ausklappsofa im Alkoven. Dort saß ein Mädchen von etwa elf Jahren, eingehüllt in einen langen grauen Lammfellmantel, der vielleicht Sanna gehörte. Sie schaute aus zusammengekniffenen Augen und mit aufeinander gepressten Lippen von einer Illustrierten hoch. Rebecka versetzte dieser Anblick einen Stich.

Sara, dachte sie. So groß ist sie geworden. Und sie sieht Sanna so ähnlich. Die gleichen blonden Haare, nur dass sie so glatt wie Viktors sind.

»Hallo«, sagte Rebecka zu Sara. »Was hat deine Schwester denn hier angestellt? Und wo steckt Sanna?«

Sara zuckte mit den Schultern, um klarzustellen, dass sie ja wohl nicht die Hüterin ihrer kleinen Schwester sei.

»Mama war böse«, sagte Lova und zupfte an Rebeckas Ärmel. »Sie ist in der Blase. Sie liegt da drinnen.«

Sie zeigte auf die Schlafzimmertür.

»Wer bist du?«, fragte Sara misstrauisch.

»Ich heiße Rebecka, und das Haus hier gehört mir. Jedenfalls teilweise.«

Sie wandte sich Lova zu.

»Was meinst du damit, dass sie in der Blase ist?«

»Wenn sie in der Blase ist, gibt sie keine Antwort und guckt uns nicht an«, erklärte Lova und musste einfach wieder an Rebeckas Knöpfen herumspielen.

»O Gott«, seufzte Rebecka, streifte den Mantel ab und hängte ihn in der Diele auf einen Kleiderbügel.

Im Haus war es wirklich eiskalt. Sie musste im Kamin ein Feuer machen.

»Ich kenne eure Mama«, sagte Rebecka und stellte die Stühle wieder richtig hin. »Meine Oma und mein Opa haben früher hier gewohnt. Hast du in den Haaren auch Seife?«

Sie musterte Lovas verklebte Strähnen. Die Hündin setzte sich und versuchte, sich den Rücken zu lecken. Rebecka bückte sich und rief sie mit demselben Lockton, den ihre Großmutter immer für ihre Hunde benutzt hatte.

»Tjö!«

Die Hündin kam sofort auf sie zugerannt und zeigte ihre Unterwerfung, indem sie versuchte, Rebeckas Mundwinkel zu lecken. Es handelte sich um eine Spitzmischung, wie Rebecka jetzt sah. Das dichte schwarze Fell umschloss das feminine Köpfchen. Die Augen waren glänzendschwarz und munter. Rebecka fuhr mit den Händen durch das Fell und roch danach an ihren Fingern. Die stanken nach Schmierseife.

»Schöner Hund«, sagte Rebecka zu Sara. »Ist das deiner?«

Sara gab keine Antwort.

»Zwei Drittel gehören Sara und ein Drittel ist meins«, erwiderte Lova, und es hörte sich an wie auswendig gelernt.

»Und jetzt will ich mit Sanna reden«, sagte Rebecka und stand auf.

Lova nahm ihre Hand und führte sie ins Schlafzimmer. Die Wohnung im Obergeschoss bestand nur aus der großen Küche mit dem Alkoven und der kleinen Schlafkammer. In der Kammer hatten früher die Kinder geschlafen, während die Großeltern den Alkoven benutzten. Sanna lag auf einem der Betten auf der Seite, sie hatte die Beine so weit hoch gezogen, dass ihre Knie fast gegen ihr Kinn stießen. Sie hatte ihr Gesicht der Wand zugekehrt und trug nur ein T-Shirt und eine geblümte Baumwollunterhose. Ihre langen blonden Engelshaare flossen über das Kissen.

»Hallo, Sanna«, sagte Rebecka vorsichtig.

Die Frau auf dem Bett gab keine Antwort, aber sie atmete, das konnte Rebecka sehen.

Lova nahm eine Decke, die zusammengeknüllt am Fußende lag, und breitete sie über ihrer Mama aus.

»Sie ist in der Blase«, flüsterte die Kleine.

»Alles klar«, sagte Rebecka verbissen.

Sie bohrte einen Zeigefinger in Sannas Rücken.

»Komm mit«, sagte sie dann und zog Lova mit sich in die Küche.

Tjapp folgte ihnen auf dem Fuße, nachdem sie gesehen hatte, dass keine Gefahr für Frauchen bestand, die bewegungslos und stumm auf dem Bett lag.

»Habt ihr etwas gegessen?«, fragte Rebecka.

»Nein«, antwortete Lova.

»Du und ich haben uns gekannt, als du noch klein warst«, sagte Rebecka zu Sara.

»Ich bin nicht klein«, rief Lova. »Ich bin schon vier!«

»Jetzt machen wir es so«, entschied Rebecka, »wir räumen hier in der Küche auf, dann gibt es etwas zu essen, und danach machen wir auf dem Herd Wasser heiß und waschen Lova und Tjapp.«

»Und ich brauch ein neues Hemd«, sagte Lova. »Schau mal.«

Sie öffnete ihre Decke und zeigte ein mit Schmierseife verklebtes T-Shirt.

»Und du brauchst ein neues Hemd«, seufzte Rebecka erschöpft.

Eine Stunde später stopften Lova und Sara sich mit Würstchen und Kartoffelpüree voll. Lova trug eine Jeans, die einer Kusine von Rebecka gehört hatte, und dazu ein verwaschenes blassrosa T-Shirt mit Asterix und Obelix. Tjapp saß auf dem Boden und wartete geduldig auf ihren Anteil. Das Feuer im Kamin knisterte und knackte.

Rebecka schaute verstohlen auf die Uhr. Schon sieben. Sie und Sanna mussten ja auch noch zur Polizei. Der Stress machte ihr Magenbeschwerden.

Sara beschnupperte Lovas Hemd.

»Du stinkst«, sagte sie.

»Tut sie nicht«, seufzte Rebecka. »Die Sachen riechen ein bisschen muffig, weil sie so lange in der Kommode gelegen haben. Aber ihre eigenen sind noch schlimmer, deshalb haben wir keine andere Wahl. Gebt Tjapp die restlichen Würstchen.«

Sie ließ die Mädchen in der Küche sitzen, ging ins Schlafzimmer und schloss die Tür.

»Sanna«, sagte sie.

Sanna rührte sich nicht. In derselben Haltung wie zuvor starrte sie die Wand an.

Rebecka trat ans Bett und verschränkte die Arme.

»Ich weiß, dass du mich hörst«, sagte sie mit harter Stimme. »Ich bin nicht mehr dieselbe wie früher, Sanna. Ich bin seit damals gemeiner und ungeduldiger geworden. Ich habe nicht vor, mich zu dir zu setzen und deine Haare zu streicheln und dich zu fragen, was denn bloß los ist. Du kannst jetzt sofort aufstehen und dich anziehen. Wenn nicht, dann fahre ich mit deinen Töchtern zur Notdienststelle des Jugendamtes und teile dort mit, dass du dich im Moment nicht um sie kümmern kannst. Und danach setze ich mich ins nächste Flugzeug nach Stockholm.«

Noch immer keine Antwort. Keine Bewegung.

»Na gut«, sagte Rebecka nach einer Weile.

Sie holte Atem, um klarzustellen, dass sie nicht länger warten würde. Dann drehte sie sich um und ging auf die Tür zur Küche zu.

Das war's dann also, dachte sie. Ich rufe die Polizei an und sag ihnen, wo sie ist. Sollen die sie doch hier rausholen.

Sie hatte gerade die Hand auf die Türklinke gelegt, als sie hörte, dass Sanna sich im Bett hinter ihr aufsetzte.

»Rebecka«, sagte Sanna nur.

Rebecka zögerte eine halbe Sekunde. Dann drehte sie sich um und lehnte sich an die Tür. Ihre Arme verschränkten sich wieder vor ihrer Brust. Sie kam sich vor wie eine Mutter, die fragen möchte, was das Kind denn nun eigentlich will.

Und Sanna nagte wie ein kleines Mädchen an ihrer Unterlippe und schaute sie flehend an.

»Verzeihung«, murmelte sie mit ihrer vagen Stimme. »Ich weiß, ich bin die mieseste Mutter der Welt und eine noch viel schlechtere Freundin. Hasst du mich jetzt?«

»Du hast drei Minuten, um dich anzuziehen und zum Essen in die Küche zu kommen«, erklärte Rebecka und marschierte aus der Kammer.

SVEN-ERIK STÅLNACKE hatte seinen Wagen vor dem Eingang zur Ambulanz abgestellt. Anna-Maria wartete vor der Autotür, während er in seiner Jackentasche nach den Schlüsseln wühlte. Es war nicht so leicht, in dieser stechend kalten Luft tief durchzuatmen, aber sie musste versuchen, sich zu entspannen. Ihr Bauch war während des kurzen Weges von der Obduktionsabteilung zum Auto hart wie ein Schneeball geworden.

»Die Kirche der Kraftquelle hat drei Pastoren«, sagte Sven-Erik und suchte in seiner anderen Tasche. »Sie haben mitteilen lassen, dass sie die Polizei zu einem Gespräch empfangen können. Sie können aber nur eine Stunde für uns freimachen. Und sie haben nicht vor, sich getrennt vernehmen zu lassen, sondern wollen zu dritt mit uns reden. Sie bezeichnen sich als kooperativ, aber ...«

»... aber sie sind nicht kooperativ«, fügte Anna-Maria hinzu.

»Ja, zum Teufel, was sollen wir denn machen?«, fragte Sven-Erik. »Sollen wir ihnen die Zähne zeigen oder was?«

»Nein, dann wird die ganze Gemeinde zuschnappen wie eine Muschel. Aber ich wüsste ja zu gern, warum sie nicht jeder für sich mit uns reden wollen.«

»Keine Ahnung. Einer hat eine Erklärung versucht. Gunnar Isaksson heißt er. Aber ich habe kein Wort davon verstanden. Du kannst ihn ja fragen, wenn wir uns mit ihnen treffen. Verdammt, Anna-Maria, ich hätte sie heute Morgen gleich aus den Betten zerren sollen.«

»Nein«, antwortete Anna-Maria und schüttelte nachdenklich den Kopf. »Du hast dich genau richtig verhalten.«

Das Nordlicht jagte noch immer mit weißen und grünen Schleiern über den Himmel.

»Das ist einfach unglaublich«, sagte sie und legte den Kopf in den Nacken. »In diesem Winter hatten wir bisher die ganze Zeit Nordlicht. Hast du so was schon mal erlebt?«

»Nein, aber das liegt an diesen Sonnenstürmen«, erwiderte Sven-Erik. »Das sieht toll aus, aber bestimmt stellen sie bald fest, dass auch das krebserregend ist. Eigentlich sollten wir wohl einen silbernen Sonnenschirm gegen die Strahlung aufspannen.«

»Würde dir gut stehen«, lachte Anna-Maria.

Sie stiegen ins Auto.

»Wo wir schon beim Thema sind«, sagte Sven-Erik. »Wie geht es eigentlich Pohjanen?«

»Ich weiß nicht, es gab irgendwie keine Gelegenheit, ihn zu fragen.«

»Nein, das ist klar.«

Soll er sich doch selbst erkundigen, dachte Anna-Maria ärgerlich.

Sven-Erik hielt unterhalb der Kirche, und sie stiegen den Hang hoch. Die Schneewehen neben dem Fußweg waren verschwunden, und überall im Schnee um das Kirchengebäude waren die Spuren von Menschen und Hunden zu sehen. Die Umgebung und die Schneewehen waren nach der Mordwaffe durchsucht worden. Sie hatten gehofft, dass Viktor Strandgårds Mörder die Waffe vor der Kirche fortgeworfen oder sie vielleicht in einer Schneewehe vergraben haben könnte. Aber sie hatten nichts gefunden.

»Was soll werden, wenn wir keine Waffe finden?«, sagte Sven-Erik und ging langsamer, als er merkte, dass Anna-Maria bereits außer Atem war. »Kann heutzutage eigentlich noch jemand ohne technische Beweise wegen Mordes verurteilt werden?«

»Tja, Christer Pettersson ist das in der ersten Instanz ja passiert«, keuchte Anna-Maria.

Sven-Erik lachte freudlos.

»Na, das ist wirklich ein tröstliches Beispiel.«

»Habt ihr die Schwester schon gefunden?«

»Nein, aber von Post sagt, dass er sie für heute Abend um acht zur Vernehmung bestellt hat, und dann werden wir ja sehen, was dabei herauskommt.«

Anna-Maria Mella und Sven-Erik Stålnacke betraten die Kirche der Kraftquelle um zehn nach fünf. Die drei Pastoren saßen ganz vorn in der Kirche nebeneinander und schauten den Altar an. Außer ihnen hielten sich noch drei weitere Personen im Kirchenraum auf. Eine Frau mittleren Alters zog einen klobigen, fauchenden und dröhnenden Staubsauger über die Läufer. Anna-Maria kam diese Frau mager vor, in ihren unmodernen fußlosen Strumpfhosen und dem blasslila Baumwollpullover, der ihr fast bis an die Knie reichte. Ab und zu musste die Frau den Staubsauger stehen lassen und auf allen Vieren umherkriechen, um irgendein Stück Abfall aufzuheben, das zu groß für das Staubsaugerrohr war. Dann war noch eine andere Frau mittleren Alters anwesend, die um einiges eleganter wirkte in ihrem adretten Kostüm mit der taillierten Jacke und einer sorgfältig gebügelten Bluse. Diese Frau ging an den Stuhlreihen entlang und legte auf jeden Platz eine Fotokopie. Die dritte Person war ein jüngerer Mann. Er wanderte scheinbar ziellos durch die Kirche und schien dabei Selbstgespräche zu führen. Hier und da blieb er vor einem Stuhl stehen, streckte die Hand danach aus und schien stumm und erbost auf ihn einzureden. Manchmal hob er auch die Bibel gen Himmel und gab eine Serie von für Sven-Erik und Anna-Maria unverständlichen Sätzen von sich. Als die beiden an ihm vorübergingen, bedachte der junge Mann sie mit einem hasserfüllten Blick. Der durchweichte Läufer lag noch immer auf dem Boden, doch irgendwer hatte die Stühle verrückt, so dass man problemlos vorbeigehen konnte, ohne auf die Stelle treten zu müssen, an der der Leichnam gelegen hatte.

»Sieh an, hier sitzt also die Dreifaltigkeit«, sagte Sven-Erik in dem Versuch, die Stimmung aufzulockern, als die drei Pastoren sich erhoben und sie mit ernster Miene begrüßten.

Keiner der Männer verzog auch nur den Mund.

Als sie sich setzten, notierte Anna-Maria ihre Namen zusammen mit kurzen Personenbeschreibungen, damit sie sich nachher daran erinnern könnte, wer wer war und was gesagt hatte. Vom Einsatz des Tonbandgerätes konnte hier keine Rede sein. Es würde sicher ohnehin schon schwer genug werden, diese Männer zum Reden zu bringen.

»Thomas Söderberg«, schrieb sie, »der Dunkle, Gutaussehende mit der modischen Brille. Knapp über vierzig. Vesa Larsson, auch über vierzig, der Einzige ohne Anzug und Schlips. Holzfällerhemd und Lederweste. Gunnar Isaksson. Dicklich und mit Bart. Um die fünfzig.«

Sie dachte darüber nach, wie die Männer sie begrüßt hatten. Thomas Söderberg hatte ihr die Hand gedrückt, ihr in die Augen geschaut und ihren Blick eine Zeitlang festgehalten. Er war es gewöhnt, Vertrauen einzuflößen. Sie überlegte, wie er wohl reagieren würde, wenn die Polizei auf eine seiner Aussagen misstrauisch reagierte. Sein Anzug schien teuer gewesen zu sein.

Vesa Larssons Händedruck war schlaff. Er war diese Art von Begrüßung offenbar nicht gewöhnt. Als ihre Hände einander begegneten, hatte er die Formalitäten eigentlich bereits durch das dieser Handlung vorausgehende kurze Nicken erledigt, weshalb sein Blick schon zu Sven-Erik weitergewandert war.

Gunnar Isaksson hatte ihre Hand fast zerquetscht. Es handelte sich dabei nicht um die unbewusste Kraft, die man bei manchen Männern findet.

Er hat einfach Angst, er könnte schwach wirken, dachte Anna-Maria.

»Ehe wir anfangen, möchte ich gern wissen, warum Sie alle gleichzeitig mit uns sprechen wollen«, sagte Anna-Maria als Erstes.

»Hier ist doch etwas Entsetzliches passiert«, sagte Vesa Larsson nach ausgiebigem Schweigen, »aber wir sind davon überzeugt, dass die Gemeinde in der kommenden Zeit zusammenhalten muss. Und das gilt in allerhöchstem Grad auch für uns Pastoren. Es gibt starke Kräfte, die versuchen werden, Zwietracht zu säen, und diesen Kräften gegenüber wollen wir uns so wenige Blößen geben wie überhaupt nur möglich.«

»Ich verstehe«, sagte Sven-Erik in einem Tonfall, der deutlich machte, dass er rein gar nichts begriff.

Anna-Maria sah Sven-Erik an, der nachdenklich die Lippen spitzte, so dass sein großer Schnurrbart unter seiner Nase wie eine Bürste hervorragte. Vesa Larsson spielte an einem Knopf seiner Lederweste herum und schielte zu Thomas Söderberg hinüber. Thomas Söderberg erwiderte diesen Blick nicht, sondern nickte und schien über das eben Gesagte nachzudenken.

Sieh an, dachte Anna-Maria. Pastor Söderberg ist mit Vesas Antwort zufrieden. Da sieht man doch sofort, wer in diesem Rudel der Platzhirsch ist.

»Wie ist die Gemeinde aufgebaut, rein organisatorisch, meine ich?«, fragte Anna-Maria.

»Ganz oben haben wir Gott«, antwortete Gunnar Isaksson mit kraftvoller Stimme und hob glaubensfest einen Finger. »Danach hat die Gemeinde drei Pastoren, also uns, und fünf Älteste Brüder. Wenn wir das Ganze mit einer Firma vergleichen wollten, dann könnten wir sagen, dass Gott der Besitzer ist, wir drei sind die Direktion und die Brüder der Aufsichtsrat.«

»Ich dachte, Sie wollten uns nach Viktor Strandgård fragen«, schaltete Pastor Thomas Söderberg sich jetzt ein.

»Das kommt noch, das kommt noch«, versicherte Sven-Erik fast in einer Art Singsang.

Der junge Mann mit der Bibel war neben einem Stuhl stehen geblieben und psalmodierte mit wilden Gesten und mit lauter Stimme für die leeren Sitzreihen. Sven-Erik schaute ihm verdutzt zu.

»Darf man fragen ...«, sagte er und wies mit dem Daumen zu diesem Mann hinüber.

»Er betet für die heutige Andacht«, erklärte Thomas Söderberg. »Das Reden in Zungen kann durchaus seltsam wirken, wenn man nicht daran gewöhnt ist, aber es handelt sich um keinen Hokuspokus, das können Sie mir glauben.«

»Es ist wichtig, dass das Kircheninnere in der Geisteswelt vorbereitet wird«, erklärte Pastor Gunnar Isaksson und fuhr sich über seinen üppigen, gepflegten Bart.

»Ich verstehe«, sagte Sven-Erik noch einmal und suchte hilflos Anna-Marias Blick.

Sein Schnurrbart befand sich im Verhältnis zu seinem Gesicht jetzt fast in einem Winkel von neunzig Grad.

»Ja, Sie können uns sicher einiges über Viktor Strandgård erzählen«, sagte Anna-Maria. »Was war er für ein Mensch? Wie haben Sie ihn gesehen, Vesa Larsson?«

Pastor Larsson machte ein gequältes Gesicht. Er schluckte einmal heftig, ehe er antwortete.

»Er war hingebungsvoll. Überaus demütig. Die ganze Gemeinde liebte ihn. Er hatte sich zu Gottes Werkzeug gemacht, ganz einfach. Trotz seiner, wie soll man sagen, erhöhten Stellung in der Gemeinde war er bereit, auch in praktischen Dingen zu dienen. Er half beim Putzen der Kirche, man konnte oft sehen, wie er die Stühle hier mit dem Staubtuch bearbeitete. Er entwarf vor den Andachten Plakate ...«

»... hütete Kinder«, warf Gunnar Isaksson dazwischen, »ja, wir haben einen Betreuungsplan, damit alle Eltern mit kleinen Kindern regelmäßig Gottes Wort ungestört lauschen können.«

»... ja, wie gestern«, fügte Vesa Larsson hinzu. »Nach der Andacht kam er nicht mit zum Kaffee im Gemeindesaal, sondern blieb hier, um alle Stühle gerade zu rücken. Das ist der Nachteil, wenn man keine Kirchenbänke hat, es sieht so leicht chaotisch aus, wenn man die Stühle nicht in ordentliche Reihen stellt.«

»Das muss doch eine gewaltige Arbeit sein«, sagte Anna-Maria. »Sie haben hier doch unglaublich viele Stühle. Und ist niemand hier geblieben, um ihm zu helfen?«

»Nein. Er sagte, er wolle allein sein«, antwortete Vesa Larsson. »Leider schließt man ja nicht die Türen ab, wenn man hier ist, und da muss irgendein Verrückter...«

Er unterbrach sich und schüttelte den Kopf.

»Viktor Strandgård scheint ein liebenswerter Mensch gewesen zu sein«, sagte Anna-Maria.

»Ja, das kann man wohl sagen«, sagte Thomas Söderberg mit traurigem Lächeln.

»Wissen Sie, ob er irgendwelche Feinde hatte oder mit irgendwem zerstritten war?«, fragte Sven-Erik.

»Nein, wirklich nicht«, antwortete Vesa Larsson.

»Schien er sich aus irgendeinem Grund Sorgen zu machen? Wirkte er nervös?« Sven-Erik ließ nicht locker.

»Nein«, sagte Vesa Larsson noch einmal.

»Was waren seine Aufgaben hier in der Gemeinde, er war doch hier angestellt?«, fragte Sven-Erik.

»Er sollte für Gott tätig sein«, erklärte Gunnar Isaksson pompös und mit Betonung auf »Gott«.

»Und durch seine Arbeit für Gott holte er ja auch ein wenig Geld für die Gemeinde herein«, sagte Anna-Maria gelassen. »Wohin sind die Einkünfte für sein Buch geflossen? Und an wen fließen sie jetzt, wo er tot ist?«

Gunnar Isaksson und Vesa Larsson wandten sich ihrem Kollegen Thomas Söderberg zu.

»Welche Bedeutung können solche Auskünfte für Ihre Ermittlungen haben?«, fragte der mit freundlicher Stimme.

»Tja, beantworten Sie doch einfach unsere Fragen«, antwortete Sven-Erik gutmütig, aber mit einer Miene, die verriet, dass er nicht zum Scherzen aufgelegt war.

»Viktor Strandgård hat schon vor langer Zeit alle Tantiemen für sein Buch der Gemeinde überschrieben. Nach seinem Tod werden sie weiterhin der Gemeinde zufallen. Da gibt es also keinen Unterschied.«

»Wie viele Exemplare von seinem Buch sind verkauft worden?«, fragte Anna-Maria.

»Über eine Million, wenn wir die Übersetzungen dazu zählen«, erwiderte Pastor Söderberg trocken, »aber ich begreife noch immer nicht...«

»Gibt es vielleicht noch andere Dinge, die Sie verkaufen«, fragte Sven-Erik, »Fanpostkarten oder so was?«

»Das hier ist eine Gemeinde und kein Viktor Strandgård-Fanclub«, antwortete Thomas Söderberg mit scharfer Stimme. »Wir verkaufen keine Porträts, aber ja, es gibt noch andere Einkunftsquellen, zum Beispiel den Verkauf von Videos.«

»Was für Videos sind das denn?«

Anna-Maria rutschte auf ihrem Stuhl hin und her. Sie musste schon wieder aufs Klo.

»Sie zeigen Predigten von uns dreien oder von Viktor Strandgård oder von Gastpredigern. Und wir haben Andachten und Gottesdienste aufgenommen«, antwortete Pastor Söderberg, nahm seine Brille ab und zog ein sauberes kleines Taschentuch aus der Hosentasche.

»Sie haben Ihre Andachten auf Video aufgenommen?«, fragte Anna-Maria und setzte sich schon wieder anders hin.

»Ja«, antwortete Vesa Larsson, da Thomas Söderberg offenbar zu sehr ins Brilleputzen vertieft war, um zu antworten.

»Sie hatten doch gestern hier eine Andacht«, sagte Anna-Maria, »und Viktor Strandgård war dabei. Gibt es auch von dieser Andacht eine Videoaufnahme?«

»Ja«, antwortete Vesa Larsson.

»Dieses Band wollen wir haben«, erklärte Sven-Erik. »Und wenn es heute Abend hier wieder eine Andacht gibt, dann bitten wir auch um die nächste Aufnahme. Ja, überhaupt um alle Videos des letzten Monats, oder was sagst du, Anna-Maria?«

»Gute Idee«, sagte sie kurz.

Sie schauten auf, als der Staubsaugerlärm verstummte. Die Frau, die mit Staubsaugen beschäftigt gewesen war, hatte ihn ausgeschaltet. Jetzt stand sie neben der eleganten Dame und tuschelte mit ihr, während beide zu den Pastoren hinüberblickten. Der junge Mann saß auf einem Stuhl und blätterte in seiner Bibel. Seine Lippen bewegten sich unaufhörlich. Die elegante Frau, die sah, dass das Gespräch zwischen Geistlichkeit und Polizei ins Stocken geraten war, nutzte die Gelegenheit und kam auf die Pastoren zu.

»Wenn ich mal kurz stören darf«, sagte sie freundlich und redete dann gleich auf die Pastoren ein, da niemand Einspruch erhob. »Vor der Andacht heute Abend, wie machen wir das...«

Sie verstummte und zeigte mit der rechten Hand auf die blutverschmierte Stelle, an der Viktor Strandgård gelegen hatte.

»Wo der Boden doch nicht versiegelt ist, können wir wohl nicht alle Spuren wegscheuern... wir könnten vielleicht etwas darüber legen, bis wir einen neuen bekommen.«

»Gute Idee«, sagte Pastor Gunnar Isaksson.

»Nein, bitte, Ann-Gull«, schaltete Pastor Söderberg sich ein und bedachte Gunnar Isaksson gleichzeitig mit einem kaum merklichen Blick. »Ich kümmere mich gleich darum. Warte doch noch einen Moment. Die Polizei braucht uns nicht mehr lange, nicht wahr?«

Diese Frage richtete sich an Anna-Maria und Sven-Erik. Als sie keine Antwort gaben, lächelte Thomas Söderberg die Frau an, um klarzustellen, dass ihr Gespräch erst einmal beendet sei. Sie verschwand wie ein dienstbarer Geist und ging zu der anderen Frau zurück. Bald dröhnte der Staubsauger wieder los.

Die Pastoren und die Polizei saßen schweigend da und musterten einander.

Typisch, dachte Anna-Maria wütend. Unbehandelter Holzboden, dicke handgeknüpfte Läufer, Einzelstühle an Stelle von Bänken. Es sieht gut aus, aber verdammt, es ist ziemlich schwer in Ordnung zu halten. Gut, dass sie so viele gehorsame Frauen haben, die gern für Gotteslohn putzen.

»Unsere Zeit ist nicht unbegrenzt«, sagte Thomas Söderberg. Seine Stimme hatte jegliche Freundlichkeit eingebüßt.

»Wir haben heute Abend hier Gottesdienst, und Sie können sich sicher denken, dass wir noch allerlei Vorbereitungen treffen müssen«, sagte er, als von Seiten der Polizei keine Antwort kam.

»Also«, sagte Sven-Erik Stålnacke nachdenklich, als hätten sie alle Zeit der Welt. »Wenn Viktor Strandgård keine Feinde hatte, dann hatte er doch sicher Freunde. Wer stand Viktor Strandgård am nächsten?«

»Gott«, erwiderte Pastor Isaksson mit einem triumphierenden Lächeln.

»Seine Familie natürlich, seine Eltern«, sagte Thomas Söderberg und ignorierte den Kommentar seines Kollegen. »Viktors Vater, Olof Strandgård, ist Vorsitzender der Christdemokraten hier am Ort und Gemeinderat. Die Kristallkirche ist im Gemeinderat sehr gut vertreten, vor allem durch die Christdemokraten, die größte bürgerliche Partei in Kiruna. Unser Einfluss in der ganzen Gemeinde wird immer größer, und bei den nächsten Wahlen rechnen wir mit der Mehrheit. Wir rechnen auch damit, dass die Polizei keinerlei Schritte unternehmen wird, die dem Vertrauen schaden könnten, das wir unter den Wählerinnen und Wählern aufgebaut haben. Und dann haben wir ja noch Viktors Schwester, Sanna Strandgård, haben Sie schon mit ihr gesprochen?«

»Nein, noch nicht«, antwortete Sven-Erik.

»Seien Sie dabei vorsichtig, sie ist eine überaus verletzliche Person«, sagte Pastor Söderberg.

»Und ansonsten muss ich mich wohl auch selbst erwähnen«, fügte er dann hinzu.

»Waren Sie sein Beichtvater?«, fragte Sven-Erik.

»Naja«, antwortete Thomas Söderberg und lächelte jetzt

wieder. »Wir nennen das nicht so. Geistlicher Berater wäre wohl eine bessere Bezeichnung.«

»Wissen Sie, ob Viktor Strandgård vor seinem Tod vorhatte, irgendetwas zu entlarven?«, fragte Anna-Maria. »Etwas, das ihn selbst betraf, vielleicht? Oder seine Gemeinde?«

»Nein«, sagte Thomas Söderberg nach einer Sekunde des Schweigens. »Was sollte das denn sein?«

»Entschuldigen Sie mich«, sagte Anna-Maria und erhob sich. »Aber ich muss kurz zur Toilette.«

Sie verließ die Männer und ging zu den ganz hinten in der Kirche gelegenen Toiletten. Sie pinkelte einen Spritzer, blieb danach aber sitzen und ließ ihre Blicke an den weiß gefliesten Wänden ausruhen. Die Gedanken wurden in ihrem Kopf träge hin und her geworfen. In ihren Jahren als Polizistin hatte sie es gelernt, Stresssignale zu erkennen. Alles, von Schweißausbrüchen bis zu Schwindelanfällen. Die meisten Menschen waren nervös, wenn sie es mit der Polizei zu tun hatten. Aber erst, wenn sie versuchten, ihre Nervosität zu verbergen, wurde es interessant, sie genauer zu beobachten.

Und es gab ein Stresssymptom, das man nur durch Zufall entdecken konnte. Das sich nur ein einziges Mal einstellte. Und jetzt hatte sie es gehört. Gleich, nachdem sie gefragt hatte, ob Viktor Strandgård vorgehabt habe, irgendetwas zu entlarven. Einer der drei Pastoren, sie hatte nicht mitbekommen, welcher, hatte tief Luft geholt. Ein einziges Mal. Ein Einatmen.

»Tja, verdammt«, sagte sie laut und staunte darüber, was es für ein angenehmes Gefühl war, so in aller Heimlichkeit in einer Kirche zu fluchen.

Das brauchte ja nun wirklich nichts zu bedeuten zu haben. Dass jemand eingeatmet hatte. Natürlich hatten sie auch Dreck am Stecken. Welche leitenden Personen einer größeren Organisation haben das schließlich nicht! Bei der Polizei war es jedenfalls so. Und bei dieser Bande hier sicher auch.

»Aber das macht sie noch lange nicht zu Mördern«, führte Anna-Maria ihre Diskussion mit sich selbst fort und betätigte die Spülung.

Aber noch andere Dinge waren ihr aufgefallen. Warum hatte zum Beispiel Vesa Larsson geantwortet, Viktor Strandgård habe keine Sorgen gehabt, wenn doch Thomas Söderberg als dessen »geistlicher Berater« fungiert hatte und ihn deshalb am besten gekannt haben musste?

Als Sven-Erik und Anna-Maria die Kirche verließen und zum Parkplatz hinuntergingen, kam die Frau, die staubgesaugt hatte, hinter ihnen hergelaufen. Sie trug nur dicke Socken und Holzschuhe an den Füßen und rutschte mehr oder weniger hinter ihnen den Hang hinunter.

»Ich habe Ihre Frage gehört, ob er Feinde hatte«, sagte sie atemlos.

»Ja?«, fragte Sven-Erik.

»Das hatte er«, sagte sie und umklammerte Sven-Eriks Arm. »Und jetzt, wo er tot ist, wird der Feind noch stärker werden. Ich spüre ja selbst, wie ich angegriffen werde.«

Sie ließ Sven-Erik los und schlang sich die Arme um den Leib, in dem vergeblichen Versuch, sich vor der Kälte zu schützen. Sie trug keinen Mantel. Sie ging ein wenig in die Knie, um am Hang nicht aus dem Gleichgewicht zu geraten. Sowie sie ihr Gewicht auch nur ein wenig nach hinten verlagerte, rutschten ihre Holzschuhe wieder los.

»Angegriffen?«, fragte Anna-Maria.

»Von Dämonen«, sagte die Frau. »Sie wollen mich wieder zum Rauchen bringen. Ich war früher von Tabaksdämonen besessen, aber Viktor Strandgård hat mich durch Handauflegen von ihnen befreit.«

Anna-Maria musterte die Frau resigniert. Auf Irre hatte sie nun wirklich keine Lust.

»Das werden wir uns merken«, sagte sie kurz und ging auf das Auto zu.

Sven-Erik blieb stehen und zog ein Notizbuch aus seiner Daunenjacke.

»Er hat Viktor umgebracht«, sagte die Frau.

»Wer denn?«, fragte Sven-Erik.

»Der Dämonenfürst«, flüsterte sie. »Satan. Er versucht, sich einzudrängen.«

Sven-Erik steckte den Notizblock wieder ein und nahm die eiskalten Hände der Frau in seine.

»Danke«, sagte er. »Und jetzt gehen Sie lieber wieder hinein, damit Sie nicht erfrieren.«

»Ich wollte Ihnen das nur sagen«, rief die Frau hinter ihnen her.

In der Kirche waren die Pastoren in eine laute Diskussion vertieft.

»So geht das einfach nicht«, schrie Gunnar Isaksson erbost und lief hinter Thomas Söderberg her, als der um den schwarzen Blutfleck auf dem Boden herumging und die Stühle so verschob, dass der dunkle Abdruck des toten Viktor Strandgård sozusagen mitten in einer Art Zirkusmanege landete.

»Doch, das geht«, sagte Thomas Söderberg ruhig, drehte sich zu der eleganten Frau um und fügte hinzu:

»Nimm den Läufer aus dem Mittelgang weg. Und die Blutflecken können bleiben. Kauf drei Rosen und leg sie auf den Boden. Wir werden das Kircheninnere ganz neu arrangieren. Ich werde meine Predigt neben der Stelle halten, an der er gestorben ist. Und die Stühle sollen im Kreis um diese Stelle herumstehen.«

»Dann hast du auf allen Seiten Zuhörer«, dröhnte Gunnar Isaksson. »Sollen die Leute denn deinen Rücken anstarren?«

Thomas Söderberg trat vor den beleibten und kleinwüchsigen Mann und legte ihm die Hände auf die Schultern.

Du kleiner Arsch, dachte er. Du hast einfach nicht genug rednerisches Talent, um vor einer Arena zu sprechen. Vor einem

Schauplatz. Einem Markt. Du musst alle gleichzeitig vor dir sehen und dich im Notfall an einer Kanzel festhalten können. Aber ich kann nicht zulassen, dass deine Unzulänglichkeit mir im Weg steht.

»Weißt du noch, was wir abgemacht haben, Bruder?«, sagte Thomas Söderberg zu Gunnar Isaksson. »Wir müssen jetzt zusammenhalten. Die Leute müssen weinen, beten, zu Gott rufen dürfen, und wir – Gott – werden heute Abend triumphieren. Sag deiner Frau, sie soll eine Blume mitbringen, für die Stelle, wo sein Leichnam gelegen hat.«

Es wird eine unbeschreibliche Stimmung herrschen, dachte Thomas Söderberg.

Er beschloss, noch andere Gemeindemitglieder aufzufordern, Blumen mitzubringen und sie auf den Boden zu legen. Es sollte aussehen wie die Stelle, an der Olof Palme ermordet worden war.

Pastor Vesa Larsson saß vornübergebeugt am selben Platz, auf dem er während des gesamten Gesprächs mit der Polizei gesessen hatte. Er beteiligte sich nicht an der hitzigen Debatte, sondern begrub sein Gesicht in den Händen. Vielleicht weinte er, aber das konnte man nicht sehen.

Rebecka und Sanna waren mit dem Auto unterwegs in die Stadt. Schneeschwere graue Kiefern fegten im Scheinwerferlicht vorüber. Das belastende Schweigen war wie ein schrumpfender Raum. Mit jeder Minute, die verging, fiel ihnen das Atmen schwerer. Rebecka fuhr. Ihre Augen jagten zwischen Tacho und Straße hin und her. Die eisige Kälte sorgte dafür, dass es nicht glatt war, obwohl zusammengepresster Schnee die Straße bedeckte.

Sanna presste die eine Wange an die kalte Fensterscheibe und wickelte sich eine Locke um den Finger.

»Kannst du nicht irgendwas sagen?«, bat sie nach einer Weile.

»Ich bin nicht an Landstraßen gewöhnt«, sagte Rebecka. »Und es fällt mir schwer, gleichzeitig zu reden und zu fahren.«

Sie hörte selbst, dass ihre Lüge so deutlich war wie eine seichte Stelle unter der Wasseroberfläche. Aber das spielte keine Rolle. Vielleicht wollte sie es ja so. Sie schaute auf die Uhr. Viertel vor acht.

Jetzt keinen Streit anfangen, sagte sie sich immer wieder. Du hast Sanna ins Boot geholt. Jetzt musst du sie auch an Land schaffen.

»Glaubst du, die Mädchen kommen allein zurecht?«, fragte sie.

»Denen bleibt ja wohl nichts anderes übrig«, sagte Sanna und setzte sich gerade. »Und wir sind doch sicher bald wieder da, oder? Ich trau mich nicht, irgendwen anzurufen und um Hilfe zu bitten, je weniger Leute wissen, wo ich bin, um so besser.«

»Wieso das?«

»Ich hab Angst vor der Presse. Ich weiß doch, wozu die im Stande ist. Und dann sind da ja noch meine Eltern... aber jetzt reden wir von etwas anderem.«

»Möchtest du über Viktor sprechen? Darüber, was passiert ist?«

»Nein. Das muss ich ja bald der Polizei erzählen. Wir reden über dich, das beruhigt mich sicher. Wie geht es dir? Haben wir uns wirklich sieben Jahre lang nicht mehr gesehen?«

»Mmmm«, antwortete Rebecka. »Aber wir haben doch ein seltenes Mal telefoniert.«

»Und dass ihr das Haus in Kurravaara noch immer habt!«

»Ja, Onkel Affe und Inga-Lill können es sich angeblich nicht leisten, mich auszuzahlen. Ich glaube, sie sind sauer, weil sie als Einzige Geld und Arbeit in das Haus investieren. Aber andererseits hat außer ihnen ja auch niemand Freude daran. Ich würde es gern verkaufen. An sie oder an sonstwen, mir ist das egal.«

Sie überlegte, ob das wirklich stimmte. Hatte sie denn keine Freude am Haus ihrer Großmutter oder an der Hütte in Jiekajärvi? Nur, weil sie niemals dort war? Der bloße Gedanke an die Hütte, daran, dass es einen Ort gab, der nur ihr gehörte, weit weg von anderen Häusern, tief in der Wildnis, zwischen Wald und Moor, war das denn kein Grund zur Freude?

»Du bist so verdammt, wie soll ich sagen, elegant geworden«, sagte Sanna. »Und auf irgendeine Weise sicher. Ich hab dich natürlich immer schon schön gefunden. Aber jetzt könntest du irgendeiner Fernsehserie entsprungen sein. Eine tolle Frisur hast du auch. Meine Haare wachsen einfach so drauflos, bis ich sie mir dann selber schneide.«

Sanna fuhr sich verlegen durch ihre dichten blonden Locken.

Ich weiß, Sanna, dachte Rebecka wütend. Ich weiß, dass du die Schönste im ganzen Land bist. Und zwar, ohne dass du teures Geld für Friseur oder Kleider ausgibst.

»Kannst du nicht irgendwas sagen?«, bettelte Sanna kläglich.

»Es tut mir alles so schrecklich Leid, aber ich habe doch um Verzeihung gebeten. Und ich bin starr vor Angst. Fühl mal meine Hände, die sind eiskalt.«

Sie zog eine Hand aus dem Lammfellhandschuh und streckte sie Rebecka hin.

Die spinnt doch, dachte Rebecka wütend und ließ das Lenkrad nicht los. Die ist doch verdammt nochmal total durchgedreht.

Fühl mal meine Hand, Rebecka, die zittert so schrecklich. Und sie ist eiskalt. Ich liebe dich so sehr, Rebecka. Wenn du ein Junge wärst, würde ich mich in dich verlieben, weißt du das?

»Du hast einen schönen Hund«, sagte Rebecka und gab sich Mühe, ruhig zu sprechen.

Sanna zog ihre Hand zurück.

»Ja«, sagte sie. »Tjapp. Die Kinder lieben sie. Wir haben sie von einem kleinen Samen bekommen. Sein Vater hat sich nicht um Tjapp gekümmert. Jedenfalls nicht, wenn er getrunken hatte. Und das tat er fast immer. Aber er hat sie nicht kaputtmachen können. Sie ist so munter und aufmerksam. Und sie liebt Sara wirklich, kannst du dir das vorstellen? Sie legt dauernd den Kopf auf Saras Knie. Das ist schön, die Mädchen hatten in den letzten Jahren soviel Pech mit ihren Haustieren.«

»Ach?«

»Ja, oder was heißt Pech, ich weiß auch nicht. Manchmal sind sie so verantwortungslos. Keine Ahnung, was los ist. Im Frühjahr ist unser Kaninchen durchgebrannt, weil Sara die Käfigtür nicht richtig verschlossen hatte. Und sie wollte nicht zugeben, dass es ihre Schuld war. Danach haben wir uns eine Katze zugelegt. Und die ist im Herbst verschwunden. Aber das lag natürlich nicht an Sara. Freilaufende Katzen sind eben so. Sie ist sicher überfahren worden oder so. Wir hatten auch Wüstenratten, die verschwunden sind. Man wagt ja gar nicht, sich auszumalen, wo die geblieben sein können. Sie hausen sicher in den Wänden und unter dem Fußboden und zernagen langsam, aber sicher das Haus. Aber Sara und Lova, die machen mich verrückt. Wie jetzt, als Lova sich und den Hund mit Schmierseife und Spülmittel eingerieben hat. Und Sara sieht einfach zu, ohne einzugreifen. Ich halte das einfach nicht aus. Lova saut immer so herum. Nein, jetzt sprechen wir über etwas Angenehmeres.«

»Sieh nur, das prachtvolle Nordlicht«, sagte Rebecka, beugte sich über das Lenkrad vor und schaute zum Himmel hoch.

»Ja, in diesem Winter ist es einfach unglaublich. Auf der Sonne toben Stürme, daran liegt es. Hast du kein Heimweh?«

»Nein. Vielleicht. Ich weiß nicht.«

Rebecka lachte auf.

In der Ferne war die Kristallkirche zu erkennen. Sie schien wie ein Raumschiff über dem Licht der Straßenlaternen im Ort zu schweben. Bald standen die Häuser dichter. Die Chaussee wurde zur Stadtstraße. Rebecka schaltete das Fernlicht aus.

»Fühlst du dich da unten wohl?«, fragte Sanna.

»Meistens arbeite ich«, sagte Rebecka.

»Und die Menschen?«

»Ich weiß nicht. Ich fühle mich bei ihnen nicht zu Hause, wenn du das wissen wolltest. Ich merke die ganze Zeit, dass ich aus einfacheren Verhältnissen komme. Man lernt, in die richtige Richtung zu schauen, wenn man anderen zuprostet, und sich rechtzeitig für den netten Abend zu bedanken, aber man kann doch nicht verbergen, wer man ist. Also fühlt man sich immer ein wenig ausgeschlossen. Und man ist immer ein wenig sauer auf die feinen Leute. Weshalb man nicht so recht weiß, wie sie einen selber sehen. Sie sind so verdammt nett zu allen, ob sie die nun leiden mögen oder nicht. Hier zu Hause weiß man wenigstens, was man von jemandem zu halten hat.«

»Weiß man das?«, fragte Sanna.

Sie schwiegen und widmeten sich ihren eigenen Gedanken. Fuhren am Friedhof vorbei und näherten sich einer Tankstelle.

»Sollen wir uns was zu trinken kaufen?«, fragte Rebecka.

Sanna nickte, und Rebecka bog von der Straße ab. Schweigend saßen sie dann im Auto. Keine machte Anstalten, auszusteigen und etwas zu kaufen, keine sah die andere an.

»Du hättest niemals wegziehen dürfen«, sagte Sanna traurig.

»Du weißt, warum ich weggezogen bin«, sagte Rebecka und drehte den Kopf so, dass Sanna ihr nicht ins Gesicht blicken konnte.

»Ich glaube, dass du Viktors einzige Liebe warst, weißt du das?«, rief Sanna. »Ich glaube, er ist nie über dich hinweggekommen. Wenn du hier geblieben wärst…«

Rebecka fuhr herum. Der Zorn durchfuhr sie wie eine gleißende Flamme. Sie zitterte und bebte, doch die Wörter, die aus ihrem Mund kamen, waren abgehackt und vage. Aber sie kamen. Sie konnte sie nicht zurückhalten.

»Warte«, schrie sie. »Jetzt hältst du einen Moment lang die verdammte Klappe, und dann wollen wir mal nachsehen.«

Eine Frau, die einen übergewichtigen Labrador Retriever an der Leine führte, blieb stehen, als sie Rebecka schreien hörte, und schaute neugierig ins Auto.

»Ich habe keine Ahnung, wovon du hier redest«, sagte Rebecka dann, ohne die Stimme zu senken. »Viktor hat mich nie geliebt, er war nicht einmal in mich verliebt. Ich will kein Wort mehr darüber hören. Ich habe nicht vor, mich schuldig zu fühlen, weil er und ich nie zusammengekommen sind. Und ich habe wirklich nicht vor, die Schuld für seinen Tod auf mich zu nehmen. Du bist doch verdammt noch mal nicht ganz richtig im Kopf, wenn du solchen Unsinn redest. Von mir aus kannst du gern in deinem Paralleluniversum leben, aber lass mich dabei aus dem Spiel.«

Sie verstummte und hämmerte mit beiden Händen gegen das Seitenfenster. Danach schlug sie sich selbst auf den Kopf. Die Frau mit dem Hund wich erschrocken einen Schritt zurück und verschwand.

Großer Gott, ich muss mich beruhigen, dachte Rebecka. Ich kann jetzt nicht Auto fahren, sonst baue ich noch einen Unfall.

»Das war nicht so gemeint«, quengelte Sanna. »Ich habe nie irgendetwas für deine Schuld gehalten. Wenn überhaupt irgendwer an irgendwas schuld ist, dann ich.«

»Woran denn? Dass Viktor ermordet worden ist?«

Etwas in Rebeckas Innerem erstarrte und wollte mehr hören.

»An allem«, murmelte Sanna. »Daran, dass du wegziehen musstest. An allem.«

»Hör auf«, fauchte Rebecka, erfüllt von einem neuen Zorn, der das Zittern aus ihrem Körper verjagte und ihre Knochen in Eisen und Eis verwandelte. »Ich habe nicht vor, dich zu trösten und dir zu versichern, dass nichts deine Schuld ist. Das habe ich schon hundert Mal getan. Ich bin ein erwachsener Mensch. Ich habe getan, was ich für richtig hielt, und ich habe die Konsequenzen gezogen.«

»Ja«, sagte Sanna brav.

Rebecka ließ den Motor an und fuhr auf den Malmvägen hinaus. Sanna schlug die Hände vor den Mund, als ein Auto auf der Gegenfahrbahn wütend loshupte. Vom Hjalmar Lundbohmsvägen aus sahen sie das Verwaltungsgebäude der Grubengesellschaft LKAB, das vor dem Bergwerkseingang leuchtete. Rebecka ging auf, dass es ihr nicht mehr so riesig vorkam. Als sie noch hier gewohnt hatte, war es ihr gewaltig groß erschienen. Sie fuhren an der strengen Ziegelfassade des Stadthauses und dem seltsamen Glockenturm vorbei, der wie ein schwarzes Stahlskelett in den Himmel ragte.

Es stimmt schon, was ich da behaupte, dachte Rebecka. Er war nie in mich verliebt. Aber ich kann verstehen, dass alle das glauben. Wir haben sie ja in diesem Glauben gelassen, Viktor und ich. Es fing schon im ersten Sommer an. Während der Sommerkirche mit Thomas Söderberg in Gälivare.

Elf Jugendliche melden sich schließlich zur Sommerkirche an. Drei Wochen lang werden sie zusammen wohnen, arbeiten und die Bibel studieren. Pastor Thomas Söderberg und seine Frau Maja leiten diesen Kurs. Maja ist schwanger. Sie hat lange glänzende Haare und ist immer ungeschminkt, hübsch und munter. Nur ab und zu sieht Rebecka, wie sie sich verstohlen die Faust ins Kreuz presst. Es kommt vor, dass Thomas Maja in die Arme nimmt und sagt:

»Wir schaffen das auch ohne dich. Leg dich lieber hin und ruh dich ein wenig aus.«

Dann schaut sie ihn erleichtert und dankbar an. Es ist ein harter Job, eine unbezahlte Pastorenfrau zu sein.

Auch Majas Schwester Magdalena hilft mit. Sie bewegt sich so lebhaft wie eine muntere Maus. Und sie kann Gitarre spielen und bringt den anderen Lobgesänge bei.

Viktor und Sanna Strandgård sind unter den elf. Sie fallen sofort auf. Sie sehen einander sehr ähnlich mit ihren langen blonden Haaren. Sanna hat Locken. Ihre Stupsnase und ihre großen Augen geben ihrem Gesicht etwas Puppenhaftes.

Sie wird auch mit achtzig noch wie ein Kind aussehen, denkt Rebecka und zwingt sich dazu, Sanna nicht anzustarren.

Sanna ist unter diesen Jugendlichen die einzige bekennende Christin. Sie ist erst siebzehn und hat ein kleines Kind mitgebracht. Sara ist drei Monate alt.

»Jesus und ich haben eine spannende Liebesbeziehung«, sagt Sanna mit einem schiefen Lächeln.

Sie haben einen unterschiedlichen Glauben, Thomas Söderberg und Sanna. Thomas führt für seinen Glauben allerlei Beweise an.

»Das Wort glauben«, sagt er, »bedeutet dasselbe, wie sich auf etwas verlassen, davon überzeugt sein. Wenn ich sage, ›ich glaube an dich, Rebecka‹, dann meine ich, dass ich davon überzeugt bin, dass du meine Erwartungen an dich erfüllen wirst.«

»Ich weiß nicht«, widerspricht Sanna. »Zu glauben bedeutet

einfach nur zu glauben, finde ich. Nicht zu wissen. Zwischendurch auch mal zu zweifeln. Und sich trotzdem auf die Beziehung zu Gott zu verlassen. Im Wald Seinem Flüstern zu lauschen.«

Viktor beugt sich vor und fährt seiner großen Schwester durch die Haare.

»In deinem Kopf wird auch geflüstert und gerauscht, Sanna«, sagt er und lacht.

Er glaubt nicht. Aber er diskutiert gern. Oft steckt er sich seine langen blonden Haare zu einem Knoten hoch. Seine Haut ist so hell, dass sie manchmal hellblau wirkt. Die anderen Mädchen sehen ihn an, aber er wird bald auf Distanz zu ihnen gehen. Er spielt ein Spiel mit Rebecka.

Rebecka ist nicht dumm. Sie begreift rasch, dass seine Blicke nichts bedeuten und dass sie seine hastigen Liebkosungen ihrer Haare oder ihrer Hand nicht erwidern darf. Sie zwingt sich dazu, stillzusitzen und das Ziel seiner unerwiderten Sehnsüchte zu spielen. Sie geht nicht unbelohnt aus diesem Spiel hervor. Viktors Bewunderinnen räumen ihr unter den Mädchen in der Gruppe einen hohen Status ein. Sie hat die anderen ausgestochen, und das verdient Respekt.

Während der Bibelstudien kommt es anfangs zwischen Thomas und den anderen zu Meinungsverschiedenheiten. Die jungen Leute können vieles nicht verstehen. Warum ist Homosexualität eine Sünde? Wieso kann der christliche Glaube der einzig wahre sein? Was wird zum Beispiel aus den Muslimen, enden die alle in der Hölle? Warum darf man vor der Ehe keinen Sex haben?

Thomas hört zu und erklärt. Man muss sich entscheiden, sagt er. Entweder glaubt man an die ganze Bibel, oder man sucht sich einzelne Stellen heraus und glaubt die dann, aber was wäre das für ein Glaube? Der wäre doch verwässert und ohne Biss.

In den hellen Sommernächten sitzen sie auf dem Steg am See und zerquetschen die Mücken, die auf ihren Armen und Beinen landen. Sie diskutieren und grübeln. Sanna fühlt sich sicher mit ihrem Gott. Rebecka hat das Gefühl, in einem reißenden Fluss zu stehen.

»Deshalb bist du berufen worden«, sagt Sanna. »Er will dich. Wenn du jetzt nicht ja sagst, bist du vielleicht für immer verloren. Du kannst deine Entscheidung nicht auf die Zukunft verlagern, denn vielleicht wirst du nie wieder Sehnsucht verspüren.«

Am Ende der drei Wochen haben sich bis auf zwei alle Teilnehmer Gott überantwortet. Zu den frisch Bekehrten gehören auch Viktor und Rebecka.

»Und was ist mit dir und Viktor?«, fragt Thomas Rebecka, als das Sommerlager schon fast zu Ende ist. »Was läuft denn zwischen euch?«

Er und Rebecka spazieren zusammen zum Dorfladen, um Milch zu kaufen. Rebecka nimmt den Geruch von warmem, staubigem Asphalt in sich auf. Sie freut sich darüber, dass Thomas ihr Gesellschaft leisten will. »Vielleicht interessiert er sich für mich, aber in meinem Leben gibt es im Moment nur Platz für Gott. Ich will mich erst einmal hundertprozentig auf ihn konzentrieren.«

Im Vorübergehen zieht sie an einem dünnen Birkenzweig. Die zarten grünen Blätter duften nach glücklichem Sommer. Sie schiebt sich ein Blatt in den Mund und kaut darauf herum.

Thomas schnappt sich auch ein Blatt und steckt es in den Mund. Er lacht.

»Du bist ein kluges Mädchen, Rebecka. Gott hat große Pläne mit dir, das weiß ich. Es ist eine herrliche Zeit, wenn man frisch verliebt in Gott ist. Gut, dass du diese Zeit genießen willst.«

Sie hörte Sannas Stimme, zuerst aus weiter Ferne, dann aus der Nähe. Sannas Hand auf ihrem Oberarm.

»Sieh mal«, jammerte Sanna. »O nein!«

Sie hatten die Wache erreicht. Rebecka hatte den Motor schon ausgeschaltet. Zuerst sah sie nicht, worauf Sanna zeigte. Dann entdeckte sie die Reporterin, die mit hocherhobenem Mikrofon auf sie zugestürzt kam. Hinter der Reporterin stand ein Mann. Er zückte seine Filmkamera wie eine schwarze Waffe.

In der Kristallkirche saß die Frau von Pastor Isaksson mit halb geschlossenen Augen da und schien zu beten. In einer Stunde sollte die Abendandacht beginnen. Vorn auf der Bühne stimmte der Gospelchor sich ein. Dreißig junge Frauen und Männer. Schwarze Hosen. Lila Sweatshirts mit einer Explosion aus Gelb und Orange und dem Aufdruck »Joy«.

Zuerst war sie in diese Kirche fast schmerzlich verliebt gewesen. In die göttliche Akustik. Wie jetzt. Gedehnte Vokale, die sich zur Decke hochwanden und danach einer nur für die Bässe erreichbaren Tiefe zustrebten. Das warme Licht. Die Polarnacht vor den riesigen Fenstern. Eine Blase aus Gotteskraft in der Umarmung von Dunkelheit und Kälte.

E-Gitarre und Bass wurden gestimmt. Mit leisem Klicken schaltete der Beleuchter die auf die Bühne gerichteten Scheinwerfer an. Die Tontechniker ließen ein widerspenstiges Mikrofon aufdröhnen. Sie sprachen hinein, aber nichts war zu hören, und dann stieß das Mikrofon plötzlich ein schrilles Piepsen aus.

Ihre Arme juckten. Am Morgen waren sie geschwollen und rot gewesen. Sie fragte sich, ob eine Schuppenflechte daran schuld sein konnte. Wenn nur Gunnar nichts merkte. Sie wollte nicht, dass er für sie betete.

Sie hatten die Möbel in der Kirche anders gestellt. Die Stühle umgaben nun die Stelle, an der Viktor gelegen hatte. Es sah aus wie in einem Zirkus. Sie musterte ihren Mann, der in der ersten Reihe saß. Sein Stiernacken quoll über seinen weißen Kragen. Neben ihm saß Thomas Söderberg und versuchte, sich auf die

Predigt des Abends zu konzentrieren. Sie sah, wie Gunnar sich dazu zwang, in die Bibel zu schauen, wild entschlossen, nicht zu stören, um sich dann zu vergessen und loszuplappern. Seine rechte Hand fegte immer wieder in weitem Bogen durch die Luft.

Nach den Weihnachtsfeiertagen wollte er abnehmen. An diesem Tag hatte er das Mittagessen ausfallen lassen. Sie hatte am Küchentisch gesessen und Spaghetti um ihre Gabel gewickelt, während er an den Spülstein gelehnt drei Birnen verzehrte. Schmatzend und schlürfend. Sein breiter Rücken hing über dem Spülstein, seine linke Hand drückte den Schlips auf seinen Bauch.

Sie schaute auf die Uhr. In einer Viertelstunde würde er seinen Platz neben Thomas Söderberg verlassen, sich zum Auto schleichen, zum Kiosk fahren und in aller Heimlichkeit einen Hamburger essen. Und mit dem Mund voller Pfefferminzkaugummi zurückkehren.

Lüge lieber Leute an, die sich dafür interessieren, was du machst, hätte sie schreien mögen. Mir ist das doch egal!

Anfangs war er ein ganz anderer gewesen. Hatte als Hausmeister in der Bergaschule ausgeholfen, wo sie unterrichtete. Und nebenbei studierte, was ihn sehr beeindruckt hatte. Es war eine laute, deutliche Werbung gewesen. In ihren Freistunden hatte er immer neue Vorwände gefunden, um das Lehrerzimmer aufzusuchen. Er hatte gescherzt, polternd gelacht und über einen niemals versiegenden Vorrat an schlechten Witzen verfügt. Doch unter allem hatte eine Unsicherheit gelegen, die sie gerührt hatte. Dazu kamen die begeisterten Kommentare der Kolleginnen. Und die Art, wie er entzückt in die Hände klatschte, wenn sie beim Friseur gewesen war oder eine neue Bluse trug. Sie sah ihn auf dem Schulhof mit den Kindern reden. Die vergötterten ihn. Er war ein lieber Hausmeister. Da war es ihr doch egal, dass er keine Bücher las.

Erst später, als er im Schatten Thomas Söderbergs und Vesa

Larssons stand, war sein Bedürfnis an Selbstbehauptung erwacht.

Aber damals. Sie war mit ihm zur Baptistenkirche gegangen. Die Gemeinde war damals vom Aussterben bedroht gewesen. Nein, falsch. Sie war zum Aussterben verurteilt gewesen. Die Gottesdienstbesucher schienen auf dem Weg zum Grab nur noch einmal kurz hereinzuschauen. Signe Persson, die schütteren Haare zu einer sorgfältigen Dauerwelle gelegt. Die durch die Haare hindurchleuchtende Kopfhaut war dünn und hatte braune Flecken. Arvid Kalla, ehemals Packer bei der LKAB, jetzt im Halbschlaf auf der Kirchenbank, die großen Fäuste ohnmächtig auf den Knien.

Natürlich konnten sie sich keinen Pastor leisten, es gab ja kaum Geld, um die Kirche zu beheizen. Gunnar Isaksson leitete die Gemeinde als Einmannbetrieb. Reparierte und wartete, wozu eben Geld vorhanden war. Seufzte immer wieder. Zum Beispiel über die Feuchtigkeitsschäden in der Garderobe. Über die Wand, die sich wie ein geschwollener Leib nach außen wölbte. Über die Tapete, die sich immer wieder von der Wand löste. An sich hätten die Gemeindemitglieder abwechselnd im Gottesdienst predigen sollen, der jeden zweiten Sonntag abgehalten wurde. Aber da sich sonst niemand freiwillig meldete, predigte immer Gunnar Isaksson.

In seinen Predigten war nur schwer ein roter Faden zu finden. Er schweifte hin und her durch die ihm seit seiner Jugend vertraute freikirchliche Landschaft. Dennoch blieb die Route sich gleich, mit ihren obligatorischen Pausen an vertrauten Stellen wie »Geisttaufe«, »sehet, alles wird neu« und »direkt aus der Quelle schöpfen«. Die Reise endete immer und ausnahmslos mit einer Erweckungspredigt für die wohlwollende und längst bekehrte Gemeinde.

Ein Trost war, dass es auch um die anderen Gemeinden der Stadt nicht anders bestellt war. Gottes Tempel in Kiruna: eine baufällige Hütte, in der die stickige Luft einfach stillstand.

Jetzt erhob Gunnar sich und ging auf den Ausgang zu. Ehrerbietig verlangsamte er seine Schritte an der Stelle, an der Viktor Strandgårds Leichnam gelegen hatte. Dort lag bereits ein Haufen Blumen und Karten. Er lächelte und zwinkerte seiner Frau kurz zu. Das sollte heißen, dass er nur kurz zur Toilette oder mit jemandem in der Garderobe ein paar Worte wechseln wollte.

Er war nicht dumm. Durchaus nicht. Allein, dass er es so weit gebracht hatte. Bis an die Spitze dieser Gemeinde, zusammen mit Thomas Söderberg und Vesa Larsson. Ohne theologische Ausbildung. Ohne Begabung zum Menschenfischer. Aber auch dieser Aufstieg hatte ja ein gewisses Talent erfordert.

Sie dachte an damals, als Gunnar ihr erzählt hatte, dass es bei der Missionskirche einen neuen Pastor gebe. Ein neues Pastorenpaar.

Ungefähr eine Woche später hatte Thomas Söderberg einen Gottesdienst in der Baptistenkirche besucht. Hatte in der zweiten Reihe gesessen und bei Gunnars Predigt zustimmend genickt. Aufmunternd gelächelt. Seine Frau Maja hatte wie eine Musterschülerin neben ihm gesessen.

Danach waren sie zum Kaffee geblieben. Graues Winterdunkel draußen vor den Fenstern. Schneeschwere Wolken. Ein Tag, der floh, noch ehe er richtig angefangen hatte.

Maja redete laut und langsam in Arvid Kallas Ohr. Bat Edit Svonni um das Rezept für ihre Zuckerkringel.

Thomas Söderberg und Gunnar waren in ein eifriges Gespräch mit zwei Brüdern von der Gemeindeleitung vertieft. Sie wechselten zwischen ernsthaftem Kopfnicken und herzhaftem Lachen ab wie bei einem eingeübten Tanz. Verbrüderung.

Und die obligatorische Frage an die Zugezogenen aus dem Süden: Wie gefällt es euch denn hier? In Kälte und Finsternis? Die Antwort kam von beiden gleichzeitig: Sehr gut. Sie hatten durchaus kein Heimweh nach Schneematsch und Regen. Das nächste Weihnachtsfest wollten sie in Kiruna feiern.

Allein das. Dass sie nicht das Gefühl hatten, an einen abgelegenen Ort hinter der Grenze des Erträglichen strafversetzt worden zu sein. Kein Gejammer und keine Klagen über beißenden Wind und Dunkelheit, die das Gemüt verdüstert. Diese Antwort zauberte ein Lächeln auf die Gesichter der Gemeinde.

Als sie gegangen waren, sagte Gunnar zu ihr: »Nette Leute. Und er hat viele Ideen, dieser Knabe.«

Damals hatte er den zehn Jahre jüngeren Thomas zum letzten Mal als Knaben bezeichnet.

Zwei Wochen darauf begegnete ihr Thomas Söderberg in der Stadt. Sie schob den Kinderwagen durch den eisigen Wind. Andreas war eineinhalb und schlief nur im Wagen. Also schob sie ihn auf Kirunas Straßen hin und her. Anna, die Dreijährige, hing wie ein jammerndes Bündel an ihrer Hand. Sie fror an Händen und Füßen.

Sie fühlte sich nur noch elend. Die Müdigkeit erfüllte sie wie ein grauer, gärender Teig. Sie konnte jeden Moment bersten und untergehen. Sie hasste Gunnar. Verlor immer wieder die Geduld mit Anna. Wollte nur noch weinen.

Thomas kam hinter ihr her. Legte ihr die linke Hand auf die linke Schulter. Und holte sie gleichzeitig ein. In einer Sekunde, ehe er neben sie trat, hatte er den Arm um sie gelegt. Eine halbe Umarmung, die einen Sekundenbruchteil zu lange dauerte. Als sie ihn ansah, lächelte er strahlend. Begrüßte sie wie eine alte Freundin. Begrüßte auch Anna, die sich an den Beinen ihrer Mutter festklammerte und den Gruß nicht erwidern wollte. Betrachtete Andreas mit einem Blick, als habe er einen kleinen Engel vor sich.

»Ich versuche, Maja dazu zu überreden, dass wir Kinder bekommen«, sagte er. »Aber...« Er beendete diesen Satz nicht. Holte tief Atem und ließ sein Lächeln verfliegen. Dann fand er seine gute Laune wieder. »Und ich kann sie ja auch verstehen«, sagte er. »Schließlich habt ihr die schwerere Last zu tragen. Also warten wir ab.«

Andreas bewegte sich im Wagen. Es war Zeit, zum Stillen

nach Hause zu gehen. Sie hätte Thomas gern zum Mittagessen eingeladen, doch sie wagte nicht, ihn zu fragen. Er begleitete sie ein Stück. Das Reden fiel ihnen so leicht. Immer wieder tauchten neue Gesprächsthemen auf und hakten sich an den alten fest wie die Glieder einer Kette. Am Ende standen sie an der Ecke, wo ihre Wege sich trennen mussten.

»Ich würde gern mehr für Gott tun«, sagte sie. »Aber die Kinder. Die nehmen mir alle Kraft und noch mehr.«

Der Schnee umwirbelte sie wie ein Schwarm aus spitzen Pfeilen. Brachte ihn dazu, die Augen zusammenzukneifen. Ein dunkellockiger Erzengel in einer blauen Daunenjacke aus einem knisternden, billig aussehenden Stoff. Die Jeans war in seine Stiefel gestopft. Er trug eine selbstgestrickte Mütze mit Inkamuster. Sie hätte gern gewusst, ob Maja so gut stricken konnte. Maja, die keine Kinder wollte.

»Aber Karin«, sagte er. »Begreifst du nicht, dass du genau das tust, was Gott von dir will? Du kümmerst dich um die Kinder. Das ist im Moment das Allerwichtigste. Er hat Seine Pläne mit dir. Aber gerade jetzt... gerade jetzt musst du bei Anna und Andreas sein.«

Ein halbes Jahr darauf hatte er seine erste Sommerkirche abgehalten. Eine kleine Entenschar aus frischbekehrten Jugendlichen war hinter ihm hergewatschelt und hatte ihn als ihren geistlichen Vater betrachtet. Einer dieser Jugendlichen war Viktor Strandgård.

Sie, Gunnar, Vesa Larsson und dessen Frau Astrid wurden eingeladen, an der Freudenfeier der Taufe teilzunehmen. Gunnar schluckte seinen bittern Neid hinunter und ging hin. Er war gern bereit, sich zu den Siegern zu gesellen. Zugleich trat er damit in einen ewigen Wettkampf. Und wollte selbst ebenfalls glänzen. Sein Blick nahm eine Spur von Schläue an.

Sie selbst war nicht ohne Schuld. Schließlich hatte sie ihren Mann tausend Mal ermahnt: »Lass dich von Thomas nicht überfahren. Der kann schließlich nicht alles bestimmen.«

Sie hatte sich eingeredet, dass sie ihren Mann unterstützte. Aber wünschte sie sich im Grunde nicht eher, er wäre ein anderer?

Jetzt stand Thomas Söderberg auf und ging nach vorn zum Gospelchor. Er trug einen schwarzen Anzug. Normalerweise waren seine Krawatten bunt, fast schon grell. An diesem Abend trug er eine diskrete graue. Wie ein umgekehrtes Ausrufezeichen unter seinem Sakko.

Er trägt seinen Reichtum ebenso unbeschwert wie früher seine ... na ja, Armut ist nicht das richtige Wort, dachte sie. Wie seinen Geldmangel. Zwei Personen, die von einem Pastorengehalt leben mussten. Aber das schien ihnen niemals etwas ausgemacht zu haben. Nicht einmal, als dann die Kinder gekommen waren.

Danach war ja alles anders geworden. Und jetzt stand er hier in seinem eleganten Anzug aus Wollstoff und unterhielt sich mit den Chormitgliedern. Sagte, das mit Viktor sei wirklich entsetzlich. Ein Mädchen brach in lautes Schluchzen aus. Die ihr am nächsten Stehenden legten die Arme um sie.

Weinen sei schon gut und richtig, sagte Thomas. Trauer sei notwendig. Aber, und hier holte er tief Atem und machte zwischen jedem Wort eine kurze Pause, deshalb dürfe niemand den Mut verlieren. Sie dürften nicht resignieren. Sie dürften sich nicht geschlagen geben.

Den Rest mochte sie sich nicht mehr anhören. Sie wusste ja ungefähr, was jetzt noch kommen würde.

»Hallo, Karin. Wo steckt denn Gunnar?«

Maja, Thomas Söderbergs Frau, setzte sich neben sie. Lange, glänzende, sandfarbene Haare. Ein wenig diskretes Make-up. Kein Lippenstift. Kein Lidschatten. Nur ein wenig Wimperntusche und Rouge. Nicht, dass Thomas etwas dagegen gehabt hätte, dass Frauen sich schminkten, aber Karin konnte sich schon vorstellen, dass er bei seiner eigenen Frau lieber darauf verzichten wollte. Einige Jahre zuvor hatte Maja sich die Haare kurz schneiden lassen wollen, aber da hatte Thomas energisch Widerspruch eingelegt.

»Er war eben noch hier. Kommt sicher gleich wieder.«

Maja nickte.

»Und wo stecken Vesa und Astrid?«, fragte sie.

An diesem Abend war offenbar strikte Anwesenheitskontrolle angesagt. Karin hob die Augenbrauen und schüttelte als Antwort den Kopf.

»Es ist doch ungeheuer wichtig, dass jetzt alle zusammenhalten«, sagte Maja halblaut.

Karin schaute die rote Rose auf Majas Knie an.

»Willst du die zu den anderen legen?«

Maja nickte.

»Aber ich warte, bis die Andacht angefangen hat. Ich kann das alles einfach nicht fassen. Es ist so unwirklich.«

Ja, es ist unwirklich, dachte Karin. Wie soll das ohne Viktor denn bloß weitergehen?

Viktor, der sich geweigert hatte, sich die Haare schneiden zu lassen und einen Anzug zu tragen. Der eine Lohnerhöhung abgelehnt und Thomas dazu überredet hatte, das Geld lieber an »Ärzte ohne Grenzen« zu überweisen. Ihr fiel ein, wie sie vor sieben Jahren zu einer Tagung nach Stockholm gefahren war. Wie überrascht sie gewesen war, als dort eine Menge junger Männer herumlief, die genauso aussahen wie Viktor. In der U-Bahn und in Lokalen. Scheußliche gestrickte oder gehäkelte Mützen. Schultertaschen aus weichem Stoff. Fransenjacken aus den 60er Jahren. Dieser langsame, lässige Gang. Eine Art Antimode, die den Schönen und Selbstsicheren vorbehalten war.

Viktor hatte dem Kreis um Thomas Söderberg angehört, war aber nie zu Thomas' Abbild geworden. Sondern eher zu seinem Gegenbild. Besitzlos und ohne Ehrgeiz. Enthaltsam. Wobei Letzteres ja daran liegen konnte, dass die törichte Rebecka Martinsson ihn verschmäht hatte. Wer konnte das schon wissen?

Jetzt beugte Maja sich zu ihr herüber. Sie fauchte ihr ins Ohr: »Aha, da kommt Astrid. Aber wo steckt Vesa?«

Pastor Vesa Larssons Frau Astrid durchquerte den Eingang zur Kristallkirche. Bei der Bühne betete Thomas Söderberg vor der abendlichen Andacht mit dem Gospelchor.

Der im Eilschritt zurückgelegte steile Weg vom Parkplatz zur Kirche hatte ihre Bluse unter den Armen schweißnass werden lassen. Wie gut, dass sie darüber eine Strickjacke trug. Hastig fuhr sie sich mit dem Zeigefinger über den unteren Augenrand, für den Fall, dass ihre Wimperntusche verschmiert war. Einmal hatte sie sich auf einer der gemeindeeigenen Videoaufnahmen gesehen. Es hatte geschneit, als sie zur Kirche gegangen war, und auf dem Video sah sie beim Einsammeln der Kollekte aus wie ein dressierter Pandabär. Seither schaute sie immer in den Spiegel. Aber in der Garderobe wimmelte es nur so von Leuten, und sie hatte es schließlich eilig.

Vorne in dem neu entstandenen Kreis lag ein Haufen aus Blumen und Karten.

Viktor ist tot, dachte sie.

Sie versuchte, sich das wirklich klarzumachen.

Viktor ist wirklich tot.

Jetzt fiel ihr Blick auf Karin und Maja. Maja winkte ihr eifrig zu. Hier gab es kein Entrinnen. Sie musste einfach hingehen. Die beiden waren dunkel gekleidet. Sie selbst hatte eine Stunde lang ihren Kleiderschrank durchwühlt und sich immer wieder umgezogen. Sie besaß nur rote, rosa und gelbe Kostüme. Und ein dunkles. Marineblau. Nur konnte sie den Reißverschluss einfach nicht schließen. Am Ende nahm sie eine lange Strickjacke, die Hintern und Oberschenkel fortzauberte. Als sie jetzt Maja und Karin entdecke, kam sie sich vor wie eine Schlampe. Wie eine verschwitzte Schlampe.

»Wo steckt denn Vesa?«, flüsterte Maja, noch ehe Astrid sich gesetzt hatte.

Freundliches Lächeln. Unheil drohende Blicke.

»Krank«, flüsterte sie. »Grippe.«

Sie konnte sehen, dass die anderen ihr nicht glaubten. Maja kniff die Lippen zusammen und atmete durch die Nase ein.

Und sie hatten ja Recht. Astrid spürte im ganzen Leib, dass sie nicht hier sitzen wollte, aber sie ließ sich trotzdem neben Maja auf einen Stuhl sinken.

Und jetzt hatte Thomas das Gebet mit dem Chor beendet und kam zu ihnen herüber.

Vor dem muss ich mich jetzt also auch noch verantworten, dachte sie.

Sie zuckte zusammen, als Thomas Maja die Hand auf den Arm legte und ihr kurz und warm zulächelte. Danach erkundigte er sich nach Vesa. Astrid gab dieselbe Antwort wie vorhin: Krank. Grippe. Er blickte sie mitfühlend an.

Ich tue ihm Leid, weil ich so einen schwachen Mann habe, dachte sie.

»Wenn du dir Sorgen um ihn machst, dann geh lieber nach Hause«, sagte Thomas.

Brav schüttelte sie den Kopf.

Sorgen machen. In Gedanken kostete sie dieses Wort aus.

Nein, Sorgen hätte sie sich vor Jahren machen müssen. Aber da war sie mit Hausbauen und mit den Kindern beschäftigt gewesen. Und als sie festgestellt hatte, dass es Grund zur Beunruhigung gab, war es schon zu spät und Zeit für Trauer gewesen. Sie musste lernen, mit der Schande zu leben, dass sie für Vesa nicht gut genug war.

Es war diese Schande. Die sie dazu brachte, sich neben Maja zu setzen, obwohl sie das nicht wollte. Die sie dazu brachte, vor dem offenen Kühlschrank zu stehen und tiefgefrorene Plätzchen zu verschlingen, wenn die Kinder in der Schule waren.

Natürlich schliefen sie noch immer miteinander, auch wenn es nur noch selten vorkam. Und es geschah in der Dunkelheit. Schweigend.

Und dann an diesem Morgen. Die Kinder waren zur Schule gegangen. Vesa hatte im Atelier geschlafen. Als sie ihm den Kaffee brachte, saß er in seinem Flanellschlafanzug auf der Bettkante. Unrasiert und übernächtigt. Scharfe Falten um die Mundwinkel. Seine langen schönen Künstlerhände lagen hilflos auf seinen Knien. Der Boden um das Bett war mit Büchern bedeckt. Mit teuren, eingebundenen Kunstbänden mit dicken Hochglanzseiten. Mehrere handelten von Ikonenmalerei. Es gab auch dünne Taschenbücher aus ihrem eigenen Verlag. Anfangs hatte Vesa die Umschläge entworfen. Dann hatte er es sich plötzlich in den Kopf gesetzt, dass er dazu keine Zeit mehr habe.

Sie stellte das Tablett mit Kaffee und Butterbroten auf den Boden. Danach kniete sie sich hinter ihn. Nahm seine Hüften zwischen ihre Oberschenkel. Ihr Bademantel öffnete sich und sie schmiegte Brust und Wange an seinen Rücken und ließ zugleich ihre Hände über seine harten Schultern gleiten.

»Astrid«, sagte er darauf nur.

Gequält und müde. Er füllte ihren Namen mit Ausflüchten und Schuldgefühlen.

Sie war nach unten in die Küche geflohen. Hatte Radio und Spülmaschine eingeschaltet. Hatte Balu auf den Schoß genommen und ins Fell des Hundes geweint.

Thomas Söderberg beugte sich über die drei Frauen und senkte die Stimme.

»Habt ihr etwas von Sanna gehört?«, fragte er.

Astrid, Karin und Maja schüttelten die Köpfe.

»Frag Curt Bäckström«, sagte Astrid. »Der hängt ihr doch pausenlos am Rockzipfel.«

Die Pastorenfrauen schauten sich wie auf Befehl hin um. Maja entdeckte Curt als Erste. Sie zeigte auf ihn und winkte, bis er sich widerwillig erhob und langsam zu ihnen herüberkam.

Karin sah ihn an. Er machte immer so einen verängstigten Eindruck. Ging ein wenig zögernd. Fast schon seitwärts. Als wirke es zu aggressiv, frontal auf sie zuzukommen. Er schaute sie aus den Augenwinkeln an, wich aber die ganze Zeit aus, wenn sie versuchten, seinen Blick zu erwidern.

»Weißt du, wo Sanna sich versteckt hat?«, fragte Thomas Söderberg.

Curt schüttelte den Kopf. Und antwortete dann noch sicherheitshalber: »Nein.«

Das war ganz offensichtlich gelogen. Seine Augen schauten ängstlich. Zugleich jedoch schien er einen Entschluss zu fassen. Er hatte nicht vor, sein Geheimnis preiszugeben.

Wie ein Hund, der im Wald einen Knochen gefunden hat, dachte Karin.

Curt schaute sie unter seinem Pony an. Zog den Kopf ein, wie um Anlauf zu nehmen. Als könne Thomas ihm plötzlich einen Schlag auf die Schnauze versetzen und »los« rufen.

Thomas Söderberg machte einen verstörten Eindruck. Er wand sich, wie um die Pastorenfrauen abzuschütteln.

»Ich will nur wissen, wie es ihr geht«, sagte er. »Ihr darf doch nichts passieren.«

Curt nickte und ließ seinen Blick über die Bankreihen gleiten, die sich jetzt mit Menschen füllten. Er hielt die Bibel hoch, die er in der Hand gehalten hatte, und drückte sie gegen seine Brust.

»Ich will Zeugnis ablegen«, sagte er leise. »Gott hat uns etwas zu sagen.«

Thomas Söderberg nickte.

»Wenn du von Sanna hörst, dann richte ihr bitte aus, dass ich nach ihr gefragt habe«, sagte er.

Astrid sah Thomas Söderberg an.

Und wenn du etwas von Gott hörst, dachte sie, dann richte ihm doch aus, dass ich die ganze Zeit nach ihm frage.

Anwalt Måns Wenngren, Rebecka Martinssons Chef, kam so spät nach Hause, dass es fast schon wieder früh war. Er hatte den Abend über im Sophie's gesessen und zwei junge Damen zu allerlei Getränken eingeladen, zusammen mit einem Vertreter einer Firma, die zu den Mandanten der Kanzlei gehörte, einem erst kürzlich an die Börse gegangenen Computerunternehmen. Solche Kunden hatte er gern. Sie waren dankbar für jede Krone, die man am Finanzamt vorbeischleusen konnte. Die Mandanten, denen Buchhaltungsfehler und Steuervergehen zur Last gelegt wurden, hatten nur selten Lust, mit ihrem Anwalt in der Kneipe zu sitzen. Die blieben zu Hause und soffen dort.

Als das Sophie's dicht machte, hatte Måns Marika, einer der jungen Damen, sein entzückendes Büro gezeigt, und danach hatte er die kleine Marika mit Geld in der Hand in ein Taxi gesetzt und selber ein anderes genommen.

Als er die dunkle Wohnung in der Floragatan betrat, dachte er wie so oft, dass er sich eine kleinere Behausung suchen sollte. Es war ja kein Wunder, dass er sich immer, wenn er nach Hause kam, so fühlte, na ja, so, wie er sich verdammt noch mal eben fühlte, weil seine Wohnung so öde war.

Er warf seinen grauen Kaschmirmantel auf einen Stuhl und schlug auf dem Weg ins Wohnzimmer auf jeden Lichtschalter. Da er nur selten vor elf Uhr abends nach Hause kam, war das Videogerät immer auf die Abendnachrichten programmiert. Er schaltete es ein, und während der Vorspann der Nachrichten abrollte, ging er in die Küche und öffnete den Kühlschrank.

Ritva hatte eingekauft. Gut. Es musste zu ihren einfachsten

Aufgaben gehören, seine Wohnung in Ordnung zu halten und dafür zu sorgen, dass er frische Lebensmittel im Haus hatte. Er machte niemals Unordnung, außer in den seltenen Fällen, wenn er Gäste einlud. Die von Ritva besorgten Vorräte waren meistens noch unberührt, wenn sie durch frische Waren ersetzt wurden. Er nahm an, dass sie die alten Sachen dann für ihre Familie mit nach Hause nahm, statt sie wegzuwerfen. Ihm war das nur recht so. Er riss einen Milchkarton auf und trank direkt aus der Verpackung, während er zugleich zum Wohnzimmer hinüberhorchte. Der Mord an Viktor Strandgård war die große Nachricht des Abends.

Ja, und deshalb ist Rebecka nach Kiruna gefahren, dachte Måns Wenngren und ging zurück ins Wohnzimmer. Er ließ sich vor dem Fernseher aufs Sofa sinken und hielt den Milchkarton noch immer in der Hand.

»Der bekannte religiöse Aktivist Viktor Strandgård wurde in den frühen Morgenstunden in der Kirche der Kraftquelle in Kiruna ermordet aufgefunden«, sagte die Nachrichtensprecherin, eine gut angezogene Frau in mittleren Jahren, die früher einmal mit einem Bekannten von Måns verheiratet gewesen war.

»Hallöchen, Beata, wie geht's denn so?«, fragte Måns, prostete dem Bildschirm mit dem Milchkarton zu und nahm einen tiefen Schluck.

»Der Polizei nahe stehende Kreise teilen mit, dass Viktor Strandgårds Schwester ihn in der Kirche fand. Dieselben Kreise sagen aus, dass es sich um einen äußerst brutalen Mord handele«, teilte die Nachrichtensprecherin gerade mit.

»Das wissen wir doch schon, Beata, erzähl uns mal was Neues«, sagte Måns.

Plötzlich ging ihm auf, wie betrunken er war. Sein Kopf schien einfach nicht mehr arbeiten zu wollen. Er beschloss, gleich nach den Nachrichten zu duschen.

Jetzt wurde direkt aus Kiruna berichtet. Eine Männerstimme

erzählte, während die Kamera Bilder zeigte. Zuerst hellblaue Winteraufnahmen der beeindruckenden Kristallkirche auf dem Berg. Dann Bilder der Polizei, die die Umgebung der Kirche absuchte. Dazwischen kamen Aufnahmen, die die Gemeinde bei irgendeiner Andacht zeigten, und schließlich wurde ein kurzer Lebenslauf von Viktor Strandgård geliefert.

»Dieser Mord hat in Kiruna zweifellos die Gefühle gewaltig aufgewühlt«, teilte der Reporter nun mit. »Das zeigte sich deutlich, als Viktor Strandgårds Schwester, Sanna Strandgård, heute Abend mit ihrer Anwältin auf der Polizeiwache eintraf.«

Auf dem Bildschirm war jetzt ein verschneiter Parkplatz zu sehen. Eine junge Reporterin rannte auf zwei Frauen zu, die gerade einem roten Audi entstiegen. Die roten Haare der Reporterin schauten wie ein Fuchsschwanz unter ihrer Mütze hervor. Es war dunkel, aber im Hintergrund war eine rote Klinkerfassade zu erkennen. Es konnte sich dabei nur um eine Wache handeln. Die eine Frau, die aus dem Audi stieg, hatte den Kopf gesenkt, von ihr waren nur ein langer Lammfellmantel und eine tief über die Augen gezogene Lammfellmütze zu sehen. Die andere Frau war Rebecka Martinsson. Måns drehte den Fernseher lauter und beugte sich auf dem Sofa vor.

»Was zum Teufel ...«, murmelte er vor sich hin.

Rebecka hatte doch gesagt, sie müsse hinfahren, weil sie die Angehörigen kenne, dachte er. Die Behauptung, sie sei die Anwältin der Schwester, musste doch ein Irrtum sein.

Er betrachtete Rebeckas verbissenes Gesicht, als sie mit raschen Schritten auf den Eingang der Wache zuging und zugleich die andere Frau, bei der es sich also um Viktor Strandgårds Schwester handelte, fest im Arm hielt. Mit ihrer freien Hand versuchte sie, die hinter ihnen her rennende Frau mit dem Mikrofon abzuwehren.

»Stimmt es, dass ihm die Augen ausgestochen worden sind?«, fragte die Reporterin mit dem breiten Akzent von Luleå.

»Wie fühlst du dich, Sanna?«, fügte sie hinzu, als keine Antwort kam. »Stimmt es, dass die Kinder mit dir in der Kirche waren, als du ihn gefunden hast?«

Als sie den Eingang der Wache erreicht hatten, verstellte der Rotfuchs ihnen resolut den Weg.

»Herrgott, Mädel«, seufzte Måns. »Was ist das hier? Amerikanischer Revolverjournalismus auf lappländische Art?«

»Glaubt ihr, dass es sich um einen Ritualmord handeln könnte?«, fragte die Reporterin.

Die Kamera zeigte jetzt in Großaufnahme ihre erregten roten Wangen, danach waren die Gesichter von Rebecka und der anderen Frau im Profil zu sehen. Sanna Strandgård hielt sich verängstigt die Hände wie Scheuklappen an die Schläfen. Rebeckas sandgraue Augen starrten einen Moment lang wütend in die Kamera, dann richtete sie sie auf die Reporterin.

»Weg da«, sagte sie energisch.

Dieser Befehl und Rebeckas Miene erweckten in Måns' Kopf eine unangenehme Erinnerung. An das Weihnachtsfest der Kanzlei im vergangenen Jahr. Er hatte sich nur nett mit ihr unterhalten wollen, aber sie hatte ihn mit einem Blick bedacht, als habe sie ihn beim Koksen auf der Toilette überrascht. Und wenn er sich richtig erinnerte, hatte sie zu ihm dasselbe gesagt. Mit derselben energischen Stimme.

»Weg da.«

Nach diesem Erlebnis war er auf Distanz gegangen. Das Letzte, was er wollte, war doch, dass sie sich belästigt vorkam und deshalb kündigte. Aber sie sollte sich auch nichts einbilden. Wenn sie nicht wollte, dann eben nicht.

Plötzlich überstürzten sich auf dem Bildschirm die Ereignisse. Måns konzentrierte sich und hielt den Finger auf den Pausenknopf der Fernbedienung. Rebecka hob den Arm, um sich an der Reporterin vorbeizudrängen, doch die verschwand dann plötzlich aus dem Bild. Rebecka und Sanna Strandgård stiegen mehr oder weniger über sie hinweg und betraten die

Wache. Die Kamera folgte ihren Rücken und man hörte die Stimme der Reporterin, ehe das Bild verschwand:

»Au, mein Arm, verdammt. Hast du das mit im Kasten?«

Dann meldete sich wieder die Stimme der Reporterin zu Wort.

»Die Anwältin gehört der renommierten Kanzlei Meijer & Ditzinger an, aber niemand aus der Kanzlei war bereit, zu den Ereignissen dieses Abends einen Kommentar abzugeben.«

Måns sah geschockt, wie ein Archivbild erschien, das die Fassade der Kanzlei zeigte. Er drückte auf den Pausenknopf.

»Ja, das kann ich mir vorstellen, zum Teufel«, fluchte er und sprang so heftig auf, dass er sein Hemd und seine Hose mit Milch übergoss.

Was zum Teufel macht sie denn da nur?, fragte er sich. Hatte sie wirklich hinter dem Rücken der Kanzlei die Vertretung dieser Sanna Strandgård übernommen? Da musste doch irgendein Missverständnis vorliegen. So leichtsinnig konnte sie doch gar nicht sein.

Er schnappte sich sein Mobiltelefon und gab eine Nummer ein. Keine Antwort. Er umschloss seine Nasenwurzel mit dem rechten Zeigefinger und dem Daumen und versuchte, Klarheit in seine Gedanken zu bringen. Während er in die Diele ging und seinen Laptop holte, wählte er eine weitere Nummer. Auch hier keine Antwort. Er war außer Atem und schweißnass. Er ließ den Laptop auf den Wohnzimmertisch fallen und das Video weiterlaufen. Jetzt war der stellvertretende Oberstaatsanwalt Carl von Post vor der Kirche der Kraftquelle zu bewundern.

»Verdammt«, fluchte Måns und versuchte, den Computer zu öffnen und zugleich sein Telefon zwischen Schulter und Ohr festzuhalten.

Seine Hände kamen ihm ungeschickt und fahrig vor.

Måns griff zu den Ohrstöpseln, so konnte er telefonieren und zugleich die Tastatur seines Laptops bedienen. Er probierte alle Nummern durch, bekam aber nirgendwo Antwort. Wahrscheinlich waren früher am Abend während der Sendung die Telefone heißgelaufen. Die anderen Partner fragten sich sicher, wieso zum Teufel eine ihrer Steuerfachfrauen sich im hohen Norden herumtrieb und dort Reporterinnen zu Boden schlug. Er überprüfte sein Telefon und sah, dass fünfzehn Mitteilungen eingegangen waren. Fünfzehn!

Carl von Post schaute Måns vom Bildschirm her ins Gesicht und gab den Stand der Ermittlungen bekannt. Es waren die obligatorischen Kommentare darüber, dass sie das volle Programm durchzogen, die Nachbarn vernahmen, mit den Gemeindemitgliedern sprachen und nach der Mordwaffe suchten. Der Staatsanwalt trug einen eleganten grauen Wollmantel mit passenden Handschuhen und Schal.

»Verdammter Stenz«, kommentierte Måns Wenngren und merkte gar nicht, dass von Post fast genauso gekleidet war wie er selbst.

Jetzt ging endlich jemand ans Telefon. Und zwar der vergrätzte Gatte einer Partnerin. Sie war in zweiter Ehe mit einem viel jüngeren Mann verheiratet, der sich von seiner erfolgreichen Ehefrau aushalten ließ und angeblich studierte oder was zum Teufel sonst trieb.

Der soll verdammt noch mal nicht so sauer klingen, dachte Måns.

Als die Kollegin ans Telefon kam, folgte ein sehr kurzes Gespräch.

»Wir können uns doch wohl gleich treffen?«, fragte Måns gereizt.

»Wieso denn mitten in der Nacht?«

Er schaute auf seine Breitling. Viertel nach vier.

»Na gut«, sagte er dann. »Dann eben um sieben. Frühe Frühstücksbesprechung. Und wir versuchen, auch den anderen Bescheid zu sagen.«

Als er das Gespräch beendet hatte, schickte er Rebecka Martinsson eine Mail. Auch sie war nicht ans Telefon gegangen. Er klappte seinen Laptop zu und spürte, als er aufstand, dass seine Hose an seinen Beinen klebte. Er schaute an sich hinunter und entdeckte die Milch, mit der er sich übergossen hatte.

»Verdammtes Frauenzimmer«, knurrte er, während er sich die Hosen vom Leib riss. »Verdammtes Frauenzimmer.«

Und es ward Abend, und es ward Morgen, das war der zweite Tag.

Polizeiinspektorin Anna-Maria Mella schläft in der Wolfsstunde unruhig. Die Wolken haben sich vor den Himmel geschoben, und im Zimmer ist alles schwarz. Gott selbst scheint seine Hand über die Stadt zu halten, so, wie ein Kind seine Hand über ein fliegendes Insekt wölbt. Wer sich zum Spiel eingefunden hat, soll auf keinen Fall entrinnen können.

Anna-Maria wirft den Kopf von einer Seite auf die andere, um den Stimmen und Gesichtern des Vortags zu entgehen, die sich in ihren Traum eingeschlichen haben. In ihrem Bauch strampelt wütend das Kind.

Im Traum beugt Staatsanwalt Carl von Post sein Gesicht über Sanna Strandgård und versucht, ihr Antworten abzuzwingen, die sie nicht geben kann. Er bedrängt sie und droht, ihre Töchter zur Vernehmung zu holen, wenn sie weiterhin schweigt. Und je mehr er fragt, umso mehr verschließt sie sich. Am Ende scheint sie sich an gar nichts mehr erinnern zu können.

»Was wolltest du mitten in der Nacht in der Kirche? Warum bist du überhaupt hingegangen? An irgendetwas musst du dich ja wohl erinnern. Hast du dort irgendwen gesehen? Weißt du noch, dass du die Polizei angerufen hast? Warst du wütend auf deinen Bruder?«

Sanna schlägt die Hände vors Gesicht.

»Ich weiß es nicht mehr. Ich weiß es nicht. Er kam in der Nacht zu mir. Plötzlich stand Viktor an meinem Bett. Er sah traurig aus. Als er sich dann einfach auflöste, wusste ich, dass etwas passiert war...«

»Er löste sich auf?«

Der Staatsanwalt scheint nicht zu wissen, ob er lachen oder ihr eine scheuern soll.

»Moment mal, du hattest Besuch von einem Gespenst und wusstest dadurch, dass deinem Bruder etwas passiert war?«

Anna-Maria jammert, und Robert erwacht. Er stützt sich auf die Ellenbogen und streichelt ihre Haare.

»Psst, Mia-Mia, ganz ruhig.« Wieder und wieder sagt er ihren Namen und streichelt ihre strohblonden Haare, bis sie dann plötzlich nach Luft schnappt und sich entspannt. Ihr Gesicht wird weicher, und ihr Gejammer verstummt. Als ihr Atem wieder ruhig und regelmäßig geht, schläft er wieder ein.

Alle, die Carl von Post kennen, glauben sicher, dass er in dieser Nacht gut schläft. Dass er sich an Aufmerksamkeit und goldenen Träumen über die Verheißungen der Zukunft satt gegessen hat. Er müsste doch eigentlich mit zufriedenem Lächeln eingeschlafen sein.

Aber auch Carl von Post wälzt sich von einer Seite auf die andere. Er presst die Kiefer so fest aufeinander, dass er heftig mit den Zähnen knirscht. So ist es immer, wenn er schläft. Die Ereignisse des Tages haben ihm da absolut keine Erleichterung gebracht.

Und Rebecka Martinsson? Sie schläft tief auf dem Ausziehsofa in der Küche ihrer Großeltern. Sie atmet ruhig und regelmäßig. Tjapp hat sich freundlich neben sie gelegt, und Rebecka hat die Arme um den warmen Hundekörper geschlungen und bohrt die Nase in das schwarze wollige Fell. Kein Geräusch aus der Außenwelt dringt zu ihr durch. Keine Autos und keine Flugzeuge. Keine lauten Nachtwanderer und kein harter Winterregen, der gegen die Fensterscheiben schlägt. In der Kammer murmelt Lova im Schlaf und drückt sich fester an Sanna. Das Haus selbst knackt und ächzt ein wenig, es scheint sich in seinem Winterschlaf umzudrehen.

Dienstag, 18. Februar

Kurz vor sechs weckte Tjapp Rebecka, indem sie ihre Hundenase gegen Rebeckas Gesicht drückte.

»Hallo, Wuschel«, flüsterte Rebecka. »Was willst du? Ist es schon Zeit zum Pinkeln?«

Sie tastete nach der Lampe und schaltete sie ein. Der Hund lief zur Haustür, fiepte kurz, kam zu Rebecka zurück und drückte abermals auffordernd das Gesicht gegen Rebeckas.

»Schon verstanden, alles klar.«

Rebecka setzte sich auf die Bettkante, blieb aber weiterhin in die Decke gewickelt. Es war kalt in der Küche.

Alles hier drinnen ist Oma, dachte sie. Es ist wie früher, wenn ich mit ihr zusammen auf dem Küchensofa übernachtet habe und dann im warmen Bett liegen bleiben durfte, während sie im Herd Feuer machte und Kaffeewasser aufsetzte.

Sie sah Theresia Martinsson vor sich, die am Ausklapptisch saß und ihre Morgenzigarette drehte. Die Großmutter nahm dazu Zeitungspapier, statt sich teure Blättchen zu kaufen. Sorgfältig riss sie von der Vortagsausgabe des *Bottenkuriers* den Rand ab. Der war breit und frei von Druckerschwärze und damit für diesen Zweck bestens geeignet. Sie ließ eine Prise Tabak darüber rieseln und drehte dann mit Daumen und Zeigefinger eine dünne Zigarette. Ihre silbergrauen Haare waren sorgfältig unter ihr Kopftuch gesteckt, und sie trug ihre synthetische blauschwarzkarierte Kittelschürze. Draußen in der Scheune brüllten die Kühe nach ihr. »Hallo Pikku-Piika«, sagte sie dann immer und lächelte. »Bist du schon wach?«

Pikku-Piika. Kleines Mädchen.

Tjapp kläffte ungeduldig.

»Ja, ja, gleich«, antwortete Rebecka. »Ich muss nur noch schnell Feuer machen.«

Sie hatte mit Wollsocken an den Füßen geschlafen und ging nun in die Decke gehüllt zum alten Küchenherd und öffnete die Klappe. Tjapp setzte sich geduldig neben die Tür und wartete. Ab und zu fiepte sie leise, um nicht vergessen zu werden.

Rebecka griff zu einem Messer und schnitt mit geübter Hand Späne von einem neben dem Herd liegenden Holzscheit. Sie legte zwei Holzscheite über Rinde und Späne und zündete sie an. Das Feuer griff rasch um sich. Sie schob ein Stück Birkenholz hinein, das länger brennen würde als Tannenholz, und schlug die Klappe zu.

Ich müsste mir mehr Zeit lassen, an Oma zu denken, dachte sie. Wer hat eigentlich festgelegt, dass es besser ist, sich auf das Jetzt zu konzentrieren? In meinem Gedächtnis habe ich viele Kammern, in denen Oma wohnt. Aber dort verbringe ich ja niemals Zeit mit ihr. Und was hat das Jetzt mir anzubieten?

Jetzt fiepte Tjapp energischer und drehte bei der Tür eine kleine Pirouette. Rebecka zog sich an. Ihre Kleidungsstücke waren eiskalt, weshalb sie sich hastig und ruckhaft bewegte. Sie schob die Füße in die Stiefel, die in der Diele standen.

»Das muss aber schnell gehen«, sagte sie zu Tjapp.

Auf dem Weg hinaus schaltete sie die Lampen am Haus und an der Scheune ein.

Es war ein wenig milder geworden. Das Thermometer zeigte fünfzehn Grad unter null, und der Himmel schien auf die Erde zu drücken und das Sonnenlicht auszusperren. Tjapp hockte sich ein Stück entfernt hin, und Rebecka schaute sich um. Der Hof war bis zur Scheune vom Schnee befreit worden. Um das Haus herum war der Schnee an den Wänden aufgetürmt worden, um sie gegen die Kälte zu isolieren.

Wer hat das wohl gemacht, überlegte Rebecka. Sivving Fjällborg vielleicht? Kann es sein, dass er noch immer für Oma Schnee schippt, obwohl sie gar nicht mehr lebt? Er müsste doch jetzt auch schon um die siebzig sein.

Sie versuchte, durch die Dunkelheit zu Sivvings Haus auf der anderen Straßenseite hinüberzuschauen. Wenn es heller wurde, wollte sie nachsehen, ob auf dem Briefkasten noch immer »Fjällborg« stand.

Sie wanderte an der Scheune vorbei. Das Licht der Außenlampen fiel schimmernd auf die Eisblumen auf den kleinen Sprossenfenstern. Auf der anderen Seite stand das Gewächshaus der Großmutter. Mehrere zerbrochene Fensterscheiben schauten Rebecka hohläugig und vorwurfsvoll an.

Du müsstest häufiger hier sein, sagten sie. Du müsstest dich um Haus und Garten kümmern. Sieh doch nur, wie der Kitt abbröckelt. Stell dir vor, wie die Dachziegel unter ihrer Schneedecke aussehen. Sie sind gesprungen und sitzen lose. Und dabei war Oma immer so ordentlich. Und fleißig.

Als habe Tjapp Rebeckas düstere Gedanken lesen können, kam sie in der Dunkelheit über den Hof hinter Rebecka hergerannt und bellte einmal auf.

»Pst«, mahnte Rebecka lachend. »Du weckst doch sonst das ganze Dorf.«

Aus der Ferne kam ein antwortendes Gebell. Die schwarze Hündin lauschte aufmerksam.

»Das kannst du gleich vergessen«, sagte Rebecka.

Vielleicht hätte sie eine Leine mitnehmen sollen.

Tjapp schaute sie glücklich an und schien zu finden, dass Rebecka als Gesellschaft für eine verspielte Hündin durchaus taugte.

Sie bohrte ihre Nase in den federleichten Schnee, hob sie wieder und schüttelte den Kopf. Danach lud sie Rebecka zum Spielen ein, indem sie die Vorderpfoten im Schnee vergrub und den Oberkörper senkte.

Na los, sagten ihre glänzenden, schwarzen Augen.

»Jetzt krieg ich dich!«, rief Rebecka und schien sich über die Hündin hermachen zu wollen.

Sofort glitt sie aus und fiel um. Tjapp kam angestürzt, sprang über sie hinweg wie ein Zirkushund, beschrieb eine überaus scharfe Drehung und stand eine halbe Sekunde später wieder vor ihr. Die rosa Zunge hing ihr aus dem lachenden Hundemaul, und sie forderte Rebecka auf, sich aufzurappeln und noch einen Versuch zu unternehmen. Tjapp flog über den aufgetürmten Schnee, und Rebecka kletterte hinterher. Dahinter versanken sie in dem metertiefen unberührten Weiß.

»Ich kann nicht mehr«, keuchte Rebecka nach zehn Minuten.

Sie saß auf dem Hintern in der Schneewehe. Ihre Wangen waren glühendrot, und sie war von Schnee bedeckt.

Als sie wieder ins Haus kamen, war Sanna aufgestanden und hatte Kaffeewasser aufgesetzt. Rebecka zog ihre nassen Kleider aus. Jacke und Pullover waren vom schmelzenden Schnee durchtränkt, während ihre Unterwäsche vor Schweiß triefte. In einer Schublade fand sie ein T-Shirt, eine Helly-Hansen-Jacke und eine lange Unterhose, die sicher Onkel Affe gehörte.

»Elegant«, kommentierte Sanna kichernd, »wunderbar, dass du dich sofort an die klassische Mode hier oben anpasst.«

»Ein echter Hängehintern aus Gällivare hat noch niemanden entstellt«, sagte Rebecka und schwenkte den Hintern, so dass die sackende Hose nur so schlackerte.

»Herrgott, du bist ja vielleicht mager«, rief Sanna.

Rebecka zog sofort den Hintern ein und nahm sich schweigend und mit dem Rücken zu Sanna Kaffee.

»Und du siehst total ausgetrocknet aus«, sagte Sanna jetzt, »du müsstest mehr essen und trinken.«

Ihre Stimme klang sanft und sorglos.

»Ja, ja«, seufzte sie, als Rebecka schwieg, »wir anderen können uns ja nur freuen, dass die meisten Typen Hintern und Brüste zu schätzen wissen. Obwohl ich es natürlich toll finde, so flach zu sein.«

Da kann ich mich ja wirklich glücklich schätzen, dachte Rebecka sarkastisch. Dass immerhin du mich toll findest.

Ihr Schweigen machte Sanna redselig und unsicher.

»Was rede ich denn hier«, sagte sie. »Ich bin wirklich die totale Glucke. Als Nächstes frag ich dich noch, ob du auch genug Vitamine isst.«

»Kann ich die Morgennachrichten einschalten?«, fragte Rebecka.

Ohne auf Antwort zu warten, ging sie zu dem kleinen Fernseher und schaltete ihn ein. Das Bild war entsetzlich. Vermutlich lag Schnee auf der Antenne.

Auf einen Bericht über einen verspäteten EU-Beitrag folgte ein Beitrag über den Mord an Viktor Strandgård. Die Reporterstimme berichtete, dass die Jagd auf den Mörder mit der üblichen Ermittlungsarbeit fortgesetzt werde, und dass die Polizei bisher noch keine Verdächtigen habe. Ein Bild folgte auf das andere. Polizei und Hunde, die die Umgebung der Kristallkirche nach der Mordwaffe durchkämmten. Der stellvertretende Oberstaatsanwalt Carl von Post, der sich über Befragungen in der Nachbarschaft und Vernehmungen von Gemeindeangehörigen und Gottesdienstbesuchern verbreitete. Danach wurde Rebeckas roter Mietwagen gezeigt.

»O nein«, rief Sanna und knallte ihre Kaffeetasse auf den Tisch.

»Auch Viktor Strandgårds Schwester, die den Toten am Tatort gefunden hat, erschien gestern Abend unter ziemlich dramatischen Umständen zur Vernehmung auf der Wache.«

Der ganze Zwischenfall wurde vorgeführt, doch in der Version der Morgennachrichten fehlte fast jeglicher Ton, abgesehen von Rebeckas dumpfem »weg da«. Dass die Reporterin die Anwältin wegen Körperverletzung angezeigt hatte, wurde noch erwähnt, dann unterhielten sich Moderator und Meteorologe kurz über den Wetterbericht, der nach der Pause gesendet werden sollte.

»Aber das zeigt doch genau, wie gemein und aufdringlich diese Reporterin war«, sagte Sanna überrascht.

Rebecka spürte einen brennenden Schmerz im Zwerchfell.

»Was ist los?«, fragte Sanna.

Was soll ich antworten, überlegte Rebecka und ließ sich am Küchentisch auf einen Stuhl sinken. Dass ich fürchte, meinen Job bereits verloren zu haben. Dass sie mich rausekeln werden, bis ich von selber kündige. Jetzt hat sie ihren Bruder verloren. Ich müsste mich genauer nach Viktor erkundigen. Sie fragen, ob sie darüber sprechen möchte. Nur will ich nicht noch einmal in ihr Leben hineingezogen werden und ihre Lasten auf meine Schultern laden müssen. Ich will nach Hause. Ich will am Computer sitzen und eine Eingabe darüber schreiben, dass in einem gewissen Fall die Rentenzahlungen von der Einkommenssteuer abgezogen werden müssen.

»Was glaubst du, was wirklich passiert ist, Sanna?«, fragte sie. »Mit Viktor, meine ich. Du hast gesagt, er sei auf entsetzliche Weise verstümmelt gewesen. Aber wer kann das getan haben?«

Sanna wand sich vor Unbehagen.

»Ich weiß nicht. Das habe ich doch schon der Polizei gesagt. Ich weiß wirklich nichts.«

»Hattest du keine Angst, als du ihn gefunden hast?«

»Darüber habe ich gar nicht nachgedacht.«

»Was hast du dann gemacht?«

»Ich weiß nicht«, sagte Sanna und hob die Hände an den Kopf, wie um sich selbst zu trösten. »Ich glaube, ich habe geschrien, aber auch da bin ich mir nicht sicher.«

»Du hast der Polizei gesagt, Viktor habe dich geweckt und deshalb seist du hingegangen.«

Sanna hob den Blick und schaute Rebecka in die Augen.

»Findest du das denn wirklich so seltsam? Glaubst du wirklich, alles sei zu Ende, bloß, weil die Körperfunktionen aufgehört haben? Er stand vor meinem Bett, Rebecka. Er sah unendlich traurig aus. Und ich habe ja gesagt, dass er es nicht in physischer Gestalt war, wenn man das so nennen kann. Deshalb wusste ich, dass etwas passiert war.«

Nein, ich finde das nicht so seltsam, dachte Rebecka. Sie hat immer schon mehr gesehen als wir anderen. Eine Viertelstunde, ehe irgendwer unerwartet zu Besuch kam, setzte Sanna schon Kaffeewasser auf. »Jetzt kommt Viktor«, sagte sie dann.

»Aber trotzdem...«, begann Rebecka.

»Bitte«, bat Sanna. »Ich will einfach nicht darüber reden. Ich traue mich nicht. Noch nicht. Ich muss doch durchhalten. Wegen der Mädchen. Danke, dass du gekommen bist. Obwohl du jetzt Karriere machst. Du glaubst vielleicht, dass wir den Kontakt zueinander verloren hatten, aber ich denke sehr oft an dich. Allein das Wissen, dass du dort unten bist, gibt mir Kraft.«

Jetzt war Rebecka diejenige, die sich vor Unbehagen wand.

Hör auf, dachte sie. Wir sind keine Freundinnen mehr. Früher war ihre Meinung über mich mir so unendlich wichtig. Ich wollte in ihrem Leben eine Rolle spielen. Aber jetzt. Jetzt habe ich das Gefühl, dass sie mich in ihre Fäden einspinnt.

Tjapp hörte das Geräusch des Schneemobils als Erste und unterbrach ihr Gespräch durch wildes Gebell. Sie spitzte die Ohren und schaute zum Fenster hinüber.

»Kommt da jemand?«, fragte Rebecka. Sie wusste nicht so recht, woher das Geräusch stammte, aber sie hatte den Eindruck, dass irgendwo ein Stück vom Haus entfernt ein Schneemobil im Leerlauf lief. Sanna drückte die Stirn gegen die Fensterscheibe und wölbte die Hände neben ihren Augen, um mehr sehen zu können als nur ihr eigenes Spiegelbild.

»O nein«, rief sie mit gequältem Lachen. »Das ist Curt Bäckström. Der hat uns hergefahren. Ich glaube, er ist ein wenig verliebt in mich. Aber er ist wirklich nett. Hat ein bisschen Ähnlichkeit mit Elvis. Der wäre vielleicht was für dich, Rebecka.«

»Hör doch auf«, sagte Rebecka genervt.

»Was denn? Was hab ich denn gemacht?«

»Dasselbe wie immer, seit ich dich kenne. Du lockst jede

Menge Trottel an, und dann findest du, die wären allesamt was für mich. Danke, also wirklich, nein danke.«

»Verzeihung«, sagte Sanna beleidigt. »Es tut mir wirklich Leid, wenn meine Bekannten und Freunde nicht gut genug für dich sind. Aber wieso nennst du ihn einen Trottel? Du kennst ihn doch gar nicht!«

Rebecka ging zum Fenster und schaute auf den Hofplatz hinaus.

»Er sitzt auf seinem Schneemobil, und eigentlich ist es noch mitten in der Nacht, und er bewacht das Haus, in dem du dich aufhältst, ohne sich hochzutrauen«, sagte sie. »I rest my case.«

»Und es ist wirklich nicht meine Schuld, wenn irgendein Typ sich in mich vergafft«, sagte Sanna jetzt. »Oder hältst du mich vielleicht für eine Nutte, so wie Thomas?«

»Nein, aber hör auf, mein Aussehen zu kommentieren oder mir deine abgelegten Verehrer anzubieten.«

Rebecka riss ihre Reisetasche an sich und stürzte zur Toilette. Sie knallte die Tür zu, so dass das rote Holzherzchen mit der Aufschrift »Hirsch heiß ich« hin und her wackelte.

»Hol ihn rauf«, rief sie zur Küche hinüber. »Er kann doch nicht wie ein verlassener Hund da draußen in der Kälte hocken.«

Herrgott, dachte sie, während sie die Toilettentür abschloss. Sannas verrückte Verehrer. Sannas lässiger Kleidungsstil. Das sind alles nicht mehr meine Sorgen. Aber Thomas Söderberg hat sich darüber geärgert. Und damals, als Sanna und ich zusammenwohnten, war ich auf eine seltsame Weise für alles verantwortlich.

»Ich wünschte, du wärst bereit, mit Sanna über ihre Kleidung zu reden«, sagt Thomas Söderberg zu Rebecka.

Er ist unzufrieden mit ihr. Sie spürt das in jeder Pore. Und sie hat das Gefühl, zu Boden gepresst zu werden. Wenn er lacht, tut sich der Himmel auf, und sie nimmt Gottes Liebe wahr, obwohl sie Seine Stimme nicht hören kann. Aber wenn Thomas diesen enttäuschten Blick hat, scheint alles in ihr zu erlöschen. Sie wird einfach zu einem verlassenen Raum.

»Ich habe es versucht«, führt sie zu ihrer Verteidigung an. »Ich habe ihr gesagt, dass sie sich überlegen muss, wie sie aussieht. Dass sie nicht so weit ausgeschnittene Blusen tragen darf. Und dass sie BH und längere Röcke anziehen sollte. Und sie sieht das ja auch ein, aber... ja, sie scheint morgens einfach nicht zu sehen, was sie anzieht. Wenn ich nicht dabei bin und aufpasse, dann scheint sie das alles zu vergessen. Danach treffe ich sie dann in der Stadt, und sie sieht aus wie...«

Sie zögert und will das Wort »Nutte« nicht verwenden. Thomas darf nicht denken, dass sie solche Wörter in den Mund nimmt.

»... und sie sieht aus wie ich weiß nicht was«, sagt sie deshalb. »Ich frage sie, was sie da anhat, und dann scheint sie aus allen Wolken zu fallen. Sie macht das wirklich nicht bewusst.«

»Mir ist das doch egal, ob sie das bewusst macht«, sagt Thomas Söderberg mit harter Stimme. »Solange sie sich nicht anständig anzieht, kann ich ihr keine führende Rolle in der Gemeinde geben. Wie soll ich denn zulassen, dass sie Zeugnis ablegt oder im Chor singt oder die Gebete leitet, wenn ich weiß, dass neunzig Prozent aller Männer nur noch ihre Brustwarzen anstarren, die sich unter ihrem Hemd abzeichnen, und nur daran denken, wie gern sie ihr die Hand zwischen die Beine schieben würden.«

Er verstummt und schaut aus dem Fenster. Sie sitzen im Gebetsraum hinter dem Saal der Missionskirche. Das scharfe Licht der Spätwintersonne fällt durch die schmalen hohen Fenster. Die Kirche liegt in einem von Ralph Erskine entworfenen Wohnhaus. Die Einheimischen nennen dieses braune Betongebäude die »Schnupftabaksdose«. Weshalb die Kirche logischerweise als »Prise Gottes« bezeichnet wird. Rebecka hat der Kirchensaal früher besser gefallen. Er war streng und spartanisch. Wie ein Kloster, mit seinen harten Holzbänken. Aber Thomas

Söderberg hat die Kanzel abmontieren und durch ein verrückbares hölzernes Rednerpult ersetzen lassen. Zugleich hat er ganz vorn Holzboden legen lassen. Damit der Anblick nicht so deprimierend wirkt. Jetzt sieht die Missionskirche aus wie jede andere freikirchliche Gebetsstätte.

Thomas lässt seinen Blick zur Decke hochwandern und entdeckt dort eine große feuchte Stelle. Die taucht im Spätwinter immer auf, wenn der Schnee auf dem Dach schmilzt.

Seine Art, zu verstummen und ihrem Blick auszuweichen, sagt Rebecka genug. Thomas Söderberg ist wütend auf Sanna, weil sie auch ihn in Versuchung führt. Er gehört selbst zu den Männern, die die Hand in ihre Unterhose schieben möchten und…

Die Wut breitet sich in ihrer Brust aus wie eine brennende Rose.

Verdammte Sanna, flucht sie in Gedanken. Du miese kleine Kuh!

Sie weiß, dass ein Pastor es nicht leicht hat. Thomas wird auf vielerlei Weise in Versuchung geführt. Der Feind wünscht sich so dringend, ihn zu Fall zu bringen. Und Sex ist Thomas' schwacher Punkt. Das hat er in der Bibelgruppe offen zugegeben.

Ihr fällt ein, wie er einen Besuch geschildert hat, den zwei Engel ihm abgestattet haben. Widerwillig hatte er sich von einem angezogen gefühlt. Und der weibliche Engel hatte es gewusst.

»Das wäre das Schlimmste, was passieren könnte«, hatte der Engel gesagt. »Ich würde zu meinem eigenen Gegenteil werden. So dunkel, wie ich jetzt licht bin.«

Sanna klopfte zaghaft an die Toilettentür.

»Rebecka«, sagte sie. »Ich gehe runter und bitte Curt ins Haus. Du willst da drinnen doch nicht Wurzeln schlagen, oder? Ich möchte lieber nicht mit ihm allein sein, und die Mädchen schlafen ja noch…«

Als Rebecka die Toilette verließ, saß Curt Bäckström bereits am Tisch. Er hielt beim Trinken den Kaffeebecher mit beiden Händen fest. Vorsichtig hob er ihn vom Tisch hoch und senkte dabei den Kopf, um ihn nicht zu hoch heben zu müssen. Er hatte seine Stiefel anbehalten und nur das Oberteil seines Overalls abgestreift, das jetzt um seine Taille baumelte. Er schielte zu Rebecka hinüber und begrüßte sie, ohne ihren Blick zu erwidern.

Wieso soll der Ähnlichkeit mit Elvis haben?, überlegte Rebecka. Weil er zwei Augen und mitten im Gesicht eine Nase hat? Bestimmt meint Sanna die Haare. Und seine traurige Miene.

Curt hatte wellige schwarze Haare. Seine dicke Fellmütze hatte sie an seine Stirn geklebt. Seine Augenlider hingen schlaff nach unten.

»Wow«, rief Sanna und musterte Rebecka von Kopf bis Fuß. »Du siehst ja elegant aus. Komisch, das sind doch bloß Jeans und ein Pullover, und man könnte meinen, du hättest einfach blind in deinen Kleiderschrank gegriffen. Aber trotzdem sieht man, dass es richtig teure Sachen sind. – Verzeihung«, bat sie dann und verdeckte ihr verlegenes Lächeln mit der Hand. »Ich darf ja dein Aussehen nicht kommentieren.«

»Ja, ich wollte nur mal nach dir sehen«, sagte Curt zu Sanna.

Er schob seinen Becher ein Stück weg, wie um klarzustellen, dass er nicht lange bleiben werde.

»Mir geht's gut«, sagte Sanna. »Oder, was heißt schon gut? Aber Rebecka war mir eine gewaltige Hilfe. Wenn sie nicht mit zur Wache gekommen wäre, dann weiß ich nicht, ob ich das geschafft hätte.«

Ihre Hand schoss vor und streichelte kurz Rebeckas Arm.

Rebecka sah, wie die Muskeln, die Curts Mund umgaben, erstarrten. Er schob seinen Stuhl zurück, um aufzustehen.

Gut so, Sanna, dachte Rebecka. Erzähl ihm ruhig, wie schlampig ich mich anziehe. Welche Hilfe ich dir war. Und fass mich an, damit ihm wirklich klar wird, wie nah wir einander stehen. Auf diese Weise zeigst du, was Sache ist, und die Einzige, auf die er böse ist, bin ich. Ich komme mir vor wie der Bauer, der auf einem Schachbrett vor die bedrohte Königin gestellt wird. Aber ich bin nicht dein verdammter Schutzschild. Der Bauer reicht seine Kündigung ein.

Sie legte rasch die Hand auf Curts Schulter.

»Bitte, bleib doch noch«, sagte sie. »Du kannst Sanna doch Gesellschaft leisten. Sie kann schon mal den Tisch decken, und dann frühstückt ihr zusammen. Ich muss zum Auto, Telefon und Computer holen. Ich setze mich nach unten, ich muss telefonieren und Mails verschicken.«

Sanna schaute mit schwer zu deutendem Blick hinter ihr her, als sie in die Diele hinausging, um in die Stiefel zu steigen. Sie waren nass, aber sie musste ja nur das kurze Stück zum Auto laufen. Sie konnte hören, wie Sanna und Curt am Küchentisch leise miteinander sprachen.

»Du siehst müde aus«, sagte Sanna.

»Ich habe die ganze Nacht in der Kirche gebetet«, sagte Curt. »Wir haben eine Gebetskette eingerichtet, so dass ununterbrochen jemand dort ist. Du solltest mal hinfahren. Meld dich doch nur für eine halbe Stunde an. Thomas Söderberg hat nach dir gefragt.«

»Du hast ihm doch wohl nicht gesagt, wo ich bin?«

»Nein, natürlich nicht. Aber du solltest dich jetzt wirklich nicht vor der Gemeinde verstecken, sondern bei ihr Zuflucht suchen. Und du solltest nach Hause fahren.«

Sanna seufzte.

»Ich weiß einfach nicht mehr, auf wen ich mich verlassen kann. Und deshalb darfst du niemandem verraten, wo ich bin.«

»Natürlich nicht. Und wenn du dich überhaupt auf jemanden verlassen kannst, Sanna, dann auf mich.«

Rebecka stellte sich so in die Türöffnung, dass sie sehen konnte, wie Curts Hände über den Tisch hinweg nach Sannas suchten.

»Meine Schlüssel«, sagte Rebecka. »Autoschlüssel und Hausschlüssel sind verschwunden. Ich hab sie sicher im Schnee verloren, als ich mit Tjapp gespielt habe.«

REBECKA, SANNA UND CURT suchten mit Taschenlampen im Schnee nach den Schlüsseln. Es war noch immer nicht hell geworden, und die Lichtkegel wanderten über den Hof, die Schneewehen und die im tiefen Schnee hinterlassenen Spuren.

»Das ist doch hoffnungslos«, seufzte Sanna und wühlte planlos im Schnee herum. »Die können ja ganz tief versunken sein, wo der Schnee noch nicht fest ist.«

Tjapp sprang neben Sanna und wühlte wie besessen. Sie fand einen Zweig und stürzte damit davon.

»Und auf die ist ja auch kein Verlass«, sagte Sanna und schaute hinter Tjapp her, die schon nach wenigen Metern von der Dunkelheit verschluckt wurde. »Sie kann sie ins Maul genommen und wieder fallengelassen haben, als sie etwas anderes interessiert hat.«

»Dann kannst du ja mit Curt und dem Hund wieder ins Haus gehen«, sagte Rebecka und versuchte, ihre Gereiztheit zu verbergen. »Vielleicht sind die Mädchen jetzt wach. Ich weiß ohnehin kaum noch, welche Spuren von mir stammen und welche von euch.«

Ihre Füße waren eiskalt und feucht.

»Nein, ich will nicht ins Haus«, quengelte Sanna. »Ich will dir beim Schlüsselsuchen helfen. Wir finden sie bestimmt. Irgendwo müssen sie doch sein.«

Curt schien als Einziger guter Laune zu sein. Die Dunkelheit schien ihm ein wenig von seiner Schüchternheit zu nehmen. Und die Bewegung an der frischen Luft machte ihn wach.

»Das war heute Nacht einfach unglaublich«, erzählte er Sanna glücklich. »Gott hat mich die ganze Zeit an Seine Macht erinnert. Ich war total von Ihm erfüllt. Du musst unbedingt in die Kirche fahren, Sanna. Beim Beten habe ich gespürt, wie Seine Kraft über mich dahinströmte. Und das Reden in Zungen floss einfach aus mir heraus. Schacka barai. Und ich habe vom Geist erfüllt getanzt. Ab und zu habe ich mich hingesetzt und die Bibel an der Stelle aufgeschlagen, die Gott mir zeigen wollte. Und es waren nur Verheißungen über die Zukunft. Peng, peng, peng. Er hat mich mit Versprechen geradezu durchlöchert.«

»Ihr könnt ja dafür beten, dass ich die Schlüssel finde«, murmelte Rebecka.

»Er schien mit Laserstrahlen Bibelworte in meine Augen zu brennen«, sagte Curt ungerührt. »Damit ich sie weitergebe. Jesaja 43, 19: Denn siehe, ich will ein Neues machen; jetzt soll es aufwachsen, und ihr werdet's erfahren, dass ich Wege in der Wüste mache und Wasserströme in der Einöde.«

»Du kannst ja wohl selbst dafür beten, dass du deine Schlüssel findest«, sagte Sanna zu Rebecka.

Rebecka lachte auf. Es klang eher wie ein Schnauben.

»Oder Jesaja 48, 6«, predigte Curt. »Solches alles hast du gehört und siehst es und verkündigst es doch nicht. Ich habe dir von nun an Neues sagen lassen und Verborgenes, das du nicht wusstest.«

Sanna richtete sich auf und hielt ihre Taschenlampe auf Rebeckas Augen.

»Hast du gehört, was ich gesagt habe?«, fragte sie ernsthaft. »Warum betest du nicht selber um deine Schlüssel?«

Rebecka hob im blendenden Licht die Hand.

»Lass das!«, sagte sie.

»Und ich glaube, dass Gott mir alle Stellen im Neuen Testament gezeigt hat, die davon handeln, dass man alten Wein nicht in neue Schläuche füllen darf«, sagte Curt zu Tjapp, die zu seinen Füßen saß und ihm als Einzige zuzuhören schien. »Denn dann bersten sie. Und alle Stellen, wo steht, dass man keinen neuen Flicken auf ein altes Wams nähen darf, denn dann verschleißt der neue Stoff zusammen mit dem alten, und der Riss wird nur noch größer.«

»Aber wenn du willst, dass wir für deine Schlüssel beten, dann machen wir das natürlich«, sagte Sanna, ohne den Lichtstrahl von Rebeckas Gesicht zu nehmen. »Aber tu bloß nicht so, als ob du glauben würdest, dass Gott meine und Curts Gebete eher erhört als deine. Trample nicht mit deinen Füßen auf Jesu Blut herum.«

»Hör auf mit dem Quatsch, habe ich gesagt«, fauchte Rebecka und richtete nun ihrerseits ihre Taschenlampe auf Sannas Gesicht.

Curt verstummte und musterte sie beide.

»Curt«, fragte Rebecka und starrte in Sannas grelles Taschenlampenlicht. »Glaubst du, dass Gott auf die Gebete aller Menschen gleichermaßen hört?«

»Ja«, sagte Curt. »An Seinem Gehör ist niemals etwas auszusetzen, aber es kann Hindernisse dafür geben, dass Sein Wille geschieht oder dass die Gebete zu Ihm durchdringen.«

»Wenn man zum Beispiel nicht nach Seinem Willen lebt. Dann kann Gott sicher nicht wie sonst in unser Leben eingreifen.«

»Genau.«

»Aber dann ist es doch eine Lehre der Taten«, rief Sanna verzweifelt. »Und welche Rolle spielt darin die Gnade? Und Gott selbst, was glaubst du, was Er von dieser ›Eine Stunde pro Tag Beten und Bibellesen für einen erfolgreichen Glauben‹-Lehre hält? Ich bete und lese die Bibel, wenn ich mich nach Ihm sehne. So möchte ich schließlich selbst geliebt werden. Warum sollte Gott anders sein? Und das mit dem Leben nach Seinem Willen. Das ist doch wohl eines der Dinge, die den Sinn des Lebens ausmachen, und kein Mittel, um beim Wettbeten den Jackpot zu knacken!«

Curt gab keine Antwort.

»Verzeihung, Sanna«, sagte Rebecka endlich und ließ ihre Lampe sinken. »Ich will mich nicht über den christlichen Glauben streiten. Jedenfalls nicht mit dir.«

»Weil du weißt, dass ich ja doch gewinne«, sagte Sanna lachend und ließ ebenfalls ihre Taschenlampe sinken.

Sie schwiegen eine Weile und richteten ihre Blicke auf den Schein der Lichtkegel im Schnee.

»Aber das mit den Schlüsseln macht mich einfach verrückt«, sagte Rebecka dann. »Du blöder Hund! Das ist alles deine Schuld!«

Tjapp bellte zustimmend.

»Nein, hör nicht auf sie«, sagte Sanna und legte Tjapp den Arm um den Hals. »Du bist der schönste und wunderbarste Hund aller Zeiten. Und ich liebe dich ganz gewaltig.« Sie drückte Tjapp an sich, und die erwiderte diese Zärtlichkeitsbezeugungen durch den Versuch, Sannas Mundwinkel zu lecken.

Curt schaute eifersüchtig zu.

»Das ist doch ein Mietwagen, oder?«, fragte er. »Ich kann in die Stadt fahren und Reserveschlüssel holen.«

Er sagte das zu Sanna, aber die schien ihn nicht gehört zu haben. Sie war ganz und gar mit Tjapp beschäftigt.

»Da wäre ich dir wirklich sehr dankbar«, sagte Rebecka zu Curt.

Als ob es dich interessiert, ob ich dankbar bin oder nicht, dachte sie und betrachtete seine hängenden Schultern, während er hinter Sanna stand und auf ihre Aufmerksamkeit wartete.

Sivving Fjällborg, dachte Rebecka dann. Er hat einen Reserveschlüssel für das Haus. Zumindest hatte er das früher. Ich muss zu ihm gehen.

Um Viertel nach sieben betrat Rebecka Sivving Fjällborgs Haus, ohne zu klingeln, so, wie sie und ihre Großmutter das immer getan hatten. Hinter den Fenstern war alles schwarz, vermutlich schlief er also noch. Aber da konnte sie nichts machen. Sie schaltete in der kleinen Diele das Licht ein. Auf dem braunen Linoleumboden lag eine Fußmatte, an der sie sich die Stiefel abwischte. Auch oben auf den Stiefeln klebte Schnee, aber viel feuchter konnten sie ohnehin nicht werden. Eine Treppe führte ins Obergeschoss, und daneben sah Rebecka die dunkelgrüne Tür zur Speisekammer. Die Küchentür war geschlossen. Sie rief in die Dunkelheit des oberen Stockwerks hinauf:

»Hallo!«

Aus dem Keller war sofort dumpfes Hundegebell zu hören, gefolgt von Sivvings energischer Stimme:

»Sei still, Bella. Sitz! Ich meine den Hund. Warte!«

Auf der Treppe waren Schritte zu hören, dann wurde die Kellertür geöffnet, und Sivving kam zum Vorschein. Seine Haare waren ganz weiß geworden, und vielleicht waren sie auf dem Schädel auch dünn, ansonsten sah er aus wie immer. Seine Augenbrauen saßen hoch über seinen Augen, so, als rechne er immer mit einer Überraschung oder einer angenehmen Nachricht. Sein blaukariertes Flanellhemd ließ sich nur mit Mühe über seinem umfangreichen Bauch zuknöpfen und war in eine Militärhose gestopft. Der braune Ledergürtel, der die Hose festhielt, glänzte vor Alter.

»Aber ist das nicht Rebecka?«, rief er, und sein Gesicht öffnete sich zu einem breiten Lächeln.

»Komm, Bella«, rief er über seine Schulter, und zwei Sekunden darauf kam eine Vorstehhündin die Treppe hochgejagt.

»Aber hallo«, sagte Rebecka lachend und begrüßte das Tier. »Hast du wirklich so eine grobe Stimme?«

»Ja, sie blafft wie ein Kerl«, sagte Sivving. »Aber das hält mir die Lotterieverkäufer vom Leib, und deshalb will ich mich nicht beklagen. Komm rein.«

Er öffnete die Küchentür und machte Licht. In der Küche herrschte pedantische Ordnung, aber es roch ein wenig muffig.

»Setz dich«, sagte er und zeigte auf eine Holzbank.

Rebecka sagte, warum sie gekommen war, und während Sivving die Schlüssel hervorholte, schaute sie sich um. Der frischgewaschene grünweißgestreifte Flickenteppich lag auf dem Kiefernholzboden. Den Tisch bedeckte kein Wachstuch, sondern eine sorgfältig gebügelte Leinendecke, auf der eine kleine Vase aus gehämmertem Kupfer mit getrockneten Butterblumen und Katzenschwänzen stand. Die Fenster zeigten in drei Richtungen, und durch das Fenster in ihrem Rücken war das Haus der Großmutter zu sehen. Aber das war natürlich nur bei Tageslicht möglich. Jetzt gab es nur das Spiegelbild der an der Decke hängenden Lampe aus Kiefernholz.

Als Sivving ihr den Schlüssel gegeben hatte, setzte er sich auf die andere Seite des Küchentischs. Er schien sich in seiner eigenen Küche nicht so recht zu Hause zu fühlen. Er saß auf dem äußersten Rand des rotgebeizten Stuhls. Auch Bella schien nicht zur Ruhe zu kommen, sie irrte wie ein verfluchter Geist hin und her.

»Du hast dich ja lange nicht mehr sehen lassen«, sagte Sivving lachend und blickte Rebecka forschend an. »Ich wollte gerade Kaffee trinken. Willst du auch einen?«

»Gerne«, sagte Rebecka und stellte in Gedanken einen Zeitplan auf.

Sie würde höchstens fünfzehn Minuten brauchen, um ihre Tasche zu packen. Und weniger als eine halbe Stunde zum Aufräumen. Sie würde das Flugzeug um halb elf noch erreichen, wenn Curt nur rechtzeitig die Schlüssel brachte.

»Komm mit«, sagte Sivving und erhob sich.

Er verließ die Küche und ging die Kellertreppe hinunter, dicht gefolgt von Bella. Rebecka lief hinterher.

Dort unten war Gemütlichkeit angesagt. Vor der einen Wand stand ein aufgeschlagenes Bett. Bella legte sich sofort auf ihre Decke, die neben dem Bett lag. Ihr Trinknapf und ihr Fressnapf funkelten frisch gespült. Vor dem Boiler stand eine Kommode. Und auf einem kleinen Klapptisch eine elektrische Kochplatte.

»Du kannst den Hocker da nehmen«, sagte Sivving und zeigte darauf.

Er nahm eine kleine Kaffeekanne aus Blech und zwei Becher von der Wand. Der Kaffeeduft mischte sich mit dem Geruch von Hund, Keller und Seife. An einer Wäscheleine hingen eine Unterhose, zwei Flanellhemden und ein T-Shirt mit der Aufschrift »Kiruna Truck«.

»Ja, du musst schon entschuldigen«, sagte Sivving und nickte zur Unterhose hinüber. »Aber ich konnte ja nicht ahnen, dass ich so feinen Besuch bekommen würde.«

»Ich begreif das nicht«, sagte Rebecka verwirrt. »Schläfst du hier unten?«

»Tja«, sagte Sivving und fuhr sich mit der Hand über die Bartstoppeln, während er zugleich in tiefer Konzentration Kaffee in die Kanne gab. »Maj-Lis hat mich ja vor zwei Jahren verlassen.«

Rebecka murmelte eine Art Beileidsbekundung.

»Ja, es war Magenkrebs. Sie wollten operieren, aber sie konnten nur noch alles wieder zumachen. Auf jeden Fall ist das Haus viel zu groß für mich. Herrgott, die Kinder waren doch schon längst ausgeflogen, und ohne Maj-Lis ... ja, zuerst habe ich aufgehört, das Obergeschoss zu benutzen. Die Küche und die Kammer im Untergeschoss waren doch genug. Dann stellten Bella und ich fest, dass wir uns nur in der Küche aufhielten.

Und da habe ich dann den Fernseher in die Küche gestellt und auf dem Küchensofa geschlafen. Und auch die Kammer nicht mehr benutzt.«

»Und am Ende bist du dann nach hier unten gezogen.«

»Ja, da muss ich so viel weniger sauber halten. Und hier unten habe ich doch Waschmaschine und Dusche. Und dann habe ich mir den kleinen Kühlschrank da gekauft. Das reicht für mich.«

Er zeigte auf einen kleinen Kühlschrank in der Ecke. Darauf stand eine Spülschüssel.

»Aber was sagen Lena und …« Rebecka suchte nach dem Namen von Sivvings Sohn.

»Mats. Ach, jetzt kocht der Kaffee. Ja, Lena machte einen Höllenaufstand und scheint zu meinen, dass ihr alter Vater den Verstand verloren hat. Wenn sie mit den Kindern zu Besuch kommt, dann rennen sie im ganzen Haus herum. Und das ist ja auch gar nicht so schlecht, denn sonst könnten wir ja auch gleich verkaufen. Sie wohnt jetzt in Gällivare und hat drei Söhne. Aber die werden jetzt auch so groß, dass sie ihr eigenes Leben leben. Allerdings angeln sie gern, und deshalb sind sie im Frühjahr oft hier. Milch? Zucker?«

»Schwarz.«

»Mats ist ja geschieden, aber er hat zwei Kinder. Robin und Julia. Die kommen in den Ferien her. Wie ist es denn mit dir, Rebecka? Kerl und Kinder?«

Rebecka nippte an dem heißen Kaffee. Er wärmte sie bis in ihre kalten Zehen.

»Nein, keins von beidem.«

»Nein, nein, die trauen sich sicher nicht an dich heran.«

»Wieso das nicht?«, fragte Rebecka lachend.

»Deine Launen, Mädchen«, sagte Sivving, stand auf und nahm eine Tüte Zimtbrötchen aus dem Kühlschrank. »Bei dir saß das Messer doch immer schon locker. Hier, nimm ein Brötchen. Herrgott, ich weiß noch, wie du damals am Straßenrand

Feuer gemacht hast. Da warst du höchstens zwei Hände hoch. Standest wie eine Polizistin mit hocherhobener Hand da, als wir angerannt kamen, deine Oma und ich. Halt! Weitergehen verboten!, brülltest du wütend, und verdammt, was warst du sauer, als wir das Feuer gelöscht haben. Du wolltest darüber doch Fische braten.«

Sivving lachte bei dieser Erinnerung so sehr, dass er sich eine Träne abwischen musste. Bella hob den Kopf von ihrer Decke und lachte kurz mit.

»Oder damals, als du Erik einen Stein an den Kopf geworfen hast, weil die Jungs dich nicht auf ihrem Floß mitnehmen wollten«, sagte Sivving und lachte so herzlich, dass sein Bauch bebte.

»Alles maßlos übertrieben«, sagte Rebecka lächelnd und gab Bella ein Stück von ihrem Zimtbrötchen. »Hast du bei uns Schnee geschippt?«

»Ja, es ist doch schön für Inga-Lill und Affe, wenn sie etwas anderes tun können, wenn sie mal herkommen. Und mir tut die Bewegung gut.«

Er streichelte seinen Bauch.

»Hallo!«

Auf der Treppe war Sannas Stimme zu hören. Bella fuhr bellend hoch.

»Hier unten«, rief Rebecka.

»Morgen«, sagte Sanna und kam herunter. »Schon gut, ich mag Hunde.«

Das Letzte galt Sivving, der Bella am Halsband hielt. Sanna bückte sich und ließ sich von Bella beschnuppern. Sivving machte ein ernstes Gesicht.

»Sanna Strandgård«, sagte er. »Ich habe das mit deinem Bruder gelesen. Das war schrecklich. Mein Beileid.«

»Danke«, sagte Sanna und drückte den geselligen Hund an sich. »Rebecka, Curt hat angerufen. Er ist mit dem Schlüssel unterwegs.«

Sivving erhob sich.

»Kaffee?«, fragte er.

Sanna nickte und ließ sich einen Becher aus dickem Porzellan geben, dessen Rand mit braunen und gelben Blumen bemalt war. Sivving hielt ihr die Brötchentüte hin.

»Die sind aber lecker«, sagte Sanna. »Wer hat die denn gebacken? Warst du das?«

Sivving grunzte als Antwort verlegen.

»Ach, nein, das war Mary Kuoppa. Sie kann die Vorstellung nicht ertragen, dass es in dieser Stadt auch nur eine Tiefkühltruhe gibt, die nicht bis zum Rand mit Brötchen und Kuchen gefüllt ist.«

Rebecka lächelte, als sie hörte, wie er den Namen Mary aussprach. Bei ihm reimte es sich auf Harry.

»Sie heißt doch sicher Määry, die Arme«, fragte Sanna und lachte.

»Ja, das meinte die Lehrerin in der Volksschule auch«, sagte Sivving und wischte einige Krümel von der Tischdecke. Sofort war Bella zur Stelle und leckte sie auf. »Aber Mary schaute nur aus dem Fenster und fühlte sich nicht angesprochen, wenn von Määry die Rede war.«

Diesen Namen blökte er wie ein Schaf. Rebecka und Sanna kicherten und schauten sich dabei vielsagend an, wie kleine Mädchen. Alle Spannungen zwischen ihnen waren plötzlich wie weggeblasen.

Ich mag sie trotz allem, dachte Rebecka.

»Hat hier in der Gegend nicht auch einer Slark geheißen?«, fragte sie. »Nach Slark Gabbel, dem Idol seiner Eltern?«

»Also«, lachte Sivving, »das muss woanders gewesen sein. Hier im Ort hat es nie einen Slark gegeben. Aber deine Großmutter kannte als Kind ein Mädchen, das einem nur Leid tun konnte. Sie wurde krank geboren, und weil alle glaubten, dass sie nicht lange leben würde, sollte der Schullehrer die Nottaufe vornehmen. Der Lehrer hieß Fredrik Soundso. Auf jeden Fall überlebte die Kleine, und die Eltern wollten sie dann natürlich auch richtig vom Pastor taufen lassen. Der Pastor konnte aber nur Schwedisch, und die Eltern sprachen nur Tornedalsfinnisch. Also nahm der Pastor das Kind auf den Arm und fragte die Eltern, wie es heißen solle. Die Eltern dachten, er wolle wissen, wer die Nottaufe vorgenommen hatte, und sie antworteten: Feki se kasti! Fredrik hat sie getauft. Ach, sagte der Pastor und schrieb Fekisekasti ins Kirchenbuch. Und du weißt ja, wie hoch die Geistlichkeit damals geachtet wurde. Die Kleine hieß bis an ihr Lebensende Fekisekasti.«

Rebecka schaute auf die Uhr. Jetzt war Curt sicher da. Sie würde das Flugzeug schaffen, auch wenn es knapp wurde.

»Danke für den Kaffee«, sagte sie und stand auf.

»Musst du schon los?«, fragte Sivving. »War das nur ein ganz kurzer Besuch?«

»Gestern gekommen und heute gefahren«, antwortete Rebecka mit kurzem Lachen.

»Du weißt ja, wie das mit Karrierefrauen ist«, sagte Sanna zu Sivving. »Immer auf Achse.«

Rebecka zog sich mit nervösen Bewegungen die Handschuhe an.

»Das war ja nun nicht gerade eine Vergnügungsreise«, sagte sie.

»Ich hänge den Schlüssel an die übliche Stelle«, sagte sie dann zu Sivving.

»Du solltest im Frühling mal zurückkommen«, sagte Sivving. »Eure alte Hütte in Jiekajärvi besuchen. Weißt du noch, wie wir früher hingefahren sind? Ich und dein Opa mit dem Schneemobil. Und du und deine Oma und Maj-Lis und die Kinder, ihr habt den ganzen Weg auf Skiern zurückgelegt.«

»Das wäre schön«, sagte Rebecka und merkte, dass sie die Wahrheit sagte.

Die Hütte, dachte sie. Der einzige Ort, wo Oma es ertragen konnte, keine Arbeit zu haben. Wenn die tagsüber gepflückten

Beeren gesäubert waren. Oder der Waldvogel gerupft und ausgenommen.

Sie sah ihre Großmutter vor sich, die in eine Illustriertengeschichte versunken war, während Rebecka mit ihrem Großvater Domino oder Elfer-raus spielte. Da die Hütte in den unbewohnten Zeiten feucht wurde, schwollen die Spielkarten zur doppelten Größe an. Die Dominosteine verformten sich und wollten nicht stehen bleiben. Aber das spielte keine Rolle.

Und das Gefühl der Geborgenheit, einzuschlafen, während die Erwachsenen gleich nebenan am Tisch saßen und plauderten. Oder wenn sie in die Träume hineinglitt, während die Großmutter in der roten Plastikwanne spülte und die Hitze vom Kamin herüberstrahlte.

»Aber es war nett, dich zu sehen«, sagte Sivving. »Wirklich nett. Findest du nicht, Bella?«

REBECKA FUHR SANNA und die Kinder zurück und hielt vor dem Haus an. Sie hätte sich am liebsten im Auto kurz verabschiedet, um dann gleich weiterzufahren. Kurze Abschiede in Autos fand sie gut. Schließlich konnten in einem Auto nur mit Mühe Umarmungen stattfinden. Vor allem, wenn man den Sicherheitsgurt angelegt hatte. Und in einem Auto gab es andere Gesprächsthemen außer der Behauptung, dass man sich bald wieder sehen müsse und dass man sich ja viel zu selten traf. Die kurze Ermahnung, ja die eine Tasche nicht auf dem Rücksitz und die andere nicht im Kofferraum zu vergessen, und die Frage: Hast du jetzt wirklich alles? Danach, wenn die Autotür die übrigen unausgesprochenen Sätze abgeschnitten hatte, konnte man winken und aufs Gaspedal treten, ohne einen unangenehmen Geschmack im Mund zu haben. Und man stand nicht da wie ein Trottel und trat unbehaglich von einem Fuß auf den anderen, während die Gedanken auf der Jagd nach den passenden Worten umherirrten wie ein Mückenschwarm. Nein, sie wollte im Auto sitzen bleiben. Und den Sicherheitsgurt nicht öffnen.

Aber als sie den Wagen anhielt, sprang Sanna rasch und wortlos hinaus. Tjapp folgte ihr eine Sekunde später. Deshalb fühlte auch Rebecka sich zum Aussteigen verpflichtet. Sie schlug den Kragen über die Ohren hoch, aber der schützte sie nicht vor der Kälte, die sich sofort unter den Stoff stahl und sich wie zwei Wäscheklammern um ihre Ohren schloss. Sie schaute zu Sannas Haus hinüber. Es war ein kleines Mietshaus mit waldgrüner Holzverkleidung und rotem Blechdach. Auf dem Hofplatz war schon lange kein Schnee mehr geräumt worden. Die wenigen hier stehenden Autos hatten im Schnee tiefe Spuren hinterlassen. Ein alter Dodge hielt unter einer Schneewehe seinen Winterschlaf. Rebecka hoffte, dass sie beim Weiterfahren nicht stecken bleiben würde. Das Mietshaus gehörte der LKAB. Hier wohnten allerdings nur gewöhnliche Sterbliche, weshalb die LKAB dadurch Geld sparte, dass viel seltener als nötig Schnee geräumt wurde. Wer morgens mit dem Wagen zur Arbeit fahren wollte, musste selber Hand anlegen.

Sara und Lova saßen noch auf dem Rücksitz. Ihre Hände und Ellbogen stießen in einem Nonsensreim gegeneinander, den Sara auswendig konnte und den Lova voller Mühe zu lernen versuchte. Die Kleine kam mehrere Male aus dem Takt, und beide brüllten vor Lachen, ehe sie weitermachen konnten.

Tjapp jagte wie ein Wirbelwind herum und nahm mit ihrer schwarzen kleinen Nase alle Neuigkeiten vom Boden auf. Sie umkreiste zwei auf dem Hofplatz abgestellte unbekannte Autos. Las mit geschmeicheltem Interesse ein Haiku, das der Rüde der Nachbarn mit goldgelben Zeichen in den weißen Grund gespritzt hatte. Verfolgte die Spur einer ängstlichen Maus, die unter dem Haus verschwunden war, wohin Tjapp ihr nicht folgen konnte.

Sanna legte den Kopf in den Nacken und schnupperte.

»Es riecht nach Schnee«, sagte sie. »Es wird schneien. Und zwar sehr viel.«

Sie drehte sich zu Rebecka um.

Ach, sie hat ja solche Ähnlichkeit mit Viktor, dachte Rebecka und schnappte nach Luft.

Die durchscheinende bläuliche Haut, die sich über den hohen Wangenknochen spannte. Obwohl Sanna etwas rundere Wangen hatte, wie ein Kind.

Und die Haltung, dachte Rebecka. Genau wie Viktor. Der Kopf hängt immer ein wenig schief, mal nach rechts, mal nach links, als ob er ein wenig locker säße.

»Ja, dann sollte ich wohl weiterfahren«, versuchte Rebecka,

ihren Abschied einzuleiten, aber Sanna war in die Hocke gegangen und rief Tjapp.

»Hierher, Alte! Komm her, du kleiner Troll!«

Tjapp kam wie ein schwarzes Fellknäuel durch den Schnee gewetzt.

Das sieht aus wie in einem Bilderbuch, dachte Rebecka. Der niedliche schwarze Hund mit Schneesternen im Fell. Sanna wie ein Waldreh in ihrem knielangen grauen Lammfellmantel und der Lammfellmütze auf der blonden Mähne.

Sanna hatte aus irgendeinem Grund ein wunderbares Händchen mit Tieren. Sie waren einander sozusagen ebenbürtig, sie und die Hündin. Dieses kleine Tier, das jahrelang vernachlässigt und misshandelt worden war. Wohin war ihr Kummer verschwunden? Er war verflogen und dem Glück gewichen, die Nase in frischgefallenen Schnee bohren oder ein verängstigtes Eichhörnchen auf einem Baum anbellen zu können. Und Sanna. Sie hatte erst vor zwei Tagen ihren ermordeten Bruder in der Kirche gefunden. Aber hier stand sie nun und spielte mit ihrem Hund.

Ich habe noch keine Träne auf ihrer Wange gesehen, dachte Rebecka. Ihr geht nichts nahe. Weder Kummer noch Menschen. Vermutlich nicht einmal ihre eigenen Kinder. Aber das ist jetzt wirklich nicht mehr mein Problem. Ich bin ihr absolut nichts schuldig. Ich fahre jetzt und werde nie wieder an sie oder ihre Kinder oder ihren Bruder oder diesen Kohlenpott von Stadt denken müssen.

Sie ging zum Auto und öffnete die hintere Tür.

»Jetzt müsst ihr aussteigen, Mädels«, sagte sie zu Sara und Lova, »ich darf mein Flugzeug nicht verpassen.«

»Macht's gut«, rief sie den Rücken der beiden hinterher, als die Kinder die Treppe vor der Haustür hochrannten.

Lova schaute sich um und winkte. Sara stellte sich taub.

Rebecka verdrängte ein Gefühl von Resignation, als Saras rote Jacke hinter der Tür verschwand. Ein Bild aus der Zeit, als sie mit Sanna und Sara zusammengewohnt hatte, tauchte in einer dunklen Kammer ihrer Erinnerung auf. Sie hielt Sara auf dem Schoß und las ihr die Geschichte von Petter und seinen vier Geißlein vor. Die Wange an die weichen Haare der Kleinen geschmiegt. Saras Zeigefinger auf den Bildern.

Aber so ist es eben, dachte Rebecka. Ich werde mich immer daran erinnern. Sie dagegen hat es vergessen.

Plötzlich stand Sanna vor ihr. Das Spiel mit Tjapp hatte warme blassrosa Rosen auf ihre sonst so bläulichen Wangen gemalt.

»Du musst mit raufkommen und eine Kleinigkeit essen, ehe du fährst.«

»Mein Flug geht in einer halben Stunde, also…«

Rebecka beendete diesen Satz mit einem Kopfschütteln.

»Es gibt doch noch spätere Flüge«, sagte Sanna flehend, »ich hab dir ja noch nicht einmal dafür danken können, dass du gekommen bist. Ich weiß nicht, was ich getan hätte, wenn…«

»Ist schon gut«, sagte Rebecka mit einem Lächeln. »Ich muss jetzt wirklich los.«

Ihr Mund lächelte noch immer, und sie streckte zum Abschied die Hand aus.

Damit hatte sie Stellung bezogen, und das erkannte sie in der Sekunde, in der ihre Hand aus dem Handschuh glitt. Sanna schlug die Augen nieder und weigerte sich, diese Hand zu berühren.

Verdammt, dachte Rebecka.

»Du und ich«, sagte Sanna, ohne den Blick zu heben. »Wir waren wie Schwestern. Und jetzt habe ich meinen Bruder und meine Schwester verloren.«

Sie lachte kurz und traurig auf. Es hörte sich eher an wie ein Schluchzen.

»Der Herr hat's gegeben, der Herr hat's genommen. Der Name des Herrn sei gelobt.«

Rebecka wappnete sich gegen den plötzlichen Drang, Sanna in die Arme zu nehmen und sie zu trösten.

Komm mir ja nicht so, dachte sie wütend und ließ ihre Hand sinken. Manche Dinge kann man nicht heilen. Schon gar nicht in drei Minuten, in denen man im Kalten steht und sich verabschieden soll.

Ihre Füße wurden jetzt kalt. Die Stockholmer Schuhe waren viel zu dünn. Vorhin hatten ihre Füße noch wehgetan. Jetzt schienen sie zu verschwinden. Rebecka versuchte, sie ein wenig zu bewegen.

»Ich ruf dich an, wenn ich zu Hause bin«, sagte sie und stieg ins Auto.

»Tu das«, sagte Sanna gleichgültig und richtete ihren Blick auf Tjapp, die sich an die Hausecke presste und einen im Schnee hinterlassenen Gruß beantwortete.

Oder nächstes Jahr, dachte Rebecka und drehte den Zündschlüssel um.

Als sie den Blick zum Rückspiegel hob, sah sie dort Sara und Lova, die wieder auf der Treppe vor der Haustür standen.

Etwas in ihren Blicken brachte den Boden unter dem Auto ins Wanken.

Nein, nein, dachte Rebecka. Alles ist so, wie es sein soll. Alles ist in Ordnung. Und jetzt ganz schnell weg hier.

Aber ihre Füße wollten die Kupplung nicht verlassen, um auf das Gas zu drücken. Ihre Blicke hafteten an den beiden Mädchen vor der Tür. Sie sah deren aufgerissene Augen, sah, wie ihre Lippen sich bewegten und sie Sanna etwas zuriefen, das Rebecka nicht hören konnte. Sah, wie ihre Arme sich hoben und ihre Hände zur Wohnung hoch zeigten, um dann rasch wieder zu sinken, als ein Mensch aus der Tür trat.

Es war ein uniformierter Polizist, der mit raschen Schritten auf Sanna zuging. Rebecka konnte nicht hören, was er sagte.

Sie schaute auf ihre Armbanduhr. Das Flugzeug würde sie jetzt auf keinen Fall mehr erreichen. Sie konnte jetzt nicht fahren. Mit einem tiefen Seufzer stieg sie aus dem Wagen. Ihr Körper bewegte sich langsam auf Sanna und den Polizisten zu. Die

Mädchen standen noch immer vor der Tür und beugten sich über das verschneite Geländer. Saras Blick klebte an Sanna und dem Polizisten. Lova aß Schneeklumpen, die an ihrem Handschuh festgeklebt waren.

»Wieso denn Hausdurchsuchung?«

Sannas schrille Stimme ließ Tjapp innehalten. Sie schaute ihr Frauchen ängstlich an.

»Die dürfen doch nicht einfach ohne Erlaubnis meine Wohnung betreten? Oder dürfen die das?«

Diese Frage war an Rebecka gerichtet.

In diesem Moment kam der stellvertretende Oberstaatsanwalt Carl von Post aus dem Haus. Gefolgt von einer Frau und einem Mann in Zivil. Rebecka erkannte die Frau. Das war diese Kleine mit dem Pferdegesicht, wie hatte sie noch geheißen, Mella. Und der Kerl mit dem Walrossschnurrbart. Herrgott, sie hatte gedacht, diese Schnurrbärte seien mit den siebziger Jahren ausgestorben, der Mann könnte sich auch gleich ein totes Eichhörnchen unter die Nase kleben.

Der Staatsanwalt ging auf Sanna zu. Er hielt in der einen Hand eine Tasche, und daraus ragte eine etwas kleinere, durchsichtige Plastiktüte. Darin lag ein Messer. Es war an die zwanzig Zentimeter lang. Der Schaft war glänzend schwarz, die Messerspitze leicht nach oben gebogen.

»Sanna Strandgård«, sagte er und hielt die Tüte mit dem Messer ein wenig zu dicht an Sannas Gesicht. »Dieses Messer haben wir soeben in Ihrer Wohnung gefunden. Haben Sie es schon einmal gesehen?«

»Nein«, antwortete Sanna. »Es sieht aus wie ein Jagdmesser. Aber ich bin keine Jägerin.«

Jetzt stellten Sara und Lova sich neben Sanna. Lova zog am Ärmel von Sannas Lammfellmantel, um die Aufmerksamkeit ihrer Mutter zu erregen.

»Mama«, quengelte sie.

»Einen Moment, Herzchen«, sagte Sanna zerstreut.

Sara trat noch dichter an ihre Mutter heran und drückte sich so energisch gegen sie, dass Sanna mit einem Fuß zurückweichen musste, um nicht aus dem Gleichgewicht zu geraten. Die Elfjährige ließ den Staatsanwalt nicht aus den Augen und versuchte zu begreifen, was zwischen diesen ernsten Erwachsenen vorging, die ihre Mutter in einem Kreis umstanden.

»Sind Sie ganz sicher?«, fragte von Post jetzt. »Sehen Sie es sich genau an«, sagte er und drehte das Messer um.

Die Kälte ließ die Plastiktüte knistern, als er die Waffe von beiden Seiten zeigte und Sanna zuerst die Klinge und dann den Schaft hinhielt.

»Ja, ich bin ganz sicher«, sagte Sanna und wich vor dem Messer zurück. Sie vermied es, es sich noch einmal anzusehen.

»Wir sollten mit den Fragen vielleicht noch warten«, sagte Anna-Maria Mella zu von Post und nickte dabei zu den beiden Kindern hinüber, die sich jetzt an Sanna klammerten.

»Mama«, sagte Lova immer wieder und zerrte an Sannas Arm. »Mama, ich muss Pipi machen.«

»Ich friere«, jammerte Sara. »Ich will ins Haus.«

Tjapp bewegte sich unruhig und versuchte, sich zwischen Sannas Beine zu pressen.

Das zweite Bild im Märchenbuch, dachte Rebecka. Das Reh ist von den Leuten aus der Stadt gefangen worden. Sie haben es umzingelt, und jemand hält es an Beinen und Schwanz fest.

»Sie bewahren Handtücher und Bettwäsche in Ihrer Küchenbank auf, ja?«, fragte von Post gerade. »Haben Sie immer Messer zwischen den Handtüchern in der Bank liegen?«

»Einen Moment noch, Liebes«, sagte Sanna zu Sara, die an ihrem Mantel zog und zerrte.

»Ich muss Pipi machen«, klagte Lova. »Ich mach mir gleich in die Hose.«

»Haben Sie vor, meine Frage zu beantworten?«, drängte von Post.

Anna-Maria Mella und Sven-Erik Stålnacke wechselten hinter von Posts Rücken einen Blick.

»Nein«, sagte Sanna nervös. »Ich habe keine Messer in der Bank liegen.«

»Doch, das haben Sie«, verkündete von Post triumphierend und zog eine weitere durchsichtige Tüte aus dem großen Beutel. »Kennen Sie die hier?«

In dieser Plastiktüte steckte eine Bibel. Sie war in abgegriffenes braunes Leder gebunden. Die Blätter waren früher einmal am Rand vergoldet gewesen, aber jetzt war davon nicht mehr viel zu sehen, und die Seiten waren vom vielen Blättern schmutzig geworden. Überall ragten Lesezeichen aller Art heraus, Postkarten, geflochtene Bänder, Zeitungsausschnitte.

Mit einem schrillen Seufzer sank Sanna hilflos zu Boden und blieb im Schnee sitzen.

»Im Vorsatz steht der Name Viktor Strandgård«, sagte Carl von Post unerbittlich. »Können Sie mir sagen, ob es seine Bibel ist, und warum sie in Ihrer Küchenbank lag? Hatte er sie nicht immer bei sich, und hat er sie deshalb nicht auch am letzten Abend seines Lebens mit in die Kirche genommen?«

»Nein«, flüsterte Sanna. »Nein.«

Sie presste sich die Hände auf die Schläfen.

Lova versuchte, Sannas Hände wegzuschieben, um ihrer Mutter in die Augen schauen zu können. Als ihr das nicht gelang, brach sie in untröstliches Weinen aus.

»Mama, ich will nach oben«, schluchzte sie.

»Stehen Sie auf«, sagte von Post mit harter Stimme. »Sie sind hiermit festgenommen, denn wir haben triftige Gründe, Sie des Mordes an Viktor Strandgård zu verdächtigen.«

Sara fuhr herum und starrte den Staatsanwalt an.

»Lassen Sie sie in Ruhe«, schrie sie.

»Kannst du die Kinder wegschaffen?«, sagte von Post gereizt zum Polizeiassistenten Tommy Rantakyrö.

Tommy Rantakyrö trat einen Schritt auf Sanna zu. Tjapp

sprang vor und stellte sich vor ihr Frauchen. Sie senkte den Kopf, legte die Ohren an und bleckte mit dumpfem Knurren die spitzen Eckzähne. Tommy Rantakyrö wich zurück.

»Okay, jetzt reicht es ja wohl«, sagte Rebecka zu Carl von Post. »Ich möchte Anzeige erstatten.«

Letzteres sagte sie zu Anna-Maria, die neben ihr stand und zu den umstehenden Häusern hochschaute. Hinter allen Fenstern bewegten sich neugierig die Vorhänge.

»Sie wollen...«, sagte von Post und verstummte kopfschüttelnd. »Von mir aus können Sie auch gleich mit zur Wache kommen und sich im Hinblick auf eine Anzeige verhören lassen, die eine Reporterin von der Norrbottenredaktion von TV4 gegen Sie erstattet hat.«

Anna-Maria Mella tippte von Posts Arm an.

»Wir bekommen Zuschauer«, sagte sie. »Es wäre nicht so lustig, wenn irgendwer aus der Nachbarschaft die Presse informierte und sich über polizeiliche Brutalität und diesen ganzen Kram verbreitete. Ich kann mich ja irren, aber ich glaube, der Alte in der Wohnung oben links nimmt uns auf Video auf.«

Sie hob die Hand und zeigte auf ein Fenster.

»Es wäre wohl besser, wenn Sven-Erik und ich uns verziehen, damit das hier nicht aussieht, als hätten wir eine ganze Armee geschickt«, sagte sie dann. »Wir können ja die Technik anrufen. Denn du willst doch sicher die Wohnung durchkämmen.«

Von Posts Oberlippe zuckte vor Unbehagen. Er versuchte, hinter dem Fenster, auf das Anna-Maria gezeigt hatte, etwas zu sehen, aber die Wohnung wirkte einfach nur schwarz. Dann ging ihm auf, dass er vielleicht voll in die Kamera starrte, und er wandte seinen Blick eilig ab. Er wollte nun wirklich nicht mit polizeilicher Brutalität assoziiert werden oder es sich mit den Medien verderben.

»Nein, ich will selbst mit der Technik reden«, sagte er. »Du kannst mit Sven-Erik zusammen Frau Strandgård zur Wache bringen. Und dafür sorgen, dass die Wohnung versiegelt wird. – Wir sprechen uns noch«, sagte er zu Sanna, dann sprang er in seinen Volvo Cross Country.

Rebecka sah den Blick, mit dem Anna-Maria Mella dem Wagen des Staatsanwaltes hinterherschaute.

Sieh mal an, dachte sie überrascht. Das Pferdegesicht hat ihn ausgetrickst. Sie wollen ihn loswerden, und ... Verdammt, sie ist wirklich clever.

Kaum hatte Carl von Post den Schauplatz verlassen, da senkte sich Stille über den Hof. Tommy Rantakyrö stand hilflos da und wartete auf ein Zeichen von Anna-Maria oder Sven-Erik. Sara und Lova knieten im Schnee und hatten die Arme um ihre noch immer auf dem Boden sitzende Mutter gelegt. Tjapp lag neben ihnen und leckte am Schnee. Als Rebecka sich bückte und das Fell des Hundes streichelte, schlug Tjapp kurz mit dem Schwanz auf den Boden, um zu zeigen, dass alles in Ordnung sei. Sven-Erik blickte Anna-Maria fragend an.

»Tommy«, sagte Anna-Maria und brach damit das Schweigen, »kannst du hochgehen und zusammen mit Olsson die Wohnung versiegeln? Und kennzeichne den Wasserhahn in der Küche noch gesondert, damit niemand ihn benutzt, ehe die Technik da gewesen ist.«

»Hallo, Sie«, sagte Sven-Erik freundlich zu Sanna. »Der ganze Wirbel tut uns wirklich schrecklich Leid. Aber uns bleibt nun einmal nichts anderes übrig. Sie müssen mit uns zur Wache kommen.«

»Können wir die Kinder irgendwo hinbringen?«, fragte Anna-Maria.

»Nein«, sagte Sanna und hob den Kopf. »Ich will mit meiner Anwältin sprechen, mit Frau Martinsson.«

Rebecka seufzte.

»Sanna, ich bin nicht deine Anwältin ...«

»Aber ich will trotzdem mit dir sprechen.«

Sven-Erik Stålnacke schaute seine Kollegin unsicher an.

»Ich weiß nicht...«, sagte er.

»Ach, hören Sie doch auf«, fauchte Rebecka. »Sie ist verhaftet. Aber sie ist noch nicht mit irgendwelchen Auflagen in Untersuchungshaft gesteckt worden. Sie hat das Recht, mit mir zu sprechen. Sie können gern zuhören, wir haben nicht vor, über Geheimnisse zu reden.«

Lova jammerte dicht neben Sannas Ohr los.

»Was hast du gesagt, Liebling?«

»Ich hab mir in die Hose gemacht«, heulte Lova.

Alle Blicke richteten sich auf die Kleine. Und richtig, auf ihren alten Jeans zeigte sich bereits ein dunkler Fleck.

»Lova braucht eine trockene Hose«, sagte Rebecka zu Anna-Maria Mella.

»Hört mal, Kinder«, sagte Anna-Maria zu Sara und Lova. »Ich schlage vor, ihr kommt jetzt mit mir nach oben; da holen wir für Lova eine neue Hose, und danach könnt ihr wieder zu eurer Mama nach unten gehen. Sie wird in der Zeit nicht wegfahren. Das verspreche ich euch.«

»Ja, tut, was die Tante sagt«, sagte Sanna, »ihr ungeheuer tüchtigen Hagebuttenblüten. Bringt mir auch was zum Anziehen mit. Und holt Tjapps Futter.«

»Leider«, sagte Anna-Maria zu Sanna. »Nicht Ihre Kleider. Und alles, was Sie jetzt anhaben, wird der Staatsanwalt ins Labor schicken.«

»Schon gut«, sagte Rebecka rasch. »Ich besorg dir was zum Anziehen, Sanna. Okay?«

Die Mädchen verschwanden mit Anna-Maria im Haus. Sven-Erik Stålnacke hockte ein Stück von Sanna und Rebecka entfernt und redete Tjapp gut zu. Die beiden schienen allerlei Gemeinsamkeiten zu entdecken.

»Ich kann dir nicht helfen, Sanna«, sagte Rebecka. »Ich bin Steuerexpertin, ich beschäftige mich nicht mit Strafrecht. Wenn du einen Verteidiger brauchst, dann kann ich dir helfen, einen guten zu finden.«

»Begreifst du nicht?«, murmelte Sanna. »Du musst das machen. Wenn du mir nicht hilfst, dann hilft mir niemand. Und dann muss Gott sich um mich kümmern.«

»Hör doch auf«, flehte Rebecka.

»Nein, du sollst aufhören«, rief Sanna. »Ich brauche dich, Rebecka. Und meine Kinder brauchen dich. Es ist mir doch egal, wie du über mich denkst, jetzt bitte ich dich wirklich. Was soll ich denn tun? Auf die Knie fallen? Dir erzählen, dass du mir wegen unserer alten Freundschaft helfen musst? Du musst es machen!«

»Was meinst du damit, dass die Kinder mich brauchen?«

Sanna packte mit beiden Händen Rebeckas Jacke.

»Meine Eltern nehmen sie mir sonst weg«, sagte sie verzweifelt. »Und das darf nicht passieren. Verstehst du? Ich will nicht, dass Sara und Lova auch nur fünf Minuten bei meinen Eltern verbringen. Aber jetzt werde ich das nicht verhindern können. Du könntest es. Sara zuliebe.«

Sannas Eltern. Bilder und Gedanken kämpften darum, in Rebeckas Innerem an die Oberfläche zu gelangen. Sannas Vater. Gut angezogen. Repräsentativ. Mit seiner sanften, verständnisvollen Art. Als Lokalpolitiker war er zu großer Beliebtheit gelangt. Rebecka hatte ihn einige Male sogar in den landesweiten Medien gesehen. Bei den nächsten Parlamentswahlen würde er wohl von den Christdemokraten auf einem sicheren Listenplatz nominiert werden. Aber hinter dieser herzlichen Fassade verbarg sich ein steinharter Machtmensch. Sogar Pastor Thomas Söderberg hatte sich ihm in vielen Gemeindeangelegenheiten gefügt. Und Rebecka dachte voller Unbehagen daran, wie Sanna mit gelassener Stimme – als sei das alles einer anderen passiert – erzählt hatte, dass ihr Vater immer ihre Tiere getötet hatte. Ohne Vorwarnung. Hunde, Katzen, Vögel. Nicht einmal das Aquarium, das sie in der Grundschule von einem Lehrer bekommen hatte, hatte sie behalten dürfen. Ab und zu erklärte ihre unterwürfige Mutter, das liege an Sannas vielen Allergien.

Ein anderes Mal lautete die Begründung, sie vernachlässige wegen der Tiere die Schule. Meistens aber gab es überhaupt keine Erklärung. Das Schweigen ließ auch keine Fragen zu. Und Rebecka dachte daran, wie Sanna Sara abends auf den Schoß genommen hatte, wenn die Kleine nicht schlafen wollte. »Ich will nicht so werden wie sie«, sagte sie dann immer. »Die haben meine Zimmertür immer von außen zugeschlossen.«

»Ich muss mit meinem Chef reden«, sagte Rebecka.

»Du bleibst also hier?«, fragte Sanna.

»Bis auf Weiteres«, antwortete Rebecka mit gepresster Stimme.

Sannas Gesicht entspannte sich. »Mehr verlange ich doch gar nicht«, sagte sie. »Und es kann ja nicht lange dauern, ich bin ja unschuldig. Denn du glaubst doch wohl nicht, dass ich es war, oder?«

Vor Rebeckas innerem Auge tauchte ein Bild von Sanna auf, die nachts mit einem blutverschmierten Messer in der Hand unter einer Straßenlaterne vorüberlief.

Aber warum wäre sie dann zurückgegangen, überlegte sie. Warum hätte sie mit Lova und Sara noch einmal in die Kirche gehen sollen, um ihn zu »finden«?

»Natürlich nicht«, sagte sie.

AUFTRAGSNUMMER, Anzahl der Stunden. Auftragsnummer, Anzahl der Stunden. Auftragsnummer, Anzahl der Stunden.

Maria Taube saß in der Kanzlei Meijer & Ditzinger und füllte das Zeitschema der Woche aus. Es sah übel aus, stellte sie fest, als sie im Viereck ganz unten die Menge der zu honorierenden Stunden angab. Zweiundvierzig. Das war doch einfach unmöglich. Måns war ja nie zufrieden, aber unzufrieden würde er immerhin nicht sein. Sie hatte in der vergangenen Woche über siebzig Stunden gearbeitet, um diese zweiundvierzig in Rechnung stellen zu können. Sie schloss die Augen und ließ sich im Sessel zurücksinken. Der Rockbund schnitt in ihren Bauch.

Ich muss einfach Sport treiben, dachte sie. Statt nur auf dem Hintern zu sitzen und vor dem Computer Kummerspeck zu entwickeln. Es ist Dienstagmorgen. Dienstag, Mittwoch, Donnerstag, Freitag. Vier Tage noch bis Samstag. Dann werde ich trainieren. Und schlafen. Den Telefonstecker rausziehen und früh ins Bett gehen.

Der Regen trommelte schläfrig gegen die Fensterscheibe. Doch als ihr Körper gerade beschlossen hatte, sich eine Ruhepause zu erschleichen, und als ihre Muskeln sich entspannten, klingelte das Telefon. Sie fuhr im Sessel hoch und griff nach dem Hörer. Die Anruferin war Rebecka Martinsson.

»Hallo, Schnuffel«, rief Maria mit ihrer hellen Stimme. »Moment noch!«

Sie schob sich vom Schreibtisch weg und schloss mit einem Tritt die Zimmertür.

»Endlich meldest du dich!«, sagte sie, als sie den Hörer wieder aufnahm. »Ich habe wie verrückt versucht, dich anzurufen.«

»Ich weiß«, antwortete Rebecka. »Ich habe hundert Mitteilungen auf meinem Anrufbeantworter, aber ich habe noch nicht eine davon gehört. Das Telefon war im Auto eingeschlossen, und ... aber ich will jetzt nicht die ganze traurige Geschichte erzählen. Ich nehme an, einige stammen von einem stocksauren Måns Wenngren?«

»Mmm, ich will dich ja nicht belügen. Die Partner haben wegen der Szene, die in den Nachrichten gezeigt wurde, eine Frühstücksbesprechung abgehalten. Sie finden es ja nicht so toll, dass TV4 Bilder von der Kanzlei gezeigt und über wütende Juristinnen berichtet hat. Und heute ist hier so ziemlich der Teufel los.«

Rebecka beugte sich über das Lenkrad und holte Luft. In ihrem Hals steckte ein schmerzender Kloß, der es ihr fast unmöglich machte, etwas zu sagen. Unten auf dem Hof spielten Tjapp, Sara und Lova mit einem Teppich, den sie über die Teppichstange vor dem Haus gehängt hatten. Rebecka hoffte nur, dass dieser Teppich Sanna gehörte und nicht irgendwelchen Nachbarn.

»Na gut«, sagte sie endlich. »Meinst du, ich sollte mit Måns sprechen, oder wartet er nur auf mein Kündigungsschreiben?«

»Nein, zum Henker. Natürlich musst du mit ihm reden. Wenn ich das richtig verstanden habe, wollten die meisten anderen Partner wohl darüber sprechen, wie sie dich am besten loswerden können, aber für Måns stand diese Möglichkeit gar nicht erst zur Debatte. Du hast also weiterhin einen Job.«

»Toiletten schrubben und Kaffee servieren?«

»Ja, im Tanga. Nein, im Ernst, Måns scheint absolut Partei für dich ergriffen zu haben. Aber es war doch sicher ein Missverständnis, dass du für die Schwester des Paradiesjüngers als Anwältin fungierst? Du hast ihr ja wohl nur als Freundin zur Seite gestanden?«

»Ja, aber jetzt ist noch etwas passiert, und...«

Rebecka fuhr mit der Hand über das Autofenster, das von innen schon wieder beschlagen war. Sara und Lova standen oben auf einer Schneewehe und redeten miteinander. Tjapp war nicht zu sehen. Wohin mochte die Hündin sich verkrochen haben?

»Ich muss das mit Måns besprechen«, sagte sie, »aber jetzt kann ich nicht mehr lange reden. Kannst du mich zu ihm durchstellen?«

»Ja, klar, aber verrat nicht, dass ich dir von dieser Besprechung erzählt habe.«

»Natürlich nicht. Woher weißt du das alles eigentlich?«

»Sonja hat es mir erzählt. Sie war dabei.«

Sonja Berg war eine der Sekretärinnen, die schon sehr lange für Meijer & Ditzinger arbeiteten. Sie wurde vor allem geschätzt, weil sie über die Angelegenheiten der Kanzlei schwieg wie ein Grab. Viele versuchten, Auskünfte aus ihr herauszuholen, und stießen dann auf Sonjas ganz besondere Mischung aus Unwillen, Verärgerung und gut gespielter Unfähigkeit zu begreifen, was dieser Mensch eigentlich von ihr wollte. Bei geheimen Besprechungen, zum Beispiel vor Firmenfusionen, führte immer Sonja Protokoll.

»Du bist einfach ein Phänomen«, sagte Rebecka beeindruckt. »Kannst du auch aus Steinen Wasser rauspressen?«

»Wasser aus Steinen hatten wir im Einführungskurs. Sonja zum Reden zu bringen, kommt in Fortgeschrittene 2 dran. Aber erzähl du mir nichts von unmöglichen Tricks – was hast du denn eigentlich mit Måns angestellt? Einer Voodoopuppe das Gehirn entnommen oder so? Wenn ich im Fernsehen gezeigt worden wäre, wie ich Pressefrauen zu Boden schlage, dann läge ich in diesem Moment festgeschnallt auf seiner Folterbank und durchlebte die letzten entsetzlichen vierundzwanzig Stunden in meinem Leben.«

Rebecka lachte freudlos.

»Meine Arbeit für ihn wird mir in der nächsten Zeit sicher so ähnlich vorkommen. Stellst du mich jetzt durch?«

»Sicher, aber ich habe dich gewarnt. Er hat sich zwar für dich eingesetzt, aber begeistert von der ganzen Sache ist er nicht.«

Rebecka kurbelte das Seitenfenster nach unten und rief Sara und Lova zu:

»Wo steckt Tjapp? Sara, mach dich auf die Suche nach ihr und lauf nirgendwo hin, wo ich dich nicht sehen kann. Wir fahren bald. – Ist er denn jemals begeistert?«, fragte sie dann, wieder an Maria gewandt.

»Ist wer jemals begeistert?«

Måns Wenngrens kühle Stimme war am anderen Ende der Leitung zu hören.

»Oh, hallo«, sagte Rebecka und versuchte, sich zu konzentrieren. »Äh, hier ist Rebecka.«

»So«, sagte er nur.

Sie konnte hören, wie er gereizt durch die Nase atmete. Er hatte nicht vor, ihr die Sache leicht zu machen, das stand immerhin fest.

»Ich wollte nur erklären, dass ich durch ein Missverständnis für Sanna Strandgårds Anwältin gehalten worden bin.«

Schweigen am anderen Ende der Leitung.

»Ach«, sagte Måns nach einer Weile langsam. »Ist das alles?«

»Nein...«

Na los, dachte Rebecka, um sich anzuspornen. Nicht darüber nachdenken. Sag einfach, was gesagt werden muss, und beende dann das Gespräch. Schlimmer kann es doch gar nicht kommen.

»Die Polizei hat in Sanna Strandgårds Wohnung ein Messer und Viktor Strandgårds Bibel gefunden«, sagte sie. »Sanna ist unter Mordverdacht festgenommen worden, sie haben sie eben weggebracht. Ich stehe im Moment vor ihrem Haus. Ihre Wohnung wird jetzt versiegelt. Ich muss ihre Töchter in die Schule und in den Kindergarten bringen.«

Das gereizte Atmen am anderen Ende der Leitung verstummte, und Rebecka gestattete sich eine kleine Pause, ehe sie weitersprach.

»Sie will mich als Verteidigerin haben, sie weigert sich, jemand anderen zu akzeptieren, und ich kann nicht nein sagen. Also bleibe ich noch eine Weile hier oben.«

»Du bist verdammt noch mal ganz schön unverschämt«, rief Måns Wenngren. »Du handelst hinter meinem Rücken. Machst die Kanzlei in den Medien lächerlich. Und jetzt willst du einen juristischen Auftrag annehmen, der nichts mit deiner Anstellung hier in der Firma zu tun hat. Das ist Konkurrenzverhalten und ein Grund zur Kündigung, ist dir das klar?«

»Måns, ich will den Auftrag im Namen der Firma annehmen, verstehst du das nicht?«, fragte Rebecka empört. »Aber ich bitte nicht um Erlaubnis. Ich kann jetzt einfach nicht mehr zurück. Und ich schaffe das doch leicht, ich meine, wie schwer kann das schon werden? Ich werde bei einigen Verhören dabei sein müssen, aber viele können das nicht sein. Sie weiß nichts und kann sich an nichts erinnern. Sie haben in ihrer Wohnung die Mordwaffe gefunden, falls es sich um dasselbe Messer handelt, und Viktors Bibel. Sie war unmittelbar nach dem Mord in der Kirche. Nicht einmal Peter Althin könnte sie da rausholen, wenn Untersuchungshaft beantragt wird. Und sollte wider Erwarten Anklage erhoben werden, dann hoffe ich, dass einer von unseren Strafrechtlern mich unterstützt, Bengt-Olov Falk oder Göran Carlström. Es wird einen ziemlichen Medienwirbel geben, und der Kanzlei würde ein wenig Publicity in Sachen Strafrecht gut tun, das weißt du. Auch wenn wir das große Geld mit Wirtschafts- und Steuersachen reinholen, so sorgen eben doch die Gewaltverbrechen für Berühmtheit und Aufmerksamkeit in Zeitungen und Fernsehen.«

»Danke«, sagte Måns kurz. »Um die Publicity für die Kanzlei kümmerst du dich ja schon geradezu rührend. Warum zum Teufel hast du nicht mit mir gesprochen, ehe du diese Journalistin zu Boden geschlagen hast?«

»Ich hab sie nicht zu Boden geschlagen«, verteidigte Rebecka sich. »Ich wollte mich an ihr vorbeizwängen, und da ist sie ausgerutscht...«

»Ich bin noch nicht fertig«, fauchte Måns. »Ich habe deinetwegen anderthalb Stunden von meinem Morgen bei einer Besprechung vergeudet. Wenn es nach mir gegangen wäre, dann könnte ich dich jetzt um deine Kündigung bitten. Zu deinem Glück gibt es hier Kollegen von versöhnlicherem Charakter.«

Rebecka verkniff sich einen Kommentar und sagte:

»Ich brauche Hilfe, was diese Journalistin angeht. Kannst du ihre Redaktion anrufen und sie dazu überreden, dass sie ihre Anzeige zurückzieht?«

Måns lachte überrascht.

»Für wen hältst du mich eigentlich? Für Don Corleone?«

Rebecka rieb wieder über die Fensterscheibe.

»Das war doch nur eine Frage«, sagte sie. »Ich muss aufhören. Ich muss mich um Sannas Kinder kümmern. Die Jüngere versucht gerade, sich auszuziehen.«

»Soll sie«, sagte Måns gereizt. »Wir sind noch nicht fertig.«

»Ich rufe später an, oder ich maile. Die Kinder sind im Freien, und es ist schweinekalt. Eine Vierjährige mit doppelseitiger Lungenentzündung wäre das Letzte, was ich jetzt brauchen kann. Bis dann.«

Sie beendete das Gespräch, ehe er noch mehr sagen konnte.

Er hat es mir nicht verboten, dachte sie erleichtert. Er hat mir nicht verboten, weiterzumachen, und gefeuert hat er mich auch nicht. Wieso ist das so leicht gegangen?

Dann fielen ihr die Kinder ein, und sie sprang aus dem Auto.

»Was macht ihr denn da?«, schrie sie Sara und Lova an.

Lova hatte Jacke, Handschuhe und ihre beiden Pullover ausgezogen. Sie stand mit der Mütze auf dem Kopf und ansonsten nur mit einem weißen Hemdchen bekleidet im Schnee. Die Tränen strömten ihr übers Gesicht. Tjapp musterte sie besorgt.

»Sara hat gesagt, dass ich in deinem Pullover so blöd aussehe«, weinte Lova. »Und dass die mich im Kindergarten damit auslachen werden.«

»Zieh dich sofort wieder an«, befahl Rebecka ungeduldig.

Sie packte Lovas Arm und zwang ihr den Pullover wieder auf. Die Kleine weinte untröstlich.

»Das stimmt doch«, sagte Sara erbarmungslos. »Sie sieht bescheuert aus. In der Schule hatte einmal eine so einen Pullover an. Die Jungs haben sie sich geschnappt und ihren Kopf ins Klo gedrückt und abgezogen, bis sie fast ertrunken wäre.«

»Ich will nicht!«, schrie Lova, während Rebecka sie weiter anzog.

»Los, ins Auto«, sagte Rebecka mit angespannter Stimme. »Ihr müsst in den Kindergarten und in die Schule.«

»Du hast uns überhaupt nichts zu sagen«, schrie Sara. »Du bist nicht unsere Mama!«

»Wollen wir wetten?«, knurrte Rebecka und schob die beiden brüllenden Kinder auf den Rücksitz. Tjapp sprang hinterher und drehte sich auf dem Sitz ängstlich um sich selber.

»Und ich hab Hunger«, schluchzte Lova.

»Genau«, schrie Sara. »Wir haben kein Frühstück gekriegt, das ist doch eine Gemeinheit. Gib mir das Telefon, dann ruf ich Opa an.«

Sie schnappte sich Rebeckas Telefon.

»Verdammt noch mal, so nicht«, brüllte Rebecka und riss ihr das Telefon wieder weg.

Sie sprang aus dem Wagen und öffnete die hintere Tür.

»Raus!«, befahl sie, zog Sara und Lova aus dem Auto und stieß sie in den Schnee.

Die Kinder verstummten und starrten sie aus großen Augen an.

»Ihr habt Recht«, sagte Rebecka und versuchte, ihre Stimme zu beherrschen. »Ich bin nicht eure Mama. Aber Sanna hat mich gebeten, mich um euch zu kümmern, und da haben wir alle keine Wahl. Wir machen es so: Zuerst fahren wir zum Busbahnhof und frühstücken da. Ihr könnt euch was zu essen aussuchen, weil es so ein schrecklicher Morgen war. Danach kaufen wir für Lova etwas Neues zum Anziehen. Und für Sanna auch. Ihr müsst mir helfen, etwas Schönes für sie auszusuchen. Und jetzt rein mit euch ins Auto.«

Sara schwieg und starrte ihre Füße an. Dann zuckte sie mit den Schultern und stieg ein. Lova folgte ihr, und die ältere Schwester half der jüngeren beim Anschnallen. Tjapp leckte einige salzige Tränen aus Lovas Gesicht.

Rebecka Martinsson ließ den Motor an und fuhr im Rückwärtsgang von Sannas Hofplatz.

Großer Gott, dachte sie zum ersten Mal seit vielen Jahren. Großer Gott, hilf mir!

Die roten Klinkerhäuser im Gasellvägen lagen ordentlich wie Legosteine am Straßenrand. Verschneite Hecken, Schneewehen und Küchengardinen, die die unteren Fensterhälften verdeckten, schützten vor unerwünschten Blicken.

Und das kann diese Familie wirklich brauchen, dachte Anna-Maria Mella, als sie und Sven-Erik Stålnacke vor dem Gasellvägen 35 aus dem Auto stiegen.

»Ja, hier spürt man doch so richtig die Blicke der Nachbarn im Nacken«, sagte Sven-Erik, als habe er ihre Gedanken gelesen. »Was glaubst du, was die Eltern von Sanna und Viktor Strandgård uns erzählen können?«

»Das werden wir ja sehen. Gestern wollten sie ja nichts mit uns zu tun haben, aber jetzt, wo sie wissen, dass ihre Tochter festgenommen worden ist, haben sie sofort angerufen und um unseren Besuch gebeten.«

Sie traten sich den Schnee von den Schuhen und drückten auf die Klingel.

Olof Strandgård öffnete die Tür. Er hörte sich höflich und redegewandt an, als er sie hereinbat. Er reichte ihnen die Hand und nahm ihnen die Mäntel ab. Er war über seine mittleren Jahre hinaus, doch ihm fehlte das sonst für ältere Männer typische Übergewicht.

Bestimmt hat er unten im Keller einen Heimtrainer und Gewichte, dachte Anna-Maria.

»Nein, nein, die können Sie doch anbehalten«, sagte Olof Strandgård zu Sven-Erik, der sich bückte, um seine Schuhe auszuziehen.

Anna-Maria registrierte, dass Olof Strandgård blankgeputzte Hausschuhe trug.

Er führte sie ins Wohnzimmer. Die eine Seite dieses Raums wurde von einer Sitzgruppe in gustavianischem Stil dominiert. Silberleuchter und eine Vase von Ulrika Hydman-Vallien spiegelten sich im dunklen Mahagonilaminat der Tischplatte. Unter der Decke hing ein kleiner, frischgeputzter Kronleuchter aus Kristall. Auf der anderen Seite des Wohnzimmers stand eine Sitzgruppe aus einem weichen, hellen, ledernen Ecksofa und einem dazu passenden Sessel. Der Tisch war aus rauchfarbenem Glas und hatte Metallbeine. Alles wirkte sauber, gepflegt und ordentlich.

In dem Sessel saß die in sich zusammengesunkene Kristina Strandgård. Zerstreut begrüßte sie die beiden Gäste, die da in ihrem Wohnzimmer aufgetaucht waren.

Sie hatte die gleichen dichten, weißblonden Haare wie ihre Kinder, aber Kristina Strandgård hatte ihre zu einer am Kinn endenden Pagenfrisur geschnitten.

Sie hat bestimmt früher einmal sehr gut ausgesehen, dachte Anna-Maria. Ehe die große Müdigkeit sie gepackt hat. Und das ist nicht erst gestern passiert, sondern schon vor langer Zeit.

Olof Strandgård beugte sich über seine Frau. Seine Stimme klang sanft, doch das Lächeln auf seinen Lippen erreichte seine Augen nicht.

»Wir sollten Frau Mella vielleicht den bequemen Sessel anbieten«, sagte er.

Kristina Strandgård sprang auf, als habe jemand sie mit einer Nadel gestochen.

»Ach, Verzeihung, natürlich.«

Sie lächelte Anna-Maria verlegen an und stand eine Sekunde lang so da, als habe sie vergessen, wo sie sich befand und was sie hier zu tun hatte. Danach schien sie plötzlich in die Gegenwart zurückzukehren, und sie ließ sich neben Sven-Erik auf das Sofa sinken.

Mühsam nahm Anna-Maria in dem ihr angebotenen Sessel Platz. Er war viel zu tief und im Rücken zu weich, um bequem zu sein. Sie verzog die Mundwinkel im Versuch eines dankbaren Lächelns. Das Kind drückte auf ihr Zwerchfell, und sofort stellten sich Sodbrennen und Rückenschmerzen ein.

»Kann ich Ihnen etwas anbieten?«, fragte Olof Strandgård. »Kaffee? Tee? Wasser?«

Wie auf ein Stichwort hin sprang seine Frau wieder auf.

»Ja, sicher«, sagte sie mit einem raschen Blick auf ihren Mann. »Ich hätte natürlich fragen müssen …«

Sven-Erik und Anna-Maria winkten abwehrend. Kristina Strandgård setzte sich wieder, diesmal jedoch auf die Sofakante, um sofort auf die Beine zu kommen, falls noch etwas sein sollte.

Anna-Maria betrachtete sie. Sie sah nicht aus wie eine Frau, die eben erst ein Kind verloren hat. Ihre Haare waren frisch gewaschen und geföhnt. Polohemd, Strickjacke und Hose waren in aufeinander abgestimmten Tönen von Beige und Sand gehalten. Ihre Augen und ihr Mund waren geschminkt. Sie rang durchaus nicht verzweifelt die Hände. Auf dem Tisch vor ihr lagen keine zerknüllten Taschentücher. Stattdessen schien sie ihre Umgebung auszusperren.

Nein, das stimmt nicht, dachte Anna-Maria und fühlte sich plötzlich gar nicht wohl in ihrer Haut. Sie sperrt die Umgebung nicht aus. Sie sperrt sich selber ein.

»Wir wissen es wirklich zu schätzen, dass Sie sofort gekommen sind«, sagte Olof Strandgård. »Wir haben erst vorhin erfahren, dass Sie Sanna festgenommen haben. Ihnen ist doch sicher klar, dass es sich um ein Missverständnis handelt? Wir machen uns große Sorge, meine Frau und ich.«

»Natürlich«, sagte Sven-Erik. »Aber vielleicht sollten wir die Dinge der Reihe nach durchgehen. Wenn wir Ihnen zuerst einige Fragen über Viktor stellen dürfen, können wir danach über Ihre Tochter sprechen.«

»Natürlich«, sagte Olof Strandgård lächelnd.

Gut, Sven-Erik, dachte Anna-Maria. Ergreif jetzt die Initiative, sonst ist dieser Besuch zu Ende, ehe wir überhaupt irgendeine Antwort bekommen haben.

»Können Sie uns etwas über Viktor erzählen?«, sagte Sven-Erik. »Was war er für ein Mensch?«

»In welcher Hinsicht kann diese Information Ihnen bei der Arbeit helfen?«, fragte Olof Strandgård.

»Das ist eine Frage, die immer gestellt wird«, sagte Sven-Erik, ohne sich provozieren zu lassen. »Wir müssen versuchen, uns ein Bild von ihm zu machen, da wir ihn zu seinen Lebzeiten nicht gekannt haben.«

»Er war begabt«, sagte sein Vater ernst. »Sehr begabt. Ich nehme an, das sagen alle Eltern über ihre Kinder, aber fragen Sie seine alten Lehrer, die werden es Ihnen bestätigen. Er hatte in allen Fächern hervorragende Noten und war ungeheuer musikalisch. Er konnte sich konzentrieren. Auf die Schule. Auf die Gitarrenstunden. Und nach dem Unfall konzentrierte er sich zu hundert Prozent auf Gott.«

Er ließ sich auf dem Sofa zurücksinken und zupfte kurz am rechten Hosenbein, ehe er das Bein über das linke schwang.

»Es war keine leichte Berufung, die Gott dem Jungen auferlegt hat«, sagte er dann. »Er gab alles andere auf. Ging vom Gymnasium ab und machte keine Musik mehr. Er verkündete und betete. Und er brannte in seiner Überzeugung, dass die Erweckung nach Kiruna kommen würde, aber er war auch davon überzeugt, dass das nur passieren würde, wenn alle Freikirchen sich zusammenschlössen. Gemeinsam sind wir unschlagbar, allein kommen wir zu Fall, wie es heißt. Damals gab es jedoch keinerlei Kontakt zwischen Pfingstkirche, Missionskirche und Baptistenkirche, aber Viktor ließ sich nicht beirren. Er war erst siebzehn Jahre alt, als er berufen wurde. Er hat die Pastoren fast dazu gezwungen, sich zu treffen und gemeinsam zu beten, Thomas Söderberg von der Missionskirche, Vesa Larsson von der Pfingstkirche und Gunnar Isaksson von der Baptistenkirche.«

Anna-Maria rutschte in ihrem Sessel hin und her. Sie saß unbequem, und das Kind schien auf ihre Blase einzuschlagen.

»Er wurde nach seinem Unfall berufen?«, fragte sie.

»Ja. Der Junge war im Winter mit dem Fahrrad unterwegs und wurde überfahren. Tja, Sie kommen ja aus Kiruna, den Rest wissen Sie also. Die Gemeinde wurde immer größer, und wir konnten die Kristallkirche bauen. Die ist ja ebenso bekannt wie der Junge selber. Im Dezember hat Carola dort ein Weihnachtskonzert gegeben.«

»Wie war Ihre Beziehung zueinander?«, fragte Sven-Erik. »Haben Sie einander nahe gestanden?«

Anna-Maria sah, wie Sven-Erik sich abmühte, um mit seinen Fragen Kristina Strandgård zu erreichen, doch deren dumpfer Blick klebte am Medaillonmuster der Tapeten.

»In dieser Familie stehen alle einander sehr nahe«, sagte Olof Strandgård.

»Hatte er außerhalb der Kirche Freunde oder Interessen?«

»Nein, wie schon gesagt, er wollte bis auf weiteres alles andere aufgeben und nur für Gott tätig sein.«

»Aber hat Sie das denn nicht beunruhigt? Ich meine, dass er Mädchen und Hobbys aufgegeben hat?«

»Nein, das nun wirklich nicht.«

Der Vater lachte, als habe Sven-Erik da einen köstlichen Witz gemacht.

»Wer waren seine engsten Freunde?«

Sven-Erik sah die Fotos an den Wänden an. Über dem Fernseher hing ein großes Foto von Sanna und Viktor. Zwei Kinder mit langen silberblonden Haaren. Sanna hatte Engelslocken, Viktors waren glatt wie ein Wasserfall. Sanna war vielleicht dreizehn. Man konnte sehen, dass sie nicht in die Kamera lächeln wollte. Ihre nach unten gezogenen Mundwinkel zeugten von Trotz. Viktor war ebenfalls ernst, wirkte aber natürlicher.

Als denke er an etwas anderes und habe vergessen, wo er sich befand.

»Sanna war damals dreizehn und der Junge zehn«, sagte Olof, der Sven-Eriks Blick gefolgt war. »Man sieht deutlich, wie sehr er seine Schwester bewunderte. Er wollte auch so lange Haare haben, schon als kleiner Junge, und er schrie wie am Spieß, wenn seine Mutter zur Schere griff. Anfangs wurde er deshalb in der Schule aufgezogen, aber er bestand auf seinen langen Haaren.«

»Seine Freunde?«, mahnte Anna-Maria.

»Ich möchte ja glauben, dass das seine Familie war. Er stand uns und Sanna sehr nah. Und er betete die Mädchen geradezu an.«

»Sannas Töchter?«

»Ja.«

»Frau Strandgård«, sagte Sven-Erik.

Kristina Strandgård zuckte zusammen.

»Würden Sie gern etwas sagen? Über Viktor«, fügte er zur Erklärung hinzu, als sie ihn fragend ansah.

»Was soll ich sagen«, meinte sie unsicher und mit einem Seitenblick auf ihren Mann. »Ich habe wohl nichts hinzuzufügen. Olof hat ihn sehr gut beschrieben, finde ich.«

»Haben Sie irgendein Album mit Berichten über Viktor?«, fragte Anna-Maria. »Ich meine, er wurde in den Zeitungen doch häufig erwähnt.«

»Da«, sagte Kristina Strandgård und streckte die Hand aus. »Das große braune Album ganz unten im Regal.«

»Kann ich das mal ausleihen?«, fragte Anna-Maria, erhob sich und zog das Album aus dem Regal. »Sie bekommen es so schnell wie möglich zurück.«

Sie behielt das Album eine Weile in der Hand, dann legte sie es vor sich auf den Tisch. Sie wollte gern andere Bilder von Viktor im Kopf haben können als das des weißen, geschundenen Körpers mit den leeren Augenhöhlen.

»Wir möchten Sie bitten, uns eine Liste mit den Namen seiner Bekannten zu machen«, sagte Sven-Erik. »Wir würden gern mit ihnen sprechen.«

»Das wird eine sehr lange Liste«, sagte Olof Strandgård. »Ganz Schweden hat ihn doch gekannt. Und nicht nur ganz Schweden.«

»Ich meine die, die ihn persönlich gekannt haben«, erklärte Sven-Erik geduldig. »Wir schicken heute Abend jemanden, um die Liste zu holen. Wann haben Sie Ihren Sohn zuletzt gesehen?«

»Am Sonntagabend nach dem Lobsingen in der Kirche.«

»Sonntagabend, kurz vor dem Mord also. Haben Sie mit ihm gesprochen?«

Olof Strandgård schüttelte bedauernd den Kopf.

»Nein, er hatte mit der Fürbittengruppe alle Hände voll zu tun.«

»Wann hatten Sie zuletzt Zeit, miteinander zu sprechen?«

»Am Freitagnachmittag, zwei Tage, ehe...«

Der Vater unterbrach sich und sah seine Frau an.

»...du hattest doch Essen für ihn gemacht, Kristina, war das nicht am Freitag?«

»Ja, sicher«, antwortete sie. »Danach begann die Wunderkonferenz. Und ich weiß, dass er das Essen vergisst und andere ihm immer wichtiger sind als er selbst. Deshalb sind wir zu ihm gefahren und haben seine Tiefkühltruhe gefüllt. Er hielt mich für eine richtige Glucke.«

»Hatten Sie das Gefühl, dass er sich wegen irgendetwas Sorgen machte?«, fragte Sven-Erik. »Hat ihn etwas beunruhigt?«

»Nein«, antwortete Olof.

»Offenbar hatte er bei seinem Tod schon länger nichts mehr gegessen«, sagte Anna-Maria. »Wissen Sie, woran das gelegen haben kann? Kann er es einfach vergessen haben?«

»Ich nehme an, dass er gefastet hat«, sagte der Vater.

Jetzt muss ich gleich nach der Toilette fragen, dachte Anna-Maria.

»Gefastet?«, fragte sie und kniff die Beine zusammen. »Wieso das?«

»Tja«, antwortete Olof Strandgård. »In der Bibel steht, dass Jesus vierzig Tage in der Wüste fastete und dann vom Teufel versucht wurde, ehe er in Galiläa predigte und die ersten Jünger erwählte. Und dort steht, dass die Apostel fasteten und beteten, als sie die Ältesten Brüder für die ersten Gemeinden ernannten und sie Gott überantworteten. Im Alten Testament haben Moses und Elias gefastet, ehe ihnen die göttlichen Offenbarungen zuteil wurden. Vermutlich hatte Viktor das Gefühl, während der Wunderkonferenz eine wichtige Aufgabe erfüllen zu müssen, und wollte sich deshalb vorher durch Fasten und Beten darauf konzentrieren.«

»Was ist diese Wunderkonferenz?«, fragte Sven-Erik.

»Sie fängt am Freitagabend an und endet am Sonntagabend. Seminare tagsüber und Andachten am Abend. Es geht eben um Wunder. Um Heilungen, Mirakel, Gebetserhörung, allerlei Gnadengaben. – Warten Sie einen Moment!«

Olof Strandgård erhob sich und verschwand in der Diele. Nach einer Weile kehrte er mit einem Hochglanzprospekt zurück. Er reichte ihn Sven-Erik. Dieser beugte sich zu Anna-Maria hinüber, damit sie mitlesen konnte.

Es war eine Einladung, in zusammengefaltetem A4-Format. Auf den mit Weichzeichner fotografierten Bildern waren fröhliche Menschen mit erhobenen Händen zu sehen. Auf einem Bild hob eine lachende Frau ein kleines Kind hoch. Auf einem anderen betete Viktor Strandgård mit einem Mann, der mit gen Himmel erhobenen Händen vor ihm kniete. Viktor legte dem Mann Zeige- und Mittelfinger an die Stirn und hatte die Augen geschlossen. Im Text stand, die Seminare würden unter anderem Themen wie »Du hast die Kraft, Erhörung zu erlangen«, »Gott hat deine Krankheit bereits besiegt« und »Setze deine geistigen Gnadengaben frei« behandeln. Ansonsten war die Rede von Abendandachten, bei denen im Geist getanzt, gesungen und gelacht werden konnte und in denen Gottes Wunder im eigenen und im Leben anderer Menschen sichtbar werden sollten. Das alles zu einem Preis von viertausendzweihundert Kronen zuzüglich Kost und Logis.

»Wie viele Teilnehmer hat denn diese Konferenz?«, fragte Sven-Erik.

»Das kann ich Ihnen nicht so genau sagen«, antwortete Olof und ließ einen gewissen Stolz durchblicken. »Ich tippe so auf ungefähr zweitausend.«

Anna-Maria sah Sven-Erik an, dass er berechnete, was die Konferenz der Gemeinde rein finanziell eingebracht hatte.

»Wir brauchen eine Teilnehmerliste«, sagte Anna-Maria. »An wen sollten wir uns da wenden?«

Olof Strandgård nannte einen Namen, den sie in ihren Notizblock schrieb. Sven-Erik musste diese Liste durch das polizeiliche Register laufen lassen.

»Wie sah denn die Beziehung zu Sanna aus?«, fragte Anna-Maria.

»Verzeihung?«, fragte Olof Strandgård.

»Ja, könnten Sie die Beziehung der beiden beschreiben?«

»Sie waren Bruder und Schwester.«

»Aber deshalb ist es noch nicht selbstverständlich, dass sie eine gute Beziehung hatten«, beharrte Anna-Maria.

Der Vater holte Luft.

»Sie waren die besten Freunde. Aber Sanna ist ein verletzlicher Mensch. Sensibel. Meine Frau, ich und mein Sohn mussten uns immer wieder um sie und die Mädchen kümmern.«

Die machen ja ein großes Getue um ihre Verletzlichkeit, dachte Anna-Maria.

»Wie ist das zu verstehen, dass sie sensibel ist?«, fragte sie und sah, dass Kristina sich ein wenig wand.

»Es fällt uns nicht so leicht, darüber zu sprechen«, sagte Olof. »Aber als Erwachsene ist sie nicht immer so gut zurechtgekommen. Es fällt ihr schwer, den Mädchen einen festen Rahmen zu geben. Und bisweilen macht es ihr Probleme, sich um sich selbst und um die Kinder zu kümmern, nicht wahr, Kristina?«

»Ja«, stimmte seine Frau ihm gehorsam zu.

»Manchmal bleibt sie eine Woche lang in einem dunklen Zimmer liegen«, sagte jetzt Olof Strandgård. »Ist total unansprechbar. Und dann kümmern wir uns um die Kinder, und Viktor hat Sanna wie ein Kind mit dem Löffel gefüttert.«

Er legte eine Pause ein und musterte Anna-Maria mit strengem Blick.

»Ohne die Hilfe ihrer Familie hätte sie die Mädchen nicht behalten können«, sagte er.

Alles klar, dachte Anna-Maria. Du willst uns offenbar einprägen, wie gebrechlich und schwach sie ist. Wieso eigentlich? Eine anständige Familie will solche Dinge doch normalerweise unter den Teppich kehren.

»Haben die Mädchen keinen Vater?«, fragte sie.

Olof Strandgård seufzte.

»Sicher«, sagte er. »Aber sie war erst siebzehn, als Sara geboren wurde. Und ich...«

Er schüttelte bei dieser Erinnerung den Kopf.

»Ich habe darauf bestanden, dass sie heirateten. Sie brauchten eine königliche Lizenz dafür, wie man das nennt. Aber das Versprechen, das er vor Gott abgelegt hatte, hinderte den jungen Mann nicht daran, Frau und Kind zu verlassen, als Sara erst ein Jahr alt war. Lovas Vater war eine zufällige Schwäche.«

»Wie heißen diese Männer? Wir möchten gern Kontakt zu ihnen aufnehmen«, sagte Sven-Erik.

»Ja, sicher. Ronny Björnström, Saras Vater, wohnt in Narvik. Das glauben wir wenigstens. Er hat keinen Kontakt zu seiner Tochter. Sammy Andersson, Lovas Vater, ist vor zwei Jahren bei einem tragischen Schneemobilunfall ums Leben gekommen. Er fuhr im Spätwinter über einen See, und das Eis trug nicht mehr. Grauenhafte Geschichte.«

Nein, wenn ich nicht in den guten Sessel pinkeln will…, dachte Anna-Maria und erhob sich mühsam.

»Verzeihung, aber wo ist…«, begann sie.

»In der Diele links«, sagte Olof Strandgård und stand auf, als sie das Zimmer verließ.

Die Toilette war ebenso gepflegt wie das übrige Haus. Es roch nach synthetischem Blütenduft. Vermutlich stammte der aus einer der Spraydosen auf dem Toilettenschrank. In der Toilette hing ein kleiner Behälter mit etwas Blauem, das beim Spülen zusammen mit dem Wasser nach unten floss.

Sauber, sauber, sauber, dachte Anna-Maria, als sie durch die Diele zurück zum Wohnzimmer ging.

»Wir machen uns große Sorgen darüber, dass unsere Kinder bei Rebecka Martinsson sind«, sagte Olof Strandgård, als er sich wieder setzte. »Sie stehen doch sicher unter Schock und sind außer sich vor Angst. Sie brauchen jetzt Ruhe und Geborgenheit.«

»Daran kann die Polizei nichts ändern«, sagte Anna-Maria. »Ihre Tochter hat das Sorgerecht für die Kinder, und sie hat sie Rebecka Martinsson anvertraut, und da…«

»Aber wenn ich doch sage, dass Sanna nicht zurechnungsfähig ist. Ohne mich und meine Frau hätte sie das Sorgerecht schon längst nicht mehr.«

»Aber das fällt trotzdem nicht in die Zuständigkeit der Polizei«, sagte Anna-Maria gelassen. »Das Jugendamt und die Bezirksbehörden haben zu entscheiden, ob ungeeigneten Eltern das Sorgerecht entzogen wird.«

Plötzlich verschwand alles Sanfte aus Olof Strandgårds Stimme.

»Von der Polizei können wir also keinerlei Hilfe erwarten«, sagte er schroff. »Wenn es sein muss, werde ich mich natürlich an das Jugendamt wenden.«

»Begreifen Sie denn nicht?«, rief Kristina Strandgård plötzlich. »Rebecka hat schon einmal versucht, unsere Familie auseinanderzubringen. Sie wird alles tun, um die Mädchen gegen uns aufzubringen. Genau, wie sie es damals bei Sanna gemacht hat.«

Das Letzte war an ihren Mann gerichtet. Olof Strandgård saß mit angezogenen Knien da und schaute aus dem Wohnzimmerfenster. Seine Haltung hatte etwas Steifes, und seine Hände lagen ineinander verschränkt auf seinen Knien.

»Was meinen Sie mit ›damals bei Sanna‹?«, fragte Sven-Erik mit sanfter Stimme.

»Als Sara drei oder vier Jahre alt war, haben Sanna und Rebecka zusammengewohnt«, berichtete Kristina Strandgård wie gehetzt. »Rebecka versuchte, unsere Familie zu spalten. Und sie ist noch immer eine Feindin der Kirche und von Gottes Werk hier in der Stadt. Verstehen Sie, was es für uns bedeutet, dass sie die Mädchen in ihrer Gewalt hat?«

»Ich verstehe«, sagte Sven-Erik teilnahmsvoll. »In welcher Weise hat sie versucht, Ihre Familie zu spalten und gegen die Kirche zu arbeiten?«

»Indem sie...«

Ein Blick ihres Gatten ließ sie verstummen.

»Indem sie was?«, fragte Sven-Erik noch einmal, aber Kristina Strandgårds Gesicht hatte sich in Stein verwandelt, und ihr Blick haftete an der blanken Fläche des Glastisches.

»Ich bin nicht daran schuld«, sagte sie mit brüchiger Stimme.

Das sagte sie immer wieder, ohne den Blick vom Tisch zu heben und ohne es zu wagen, Olof Strandgård anzusehen.

»Ich bin nicht daran schuld, ich bin nicht daran schuld.«

Verteidigt sie sich vor ihrem Mann, oder klagt sie ihn an, überlegte Anna-Maria.

Olof Strandgård hatte sein sanftes, fürsorgliches Wesen wiedergefunden. Er legte die Hand leicht auf den Arm seiner Frau, und die verstummte. Dann erhob er sich.

»Ich glaube, das war mehr, als wir ertragen können«, sagte er zu Anna-Maria und Sven-Erik, und damit war das Gespräch beendet.

Als Sven-Erik Stålnacke und Anna-Maria Mella das Haus verließen, wurden in zwei auf der Straße stehenden Autos die Türen aufgerissen. Zwei Personen mit Mikrofonen in dicken Wollüberzügen stiegen aus. Ein Kameramann kam gleich hinterher.

»Anders Grape, Lokalnachrichten des Schwedischen Fernsehens«, stellte der Erste, der sie erreichte, sich vor. »Sie haben die Schwester des Paradiesjüngers festgenommen, können Sie uns dazu etwas sagen?«

»Lena Westerberg, TV3«, sagte die andere, hinter der der Kameramann stand. »Sie waren doch als Erste am Tatort, können Sie uns beschreiben, wie es dort ausgesehen hat?«

Sven-Erik und Anna-Maria gaben keine Antwort, sondern sprangen in ihr Auto und fuhren los.

»Bestimmt haben die Nachbarn sie über unseren Besuch informiert«, sagte Anna-Maria und sah im Rückspiegel, wie die Presseleute zum Haus der Eltern gingen und an der Tür klingelten.

»Die arme Frau«, sagte Sven-Erik, als sie den Bävervägen erreicht hatten. »Dieser Olof Strandgård ist ja ein eiskalter Arsch.«

»Ist dir aufgefallen, dass er Viktor nie beim Namen genannt hat? Er hat immer nur ›der Junge‹ oder so gesagt«, sagte Anna-Maria.

»Wir sprechen mit ihr, wenn er nicht zu Hause ist«, sagte Sven-Erik nachdenklich.

»Das kannst du machen«, sagte Anna-Maria. »Du kannst mit Frauen doch umgehen.«

»Warum geraten so viele schöne Frauen in so eine Lage?«, fragte Sven-Erik. »Bleiben am falschen Mann hängen und sitzen wie traurige Gefangene in ihren Häusern, nachdem die Kinder ausgeflogen sind.«

»Das passiert sicher den Schönen nicht häufiger als anderen«, sagte Anna-Maria trocken. »Aber den schönen Frauen wird alle Aufmerksamkeit zuteil.«

»Was hast du jetzt vor?«, fragte Sven-Erik.

»Mir das Album und die Videos aus der Kirche ansehen«, antwortete Anna-Maria.

Sie schaute aus dem Fenster. Der Himmel hing schwer und grau über ihnen. Wenn das Sonnenlicht sich durch die Wolken drängen konnte, schienen alle Farben zu verschwinden, und die Stadt verwandelte sich in ein Schwarz-Weiß-Foto.

»Das kann doch wohl nicht wahr sein«, sagte Rebecka und schaute durch die Zellentür, als der Wachhabende die Tür öffnete und Sanna Strandgård auf den Gang hinaustrat.

Die Zelle war eng, die Steinwände waren in einem undefinierbaren Beigeton mit schwarzen und weißen Einsprengseln gestrichen. Der kleine Raum enthielt keine Möbel, es gab nur eine mit Papier überzogene Kunststoffmatratze, die direkt auf dem Boden lag. Das Betonglasfenster schaute auf einen Gehweg und auf ein Mietshaus mit grüner Blechfassade. Es stank nach altem Suff und Schmutz.

Der Wachhabende führte Sanna und Rebecka ins Sprechzimmer. Dort standen vor einem Fenster drei Stühle und ein Tisch. Ehe die Frauen Platz nahmen, sah der Mann die Tüten durch, in denen Rebecka Kleider und andere Dinge mitgebracht hatte.

»Ich bin nur froh darüber, dass ich hier bleiben darf«, sagte Sanna. »Ich hoffe, sie verlegen mich nicht in den richtigen Knast in Luleå. Wegen der Mädchen, meine ich. Ich muss sie doch sehen dürfen. Es gibt möblierte Arrestzellen, aber die sind im Moment alle belegt, und deshalb haben sie mich bis auf Weiteres in die Ausnüchterungszelle gesteckt. Aber das ist durchaus praktisch. Wenn da jemand kotzt oder so, dann wird die Zelle einfach mit dem Schlauch ausgespritzt. Eigentlich sollte man das zu Hause auch so machen. Raus mit dem Schlauch und Wasser marsch, und schon ist der Hausputz erledigt. Anna-Maria Mella, du weißt schon, die Kleine, die schwanger ist, hat gesagt, dass heute eine normale Zelle frei wird. Und hier ist es doch ziemlich hell. Vom Fenster auf dem Gang kann man das Bergwerk und den Kebnekaise sehen, ist dir das aufgefallen?«

»Sicher«, sagte Rebecka. »Schick einen Makler her, und bald kann eine Familie mit drei Kindern hier einziehen und die Aussicht genießen.«

Der Beamte reichte Rebecka die Einkaufstüten mit einem zustimmenden Nicken und entfernte sich. Rebecka gab sie an Sanna weiter, und die machte sich darüber her wie ein Kind am Heiligen Abend.

»Ach, was für schöne Sachen«, lachte Sanna, und ihre Wangen färbten sich rosig vor Begeisterung. »Dieser Pullover! Schau doch nur! Wie schade, dass es keinen Spiegel gibt!«

Sie hielt sich einen roten, ausgeschnittenen und mit Glitzerfäden durchwirkten Pullover vor die Brust und drehte sich zu Rebecka um.

»Den hat Sara ausgesucht«, sagte Rebecka.

Sanna tauchte wieder in ihren Tüten unter.

»Und Unterwäsche und Seife und Shampoo und alles«, sagte sie. »Ich kann dir das Geld aber erst später zurückgeben.«

»Nein, nein, das ist ein Geschenk«, wehrte Rebecka ab. »Es hat wirklich nicht viel gekostet. Wir haben bei Lindex eingekauft.«

»Und du hast Bücher aus der Bibliothek ausgeliehen. Und Süßigkeiten gekauft.«

»Ich habe auch eine Bibel gekauft«, sagte Rebecka und zeigte auf eine kleine Tüte. »Das ist die neue Übersetzung. Ich weiß, dass dir die von 1917 am liebsten ist, aber die kannst du doch sicher auswendig. Ich dachte, es könnte dich interessieren, beide zu vergleichen.«

Sanna hob das rote Buch auf und drehte es einige Male um, ehe sie es aufschlug und in den dünnen Seiten blätterte.

»Danke«, sagte sie. »Als diese neue Übersetzung der Bibelkommission herauskam, fand ich ja, dass die Sprache alle

Schönheit verloren hatte, aber es wird bestimmt interessant sein, das hier zu lesen. Obwohl es ein seltsames Gefühl ist, eine ganz neue Bibel vor sich zu haben. Ich bin doch an meine eigene gewöhnt, mit allen Unterstreichungen und Anmerkungen. Aber es bringt bestimmt etwas, neue Formulierungen und Seiten ohne Randbemerkungen zu lesen. Ich glaube, dann geht man unvoreingenommener an die Sache heran.«

Meine alte Bibel, dachte Rebecka. Die liegt sicher in einem Karton auf Omas Dachboden. Denn weggeworfen hab ich sie ja wohl nicht, oder? Sie ist wie ein altes Tagebuch. Mit allen Bildern und Zeitungsausschnitten, die ich reingelegt habe. Und die vielen peinlichen Stellen, die ich rot unterstrichen habe, verraten ja auch ganz schön viel. ›Wie der Hirsch schreit nach frischem Wasser, so schreit meine Seele, Gott, zu dir.‹ – ›In der Zeit meiner Not suche ich den Herrn, meine Hand ist des Nachts ausgestreckt und lässt nicht ab; denn meine Seele will sich nicht trösten lassen.‹

»Ist mit den Mädchen heute alles gut gegangen?«, fragte Sanna.

»Am Ende, ja«, antwortete Rebecka kurz. »Ich hab sie immerhin in die Schule und in den Kindergarten schaffen können.«

Sanna biss sich in die Unterlippe und öffnete die Bibel.

»Was ist los?«, fragte Rebecka.

»Ich muss an meine Eltern denken. Die holen sie da vielleicht weg.«

»Was ist zwischen dir und deinen Eltern passiert?«

»Nichts Neues. Nur habe ich es einfach satt, ihr Eigentum zu sein. Du weißt doch noch, wie sie sich aufgeführt haben, als Sara klein war.«

Rebecka rennt die Treppen zu der Wohnung hoch, die sie mit Sanna teilt. Sie ist spät dran. Sie hätten schon vor zwanzig Minuten auf einem Kinderfest sein müssen. Und die Fahrt dorthin dauert mindestens zwanzig Minuten. Vermutlich noch län-

ger, jetzt, wo es geschneit hat. Vielleicht sind Sanna und Sara ohne sie gefahren.

Ja, hoffentlich, denkt sie, denn sie sieht Sannas Winterstiefel nicht vor der Tür stehen. Wenn sie schon weg sind, brauch ich kein schlechtes Gewissen zu haben.

Aber da stehen Sannas Stiefel dann doch. Rebecka öffnet die Tür und holt Atem, damit die Luft für alle Erklärungen und Entschuldigungen reicht, die ihr durch den Kopf wirbeln.

Sanna sitzt im Dunkeln auf dem Boden. Rebecka stolpert fast über sie, und Sanna hat die Knie bis ans Kinn hochgezogen und die Arme um die Beine geschlungen. Sie wiegt sich hin und her. Wie um sich zu trösten. Oder als könne der Rhythmus dieses Wiegens die bösen Gedanken von ihr abhalten. Rebecka braucht eine Weile, um zu ihr durchzudringen. Sie zum Reden zu bringen. Und mit den Wörtern kommen dann auch die Tränen.

»Meine Eltern waren hier«, schluchzt Sanna. »Sie sind einfach gekommen und haben Sara geholt. Ich habe gesagt, dass wir auf ein Fest eingeladen sind und für dieses Wochenende ganz viel vorhaben, aber sie wollten nicht auf mich hören. Sie haben sie einfach mitgenommen.«

Plötzlich wird sie wütend und hämmert mit den Fäusten gegen die Wand.

»Was ich wollte, spielte überhaupt keine Rolle«, schreit sie. »Ich kann sagen, was ich will. Ich gehöre ihnen. Und mein Kind gehört ihnen. Genau wie früher meine Hunde. Laika, die Papa mir einfach weggenommen hat. Sie haben solche Angst davor, miteinander allein zu sein, dass sie einfach...«

Sie verstummt, und Zorn und Weinen machen sich in einem langen, kehligen Heulen Luft. Ihre Hände sinken kraftlos zu Boden.

»... die haben sie einfach mitgenommen«, jammert sie. »Wir wollten doch ein Pfefferkuchenhaus backen, du und ich und Sara.«

»*Ganz ruhig*«, *sagt Rebecka und streicht Sanna die Haare aus dem Gesicht.* »*Ich bringe das in Ordnung. Das versprech ich dir.*«

Sie wischt Sanna mit dem Handrücken die Tränen aus dem Gesicht.

»*Was bin ich bloß für eine Mutter?*«, *flüstert Sanna.* »*Die nicht einmal ihr eigenes Kind verteidigen kann!*«

»*Du bist eine gute Mutter*«, *tröstet Rebecka.* »*Deine Eltern verhalten sich falsch, hörst du? Nicht du!*«

»*Ich will nicht so leben. Er kommt einfach mit seinem Extraschlüssel herein und macht, was er will. Was hätte ich denn tun sollen? Ich wollte ja auch nicht losschreien und an Sara zerren! Das hätte ihr schreckliche Angst gemacht. Meinem kleinen Mädchen!*«

Vor Rebeckas innerem Auge nimmt das Bild von Olof Strandgård Form an. Mit seiner tiefen, beruhigenden Stimme. Er ist nicht an Widerspruch gewöhnt. Sein ewiges Lächeln über dem steifen Kragen. Seine Pappfigur von Gattin.

Ich bring ihn um, denkt sie. Ich schlag ihn eigenhändig tot.

»*Komm*«, *sagt sie zu Sanna, mit einer Stimme, die keinen Widerspruch duldet.*

Und Sanna zieht sich an und folgt ihr wie ein gehorsames Kind. Sie fährt das Auto dahin, wohin Rebecka fahren will.

Kristina Strandgård öffnet die Tür.

»*Wir wollen Sara abholen*«, *sagt Rebecka.* »*Wir sind zu einem Kinderfest eingeladen und kommen schon zwanzig Minuten zu spät.*«

Kristinas Augen füllen sich mit Angst. Sie schaut sich über die Schulter um, lässt die beiden aber nicht eintreten. Rebecka kann hören, dass Strandgårds Gäste haben.

»*Aber wir hatten doch abgemacht, dass Sara das Wochenende bei uns verbringt*«, *sagt Kristina und versucht, Sannas Blick einzufangen.*

Sanna starrt verstockt den Boden an.

»Wenn ich das richtig verstanden habe, dann habt ihr überhaupt nichts abgemacht«, sagt Rebecka hart.

»Wartet einen Moment«, sagt Kristina und beißt sich nervös in die Lippe.

Sie verschwindet im Wohnzimmer, und bald darauf tritt Olof Strandgård in die Türöffnung. Er lächelt nicht. Seine Blicke durchbohren zuerst Rebecka. Dann wendet er sich an seine Tochter.

»Was sind das für Dummheiten«, knurrt er. »Ich dachte, wir hätten eine Abmachung getroffen, Sanna. Es ist nicht gut für Sara, hin und her gezerrt zu werden. Es enttäuscht mich wirklich sehr, dass du sie immer wieder für deine Launen bezahlen lässt.«

Sanna zuckt mit den Schultern, starrt aber noch immer den Boden an. Der Schnee fällt auf ihre Haare und legt sich wie ein Helm aus Eis um ihren Kopf.

»Hast du vor zu antworten, wenn du angesprochen wirst, oder kannst du mir nicht einmal so viel Respekt erweisen?«, fragt Olof mit beherrschter Stimme.

Er will keine Szene machen, solange sie Gäste haben, denkt Rebecka.

Ihr Herz hämmert, aber sie tritt noch einen Schritt vor. Ihre Stimme bebt, als sie sie sich jetzt an Olof wendet.

»Wir sind nicht zum Diskutieren gekommen«, sagt sie. »Jetzt holst du Sara, sonst fahre ich mit deiner Tochter zur Polizei und zeige euch wegen Kindesentführung an. Ich schwöre auf die Bibel, dass ich das tun werde. Und vorher stürze ich noch in euer Wohnzimmer und mache ein Höllengeschrei. Sara ist Sannas Tochter, und Sanna will sie bei sich haben. Die Entscheidung liegt bei euch. Entweder holt ihr sie jetzt, oder die Polizei holt sie.«

Kristina Strandgård schaut besorgt hinter der Schulter ihres Gatten hervor.

»*Sanna*«, sagt er eindringlich zu seiner Tochter, ohne Rebecka aus den Augen zu lassen. »*Sanna.*«
Sanna starrt zu Boden. Fast unmerklich schüttelt sie den Kopf. Und dann geschieht es. Olofs Stimmung schlägt um. Er macht ein besorgtes und verletztes Gesicht.
»*Kommt rein*«, *sagt er und geht rückwärts ins Haus.*

»*Wenn das so wichtig für dich ist, dann hättest du es doch einfach sagen können*«, *sagt Olof zu Sanna, die Sara den Nylonoverall und die Stiefel anzieht.* »*Ich kann schließlich keine Gedanken lesen. Wir dachten nur, ein kinderloses Wochenende könnte auch mal nett für dich sein.*«
Schweigend zieht Sanna Sara Mütze und Handschuhe an. Olof spricht leise, er hat Angst, die Gäste könnten ihn hören.
»*Du hättest wirklich nicht herkommen und eine solche Szene zu machen brauchen*«, *erklärt er.*
»*Das sieht dir wirklich nicht ähnlich, Sanna*«, *flüstert Kristina, aber ihr Blick haftet hasserfüllt an Rebecka, die sich an die Haustür lehnt.*
»*Morgen lassen wir das Türschloss auswechseln*«, *sagt Rebecka, als sie zum Auto gehen.*
Sanna trägt Sara auf dem Arm und sagt nichts. Sie hält die Kleine so fest, als wolle sie sie nie wieder loslassen.

Herrgott, was war ich wütend, dachte Rebecka. Und es war doch nicht einmal mein eigener Zorn. Eigentlich hätte Sanna wütend sein müssen. Aber dazu war sie einfach nicht in der Lage. Und wir haben das Türschloss auswechseln lassen, bloß gab sie dann zwei Wochen später ihren Eltern einen neuen Schlüssel.

Sanna packte sie am Arm, um sie in die Gegenwart zurückzuziehen.

»Die werden bestimmt die Mädchen zu sich holen wollen, wenn ich in Haft sitze«, sagte Sanna.

»Mach dir keine Sorgen«, antwortete Rebecka zerstreut. »Ich rede mit der Schule.«

»Wie lange muss ich hier bleiben?«

Rebecka zuckte mit den Schultern.

»Sie können dich nicht länger als drei Tage in Gewahrsam halten. Danach muss die Staatsanwaltschaft Untersuchungshaft beantragen. Und darüber muss spätestens vier Tage nach deiner Festnahme entschieden werden. Spätestens am Samstag also.«

»Und komme ich dann in Untersuchungshaft?«

»Das weiß ich nicht«, sagte Rebecka und fühlte sich überhaupt nicht wohl in ihrer Haut. »Vielleicht. Dass sie Viktors Bibel und dieses Messer in deiner Bank gefunden haben, ist ja nicht gerade lustig.«

»Aber die kann doch wirklich jeder da hineingelegt haben, als ich zur Kirche gegangen bin«, rief Sanna. »Du weißt doch, dass ich die Tür nie abschließe.«

Sie verstummte und spielte an dem roten Pullover herum.

»Was ist, wenn ich es doch war?«, fragte sie plötzlich.

Rebecka spürte, wie schwer ihr das Atmen fiel. In dem kleinen Raum schien es keine Luft mehr zu geben.

»Wie meinst du das?«, fragte sie.

»Ich weiß nicht«, jammerte Sanna und presste die Hände auf ihre Augen. »Ich habe doch geschlafen. Ich habe geschlafen und weiß nicht, was passiert ist. Aber was ist, wenn ich es war? Das musst du herausfinden!«

»Ich verstehe nicht, was du meinst«, sagte Rebecka. »Wenn du geschlafen hast…«

»Aber du weißt doch, wie ich bin. Ich vergesse so viel. Wie damals, als ich mit Sara schwanger war. Ich konnte mich ja nicht einmal daran erinnern, dass ich mit Ronny geschlafen hatte. Das musste er mir erzählen. Wie schön das gewesen war. Ich kann mich noch immer nicht daran erinnern. Aber schwanger war ich ja, also muss es passiert sein.«

»Na gut«, sagte Rebecka langsam. »Aber ich glaube nicht,

dass du es warst. Weiße Flecken auf der Gedächtniskarte zu haben bedeutet nicht, dass man jemanden ermordet haben kann. Aber du musst genau nachdenken.«

Sanna blickte sie fragend an.

»Wenn du das nicht warst«, sagte Rebecka langsam, »dann hat irgendwer Messer und Bibel in deine Bank gelegt. Irgendwer will dir die Schuld zuschieben. Jemand, der weiß, dass du nie abschließt. Verstehst du? Das war nicht irgendein dahergelaufener Verrückter.«

»Du musst herausfinden, was passiert ist«, sagte Sanna.

Rebecka schüttelte den Kopf.

»Das ist nun wirklich Sache der Polizei.«

Beide verstummten und schauten hoch, als die Tür aufging und ein Polizeibeamter ins Zimmer schaute. Es war nicht der, der sie hergebracht hatte. Dieser hier war groß und breitschultrig und hatte militärisch kurzgeschorene Haare. Trotzdem kam er Rebecka vor wie ein verirrter kleiner Junge, als er da in der Türöffnung stand. Er lächelte Rebecka verlegen an und reichte Sanna dann eine kleine Papiertüte.

»Verzeihen Sie die Störung«, sagte er. »Aber ich hab gleich Feierabend, und ich… ja, ich dachte, Sie brauchten vielleicht etwas zu lesen. Und dann habe ich Ihnen noch eine Tüte Bonbons gekauft.«

Sanna lächelte ihn an. Es war ein offenes Lächeln, bei dem ihre Augen funkelten. Danach senkte sie den Blick eilig und schien verlegen zu sein. Ihre Wimpern warfen Schatten auf ihre Wangen.

»Ach, danke«, sagte sie. »Das ist aber lieb.«

»Das ist doch nicht der Rede wert«, sagte der Polizist und verlagerte sein Körpergewicht von einem Fuß auf den anderen. »Aber ich dachte, dass Ihnen die Zeit hier vielleicht lang wird.«

Er schwieg eine Weile, doch als keine der jungen Frauen etwas sagte, fügte er hinzu:

»Ja, dann geh ich jetzt wohl mal.«

Als er gegangen war, schaute Sanna in die Tüte, die er ihr überreicht hatte.

»Du hast viel bessere Süßigkeiten gekauft«, sagte sie.

Rebecka seufzte verlegen.

»Du brauchst meine Bonbons nicht besser zu finden«, sagte sie.

»Tu ich aber trotzdem.«

NACH DEM BESUCH bei Sanna ging Rebecka zu Anna-Maria Mella. Anna-Maria saß im Besprechungsraum der Wache und verzehrte eine Banane so gierig, als wolle jemand sie ihr mit Gewalt entreißen. Vor ihr auf dem Tisch lagen drei Kerngehäuse von Äpfeln. In der hinteren Ecke des Zimmers stand ein Fernseher. Ein Video zeigte eine Abendandacht in der Kristallkirche. Als Rebecka das Zimmer betrat, begrüßte Anna-Maria sie freundlich. Wie eine alte Bekannte.

»Möchtest du einen Kaffee?«, fragte sie. »Ich habe welchen geholt, ich weiß gar nicht, warum. Sonst trinke ich jetzt eigentlich keinen, wegen...«

Eine auf ihren Bauch gerichtete Handbewegung beendete diesen Satz.

Rebecka blieb in der Tür stehen. In ihrem Körper erwachte die Vergangenheit zum Leben. Wurde durch die Gesichter auf dem flimmernden Bildschirm in Bewegung gesetzt. Sie streckte die Hand nach dem Türrahmen aus. Anna-Marias Stimme drang aus der Ferne zu ihr durch.

»Was ist los? Setz dich.«

Auf dem Bildschirm sprach Thomas Söderberg zu seiner Gemeinde. Rebecka ließ sich auf einen Stuhl sinken. Sie spürte Anna-Marias nachdenklichen Blick.

»Das ist die Andacht an dem Abend vor dem Mord«, sagte Anna-Maria. »Willst du ein bisschen mehr sehen?«

Rebecka nickte. Sie dachte, dass sie irgendeine Erklärung vorbringen müsste. Dass sie nichts gegessen habe, irgendetwas in der Art. Aber sie blieb stumm.

Hinter Thomas Söderberg stand abwartend der Gospelchor. Einige feuerten ihn während seiner Predigt an. Seine Botschaft wurde vom »Halleluja« und »Amen« der Gemeinde untermalt.

Er hat sich verändert, dachte Rebecka. Früher trug er gestreifte Hemden mit Stehkragen, Jeans und eine Lederweste. Jetzt aber sieht er aus wie ein Börsenmakler, mit Anzug von Oscar Jacobsson und eleganter Brille. Und die Gemeinde besteht aus billigen H&M-Kopien dieses Erfolgskonzepts.

»Er ist ein guter Redner«, kommentierte Anna-Maria.

Thomas Söderberg wechselte immer wieder zwischen gelassenem Scherz und tiefem Ernst. Es ging darum, dass man sich den geistigen Gnadengaben öffnen müsse. Gegen Ende der kurzen Predigt forderte er alle Anwesenden auf, vorzutreten und sich vom Heiligen Geist füllen zu lassen.

»Tritt vor, dann werden wir für dich beten«, sagte er, und wie auf ein Stichwort standen Viktor Strandgård, die beiden anderen Pastoren der Kirche und einige Älteste Brüder neben ihm.

»Schabala schala amen«, rief Pastor Gunnar Isaksson. Er marschierte hin und her und schwenkte die Hände. »Trete vor, wer von Krankheit und Schmerzen gequält wird. Es ist nicht Gottes Wille, dass du in deiner Krankheit verharrst. Unter uns ist jemand, der an Migräne leidet. Der Herr sieht dich. Tritt vor. Der Herr sagt, dass eine Schwester hier Probleme mit einem Magengeschwür hat. Aber jetzt wird Gott deiner Qual ein Ende bereiten. Du brauchst keine Tabletten mehr. Der Herr hat die ätzende Säure in deinem Leib bereits neutralisiert. Tretet vor und nehmt die Gabe der Heilung entgegen. Halleluja!«

Sehr viele strömten nach vorn. Nach einigen Minuten drängte sich eine Menschenmenge vor dem Altar. Einige lagen auf dem Boden. Andere standen mit erhobenen Händen wie wehende Grashalme da. Sie beteten, lachten und weinten.

»Was machen die da?«, fragte Anna-Maria Mella.

»Sie erliegen der Kraft des Geistes«, sagte Rebecka kurz. »Singen, reden und tanzen im Geiste. Bald werden einige von ihnen Weissagungen ausstoßen. Und der Chor wird Lobgesänge anstimmen, um das alles zu untermalen.«

Im Hintergrund stimmte der Chor nun einen Lobgesang an, und immer noch strömten Menschen dazu. Viele tanzten wie im Rausch.

Die Kamera zeigte Viktor Strandgård oft in Großaufnahme. Er hielt in der einen Hand eine Bibel und betete für einen dicklichen Mann mit Krücken. Eine Frau stand hinter Viktor, legte ihm die Hände auf die Haare und betete ebenfalls. Wie, um alles mit Gottes Kraft zu erfüllen.

Jetzt trat Viktor ans Mikrofon und begann zu sprechen. Er fing an wie immer.

»Worüber wollen wir reden?«, fragte er die Gemeinde.

So machte er es immer. Im Gebet bereitete er sich vor. Danach konnte die Gemeinde entscheiden, worüber gesprochen wurde. Ein Großteil der Predigt war ein Dialog mit den Zuhörern. Auch das hatte zu seinem Ruhm beigetragen.

»Erzähl vom Himmel«, rief jemand aus der Zuhörerschar.

»Was soll ich über den Himmel erzählen?«, fragte Viktor mit müdem Lächeln. »Kauft mein Buch, da könnt ihr es lesen. Na los! Andere Themen!«

»Erzähl vom Erfolg!«, rief nun jemand.

»Erfolg«, sagte Viktor. »In Gottes Reich gibt es keine Abkürzungen zum Erfolg. Denkt an Ananias und Sapfeira! Und betet für mich. Betet für das, was meine Augen gesehen haben und sehen werden. Betet dafür, dass die Kraft weiterhin von Gott durch meine Hände strömt.«

»Was hat er da eben gesagt?«, fragte Anna-Maria. »Ana...«

Ungeduldig schüttelte sie den Kopf und fügte dann hinzu:

»Und Safira, wer ist das?«

»Ananias und Sapfeira. Die werden in der Apostelgeschichte erwähnt«, antwortete Rebecka, ohne den Fernsehschirm aus den Augen zu lassen. »Sie stahlen der ersten Gemeinde Geld, worauf Gott sie mit dem Tode bestrafte.«

»Meine Güte, ich dachte, Gott hätte nur im Alten Testament Leute zu Boden gestreckt.«

Rebecka schüttelte den Kopf.

Als Viktor gesprochen hatte, gingen die Fürbitten weiter. Ein Mann von Mitte zwanzig mit Kapuzenjacke und einer weichen, abgenutzten Jeans drängte sich zu Viktor Strandgård durch.

Das ist Patrick Mattsson, dachte Rebecka. Er ist also noch immer dabei.

Der Mann in der Kutte griff nach Viktors Händen, doch unmittelbar bevor die Kamera auf den Gospelchor schwenkte, sah Rebecka, wie Viktor zurückfuhr und seine Hände Patrick Mattssons Griff entzog.

Was ist das denn?, dachte sie. Was läuft zwischen den beiden ab?

Sie schielte zu Anna-Maria Mella hinüber. Aber die hatte sich gebückt und wühlte zwischen einer Menge von Videos, die in einem Karton auf dem Boden standen.

»Hier ist das Band von gestern Abend«, sagte Anna-Maria und hob den Kopf wieder über die Tischplatte. »Willst du mal reinschauen?«

Dieses am Abend nach dem Mord aufgenommene Video zeigte abermals Thomas Söderberg beim Predigen. Die Bretter unter seinen Füßen waren vom Blut bräunlich verfärbt und mit Rosen bedeckt.

Jetzt war die Stimmung ernst und aufgeheizt. Thomas Söderberg forderte die Gemeindemitglieder dazu auf, sich auf einen geistigen Krieg vorzubereiten.

»Mehr denn je brauchen wir jetzt die Wunderkonferenz«, rief er. »Satan soll nicht die Macht an sich reißen dürfen!«

Die Gemeinde antwortete mit Hallelujarufen.

»Das kann doch nicht wahr sein«, sagte Rebecka schockiert.

»Überlegt euch genau, wem ihr euer Vertrauen schenkt«, rief Thomas Söderberg. »Vergesst nicht: Wer nicht für mich ist, ist gegen mich.«

»Und dann hat er die Leute aufgefordert, nicht mit der Polizei zu sprechen«, sagte Rebecka nachdenklich. »Er will, dass die Gemeinde sich geschlossen zeigt.«

Anna-Maria schaute Rebecka überrascht an und dachte an die Kollegen, die tagsüber die Gemeindemitglieder zu Hause aufgesucht hatten. Immer wieder hatten sie darüber geklagt, dass es fast unmöglich gewesen war, die Menschen überhaupt zu einem Gespräch zu bewegen.

Während der Fürbitten wurde die Kollekte gehalten.

»Und wenn du nur einen Zehner geben wolltest, dann gib jetzt einen Hunderter!«, rief Pastor Gunnar Isaksson.

Auch Curt Bäckström meldete sich zu Wort.

»Worüber wollen wir sprechen?«, fragte er die Gemeinde, so, wie Viktor Strandgård das immer getan hatte.

Spinnt der denn?, überlegte Rebecka.

Die Zuhörer rutschten peinlich berührt auf ihren Stühlen hin und her. Am Ende rettete Thomas Söderberg die Situation.

»Berichte von der Kraft der Fürbitten«, sagte er.

Anna-Maria nickte zum Fernseher hinüber, wo Curt die Gemeinde unterwies.

»Er hat in der Kirche gebetet, als wir mit den Pastoren gesprochen haben«, sagte sie. »Ich weiß, dass du früher zu dieser Gemeinde gehört hast. Hast du den Pastor und die Gemeinde gekannt?«

»Ja«, sagte Rebecka in ablehnendem Tonfall, um klarzustellen, dass sie über dieses Thema nicht sprechen wollte.

Manche sogar in der alten biblischen Bedeutung, dachte sie, und plötzlich bewegte sich die Kamera, und Thomas Söderberg schien ihr voll ins Gesicht zu blicken.

Rebecka sitzt in Thomas Söderbergs Büro im Besuchersessel und weint. Es ist die Zeit des Schlussverkaufs. In der Stadt wimmelt es nur so von Menschen. Handgeschriebene Schilder mit roten Prozentzahlen hängen hinter den Schaufenstern.

Diese Stimmung sorgt dafür, dass sie sich innerlich total hohl fühlt.

»Es kommt mir so vor, als ob Er mich nicht liebt«, jammert sie.

Die Rede ist von Gott.

»Ich komme mir vor wie sein Stiefkind«, sagt sie. »Wie ein Wechselbalg.«

Thomas Söderberg lächelt vorsichtig und reicht ihr noch ein Taschentuch. Sie putzt sich energisch die Nase. Eben achtzehn geworden und heult wie ein kleines Kind.

»Warum kann ich Seine Stimme nicht hören«, schluchzt sie. »Du kannst Ihn jeden Tag hören und mit Ihm sprechen. Sanna kann Ihn hören. Viktor ist Ihm sogar begegnet…«

»Das mit Viktor ist etwas ganz Besonderes«, wirft Thomas Söderberg dazwischen.

»Genau«, heult Rebecka. »Ich wäre auch gern wenigstens ein wenig besonders.«

Thomas Söderberg schweigt eine Weile und scheint in sich nach den richtigen Worten zu suchen.

»Das ist eine Frage des Trainings, Rebecka«, sagt er. »Du musst mir glauben. Anfangs, wenn ich glaubte, Seine Stimme zu hören, dann hörte ich nur meine eigene Phantasie.«

Er verschränkt die Hände vor der Brust, schaut zur Decke hoch und sagt mit kindlicher Stimme:

»Liebst du mich, Gott?«

Dann antwortet er im Bass:

»Ja, Thomas, das weißt du. Unendlich liebe ich dich.«

Rebecka muss unter Tränen lachen. Sie lacht fast zu sehr. Sie läuft über vor Lachen, einfach, weil sie ein Vakuum aus sich herausgeweint hat, das sich leicht mit einem anderen Gefühl füllen lässt. Thomas stimmt ein und lacht ebenfalls. Dann wird er plötzlich ernst und schaut ihr lange in die Augen.

»Und du bist etwas Besonderes, Rebecka. Glaub mir, du bist etwas Besonderes.«

Wieder kommen die Tränen. Lautlos rollen sie über ihre Wangen. Thomas Söderberg streckt den Arm aus und wischt sie ab. Seine Handfläche streift ihre Lippen. Rebecka erstarrt. Um ihn nicht zu verscheuchen, wird sie später denken.

Thomas Söderbergs andere Hand streckt sich nach ihr aus, und mit dem Daumen wischt er ihre Tränen fort, während die übrigen Finger ihre Haare fassen. Sein Atem ist ihr plötzlich sehr nah. Er fließt wie Wasser über ihr Gesicht. Es riecht ein wenig herb nach Kaffee und süß nach Pfefferkuchen, und dann noch nach etwas, das nur ihm gehört.

Danach passiert alles ganz schnell. Sein Mund schließt sich über ihrem Mund. Seine Finger verflechten sich mit ihren Haaren. Sie legt eine Hand um seinen Hinterkopf und versucht vergeblich, an seinem Hemd auch nur einen einzigen Knopf zu öffnen. Seine Hände machen sich an ihrer Brust zu schaffen und wollen unter ihren Rock. Sie haben es eilig. Sie machen sich übereinander her, ehe die Vernunft sie einholen kann. Ehe die Schuldgefühle sich einstellen.

Sie legt die Arme um seinen Hals, und er zieht sie aus dem Sessel, hebt sie auf den Schreibtisch und streift zugleich ihren Rock hoch. Sie will zu ihm. Presst sich an ihn. Als er ihr die Strumpfhose auszieht, zerschrammt er ihren Oberschenkel. Aber das merkt sie erst später. Er zieht ihr nicht die Unterhose aus. Dazu reicht die Zeit nicht. Er schiebt sie in der Mitte zur Seite und knöpft gleichzeitig seine Hose auf. Über seiner Schulter sieht sie den Schlüssel in der Tür. Sie denkt, dass sie abschließen müssten, aber schon ist er in ihr. Ihr Mund öffnet sich an seinem Ohr, und sie holt bei jedem Stoß Atem. Sie klammert sich an ihn wie ein Affenjunges an seine Mutter. Er kommt stumm und zurückhaltend in einem letzten Krampf. Beugt sich über sie, so dass sie sich mit einer Hand auf den Schreibtisch stützen muss, um nicht rückwärts zu fallen.

Dann weicht er von ihr zurück. Um mehrere Schritte, bis er die Tür erreicht hat. Er mustert sie mit ausdruckslosem Blick

und schüttelt den Kopf. Danach kehrt er ihr den Rücken zu und schaut aus dem Fenster. Rebecka gleitet vom Schreibtisch. Sie zieht ihre Strumpfhose hoch und streicht ihren Rock glatt. Thomas Söderbergs Rücken ragt wie eine Mauer vor ihr hoch.
»Verzeihung«, sagt sie kleinlaut. »Das wollte ich nicht.«
»Bitte geh«, sagt er mit rauer Stimme. »Geh jetzt endlich.«
Sie rennt den ganzen Weg zu Sannas und ihrer Wohnung. Rennt über die Straße, ohne sich umzusehen. Es ist mitten im eiskalten Januar. Die Kälte schneidet in ihre Haut, und ihr Hals tut weh. Und die Innenseiten ihrer Oberschenkel fühlen sich klebrig an.

Die Tür wurde aufgerissen, und das wütende Gesicht von Staatsanwalt Carl von Post tauchte in der Türöffnung auf.

»Und was zum Teufel ist hier los?«, fragte er. Als keine Antwort kam, wandte er sich an Anna-Maria:

»Was soll das denn hier? Gehst du mit ihr das Material der Voruntersuchung durch?«

Er nickte zu Rebecka hinüber.

»Das sind ja schließlich keine gesperrten Informationen«, sagte Anna-Maria gelassen. »Die Videos werden im Buchladen der Kraftquelle verkauft. Wir haben uns ein wenig unterhalten. Wenn das gestattet ist?«

»Ach was«, fauchte von Post. »Aber jetzt werden du und ich uns unterhalten. In meinem Büro. In fünf Minuten!«

Er knallte die Tür hinter sich zu.

Die beiden Frauen wechselten einen Blick.

»Die Journalistin, die dich wegen Körperverletzung angezeigt hat, hat ihre Anzeige zurückgezogen«, sagte Anna-Maria Mella.

Das sagte sie ganz gelassen. Wie um zu zeigen, dass sie das Thema gewechselt und dass diese Information wirklich rein gar nichts mit Carl von Post zu tun habe. Aber die Nachricht kam trotzdem an.

Deshalb war er natürlich stocksauer, dachte Rebecka.

»Sie hat gesagt, sie sei ausgerutscht und du könntest nie im Leben die Absicht gehabt haben, sie zu Boden zu stoßen«, erzählte Anna-Maria jetzt und erhob sich langsam. »Ich muss los. Kann ich noch irgendwas für dich tun?«

Die Gedanken wirbelten nur so durch Rebeckas Kopf. Von Måns, der offenbar mit der Journalistin gesprochen hatte, bis zu Viktors Bibel.

»Die Bibel«, sagte sie zu Anna-Maria. »Viktors Bibel, habt ihr die hier?«

»Nein, das Labor in Linköping braucht sie noch. Sie werden sie erst mal noch behalten. Wieso fragst du?«

»Ich würde gern einen Blick hineinwerfen, wenn das möglich ist. Könnten sie da unten vielleicht Kopien machen? Nicht von allen Seiten natürlich, aber von denen, auf denen Anmerkungen stehen? Und von allen Zetteln, Bildern und allem, was darin liegt?«

»Sicher«, sagte Anna-Maria nachdenklich. »Das lässt sich sicher machen. Als Gegenleistung musst du von der Gemeinde erzählen, wenn ich irgendwelche Fragen habe.«

»Solange es dabei nicht um Sanna geht«, sagte Rebecka und schaute auf die Uhr.

Zeit, Sara und Lova zu holen. Sie verabschiedete sich von Anna-Maria, aber ehe sie zum Auto ging, setzte sie sich auf das Besuchersofa in der Rezeption, nahm ihren Laptop hervor und ging mit ihrem Mobiltelefon ins Netz. Sie gab Maria Taubes Mailadresse ein und schrieb:

»Hallo, Maria.

Du kennst doch sicher irgendeinen Finanzamtsmenschen, der eine Schwäche für dich hat. Kannst du ihn bitten, einige Personen und eine gemeinnützige Organisation für mich zu überprüfen?«

Sie schickte die Mail los, und postwendend tauchte auf ihrem Bildschirm die Antwort auf.

»Hallo, Süße. Ich kann ihn nur um allgemein zugängliche Informationen bitten. M.«

Das bringt mir doch nichts, dachte Rebecka enttäuscht und ging aus dem Netz. Allgemein zugängliche Informationen kann ich mir ja wohl selbst besorgen.

Sie hatte den Laptop gerade zugeklappt, als ihr Telefon klingelte. Es war Maria Taube.

»Du bist doch nicht so clever, wie man denken könnte«, sagte sie.

»Was?«, fragte Rebecka überrascht.

»Kapierst du denn nicht, dass sämtliche Mails überprüft werden können? Der Arbeitgeber kann sich in den Server einschalten und alle ein- und ausgehende Post lesen. Sollen die Partner vielleicht wissen, dass ich für dich von den Finanzbehörden gesperrte Informationen besorgen soll? Glaubst du, ich will, dass sie das wissen?«

»Nein«, antwortete Rebecka kleinlaut.

»Was brauchst du also?«

Rebecka dachte kurz nach und sagte dann:

»Bitte ihn, sich bei LT und CT über Folgendes zu informieren...«

»Moment, das muss ich mir notieren«, sagte Maria. »LT und CT, was ist das?«

»Lokales und Centrales Transaktionssystem. Bitte ihn, sich die Gemeinde Kraftquelle und die dort angestellten Pastoren vorzunehmen, Thomas Söderberg, Vesa Larsson und Gunnar Isaksson. Und außerdem noch Viktor Strandgård. Ich will die gesamten Bilanzen der Kraftquelle. Und ich will etwas über die finanzielle Situation von Viktor und den Pastoren wissen. Gehalt, wie hoch und von wem. Grundbesitz. Wertpapiere. Vermögen überhaupt.«

»Okay«, sagte Maria und notierte.

»Und noch eins: Kannst du dich ins PRV einschalten und dir

ansehen, wie die Gemeinde organisiert ist? Das geht so schrecklich langsam, wenn man das per Mobiltelefon machen muss. Finde heraus, ob die Kraftquelle Aktien in einer Firma besitzt, die nicht an der Börse ist, oder Anteile an irgendeinem Unternehmen oder was auch immer. Und sieh dir auch Viktor und die Pastoren an.«

»Darf man fragen, warum?«

»Ich weiß nicht«, sagte Rebecka. »Einfach nur so eine Idee. Wo ich schon mal hier oben bin, kann ich doch auch was unternehmen.«

»Wie heißt das noch auf Englisch?«, fragte Maria. »Shake the tree. Und dann sieht man ja, was herunterfällt. Meinst du das so?«

»Vielleicht«, sagte Rebecka.

Draußen wurde es jetzt dunkel. Rebecka ließ Tjapp aus dem Auto. Die Hündin jagte auf eine Schneewehe zu und hockte sich dort hin. Die Straßenlaternen brannten schon, und das Licht fiel auf ein weißes Viereck, das unter den Scheibenwischern des Audi klemmte. Rebecka dachte kurz, es handele sich um einen Strafzettel für falsches Parken, aber dann sah sie, dass ihr Name in überaus dicken Bleistiftbuchstaben auf einen Umschlag geschrieben war. Sie ließ Tjapp auf den Beifahrersitz springen, stieg ins Auto und öffnete den Umschlag. Darin lag eine handschriftliche Mitteilung. Die Schrift war unregelmäßig und schwerfällig. Als habe der Schreiber Handschuhe getragen oder die falsche Hand benutzt.

»Wenn ich dem Gottlosen sage, du musst des Todes STERBEN, und du warnst ihn nicht und sagst es ihm nicht, damit sich der Gottlose vor seinem gottlosen Wesen hüte, auf dass er lebendig bleibe, so wird der Gottlose um seiner Sünde willen sterben; aber sein Blut will ich von deiner Hand fordern. Wo du aber den Gottlosen warnst und er sich nicht bekehrt von seinem gottlosen Wesen und Wege, so wird er um seiner Sünde willen sterben, aber du hast deine Seele gerettet.

DU BIST GEWARNT!«

Rebecka spürte, wie das Entsetzen sich in ihr ausbreitete. In ihrem Nacken und auf ihren Armen sträubten sich die Haare, aber sie widerstand dem Impuls, nachzusehen, ob jemand sie beobachtete. Sie zerknüllte den Zettel zu einem kleinen Ball und ließ ihn vor dem Beifahrersitz auf den Boden fallen.

»Zeigt euch, ihr feigen Teufel«, sagte sie laut, als sie den Parkplatz verließ.

Auf dem ganzen Weg zur Schule wurde sie das Gefühl nicht los, dass jemand sie verfolgte.

Die Rektorin von Grundschule, Vorschule und Tagesstätte musterte Rebecka über ihren Schreibtisch hinweg mit offener Abneigung. Sie war eine untersetzte Frau von Mitte fünfzig. Ihre vollen Haare waren schwarz gefärbt und schlossen sich wie ein Helm um ihr viereckiges Gesicht. Ihre geschwungene Brille hing an einer Schnur um ihren Hals und verfing sich in einem Halsband aus Lederriemen, Federn und Keramikstücken.

»Ich begreife wirklich nicht, was Sie sich in dieser Situation von der Schule erhoffen«, sagte sie und zupfte ein Haar von ihrer großgemusterten Strickjacke.

»Das habe ich doch schon erklärt«, sagte Rebecka und versuchte, ihre Ungeduld zu verbergen. »Ihr Personal darf Sara und Lova nur mit mir weggehen lassen.«

Die Rektorin lächelte herablassend.

»Wir mischen uns lieber nicht in Familienangelegenheiten ein, das habe ich auch schon Frau Strandgård erklärt, der Mutter der Mädchen.«

Rebecka sprang auf und beugte sich über den Tisch vor.

»Es ist mir wirklich schnurz, was Ihnen lieber ist oder nicht«, sagte sie laut. »Es ist Ihre verdammte Verantwortung als Schulleiterin, dafür zu sorgen, dass die Kinder während der Schulzeit in Sicherheit sind, bis sie von den Eltern oder denen, die die Verantwortung für sie tragen, abgeholt werden können. Wenn Sie also Ihrem Personal nicht einschärfen, die Mädchen nur mit mir weggehen zu lassen, dann wird Ihr Name in den Medien auftauchen, denn Sie tragen dazu bei, dass Kinder in Gefahr gebracht werden. Glauben Sie mir, die Medien werden sich darüber hermachen: Mein Anrufbeantworter läuft schon über von Mitteilungen von Presseleuten, die mit mir über Sanna Strandgård reden wollen.«

Die Haut spannte sich um Mund und Wangen der Rektorin. »Wird man so, wenn man in Stockholm lebt und in einer vornehmen Anwaltskanzlei arbeitet?«

»Nein«, sagte Rebecka kurz. »So wird man, wenn man mit Leuten wie Ihnen zu tun hat.«

Sie musterten einander schweigend, dann gab die Rektorin sich mit einem Schulterzucken geschlagen.

»Ja, es ist wirklich nicht leicht, sich bei diesen Kindern auszukennen«, fauchte sie. »Zuerst dürfen sie von den Eltern und vom Bruder abgeholt werden. Und dann stürmt vorige Woche plötzlich Sanna Strandgård in mein Zimmer und erklärt, dass sie nur ihr ausgehändigt werden dürfen, und jetzt sind also Sie zuständig.«

»Sanna hat also vorige Woche gesagt, dass nur sie die Kinder abholen darf?«, fragte Rebecka. »Hat sie auch gesagt, warum?«

»Keine Ahnung. Ich weiß nur, dass ihre Eltern die fürsorglichsten Personen sind, die man sich denken kann. Sie waren immer für die Kleinen da.«

»Ach, das wissen Sie also«, sagte Rebecka gereizt. »Ich hole jetzt jedenfalls die Kinder ab.«

Um sechs Uhr abends saß Rebecka in Kurravaara in der Küche ihrer Großmutter. Sivving stand mit hochgekrempelten Ärmeln am Herd und briet in der schweren gusseisernen Pfanne Rentierstreifen. Als die Kartoffeln gar waren, hielt er den Mixer in den Aluminiumtopf und rührte die Kartoffeln mit Milch, Butter und zwei Eigelb zu einem lockeren Püree. Danach würzte er alles noch mit Salz und Pfeffer. Tjapp und Bella saßen wie brave Zirkuspudel zu seinen Füßen, hypnotisiert von den wunderbaren Düften, die der Herd aussandte. Lova und Sara lagen auf einer Matratze auf dem Boden und schauten eine Kindersendung im Fernsehen an.

»Ich hab Videos mitgebracht, wenn ihr welche sehen wollt«, sagte Sivving zu den Mädchen. »Und zwar den König der Löwen und noch ein paar Zeichentrickfilme. Die liegen in der Tüte.«

Rebecka blätterte zerstreut in einer alten Illustrierten. In der Küche war es eng und gemütlich, jetzt, wo Sivving sich vor dem Herd ausbreitete. Er hatte sofort gefragt, ob sie Hunger hätten, und angeboten zu kochen, als sie ihn zum zweiten Mal an diesem Tag um den Schlüssel gebeten hatte. Das Feuer knisterte, und im Schornstein rauschte es.

In der Familie Strandgård ist irgendwas passiert, überlegte Rebecka. Sanna wird morgen nicht so leicht davonkommen.

Sie sah Sara an. Sivving schien ihr abweisendes Schweigen nichts auszumachen.

Ich werde mich nicht so verdammt anstrengen, dachte sie. Soll sie doch machen, was sie will.

»Sie brauchen vielleicht irgendeinen Zeitvertreib«, sagte Sivving und nickte zu den Mädchen hinüber. »Aber im Moment scheinen manche Kinder ja vor lauter Videos und Computerspielen schon nicht mehr zu wissen, wie man draußen spielt. Du kennst doch Manfred, vom anderen Flussufer. Der hat erzählt, dass er im Sommer die Enkelkinder zu Besuch hatte. Am Ende schickte er sie mit Gewalt zum Spielen aus dem Haus. Im Sommer darf man nur im Haus sein, wenn es wie aus Kannen gießt, sagte er ihnen. Und die Kinder gingen nach draußen. Aber sie hatten keine Ahnung, wie sie spielen sollten. Sie standen einfach tatenlos da. Nach einer Weile sah Manfred, dass sie mit gefalteten Händen im Kreis standen. Als er sie fragte, was sie da machten, sagten sie, sie beteten zu Gott um einen Wolkenbruch.«

Er nahm die Pfanne von der Herdplatte.

»So, hört ihr, das Essen ist fertig.«

Er stellte Fleisch, Kartoffelpüree und eine mit Himbeergelee gefüllte alte Eisschachtel auf den Tisch.

»Ja, du meine Güte, was für Kinder«, lachte er. »Manfred war total fertig danach.«

Måns Wenngren saß in seiner Diele auf einem Hocker und hörte seinen Anrufbeantworter ab. Eine Mitteilung stammte von Rebecka. Er trug noch immer seinen Mantel und hatte kein Licht gemacht. Er horchte auf ihre Stimme. Die hörte sich anders an. Als habe sie sich nicht an die Leine genommen. Bei der Arbeit ging ihre Stimme brav bei Fuß. Niemals durfte sie ihren Gefühlen hinterherlaufen und verraten, was sich in Rebeckas Innerem wirklich abspielte.

»Danke, dass du das mit der Journalistin in Ordnung gebracht hast«, sagte sie. »Bestimmt hast du nicht lange gebraucht, um irgendeinen Pferdefuß bei ihr zu finden, oder wie hast du das geschafft? Ich habe das Telefon die ganze Zeit ausgeschaltet, weil so viele Presseleute anrufen. Aber ich höre immer wieder den Anrufbeantworter ab und sehe meine Mails durch. Noch mal vielen Dank. Gute Nacht.«

Er hätte gern gewusst, ob sie jetzt auch anders aussah. Wie damals, als er ihr um fünf Uhr morgens am Empfang begegnet war. Er hatte die Nacht über in zähen Verhandlungen gesessen, und sie war schon zur Arbeit erschienen. Sie war zu Fuß gegangen. Ihre Haare waren zerzaust, und eine Strähne klebte an ihrer Wange. Ihr Gesicht hatte sich durch den frischen Wind gerötet, und ihre Augen waren blank, fast fröhlich. Er erinnerte sich noch, wie überrascht sie ausgesehen hatte. Und ein wenig verlegen. Er hatte stehen bleiben und mit ihr reden wollen, aber sie hatte ihn nur kurz gegrüßt und war in ihrem Zimmer verschwunden.

»Gute Nacht«, sagte er in seine geräuschlose Wohnung hinein.

Und es ward Abend, und es ward Morgen, das war der dritte Tag.

UM VIERTEL NACH DREI UHR morgens fängt es an zu schneien. Anfangs leicht, dann immer heftiger. Über den dicken Wolken tummelt sich das Nordlicht hemmungslos am Himmel. Windet sich wie eine Schlange. Spreizt sich für die Sternbilder.

Kristina Strandgård sitzt im silbernen Volvo ihres Mannes in der Garage unterhalb des Hauses. In der Garage ist es dunkel. Im Auto brennt nur die Lampe über dem Armaturenbrett. Kristina trägt einen glänzenden, gesteppten Morgenrock und Pantoffeln. Ihre linke Hand ruht auf ihrem Knie, ihre rechte umklammert die Autoschlüssel. – Sie hat Flickenteppiche aufgerollt und vor das geschlossene Garagentor gelegt. Die Haustür ist abgeschlossen.

Die Spalten zwischen Tür und Türrahmen sind mit Isolierband verklebt.

Ich sollte weinen, denkt Kristina. Ich sollte es machen wie Rahel: ›Ein Ruf ertönt in Rama, Weinen und laute Klagen: Rahel beweint ihre Kinder, sie lässt sich nicht trösten, denn es gibt sie nicht mehr.‹ Aber ich empfinde ja nichts. Ich scheine in mir nur weißes, knisterndes Papier zu haben. Ich bin die Kranke in unserer Familie. Ich habe das nicht für möglich gehalten, aber ich bin hier die Kranke.

Sie steckt den Zündschlüssel in die Zündung. Aber auch jetzt wollen die Tränen nicht kommen.

Sanna Strandgård steht in ihrer Zelle und drückt die Stirn gegen die kalten Gitterstäbe vor dem Fenster. Sie schaut hinaus auf den Fußweg vor den grünen Blechfassaden der Konduktörsgatan. Im Lichtschein steht Viktor im Schnee. Er ist nackt, bis auf die riesigen taubengrauen Flügel, die er um seinen Körper geschlagen hat, um sich ein wenig zu wärmen. Die Schneeflocken rieseln wie Sternschnuppen auf ihn herab. Funkeln im Laternenlicht. Sie schmelzen nicht, wenn sie auf seiner nackten Haut landen. Er hebt den Blick und schaut zu Sanna hoch.

»Ich kann dir nicht verzeihen«, flüstert sie und fährt mit dem Finger über das Fenster. »Aber Verzeihung ist ein Wunder, das im Herzen geschieht. Wenn du mir deshalb verzeihst, dann vielleicht...«

Sie kneift die Augen zusammen und sieht Rebecka. Rebeckas Hände und Arme sind bis zu den Ellbogen von Blut bedeckt. Sie streckt ihre Hände aus und hält beschützend eine über Saras Kopf und eine über Lovas.

Es tut mir Leid, Rebecka, denkt Sanna. Aber du musst es tun.

Als die Rathausuhr fünf Uhr schlägt, zieht Kristina Strandgård den Zündschlüssel heraus und steigt aus dem Auto. Sie entfernt die Teppiche vom Garagentor. Sie reißt das Isolierband von der Tür und knüllt es in der Tasche ihres Morgenrocks zusammen. Danach geht sie in die Küche und knetet einen Brotteig. Sie gibt Leinsamen in die Mischung, Olofs Verdauung arbeitet ein bisschen träge.

Mittwoch, 19. Februar

AM FRÜHEN MORGEN klingelte zu Hause bei Anna-Maria Mella das Telefon.

»Geh nicht ran«, sagte Robert mit rauer Stimme.

Aber aus der Gewohnheit vieler Jahre hatte Anna-Maria schon nach dem Hörer gegriffen.

Es war Sven-Erik Stålnacke.

»Ich bin's«, sagte er kurz. »Du bist ja ganz außer Atem.«

»Ich komme gerade die Treppe hoch.«

»Hast du schon aus dem Fenster geschaut? Heute Nacht hat es wie bescheuert geschneit.«

»Mmm.«

»Die Ergebnisse aus Linköping sind da«, sagte Sven-Erik. »Keine Fingerabdrücke auf dem Messer. Es ist gespült und abgetrocknet worden. Aber es handelt sich um die Mordwaffe. Ganz unten an der Klinge, gleich beim Schaft, sind Spuren von Viktor Strandgårds Blut gefunden worden. Und in Sanna Strandgårds Spülbecken wurden ebenfalls Spuren von Viktor Strandgårds Blut sichergestellt.«

Anna-Maria schnalzte als Antwort nachdenklich mit der Zunge.

»Und von Post ist außer sich. Er wollte natürlich einen schlagenden technischen Beweis. Er hat mich gegen halb sechs angerufen und etwas von Motiv geschrien und verlangt, dass wir sofort den stumpfen Gegenstand finden, mit dem dem Jungen der Hinterkopf eingeschlagen worden ist.«

»Tja, er hat ja Recht«, sagte Anna-Maria.

»Glaubst du, dass sie es war?«, fragte Sven-Erik.

»Ich fände es sehr komisch, wenn sie es gewesen wäre. Aber ich bin keine Psychologin.«

»Post will sie auf jeden Fall durch die Mangel drehen.« Anna-Maria atmete gereizt durch die Nase.

»Wie denn durch die Mangel drehen?«, fragte sie.

»Keine Ahnung«, antwortete Sven-Erik. »Er wird sie natürlich wieder verhören. Und er redet davon, sie nach Luleå zu schicken, wenn Untersuchungshaft bewilligt wird.«

»Aber verdammt noch mal«, rief Anna-Maria. »Kapiert er denn nicht, dass es nichts bringt, ihr Angst einzujagen? Wir brauchen irgendwelche Fachleute, die mit ihr reden. Ich werde übrigens selber mit Sanna sprechen. Dass wir zuhören, wenn der Staatsanwalt sie vernimmt, bringt doch nichts.«

»Sei vorsichtig«, mahnte Sven-Erik. »Vernimm sie ja nicht hinter seinem Rücken, sonst ist bei uns der Teufel los.«

»Ich werde schon einen Grund finden. Besser, ich dehne die Grenzen aus als du.«

»Wann kommst du ins Büro?«, fragte Sven-Erik. »Du musst dich auch noch um eine Tonne Faxe aus Linköping kümmern. Die Büromädels rennen mir schon die Tür ein. Sie wollen wissen, ob alles ins Protokoll eingetragen werden muss, und sie sind sauer, weil den ganzen Morgen der Faxempfang blockiert war.«

»Das sind die Kopien aus Viktors Bibel. Sag ihnen, dass die nicht ins Protokoll müssen.«

»Wann kommst du also?«, fragte Sven-Erik noch einmal.

»Das dauert sicher noch eine Weile«, sagte Anna-Maria ausweichend. »Robert muss erst noch den Wagen freischaufeln.«

»Jaja«, sagte Sven-Erik. »Wenn es so weit ist, sehen wir uns.« Er legte auf.

»Und wo waren wir stehen geblieben?«, fragte Anna-Maria und grinste auf Robert hinab.

»Hier«, antwortete Robert lachend.

Er lag nackt unter ihr auf dem Rücken und ließ seine Hände über ihren gewaltigen Bauch zu ihren Brüsten hochwandern.

»Genau hier waren wir stehen geblieben«, sagte er und ließ seine Finger über die braunen Warzenhöfe spielen. »Genau hier.«

Rebecka Martinsson stand auf dem Hofplatz vor dem Haus ihrer Großmutter und wischte mit einer groben Bürste Schnee vom Auto. In der Nacht hatte es heftig geschneit, es war also ein ziemliches Stück Arbeit, den Wagen freizuräumen. Sie schwitzte unter ihrer Mütze. Es war noch immer dunkel, und der Schnee fiel weiterhin dicht. Die Straße war wieder zugeschneit, und die Sicht war gleich null. Die Fahrt in die Stadt würde wirklich nicht lustig werden. Falls sie mit dem Wagen überhaupt bis zur Straße käme. Sara und Lova saßen am Küchenfenster und starrten auf sie herunter. Es hatte keinen Zweck, sie draußen einschneien oder im Auto frieren zu lassen. Tjapp drehte eine Runde um das Haus und war nicht zu sehen. Das Mobiltelefon klingelte, Rebecka schob sich die Stöpsel in die Ohren und antwortete genervt:

»Rebecka.«

Es war Maria Taube.

»Hallo«, sagte die fröhlich. »Du gehst also ans Telefon. Ich hatte mich schon auf deinen Anrufbeantworter vorbereitet.«

»Ich habe eben beim Nachbarn geklingelt und ihn um Hilfe beim Schneeräumen gebeten, sonst komm ich von hier nicht weg«, sagte Rebecka atemlos. »Die Kinder müssen zum Kindergarten und in die Schule, und es schneit wie besessen. Ich komm mit dem Auto nicht weg.«

»›Die Kinder müssen in den Kindergarten‹«, äffte Maria sie nach. »Spreche ich wirklich mit Rebecka Martinsson? Du klingst ja wohl eher wie eine gehetzte Familienmutter. Einen Fuß im Kindergarten, den anderen im Job, und Gott sei Dank ist bald Freitag, und man kann sich mit einem Martini und einer Tüte Kartoffelchips vor einer lustigen Fernsehshow entspannen.«

Rebecka lachte. Durch das Schneegestöber kamen Tjapp und Bella auf sie zugerannt. Der Schnee umstob sie. Bella führte. Der tiefe Schnee war für Tjapp mit ihren kürzeren Beinen das größere Problem. Bestimmt war auch Sivving schon unterwegs.

»Ich habe die Auskünfte über die Gemeinde, um die du mich gebeten hast«, sagte Maria. »Und ich habe Johan Dahlström zum Dank ein Essen versprochen, also schuldest du mir jetzt eine Kneipenrunde. Ich könnte es brauchen, mal wieder im Sturehof zu sitzen und mich bestaunen zu lassen.«

»Das klingt wie ein gutes Geschäft für dich«, sagte Rebecka lachend, während sie die Bürste über die Motorhaube zog. »Erst wird dein Johan darauf bestehen, dich zu diesem Dankefür-die-Hilfe-Essen einzuladen, und dann wirst du von mir ausgeführt und kannst deine Superbeine vorführen.«

»Er ist nicht mein Johan. Sei also dankbar und lieb, sonst gibt's keine Informationen.«

»Ich bin dankbar und lieb«, sagte Rebecka gehorsam. »Und jetzt erzähl.«

»Na gut, er hat gesagt, dass die Gemeinde einfach die Rubrik ›besondere Angaben‹ angekreuzt hat.«

»Verdammt«, sagte Rebecka.

»Ich hab mich noch nie für gemeinnützige Organisationen und Stiftungen interessiert. Was bedeutet das?«, fragte Maria.

»Dass es sich eben um eine gemeinnützige Organisation handelt, die keine Einkommens- oder Vermögenssteuern zu zahlen braucht. Deshalb braucht sie auch keine Steuererklärung abzugeben. Weshalb niemand Einblick in ihre Unternehmungen nehmen kann.«

»Was Viktor Strandgård angeht, so bezog er von der Gemeinde ein ziemlich bescheidenes Gehalt. Johan hat das für die letzten zwei Jahre überprüft. Keine weiteren Einkünfte. Kein Vermögen. Keine Immobilien und keine Wertpapiere.«

Sivving kam über den Hof. Er hatte sich seine Pelzmütze über die Ohren gezogen und schleifte einen breiten Schneeschieber hinter sich her. Die Hunde stürzten auf ihn zu und wuselten verspielt um seine Füße herum. Rebecka winkte ihm zu, aber er starrte den Boden an und sah sie nicht.

»Die Pastoren sacken pro Monat fünfundvierzigtausend ein.«

»Gar nicht schlecht für einen Pastor«, sagte Rebecka.

»Thomas Söderberg besitzt ein ziemlich großes Aktienportfolio, ungefähr eine halbe Million. Und ihm gehört draußen auf Värmdö ein unbebautes Grundstück.«

»Värmdö bei Stockholm?«, fragte Rebecka.

»Ja, taxiert auf vierhundertzwanzig. Der Verkaufswert kann natürlich sehr viel höher liegen. Vesa Larssons Haus ist auf eins Komma zwei Millionen taxiert. Es ist ziemlich neu. Diese Einstufungen stammen aus dem vergangenen Jahr. Er hat ein Darlehen von ungefähr einer Million aufgenommen. Sicher auf das Haus.«

»Und Gunnar Isaksson?«, fragte Rebecka.

»Nichts Besonderes. Ein paar Obligationen, ein paar Ersparnisse auf der Bank.«

»Okay«, sagte Rebecka. »Und was ist ansonsten mit der Gemeinde? Besitzt die irgendwelche Unternehmen oder so?«

Jetzt tauchte Sivving hinter Rebeckas Rücken auf.

»Hallo«, polterte er. »Führst du gerade Selbstgespräche?«

»Momentchen«, sagte Rebecka zu Maria.

Sie drehte sich zu Sivving um. Über seinem Schal war nur ein kleines Stück von seinem Gesicht zu sehen. Auf der Pelzmütze hatte sich bereits eine kleine Schneewehe gebildet.

»Ich telefoniere gerade«, sagte sie und zeigte auf die Schnur, die zu den Ohrstöpseln führte. »Ich komm mit dem Auto nicht los. Die Räder drehen sich einfach nur hilflos, wenn ich den Motor anlasse.«

»Telefonierst du über diese Schnur?«, fragte er. »Großer Gott, demnächst werden sie uns gleich nach der Geburt ein Telefon in den Schädel einoperieren. Rede du nur, ich räume.«

Er machte sich mit dem Schneeschieber vor dem Wagen zu schaffen.

»Hallo«, sagte Rebecka ins Telefon.

»Ich bin noch immer hier«, antwortete Maria. »Die Gemeinde verfügt über keinerlei Besitz, aber ich habe die Pastoren und ihre Familien überprüft. Die Pastorenfrauen sind Teilhaberinnen einer Handelsgesellschaft, VictoryPrint HB.«

»Hast du die überprüft?«

»Nein, aber deren Steuerbescheide sind doch öffentlich zugänglich, du brauchst nur beim Finanzamt vorbeizufahren. Ich möchte Johan nicht um noch mehr bitten. Er fand es gar nicht so toll, dass er Informationen aus den Archiven einer anderen Steuerbehörde fischen musste.«

»Tausend Dank«, sagte Rebecka. »Ich muss Sivving jetzt beim Schneeräumen helfen. Ich melde mich.«

»Sei vorsichtig«, sagte Maria und legte auf.

Langsam entliess die Nacht Sanna Strandgård aus ihrem Zugriff. Verflog. Durch das Betonglasfenster und die schwere Stahltür, um dem unversöhnlichen Tag Platz zu machen. Es würde noch lange nicht hell werden. Der schwache Schein der Straßenlaternen drang durch das Fenster und legte sich als Zwielicht unter die Decke. Sanna blieb unbeweglich auf ihrer Pritsche liegen.

Noch ein bisschen, bat sie, aber der barmherzige Schlaf war verschwunden.

Ihr Gesicht fühlte sich taub an. Die Hand kam unter der Decke hervor und fuhr über die Lippen. Wäre die Hand doch Saras weiches Haar. Könnte die Nase sich doch an Lovas Duft erinnern. Sie roch noch immer wie ein kleines Kind, obwohl sie langsam zu einem großen Mädchen wurde. Sannas Körper entspannte sich und ließ sich in den Erinnerungen versinken. Das Schlafzimmer zu Hause in der Wohnung. Alle vier im Bett. Lova, die Arme um ihren Hals gelegt. Sara, die sich an ihren Rücken schmiegte. Und Tjapp auf Saras Füßen. Die kleinen schwarzen Pfoten, die sich im Schlaf bewegten. Das alles war auf ihre Haut tätowiert, war in ihre Hände und Lippen eingeritzt. Was auch immer passierte, ihr Körper würde sich daran erinnern.

Rebecka, dachte sie. Ich werde sie nicht verlieren. Rebecka bringt alles in Ordnung. Ich werde nicht weinen. Das hilft ja doch nicht.

Eine Stunde darauf wurde die Zellentür vorsichtig einen Spaltbreit geöffnet. Licht strömte durch den Spalt, und jemand flüsterte:

»Bist du wach?«

Es war Anna-Maria Mella. Die Polizistin mit dem langen Zopf und dem gewaltigen Bauch.

Sanna sagte ja, und Anna-Maria verschwand wieder. Sie ließ die Zellentür jedoch weiterhin offenstehen.

Vom Gang her hörte Sanna die resignierte Stimme des Wärters:

»Aber verdammt nochmal, Mella!«

Und dann war Anna-Marias Antwort zu hören:

»Ach, reg dich nicht auf. Was glaubst du denn, was passieren kann? Dass sie aus der Zelle stürzt und die Panzertür aufsprengt?«

Sie ist bestimmt eine gute Mutter, dachte Sanna. Eine, die die Tür ein wenig offenlässt, damit das Kind sie in der Küche hören kann. Eine, die die Nachttischlampe brennen lässt, wenn das Kind im Dunkeln Angst hat.

Nach einer Weile kam Anna-Maria Mella mit zwei Gurkenbroten in der einen und einem Becher Tee in der anderen Hand zurück. Sie hatte einen Ordner unter dem Arm klemmen und stieß die Tür mit dem Fuß zu. Der Becher hatte angestoßene Ränder und hatte irgendwann einmal »der besten Oma der Welt« gehört.

»Oi«, sagte Sanna dankbar und setzte sich auf. »Ich dachte, im Knast müsste man von Wasser und Brot leben.«

»Das ist doch auch Wasser und Brot«, lachte Anna-Maria. »Darf ich mich setzen?«

Sanna wies auf das Fußende der Pritsche, und Anna-Maria ließ sich nieder. Sie legte den Ordner auf den Boden.

»Er hat sich gesenkt«, sagte Sanna zwischen zwei Schlucken Tee und nickte zu Anna-Marias Bauch hinüber. »Jetzt ist es bald so weit.«

»Ja«, sagte Anna-Maria lächelnd.

Dann schwiegen sie eine Weile. Sanna kaute langsam ihre Brote. Die Gurkenstücke knirschten zwischen ihren Zähnen.

Anna-Maria schaute aus dem Fenster ins dichte Schneegestöber.

»Der Mord an Ihrem Bruder war, wie soll ich das sagen, religiös«, sagte Anna-Maria nachdenklich. »Irgendwie rituell.«

Sanna hörte auf zu kauen. Ein Stück Brot lag ihr wie ein Klumpen im Mund.

»Die ausgestochenen Augen, die abgehackten Hände, die vielen Stiche«, fügte Anna-Maria hinzu. »Die Stelle, wo sein Leichnam lag. Mitten vor dem Altar. Und keine Anzeichen von Auseinandersetzungen oder Handgreiflichkeiten.«

»Wie ein Opferlamm«, sagte Sanna leise.

»Genau«, stimmte Anna-Maria zu. »Und dann musste ich an die Stelle in der Bibel denken, wo es heißt, Auge um Auge, Zahn um Zahn.«

»Das steht in einem der Bücher Mose«, sagte Sanna und streckte die Hand nach der Bibel aus, die neben der Pritsche auf dem Boden lag.

Sie suchte eine Weile, dann las sie laut vor:

»Wird Schaden zugefügt, dann sollst du Leben um Leben geben, Aug' um Auge, Zahn um Zahn...«

Sie legte eine Pause ein und las zuerst selbst, ehe sie weiter vortrug: »Hand um Hand, Fuß um Fuß, Brandwunde um Brandwunde, Wunde um Wunde, Schramme um Schramme.«

»Wer hätte einen Grund gehabt, sich an ihm zu rächen?«, fragte Anna-Maria.

Sanna gab keine Antwort, sondern blätterte scheinbar planlos in der Bibel.

»Im Alten Testament werden den Leuten oft die Augen ausgestochen«, sagte sie. »Die Philister haben den Simson geblendet. Die Ammoniter boten den Belagerten in Jabesch unter der Bedingung Frieden an, dass sie sich alle die Augen ausstechen ließen.«

Sie verstummte, als die Tür sperrangelweit aufgerissen wurde und der Wärter erschien, gefolgt von Rebecka Martinsson.

Rebeckas Haare hingen als feuchte Strähnen über ihre Schultern. Ihre Wimperntusche hatte sich unter ihren Augen verteilt. Ihre Nase war ein feuerroter tropfender Wasserhahn.

»Guten Morgen«, sagte sie und starrte die beiden lachenden Frauen auf der Pritsche wütend an. »Stellt jetzt keine Fragen.«

Der Wärter verschwand, Rebecka blieb in der Tür stehen.

»Haltet ihr hier eine Morgenandacht?«, fragte sie.

»Wir haben uns über ausgestochene Augen in der Bibel unterhalten«, sagte Sanna.

»Aug' um Auge, Zahn um Zahn zum Beispiel«, fügte Anna-Maria hinzu.

»Mmm«, sagte Rebecka. »Und dann gibt es doch in einem der Evangelien die Stelle: Wenn dein Auge dir zum Ärgernis wird, dann reiß es aus, und so weiter, wo steht das noch?«

Sanna blätterte in der Bibel.

»Es steht bei Markus«, sagte sie. »Hier, Markus 9:43, und weiter. Wenn dich deine Hand zum Bösen verführt, dann hau sie ab; es ist besser für dich, verstümmelt in das Leben zu gelangen, als mit zwei Händen in die Hölle zu kommen, in das nie erlöschende Feuer. Und wenn dich dein Fuß zum Bösen verführt, dann hau ihn ab; es ist besser für dich, verstümmelt in das Leben zu gelangen, als mit zwei Füßen in die Hölle geworfen zu werden. Und wenn dich dein Auge zum Bösen verführt, dann reiß es aus; es ist besser für dich, einäugig in das Reich Gottes zu kommen, als mit zwei Augen in die Hölle geworfen zu werden, wo ihr Wurm nicht stirbt und das Feuer nicht erlischt.«

»Meine Güte«, sagte Anna-Maria entsetzt.

»Wie seid ihr denn auf dieses Thema gekommen?«, fragte Rebecka und streifte ihren Mantel ab.

Sanna legte die Bibel weg.

»Anna-Maria hat gesagt, dass ihr der Mord an Viktor wie ein Ritualmord vorkommt«, antwortete sie.

Gespannte Stille füllte den kleinen Raum. Rebecka musterte Anna-Maria mit verärgerter Miene.

»Ich will nicht, dass du mit Sanna in meiner Abwesenheit über den Mord sprichst«, sagte sie wütend.

Anna-Maria beugte sich mühsam vor und nahm den Ordner vom Boden auf. Sie erhob sich und schaute Rebecka mit festem Blick ins Gesicht.

»Das hatte ich wirklich nicht vor«, sagte sie. »Es hat sich eben einfach so ergeben. Ich bringe euch ins Sprechzimmer. Rebecka, du kannst dem Wärter sagen, dass er Sanna zum Duschen begleitet, wenn ihr fertig seid, und wir sehen uns dann in vierzig Minuten im Verhörraum.«

Sie hielt Rebecka den Ordner hin.

»Hier«, sagte sie mit versöhnlichem Lächeln. »Die Kopien aus Viktors Bibel, um die du gebeten hattest. Ich hoffe wirklich auf gute Zusammenarbeit zwischen uns.«

Eins zu null für dich, dachte Rebecka, als Anna-Maria vor ihnen her zum Sprechzimmer ging.

Als sie allein waren, ließ Rebecka sich auf einen Stuhl sinken und musterte Sanna, die vor dem Fenster stand und ins Schneegestöber hinausschaute, mit verbissener Miene.

»Wer kann die Mordwaffe in deine Wohnung gelegt haben?«, fragte Rebecka.

»Mir fällt da wirklich niemand ein«, sagte Sanna. »Und ich weiß heute nicht mehr als gestern. Ich habe doch geschlafen. Und dann stand Viktor an meinem Bett. Ich habe Lova in den Pulkschlitten gelegt und Sara an die Hand genommen, und wir sind zur Kirche gegangen. Da lag er.«

Sie verstummte. Rebecka schlug den Ordner auf, den Anna-Maria ihr gegeben hatte. Das erste Blatt zeigte die Rückseite einer kopierten Postkarte. Eine Briefmarke war nicht vorhanden. Rebecka starrte die Handschrift an. Ein kalter Schauer jagte durch ihren Leib. Es war dieselbe Schrift, in der die Mitteilung an ihrem Auto verfasst war. Als habe der Schreiber Handschuhe getragen oder die falsche Hand benutzt. Sie las:

»Was wir getan haben, war in Gottes Augen nicht falsch. Ich liebe dich.«

»Was ist los?«, fragte Sanna erschrocken, als sie sah, wie die Farbe aus Rebeckas Gesicht wich.

Ich kann ihr nichts über den Zettel an meinem Auto sagen, dachte Rebecka. Sie würde vor Angst außer sich geraten. Schreckliche Angst haben, ihren Kindern könnte etwas passieren.

»Nichts«, antwortete sie. »Aber hör dir das an.«

Sie las den Text der Postkarte laut vor.

»Wer hat ihn geliebt, Sanna?«, fragte sie.

Sanna schlug die Augen nieder.

»Ich weiß nicht«, sagte sie. »Jede Menge Menschen.«

»Du weißt wirklich nichts«, sagte Rebecka gereizt.

Sie fühlte sich verwirrt. Etwas hier stimmte nicht, aber sie begriff nicht, was.

»Warst du mit Viktor zerstritten, als er gestorben ist?«, fragte sie. »Warum durften er und deine Eltern die Kinder nicht mehr abholen?«

»Das habe ich doch schon erklärt«, sagte Sanna ungeduldig. »Viktor hätte sie einfach bei Mama und Papa abgegeben.«

Rebecka schwieg und schaute aus dem Fenster. Sie dachte an Patrick Mattsson. Auf der Videoaufnahme der Andacht hatte er nach Viktors Händen gegriffen. Und Viktor hatte sich losgerissen.

»Ich muss jetzt duschen, sonst schaff ich das vor dem Verhör nicht mehr«, sagte Sanna.

Rebecka nickte zerstreut.

Ich werde mit Patrick Mattsson sprechen, dachte sie.

Sie wurde aus ihren Gedanken geholt, als Sanna ihr eilig über die Haare strich.

»Ich liebe dich, Rebecka«, sagte sie mit sanfter Stimme. »Meine allerliebste Schwester.«

Ja, verdammt, wie wir alle anderen lieben, dachte Rebecka.

Wir lieben, betrügen und fressen uns gegenseitig zum Frühstück, und das alles aus lauter Liebe.

Rebecka und Sanna sitzen am Küchentisch. Sara liegt im Wohnzimmer auf einem Sitzsack und hört Jojje Wadenius. Das ist ihr Morgenritual. Brei und Jojje auf dem Sitzsack. Im Küchenradio läuft P 1. Der orangefarbene Papierstern hängt noch immer am Fenster, obwohl schon Februar ist. Aber man braucht einfach einen Rest der Weihnachtsdekoration, um bis zum Spätwinter durchzuhalten. – Sanna steht vor der Anrichte und streicht Brote. Die Kaffeemaschine gurgelt ein letztes Mal und verstummt dann. Sanna füllt zwei Becher und stellt sie auf den Küchentisch.

Die Übelkeit steigt in Rebecka hoch wie eine Flutwelle. Rebecka stürzt vom Tisch davon und zur Toilette. Sie kann nicht einmal mehr den Deckel richtig hochklappen. Die Kotze landet vor allem auf dem Deckel und auf dem Boden.

Sanna kommt hinterher. Sie steht in ihrem genoppten grünen Plüschmorgenrock in der Tür und mustert Rebecka aus besorgten Augen. Rebecka wischt sich mit dem Handrücken einen Faden Schleim und Kotze aus dem Mundwinkel. Als sie Sanna ihr Gesicht zudreht, sieht sie, dass Sanna begriffen hat.

»Wer?«, fragte Sanna. »Ist es Viktor?«

»*Er hat das Recht, es zu erfahren*«, *sagt Sanna.*

Sie sitzen wieder am Küchentisch. Den Kaffee haben sie ins Spülbecken gegossen.

»*Wieso das?*«, *fragt Rebecka mit harter Stimme.*

Sie fühlt sich wie in dickes Glas eingekapselt. Das ist jetzt schon eine ganze Weile so. Morgens erwacht ihr Körper sehr viel früher als sie. Ihr Mund öffnet sich für die Zahnbürste. Ihre Hände machen das Bett. Ihre Beine gehen zur Hjalmar-Lundbohms-Schule. Ab und zu bleibt sie mitten auf der Straße stehen und überlegt, ob vielleicht Samstag ist. Ob sie überhaupt in die

Schule muss. Aber es ist seltsam. Die Beine haben immer Recht. Sie gelangt am richtigen Tag und zur richtigen Uhrzeit in den richtigen Raum. Ihr Körper kommt ohne sie zurecht. Um die Kirche macht sie einen Bogen. Schützt Krankheit vor und fährt zu ihrer Großmutter nach Kurravaara. Und Thomas Söderberg hat nicht nach ihr gefragt oder sie angerufen.

»*Weil es sein Kind ist*«, *sagt Sanna.* »*Er wird es ja doch begreifen. Ich meine, in ein paar Monaten wird es schließlich zu sehen sein.*«

»*Nein*«, *sagt Rebecka tonlos.* »*Das wird es nicht.*«

Sie sieht, wie die Bedeutung dieses Satzes in Sannas Bewusstsein einsickert.

»*Nein, Rebecka*«, *sagt Sanna und schüttelt den Kopf.*

Ihr treten Tränen in die Augen, und sie greift nach Rebeckas Hand, doch Rebecka steht auf und greift nach ihren Schuhen und der Daunenjacke.

»*Ich liebe dich, Rebecka*«, *sagt Sanna in flehendem Tonfall.* »*Begreifst du nicht, dass es ein Geschenk ist? Ich helfe dir doch bei…*«

Sie verstummt unter Rebeckas verächtlichem Blick.

»*Ich weiß*«, *sagt sie leise.* »*Du glaubst ja, dass ich mich nicht einmal um mich selbst und um Sara kümmern kann.*«

Rebecka verlässt die Wohnung. Ihre Schläfen pochen vor Wut. Ihre Hände ballen sich in ihren Handschuhen zu Fäusten. Sie hat das Gefühl, dass sie jemanden umbringen könnte. Egal, wen.

Als Rebecka gegangen ist, greift Sanna zum Telefon und wählt eine Nummer. Maja meldet sich, Thomas Söderbergs Frau.

Patrick Mattsson wurde morgens um Viertel nach elf davon geweckt, dass in seiner Wohnungstür ein Schlüssel im Schloss umgedreht wurde. Danach hörte er die Stimme seiner Mutter. Spröde wie Eis im Herbst. Von Unruhe erfüllt. Sie rief seinen Namen, und er hörte, wie sie durch die Diele und vorbei an der Toilette ging, wo er lag. Sie blieb an der Wohnzimmertür stehen und rief noch einmal. Nach einer Weile klopfte sie an die Toilettentür.

»Hallo! Patrick!«

Er bewegte sich ein wenig, und die Bodenfliesen kühlten sein Gesicht ab. Offenbar war er am Ende doch eingeschlafen. Auf dem Badezimmerboden. Zusammengekrümmt wie ein Embryo. Er war vollständig angezogen.

Wieder die Stimme seiner Mutter. Energisches Klopfen an der Tür.

»Hallo, Patrick. Aufmachen, bitte. Geht's dir gut?«

Nein, mir geht's nicht gut, dachte er. Mir wird es nie wieder gut gehen.

Seine Lippen formten den Namen. Aber kein Laut durfte über seine Lippen kommen.

Viktor. Viktor. Viktor.

Jetzt rüttelte sie an der Türklinke.

»Patrick, mach jetzt auf, sonst hole ich die Polizei, und die schlägt die Tür ein.«

Herrgott. Er kam auf die Knie. Sein Kopf dröhnte wie ein Presslufthammer. Die Hüfte, die auf dem harten Fliesenboden gelegen hatte, schmerzte.

»Ich komme«, krächzte er. »Ich... mir war ein wenig schlecht. Warte.«

Sie wich zurück, als er die Tür öffnete.

»Wie siehst du denn aus?«, rief sie. »Bist du krank?«

»Ja«, antwortete er.

»Soll ich anrufen und sagen, dass du heute nicht kommst?«

»Nein, ich muss jetzt los.«

Er schaute auf die Uhr.

Sie ging hinter ihm her ins Wohnzimmer. Auf dem Boden lagen zerbrochene Blumentöpfe. Der Teppich war in der einen Ecke gelandet. Ein Sessel war umgekippt.

»Was ist denn hier passiert?«, fragte seine Mutter mit schwacher Stimme.

Er drehte sich zu ihr um und packte ihre Schultern.

»Das war ich selbst, Mama. Aber du brauchst dir keine Sorgen zu machen. Jetzt geht es mir besser.«

Sie nickte als Antwort, aber er konnte sehen, dass sie mit den Tränen kämpfte. Er wandte sich von ihr ab.

»Ich muss zu den Pilzen«, sagte er.

»Ich bleibe hier und mache Ordnung«, sagte seine Mutter hinter seinem Rücken und bückte sich, um ein Glas vom Boden aufzulesen.

Patrick Mattsson wehrte sich gegen ihre hilflose Fürsorge.

»Nein, bitte, Mama, das ist nicht nötig«, sagte er.

»Mir zuliebe«, flüsterte sie und versuchte, seinen Blick einzufangen.

Sie zog die Unterlippe ein, um ihre Tränen zurückzuhalten.

»Ich weiß, dass du dich mir nicht anvertrauen willst«, sagte sie dann. »Aber wenn ich hier Ordnung schaffen darf, dann...«
Sie schluckte. »...dann habe ich ja doch etwas für dich getan«, sagte sie dann.

Er ließ die Hände sinken und zwang sich dazu, sie kurz zu umarmen.

»Na gut«, sagte er. »Du bist lieb.«

Dann floh er aus seiner Wohnung.

Er setzte sich in seinen Golf und drehte den Zündschlüssel um. Ließ den Motor aufdröhnen, während er die Kupplung durchdrückte, alles, um seine Gedanken zu übertönen.

Jetzt nur nicht weinen, ermahnte er sich.

Er verdrehte den Rückspiegel und betrachtete sein Gesicht. Seine Augen waren verquollen. Seine Haare klebten in müden Strähnen an seinem Kopf. Er stieß ein kurzes, freudloses Lachen aus. Es klang eher wie ein Husten. Dann drehte er wütend den Spiegel wieder weg.

Ich werde nie wieder an ihn denken, dachte er. Nie wieder.

Er rutschte auf den Grusvägen hinaus und beschleunigte am Hang, der zur Lappgatan hinunterführte. Er musste fast nach der Erinnerung fahren, denn in dem Schneegestöber konnte er so gut wie nichts sehen. Der Weg war am Morgen geräumt worden, aber seitdem hatte es immer weiter geschneit, und der lockere Schnee gab unter den Reifen tückisch nach. Patrick verstärkte seinen Druck auf das Gaspedal. Hier und dort liefen die Räder im Leerlauf, und der Wagen schlidderte auf die Gegenfahrbahn hinüber. Aber das spielte keine Rolle.

Auf der Kreuzung am Ende der Lappgatan hatte er keine Chance, der Wagen glitt ungebremst über die Straße. Aus dem Augenwinkel sah er eine Frau mit einem Stoßschlitten, auf dem ein kleines Kind lag. Die Frau bugsierte den Schlitten über den am Straßenrand aufgetürmten Schnee und hob die Hand. Vermutlich wollte sie Patrick den Finger zeigen. Als er an der Læstadianischen Kapelle vorbeikam, änderte sich der Untergrund. Der Schnee war vom Gewicht der Wagen zusammengepresst worden, aber es war weiterhin glatt, und der Golf wollte gern eigene Wege gehen. Später wusste Patrick nicht mehr, wie er über die Kreuzung Grusvägen und Hjalmar Lundbohmsvägen gelangt war. War er vor der Ampel stehen geblieben?

Unten beim Bergwerk fuhr er am Wachhäuschen vorbei und

winkte dabei kurz. Der Wächter war in seine Zeitung vertieft und blickte nicht einmal auf. Patrick hielt an der Schranke vor dem Tunnel, der ins Bergwerk hinunterführte. Er zitterte am ganzen Leib. Seine Finger wollten nicht gehorchen, als er in seiner Jackentasche nach einer Zigarette suchte. Er fühlte sich innerlich ganz leer. Das war gut so. Während der letzten fünfzig Minuten hatte er kein einziges Mal an Viktor Strandgård gedacht. Er zog den Rauch in tiefen Zügen ein.

Ganz ruhig, flüsterte er tröstend. Ganz ruhig.

Er hätte vielleicht zu Hause bleiben sollen. Aber wenn er den ganzen Tag in der Wohnung eingeschlossen gewesen wäre, dann wäre er wohl vom Balkon gesprungen.

Ach, red doch nicht, verspottete er sich selber. Als ob du so viel Mut aufbringen würdest. Teetassen zerschlagen und Blumentöpfe auf den Boden werfen, das schaffst du gerade noch.

Er kurbelte das Autofenster hinunter und streckte die Hand aus, um seine Passierkarte in das Lesegerät zu schieben.

Eine Hand schloss sich um sein Handgelenk, und er fuhr dermaßen zusammen, dass die Glut seiner Zigarette auf sein Knie fiel. Zuerst sah er nicht, mit wem er es zu tun hatte, und sein Magen krampfte sich vor Angst zusammen. Dann tauchte vor dem Fenster ein bekanntes Gesicht auf.

»Rebecka Martinsson«, sagte er.

Der Schnee fiel auf ihre dunklen Haare, die Flocken schmolzen auf ihrer Nase.

»Ich will mit dir reden«, sagte sie.

Er nickte zum Beifahrersitz hinüber.

»Dann steig ein.«

Rebecka zögerte. Sie dachte an die Mitteilung, die jemand an ihrem Auto hinterlassen hatte. »Du musst sterben«, hatte da gestanden.

»It's now or never, wie der King sagt«, sagte Patrick Mattsson, beugte sich über den Beifahrersitz und öffnete die Tür.

Rebecka sah vor sich den Grubengang. Ein schwarzes Loch, das in die Unterwelt führte.

»Na gut, aber ich habe den Hund im Wagen, ich muss in einer Stunde wieder hier sein.«

Sie lief um das Auto herum, setzte sich auf den Beifahrersitz und schloss die Tür.

Niemand weiß, wo ich bin, dachte sie, als Patrick Mattsson seine Passierkarte in den Kartenleser schob, und die Schranke, die den Weg in das Bergwerk versperrte, sich langsam hob.

Er ließ die Kupplung los, und sie fuhren in die Grube hinunter.

Vor ihnen leuchteten an den Wänden des Tunnels Reflexe, und dahinter schloss sich eine kompakte Dunkelheit wie eine schwarze Samtportiere um sie.

Rebecka versuchte zu reden. Es kam ihr vor, als habe sie einen widerstrebenden Hund an der Leine.

»Ich habe Watte in den Ohren, woher kommt das?«
»Vom Höhenunterschied.«
»Wie tief geht es hier runter?«
»Fünfhundertvierzig Meter.«
»Du hast dich also auf die Pilzzucht verlegt?«
Keine Antwort.
»Shiitake, die hab ich noch nie gegessen. Du machst das allein, oder?«
»Nein.«
»Ihr seid also zu mehreren? Sind da unten jetzt noch andere?«

Keine Antwort, sie fuhren immer tiefer hinab, schneller.

Patrick Mattsson hielt vor einer unterirdischen Werkstatt. Es gab dort keine Tür, sondern nur eine weite Öffnung in der Felswand. Dahinter sah Rebecka Männer in Overalls und mit Schutzhelmen. Sie hielten Werkzeug in den Händen. Gewaltige Monster von Bohrmaschinen der Atlas Copco warteten auf Reparatur.

»Hier lang«, sagte Patrick Mattsson und ging vor ihr her.

Rebecka folgte ihm, sah zu den Männern in der Werkstatt hinüber, hoffte, dass einer sich umdrehte und sie entdeckte.

Schwarzes Urgebirge ragte zu ihren beiden Seiten auf. Hier und dort floss Wasser aus dem Gestein und färbte die Felswand grün.

»Das ist das Kupfer, das vom Wasser grün wird«, erklärte Patrick auf ihre Frage hin.

Er trat seine Zigarette aus und schloss eine schwere Stahltür in der Wand auf.

»Ich dachte, hier unten sei Rauchen verboten«, sagte Rebecka.

»Nein, wieso?«, fragte Patrick. »Hier gibt es doch keine explosiven Gase oder so.«

Sie lachte auf.

»Wie gut. Dann kannst du dich hier fünfhundert Meter unter der Erde verstecken und heimlich rauchen.«

Er hielt die schwere Tür für sie auf und streckte die Hand mit der Handfläche nach oben, zum Zeichen dafür, dass sie vor ihm hineingehen sollte.

»Ich habe das Sündenregister der Freikirche nie verstanden«, sagte sie und drehte sich zu ihm um, weil sie ihn nicht im Rücken haben wollte. »Du sollst nicht rauchen. Du sollst keinen Alkohol trinken. Du sollst nicht in die Disco gehen. Wie kommen sie bloß auf solche Ideen? Völlerei und nicht mit denen teilen, die Hilfe brauchen, solche Sünden, die in der Bibel wirklich erwähnt werden, spielen keine Rolle.«

Die Tür fiel hinter ihnen ins Schloss. Patrick machte Licht. Der Raum sah aus wie ein riesiger Bunker. An den Wänden waren stählerne Regale angebracht. Darin lag etwas, das aussah wie in Plastik gewickelte große Würste oder runde Holzstücke.

Rebecka fragte, und Patrick Mattsson erklärte.

»In Plastik gewickelte Ulmenspäne«, erklärte er. »Ihnen sind Sporen injiziert worden. Wenn sie eine bestimmte Zeit dagelegen haben, nimmt man die Plastikhülle weg und klopft sanft mit der Hand auf das Holz. Dann fangen sie an zu wachsen, und fünf Tage darauf kann man ernten.«

Er verschwand hinter einem breiten Plastikvorhang hinten im Raum. Nach einer Weile kam er mit mehreren mit Shiitakepilzen bewachsenen Holzscheiten zurück. Er legte sie auf einen Tisch und fing an, mit geübtem Griff die Pilze zu pflücken und in einen Karton fallen zu lassen. Der Geruch von Pilzen und feuchtem Holz breitete sich im Raum aus.

»Es ist hier unten ungeheuer feucht«, sagte er. »Und die Lampen sind auf den Wechsel zwischen superkurzen Nächten und Tagen eingestellt. Aber Schluss mit dem Geplauder, Rebecka, was willst du?«

»Ich will über Viktor reden.«

Er musterte sie mit ausdruckslosem Blick. Rebecka hatte das Gefühl, dass sie zu elegant gekleidet war. Jetzt standen sie auf getrennten Planeten und sollten miteinander reden. Sie mit ihrem verdammten Mantel und den dünnen, teuren Handschuhen.

»Als ich noch hier gewohnt habe, standet ihr euch nahe«, sagte sie.

»Ja.«

»Wie war er? Ich meine, nachdem ich weggezogen war.«

Hinter dem Vorhang schaltete das Bewässerungssystem sich mit dumpfem Zischen ein. Feuchtigkeit rieselte aus der Decke und strömte an dem starren, durchsichtigen Plastikvorhang nach unten.

»Er war perfekt. Schön. Hingebungsvoll. Ein fähiger Redner. Aber er hatte einen strengen Gott. Wenn er im Mittelalter gelebt hätte, hätte er sich gegeißelt und wäre auf zerschundenen Füßen an heilige Stätten gepilgert.«

Er riss die Pilze vom letzten Holzscheit und verteilte sie gleichmäßig im Karton.

»Auf welche Weise hat er sich gegeißelt?«, fragte sie.

Patrick Mattsson machte sich an den Pilzen zu schaffen, er schien eher mit ihnen zu reden als mit Rebecka.

»Du weißt schon. Die Gib-alles-auf-was-nicht-von-Gott-stammt-Schiene. Nur christliche Musik hören, denn sonst setzt man sich dem Einfluss böser Geister aus. Eine Zeitlang hatte er schreckliche Sehnsucht nach einem Hund, aber ein Hund erfordert Zeit, und Viktors Zeit gehörte Gott, und deshalb wurde nichts daraus.« Er schüttelte den Kopf.

»Er hätte sich diesen Hund zulegen sollen«, sagte er.

»Aber wie war er?«, fragte Rebecka.

»Das habe ich doch gesagt. Perfekt. Alle liebten ihn.«

»Und du?«

Patrick Mattsson gab keine Antwort.

Ich bin nicht hergekommen, um mich über Pilzzucht zu informieren, dachte Rebecka.

»Ich glaube, du hast ihn auch geliebt«, sagte sie.

Patrick zog durch die Nase Luft ein, kniff die Lippen zusammen und starrte zur Decke hoch.

»Er war ein Bluff«, sagte er heftig. »Aber das spielt jetzt keine Rolle mehr. Und ich bin froh darüber, dass er tot ist.«

»Wie meinst du das? Wieso denn Bluff?«

»Hör auf damit«, sagte Patrick. »Lass die Sache auf sich beruhen, Rebecka.«

»Hast du ihm eine Karte geschrieben, auf der steht, dass du ihn liebst, und dass das, was ihr getan habt, nicht falsch war?«

Patrick Mattsson schlug die Hände vors Gesicht und schüttelte den Kopf.

»Hattet ihr ein Verhältnis oder was?«

Er brach in Tränen aus. »Frag Vesa Larsson«, schniefte er. »Frag ihn nach Viktors Sexualleben.«

Er verstummte und suchte in seiner Tasche nach einem Taschentuch. Als er keins fand, fuhr er sich mit dem Pullover über die Oberlippe. Rebecka trat einen Schritt auf ihn zu.

»Fass mich nicht an!«, rief er.

Sie erstarrte.

»Weißt du, was du verlangst? Wo du doch einfach abgehauen bist, als es schwierig wurde?«

»Ja«, flüsterte sie.

Seine Hände flogen hoch.

»Begreifst du, dass ich den ganzen Tempel zum Einsturz bringen kann? Von der Kraftquelle und der Bewegung und der Schule und ... von allem wird nur noch Asche übrig sein! Die Gemeinde kann dann aus der Kristallkirche eine Eishockeybahn machen. – Die Wahrheit wird euch befreien, so steht es geschrieben.«

Er verstummte.

»Frei!« Er spuckte dieses Wort aus. »Bist du vielleicht frei?« Er schaute sich um, schien etwas zu suchen.

Ein Messer, dachte Rebecka blitzschnell.

Er bewegte die Hand, die Finger aneinander gelegt, die Handfläche ihr zugekehrt, und diese Geste schien zu bedeuten, dass sie warten sollte. Dann verschwand er durch eine hinten im Raum gelegene Tür. Die Tür fiel mit einem schweren Klicken ins Schloss, als er ging, dann war alles still. Nur das Tropfen der Bewässerungsanlage hinter dem Plastikvorhang. Und das Surren der Neonröhren.

Eine Minute verging. Rebecka musste an den Mann denken, der in den sechziger Jahren in der Grube verschwunden war. Er war nach unten gefahren, aber nie wieder nach oben gekommen. Sein Wagen stand noch auf dem Parkplatz, der Mann aber war verschwunden. Spurlos. Kein Leichnam. Nichts. Nie gefunden.

Und Tjapp im Wagen auf dem großen Parkplatz, wie lange würde sie durchhalten, wenn Rebecka nicht zurückkam? Würde sie bellen und von Passanten entdeckt werden? Oder würde sie sich einfach in dem verschneiten Wagen hinlegen und einschlafen?

Rebecka ging zu der Tür, die zum Grubengang führte, und

drückte die Klinke hinunter. Zu ihrer Erleichterung war die Tür nicht abgeschlossen. Sie musste sich gewaltig zusammenreißen, um nicht wie gehetzt loszurennen. Als sie die Menschen in der Werkstatt sah und das Geräusch des verbogenen und zurecht gehämmerten Blechs hörte, verflog ihre Angst.

Ein Mann kam aus der Werkstatt zum Vorschein. Er nahm seinen Helm ab und ging zu einem der draußen stehenden Autos.

»Fahren Sie nach oben?«, fragte Rebecka.

»Ja, wieso?«, fragte er lächelnd. »Wollen Sie mit?«

Sie fuhr mit dem Mann aus der Werkstatt nach oben. Sie spürte seinen belustigten und neugierigen Seitenblick. Aber natürlich konnte er in der Dunkelheit nicht viel sehen.

»Ja, ja«, sagte er. »Kommen Sie öfter her?«

TJAPP MACHTE REBECKA laute Vorwürfe, als sie zum Wagen auf dem Bergwerksparkplatz zurückkehrte.

»Tut mir Leid, Herzchen«, sagte Rebecka, und ihr Gewissen versetzte ihr einen Stich. »Jetzt holen wir bald Sara und Lova ab, und danach machen wir einen langen Spaziergang, das versprech ich dir. Wir müssen nur erst noch schnell beim Finanzamt vorbeischauen und da im Computer etwas nachsehen, okay?«

Durch das Schneegestöber fuhr sie zum lokalen Finanzamt.

»Ich hoffe, das hört bald mal auf«, sagte sie zu Tjapp. »Aber jetzt sieht es ja nicht gerade hoffnungsvoll aus. Ich kann einfach keine Logik darin erkennen.«

Tjapp saß neben ihr auf dem Vordersitz und hörte aufmerksam zu. Sie legte besorgt den Kopf schräg und schien jedes Wort zu verstehen, das Rebecka sagte.

Sie ist wie Omas Hund Jussi, dachte Rebecka. Hat denselben klugen Blick.

Ihr fiel ein, wie die Männer aus dem Ort immer mit Jussi geredet hatten, der kam und ging, wie er wollte. »Ihm fehlt wirklich nur die Sprache«, seufzten sie dann immer.

»Dein Frauchen hat das Verhör heute nicht so gut geschafft«, sagte Rebecka jetzt. »Sie scheint in sich zusammenzukriechen und durch das Fenster zu verschwinden, wenn sie unter Druck gesetzt wird. Hört sich abwesend und gleichgültig an. Und das bringt den Staatsanwalt zur Weißglut.«

Das Finanzamt lag im selben Klinkergebäude wie die Wache. Rebecka schaute sich um, als sie davor hielt. Das Unbehagen vom Vortag, als sie den Zettel gefunden hatte, wollte sie nicht loslassen.

»Fünf Minuten«, sagte sie zu Tjapp und schloss die Autotür ab, als sie ausgestiegen war.

Zehn Minuten später war sie wieder da. Sie legte vier Computerausdrucke ins Handschuhfach und kraulte Tjapp zwischen den Ohren.

»So, ihr Ärsche«, sagte sie triumphierend. »Jetzt solltet ihr meine Fragen ja wohl lieber beantworten. Und wir können noch etwas erledigen, ehe wir die Mädchen abholen.«

Sie fuhr zur Kristallkirche auf Sandstenberget hoch und ließ Tjapp vor sich aus dem Wagen springen.

Eine Verbündete kann ich hier wirklich brauchen, dachte sie.

Ihr Herz schlug um einiges schneller, als sie den Hang hochging und Café und Buchladen ansteuerte. Das Risiko, hier auf Bekannte zu stoßen, war doch ziemlich groß. Wenn es sich dabei nur nicht um einen Pastor oder einen Ältesten Bruder handelte.

Es spielt keine Rolle, redete sie sich ein. Es kann jetzt genauso passieren wie später.

Tjapp rannte von einer Laterne zur anderen, las und beantwortete Mitteilungen. Hier waren offenbar schon allerlei Hundeknaben unterwegs gewesen, denen sie noch nie begegnet war.

Im Buchladen war kein Mensch zu sehen außer der jungen Frau hinter dem Tresen. Rebecka war ihr noch nie begegnet. Sie hatte strähnige kurzgeschnittene Haare und trug an einer kurzen Halskette ein mit Glasperlen besetztes großes Kreuz. Sie lächelte Rebecka an.

»Sag Bescheid, wenn ich irgendwie behilflich sein kann«, säuselte sie.

Rebecka schien ihr vage bekannt vorzukommen, sie schien aber nicht zu wissen, wieso.

Bekannt aus dem Fernsehen, dachte Rebecka, nickte der Frau

zu, ließ Tjapp am Eingang zurück, wischte sich Schnee vom Mantel und steuerte das nächststehende Regal an.

Aus den Lautsprechern strömte ziemlich leise christliche Popmusik. Glaslampen von IKEA hingen unter der Decke, und kleine Scheinwerfer ließen ihr Licht über Regale voller CDs und Bücher fluten. Die Regale mitten im Raum waren so niedrig, dass man sich zwischen ihnen nicht verstecken konnte. Rebecka schaute durch die großen Glastüren ins Café hinüber. Der Holzboden war fast trocken. An diesem Tag hatten sich nicht viele Menschen mit schneenassen Schuhen hergewagt.

»Hier ist es aber ruhig«, sagte sie zur Verkäuferin.

»Die sind alle in irgendeinem Seminar«, sagte die junge Frau. »Wir haben doch die Wunderkonferenz.«

»Die wird abgehalten, obwohl Viktor Strandgård...«

»Ja«, antwortete die Verkäuferin eilig. »Er hätte es so gewollt. Und es war Gottes Wille. Gestern und vorgestern war ganz schön viel Presse hier. Die haben Fragen gestellt und Videos und Bücher gekauft, aber heute ist alles ruhig.«

Hier war es. Rebecka hatte Viktors Buch gefunden. »Einmal Himmel und zurück.« Es war auf Englisch, Deutsch und Französisch vorhanden. Sie drehte ein Buch um. ›Gedruckt bei VictoryPrint HB.‹ Sie drehte auch andere Bücher und Schriften um. Auch die waren bei VictoryPrint HB hergestellt. Auf den Videos stand ›Copyright VictoryPrint HB‹. Bingo.

In diesem Moment hörte sie dicht hinter sich eine Stimme.

»Rebecka Martinsson«, sagte diese Stimme viel zu laut. »Lange nicht mehr gesehen.«

Als sie sich umdrehte, stand dicht hinter ihr Pastor Gunnar Isaksson. Er stand ganz bewusst zu nah. Sein Bauch streifte sie fast.

Das ist ein großartiger und nützlicher Schmerbauch, dachte Rebecka.

Wie eine freistehende Vorhut ragte er über seinen Gürtel und konnte ins Revier anderer Menschen eindringen, während Gunnar Isaksson selbst in angemessener Entfernung Schutz suchte. Sie besiegte ihren Impuls, zurückzuweichen.

Ich habe deine Hände auf meinem Körper ertragen, als du für mich gebetet hast, dachte sie. Also werde ich verdammt noch mal auch ertragen, dass du zu dicht vor mir stehst.

»Hallo, Gunnar«, sagte sie langsam.

»Ich habe schon darauf gewartet, dass du dich bei uns sehen lässt«, sagte er. »Ich dachte, du würdest vielleicht zur Abendandacht kommen, wo du schon in der Stadt bist.«

Rebecka schwieg. Von einem Plakat an der Wand her blickte Viktor Strandgård auf sie hinab.

»Wie findest du unseren Buchladen?«, fragte Gunnar Isaksson mit stolzem Blick in die Runde. »Den haben wir voriges Jahr gebaut. Offen zum Café hin, damit man beim Kaffee in einem Buch blättern kann. Da hinten ist auch eine Garderobe, falls dich das interessiert. Ich habe gesagt, dass wir ein Schild ans Hutregal hängen sollten: Lasst eure Vernunft hier zurück!«

Rebecka sah ihn an. Die fetten Jahre waren ihm anzumerken. Dickerer Bauch. Teures Hemd, teurer Schlips. Bart und Haare gepflegt.

»Wie mir der Buchladen gefällt?«, fragte sie. »Ich finde, die Gemeinde sollte Brunnen anlegen und Straßenkinder vom Strich in die Schule holen.«

Gunnar Isaksson musterte sie herablassend.

»Gott kümmert sich nicht um künstliche Bewässerung«, sagte er laut und mit Betonung auf »Gott«. »In dieser Gemeinde hat Sein Überfluss eine Quelle geöffnet. Durch unsere Gebete werden in aller Welt Quellen entspringen.«

Er schielte zu der Frau hinter dem Tresen hinüber und stellte zufrieden fest, dass auch ihre Aufmerksamkeit auf ihn gerichtet war. Es machte mehr Spaß, Rebecka zusammenzustauchen, wenn er dabei Publikum hatte.

»Das hier«, sagte er mit großer Geste, die die Kristallkirche und alle Erfolge der Gemeinde überhaupt zu umfassen schien, »das hier ist nur der Anfang.«

»Hochtrabendes Gefasel«, sagte Rebecka trocken. »Die Armen sollen sich ihren Reichtum erbeten, ist das so zu verstehen? Sagt nicht Jesus: Wahrlich, was ihr für den geringsten meiner Brüder tut, das habt ihr für mich getan? Und wie war das noch mit denen, die keine Hilfe leisten? Diese werden der ewigen Verdammnis anheim fallen, die Gerechten jedoch werden ins ewige Leben eingehen.«

Gunnar Isakssons Wangen liefen rot an. Er beugte sich zu ihr vor, und sein Atem schlug ihr ins Gesicht. Er roch nach Menthol und Apfelsinen.

»Und du glaubst also, dass du zu den Gerechten gehörst?«, flüsterte er höhnisch.

»Nein«, flüsterte Rebecka zurück. »Aber du kannst dich vielleicht schon mal darauf vorbereiten, dass du mir in der Hölle Gesellschaft leisten wirst.«

Ehe er antworten konnte, fügte sie noch hinzu:

»Ich sehe, dass VictoryPrint HB ziemlich viel von dem druckt, was hier verkauft wird. Und deine Frau ist ja Teilhaberin bei dieser Firma.«

»Na und«, sagte Gunnar Isaksson misstrauisch.

»Ich habe mich beim Finanzamt erkundigt. Die Firma hat vom Staat sehr hohe Mehrwertsteuerrückzahlungen erhalten. Ich kann mir dafür keinen anderen Grund denken, als dass gewaltige Investitionen in der Firma vorgenommen worden sind. Wie habt ihr euch das leisten können? Verdient deine Frau so gut? Früher war sie doch Grundschullehrerin, oder?«

»Du hast kein Recht, in den Angelegenheiten von VictoryPrint herumzuschnüffeln«, fauchte Gunnar Isaksson wütend.

»Steuerbescheide sind öffentlich zugänglich«, erwiderte Rebecka laut. »Ich bitte dich, mir ein paar Fragen zu beantworten. Woher stammt das Geld für die Investitionen in VictoryPrint? Hatte Viktor vor seinem Tod irgendein Problem? Hatte er mit irgendwem ein Verhältnis? Zum Beispiel mit einem Mann aus dieser Gemeinde?«

Gunnar Isaksson trat einen Schritt zurück und schaute sie voller Abscheu an. Dann hob er den Zeigefinger und wies auf die Tür.

»Raus!«, schrie er.

Die Frau hinter dem Tresen fuhr zusammen und schaute erschrocken zu ihnen herüber. Tjapp stellte sich auf die Hinterbeine und bellte los.

Gunnar Isaksson trat drohend einen Schritt auf Rebecka zu, und sie musste zurückweichen.

»Versuch hier bloß nicht, Gottes Werk und Gottes Volk zu bedrohen«, brüllte er. »In Jesu Namen binde ich deine Pläne an den Boden. Hörst du, was ich sage? Raus!«

Rebecka machte auf dem Absatz kehrt und lief mit schnellen Schritten aus dem Buchladen. Ihr Herz hämmerte ihr bis in den Hals. Tjapp folgte ihr auf dem Fuße.

Der Abend schloss sich dunkelblau um den Hof von Rebeckas Großmutter. Rebecka saß auf einem Tretschlitten und sah zu, wie Lova und Tjapp im Schnee spielten. Sara lag oben in der Kammer im Bett und las. Sie hatte nicht einmal nein gesagt, als Rebecka gefragt hatte, ob sie mitkommen wolle, sie hatte einfach die Tür zugeknallt und sich aufs Bett fallen lassen.

»Schau mal, Rebecka«, rief Lova. Sie stand auf dem Dachboden des in die Erde eingegrabenen Vorratskellers. Dann drehte sie sich um und fiel rückwärts in den Schnee. Es war kein besonders tiefer Fall. Sie blieb im Schnee liegen und ihre Beine und Arme bewegten sich hektisch hin und her, um einen Schneeengel in den Schnee zu malen.

Sie spielten seit fast einer Stunde, und sie hatten eine Hindernisbahn gebaut. Die führte unter der Schneewand entlang zur Scheune, dreimal um die große Birke, auf das Kellerdach, im Balancegang über den Dachbalken und dann hinunter in den Schnee und zurück auf Los. Das letzte Stück musste rückwärts durch den tiefen Schnee zurückgelegt werden, das hatte Lova beschlossen. Jetzt war sie damit beschäftigt, die Bahn mit Tannenzweigen zu markieren. Dabei machte Tjapp Probleme, die es für ihre Aufgabe hielt, alle Zweige zu stehlen und damit an geheime Orte zu verschwinden, die das Licht der Lampe an der Hauswand nicht erreichen konnte.

»Lass das, hab ich gesagt«, rief Lova verärgert, als Tjapp glücklich mit einem weiteren Beutestück im Maul davonjagte.

»Wie wär's mit einer Tasse Kakao und ein paar Butterbroten?«, versuchte Rebecka zum dritten Mal, sie zu locken.

Sie hatte sich müde gearbeitet, als sie den Gang durch die Schneemauer gegraben hatte. Jetzt schwitzte sie nicht mehr, sondern fror. Sie wollte ins Haus. Es schneite noch immer.

Aber Lova protestierte entschieden. Rebecka musste doch ihre Zeit stoppen, wenn sie über die Hindernisbahn lief.

»Dann los«, sagte Rebecka. »Du musst das ohne die Tannenzweige schaffen. Du weißt ja, wo die Bahn verläuft.«

Es war schwer, durch den Schnee zu rennen. Lova drehte nur zwei Runden um die Birke und legte das letzte Stück nicht rückwärts zurück. Als sie das Ziel erreichte, fiel sie erschöpft in Rebeckas Arme.

»Weltrekord«, rief Rebecka.

»Jetzt du!«

»Das könnte dir so passen! Morgen vielleicht. Und jetzt marsch ins Haus.«

»Tjapp!«, rief Lova, als sie aufs Haus zugingen.

Aber der Hund war nirgendwo zu sehen.

»Geh du schon mal rein«, sagte Rebecka. »Dann hol ich sie.«

»Und zieh Schlafanzug und Socken an«, rief sie Lova hinterher, als die die Treppe hochlief.

Rebecka schloss die Haustür und rief wieder. Hinaus in die Dunkelheit.

»Tjapp!«

Ihre Stimme schien nur einige Meter weit zu tragen. Der Schnee isolierte alle Geräusche, und als sie nun in die Finsternis hineinhorchte, war alles unangenehm still. Sie musste alle Kraft zusammennehmen, um noch einmal zu rufen. Es war scheußlich, im grellen Lampenlicht auf der Treppe vor der Tür zu stehen und zu rufen, während der Wald sie pechschwarz und schweigend umstand.

»Tjapp, komm her! Tjapp!«

Blöde Töle! Sie trat einen Schritt von der Treppe, um einmal um den Hof herumzugehen, hielt aber inne.

Hör auf mit diesen Albernheiten, ermahnte sie sich, sie wagte es jedoch nicht, die Treppe zu verlassen oder noch einmal zu rufen. Sie konnte das Bild des Zettels an ihrem Auto nicht verdrängen. Das Wort »Blut«, geschrieben in unbeholfenen Buchstaben. Sie dachte an Viktor. Und an die Kinder im Haus. Sie ging rückwärts die Treppe zur Haustür hoch. Brachte es nicht über sich, dem Unbekannten, das vielleicht dort draußen lauerte, den Rücken zuzukehren. Als sie das Haus betreten hatte, schloss sie die Tür von innen ab und stürzte die Treppe ins Obergeschoss hoch. Sie blieb in der Diele stehen und rief Sivving an. Er kam nach fünf Minuten herüber.

»Sie ist sicher läufig«, sagte er. »Und Not leidet sie bestimmt nicht. Eher im Gegenteil.«

»Aber es ist doch so kalt«, wandte Rebecka ein.

»Wenn es ihr zu kalt wird, dann kommt sie nach Hause.«

»Du hast wohl Recht«, seufzte Rebecka. »Aber es ist so komisch hier ohne sie.«

Sie zögerte eine Sekunde. »Ich möchte dir etwas zeigen«, sagte sie dann. »Warte hier, die Mädchen sollen es nicht sehen.«

Sie lief hinaus zum Auto und holte den Zettel, der an ihrem Scheibenwischer gesteckt hatte.

Sivving las ihn mit gerunzelter Stirn.

»Hast du das der Polizei gezeigt?«

»Nein, was könnte die schon tun?«

»Dich unter ihren Schutz stellen oder so.«

»Deshalb? Nein, so weit reichen ihre Mittel nicht. Aber das ist noch nicht alles.«

Sie erzählte von der Ansichtskarte in Viktors Bibel.

»Wenn die jetzt von jemandem geschrieben worden ist, der ihn geliebt hat?«

»Ja?«

»Was wir getan haben, war nicht falsch in Gottes Augen. Ich weiß nicht, aber Viktor hatte doch nie eine Freundin. Und ich stelle mir vor, dass vielleicht... ja, mir ist der Gedanke gekommen, dass jemand ihn vielleicht vergeblich geliebt hat. Und vielleicht bedroht dieser Jemand jetzt mich, weil er sich selber bedroht fühlt.«

»Ein Mann?«

»Genau. Das würde die Gemeinde niemals akzeptieren. Er würde sofort hinausgeworfen werden. Und wenn es so war und Viktor die Sache geheimhalten wollte, dann will ich damit nicht vor den Augen der Polizei herumwedeln, ohne dazu gezwungen zu sein. Denk doch bloß an die Schlagzeilen!«

Sivving stieß ein besorgtes Grunzen aus und fuhr sich mit der Hand über den Kopf.

»Mir gefällt das nicht«, sagte er. »Wenn dir nun etwas passiert?«

»Mir passiert nichts. Aber ich mache mir Sorgen um Tjapp.«

»Sollen Bella und ich hier übernachten?«

Rebecka schüttelte den Kopf.

»Sie kommt bald wieder«, sagte Sivving beruhigend. »Ich drehe noch eine Runde mit Bella. Und dann rufe ich nach ihr.«

Aber Sivving irrt sich. Tjapp kommt nicht zurück. Sie liegt auf einem Flickenteppich im Kofferraum eines Autos. Ihre Schnauze ist mit Klebeband umwickelt. Ihre Vorder- und Hinterbeine auch. Ihr Herz hämmert in dem kleinen Brustkorb, und ihre Augen starren in die schwarze Finsternis. Sie rutscht in dem engen Gelass vorwärts und zieht den Kopf über den Boden, in dem verzweifelten Versuch, sich von dem Klebeband um ihre Schnauze zu befreien. Ein Zahn ist halb abgebrochen, und Zahnreste und Blut geraten in ihre Kehle. Wie kann diese Hündin ein so leichtes Opfer werden? Wo sie doch von ihrem früheren Besitzer so oft misshandelt worden ist. Warum nimmt sie das Böse nicht wahr, wenn sie ihm glatt in die Arme läuft? Weil sie die Fähigkeit besitzt zu vergessen. Genau wie ihr Frauchen. Sie vergisst. Bohrt ihre Schnauze in federleichten Schnee und begrüßt alle, die sich über sie beugen und eine Hand ausstrecken. Und jetzt liegt sie hier.

Und es ward Abend, und es ward Morgen, ▬▬▬▬▬ das war der vierte Tag.

Måns Wenngren fährt aus dem Schlaf. Sein Herz hämmert wie besessen. Seine Lunge schreit nach Luft. Er tastet nach der Nachttischlampe und schaltet sie ein. Es ist zwanzig nach drei. Verdammt nochmal, wie soll man schlafen, wenn das Gehirn einen Horrorfilm nach dem anderen ablaufen lässt? Zuerst brach ein Auto durch das dünne Eis auf dem See vor dem Sommerhaus. Er stand am Strand und musste hilflos zusehen. Im Rückfenster sah er Rebeckas bleiches, verängstigtes Gesicht. Und jetzt, als es ihm wieder geglückt war, einzuschlafen, kam Rebecka ihm in seinem Traum entgegen und legte die Arme um ihn. Als seine Hände ihren Rücken hoch zu ihren Haaren glitten, wurden sie warm und feucht. Ihr war der Hinterkopf weggeschossen worden.

Er rutscht im Bett nach hinten und lehnt sich mit dem Rücken an das Kopfende. Früher war alles anders. Die Kinder und die Arbeit erforderten alle Kraft. Man schlief viel zu wenig, aber das war dann immerhin echter Schlaf. Im Moment aber gleitet er nur selten in Schlaf, wenn er sich spätnachts hinlegt. Stattdessen versinkt er in einer tiefen, traumlosen Bewusstlosigkeit. Und das ist noch nichts im Vergleich dazu, was passiert, wenn er nüchtern ins Bett geht. Dann fährt er immer wieder hoch, von Panik am ganzen Leib gepackt, und schwitzt dabei wie ein Schwein.

In der Wohnung herrscht Totenstille. Die einzigen Geräusche sind sein eigener Atem und das monotone Brummen der Belüftungsanlage. Alle anderen Geräusche sind draußen angesiedelt. Das Surren des Stromzählers im Treppenhaus. Die geübten Schritte des Zeitungsboten im Treppenhaus. Wenn er die Treppe hochsteigt, nimmt er nur jede zweite Stufe, auf dem Weg nach unten jede dritte. Autos und Nachtwanderer unten auf der Straße. Als seine Söhne noch klein waren, war das Schlafzimmer von ihren Geräuschen erfüllt. Von Klein-Johans kurzem, schnellem Atem. Von Olles Schnaufen unter seiner Pyramide aus Kuscheltieren. Und natürlich war damals noch Madelene da, die schon bei der leichtesten Erkältung schnarchte. Danach wurde es stiller und stiller. Die Söhne bekamen eigene Zimmer. Madelene lag totenstill da und stellte sich schlafend, wenn er spät nach Hause kam.

Nein, jetzt gibt er auf. Er wird einen alten Clint-Eastwood-Film in den Videorekorder schieben und sich einen Macallan einschenken. Er kann ja auch im Sessel wieder einschlafen.

In den Bergen schneit es noch immer. In Kurravaara werden Autos und Häuser unter einer dicken weißen Decke begraben. Auf dem Küchensofa im Haus ihrer Großmutter liegt Rebecka wach.

Ich sollte aufstehen und nach Tjapp Ausschau halten, denkt sie. Die steht vielleicht draußen im Schnee und friert sich die Pfoten ab.

Es ist einfach unmöglich, wieder einzuschlafen. Sie schließt die Augen und legt sich anders hin, dreht sich auf die Seite. Aber ihr Geist in ihrem müden Körper ist hellwach.

Etwas an dem Messer stimmt nicht. Warum war es abgespült worden? Wenn jemand Sanna als Schuldige dastehen lassen wollte und das Messer deshalb in ihre Bank gelegt hatte, warum hatte dieser Jemand dann auch die Klinge gesäubert? Es wäre doch sinnvoller gewesen, den Schaft von möglichen Fingerabdrücken zu befreien und die Klinge blutig zu lassen. Denn durch das Abwaschen ergab sich doch das Risiko, dass die Waffe nicht mit dem Mord in Verbindung gebracht werden konnte. Es gibt da etwas, das Rebecka nicht sehen kann. Wie bei einem dieser Bilder, die nur aus einem Gewimmel von kleinen Punkten bestehen. Und dann, ganz plötzlich, sieht man, was es wirklich zeigt. Genau so ein Gefühl hat Rebecka jetzt. Alle Punkte sind vorhanden. Sie muss nur noch das Muster entdecken, das sie zusammenhält.

Sie schaltet die Lampe neben dem Bett ein und steht vorsichtig vom Sofa auf. Es knackt als Antwort. Sie horcht, aber die Kinder sind nicht wach geworden. Sie schiebt die Füße in ihre eiskalten Schuhe und tritt auf die Treppe, um Tjapp zu rufen.

Dann steht sie draußen im Schneegestöber und ruft einen Hund, der sie nicht hören kann.

Als Rebecka wieder ins Haus kommt, steht Sara mitten in der Küche. Mit steifen Bewegungen dreht sie sich zu Rebecka um. Ihr Körper wirkt so klein in dem weiten Wollpullover und der ausgebeulten langen Unterhose.

»Was ist los?«, fragt Rebecka. »Hast du geträumt?«

Dann sieht sie, dass Sara weint. Es ist ein schreckliches Weinen. Tränenlos und abgehackt. Ihr Unterkiefer bewegt sich krampfhaft auf und nieder, wie der einer klappernden Holzpuppe.

»Was ist los?«, fragt Rebecka noch einmal und streift sich eilig die Schuhe ab. »Weinst du, weil Tjapp verschwunden ist?«

Es kommt keine Antwort. Das Gesicht ist noch immer von diesem seltsamen Lächeln verzerrt. Die Arme jedoch bewegen sich ein wenig nach vorn, als würde sie sie nach Rebecka ausstrecken, wenn sie das nur könnte.

Rebecka hebt sie hoch. Sara wehrt sich nicht dagegen. Was Rebecka da im Arm hält, ist ein kleines Kind. Durchaus kein Fast-Teenager. Sondern einfach nur ein kleines Mädchen. Rebecka bettet sie auf das Küchensofa und legt sich dann neben sie. Sie legt die Arme um Sara, die sich krümmt, wie vor Schmerzen, weil die Tränen nicht hinauskönnen. Am Ende schlafen sie ein.

Gegen fünf Uhr wird Rebecka von Lovas leisen Schritten geweckt. Lova kriecht hinter Rebeckas Rücken, schmiegt sich an sie, schiebt verstohlen ihre Hand unter Rebeckas Hemd und schläft ein.

Unter den vielen Decken ist es heiß wie in einem Ofen, aber Rebecka bleibt bewegungslos liegen.

Donnerstag, 20. Februar

UM HALB SECHS UHR morgens beschloss Kater Manne, Sven-Erik Stålnacke zu wecken. Er wanderte auf Sven-Eriks schlafendem Körper herum und stieß ab und zu ein klagendes Miau aus. Als das nichts half, lief er zu Sven-Eriks Gesicht und legte ihm vorsichtig die Pfoten auf die Wange. Aber Sven-Erik schlief tief. Manne schob die Pfote zu seinem Haaransatz hoch und fuhr die Krallen gerade so weit aus, dass sie sich ein wenig in die Haut bohrten und er sein Herrchen am Skalp ziehen konnte. Sven-Erik schlug sofort die Augen auf und zog sich die Katzenkrallen aus dem Kopf. Liebevoll streichelte er Mannes getigerten Rücken.

»Na, du Katzenarsch«, sagte er freundlich. »Zeit zum Aufstehen, meinst du?«

Manne jammerte vorwurfsvoll, sprang aus dem Bett und verschwand durch die Schlafzimmertür. Sven-Erik hörte, dass er zur Haustür lief und dort erneut losjammerte.

»Ich komme, ich komme.«

Er hatte Manne von seiner Tochter übernommen, als die und ihr Freund nach Luleå gezogen waren. »Er ist doch an seine Freiheit gewöhnt«, hatte sie gesagt. »Du kannst dir ja denken, wie er in einer Wohnung mitten in der Stadt leiden würde. Er ist wie du, Papa. Braucht jede Menge Wald um sich herum, um leben zu können.«

Sven-Erik stand auf und öffnete dem Kater die Haustür. Aber Manne hielt nur die Nase ins Schneegestöber, dann machte er kehrt und lief wieder in die Diele. Kaum hatte Sven-Erik die Tür geschlossen, da stieß der Kater abermals einen Klageruf aus.

»Aber was soll ich denn machen?«, fragte Sven-Erik. »Ich kann doch an diesem verdammten Schnee nichts ändern. Entweder gehst du raus oder du bleibst hier und hältst die Klappe.«

Er ging in die Küche und holte eine Dose Katzenfutter hervor. Der Kater schrie auffordernd und drückte sich an Sven-Eriks Beine, bis die Mahlzeit endlich im Napf lag. Danach gab Sven-Erik Kaffee in die Kaffeemaschine. Als Anna-Maria Mella anrief, hatte er gerade in ein Butterbrot gebissen.

»Hör mal«, sagte sie energisch. »Ich habe gestern Morgen mit Sanna Strandgård gesprochen, und zwar darüber, dass der Mord wie ein Ritualmord aussieht, und dann haben wir uns noch über die Stellen in der Bibel unterhalten, wo es um abgehackte Hände und ausgestochene Augen geht.«

Sven-Erik schmunzelte, und Anna-Maria redete weiter.

»Sanna hat mir aus Markus 9:43 vorgelesen: Wenn dich deine Hand zum Bösen verführt, dann hau sie ab; es ist besser für dich, verstümmelt in das Leben zu gelangen, als mit zwei Händen in die Hölle zu kommen, in das nie erlöschende Feuer. Und wenn dich dein Fuß zum Bösen verführt, dann hau ihn ab; es ist besser für dich, verstümmelt in das Leben zu gelangen, als mit zwei Füßen in die Hölle geworfen zu werden. Und wenn dich dein Auge zum Bösen verführt, dann reiß es aus; es ist besser für dich, einäugig in das Reich Gottes zu kommen, als mit zwei Augen in die Hölle geworfen zu werden, wo ihr Wurm nicht stirbt und das Feuer nicht erlischt.«

»Ach was«, sagte Sven-Erik und kam sich ziemlich begriffsstutzig vor.

»Aber den Anfang dieser Stelle hat sie überschlagen«, sagte Anna-Maria eifrig. »Bei Markus 9:42 steht nämlich: Wer eins von diesen Kleinen, die an mich glauben, zum Bösen verführt, für den wäre es besser, wenn er mit einem Mühlstein um den Hals ins Meer geworfen würde.«

Sven-Erik klemmte den Hörer zwischen Schulter und Ohr und hob Manne hoch, der um seine Beine gestrichen war.

»Ähnliche Stellen gibt es auch bei Lukas und Matthäus«, sagte Anna-Maria. »Bei Matthäus steht, dass die Engel der Kinder im Himmel immer Gottes Antlitz sehen. Und als ich in meiner Konfirmationsbibel nachgesehen habe, stand da als Fußnote, dass das bedeutet, dass Kinder unter Gottes besonderem Schutz stehen. Den damaligen Vorstellungen zufolge hat jeder Mensch einen Schutzengel, der ihn vor Gott vertritt, und nur die allerhöchsten Engel dürfen nach dieser Darstellung vor Gottes Thron treten.«

»Du meinst also, dass irgendwer ihn umgebracht hat, weil er eins von diesen Kleinen verleitet hat«, sagte Sven-Erik nachdenklich. »Meinst du, er könnte…«

Er unterbrach sich und spürte, wie Unbehagen ihn überkam, dann fügte er hinzu:

»…mit Sannas Töchtern, meine ich.«

»Warum hat sie den Anfang übersprungen?«, fragte Anna-Maria. »Und egal, von Post hat Recht. Wir müssen mit Sanna Strandgårds Kindern reden. Vielleicht hatte sie ja einen verdammt guten Grund, ihren Bruder zu hassen. Wir werden uns ans Institut für Kinder- und Jugendpsychiatrie in Stockholm wenden. Die müssen uns dabei helfen, mit den Mädchen zu reden.«

Als sie aufgelegt hatten, blieb Sven-Erik mit dem Kater auf den Knien am Küchentisch sitzen.

O verdammt, dachte er. Alles, nur das nicht.

ANN-GULL KYRÖ, die Sekretärin der Pastoren, meldete sich am Telefon des Pfarrbüros, als Rebecka an diesem Morgen um Viertel nach acht dort anrief. Rebecka hatte die Kinder soeben abgeliefert und war auf dem Rückweg zum Auto. Als sie nach Thomas Söderberg fragte, konnte sie hören, wie die Frau am anderen Ende der Leitung nach Luft schnappte.

»Leider«, sagte Ann-Gull. »Er und Pastor Isaksson halten die Morgenandacht und dürfen nicht gestört werden.«

»Und wo ist Vesa Larsson?«

»Der ist heute krank und darf auch nicht gestört werden.«

»Könnten Sie Thomas Söderberg vielleicht etwas von mir ausrichten? Er soll mich anrufen und...«

»Ich bedaure«, unterbrach Ann-Gull sie freundlich. »Aber während der Wunderkonferenz haben die Pastoren alle Hände voll zu tun und können niemanden zurückrufen.«

»Aber hören Sie doch«, sagte Rebecka eindringlich, »ich bin Sanna Strandgårds Anwältin und...«

Wieder fiel die andere ihr ins Wort. Und jetzt verbarg sich unter dem freundlichen Tonfall eine gewisse Schärfe.

»Ich weiß nur zu gut, wer du bist, Rebecka Martinsson«, sagte sie. »Aber wie gesagt, während der Konferenz haben die Pastoren keine Zeit.«

Rebecka ballte die Fäuste.

»Richte den Pastoren von mir aus, dass ich nicht einfach verschwinde, nur weil sie mich ignorieren«, sagte sie wütend. »Ich...«

»Ich habe nicht vor, ihnen überhaupt irgendetwas auszurichten«, warf Ann-Gull dazwischen. »Und mich zu bedrohen, bringt dich auch nicht weiter. Ich beende deshalb jetzt dieses Gespräch. Auf Wiederhören.«

Rebecka zog den Stöpsel aus dem Ohr und steckte ihn in die Manteltasche. Sie hatte das Auto erreicht. Sie hob ihr Gesicht zum Himmel und ließ Schneeflocken auf ihren Wangen landen. Nach einigen Sekunden waren sie nass und kalt.

Ihr Ärsche, dachte sie. Ich ziehe aber nicht wie ein geprügelter Hund den Schwanz ein. Ihr werdet mit mir über Viktor sprechen. Ihr behauptet, dass es mir nichts bringt, euch zu bedrohen. Aber das wollen wir doch erst mal sehen.

Thomas Söderberg wohnte mit seiner Frau Maja und den beiden Töchtern in einer Wohnung mitten in der Stadt über dem Kleiderladen Centrum. Rebeckas Schritte hallten im Treppenhaus wider, als sie ins oberste Stockwerk hinaufstieg. In den braunen Steinboden waren schneckenhausfarbene Fossilien eingelassen. Alle Namensschilder waren aus Messing und mit derselben adretten, schrägstehenden Schrift versehen. Es war die Sorte Treppenhaus, wo man sich einbildet, dass alte Leute in ihren stickigen Wohnungen das Ohr an die Tür pressen und gern wüssten, wer da wohl kommt.

Na los, dachte Rebecka. Es hat keinen Zweck, zu überlegen, ob ich das hier will oder nicht. Ich muss es einfach hinter mich bringen. Wie einen Besuch beim Zahnarzt. Einmal den Schnabel aufsperren, dann ist es schnell vorüber. Sie drückte auf den Klingelknopf neben der Tür mit dem Schild »Söderberg«. Eine halbe Sekunde lang stellte sie sich vor, dass Thomas aufmachen würde, und sie unterdrückte den Impuls, kehrtzumachen und die Treppe hinunterzustürzen.

Wer aufmachte, war jedoch Maja Söderbergs Schwester Magdalena.

»Rebecka«, sagte sie nur.

Sie wirkte nicht überrascht. Rebecka hatte den Eindruck, dass sie erwartet worden war. Vielleicht hatte Thomas seine Schwägerin gebeten, sich bei der Arbeit freizunehmen, und sie in seiner kleinen Familie als Wachhund eingesetzt. Magdalena hatte sich nicht verändert. Ihre Haare waren zur selben praktischen Pagenfrisur geschnitten wie vor zehn Jahren. Sie trug unmoderne Jeans, die in hohen, selbstgestrickten Wollsocken steckten.

Sie bleibt ihrem Stil treu, dachte Rebecka. Wenn eine hier nicht dem Erfolgskonzept erliegt und auf hochhackige Schuhe umsteigt, dann ist das Magdalena. Wenn sie im 19. Jahrhundert geboren worden wäre, dann würde sie ihre gestärkte Schwesterntracht anlegen und in einem kleinen Boot die Flüsse und die gottverlassenen Städte bereisen, mit der Bullenspritze in der Tasche.

»Ich möchte mit Maja reden«, sagte Rebecka.

»Ich glaube nicht, dass ihr etwas zu besprechen habt«, sagte Magdalena und hielt die Türklinke mit der einen Hand fest, während sie die andere gegen den Türrahmen stemmte, so dass Rebecka nicht an ihr vorbei konnte.

Rebecka hob die Stimme, um in der Wohnung gehört zu werden.

»Sag Maja, dass ich mit ihr über VictoryPrint reden will. Ich möchte ihr die Chance geben, mich zu überreden, nicht zur Polizei zu gehen.«

»Jetzt mache ich die Tür zu«, sagte Magdalena wütend.

Rebecka presste die Hand gegen den Türrahmen.

»Dann brichst du mir die Finger«, sagte sie so laut, dass es zwischen den Steinwänden des Treppenhauses widerhallte. »Na los, Magdalena. Frag Maja, ob sie nicht mit mir sprechen will. Sag, dass es um ihren Anteil an der Firma geht.«

»Ich mach jetzt zu«, drohte Magdalena und öffnete die Tür ein wenig weiter, wie um sie dann mit Wucht zuknallen zu können. »Wenn du deine Hand nicht zurückziehst, hast du dir die Folgen selber zuzuschreiben.«

Das tust du nicht, dachte Rebecka. Du bist doch Krankenschwester.

Rebecka nimmt Platz und blättert in einer Illustrierten. Die stammt aus dem vergangenen Jahr. Aber das macht nichts. Sie liest ja doch nicht. Nach einer Weile kommt die Krankenschwester, die sie hereingeführt hat, zurück und schließt die Tür hinter sich. Die Schwester heißt Rosita.

»*Du bist schwanger, Rebecka*«, *sagt Rosita.* »*Und wenn du eine Abtreibung vornehmen lassen willst, dann müssen wir wohl einen Termin für eine Ausschabung machen.*«

Ausschabung. Sie werden Johanna ausschaben.

Als Rebecka das Krankenhaus verlassen will, passiert es. Ehe sie die Rezeption erreicht hat, begegnet ihr Magdalena. Magdalena bleibt auf dem Gang stehen und begrüßt sie. Rebecka bleibt stehen und erwidert den Gruß. Magdalena fragt, ob Rebecka am Dienstag zur Chorprobe kommen wird, und Rebecka windet sich und bringt Entschuldigungen vor. Magdalena fragt nicht, was Rebecka im Krankenhaus zu suchen hat. Aber Rebecka begreift, dass Magdalena alles verstanden hat. Alles, worüber man nicht spricht. Auf irgendeine Weise wird man immer entlarvt.

»Lass sie rein. Die Nachbarn wundern sich sicher schon, was hier los ist.«

Maja tauchte hinter Magdalena auf. Die vergangenen Jahre hatten ihr zwei harte Falten an den Mundwinkeln verpasst. Die Falten vertieften sich, als sie Rebecka ansah.

»Du brauchst nicht abzulegen«, sagte Maja. »Du bleibst ja nicht lange.«

Sie setzten sich in die Küche, die geräumig war und neue weiße Schränke und einen neuen Kochbereich aufwies. Rebecka überlegte, ob die Kinder wohl in der Schule waren. Rahel musste jetzt um die dreizehn sein und Anna vielleicht zehn. Auch hier war die Zeit vergangen.

»Soll ich Teewasser aufsetzen?«, fragte Magdalena.

»Nein, danke«, antwortete Maja.

Magdalena ließ sich wieder auf ihren Stuhl sinken. Ihre Hände flogen zur Tischdecke hoch und wischten nicht vorhandene Krümel weg.

Du Arme, dachte Rebecka und sah Magdalena an. Du solltest dir ein eigenes Leben zulegen, statt als Zubehör dieser Familie hier zu dienen.

Maja blickte Rebecka abweisend an.

»Was willst du von mir?«, fragte sie.

»Ich will mich nach Viktor erkundigen«, sagte Rebecka. »Er...«

»Eben hast du uns vor den Nachbarn in Verlegenheit gestürzt, weil du wegen VictoryPrint haltlose Unterstellungen herumgebrüllt hast. Was hast du also dazu zu sagen?«

Rebecka holte Luft.

»Ich werde dir sagen, was ich zu wissen glaube. Und dann kannst du mir sagen, ob ich Recht habe.«

Maja stieß schnaubend Luft aus.

»Laut den Steuerbescheiden, die ich eingesehen habe, hat VictoryPrint Mehrwertsteuer vom Staat zurückerstattet bekommen«, sagte Rebecka. »Und das nicht zu knapp. Das weist auf große Investitionen in der Firma hin.«

»Das ist ja wohl nicht verboten«, fauchte Maja.

Rebecka musterte die beiden Schwestern mit eiskaltem Blick.

»Die Gemeinde Kraftquelle hat sich beim Finanzamt als gemeinnützige Organisation ausgegeben, die von Einkommenssteuer und Mehrwertsteuer befreit wird. Was für die Gemeinde natürlich spitze ist, da sie vermutlich jede Menge Kohle einsackt. Allein schon der Verkauf von Büchern und Videos muss doch ein Vermögen einbringen. Es gibt keine Übersetzungskosten, denn das tun die Leute für Gottes Lohn. Keine Tantiemen für die Autoren, jedenfalls nicht für Viktor, und deshalb muss der ganze Ertrag an die Gemeinde gefallen sein.«

Rebecka legte eine kurze Pause ein. Maja starrte sie unverwandt an. Ihr Gesicht war zu einer Maske erstarrt. Magdalena schaute aus dem Fenster. Auf einem Baum unmittelbar davor pickte eine Blaumeise hungrig an einem Stück Speckschwarte. Rebecka sprach weiter:

»Das Problem ist nur, wenn die Gemeinde von den Steuern befreit ist, dann kann sie auch ihre Unkosten nicht absetzen. Und sie bekommt auch die eingenommene Mehrwertsteuer nicht zurück. Was also tun? Na, ein guter Trick ist es, eine Firma zu gründen und die Kosten und Ausgaben, die Mehrwertsteuerrückzahlungen erbringen können, dorthin zu verlagern. Wenn die Gemeinde also beschließt, dass es sich lohnt, Bücher und Schriften und Videos selber herzustellen, dann gründet man offiziell eine Firma. Die Pastorengattinnen werden als Besitzerinnen ausgegeben. Die Firma kauft alle Geräte ein, die für die Produktion vonnöten sind. Und das kostet viel Geld. Zwanzig Prozent dieser Kosten werden vom Staat zurückerstattet. Das ist ganz schön viel Kohle in der Tasche der Pastorenfamilien. Die Firma verkauft Dienstleistungen, unter anderem die Buchproduktion, billig an die Gemeinde und macht Verluste. Das ist gut so, denn dann fällt kein steuerpflichtiger Gewinn an. Und noch etwas anderes ist gut. Ihr Teilhaberinnen könnt jede bis zu hunderttausend Kronen an Verlust gegen eure Einkommen der ersten fünf Jahre verrechnen. Ich habe gesehen, dass du, Maja, in diesem und im vergangenen Jahr überhaupt keine Steuern gezahlt hast. Vesa Larssons Frau und Gunnar Isakssons Frau hatten nur winzige steuerpflichtige Einkommen zu melden. Ich glaube, ihr habt die Verluste der Firma genutzt, um eure Gehälter wegzuzaubern und sie nicht versteuern zu müssen.«

»Sicher«, sagte Maja gereizt. »Und das ist absolut legal, ich weiß nicht, worauf du hinauswillst, Rebecka. Du müsstest doch wissen, dass Steuerabwehr...«

»Lass mich erst ausreden«, fiel Rebecka ihr ins Wort. »Ich glaube, dass die Firma der Gemeinde ihre Dienste unter Preis verkauft und damit bewusst Verluste erwirtschaftet hat. Ich wüsste auch gern, woher das Geld für die Investitionen in der Firma stammt. So viel ich weiß, ist keine der Teilhaberinnen vermögend. Vielleicht habt ihr ein gewaltiges Darlehen aufgenommen, aber das glaube ich nicht. Ich habe nämlich keinerlei Defizit in eurem Kapital feststellen können. Ich glaube, dass das Geld für den Aufbau der Druckerei und andere Dinge von der Gemeinde stammt, was in den Büchern aber nicht auftaucht. Und dann geht es hier nicht mehr um Steuerabwehr. Dann können wir anfangen, von Steuerhinterziehung zu reden. Wenn die Steuerbehörden und die Wirtschaftspolizei sich mit der Sache befassen, wird Folgendes passieren: Wenn ihr Teilhaberinnen nicht belegen könnt, woher das Geld für die Investitionen stammt, dann werdet ihr dieses Geld versteuern müssen. Die Gemeinde hat einen Vorschuss gezahlt, der als Einnahme hätte verbucht werden müssen.«

Rebecka beugte sich vor und starrte Maja Söderberg an.

»Verstehst du, Maja?«, sagte sie. »Ungefähr die Hälfte der Summe, die ihr von der Gemeinde bekommen habt, muss dann als Steuer abgeführt werden. Du wirst einen Offenbarungseid ablegen müssen und bis ans Ende deines Lebens den Gerichtsvollzieher am Hals haben. Außerdem landest du für eine ganze Weile im Gefängnis. Die Gesellschaft hat Wirtschaftsverbrechen gar nicht gern. Und wenn die Pastoren hinter der Sache stecken, was ich annehme, so hat Thomas sich des Betrugs und der Veruntreuung von ihm anvertrauten Geldern und Gott weiß was sonst noch alles schuldig gemacht. Er hat das Geld der Gemeinde veruntreut und auf die Firma seiner Frau überschrieben. Und wenn er dann ebenfalls ins Gefängnis muss, wer soll sich dann um die Kinder kümmern? Sie können euch im Gefängnis besuchen. In einem tristen Besuchszimmer, jedes Wochenende ein paar Stunden. Und wenn ihr rauskommt, wo werdet ihr Arbeit finden?«

Maja starrte Rebecka an.

»Was willst du von mir? Du kommst einfach her, in meine Wohnung, mit deinen Mutmaßungen und Drohungen. Drohst mir. Drohst unserer ganzen Familie. Den Kindern.«

Sie verstummte und schlug die Hand vor den Mund.

»Wenn du dich rächen willst, Rebecka, dann räch dich an mir«, sagte Magdalena.

»Hör auf mit diesem verdammten Unsinn«, fauchte Rebecka und sah, wie die beiden Schwestern bei dieser Verwünschung zusammenzuckten.

Sie hatte Lust, gleich noch einmal zu fluchen.

»Natürlich bin ich verflucht rachsüchtig«, sagte sie. »Aber ich bin nicht deshalb gekommen.«

Rebecka ist allein zu Haus, als es an der Tür klingelt. Vor der Tür steht Thomas Söderberg. Er hat Maja und Magdalena mitgebracht.

Jetzt weiß Rebecka, warum Sanna es vorhin so eilig hatte, wegzukommen. Und warum sie darauf bestanden hat, dass Rebecka zu Hause bleiben und büffeln solle. Sanna wusste von diesem Besuch.

Danach denkt Rebecka, sie hätte diese Leute nicht in die Wohnung lassen dürfen. Sie hätte ihnen die Tür vor ihren wohlmeinenden Nasen zuknallen sollen. Sie weiß doch, warum sie gekommen sind. Sieht es in ihren Gesichtern. In Thomas' besorgtem und ernstem Blick. An Majas zusammengekniffenen Lippen. Und an Magdalena, die Rebeckas Blick nicht standhalten kann.

Sie wollen nichts zu trinken. Doch überlegt Thomas es sich dann anders und bittet um ein Glas Wasser. Während des nun folgenden Gesprächs legt er ab und zu eine Pause ein und trinkt einen Schluck.

Als sie im Wohnzimmer sitzen, übernimmt Thomas das Kommando. Er bittet Rebecka, sich in den Korbstuhl zu setzen, und dirigiert Frau und Schwägerin an die beiden Enden der Eckbank. Er selbst setzt sich mitten aufs Sofa. Auf diese Weise kann er zu allen drei gleichzeitig Blickkontakt halten. Rebecka muss die ganze Zeit den Kopf verdrehen, um Maja und Magdalena ansehen zu können.

Thomas Söderberg kommt schnell zur Sache.

»Magdalena hat mir von eurer Begegnung im Krankenhaus erzählt«, sagt er und schaut Rebecka in die Augen. »Sie hat auch gesagt, warum du dort warst. Wir sind gekommen, um dich dazu zu überreden, es nicht zu tun.«

Als Rebecka keine Antwort gibt, fügt er hinzu:

»Ich verstehe ja, dass du das alles sehr schwer findest, aber du musst doch an das Kind denken. Du trägst in dir ein Leben, Rebecka. Du hast kein Recht, es auszulöschen. Maja und ich haben über alles gesprochen, und sie hat mir verziehen.«

Er legt eine Pause ein und mustert Maja mit einem Blick voller Liebe und Dankbarkeit.

»Wir wollen uns um das Kind kümmern«, sagt er dann. »Es adoptieren. Es wird zu unserer Familie gehören wie Rahel und Anna. Als kleiner Bruder.«

Maja wirft ihm einen raschen Blick zu.

»Falls es ein Junge wird«, fügt er hinzu.

Eine Weile darauf fragt er:

»Wie lautet deine Antwort, Rebecka?«

Rebecka hebt den Blick von der Tischplatte und starrt Magdalena an.

»Wie meine Antwort lautet?«, sagt sie und schüttelt langsam den Kopf.

»Ich weiß«, sagt Magdalena. »Ich habe im Krankenbericht nachgesehen und meine Schweigepflicht gebrochen. Du kannst mich dafür natürlich verklagen.«

»Ab und zu muss man sich entscheiden, ob man den Geboten des Kaisers oder den Geboten Gottes gehorchen will«, sagt Thomas. »Ich habe Magdalena gesagt, dass du sie verstehen wirst. Oder wie siehst du das, Rebecka? Willst du Magdalena anzeigen?«

Rebecka schüttelt den Kopf. Magdalena macht ein erleichtertes Gesicht. Sie lächelt fast. Maja lächelt nicht. Ihre Augen sehen schwarz aus, als sie Rebecka anblickt. Rebecka spürt, wie lang-

sam die Übelkeit in ihr aufsteigt. Sie hätte etwas essen sollen, das hilft meistens.

»Was sagst du, Rebecka?«, drängt Thomas. »Kann ich, wenn ich gleich gehe, dein Versprechen mitnehmen, dass du den Termin im Krankenhaus absagen wirst?«

Jetzt kommt die Übelkeit. Plötzlich jagt sie nach oben. Rebecka knallt mit dem Knie gegen den Tisch, als sie aus dem Korbsessel aufspringt und zur Toilette rennt. Ihr Mageninhalt spritzt mit solcher Wucht aus ihr heraus, dass es wehtut. Als sie hört, dass die anderen im Wohnzimmer aufstehen, zieht sie die Toilettentür zu und schließt sie ab.

Gleich darauf stehen alle drei vor der Tür. Sie klopfen. Fragen, wie es ihr geht, und bitten sie, aufzumachen. Rebeckas Ohren sind wie verstopft. Ihre Beine geben unter ihr nach, und sie lässt sich auf die Toilette sinken.

Anfangs klingen die Stimmen draußen besorgt und flehen sie an, doch herauszukommen. Sogar Maja wird zur Tür geschickt.

»Ich habe dir verziehen, Rebecka«, sagt sie. »Wir wollen dir doch nur helfen.«

Rebecka gibt keine Antwort. Sie streckt die Hand aus und dreht die Wasserhähne voll auf. Das Wasser braust in die Badewanne, die Rohre dröhnen und ertränken die Stimmen draußen. Zuerst ist Thomas gereizt. Dann wird er wütend.

»Aufmachen!«, schreit er und hämmert gegen die Tür. »Das ist mein Kind, Rebecka! Du hast kein Recht dazu, hörst du? Ich werde nicht zulassen, dass du mein Kind ermordest. Mach jetzt auf, sonst schlage ich die Tür ein.«

Im Hintergrund hört sie, wie Maja und Magdalena versuchen, ihn zu beruhigen. Sie ziehen ihn von der Tür fort. Am Ende hört sie, wie die Wohnungstür ins Schloss fällt und sie alle drei die Treppe hinuntergehen. Rebecka lässt sich in die Badewanne sinken und schließt die Augen.

Viel später wird die Wohnungstür wieder geöffnet. Sanna

kommt nach Hause. Das Badewasser ist schon längst kalt geworden. Rebecka steigt aus der Wanne und geht in die Küche.
»Du hast es gewusst«, sagt sie zu Sanna.
Sanna schaut sie schuldbewusst an.
»Kannst du mir verzeihen?«, fragt sie. »Ich habe es getan, weil ich dich liebe. Kannst du das verstehen?«

»Warum bist du hier?«, fragte Maja.

»Ich will wissen, warum Viktor sterben musste«, sagte Rebecka mit harter Stimme. »Sanna steht unter Verdacht und sitzt im Arrest, und niemand scheint sich auch nur einen Dreck dafür zu interessieren. Die Gemeinde tanzt und veranstaltet Lobpreisungsandachten und weigert sich, der Polizei weiterzuhelfen.«

»Aber darüber weiß ich doch nun wirklich nichts«, rief Maja. »Glaubst du, ich habe ihn ermordet? Oder Thomas? Seine Hände abgehackt und ihm die Augen ausgestochen? Hast du denn den Verstand verloren?«

»Was weiß ich?«, antwortete Rebecka. »War Thomas in der Mordnacht zu Hause?«

»Jetzt hör aber auf«, schaltete Magdalena sich zaghaft ein.

»Etwas war in letzter Zeit mit Viktor geschehen«, sagte Rebecka. »Er hatte sich offenbar mit Sanna überworfen. Patrick Mattsson war wütend auf ihn. Ich will wissen, warum. Hatte er ein Verhältnis mit einem Gemeindemitglied? Vielleicht mit einem Mann? Herrscht in Gottes Haus deshalb dieses totale Schweigen?«

Maja Söderberg sprang auf.

»Hast du nicht gehört?«, schrie sie. »Ich habe keine Ahnung! Thomas war Viktors geistlicher Berater. Und Thomas würde mir niemals Dinge erzählen, die ihm in seiner Eigenschaft als Pastor anvertraut worden sind. Weder mir noch der Polizei.«

»Aber jetzt ist Viktor tot!«, fauchte Rebecka. »Und da scheißt er sicher darauf, ob Thomas seine Schweigepflicht bricht. Ich glaube, ihr wisst allesamt mehr, als ihr zugeben wollt. Und ich bin bereit, mit dem, was ich weiß, zur Polizei zu gehen, und dann werden wir ja sehen, was bei einer Voruntersuchung so alles ans Licht kommt.«

Maja starrte sie an.

»Du bist doch total verrückt«, rief sie. »Warum hasst du mich? Hast du geglaubt, er würde deinetwegen mich und die Mädchen verlassen, liegt es daran?«

»Ich hasse dich nicht«, sagte Rebecka müde und erhob sich. »Du tust mir Leid. Ich habe nicht geglaubt, dass er dich verlassen würde. Ich habe mir niemals eingebildet, die Einzige zu sein, es war nur Pech, dass du von mir erfahren hast. Bin ich die Einzige, von der du weißt, oder gibt es noch andere...«

Maja sprang schwankend auf. Dann hob sie einen Finger und richtete ihn auf Rebecka.

»Du«, sagte sie wütend. »Du Kindsmörderin! Raus hier!«

Magdalena ging dicht hinter Rebecka mit zur Tür.

»Tu es nicht, Rebecka«, flehte sie. »Geh nicht zur Polizei, mach keinen Ärger. Wozu soll das denn gut sein? Denk an die Kinder!«

»Aber dann hilf mir doch«, fauchte Rebecka. »Sanna steht mit einem Fuß im Gefängnis, und kein Arsch sagt auch nur einen Mucks. Aber du willst, dass ich den Mund halte!«

Magdalena schob Rebecka vor sich her ins Treppenhaus. Sie schloss hinter ihnen die Tür.

»Du hast Recht«, flüsterte sie. »In letzter Zeit hat mit Viktor etwas nicht gestimmt. Er hatte sich verändert. Wurde aggressiv.«

»Wie meinst du das?«, fragte Rebecka und drückte auf den roten Leuchtknopf, um das Treppenlicht einzuschalten.

»Ja, du weißt schon, seine ganze Art, in der er gebetet und zur Gemeinde gesprochen hat. Ich kann das nicht richtig beschreiben. Er wirkte einfach rastlos. Betete nachts oft in der Kirche und wollte keine Gesellschaft. Vorher war das anders. Da hatte er beim Beten gern andere dabei. Er fastete und schien sich zu quälen. Ich fand, dass er sehr schlecht aussah.«

Das stimmt, dachte Rebecka, die ihn ja auf dem Video gesehen hatte. Hohläugig. Überanstrengt.

»Warum hat er gefastet?«, fragte sie.

Magdalena zuckte mit den Schultern.

»Was weiß ich«, sagte sie. »Manche Dämonen lassen sich nur durch Fasten und Beten austreiben, so steht es ja geschrieben. Aber ich frage mich, ob irgendwer weiß, was mit ihm los war. Thomas weiß es sicher nicht, sie waren in der letzten Zeit kaum noch zusammen.«

»Ach, und was war mit ihnen los?«, fragte Rebecka.

»Jedenfalls nichts, das Thomas dazu veranlasst haben könnte. Viktor umzubringen«, sagte Magdalena. »Ehrlich gesagt, Rebecka, das kannst du doch unmöglich glauben? Aber Viktor schien sich von allen zurückzuziehen. Auch von Thomas. Ich meine nur, dass du diese Familie in Ruhe lassen sollst. Weder Thomas noch Maja können dir etwas sagen.«

»Und wer kann das dann?«, fragte Rebecka.

Als Magdalena keine Antwort gab, fügte sie hinzu:

»Vesa Larsson vielleicht?«

Als Rebecka auf die Straße hinunterkam, dachte sie sofort, dass sie Tjapp aus dem Wagen lassen müsste, denn der Hund musste sicher mal, aber dann fiel ihr ein, dass Tjapp ja verschwunden war. Wenn ihr nun etwas passiert war! Vor ihrem inneren Auge tauchte Tjapps erfrorener, im Schnee liegender Körper auf. Die Augen waren von Krähen oder Raben ausgehackt worden, und ein Fuchs hatte die besten Teile des Bauches verzehrt.

Ich muss Sanna Bescheid sagen, dachte sie und merkte, wie schwer ihr Herz bei diesem Gedanken wurde.

Ein Paar mit einem Kinderwagen kam vorüber. Die Frau war noch jung, vielleicht noch nicht einmal zwanzig. Rebecka fiel auf, dass sie sehnsüchtig ihre Stiefel musterte. Sie kam am alten

Palladium vorüber. Noch immer standen vom Schneefestival Ende Januar die Schnee- und Eisskulpturen da. Zwei einen halben Meter hohe Schneehühner aus Beton waren mitten in der Geologgatan aufgestellt worden, um die Autos auszusperren. Auf ihren Köpfen saßen kleine Schneemützen.

Rebecka hatte überhaupt keine Lust, sich in das leere Auto zu setzen. Ihr ging auf, dass sie sich bereits an Hund und Kinder gewöhnt hatte.

Hör auf damit, fauchte sie sich in Gedanken an.

Sie schaute auf die Uhr. Es war schon halb eins. In zwei Stunden musste sie Sara und Lova holen. Sie hatte ihnen für den Nachmittag einen Besuch im Schwimmbad versprochen. Sie musste etwas essen. Am Morgen hatte sie den Kindern Kakao und Butterbrote vorgesetzt, sie selbst hatte aber nur zwei Becher Kaffee geleert. Und sie wollte vorher noch mit Vesa Larsson sprechen. Sie spürte, wie ihr Zwerchfell sich zusammenzog, als ihr einfiel, dass sie die Aktennotiz zu den neuen Gesetzen für Kleinunternehmen noch immer nicht geschrieben hatte.

Sie lief in den Kiosk und schnappte sich eine Packung Schokokekse, eine Banane und eine Cola. Eine Abendzeitung machte mit folgender Schlagzeile auf: »Viktor Strandgård von Satanisten ermordet!« Darüber stand in kaum lesbarer kleiner Schrift: »Anonymes Gemeindemitglied behauptet:«

»Ach, das ist aber eine kalte Hand«, sagte die Verkäuferin, als Rebecka ihr das Geld gab.

Sie schloss ihre warme trockene Faust um Rebeckas Finger und drückte die Hand eine halbe Sekunde lang, ehe sie sie losließ.

Rebecka lächelte sie überrascht an.

Daran bin ich gar nicht mehr gewöhnt, dachte sie. Mit Fremden zu reden.

Das Auto war inzwischen eiskalt geworden. Rebecka riss die Schale von der Banane und biss energisch hinein. Ihre Finger wurden noch kälter. Sie dachte an die Frau aus dem Kiosk. Die war Mitte sechzig gewesen. Kräftige Arme und üppiger Busen unter einer rosa Mohairjacke. Die selbstgelegten Dauerwellen zu einer Frisur gekämmt, wie sie in den achtziger Jahren modern gewesen war. Ihre Augen waren freundlich gewesen. Danach dachte Rebecka an Sara und Lova. Daran, wie warm die wurden, wenn sie schliefen. Und dann an Tjapp. Tjapp mit ihrem Samtblick und dem wuscheligen schwarzen Fell. Sie hob das Gesicht zur Autodecke und wischte sich mit dem Zeigefinger die Tränen aus den Augen, um ihre Wimperntusche nicht zu verschmieren.

Hör jetzt auf, befahl sie sich wütend und drehte den Zündschlüssel um.

Tjapp liegt in der Finsternis. Dann wird die Klappe über ihr geöffnet, und das Licht einer Taschenlampe blendet sie. Ihr Herz krampft sich vor Angst zusammen, aber sie versucht nicht, sich zu wehren, als zwei harte Hände nach ihr greifen und sie hochheben. Der Flüssigkeitsmangel hat sie passiv und fügsam werden lassen. Aber trotzdem kehrt sie dem Mann, der sie aus seinem Kofferraum hebt, die Kehle zu. Zeigt ihm so viel Unterwerfung, wie das nur möglich ist, solange das Klebeband so fest um ihre Schnauze und ihre Pfoten gezurrt ist. Vergeblich legt sie ihre Kehle bloß und klemmt den Schwanz zwischen die Hinterbeine. Denn hier gibt es keine Gnade.

Pastor Vesa Larssons neugebautes Heim im Bauhausstil lag hinter der Volkshochschule. Rebecka stellte den Wagen auf der Straße ab und schaute zu dem beeindruckenden Bauwerk hoch. Die weißen geometrischen Flächen verschmolzen mit der weißen Landschaft der Umgebung. Im Schneegestöber hätte sie mit Leichtigkeit vorbeifahren können, ohne zu sehen, dass dort ein Haus stand, wenn nicht die Übergänge zwischen den einzelnen Teilen des Hauses gewesen wären, die strahlend in klarem Rot, Gelb und Blau leuchteten. Dass der Architekt bei der Arbeit an den weißen Berg und die samischen Farben gedacht hatte, war nicht zu übersehen.

Vesa Larssons Frau Astrid machte ihr auf. Hinter ihr stand ein kleiner Shetland-Hirtenhund und bellte Rebecka wütend an. Astrid kniff die Augen zusammen und zog angeekelt die Mundwinkel nach unten, als sie sah, wer da vor ihr stand.

»Was willst du?«, fragte sie.

Seit ihrer letzten Begegnung hatte Astrid sicher fünfzehn Kilo zugenommen. Ihre Haare waren mit einem Gummiband achtlos hochgebunden, und sie trug eine Trainingshose und ein verwaschenes Sweatshirt. In Sekundenschnelle hatte sie Rebeckas langen kamelbraunen Mantel, den weichen Schal von Max Mara und den neuen Audi unten auf der Straße registriert. Ein Hauch von Unsicherheit trübte für einen Moment ihren Blick.

Ich hab's ja gewusst, dachte Rebecka gehässig. Dass sie gleich nach dem ersten Kind nichts mehr im Griff haben würde.

Damals war Astrid ein wenig mollig gewesen, aber trotzdem

reizend. Wie ein knuffeliges Lesezeichenengelchen auf einer Wolke. Und Vesa Larsson war der unverheiratete Pastor gewesen, um den die niedlichsten heiratslustigen Pfingstkirchlerinnen gewetteifert hatten.

Es ist eine Befreiung, nicht mehr alle lieben zu müssen, dachte Rebecka. Ich habe sie eigentlich noch nie ausstehen können.

»Ich muss mit Vesa sprechen«, sagte Rebecka und ging ins Haus, noch ehe Astrid ein Wort sagen konnte.

Der Hund wich feige zurück, bellte jetzt aber so energisch, dass er davon ganz heiser wurde. Es klang, als habe er Keuchhusten.

Es gab keine Diele und keinen Windfang. Das ganze Untergeschoss war eine einzige offene Fläche, und Rebecka konnte von der Türöffnung aus Küche, Essecke, die Sitzgruppe an dem großen offenen Kamin und die beeindruckenden Panoramafenster sehen, die ins Schneegestöber schauten. Bei klarem Wetter hätte sie Vittangivaara, Luossavaara und die Kristallkirche sehen können.

»Ist er zu Hause?«, fragte Rebecka und versuchte, den Hund zu übertönen, ohne dabei zu schreien.

Astrid schnaubte zur Antwort.

»Ja, das ist er, aber sei jetzt still!«

Das Letzte war an den wütend blaffenden Hund gerichtet. Sie wühlte in ihrer Tasche, zog eine Handvoll rotbrauner Hundekekse hervor und ließ sie auf den Boden fallen. Der Hund verstummte und machte sich über die Leckerbissen her.

Rebecka hängte ihren Mantel an einen Haken und steckte Mütze und Handschuhe in die Tasche. Wenn sie sie wieder hervorzog, würden sie sicher durchgeweicht sein, aber das half jetzt nichts. Astrid öffnete den Mund, wie um zu protestieren, machte ihn dann aber wieder zu.

»Ich weiß nicht, ob er mit dir reden will«, sagte sie übellaunig. »Er hat die Grippe.«

»Ich gehe aber erst wieder, wenn ich mit ihm gesprochen habe«, sagte Rebecka freundlich. »Es ist wichtig.«

Der Hund, der alle Leckerbissen verzehrt hatte, wandte sich jetzt wieder seinem Frauchen zu, rieb sich an ihren Beinen und bellte abermals verärgert los.

»Hör jetzt auf, Balu«, mahnte Astrid müde. »Ich bin doch keine Hündin.«

Sie versuchte, den Hund wegzuschieben, aber der umklammerte ihre Beine mit seinen Vorderpfoten.

Meine Güte, was für ein Haustyrann, dachte Rebecka.

»Das war durchaus mein Ernst«, sagte Rebecka. »Ich übernachte auf dem Sofa. Du musst die Polizei holen, wenn du mich loswerden willst.«

Astrid gab sich geschlagen. Der Hund und Rebecka – das war einfach zu viel für sie.

»Er ist im Atelier«, sagte sie. »Die Treppe hoch und dann die erste Tür links.«

Rebecka brachte die Treppe mit fünf langen Sprüngen hinter sich. »Erst anklopfen«, rief Astrid hinter ihr her.

Vesa Larsson saß vor dem großen weißen Kachelofen, auf einem mit Lammfell bezogenen Hocker. Auf einer Kachel des Ofens stand in verschlungenen birkenlaubgrünen Buchstaben: »Der Herr ist mein Hirte«. Das war schön. Vermutlich hatte Vesa es selbst geschrieben. Er war nicht angezogen, sondern trug unter einem dicken Bademantel aus Frottee einen gestreiften Schlafanzug. Seine Augen schauten Rebecka müde aus zwei grauen Löchern über seinen Bartstoppeln an.

Dem geht's zwar schlecht, dachte Rebecka, aber eine Grippe ist das nicht.

»Du bist also gekommen, um mir zu drohen«, sagte er. »Fahr nach Hause, Rebecka. Lass die Sache ruhen.«

Sieh an, dachte Rebecka. Die hatten es aber eilig mit Anrufen und Warnungen.

»Schickes Atelier«, sagte sie an Stelle einer Antwort.

»Mmm«, sagte er. »Den Architekten hätte fast der Schlag getroffen, als ich auf Holzboden bestanden habe. Er sagte, Farbe und Tinte und alles Mögliche würden den Boden in null Komma nichts ruinieren. Aber das wollte ich ja gerade so. Der Boden sollte durch die vielen Schöpfungsprozesse patiniert werden.«

Rebecka schaute sich um. Es war ein großes Atelier. Trotz des Schneegestöbers strömte Tageslicht durch die großen Fenster. Überall herrschte peinliche Ordnung. Auf einer Staffelei vor dem Aussichtsfenster stand ein mit einem Leinentuch verhangenes Bild. Der Boden wies, so viel sie sehen konnte, nicht den kleinsten Farbspritzer auf. In der Zeit, als er im Keller der Pfingstkirche gearbeitet hatte, war das anders gewesen. Damals war der ganze Boden mit graphischen Blättern bedeckt, und man wagte kaum, sich zu rühren, aus Angst, eins der vielen Gläser mit Pinseln und Terpentin umzustoßen. Der Terpentingeruch verursachte nach einiger Zeit immer leichte Kopfschmerzen. Hier roch es nur ein wenig nach dem Rauch des Kachelofens. Vesa Larsson sah ihren forschenden Blick und lachte verlegen.

»Ich weiß«, sagte er. »Wenn man endlich das Atelier hat, von dem alle träumen, dann...«

Er beendete diesen Satz mit einem Schulterzucken.

»Mein Vater hat ja in Öl gemalt, weißt du«, sagte er dann. »Das Nordlicht und die Landschaft bei Lapporten und das Ferienhaus in Merasjärvi. Er bekam das nie über. Wollte keinen normalen Job annehmen, sondern saß mit seinen Kumpels zusammen und pichelte. Und dann streichelte er meinen Kopf und sagte: Der Junge glaubt ja, er könnte später mal Lastwagenfahrer werden und alles Mögliche, aber ich habe ihm gesagt, der Kunst, der kann man nicht entrinnen. Aber ich weiß nicht, jetzt kommt es mir nur noch jämmerlich vor, wenn ich mit meinen Malerträumen hier sitze. Das Entrinnen war gar nicht so schwer.«

Sie blickten einander schweigend an. Ohne es zu wissen, dachten beide über die Haare ihres Gegenübers nach. Dass die früher schöner gewesen waren. Als sie freier und wilder wachsen durften. Als ihnen anzusehen gewesen war, dass sie von Freundinnen geschnitten wurden.

»Schöne Aussicht«, sagte Rebecka und fügte hinzu: »Naja, im Moment vielleicht nicht.«

Draußen war nur der Vorhang aus fallendem Schnee zu sehen.

»Warum nicht?«, fragte Vesa Larsson. »Das hier ist vielleicht die beste Aussicht. Schnee und Winter finde ich schön. Alles wird einfacher. Man muss weniger in sich aufnehmen. Weniger Farben. Weniger Gerüche. Kürzere Tage. Der Kopf darf sich ausruhen.«

»Was war mit Viktor?«, fragte Rebecka.

Vesa Larsson schüttelte den Kopf.

»Was hat Sanna dir erzählt?«, fragte er.

»Nichts«, antwortete Rebecka.

»Wieso denn nichts?«, fragte Vesa Larsson misstrauisch.

»Niemand sagt mir auch nur ein Wort«, sagte Rebecka wütend. »Aber ich glaube nicht, dass sie es war. Sie mag zwar manchmal auf dem Mars leben, aber sie kann es nicht gewesen sein.«

Vesa Larsson schaute schweigend ins Schneegestöber hinaus.

»Warum hat Patrick Mattsson gesagt, ich solle dich nach Viktors sexueller Veranlagung fragen?«, fragte Rebecka.

Als Vesa Larsson keine Antwort gab, fügte sie hinzu:

»Hattest du ein Verhältnis mit ihm? Hast du ihm eine Karte geschrieben?«

Vesa Larsson antwortete, ohne ihren Blick zu erwidern.

»Ich habe nicht vor, dazu auch nur ein Wort zu sagen.«

»Dann nicht«, sagte sie hart. »Bald glaube ich noch, dass ihr Pastoren ihn umgebracht habt. Weil er eure finanziellen Tricksereien an die Öffentlichkeit bringen wollte. Oder weil er vielleicht gedroht hat, deiner Frau über euch beide Bescheid zu sagen.«

Vesa Larsson schlug die Hände vors Gesicht.

»Ich war es nicht«, murmelte er. »Ich habe ihn nicht umgebracht.«

Ich drehe hier langsam durch, dachte Rebecka. Renne durch die Gegend und klage alle Welt an.

Sie legte die Faust an die Stirn und versuchte, ihrem Kopf einen vernünftigen Gedanken abzuringen.

»Ich verstehe das nicht«, sagte sie. »Ich verstehe nicht, warum ihr schweigt. Ich begreife nicht, warum jemand das Messer in Sannas Küchenbank gelegt hat.«

Jetzt drehte Vesa Larsson sich um und schaute sie erschrocken an.

»Wie meinst du das?«, fragte er. »Was für ein Messer?«

Rebecka hätte sich die Zunge abbeißen mögen.

»Die Polizei hat das noch nicht an die Presse weitergereicht«, sagte sie. »Aber sie haben die Mordwaffe in Sannas Wohnung gefunden. In ihrer Küchenbank.«

Vesa Larsson starrte sie an.

»O Gott«, sagte er. »Herrgott!«

»Was ist los?«

Vesa Larssons Gesicht verwandelte sich in eine unbewegliche Maske.

»Ich habe die Schweigepflicht einmal zu oft gebrochen«, sagte er.

»Jetzt scheiß doch auf die Schweigepflicht«, rief Rebecka. »Viktor ist tot. Er scheißt jedenfalls darauf, ob du ihm gegenüber deine Schweigepflicht brichst.«

»Ich meine meine Schweigepflicht Sanna gegenüber.«

»Ja, klasse!«, explodierte Rebecka. »Dann rede eben nicht mit mir! Aber ich werde jeden Stein umdrehen, um zu sehen, was darunter hervorkriecht. Und ich fange mit der Gemeinde und euren finanziellen Affären an. Und aus Sanna werde ich noch heute Nachmittag die Wahrheit herausquetschen.«

Vesa Larsson schaute sie mit gequälter Miene an.

»Kannst du es nicht aufgeben, Rebecka? Fahr nach Hause. Lass dich nicht benutzen.«

»Wie meinst du das?«

Er schüttelte resigniert den Kopf.

»Tu, was du für richtig hältst«, sagte er. »Aber mir kannst du nichts wegnehmen, was ich nicht schon verloren habe.«

»Der Teufel soll euch alle holen«, sagte Rebecka, ohne irgendein Gefühl in diesen Satz zu legen.

»Wer unter euch ohne Sünde ist...«, sagte Vesa Larsson.

Aber klar doch, dachte Rebecka. Ich bin ja eine Mörderin. Eine Kindsmörderin.

Rebecka steht im Schuppen ihrer Großmutter und hackt Holz. Nein, hacken ist nicht das richtige Wort. Sie hat sich die dicksten und schwersten Holzstücke ausgesucht und spaltet sie in einer Art Fieberzustand. Jagt die Axt mit aller Kraft in das unwillige Holz. Hebt die Axt, während das Holzscheit noch an der Klinge hängt, und knallt dessen Rückseite mit voller Wucht auf den Hackklotz. Gewicht und Kraft treiben die Axt wie einen Keil in den Klotz. Jetzt muss sie zerren und ziehen. Am Ende ist das Scheit in zwei Teile gespalten. Sie zerteilt die Hälften abermals in zwei Teile und legt dann das nächste Scheit auf den Hackklotz. Der Schweiß strömt ihr über den Rücken. Ihre Schultern und Arme schmerzen vor Anstrengung, aber sie gönnt sich keine Pause. Wenn sie Glück hat, dann verliert sie dabei das Kind. Niemand hat ihr gesagt, dass sie kein Holz hacken darf. Und dann wird Thomas vielleicht sagen, es sei nicht Gottes Wille gewesen, dass sie auf die Welt kommt.

Es, korrigiert Rebecka sich. Dass es nicht Gottes Wille war, dass es geboren wurde. Obwohl sie im tiefsten Herzen weiß, dass es ein Mädchen ist. Johanna.

Als sie Viktors Stimme hinter sich hört, läuft das Band in ihrem Kopf zurück, und ihr geht auf, dass er schon mehrere Male ihren Namen gesagt hat, ohne dass sie ihn gehört hätte.

Es ist ein seltsames Gefühl, dass er dort auf dem zerbrochenen Stuhl sitzt, der nie zu Brennholz zerteilt wird. Die Lehne ist nicht mehr vorhanden, und hinten auf dem Sitz sind nur noch die Löcher der Holzstäbe zu sehen. Der Stuhl wartet jetzt schon seit Jahren darauf, verbrannt zu werden.

»Wer hat es dir gesagt?«, fragt Rebecka.

»Sanna«, antwortet er. »Sie hat gesagt, du würdest schrecklich wütend sein.«

Rebecka zuckt mit den Schultern. Sie bringt es nicht über sich, wütend zu werden.

»Wer weiß es sonst noch?«, fragt sie.

Jetzt ist Viktor derjenige, der mit den Schultern zuckt. Es ist also schon bekannt. Natürlich. Was hat sie denn gedacht? Er trägt seine gebraucht gekaufte Lederjacke und einen langen Schal, den irgendein Mädchen ihm gestrickt hat. Seine Haare weisen einen ordentlichen Mittelscheitel auf und verschwinden unter diesem Schal.

»Heirate mich«, sagt er.

Rebecka mustert ihn bestürzt.

»Hast du den Verstand verloren?«

»Ich liebe dich«, sagt er. »Ich liebe das Kind.«

Es duftet nach Sägespänen und Holz. Draußen hört sie, wie der Regen vom Dach tropft. Das Weinen steckt ihr im Hals fest und tut weh.

»So, wie du alle deine Brüder und Schwestern liebst, Freunde und Feinde?«, fragt sie.

Wie Gottes Liebe. Für alle gleich. Fertig verpackt wird sie an alle verteilt, die sich in der Warteschlange anstellen. Solche Liebe ist vielleicht für sie bestimmt. Sie sollte nehmen, was sie bekommen kann.

Er sieht so müde aus.

Wo bist du nur hingegangen, Viktor?, denkt sie. Seit deiner Reise zu Gott stehen so unendlich viele Menschen in der Schlange und wollen ihr kleines Stück von dir.

»Ich würde dich niemals im Stich lassen«, sagt er. »Das weißt du.«

»Du begreifst doch überhaupt nichts«, sagt Rebecka, und jetzt laufen ihr Tränen und Rotz übers Gesicht, ohne dass sie etwas dagegen unternehmen könnte. »Sowie ich ja sage, bin ich doch schon im Stich gelassen.«

Abends um halb sieben traf Rebecka mit Sara und Lova auf der Wache ein. Sie hatten den Nachmittag im Schwimmbad verbracht.

Sanna kam ins Sprechzimmer und sah Rebecka an, als ob die sie bestohlen hätte.

»Ach, jetzt kommt ihr also«, sagte sie. »Ich dachte schon fast, ihr hättet mich vergessen.«

Die Mädchen zogen ihre Mäntel aus und sprangen jede auf einen Stuhl. Lova lachte über ihre Haare, die unterhalb ihrer Mütze zu Eis erstarrt waren.

»Schau mal, Mama«, sagte sie und schüttelte den Kopf, bis die Eiszapfen in ihren Haaren klirrten.

»Nach dem Baden haben wir Würstchen und Kartoffelpüree gekriegt«, erzählte Lova eifrig. »Und Ida und ich treffen uns am Samstag, ja, Rebecka?«

»Ida ist ein Mädchen in ihrem Alter, das sie im Planschbecken kennengelernt hat«, erklärte Rebecka.

Sanna schaute Rebecka mit einem seltsamen Blick an, und Rebecka erzählte nichts davon, dass Idas Mutter eine alte Klassenkameradin von ihr war.

Warum habe ich das Gefühl, dass ich mich entschuldigen und alles erklären muss?, überlegte sie wütend. Ich habe doch nichts verbrochen.

»Ich bin vom Dreimeterbrett gesprungen«, sagte Sara und setzte sich auf Sannas Knie. »Rebecka hat mir gezeigt, wie das geht.«

»Ach«, sagte Sanna gleichgültig.

Sie war bereits verschwunden. Auf dem Stuhl schien nur noch ihre Schale zu sitzen. Sie zeigte nicht einmal eine Reaktion, als sie ihr von Tjapps Verschwinden erzählten. Die Mädchen merkten das und plapperten wild drauflos. Rebecka rutschte unbehaglich hin und her. Nach einer Weile stieg Lova auf ihren Stuhl, sprang dort auf und ab und schrie:

»Ida am Samstag, Ida am Samstag.«

Hoch und nieder, hoch und nieder sprang sie. Bisweilen stand sie gefährlich nah vor einem Sturz. Rebecka war schrecklich nervös. Wenn Lova vom Stuhl fiele, würde sie mit dem Kopf auf die Fensterbank aus Beton schlagen. Und dann könnte sie sich böse verletzen. Sanna schien das alles gar nicht zu bemerken.

Ich werde nicht eingreifen, ermahnte Rebecka sich.

Am Ende packte Sara ihre kleine Schwester am Arm und fauchte:

»Hör auf damit!«

Aber Lova riss sich nur los und sprang unbekümmert weiter.

»Bist du traurig, Mama?«, fragte Sara unglücklich und legte Sanna die Arme um den Hals.

Sanna schaute Sara nicht in die Augen, als sie antwortete. Sie strich ihrer Tochter über die glänzenden blonden Haare. Zog ihr mit den Fingern einen Mittelscheitel und schob ihr die Haare hinter die Ohren.

»Ja«, sagte sie leise. »Ich bin traurig. Du weißt doch, dass ich vielleicht ins Gefängnis muss, und dann kann ich lange nicht eure Mama sein. Deshalb bin ich traurig.«

Sara wurde weiß im Gesicht. Ihre Augen weiteten sich vor Angst.

»Aber du kommst doch bald nach Hause«, sagte sie.

Sanna nahm ihr Kinn in die Hand und schaute ihr in die Augen.

»Nicht, wenn ich verurteilt werde, Sara. Dann bekomme ich lebenslänglich und komme erst wieder raus, wenn du groß geworden bist und keine Mama mehr brauchst. Oder ich werde krank und sterbe im Gefängnis und komme nie wieder raus.«

Das Letzte fügte sie mit einem Lachen hinzu, das überhaupt kein Lachen war.

Saras Lippen spannten sich zu einem Strich.

»Aber wer soll sich dann um uns kümmern?«, flüsterte sie.

Dann schrie sie plötzlich Lova an, die noch immer wie eine Irre auf ihrem Stuhl herumhopste.

»Hör auf damit, hab ich gesagt.«

Lova hörte sofort mit Springen auf und ließ sich auf den Sitz sinken. Ihre halbe Hand verschwand in ihrem Mund.

Rebeckas Augen jagten Blitze zu Sanna hinüber.

»Sanna ist traurig«, sagte sie zu Lova, die mäuschenstill dasaß und ihre große Schwester und ihre Mama ansah.

Dann wandte sie sich an Sara und fügte hinzu:

»Deshalb sagt sie so was. Ich verspreche euch, dass sie nicht ins Gefängnis kommt. Bald wird sie wieder bei euch zu Hause sein.«

Sie bereute das schon in der Sekunde, in der sie den Mund öffnete. Wie konnte sie nur so ein Versprechen abgeben, verdammt noch mal?

Als sie aufbrechen mussten, bat Rebecka die Mädchen, zum Auto zu gehen und dort auf sie zu warten. In ihrem unterdrückten Zorn knirschte sie mit den Zähnen.

»Wie kannst du nur«, fauchte sie. »Sie konnten einen Ausflug machen und baden und hatten ein paar schöne Stunden, aber du...«

Sie schüttelte den Kopf, weil sie die richtigen Worte nicht fand.

»Ich habe heute mit Maja, Magdalena und Vesa gesprochen. Ich weiß, dass mit Viktor irgendwas nicht gestimmt hat. Und du weißt, was das war. Na los, Sanna. Du musst es mir sagen.«

Sanna schwieg. Sie lehnte sich an die mintgrüne Betonwand

und kaute auf einem bereits abgeknabberten Daumennagel herum. Ihr Gesicht war verschlossen.

»Jetzt erzähl schon, verdammt noch mal«, sagte Rebecka drohend. »Was war mit Viktor los? Vesa sagt, dass er seine Schweigepflicht dir gegenüber nicht brechen darf.«

Sanna schwieg noch immer. Sie kaute und kaute auf ihrem Daumennagel herum. Biss in die Nagelhaut und riss einen Hautfetzen ab, so dass sie blutete. Rebecka brach unter ihrem Mantel der Schweiß aus. Sie hätte gern Sannas Haare gepackt und ihren Kopf gegen die Betonwand geschlagen. Ungefähr wie Ronny Björnström, Saras Vater, das getan hatte. Bis er auch das schließlich sattgehabt und sich davongemacht hatte.

Die Mädchen warteten beim Auto. Rebecka fiel ein, dass Lova keine Handschuhe trug.

»Du miese Kuh«, sagte sie am Ende, machte auf dem Absatz kehrt und ging.

Sanna ist nicht mehr in ihrer Zelle. Sie ist durch die Betondecke verschwunden. Hat sich zwischen Atomen und Molekülen durchgedrängt und ist in das Sternenall hinter den Schneewolken hinausgeglitten. Sie hat den Besuch bereits vergessen. Sie hat keine Kinder. Sie ist nur ein kleines Mädchen. Und Gott ist ihre große Mama, die sie unter den Armen fasst und ins Licht hebt, bis es im Bauch kitzelt. Aber sie lässt nicht los. Gott lässt ihr kleines Mädchen nicht los. Sanna braucht keine Angst zu haben. Sie wird nicht stürzen.

Curt Bäckström steht vor dem großen Spiegel im Wohnzimmer und mustert seinen nackten Körper. Das Licht überflutet ihn aus einer Anzahl kleiner Lampen, die er mit roten durchscheinenden Tüchern verhängt hat, und durch vielleicht zwanzig brennende Kerzen. Er hat mit Heftzwecken schwarze Laken vor den Fenstern befestigt, so dass niemand zu ihm hereinblicken kann.

Das Zimmer ist überaus spärlich möbliert. In der Wohnung gibt es keinen Fernseher, kein Radio und keinen Mikrowellenherd. Als er das alles noch hatte, haben die Strahlen und die Signale, die diese Geräte aussandten, ihn krank gemacht. Er wurde mitten in der Nacht von den Stimmen der Elektrogeräte geweckt, selbst wenn diese ausgeschaltet waren. Jetzt kann ihm das alles nichts mehr anhaben, und deshalb hat er die Stecker von Tiefkühltruhe und Kühlschrank wieder in die Steckdose gesteckt. Aber Fernseher oder Radio braucht er nun wirklich nicht. Die senden ja doch nur gottlosen Schund. Rund um die Uhr Mitteilungen Satans.

Er kann sehen, dass er sich verändert hat. Allein in den vergangenen vierundzwanzig Stunden ist er zehn Zentimeter gewachsen. Und seine Haare sind in einem wilden Tempo länger geworden, bald kann er sie in seinem Nacken mit einem Gummiband zusammenfassen. Er hat eine unheimliche Ähnlichkeit mit Viktor Strandgård.

Einen Moment lang versucht er, sich selbst im Spiegel zu finden. Sein altes Ich. Vielleicht funkelt da in seinen Augen etwas auf, aber es ist sofort wieder verschwunden. Das Bild im

Spiegel verschwimmt und wird undeutlich. Er ist wie benommen.

Jetzt wringt er die Hände und hält sie dem Spiegel entgegen. Im roten Licht sieht er Blut und Öl aus den Wunden in seinen Handflächen sickern.

Jetzt müsste Sanna Strandgård hier sein. Sie müsste vor ihm knien und das aus seinen Wunden fließende Öl in einer kleinen Glasflasche auffangen.

Er kann sie vor sich sehen. Wie sie langsam den Korken in die grünlich schimmernde Flasche dreht. Die ganze Zeit haftet ihr Blick an seinem, und ihre Lippen formen das Wort: »Rabbuni!«

Natürlich sind ihm bisweilen auch Zweifel gekommen. Zweifel daran, dass er wirklich auserwählt ist. Zweifel an seiner Fähigkeit, die gewaltige Kraft Gottes in sich aufzunehmen. Als er zuletzt das Abendmahl empfangen hat, konnte er es kaum ertragen. Die Menschen um ihn herum gackerten und tanzten wie Hühner. Während er nur noch mehr ein Teil von Gott wurde. Die Wörter kamen mit Donnerhall auf ihn zu: Das ist mein LEIB. Das ist mein BLUT. Er war mit rauschenden Ohren an seinen Platz zurückgetaumelt. Hatte den Chor nicht gehört. Seine Hände wurden von solcher Kraft erfüllt, dass sie anschwollen. Die Haut um seine Finger spannte sich wie Ballons. Die Haut wurde blank und glatt. Er hatte Angst, sie würde platzen wie die von Würsten in einem Kessel.

Am nächsten Tag kaufte er sich die größten Handschuhe, die er kriegen konnte. Die wird er ab und zu im Haus tragen müssen. Bis die Zeit gekommen ist, in der die Menschen sehen werden.

Als er die Handschuhe bezahlte, überkam ihn plötzlich ein tiefes Unbehagen. Die Frau hinter dem Tresen lächelte ihn an. Er besaß schon seit langem die Fähigkeit, Geister zu erkennen, und als er das Wechselgeld entgegennahm, wurde sie vor seinem Blick verwandelt. Ihre Zähne färbten sich gelb, ihre Augen quollen hervor und wurden trübe wie Milchglas. Die roten

Nägel an den Fingern, die ihm die Münzen reichten, wuchsen zu langen Krallen.

Er wartete mehrere Stunden hinter dem Laden. Aber dann kam die Mitteilung, er brauche sie nicht zu töten, sondern solle seine Kräfte für wichtigere Aufgaben schonen.

Jetzt begibt Curt sich ins Badezimmer. Im Kerzenlicht schlängelt der Dampf sich aus der Badewanne und legt sich als tropfende Feuchtigkeit auf die weißen Fliesen. Die Luft ist gesättigt vom Kupfergeruch des Blutes und dem herben Duft zähflüssigen Öls.

Auf dem Trockengestell aus weißem Kunststoff über der Wanne hängt Tjapps lebloser Rumpf. Die Hinterpfoten sind an Schnüren angebunden. Ihr Blut tropft langsam hinunter ins Wasser. Auf dem Boden neben der Badewanne liegt ihr Kopf. Ihre Schnauze ist noch immer mit Klebeband umwickelt.

Als er sich in das rote Wasser sinken lässt, spürt er sofort, wie sein Körper von den Eigenschaften des Hundes durchströmt wird. Seine Beine werden rasch und lebhaft. Sie zucken unruhig, als er dort liegt. Er könnte aus der Wanne steigen und einen neuen Weltrekord im Hundertmeterlauf aufstellen.

Und er spürt Sanna. Spürt ihre Lippen am Ohr der Hündin. Und jetzt berühren diese Lippen sein Ohr. Sie flüstert: »Ich liebe dich.«

Früher schon hat er sich ihr Kaninchen, ihre Katze und sogar zwei Wüstenratten geholt. Und die ganze Zeit ist Sannas Liebe zu ihm gewachsen.

Er trinkt in großen Schlucken das rote Badewasser. Seine Hände zittern. Er verliert total die Kontrolle über sie, wenn Gott ihn erfasst.

Dann nimmt Gott seine Hand und hebt sie nach oben. Tunkt die Finger in das Blut wie in Tinte und schreibt in unbeholfenen Buchstaben an die Fliesen. Die Buchstaben bilden einen Namen. Darunter steht:

»DIE HURE MUSS STERBEN!«

Und es ward Abend, und es ward Morgen, ▬▬▬▬▬▬▬▬▬ das war der fünfte Tag.

MAJA SÖDERBERG sitzt mitten in der Nacht am Küchentisch. Naja, sitzen ist vielleicht zu viel gesagt. Ihr Hinterteil befindet sich zwar auf dem Stuhl, aber ihr Oberkörper liegt über dem Tisch, und die Beine hängen nach unten. Sie stützt ihr Kinn in eine Hand und starrt das Muster der Tapete an, das wächst und schrumpft, verblasst und wieder auftaucht. Vor ihr steht eine Flasche Wodka. Es war nicht leicht für eine ungeübte Trinkerin wie sie, so viel in sich hineinzuschütten. Aber es ging. Zuerst weinte und schniefte sie. Aber jetzt, jetzt ist es besser. Jetzt scheint irgendeine gütige Seele ihr eine Betäubungsspritze mitten ins Gehirn gesetzt zu haben.

Dann hört sie im Treppenhaus Thomas' Schritte. Die Abendandachten während der Wunderkonferenz erfordern ihre Zeit. Zuerst kommen eben die Andachten. Dann sitzen die Leute im Café und reden miteinander. Und immer gibt es ganz besonders glühende Seelen, die noch länger bleiben und bis zum frühen Morgen beten. Und dann muss Thomas dabei sein. Das versteht sie. Sie versteht alles.

Sie hört, wie er vorsichtig die Füße auf die Treppenstufen setzt, um sie nicht mitten in der Nacht zu stören. Er ist so verdammt umsichtig. Solange die Nachbarn etwas merken könnten.

Seine Schritte erwecken ihren Zorn.

Pscht, macht sie. Aber der Zorn schläft nicht wieder ein. Er ist erwacht und rasselt an seinen Ketten. Lass mich los, gurgelt er mit dumpfer Stimme. Lass mich los, dann mach ich ihn fertig.

Und dann steht er am Küchentisch. Reißt voller Entsetzen Augen und Mund auf. Er sieht einfach lächerlich aus. Drei klaffende Löcher unter seiner Pelzmütze. Sie lächelt ein schräges Lächeln. Muss mit der Hand ihren Mund abtasten. Ja, der Mund sitzt schräg in ihrem Gesicht. Wie ist er nur da gelandet?

»Was machst du denn da?«, fragt er.

Was sie da macht? Kann er das nicht sehen? Sie säuft, was sonst? Sie ist in den staatlichen Alkoholladen marschiert und hat das Haushaltsgeld für diese Woche in Schnaps angelegt.

Er läuft über vor Vorwürfen und Fragen. Wo sind die Kinder? Weiß sie denn nicht, wie klein diese Stadt ist? Wie soll er anderen erklären, dass seine Frau im Schnapsladen einkauft?

Da öffnet ihr Mund sich und heult los. Die Betäubung in Mund und Gehirn ist verflogen.

»Halt die Fresse, du Arsch«, schreit sie. »Rebecka war hier. Kapierst du? Ich komme ins Gefängnis!«

Er sagt, sie solle ganz ruhig bleiben. Und an die Nachbarn denken. Sie seien ein Team, eine Familie. Die es gemeinsam schaffen werde. Aber Maja kann einfach nicht aufhören zu schreien. Flüche und Verwünschungen, die sie noch nie in ihren Mund genommen hat, strömen nur so aus ihr heraus. Du Arsch! Du verdammtes heuchlerisches Schwein!

Viel später, als er sich davon überzeugt hat, dass Maja wie tot schläft, geht Thomas zum Telefon und wählt eine Nummer.

»Es geht um Rebecka«, sagt er in den Hörer. »Ich kann nicht zulassen, dass sie so weitermacht.«

Freitag, 21. Februar

Es schneite nicht mehr, dafür wehte der Wind. Ein quälender, schneidender, eiskalter Wind fegte über Wälder und Straßen. Er riss den Schnee mit sich und glättete die ganze Landschaft zu einer weißen, gleichmäßigen Decke. Der Morgenzug nach Luleå steckte stundenlang fest, und die von den Hausbesitzern aufgehäuften Schneewehen wurden in die Auffahrten zurückgetragen und versperrten die Garagentore. Der Wind jagte auf seiner Suche nach lockerem Schnee um die Hausecken und stahl sich unter die Kragen von fluchenden Zeitungsboten.

Rebecka Martinsson kämpfte sich auf Sivvings Haus zu. Sie zog den Kopf ein und senkte die Schultern wie ein angriffslustiger Stier. Ihr wurde so viel Schnee ins Gesicht gewirbelt, dass sie kaum etwas sehen konnte. Unter dem einen Arm trug sie Lova wie ein Bündel, in der anderen Hand hielt sie den Rucksack der Kleinen, der aus rosafarbenem Jeansstoff genäht war.

»Ich kann selbst gehen«, jammerte Lova.

»Das weiß ich, Herzchen«, sagte Rebecka. »Aber dann schaffen wir es nicht rechtzeitig. Es geht schneller, wenn ich dich trage.«

Sie öffnete Sivvings Tür mit dem Ellbogen und ließ Lova in die Diele fallen.

»Hallo«, rief sie, und sofort bellte Bella zur Antwort eifrig los. Sivving erschien in der Kellertür.

»Danke, dass du sie nehmen kannst«, sagte Rebecka atemlos und versuchte vergeblich, Lova die Schuhe auszuziehen, ohne die Schnürsenkel aufzubinden. »Diese Trottel. Die hätten mir ja wohl Bescheid sagen können, als ich sie gestern geholt habe.«

Als sie Lova zum Kindergarten gebracht hatte, war ihr mitgeteilt worden, dass das Personal einen Planungstag hatte und dass deshalb an diesem Tag kein Kind dort bleiben konnte. In einer Stunde sollte die Untersuchungshaft verhandelt werden, sie hatte es also sehr eilig. Und schon bald würde der Wind so viel Schnee auf ihr Auto häufen, dass sie ohnehin nicht mehr losfahren könnte. Und dann würde sie nie im Leben rechtzeitig im Gericht sein.

Sie versuchte, die Schnürsenkel aufzureißen, aber Sara hatte doppelte Patentknoten gemacht, als sie morgens ihrer kleinen Schwester beim Schuhanziehen geholfen hatte.

»Lass mich das machen«, sagte Sivving. »Du hast es doch eilig.«

Er hob Lova hoch und setzte sich mit ihr auf dem Knie auf einen kleinen grünen Holzstuhl, der unter seiner Körperfülle fast verschwand. Geduldig machte er sich an den Knoten zu schaffen.

Rebecka bedachte ihn mit einem dankbaren Blick. Der Eilmarsch vom Kindergarten zum Auto und vom Auto zu Sivving hatte ihr den Schweiß ausbrechen lassen. Sie spürte, wie ihre Bluse an ihrem Körper klebte, aber nie im Leben würde sie jetzt duschen und sich umziehen können. Ihr blieb noch eine halbe Stunde.

»Jetzt bleibst du bei Sivving und ich hole dich bald wieder ab, okay?«, sagte sie zu Lova.

Lova nickte und hob ihr Gesicht zu Sivving, wobei sie die Unterseite seines Kinns betrachten konnte.

»Warum heißt du Sivving?«, fragte sie. »Das ist doch ein komischer Name.«

»Ja, wirklich witzig«, lachte Sivving. »Eigentlich heiße ich Erik.«

Rebecka schaute ihn überrascht an und vergaß ganz, dass sie es eilig hatte.

»Was?«, fragte sie. »Du heißt gar nicht Sivving? Aber warum wirst du dann so genannt?«

»Weißt du das nicht?« Sivving lachte wieder. »Das war meine Mutter. Ich hab doch in Stockholm Bergbau studiert. Danach bin ich nach Hause zurückgekommen und habe bei der LKAB gearbeitet. Und meine Mutter machte darum ein gewaltiges Aufheben. Sie war natürlich stolz auf mich. Und sie hatte sich von den Leuten im Ort so viele Gemeinheiten anhören müssen, als sie mich zum Studium nach Stockholm geschickt hatte. Das war ja eigentlich das Vorrecht der feinen Leute, und sie sollte sich also nicht einbilden, dass sie etwas Besseres wäre, fanden alle.«

Er grinste bei dieser Erinnerung und erzählte dann weiter:

»Jedenfalls mietete ich mir dann in der Arent Grapegatan ein Zimmer, und meine Mutter ließ mir einen Telefonanschluss legen. Und sorgte dafür, dass auch mein Titel im Telefonbuch stand: Civ. Ing., wie es eben offiziell abgekürzt wird. Und du kannst dir ja vorstellen, was ich mir dann anhören musste: Ach, der Civ. Ing. lässt sich auch mal wieder blicken? Aber schließlich vergaßen alle, woher dieser Spitzname kam, und ich wurde ganz allgemein Sivving genannt. Ich hatte mich auch schon daran gewöhnt. Sogar Maj-Lis nannte mich Sivving.«

Rebecka schaute ihn mit überraschtem Lächeln an.

»Meine Güte«, sagte sie.

»Hattest du es nicht eilig?«, fragte Sivving.

Sie fuhr zusammen und stürzte aus der Tür.

»Bau jetzt aber keinen Unfall«, rief er ihr durch den Wind hinterher.

»Bring mich bloß nicht auf unbewusste Wünsche«, schrie sie zurück und verschwand im Auto.

Gott, wie ich aussehe, dachte sie, als der Wagen über die kurvenreiche Straße zur Stadt schlingerte. Wenn ich doch nur eine halbe Stunde hätte, um zu duschen und mir etwas anderes anzuziehen.

Den Weg in die Stadt kannte sie jetzt in- und auswendig. Sie brauchte sich nicht mehr so hundertprozentig zu konzentrieren, sondern konnte ihren Gedanken freien Lauf lassen.

Rebecka liegt auf dem Bett und presst sich die Hände auf den Bauch.

So schlimm war das auch wieder nicht, sagt sie zu sich. Und jetzt ist es vorbei.

Weißgekleidete, fremde Menschen mit sanften, unpersönlichen Händen. (»Also, Rebecka, ich bringe in deinem Arm nur die Kanüle für den Tropf an«, ein kalter Wattebausch auf der Haut, die Hände der Krankenschwester sind ebenfalls kalt, vielleicht hat sie sich ein paar Minuten erschlichen und in der Frühlingssonne auf dem Balkon geraucht, »es wird ein bisschen piksen, so, das war's schon.«)

Sie hatte die ganze Zeit die Sonne angeschaut, die über den Schnee hinwegspülte und die Welt draußen fast quälend hell machte. Das Glück floss durch einen Plastikschlauch direkt in ihren Arm. Alles Schwere, Traurige verrann, und nach einer Weile kamen zwei Weißkittel und rollten sie in den Operationssaal.

Das war gestern Morgen. Jetzt liegt sie hier, und ihr Bauch brennt vor Schmerz. Sie hat mehrere Schmerztabletten genommen, aber das hilft nichts. Sie friert und friert. Wenn sie duscht, wird ihr warm werden. Vielleicht lässt dann auch der Krampf im Magen nach.

Unter der Dusche strömt klumpiges Blut aus ihr heraus. Entsetzt sieht sie zu, wie es an ihrem Bein hinunterläuft.

Sie muss wieder ins Krankenhaus. Wieder wird ihr Arm an den Tropf angeschlossen, und diesmal muss sie über Nacht bleiben.

»Es besteht wirklich keine Gefahr«, sagt eine Schwester, als

sie Rebeckas zusammengekniffene Lippen sieht. »Aber es kommt vor, dass eine Abtreibung eine Infektion verursacht. Das liegt nicht an mangelhafter Hygiene, du bist nicht schuld daran. Und jetzt bekommst du ein Antibiotikum, das alles in Ordnung bringt.«

Rebecka versucht, das Lächeln der Frau zu erwidern, aber ihr gelingt nur eine komische Grimasse.

Das ist keine Strafe, denkt sie. So ist Er nicht. Das ist keine Strafe.

Am Freitag, dem 21. Februar, um 10:25 wurde Sanna Strandgård unter dem Verdacht, ihren Bruder Viktor Strandgård ermordet zu haben, in Untersuchungshaft genommen. Presse- und Fernsehmitarbeiter machten sich wie eine Schar ausgehungerter Raben über diese Nachricht her. Der Gang vor dem Gerichtssaal wurde von Blitzlichtern und Scheinwerfern beleuchtet, als der stellvertretende Staatsanwalt Carl von Post zu den Medien sprach.

Rebecka Martinsson befand sich zusammen mit Sanna im Warteraum hinter dem Gerichtssaal. Zwei Wachen standen bereit, um Sanna zum Transportfahrzeug zu führen und dann zur Wache zurückzufahren.

»Wir legen natürlich Widerspruch ein«, sagte Rebecka.

Sanna drehte zerstreut eine Locke zwischen Daumen und Zeigefinger.

»Meine Güte, dieser junge Typ, der Protokoll geführt hat, der hat mich ja vielleicht angestarrt. Ist dir das aufgefallen?«

»Du willst doch, dass ich Widerspruch einlege, oder?«

»Er hat mich angesehen, als ob wir alte Bekannte wären, aber ich kenne ihn wirklich nicht.«

Rebecka ließ wütend ihre Aktentasche zuschnappen.

»Sanna, du stehst unter Mordverdacht. Alle im Gerichtssaal haben dich angesehen. Soll ich Widerspruch einlegen oder nicht?«

»Doch, sicher, natürlich«, sagte Sanna mit einem Blick zu den Wärtern. »Fahren wir?«

Als sie verschwunden waren, blieb Rebecka stehen und

starrte die Tür an, die zum Parkplatz führte. Die Tür zum Gerichtssaal hinter ihr wurde geöffnet. Als sie sich umdrehte, begegnete sie Anna-Maria Mellas forschendem Blick.

»Wie geht's?«

»Naja«, gab Rebecka mit einer Grimasse zu. »Und selbst?«

»Tja... naja.«

Anna-Maria ließ sich auf einen Stuhl sinken. Sie zog den Reißverschluss ihrer voluminösen Daunenjacke auf und ließ ihren Bauch heraus. Danach riss sie sich die grauweiße Strickmütze vom Kopf, strich sich aber die Haare nicht glatt.

»Ehrlich gesagt sehne ich mich danach, wieder Mensch zu sein«, sagte sie.

»Mensch zu sein, was bedeutet das?«, fragte Rebecka lächelnd.

»Priemen und Kaffee trinken zu können wie alle Welt«, sagte Anna-Maria lachend.

Ein junger Mann von vielleicht zwanzig erschien mit einem Block in der Hand in der Türöffnung.

»Frau Martinsson?«, fragte er. »Haben Sie eine Minute Zeit?«

»Nachher«, sagte Anna-Maria Mella freundlich.

Sie erhob sich und schloss die Tür.

»Wir werden Sannas Töchter vernehmen«, sagte Anna-Maria ohne Umschweife, als sie sich wieder gesetzt hatte.

»Nein, aber... das soll doch wohl ein Witz sein?«, stammelte Rebecka. »Die wissen doch nichts. Die lagen schlafend in ihren Betten, als er ermordet worden ist. Und soll etwa dieser... soll von Post seine Macho-Verhörmethoden an zwei Mädchen von elf und vier Jahren auslassen dürfen? Und wer soll sich danach um sie kümmern? Du vielleicht?«

Anna-Maria ließ sich auf dem Stuhl zurücksinken und presste eine Hand unter ihre Rippen.

»Ich habe ja gemerkt, dass du empört darüber warst, wie er mit Sanna gesprochen hat...«

»Ja, wirklich, du vielleicht nicht?«

279

»...aber ich werde dafür sorgen, dass die Vernehmung der Mädchen so glimpflich abläuft wie irgend möglich. Ein Arzt von der Klinik für Kinderpsychiatrie wird dabei sein.«

»Warum?«, fragte Rebecka. »Warum sollen sie vernommen werden?«

»Du musst doch einsehen, dass uns nichts anderes übrig bleibt. Bei Sanna ist die eine Mordwaffe gefunden worden, aber wir haben keine technischen Beweise dafür, dass sie etwas mit dieser Waffe zu tun hatte. Die andere Mordwaffe haben wir noch nicht gefunden. Wir haben also nur Indizien. Sanna hat erzählt, dass Sara bei ihr war, als sie Viktor gefunden hat, und dass Lova im Pulk lag und schlief. Die Mädchen haben vielleicht etwas Wichtiges gesehen.«

»Sie haben gesehen, wie ihre Mama Viktor umgebracht hat, meinst du?«

»Wir müssen diese Möglichkeit jedenfalls ausschließen können«, sagte Anna-Maria trocken.

»Ich will dabei sein«, sagte Rebecka.

»Natürlich«, antwortete Anna-Maria entgegenkommend. »Ich werde Sanna Bescheid sagen, ich fahre jetzt ja ohnehin zur Wache. Sie sah ziemlich gefasst aus, fand ich.«

»Sie war überhaupt nicht da«, sagte Rebecka düster.

»Es ist sicher schwer, sich vorzustellen, was sie durchgemacht hat, als sie vor dem Untersuchungsrichter stehen musste.«

»Ja«, sagte Rebecka.

Sie haben sich bei Gunnar Isaksson versammelt. Die Pastoren, die Ältesten Brüder und Rebecka. Rebecka kommt als Letzte, obwohl auch sie zehn Minuten zu früh eintrifft. Sie hört, wie das Gespräch im Wohnzimmer verstummt, als Gunnar die Tür aufmacht.

Weder Gunnars Frau Karin noch die Kinder sind zu Hause, aber in der Küche stehen auf dem runden Esstisch zwei große Thermoskannen. Die eine enthält Kaffee, die andere Teewasser.

Auf einer runden versilberten Platte liegen unter einer gelbweißgestreiften Stoffserviette Plätzchen und Kringel. Karin hat auch Tassen, Untertassen und Löffel bereitgestellt. Sie hat sogar ein Kännchen mit Milch gefüllt. Aber der Kaffeeklatsch muss noch warten. Zuerst wird geredet.

»*Du möchtest bestimmt wissen, warum wir dich hergebeten haben.*«

Frans Zachrisson spricht die ersten Worte. Er gehört zu den Ältesten Brüdern. Normalerweise ignoriert er sie mehr oder weniger. Er kann weder Rebecka noch Sanna leiden. Aber jetzt ist sein Blick besorgt und mild. Seine Stimme ist erfüllt von Wärme und Fürsorge. Das macht Rebecka Angst. Sie gibt keine Antwort, sie setzt sich einfach nur, als er sie dazu auffordert.

Einige der anderen Ältesten Brüder betrachten sie mit ernster Miene. Sie sind alle mittleren Alters oder noch älter. Vesa Larsson und Thomas Söderberg sind mit Anfang dreißig die Jüngsten.

Vesa Larsson starrt den Tisch an. Thomas Söderberg sitzt vornübergebeugt auf seinem Stuhl und stützt die Ellbogen auf die Knie. Seine Stirn ruht auf seinen gefalteten Händen und seine Augen sind geschlossen.

»*Thomas hat seine Kündigung eingereicht*«, *sagt Frans Zachrisson.* »*Nach allem, was passiert ist, glaubt er nicht, in der Gemeinde, der du angehörst, noch als Pastor wirken zu können, Rebecka.*«

Die Brüder nicken zustimmend, und Frans Zachrisson fährt fort:

»*Das, was passiert ist, ist auch in meinen Augen ein schwerwiegendes Vergehen. Aber ich glaube auch an Vergebung. Vergebung durch Gott und die Menschen. Ich weiß, dass Gott Thomas bereits vergeben hat, und ich habe ihm ebenfalls vergeben. Das haben wir alle.*«

Er verstummt. Überlegt vielleicht eine Weile, ob er auch sagen sollte, dass ihr vergeben ist, Rebecka. Aber das ist ein schwieriges Kapitel. Sie hat trotz Thomas Söderbergs selbstlosem Flehen abtreiben lassen. Und sie zeigt keinerlei Anzeichen von Reue. Kann es denn dort, wo keine Reue ist, Vergebung geben?

Rebecka versucht sich zu zwingen, aufzublicken und Frans Zachrissons Blick zu begegnen. Aber das schafft sie nicht. Sie sind zu viele. Sie sind so viel mächtiger als sie.

»Wir haben versucht, Thomas zur Rücknahme seiner Kündigung zu bewegen, aber das will er nicht. Es wäre auch schwer für ihn, weiterhin hier zu arbeiten, wo er doch immer an seinen Fehltritt erinnert werden würde...«

Wieder verstummt er, und Pastor Gunnar Isaksson nutzt die Gelegenheit, um auch ein paar Worte zu sagen. Rebecka schielt zu ihm hinüber. Gunnar sitzt zurückgelehnt auf dem Ledersofa. Sein Blick ist, ja, er ist fast lüstern. Er sieht aus, als könnte er jederzeit seine dicke kleine Hand ausstrecken, sie packen und mit Haut und Haaren verschlingen. Sie erkennt, dass er Thomas Söderbergs Notlage genießt. Thomas ist viel zu intellektuell für seinen Geschmack und sein Verständnis. Kann Griechisch und brüstet sich immer wieder damit, was im Originaltext steht. Hat an der Universität Theologie studiert. Gunnar hat nur die Hauptschule besucht. Es muss für ihn ein reines Zuckerschlecken gewesen sein, in letzter Zeit mit den Brüdern über Thomas Söderbergs »Schwäche« diskutieren zu können.

Gunnar Isaksson weist darauf hin, dass auch er Versuchungen ausgesetzt worden ist, doch dass sich gerade in solchen Situationen die Beziehung zu Gott bewährt. Er berichtet, dass er auf die Frage der Ältesten Brüder, ob er Thomas Söderberg noch immer Vertrauen entgegenbringen könne, um einen Tag Bedenkzeit gebeten hat, ehe er ihnen sein »Ja« übermitteln konnte. Seine Entscheidung solle unverbrüchlich bei Gott verankert sein. Er hoffe auf Rebeckas Verständnis.

»Wir glauben, dass Gott große Pläne mit Kiruna hat«, fällt Alf Hedman, ein anderer Ältester Bruder, ihm ins Wort, »und wir glauben, dass Thomas in diesen Plänen eine wichtige Rolle spielt.«

Rebecka weiß genau, warum sie hergebeten worden ist. Thomas kann nicht in einer Gemeinde bleiben, in der sie Mitglied ist, denn dann wird er immer wieder an seine Sünde erinnert. Und alle wollen Thomas behalten. Sie tut ihnen sofort ihren Willen.

»Er braucht nicht zu kündigen«, sagt sie. »Ich werde mich doch ohnehin aus der Gemeinde abmelden, weil ich zum Studium nach Uppsala gehe.«

Alle gratulieren ihr zu dieser Entscheidung. In Uppsala gibt es außerdem eine hervorragende Gemeinde, der sie beitreten kann.

Jetzt wollen sie für sie beten. Rebecka und Thomas müssen sich nebeneinander auf zwei Stühle setzen, die anderen stellen sich im Kreis um sie auf und legen ihnen im Gebet die Hände auf. Bald wogt die Rede in Zungen durch das Fenster und zum Himmel hoch.

Ihre Hände sind wie Insekten, die über sie hinwegkriechen. Überall. Nein, wie glühendheiße Platten, die sich durch ihre Kleider und ihre Haut hindurchbohren. Und ihre Seele rinnt aus ihr hinaus. Ihr wird schlecht. Sie möchte sich übergeben. Aber auch das gelingt ihr nicht. Sie ist gefangen unter diesen vielen Männern, die die Hände auf ihren Körper legen. Sie tut nur eins. Sie schließt die Augen nicht. Das aber soll die Person tun, für die Fürbitte erhoben wird. Sie soll sich öffnen. Innerlich und nach oben. Doch sie behält die Augen offen. Klammert sich an die Wirklichkeit, indem sie ihre Knie anstarrt. Sie starrt einen kaum sichtbaren Fleck auf ihrem Rock an.

»Du bleibst doch noch zum Kaffee?«, sagt Gunnar Isaksson, als sie fertig sind.

Und sie bleibt brav. Die Pastoren und die Ältesten Brüder machen sich wollüstig über Karins Backwerk her. Bis auf Thomas, der gleich nach den Fürbitten verschwindet. Die anderen reden über Wind und Wetter und die bevorstehende Serie von Andachten, die sie zu Ostern abhalten werden.

Niemand spricht mit Rebecka. Sie scheint gar nicht anwesend zu sein. Sie kaut auf einer Kokosmakrone herum. Die ist trocken und zerkrümelt in ihrem Mund, und sie trinkt große Schlucke Tee, um das Gebäck hinunterzuspülen. Als sie die Makrone verzehrt hat, stellt sie ihre Tasse hin, murmelt einen Abschiedsgruß und schleicht sich zur Tür. Wie eine Diebin.

ANNA-MARIA MELLA kämpfte sich zu ihrem Haus durch. Die Auffahrt war wieder zugeweht worden, und der Wagen war vor den Torpfosten stecken geblieben.

Sie trat den vor der Tür angehäuften Schnee mit dem Fuß beiseite und riss die Tür auf. Brüllte ins Haus hinein:

»Robert!«

Keine Antwort. Aus Marcus' Zimmer war laute Musik zu hören. Den bat sie lieber nicht, Schnee zu schaufeln. Das würde nur zu einer Diskussion von einer halben Stunde führen. Und dann könnte sie die Arbeit auch gleich selbst übernehmen. Aber das brachte sie jetzt einfach nicht über sich. Der Schnee klebte im Türrahmen, und sie musste die Tür zuknallen. Robert war sicher mit Jenny und Peter irgendwohin gefahren. Vielleicht zu seiner Mutter.

Marcus hatte Freunde zu Besuch. Vermutlich Kumpels aus seiner Hockeymannschaft. Auf dem Boden in der Diele schwamm seine Trainingstasche im Schmelzwasser seiner Schuhe, zusammen mit zwei Taschen, die Anna-Maria nicht kannte. Sie stieg über die Hockeyschläger hinweg und warf die nassen Trainingstaschen ins Gästebad. Wischte den Boden auf und stellte Schuhe und Schläger ordentlich neben die Tür.

Als sie die nassen Trainingsanzüge in die Waschküche bringen wollte, kam sie an der Küche vorbei. Auf dem Tisch standen ein Milchkarton und eine Packung Kakaopulver. Vom Frühstück? Oder von Marcus und seinen Kumpanen? Sie schüttelte die Milch vorsichtig und roch daran. Die war in Ordnung. Sie stellte sie in den Kühlschrank. Schaute müde zum überfüllten

Spülstein hinüber und ging zur Kellertür. Hinter dieser Tür standen noch immer zwei Kartons mit Christbaumschmuck. Eigentlich hätte Robert sie nach unten bringen sollen.

Sie ging in den Keller hinunter. Stolperte über schmutzige Kleidungsstücke, die die Familie einfach auf den Boden geworfen hatte, brachte sie in die Waschküche und seufzte. Seit tausend Wochen hatte sie nicht mehr die Kraft gehabt, sich zum Bügeln und Zusammenfalten hinzustellen. Auf dem Tisch lag ein Haufen Bügelwäsche, der es mit dem Berg Tolpagorni aufnehmen konnte. Die schmutzige Wäsche dagegen türmte sich auf dem Boden vor der Waschmaschine. In den Ecken lauerten die Wollmäuse. Wohlgenährt und ohne die geringste Angst vor den Menschen. Um den Abfluss zog sich ein nasser, schwarzer Schmutzrand.

Im Mutterschaftsurlaub, dachte sie. Dann werde ich Zeit haben.

Sie stopfte eine Ladung ehemals weißer Socken, Unterwäsche, Laken und Handtücher in die Waschmaschine. Stellte sie auf sechzig Grad ein und drehte den Programmknopf auf B. Die Waschmaschine sprang mit einem angestrengten Brummen an, und Anna-Maria wartete auf das übliche Klicken, das wie ein kurzes Morsesignal mitteilte, dass das Programm in Gang gesetzt war, worauf dann das Geräusch des in die Trommel rauschenden Wassers folgte, doch diesmal passierte nichts. Die Maschine brummte einfach weiterhin monoton vor sich hin.

»Na los«, sagte Anna-Maria und schlug mit den Fäusten auf die Waschmaschine ein.

Nicht auch noch eine neue Waschmaschine kaufen müssen! Die würde doch einige Tausender kosten!

Die Maschine brummte gequält. Anna-Maria schaltete sie aus und wieder ein. Probierte es mit einem anderen Programm. Am Ende versetzte sie ihr einen Tritt. Danach kamen die Tränen.

Als Robert eine Stunde darauf in die Waschküche herunterkam, saß Anna-Maria vor dem Tisch. Faltete wütend Kleidungsstücke zusammen, während die Tränen ihr über die Wangen liefen.

Seine sanften Hände fuhren über ihren Rücken und ihre Haare.

»Was ist denn los, Mia-Mia?«

»Lass mich in Ruhe!«, fauchte sie.

Aber danach, als er sie in den Arm nahm, schluchzte sie an seiner Brust und erzählte von der Waschmaschine.

»Hier herrscht so ein schreckliches Chaos«, schniefte sie. »Sowie ich zur Tür hereinkomme, sehe ich nur Dinge, die erledigt werden müssen. Und dann das hier...«

Sie fischte eine blauweißgestreifte Strampelhose aus dem Bügelwäscheberg. Die blaue Farbe war durch die vielen Wäschen gebleicht, und der Stoff fusselte.

»Armer Kleiner. Er wird sein ganzes Leben lang geerbte, ausgewaschene Sachen tragen müssen. In der Schule werden sie ihn deswegen schikanieren.«

Robert lächelte in ihre Haare. Bisher hatte es nur wenige Stürme gegeben. Als sie Peter erwartet hatte, war alles viel schlimmer gewesen.

»Und dann die Arbeit«, sagte Anna-Maria jetzt. »Wir haben eine Liste aller Teilnehmer an der Wunderkonferenz bekommen. Und die wollten wir jetzt durchgehen. Aber heute ist Sanna Strandgård in Untersuchungshaft genommen worden, und nun will von Post alle Kraft auf sie verwenden. Deshalb habe ich Sven-Erik versprochen, mich um die Liste zu kümmern, weil ich ja offiziell gar nichts mit dieser Ermittlung zu tun habe. Ich weiß nur nicht, wann ich das schaffen soll.«

»Komm«, sagte Robert. »Wir gehen in die Küche, und ich mach uns einen Tee.«

Danach saßen sie einander gegenüber am Küchentisch. Anna-Maria rührte lustlos mit dem Löffel in ihrem Becher und sah zu, wie der Honig sich im Kamillentee auflöste. Robert schälte einen Apfel, zerlegte ihn in winzige Stücke und reichte sie ihr. Sie stopfte sie achtlos in den Mund.

»Das kommt schon alles in Ordnung«, sagte er.

»Sag nicht, dass alles in Ordnung kommt.«

»Dann ziehen wir um. Du und ich und das Baby. Wir verlassen dieses chaotische Haus. Die Kinder kommen erst mal allein zurecht. Und danach wird sicher das Jugendamt eingreifen und sie in tüchtigen Pflegefamilien unterbringen.«

Anna-Maria lachte auf und putzte sich danach mit einem Stück steifen Küchenpapiers die Nase.

»Oder wir können meine Mutter bitten, herzuziehen.«

»Nie im Leben.«

»Sie würde aber aufräumen.«

Anna-Maria lachte.

»Nie und nimmer.«

»Die Spülmaschine ausräumen. Meine Socken bügeln. Dir gute Ratschläge geben.«

Robert stand auf und ließ die Apfelschale in den Spülstein fallen.

Warum kann er sie nicht gleich in den Mülleimer werfen?, überlegte Anna-Maria müde.

»Komm, wir setzen die Kinder ins Auto und holen uns Pizza«, sagte er. »Und dich können wir bei der Wache absetzen, dann kannst du heute Abend diese Wundermenschen durchgehen.«

Als Sara und Rebecka am Freitagabend Sivvings Küche betraten, waren Sivving und Lova mit dem Wachsen von Skiern beschäftigt. Sivving hielt einen Klumpen weißes Grundierungsparaffin an ein Reisebügeleisen und ließ es auf die in einem Gestell befindlichen Skier tropfen. Danach verteilte er das Paraffin mit dem Bügeleisen behutsam überall auf den Skiern. Er stellte das Bügeleisen weg und hielt Lova die Hand hin, ohne sie anzusehen. Wie ein Chirurg bei einer Operation.

»Schaber«, sagte er.

Lova reichte ihm den Schaber.

»Wir wachsen Skier«, erklärte Lova ihrer älteren Schwester, während Sivving das überschüssige Paraffin in weißen, kräuseligen Spänen von den Skiern schabte.

»Seh ich doch«, erwiderte Sara, bückte sich und streichelte Bella, die unter dem Fenster auf dem Flickenteppich lag und so energisch mit dem Schwanz wedelte, dass der Heizkörper hinter ihr lossummte.

»Ach was«, sagte Rebecka zu Sivving. »Ihr habt die Küche erobert.«

»Ja, klar«, sagte er. »Für diese Arbeit brauchen wir doch viel Platz. Und du solltest lieber Bella begrüßen, ehe sie total durchdreht. Ich hab sie dahinten hingelegt, damit sie nicht zwischen den Paraffinspänen herumspringt. So, Lova, jetzt kannst du mir das Gleitparaffin geben.«

Er nahm das Bügeleisen vom Spülstein und ließ über den Skiern eine neue Portion Paraffin schmelzen.

»So, Kleine, jetzt kannst du deine Skier nehmen und eine Schicht Wichse auftragen.«

Rebecka beugte sich über Bella und kraulte sie unter dem Kinn.

»Habt ihr Hunger?«, fragte Sivving. »Es gibt Zimtbrötchen und Milch.«

Rebecka und Sara nahmen sich jede ein Glas Milch und setzten sich damit auf die Bank, um auf das »Pling« der Mikrowelle zu warten.

»Wollt ihr Ski laufen?«, fragte Rebecka.

»Ich nicht«, antwortete Sivving. »Aber ihr. Morgen soll der Wind sich legen. Ich dachte, wir könnten mit dem Schneemobil am Fluss entlang zur Hütte in Jiekajärvi fahren. Und da könnt ihr dann ein wenig Ski laufen. Du warst doch seit Jahr und Tag nicht mehr dort.«

Rebecka nahm die Zimtbrötchen aus der Mikrowelle und

türmte sie ohne Unterlage auf dem Holztisch auf. Sie waren viel zu heiß, aber sie und Sara rissen Stücke von der Kante und tunkten sie in die kalte Milch. Lova verrieb derweil energisch die Skiwichse.

»Ich fahre gern nach Jiekajärvi, aber ich muss morgen auch arbeiten«, sagte Rebecka und kniff die Augen zusammen.

Die Kopfschmerzen wüteten hinter ihren Augenlidern wie ein Stemmeisen. Sie presste Daumen und Zeigefinger um ihre Nasenwurzel zusammen. Sivving schaute sie kurz an. Sah das halb verzehrte Zimtbrötchen neben ihrem Milchglas. Er gab Lova den Paraffinklumpen und erklärte ihr, wie sie das Paraffin auf den Skiern verreiben sollte.

»Hör mal«, sagte er zu Rebecka. »Geh nach oben und leg dich ein Weilchen hin. Ich und die Mädchen drehen mit Bella eine Runde, und dann machen wir was zu essen.«

Rebecka ging in das Schlafzimmer im Obergeschoss hinauf. Das Doppelbett, das Sivving und Maj-Lis benutzt hatten, stand ungemacht und leer in dem stummen Raum. Die großen geschwungenen Knäufe an den Bettpfosten waren in den vielen Jahren, in denen sie immer wieder berührt worden waren, dunkel und blank geworden. Rebecka hatte richtig Lust, einen davon anzufassen. Der graue Himmel sperrte fast alles Tageslicht aus, und es war dunkel im Zimmer. Sie legte sich auf das Bett und zog die am Fußende zusammengefaltete Wolldecke über sich. Sie war müde und fror, und ihr Kopf dröhnte. Ruhelos griff sie nach ihrem Telefon und überprüfte die eingegangenen Mitteilungen. Die erste stammte von Måns Wenngren.

»Einen Pferdefuß brauchte ich gar nicht zu suchen«, sagte er lässig. »Aber ich hab der Journalistin das Vorkaufsrecht auf die Story versprochen, wenn sie die Anklage wegen Körperverletzung zurückzieht.«

»Welche Story?«, fauchte Rebecka.

Sie rechnete damit, dass er noch mehr gesagt hatte, aber die

Mitteilung war bereits beendet, und eine tonlose Stimme im Hörer teilte mit, wann die nächste eingegangen war.

Was hast du dir denn eingebildet?, fragte sie sich spöttisch. Dass er Süßholz raspelt und Smalltalk macht?

Der nächste Anruf stammte von Sanna.

»Hallo«, sagte Sanna mit schroffer Stimme. »Ich habe eben von Anna-Maria erfahren, dass die Mädchen vernommen werden sollen. Und dass Kinderpsychologen sich einmischen dürfen und überhaupt. Ich will das nicht, und ich begreife nicht, warum du nicht mit mir darüber gesprochen hast. Es ist traurig, dass wir nicht zusammenarbeiten können, aber ich habe deshalb beschlossen, dass sich bis auf weiteres meine Eltern um die Kinder kümmern sollen.«

Rebecka schaltete das Telefon aus, ohne sich die übrigen Mitteilungen anzuhören. Dann wurde an die Tür geklopft, und Sivving schaute ins Zimmer. Er sah sie an, während sie auf dem Bett lag und das Telefon in ihrer Hand anstarrte.

»Ich glaube, wir sollten dir stattdessen einen Teddybären geben«, sagte er. »Es wird dir gut tun, nach Jiekajärvi zu kommen. Das liegt nämlich in einem Funkloch, und da kannst du das Teil auch gleich zu Hause lassen. Ich wollte nur Bescheid sagen, dass es in einer Stunde Essen gibt und dass ich dich rechtzeitig wecke. Schlaf jetzt.«

Rebecka sah ihn an.

»Geh nicht«, bat sie. »Erzähl mir was über meine Großmutter.«

Sivving ging zum Kleiderschrank, nahm eine weitere Wolldecke heraus und deckte Rebecka damit zu. Danach nahm er ihr das Telefon aus der Hand und legte es auf den Nachttisch.

»Die Leute hier hatten wohl nicht damit gerechnet, dass Albert, dein Großvater, jemals heiraten würde«, sagte er. »Er saß immer stumm und mit der Mütze in der Hand in der Ecke, wenn er irgendwo zu Besuch war. Er war der einzige Bruder, der auf dem väterlichen Hof blieb. Und sein Vater, also dein Urgroßvater Emil, war ein harter Brocken. Wir Jungs hatten eine Sterbensangst vor ihm. Verdammt, einmal hat er uns beim Pokerspielen erwischt, ich dachte, er würde uns die Ohren abreißen. Er war doch ein strenggläubiger Læstadianer. Aber jedenfalls fuhr Albert zu einer Beerdigung nach Junosuando, und als er zurückkam, war etwas mit ihm geschehen. Er war immer noch schweigsam. Aber er schien die ganze Zeit vor sich hinzugrinsen, obwohl er den Mund überhaupt nicht verzog, wenn du verstehst, was ich meine. Er hatte deine Großmutter kennengelernt. Und in diesem Sommer machte er dann mehrere Besuche bei der Verwandtschaft in Kuoksu. Emil drehte richtig durch, als Albert mitten unter der Ernte verschwand. Und dann kam sie endlich hier zu Besuch. Und du weißt ja, wie Theresia war. Wenn es um Arbeit ging, konnte niemand etwas an ihr aussetzen. Jedenfalls, ich weiß auch nicht, wie es kam, aber sie und Emil beschlossen, die alte Weide zu mähen, weißt du, die Wiese zwischen Kartoffelfeld und Fluss. Sie mähten um die Wette. Ich kann mich noch sehr gut daran erinnern. Es war ziemlich spät, die Kriebelmücken schwärmten schon, und es war kurz vor dem Abendessen, und die Mücken stachen munter drauflos. Wir Jungen standen am Rand der Weide und sahen zu. Isak, Emils Bruder, war auch dabei. Den hast du nie kennengelernt, wirklich schade. Die beiden schwangen also schweigend ihre Sensen, Emil und Theresia. Wir anderen hielten ebenfalls den Mund. Es waren nur die Mücken und das Abendgeschrei der Schwalben zu hören.«

»Hat sie gewonnen?«, fragte Rebecka.

»Nein, aber in gewisser Hinsicht hat auch Emil nicht gewonnen. Er war zuerst fertig, aber deine Großmutter lag nicht weit zurück. Und Isak rieb sich die Bartstoppeln und sagte: Ja, Emil, wir müssen die Viecher wohl auf deine Hälfte loslassen. Emil hatte wie eine Furie mit der Sense gewütet, aber besonders sorgfältig hatte er nicht gemäht. Die Hälfte deiner Großmutter sah aus, als habe sie auf Knien gelegen und mit einer Nagelschere alles abgeschnitten. Tja, jetzt weißt du, wie sie sich den Respekt deines Urgroßvaters verschafft hat.«

»Erzähl mehr«, bat Rebecka.

»Ein andermal«, sagte Sivving lächelnd. »Jetzt wird geschlafen.«

Er zog die Tür hinter sich zu.

Wie soll ich denn schlafen können?, überlegte Rebecka.

Sie hatte das bestimmte Gefühl, dass Anna-Maria Mella sie belogen hatte. Oder vielleicht nicht belogen, aber jedenfalls hatte sie ihr etwas vorenthalten. Und warum stellte Sanna sich dermaßen auf die Hinterbeine, weil die Mädchen vernommen werden sollten? Aus demselben Grund wie Rebecka, weil sie von Post misstraute? Oder lag es daran, dass Kinderpsychologen hinzugezogen werden sollten? Warum hatte irgendwer Viktor auf einer Postkarte mitgeteilt, das, was sie getan hatten, sei in Gottes Augen kein Vergehen? Warum hatte diese Person dann Rebecka bedroht? Oder war es vielleicht keine Drohung, sondern eine Warnung? Sie versuchte, sich an den genauen Wortlaut des Zettels zu erinnern.

Herrgott, ich kann jetzt nicht schlafen, dachte sie und schaute zur Decke hoch.

Aber gleich darauf war sie in tiefen Schlaf gesunken.

Sie wurde von einem Gedanken geweckt, schlug im dunklen Zimmer die Augen auf und blieb ganz still liegen, um diesen Gedanken nicht zu verjagen.

Es war etwas, das Anna-Maria Mella gesagt hatte. »Wir haben nur Indizien.«

»Und wenn man nur Indizien hat, was braucht man dann?«, flüsterte Rebecka zur Decke hoch.

Ein Motiv. Und welches Motiv könnte man durch die Vernehmung von Sannas Töchtern ermitteln?

Die Erkenntnis fiel in ihr Bewusstsein wie eine Münze in einen Wunschbrunnen. Sie fiel durch das Wasser und blieb auf dem Boden liegen. Das Kräuseln der Wasseroberfläche legte sich, und das Bild war klar zu sehen.

Viktor und die Mädchen. Rebecka wehrte sich gegen diesen Gedanken. Es konnte einfach nicht möglich sein. Aber trotzdem war es möglich.

Sie musste an ihr Eintreffen in Kurravaara denken. Daran, wie Lova sich und Tjapp mit Seife eingeschmiert hatte. Hatte Sanna nicht außerdem gesagt, dass sie das immer so machte? Und wirkte das nicht wie die typische Reaktion eines Kindes, das ...

Sie konnte diesen Gedanken nicht zu Ende führen.

Plötzlich musste sie an Sanna denken. An Sanna mit ihrer herausfordernden Kleidung. Und an ihren gewichtigen, gefährlichen Vater.

Wie kann ich das bloß übersehen haben, dachte sie. Die Familie. Das Familiengeheimnis. Es kann nicht so sein. Es muss so sein.

Aber trotzdem konnte Sanna Viktor nicht ermordet haben. Sanna würde das nicht einmal geschafft haben, wenn sie es gewollt hätte.

Sie musste an damals denken, als Sanna einen Toaster gekauft hatte, der nicht funktionierte.

Sie brachte es nicht über sich, den in den Laden zurückzubringen, dachte sie. Wenn ich das nicht übernommen hätte, hätte sie ihn einfach behalten.

Sie setzte sich im Bett auf und dachte nach. Wenn Sanna also nicht wollte, dass die Kinder vernommen würden, dann waren ihre Eltern sicher schon auf dem Weg hierher. Vermutlich hatten sie bereits am Haus von Rebeckas Großmutter an der Tür gerüttelt. Und sie würden es sicher wieder und wieder versuchen.

Rebecka griff zu ihrem Telefon und rief Anna-Maria Mella an. Die meldete sich unter ihrer Mobilnummer. Sie hörte sich müde an.

»Ich kann das nicht erklären«, sagte Rebecka. »Aber wenn du die Kinder vernehmen willst, dann kann ich sie morgen bringen. Später wird es für euch nicht so leicht sein.«

Anna-Maria Mella verkniff sich ihre Fragen.

»Gut«, sagte sie einfach. »Ich werde alles in die Wege leiten.«

Das wär's, dachte Rebecka und stieg aus dem Bett. Leider, Sanna, werde ich mein Telefon erst morgen nachmittag abhören. Ich weiß also noch nicht, dass du die Mädchen deinen Eltern überlassen willst.

Sie musste sich bis zum nächsten Tag mit den Kindern irgendwo verstecken. Hier konnten sie nicht bleiben. Sanna war ja bei Sivving gewesen.

Auf der Wache saß Anna-Maria Mella vor dem Computer und ging die Bilder der Konferenzteilnehmer durch. Der Gang vor ihrem Zimmer lag im Dunkeln. Neben ihr auf dem Schreibtisch lag eine halb verzehrte Thunfischpizza in ihrem fettigen Karton. Es war überraschend, wie viele Teilnehmer der Wunderkonferenz sie im Vorstrafenregister, Verdachtsregister und sonstigen polizeilichen Verzeichnissen gefunden hatte. Bei den meisten handelte es sich um Drogenvergehen in Tateinheit mit Diebstahl und Körperverletzung.

Bekehrte Junkies und Gauner, dachte Anna-Maria.

Sie notierte Namen und Personenkennnummern einiger Leute, die sie sich genauer ansehen wollte.

Als sie soeben beschlossen hatte, Robert anzurufen, damit er sie abholte, fiel ihr Blick auf eine Notiz, die sich auf einen Mörder bezog. Das Urteil war im Gericht von Gävle gesprochen worden. Vor zwölf Jahren. Dahinter stand: geschlossene psychiatrische Abteilung. Weitere Informationen waren nicht vorhanden.

Sieh an, dachte sie. Hat er Urlaub und ist deshalb hier, oder ist er entlassen? Das muss ich überprüfen.

Sie nahm den Hörer von der Gabel und rief zu Hause an.

Marcus meldete sich. Seine Stimme klang enttäuscht, als ihm aufging, dass es nur seine Mutter war.

»Sag Papa, dass es spät wird«, bat sie ihn.

Rebecka ging hinunter in die Küche. Sivving deckte gerade den Tisch mit den Kunststoffgläsern, dem Besteck mit den schwarzen Bakelitgriffen und dem Porzellan mit den gelben Blumen, an die sie sich aus ihrer Kindheit erinnerte. Sie hatte oft hier in der Küche gesessen und mit Maj-Lis und Sivving geplaudert.

»Es gibt Frikadellen«, sagte er.

»Ich könnte umfallen vor Hunger«, sagte Rebecka. »Und es riecht wunderbar.«

»Zwei Drittel Elch und ein Drittel Schwein.«

»Wo sind die Mädchen?«

Er nickte zum Wohnzimmer hinüber.

»Du«, sagte Rebecka. »Kann ich dein Schneemobil und deinen Schlitten leihen? Ich will schon heute Abend mit den Mädchen nach Jiekajärvi fahren.«

Sivving stellte den gusseisernen Kochtopf auf den Tisch. Als Unterlage nahm er ein zusammengefaltetes Geschirrtuch, in das mit roten Kreuzstichen Maj-Lis' Initialen gestickt waren.

»Ist was passiert?«, fragte er.

Rebecka nickte.

»Nichts Schlimmes«, sagte sie. »Aber wir können hier nicht bleiben. Wenn Sannas Eltern nach uns fragen, dann weißt du nicht, wo wir sind.«

»Soso«, sagte Sivving. »Ich habe Schneemobil-Overalls für dich und die Kinder. Proviant und trockenes Holz gebe ich euch mit. Morgen früh kommen Bella und ich dann nach. Vor dem Essen lasse ich euch aber nicht weg.«

Rebecka ging ins Wohnzimmer. Lova und Sara hatten Zeitungen über den Klapptisch gelegt und bemalten in tiefer Konzentration Steine. Mitten auf dem Tisch lag als Vorlage ein bereits bemalter Stein. Er war etwas größer als eine Männerfaust und stellte eine zusammengerollte Katze mit großen türkisfarbenen Augen dar.

»Meine Enkelkinder haben sich im Sommer damit amüsiert«, sagte Sivving von der Küche her. »Ja, und dann dachte ich, das könnte auch Sara und Lova Spaß machen.«

In der Küche bellte Bella wachsam auf.

»Jetzt hör doch damit auf«, schimpfte Sivving.

»Ich begreife nicht, was mit ihr los ist«, sagte er zu Rebecka. »Vor einer halben Stunde hat sie schon mal so wild losgekläfft. Sicher ist ein Fuchs oder so was in der Nähe. Sie hat dich doch hoffentlich nicht geweckt?«

Rebecka schüttelte den Kopf.

»Sieh mal, Rebecka, ich male Tjapp!«, rief Lova.

»Mmm, wunderschön«, antwortete Rebecka zerstreut. »Ihr könnt die Steine und die Farben mitnehmen, wir fahren nämlich heute Abend mit dem Schneemobil los und übernachten in der Hütte meiner Oma.«

Um Viertel nach sechs an diesem Abend lenkte Rebecka das Schneemobil von Sivvings Haus zum Fluss hinunter. Sie trug eine Motorradmütze und eine Lederkappe, aber sie musste doch die Augen zusammenkneifen, wenn ihr der Schnee ins Gesicht peitschte. Das Scheinwerferlicht wurde vom fliegenden Schnee reflektiert und hinderte sie daran, weiter als nur wenige Meter sehen zu können. Sara und Lova lagen zusammen mit dem Proviant unter Decken und Rentierfellen im Schlitten. Von ihnen waren kaum die Nasenspitzen zu sehen.

Sie machte einen Abstecher zum Hofplatz ihrer Großmutter und hielt vor dem Haus an. Eigentlich müsste sie nach oben laufen und die Schlafanzüge der Kinder holen. Aber was, wenn gerade in diesem Moment Sannas Eltern anrückten? Nein, lieber hielt sie sich hier nicht weiter auf. Wenn sie die Mädchen nur bis zum nächsten Tag verstecken könnte, dann würden die Psychologen mit ihnen sprechen. Und danach könnte sich das Jugendamt oder Gott weiß wer um sie kümmern. Rebecka würde dann für sie getan haben, was sie konnte.

Sie gab Gas und fuhr zum Fluss hinunter. Sofort schloss sich die Dunkelheit hinter ihr wie ein Vorhang. Und der Wind verwehte die Spuren des Schneemobils.

Wie ein Schatten steht Curt Bäckström oben in der Küche der Großmutter. Er lehnt sich neben dem Fenster an die Wand und sieht den Rücklichtern des Schneemobils hinterher, die in Richtung Fluss verschwinden. In seiner rechten Hand hält er ein Messer. Der Zeigefinger fährt vorsichtig über die Schneide, um deren Schärfe zu testen. In der einen Tasche seines Fahroveralls liegen drei schwarze Plastiksäcke. In der anderen liegt der Schlüssel zum Haus, den er Rebecka aus der Jackentasche genommen hat. Er steht schon lange wartend hier in der Dunkelheit. Jetzt senkt er für ein Weilchen die Augenlider. Das tut gut. Seine Augen sind trocken und glühend heiß. Die Füchse haben ihren Bau, die Vögel des Himmels ihr Nest, doch der Menschensohn hat keine Stätte, wo er sein müdes Haupt betten kann.

ANNA-MARIA MELLA war in Richtung Lombolo unterwegs. Es war Viertel nach zehn Uhr abends. Sie fuhr zu schnell. Sven-Erik griff instinktiv nach der Oberseite des Handschuhfaches, wenn der Wagen auf verschneiten Fahrbahnflächen ins Schlingern geriet. Die Hand in dem groben Handschuh fand nichts, woran sie sich festhalten konnte.

Das Warenhaus auf der rechten Seite ließ einige schwache Lichtpunkte durch den Schneevorhang sehen. Vor dem Kreisverkehr musste Anna-Maria anhalten, die Räder drehten sich hilflos, als sie aufs Gas trat. Links lag das »Weltraumhaus« genannte Gebäude wie ein gestrandetes, silbernes UFO. Leuchtendrote Schilder. Villenviertel, Stenvägen, Klippvägen, Blockvägen mit ihren sorgfältig vom Schnee befreiten Gärten und den gefüllten Vogelhäuschen.

»Er heißt Curt Bäckström«, sagte Anna-Maria. »Wurde vor zwölf Jahren wegen Mordes verurteilt und dann in psychiatrische Verwahrung genommen, wie es damals hieß. Seither taucht er in unseren Unterlagen nicht mehr auf.«

»Na gut, und was war das für ein Mord?«

»Er hatte seinen Stiefvater erstochen. Mit vielen Stichen. Die Mutter hatte alles gesehen und hat gegen ihren Sohn ausgesagt. Beim Verhör hat sie angegeben, dass sie Angst vor dem Jungen hatte.«

»Angst?«

»Er war erst neunzehn. Und er ist also nicht als Besucher der Konferenz hergekommen. Er wohnt unten in Lombolo, Tallplan 5 B. Eine Kollegin aus Gävle kennt jemanden in der Gerichtskanzlei. Und sie ist nach Feierabend hingegangen und hat die Urteile rübergefaxt. Mit manchen Leuten kommt man wirklich gut zurecht.«

Sie bog auf den Parkplatz ab. Lange Garagenflügel, zweistöckige Miethäuser vom Ende der sechziger Jahre. Sie stiegen aus dem Wagen und setzten sich in Bewegung. Obwohl Freitagabend war, war kein Mensch zu sehen.

»Das Bezirksgericht hat vor zwei Jahren seine Entlassung angeordnet«, sagte Anna-Maria jetzt. »Er war in Kontakt mit der offenen Betreuung in Gävle. Bekam regelmäßig Depotspritzen, machte seine Arbeit. Aber dem Einwohnermeldeamt zufolge ist er im Januar des vergangenen Jahres nach Kiruna umgezogen. Und die Psychiatrische Klinik in Gällivare teilt mit, dass er keinerlei Kontakt zu den Kollegen hier aufgenommen hat.«

»Und...«

»Das weiß ich nicht, aber vermutlich hat er schon seit einem Jahr nicht mehr die Medikamente bekommen, die er braucht. Und ist das so seltsam? Ich meine, du hast doch selbst die Videos von diesen Andachten gesehen. Wirf deine Tabletten weg! Gott ist dein Arzt!«

Sie blieben eine Weile vor der Haustür stehen. In keiner der beiden Wohnungen brannte Licht. Sven-Erik legte die Hand auf die Klinke. Anna-Maria senkte die Stimme.

»Ich habe den Arzt in Gällivare gefragt, was seiner Ansicht nach mit einem Menschen passiert, der keine Depotspritzen mehr bekommt.«

»Und...«

»Du weißt ja, wie die sind... können zu diesem speziellen Fall keine Aussage machen... ist individuell ungeheuer verschieden... aber am Ende hat er sich die Erklärung abgerungen, dass es durchaus vielleicht möglicherweise und eventuell passieren kann, dass sich sein Zustand verschlechtert. Ja, dass er sogar sehr schlecht wird. Weißt du, was er gesagt hat, als ich von dieser Kirche erzählt habe, die einfach rät, die Medikamente wegzuwerfen?«

Sven-Erik schüttelte den Kopf.

»Er sagte: Schwache Menschen fühlen sich von der Kirche oft angezogen. Und die Menschen, die Macht über schwache Menschen haben wollen, ebenfalls.«

Sie schwiegen einige Sekunden lang. Anna-Maria sah zu, wie der Wind ihre Spuren auf der Treppe vor der Haustür mit Schnee füllte.

»Gehen wir also rein«, sagte sie.

Sven-Erik öffnete die Tür, und sie betraten das dunkle Treppenhaus. Anna-Maria machte Licht. Auf einer kleinen Tafel rechts stand, dass Bäckström im ersten Stock wohne. Sie gingen die Treppe hoch. Sie waren schon oft in solchen Mietshäusern gewesen, wenn die Nachbarn laute Auseinandersetzungen gemeldet hatten. Es roch wie immer in diesen Treppenhäusern. Pisse unter der Treppe. Scharfes Reinigungsmittel und Beton.

Sie klingelten, aber niemand öffnete. Sie horchten an der Tür, konnten aber nur die Musik aus der gegenüberliegenden Wohnung hören. Hinter den Fenstern war alles dunkel. Anna-Maria hob den Briefschlitz an und versuchte, hineinzuschauen. In der Wohnung war alles schwarz.

»Wir müssen noch mal wiederkommen«, sagte sie.

Und es ward Abend, und es ward Morgen, das war der sechste Tag.

Es ist zwanzig Minuten nach vier Uhr nachts. Rebecka sitzt am kleinen Küchentisch in der Hütte in Jiekajärvi. In der Fensterscheibe sieht sie ihre eigenen großen Augen. Jetzt könnte jemand draußen stehen und zu ihr hereinschauen, sie würde es nicht bemerken. Plötzlich könnte dieser Mensch sein Gesicht an die Fensterscheibe pressen, und das Bild dieses Gesichts würde mit dem Spiegelbild ihres eigenen verschmelzen.

Hör jetzt auf, mahnt sie sich. Da draußen ist nichts. Wer sollte denn in Finsternis und Sturm unterwegs sein?

Im Kamin knistert das Feuer, und im Schornstein verursacht der Wind einen langen, einsamen Ton, der vom heulenden Wind draußen und dem leisen Zischen der Gasollampen untermalt wird. Rebecka steht auf und legt zwei Holzscheite nach. Bei diesem Sturm muss das Feuer am Leben erhalten werden. Sonst wird die Hütte am Morgen ausgekühlt sein.

Der harte Wind findet einen Weg durch die Spalten in den Wänden und zwischen dem Türrahmen und den alten ockergelben Spiegeltüren. Früher einmal, vor Rebeckas Geburt, gehörte diese Tür zum Schweinestall. Das hat ihre Großmutter ihr erzählt. Und noch vorher war sie anderswo angebracht. Es ist eine viel zu schöne und solide Tür, um ursprünglich für einen Schweinestall bestimmt gewesen zu sein. Vermutlich hat sie in ein später abgerissenes Wohnhaus gehört. Die Tür dagegen wurde nach dem Abriss weiter verwendet.

Auf dem Boden liegen die Flickenteppiche der Großmutter in mehreren Schichten. Sie isolieren und sperren die Kälte aus. Der Schnee, der an den Wänden hochgeweht wird, isoliert ebenfalls. Und die Nordwand wird zusätzlich durch einen Holzstapel geschützt, der wegen des Schnees mit einer Plane bedeckt ist.

Neben dem Kamin stehen ein emaillierter Eimer, eine Kelle aus rostfreiem Stahl und ein großer Korb voller Holz. Gleich daneben liegen auf einigen alten Illustrierten die von Sara und Lova bemalten Steine. Lovas Stein stellt einen Hund dar. Der liegt aufgerollt da, mit der Schnauze zwischen den Pfoten, und lässt Rebecka nicht aus den Augen. Sicherheitshalber hat Lova »Tjapp« auf den schwarz bemalten Rücken geschrieben. Jetzt liegen beide Mädchen im Bett, mit Farbflecken an den Fingern und bis zu den Ohren doppelt zugedeckt. Ehe sie schlafen gegangen sind, haben alle drei die Matratzen aufgerollt und alle kalte Luft herausgepresst. Sara schläft mit offenem Mund und Lova schmiegt sich in den Arm ihrer großen Schwester. Ihre Wangen sind gerötet. Rebecka nimmt eine Decke weg und legt sie ins obere Bett.

Es ist nicht meine Aufgabe, sie zu beschützen, sagt sie sich immer wieder. Wenn der morgige Tag erst vorbei ist, kann ich nichts mehr für sie tun.

Anna-Maria Mella sitzt neben der brennenden Nachttischlampe in ihrem Bett. Robert schläft neben ihr. Sie hat zwei Kissen im Kreuz und lehnt sich an die Bettpfosten. Auf ihren Knien liegt Kristina Strandgårds Album mit Zeitungsartikeln und Bildern, die mit Viktor Strandgård zu tun haben. Das Kind in ihrem Bauch bewegt sich. Sie kann einen Fuß spüren, der energisch drückt.

»Hallo, du Drecksbengel«, sagt sie und streichelt den Fuß, der sich als harter Klumpen unter ihrer Haut abzeichnet. »Du darfst deine alte Mutter nicht treten.«

Sie betrachtet ein Bild von Viktor Strandgård, auf dem er mitten im Winter vor der Kristallkirche auf der Treppe sitzt. Er trägt eine unbeschreiblich scheußliche grüne Häkelmütze. Seine langen Haare hängen über seine linke Schulter. Er hält sein Buch in die Kamera, »Einmal Himmel und zurück«. Lacht. Sieht offen und locker aus.

Hat er Sannas Kindern etwas angetan?, überlegt Anna-Maria. Er ist doch nur ein Junge.

Ihr graust vor dem nächsten Tag und der Vernehmung von Sanna Strandgårds Töchtern.

Aber du wenigstens wirst einen lieben Papa haben, sagt sie in Gedanken zu dem Kind in ihrem Bauch.

Plötzlich ist sie schrecklich gerührt. Denkt an dieses kleine Leben. Lebensfähig und fertig, mit zehn Fingern und zehn Zehen und einer ganz eigenen Persönlichkeit. Warum wird sie immer so sentimental und übertreibt alles? Sie kann sich nicht einmal einen Disneyfilm ansehen, ohne im traurigsten Moment, ehe alles doch noch ein gutes Ende nimmt, in Tränen auszubrechen. Ist es wirklich schon vierzehn Jahre her, dass Marcus in ihrem Bauch gelegen hat? Und Jenny und Peter, die sind auch schon so groß. Das Leben vergeht so unglaublich schnell. Ein Gefühl tiefer Dankbarkeit erfüllt sie.

Ich habe wirklich keinen Grund zu klagen, denkt sie und wendet sich an irgendwen draußen im Universum. Eine wunderbare Familie und ein gutes Leben. Ich habe schon mehr bekommen, als man eigentlich verlangen darf.

»Danke«, sagt sie ins All hinaus.

Robert bewegt sich, dreht sich auf die Seite, wickelt sich in die Decke, bis er aussieht wie eine Raupe.

»Keine Ursache«, antwortet er im Schlaf.

Samstag, 22. Februar

Rebecka giesst Kaffee aus der Thermoskanne und setzt sich an den Küchentisch.

Wenn Viktor sich nun an Sannas Kindern vergriffen hat, überlegt sie. Kann Sanna ihn deshalb umgebracht haben? Vielleicht wollte sie ihn mit ihrer Entdeckung konfrontieren, und dann ...

Dann was?, unterbricht sie sich selbst. Das hat ihr die Laune verhagelt, und sie hat aus heiterem Himmel ein Jagdmesser herbeigezaubert und ihn erstochen? Und ihm außerdem mit einem schweren Gegenstand, den sie zufällig in der Tasche hatte, den Schädel eingeschlagen?

Nein, das kann nicht sein.

Und wer hat diese Karte geschrieben, die in Viktors Bibel lag? »Was wir getan haben, war in Gottes Augen nicht falsch.«

Sie nimmt die Dosen mit der Farbe, die die Mädchen benutzt haben, und breitet eine alte Zeitung auf dem Tisch aus. Dann malt sie Sanna. Sie sieht aus wie eine Pfefferkuchenfrau mit langen Locken. Darunter schreibt Rebecka »Sara« und »Lova«. Daneben zeichnet sie Viktor. Er bekommt einen leicht verrutschten Heiligenschein. Danach verbindet sie die Namen der Mädchen und Viktor mit einem Strich. Auch zwischen Viktor und Sanna zieht sie einen Strich.

Aber jetzt ist diese Verbindung ja abgerissen, denkt sie und streicht die Striche, die Viktor, Sanna und die Kinder verbinden, aus.

Sie lässt sich auf ihrem Stuhl zurücksinken und ihre Blicke über die spärliche Möblierung wandern, über die grünen, selbstgetischlerten Etagenbetten, den Küchentisch mit den vier Stühlen, die nicht zueinander passen, den Tisch mit der Spülschüssel aus rotem Kunststoff und den kleinen Hocker, der in der Ecke neben der Tür steht.

Früher, als die Hütte für die Jagd benutzt wurde, hat Onkel Affe immer sein Gewehr auf den Hocker gestellt und an die Wand gelehnt. Sie weiß noch, wie ihr Großvater dann verärgert die Stirn gerunzelt hat. Der Großvater hat sein Gewehr immer sorgfältig in den Kasten gepackt und unter das Bett geschoben.

Jetzt steht die Axt auf dem Hocker, darüber hängt an einem Haken der Fuchsschwanz.

Sanna, denkt Rebecka und schaut wieder ihre Zeichnung an.

Über Sannas Kopf malt sie kleine Spiralen und Sterne.

Wirrkopf Sanna. Die selbst gar nichts schafft. Ihr Leben lang hat eine Menge Trottel eingegriffen und alles für sie in Ordnung gebracht. Ich bin auch so ein verdammter Trottel. Sie hätte mich gar nicht erst um Hilfe zu bitten brauchen. Ich wäre ja doch wie ein bettelndes Hundebaby angekommen.

Sie zaubert Sannas Hände und Arme fort, indem sie sie mit schwarzer Farbe übermalt. So, jetzt ist Sanna handlungsunfähig. Danach malt sie sich selbst und schreibt darüber »Trottel«.

Aus dem Bild steigt die Erkenntnis auf. Der Pinsel folgt unsicher den auf die Zeitung gemalten Figuren. Sanna kann nichts allein schaffen. Dort steht sie ohne Arme und Hände. Wenn Sanna etwas braucht, kommt irgendein Trottel und erledigt alles für sie. Rebecka Martinsson ist ein Beispiel für diese Trottelschar.

Wenn Viktor sich an Sannas Kindern vergreift…

…und sie so wütend ist, dass sie ihn umbringen möchte? Was passiert dann?

Dann wird irgendein Trottel Viktor für sie umbringen.

Kann das so gewesen sein? Es muss so gewesen sein.

Die Bibel. Der Mörder hat Viktors Bibel in Sannas Küchenbank gelegt.

Natürlich. Nicht, um Sanna Schwierigkeiten zu machen. Es sollte ein Geschenk für sie sein. Die Mitteilung, die Postkarte mit der krakeligen Handschrift, war an Sanna gerichtet, nicht an Viktor. »Was wir getan haben, war in Gottes Augen nicht falsch.« Viktor umzubringen war in Gottes Augen kein Vergehen.

»Wer?«, fragt Rebecka laut und zeichnet ein leeres Herz neben Sannas Bild. In das Herz setzt sie ein Fragezeichen.

Dann lauscht sie. Versucht, durch den Sturm ein Geräusch zu hören. Ein Geräusch, das nicht hierher gehört. Und dann hört sie es plötzlich, das Dröhnen eines Schneemobils.

Curt. Curt Bäckström, der unter dem Fenster auf seinem Schneemobil saß und zu Sanna hochschaute.

Rebecka springt auf und schaut sich um.

Die Axt, denkt sie voller Panik. Ich nehme die Axt.

Aber jetzt hört sie den Motor des Schneemobils nicht mehr.

Es war nur Einbildung, jetzt ganz ruhig bleiben, redet sie sich zu. Hinsetzen. Du bist gestresst und hast Angst und hörst Gespenster. Da draußen ist niemand.

Sie setzt sich, kann aber die Blicke nicht von der Türklinke lösen. Sie muss aufstehen und abschließen.

Fang jetzt nicht so an, denkt sie wie eine Beschwörung. Da draußen ist niemand.

Gleich darauf wird die Türklinke nach unten gedrückt. Die Tür geht auf. Der wütende Sturm dringt zusammen mit einer eiskalten Luftflut ein, und ein Mann in einem dunkelblauen Overall kommt ins Haus gestürzt. Drückt die Tür hinter sich zu. Zuerst kann sie nicht sehen, wen sie da vor sich hat. Dann zieht er die Hasskappe vom Kopf.

Es ist nicht Curt Bäckström. Es ist Vesa Larsson.

Anna-Maria Mella träumt. Sie springt aus einem Streifenwagen und läuft zusammen mit den Kollegen über die E 10 zwischen Kiruna und Gällivare. Sie sind unterwegs zu einem Autowrack, das sich zehn Meter von der Fahrbahn entfernt überschlagen hat. Sie kommt nur langsam voran. Ihre Kollegen stehen schon neben dem zusammengepressten Wagen und rufen ihr zu:

»Beeil dich! Du hast doch die Säge. Wir müssen sie da rausholen.«

Sie rennt weiter, mit der Motorsäge in der Hand. Irgendwo hört sie eine Frau herzzerreißend schreien.

Jetzt ist sie endlich am Ziel. Sie lässt die Motorsäge an. Die frisst sich kreischend durch das Blech des Autos. Anna-Marias Blick fällt auf den Kindersitz, der im auf dem Kopf stehenden Auto hängt, aber sie kann nicht sehen, ob ein Kind darin sitzt. Die Motorsäge kreischt, aber dann schlägt ihr Geräusch plötzlich in einen schrillen Klingelton um. Wie ein Telefon.

Robert versetzt Anna-Maria einen Rippenstoß und schläft wieder ein, sowie sie den Hörer von der Gabel genommen hat. Vom anderen Ende der Leitung her ist Sven-Erik Stålnackes Stimme zu hören.

»Ich bin's«, sagt er. »Du, ich bin gestern noch mal zu Curt Bäckström gefahren. Aber er ist die ganze Nacht nicht nach Hause gekommen, jedenfalls hat niemand aufgemacht.«

»Mmm«, murmelt Anna-Maria.

Das Unbehagen aus ihrem Traum sitzt ihr noch in den Knochen. Sie wirft einen Blick auf den Radiowecker auf dem Nachttisch. Fünf nach halb fünf. Sie lässt sich ins Bett zurücksinken und lehnt den Rücken an das Kopfende.

»Du bist doch wohl nicht allein hingefahren?«, fragt sie.

»Mecker jetzt nicht rum, Mella, hör lieber zu. Da er also nicht zu Hause war oder nicht aufmachen wollte, was weiß ich, bin ich zur Kristallkirche gefahren, um nachzusehen, ob sie da vielleicht die ganze Nacht irgendein Halleluja veranstalten, aber da war kein Mensch. Dann habe ich die Pastoren angerufen, Thomas Söderberg, Vesa Larsson und Gunnar Isaksson, in genau dieser Reihenfolge. Ich dachte, sie hätten vielleicht einen Überblick über ihre Schäfchen und wüssten, ob dieser Curt Bäckström häufiger anderswo nächtigt als in seiner Wohnung.«

»Ach?«

»Thomas Söderberg und Vesa Larsson waren nicht zu Hause. Ihre Frauen behaupteten, sie seien ganz bestimmt in der Kirche, wegen dieser Konferenz, aber glaub mir, Anna-Maria, in der Kirche war kein Mensch. Ja, sie können natürlich mäuschenstill im Dunkeln gesessen haben, aber das kann ich mir einfach nicht vorstellen. Pastor Gunnar Isaksson war zu Hause, antwortete nach dem zehnten Klingeln und klang total verschlafen.«

Anna-Maria überlegt kurz. Sie fühlt sich wie benebelt, und ihr ist ein wenig schlecht.

»Ich wüsste ja gern, ob das für eine Hausdurchsuchung ausreicht«, sagt sie. »Es wäre ja wirklich nett, einen Blick in Curt Bäckströms Wohnung zu werfen. Ruf doch mal von Post an und frag ihn.«

Am anderen Ende der Leitung seufzt Sven-Erik.

»Der hat sich doch total auf Sanna Strandgård eingeschossen«, sagt er. »Und wir haben ja wirklich keine Spur von einem Beweis. Aber trotzdem. Ich hab ein richtig übles Gefühl, was diesen Typen angeht. Und deshalb werd ich mich da jetzt umsehen.«

»In seiner Wohnung? Hör doch auf.«

»Ich rufe Bennys Schlüsselnotdienst an. Der stellt keine Fragen, wenn ich sage, dass er die Rechnung nicht an die Polizei schicken soll.«

»Hast du denn völlig den Verstand verloren?«

Anna-Maria stellt die Füße auf den Boden.

»Warte auf mich«, sagt sie. »Robert muss mir den Weg freischaufeln.«

»Ganz ruhig bleiben, Rebecka«, sagt Vesa Larsson. »Wir wollen nur mit dir reden. Mach jetzt keine Dummheit.«

Ohne sie aus den Augen zu lassen, streckt er die Hand nach unten aus, packt die Türklinke und drückt sie nach unten.

Wir, denkt sie. Wer sind wir?

Dann geht ihr auf, dass er nicht allein gekommen ist. Er wollte sich nur davon überzeugen, dass die Situation unter Kontrolle ist.

Vesa Larsson öffnet die Tür, und zwei weitere Männer kommen herein. Dann fällt die Tür hinter ihnen zu. Sie sind dunkel gekleidet. Nirgends auch nur ein Zentimeter Haut zu sehen. Hasskappen. Schutzbrillen.

Rebecka versucht, aufzustehen, aber ihre Beine wollen ihr nicht gehorchen. Ihr Körper scheint überhaupt nicht mehr zu funktionieren. Ihre Lunge kann keine Luft einziehen. Das Blut, das seit ihrer Geburt durch ihre Adern geflossen ist, stockt. Wie der Fluss nach einem Dammbau. Ihr Magen wird zu einem harten Knoten.

Nein, nein, verdammt!

Der eine der beiden zieht die Mütze ab und schüttelt seine dunklen, glänzenden Locken. Es ist Curt Bäckström. Sein Overall ist schwarz und speckig. An den Füßen trägt er Fahrstiefel mit verstärkten Spitzen. Über seiner Schulter liegt ein Gewehr, ein doppelläufiges Schrotgewehr. Seine Nasenlöcher und seine Pupillen haben sich geweitet, wie bei einem Schlachtross. Rebecka schaut in seine glasigen Augen. Sieht darin das Fieber.

Ganz vorsichtig mit ihm umgehen, denkt sie.

Sie schielt zu den Mädchen hinüber. Die schlafen tief.

Den dritten Mann erkennt sie, noch ehe er Hasskappe und Schutzbrille abgelegt hat. Was spielt es schon für eine Rolle, wie er gekleidet ist, sie würde ihn überall erkennen. Thomas Söderberg. Seine Bewegungen. Die Art, wie er den Raum dominiert.

Sie könnten diesen Auftritt fast einstudiert haben. Curt Bäckström und Vesa Larsson beziehen zu beiden Seiten der Schweinestalltür Posten.

Vesa Larsson schaut an ihr vorbei. Oder vielleicht durch sie hindurch. Er hat denselben Blick wie Eltern von kleinen Kindern im Supermarkt. Die Muskeln unter seiner Gesichtshaut haben aufgegeben. Haben nicht mehr die Kraft, seine Erschöpfung zu verbergen. Der tote Blick. Sie ziehen den Einkaufswagen zwischen den Regalen hindurch wie beinahe zu Tode gepeitschte Esel und sind taub für das Weinen oder das hektische Geplapper der Kinder.

Thomas Söderberg tritt einen Schritt vor. Zuerst sieht er sie nicht an. Mit gespannten, wachsamen Bewegungen öffnet er den Reißverschluss seines Overalls und nimmt die Brille ab. Seit ihrer letzten Begegnung hat er sich eine neue zugelegt, aber das ist ja auch schon lange her. Er sieht sich im Zimmer um wie ein Befehlshaber in einem Science-Fiction-Film, registriert alles, die Kinder, die Axt in der Ecke und Rebecka am Küchentisch. Danach entspannt er sich. Lässt die Schultern sinken. Seine Bewegungen werden weicher, wie bei einem Löwen auf Savannenbummel.

Und nun wendet er sich Rebecka zu.

»Erinnerst du dich an das Osterfest, als du mich und Maja hierher eingeladen hattest?«, fragt er. »Es kommt mir vor wie eine andere Zeit. Zuerst hatte ich geglaubt, ich würde den Weg nicht mehr finden. In der Dunkelheit und im Sturm.«

Rebecka mustert ihn. Er zieht Mütze und Handschuhe aus und stopft sie in die Overalltaschen. Seine Haare sind nicht dünner geworden. Ein paar graue Sprenkel in dem nussbraunen

Farbton, ansonsten hat er sich gar nicht verändert. Als sei die Zeit stehen geblieben. Vielleicht hat er ein wenig zugenommen, aber im Grunde ist ihm das nicht anzusehen.

Vesa Larsson lehnt am Türrahmen. Er atmet mit offenem Mund und dreht sein Gesicht leicht nach oben, wie um eine aufsteigende Übelkeit zu unterdrücken. Seine Blicke wandern zwischen Curt und Thomas und Rebecka hin und her. Die Kinder sieht er nicht an.

Warum sieht er die Kinder nicht an?

Curt wippt langsam auf den Fußballen hin und her. Sein Blick hängt abwechselnd an Rebecka und an Thomas.

Was wird jetzt passieren? Wird Curt das Gewehr von der Schulter nehmen und sie erschießen? Eins, zwei, drei, dann ist es vorbei. Schwarz. Sie muss Zeit gewinnen. Nun rede schon, Frau. Denk an Sara und Lova.

Rebecka stützt sich mit den Händen auf die Tischplatte und stemmt sich vom Stuhl hoch.

»Setzen«, befiehlt Thomas, und sie sinkt wie ein geprügelter Hund auf ihren Hintern.

Sara jammert, wacht aber nicht auf. Sie dreht sich im Bett um und atmet dann wieder tief und regelmäßig.

»Warst du das?«, fragt Rebecka mit heiserer Stimme. »Warum?«

»Es war Gott selbst, Rebecka«, sagt Thomas ernst.

Sie kennt diesen ernsten Ton und diese Haltung. So sieht er aus, und so hört er sich an, wenn er seinen Zuhörern wichtige Dinge einprägen will. Dann verändert sich sein ganzes Wesen. Dann wirkt er wie ein aus dem Boden geschossener Felsblock. Der im tiefsten Erdinneren verwurzelt ist. Durch und durch erfüllt von Ernst, Stärke, Kraft. Und zugleich von Demut gegenüber Gott.

Warum führen sie dieses Schauspiel für sie auf? Aber nein, es ist nicht für Rebecka gedacht, sondern für Curt. Thomas Söderberg... er manipuliert Curt.

»Und die Kinder?«, fragt sie.

Thomas senkt den Kopf. Jetzt hat sein Tonfall etwas Sprödes. Etwas Brüchiges. Seine Stimme scheint die Wörter nicht richtig tragen zu können.

»Wenn du nicht...«, beginnt er. »Ich weiß nicht, wie ich dir vergeben soll, dass du mich dazu zwingst, Rebecka.«

Wie auf ein unsichtbares Zeichen hin, legt Curt den rechten Handschuh ab und zieht eine Rolle Hanfschnur aus einer Tasche seines Overalls.

Rebecka wendet sich Curt zu. Presst ihre Stimme vorbei an dem Kloß, der ihre Kehle blockiert.

»Du liebst Sanna doch«, sagt sie. »Wie kannst du sie lieben und ihre Kinder töten?«

Curt schließt die Augen. Wieder wippt er langsam hin und her und scheint sie nicht gehört zu haben. Dann bewegen sich seine Lippen eine Weile lautlos, dann endlich antwortet er:

»Sie sind Schattenkinder«, sagt er. »Sie müssen weichen.«

Wenn sie ihn nur zum Reden bringen kann! Zeit gewinnen. Sie muss nachdenken. Hier ist ein Leitfaden. Thomas lässt ihn reden, er wagt nicht, einzugreifen.

»Schattenkinder? Wie meinst du das?«

Sie legt den Kopf schräg und lässt ihre Hand auf ihrer Wange ruhen, so, wie Sanna das immer macht, sie gibt sich alle Mühe, ruhig zu sprechen.

Curt redet ins Zimmer hinein und starrt die Gasollampe an. Als sei er allein hier. Oder als sitze im Licht irgendein Wesen und höre ihm zu.

»Ich habe die Sonne im Rücken«, sagt er. »Vor mir fällt mein Schatten. Er geht vor mir her. Aber wenn ich eintrete, muss er weichen. Sanna wird neue Kinder bekommen. Sie wird mir zwei Söhne gebären.«

Jetzt kotze ich gleich, denkt Rebecka und spürt, wie der Geschmack von Elchfleisch und Galle in ihrer Kehle hochschießt.

Sie erhebt sich. Ihr Gesicht ist schneeweiß. Ihre Beine zittern.

Ihr Körper ist so schwer. Wiegt mehrere Tonnen. Ihre Beine sind wie dürre Zahnstocher.

Sofort steht Curt vor ihr. Sein Gesicht ist vor Zorn verzerrt. Er schreit sie mit solcher Kraft an, dass er nach jedem Wort um Atem ringen muss.

»Du... sollst... sitzen... bleiben!«

Er schlägt ihr wütend in den Bauch, und sie klappt zusammen wie ein Taschenmesser. Die Beine verlieren den letzten Rest Kraft. Der Boden jagt ihrem Gesicht entgegen. Sie spürt den Flickenteppich ihrer Großmutter an ihrer Wange. In ihrem Bauch wütet ein unerträglicher Schmerz. Hoch über sich hört sie erregte Stimmen. In ihren Ohren rauscht und klingelt es nur noch.

Sie muss ein bisschen schlafen. Nur für einen Moment. Danach wird sie die Augen wieder aufmachen. Das verspricht sie. Sara und Lova. Sara und Lova. Wer schreit denn da? Ist das Lova, die so schrecklich schreit? Nur für einen Moment...

Benny von Bennys Schlüsselnotdienst öffnet die Tür zu Curt Bäckströms Wohnung und verschwindet vom Schauplatz. Sven-Erik Stålnacke und Anna-Maria Mella stehen im dunklen Treppenhaus. Nur das Licht der Straßenlaternen sickert durch das Fenster zum Hof. Alles ist still. Sie wechseln einen Blick und nicken. Anna-Maria hat ihre Pistole entsichert, eine Sig-Sauer.

Sven-Erik geht hinein. Sie hört, wie er vorsichtig »Hallo?« ruft. Anna-Maria steht vor der offenen Tür Wache.

Ich muss den Verstand verloren haben, denkt sie.

Sie spürt einen ziehenden Schmerz im Kreuz. Sie lehnt sich an die Wand und atmet durch. Was, wenn er dort drinnen in der Dunkelheit liegt? Er ist vielleicht tot. Vielleicht liegt er aber auch irgendwo auf der Lauer. Wird herausgestürzt kommen und sie die Treppe hinunterstoßen.

Sven-Erik schaltet das Licht in der Diele ein.

Sie schaut durch die Tür. Es ist eine Einzimmerwohnung. Von der Diele aus kann man in das Wohnschlafzimmer blicken. Es ist eine seltsame Wohnung. Kann hier wirklich jemand wohnen?

In der Diele gibt es keine Möbel. Keinen Schreibtisch mit Kleinkram und der Tagespost. Keine Fußmatte. An der Kleiderstange unter dem Hutregal hängen keine Jacken. Auch das Wohnzimmer ist leer. Fast. Auf dem nackten Boden stehen einige Lampen, und an der Wand hängt ein großer Spiegel. Das Fenster ist mit schwarzen Laken verhängt. Die Fensterbänke sind leer. Vorhänge gibt es nicht. Vor der einen Wand steht ein schlichtes Bett aus grobem Kiefernholz. Mit einer Tagesdecke aus hellblauem Synthetikstoff.

Sven-Erik kommt aus der Küche. Er schüttelt unmerklich den Kopf. Ihre Blicke begegnen einander. Voller Fragen und böser Ahnungen. Sven-Erik geht zur Toilette und öffnet die Tür. Der Lichtschalter sitzt innen. Er streckt die Hand aus. Anna-Maria hört ein Klicken, doch die Lampe reagiert nicht. Sven-Erik bleibt in der Türöffnung stehen. Sie sieht ihn von der Seite her an. Die Hand, die den Schlüsselbund aus der Tasche zieht. Daran ist eine kleine Taschenlampe befestigt. Der dünne Lichtstrahl fällt durch die Tür. Sven-Erik kneift die Augen zusammen, um besser sehen zu können.

Vielleicht macht sie eine Bewegung, die er aus dem Augenwinkel heraus wahrnimmt, denn seine Hand hebt sich abwehrend. Er tritt einen Schritt vor. Setzt einen Fuß über die Schwelle. Jetzt spannt und zieht es wieder in ihrem Kreuz. Sie ballt die Faust und drückt sie gegen die wehe Stelle.

Und dann kommt Sven-Erik wieder zum Vorschein. Mit raschen Schritten. Offenem Mund. Pupillen wie schwarzen Löchern in einem vereisten Gesicht.

»Ruf an«, sagt er mit heiserer Stimme.

»Wen denn?«, fragt sie.

»Alle! Weck sie allesamt auf!«

Rebecka öffnet die Augen. Wie viel Zeit kann vergangen sein? Unter der Decke schwebt Thomas Söderbergs Gesicht. Er sieht aus wie eine Sonnenfinsternis. Sein Gesicht liegt im Schatten, und die Gasollampe hängt schräg über seinem Kopf und malt einen Heiligenschein um seine braunen Locken.

Rebeckas Bauch tut noch immer weh. Schlimmer als vorher. Und außer dem Schmerz ist da etwas Heißes, Nasses. Blut. Entsetzt begreift sie, dass Curt sie nicht geschlagen hat.

Er hat ihr ein Messer in den Leib gejagt.

»So hatten wir das ja nicht vor«, sagt Thomas verbissen. »Wir müssen uns die Sache überlegen.«

Rebecka dreht den Kopf. Sara und Lova liegen einander gegenüber auf dem Bett. Ihre Hände sind mit Hanfschnur an die Bettpfosten gebunden. Aus ihren Mündern ragen Zipfel von weißem Baumwollstoff. Auf dem Boden neben dem Bett liegt ein zerrissenes Laken. Das haben sie also im Mund. Sie kann sehen, wie die Brustkörbe der Kinder sich angestrengt heben und senken, um genug Luft in die Nasen zu befördern.

Lova hat einen Schnupfen. Aber sie atmet.

Ganz ruhig jetzt, sie atmet. Verdammt, verdammt!

»Wir hatten vor«, sagt Thomas Söderberg nachdenklich, »wir hatten vor, die Hütte anzuzünden. Und du solltest den Zündschlüssel für dein Schneemobil bekommen und im Nachthemd oder im T-Shirt loslaufen dürfen. Das hättest du natürlich gemacht, wer hätte diese Chance nicht genutzt? Aber bei dem Sturm und der Kälte, die sich beim Schneemobilfahren entwickelt, wärst du wohl höchstens hundert Meter weit gekommen.

Danach wärst du heruntergefallen und erfroren. Für die Polizei wäre es ein einfacher Unglücksfall gewesen. In der Hütte bricht Feuer aus. Du gerätst in Panik, lässt die Kinder im Stich und rennst im Hemd nach draußen. Versuchst, mit dem Schneemobil Hilfe zu holen, und erfrierst schon nach kurzer Zeit. Keine großen Ermittlungen, keine Fragen. Aber jetzt ist es nicht mehr so leicht.«

»Wollt ihr die Kinder verbrennen lassen?«

Thomas nagt nachdenklich an seiner Unterlippe und scheint diese Frage nicht gehört zu haben.

»Ich glaube, wir nehmen dich mit«, sagt er. »Auch wenn dein Leib vielleicht verbrennt, finden sie möglicherweise die Spuren des Messerstichs. Und das kann ich nicht riskieren.«

Er unterbricht sich und schaut sich um, als Vesa Larsson mit einem roten Kunststoffbenzinkanister in der Hand hereinkommt.

»Kein Benzin«, sagt Thomas gereizt. »Keine brennbare Flüssigkeit und keine Chemikalien. Das alles würde durch eine technische Untersuchung zutage gefördert. Wir zünden Vorhänge und Bettwäsche mit Streichhölzern an.«

Er nickt zu Rebecka hinüber.

»Die nehmen wir mit«, sagt er dann. »Ihr beide könnt schon mal eine Plane auf den Schlitten legen.«

Vesa Larsson und Curt verschwinden aus der Hütte. Der Sturm brüllt auf und verstummt dann, als die Tür ins Schloss fällt. Jetzt ist sie mit ihm allein. Ihr Herz hämmert los. Sie muss sich beeilen. Das weiß sie. Sonst wird ihr Körper sie im Stich lassen.

Hat Curt sein Gewehr neben die Tür gestellt? Es ist nicht leicht, bei diesem Sturm mit der Waffe über der Schulter eine schwere Plane auszubreiten. Komm näher, Thomas.

»Ich begreife nicht, wie du das über dich bringst«, sagt Rebecka. »Steht in der Bibel nicht, ›du sollst nicht töten‹?«

Thomas seufzt. Er geht neben ihr in die Hocke.

»Und trotzdem wimmelt es in der Bibel nur so von Szenen, in denen Gott Leben nimmt«, sagt er. »Verstehst du nicht, Rebecka? Er muss Seine eigenen Gesetze brechen. Und ich bringe es nicht über mich. Das habe ich Ihm gesagt. Daraufhin hat Er mir Curt geschickt. Das war mehr als nur ein Zeichen. Ich musste Ihm einfach gehorchen.«

Er verstummt, um sich den aus seiner Nase laufenden Rotz abzuwischen. Sein Gesicht läuft in der Hitze des Kamins rot an. Bestimmt schwitzt er in seinem dicken Overall wie in der Hölle.

»Ich habe nicht das Recht, zuzulassen, dass du Gottes Werk zerstörst. Die Medien würden diese Finanzierungsgeschichte zum Skandal aufblasen, und damit wäre alles zu Ende. Hier in Kiruna sind große Dinge passiert. Und doch hat Gott mir zu verstehen gegeben, dass das nur der Anfang ist.«

»Hat Viktor dich bedroht?«

»Am Ende war er für alle eine Bedrohung. Nicht zuletzt für sich selbst. Aber ich weiß, dass er bei Gott ist.«

»Erzähl mir, was passiert ist.«

Thomas schüttelt ungeduldig den Kopf.

»Dazu haben wir weder Zeit noch Gelegenheit, Rebecka.«

»Und was ist mit den Mädchen?«

»Die können Dinge über ihren Onkel erzählen, die... wir brauchen Viktor noch immer. Sein Name darf nicht in den Schmutz gezogen werden. Weißt du, wie vielen Menschen wir jedes Jahr aus ihrer Drogensucht heraushelfen? Weißt du, wie viele Kinder ihre verlorenen Eltern zurückerhalten? Weißt du, wie viele zum Glauben gelangen? Wieder Arbeit finden? Ein anständiges Leben führen können? Ihre Ehe kitten? In den Nächten hat Gott mit mir immer wieder darüber gesprochen.«

Er verstummt und hält ihr die Hand hin. Lässt die Finger über ihren Mund und dann zu ihrem Hals hinunter wandern.

»Ich habe dich ebenso geliebt, wie ich meine eigene Tochter liebe. Aber du...«

»Ich weiß«, jammert sie. »Vergib mir!«

Komm näher.

»Und jetzt?«, weint sie. »Liebst du mich jetzt?«

Sein Gesicht wird hart wie Stein.

»Du hast mein Kind ermordet.«

Der Mann, der nur Töchter hat. Und sich einen Sohn wünscht.

»Ich weiß. Ich denke jeden Tag an ihn. Aber es war nicht ...«

Sie dreht den Kopf zur Seite und hustet und presst die Hand auf den Bauch. Dann schaut sie ihn wieder an.

Da liegt er. Sie hat ihn gesehen. Dreißig Zentimeter von ihrem Kopf entfernt. Der Stein, auf den Lova »Tjapp« geschrieben hat. Jetzt ist Thomas nahe genug. Zugreifen und zuschlagen. Nicht nachdenken. Nicht zögern. Zugreifen und zuschlagen.

»Es gab noch einen anderen. Es war nicht d ...«

Ihre Stimme erstirbt in einem erschöpften Flüstern. Er reckt den Hals, um besser hören zu können. Wie ein Fuchs, der unter dem Schnee Wühlmäuse vermutet.

Sie lässt ihre Lippen Wörter formen, die er nicht hören kann. Endlich beugt er sich über sie. Nicht zögern, bis drei zählen.

»Bete für mich«, flüstert sie ihm ins Ohr.

Eins.

»Du warst nicht der Einzige, mit dem ich ...«

Zwei.

»Es war nicht dein Kind.«

Drei!

Er erstarrt für eine Sekunde, und das reicht. Ihre Hand schnellt wie eine Kobra vor und packt den Stein. Sie kneift die Augen zusammen und schlägt mit aller Kraft zu. Gegen seine Schläfe. In Gedanken sieht sie den Stein wie ein Geschoss seinen Kopf und dann die Wand durchschlagen. Aber als sie die Augen öffnet, hält sie den Stein noch immer in der Hand. Thomas liegt neben ihr auf der Seite. Vielleicht versuchen seine Hände, seinen Kopf zu schützen, sie weiß es nicht so genau. Sie kniet bereits vor ihm und schlägt wieder zu. Und noch einmal. Immer auf den Kopf.

Jetzt reicht es. Jetzt eilt es.

Sie lässt den Stein los und versucht, auf die Beine zu kommen, aber ihre Beine wollen sie nicht tragen. Sie kriecht zur Ecke neben der Tür. Neben der Axt steht Curt Bäckströms Gewehr. Sie müht sich auf Knien und der rechten Hand dahin. Die linke Hand presst sie auf ihren Bauch.

Wenn sie es nur rechtzeitig schafft. Wenn die anderen jetzt hereinkommen, ist alles verloren.

Sie bekommt die Waffe zu fassen. Richtet sich auf die Knie auf. Macht sich am Gewehr zu schaffen. Ihre Hände zittern und fühlen sich hilflos an. Sie lockert den Sicherungsflügel. Öffnet die Waffe. Sie ist geladen. Sie schließt sie wieder und entsichert. Rutscht in die Mitte der Hütte zurück. Die Flickenteppiche zeigen schon rote Blutflecken. Flecken, groß wie Einkronenstücke, die Rebecka selbst hinterlassen hat. Verschwommene Spuren der rechten Hand, die den Stein gehalten hat.

Wenn die anderen um die Hütte herumgehen, können sie sie durch das Fenster sehen. Aber das tun sie nicht. Warum sollten sie hin und herlaufen? Ihr wird schlecht. Sie darf sich jetzt nicht übergeben. Wie soll sie es nur schaffen, das Gewehr festzuhalten?

Sie schiebt sich weiter zurück, in einer Art halb sitzender Haltung, die eine Hand auf den Bauch gedrückt. Sie schiebt die andere Hand auf den Tisch zu und stößt sich mit den Beinen ab. Packt das Gewehr und zieht es hinter sich her. Lehnt den Rücken ans Tischbein. Die Beine ein wenig angezogen. Legt sich das Gewehr gegen den Oberschenkel und lässt es auf die Tür zielen. Und wartet.

»Ganz ruhig«, sagt sie zu Lova und Sara, ohne die Tür aus den Augen zu lassen. »Schlaft ein bisschen und macht euch keine Sorgen.«

Curt kommt als Erster wieder herein. Schräg hinter ihm kann sie Vesa sehen. Curts Blick fällt auf das Gewehr in Rebeckas Hand. Er registriert die beiden schwarzen Löcher, die sich auf ihn richten. Im Bruchteil einer Sekunde ändert sich sein Gesichtsausdruck. Sein Ärger über Kälte, Wind und die starre Plane weicht – nicht der Angst, sondern etwas anderem. Zuerst der Erkenntnis, dass er ihr das Gewehr nicht abnehmen kann. Dann trübt sich sein Blick. Wird ausdruckslos und leer.

Sie hebt die Waffe, und der Rückstoß bricht ihr eine Rippe, als sie ein Loch in Curts Bauch sprengt. Er fällt in der Tür rückwärts um. Schnee wirbelt durch die Öffnung.

Vesa steht wie erstarrt da. Er scheint nur noch ein stummer Schrei zu sein.

»Rein«, brüllt sie und zielt mit dem Gewehr auf ihn. »Und nimm ihn mit. Setzen!«

Er gehorcht und geht vor der Tür in die Hocke.

»Auf den Hintern«, befiehlt sie.

Er fällt auf sein Hinterteil. Sein Overall ist schwer und nass. So leicht wird er nicht mehr auf die Füße kommen. Ohne, dass sie etwas gesagt hätte, verschränkt er hinter dem Nacken die Hände. Curt liegt zwischen ihnen. In der Stille, die einkehrt, jetzt, wo die Tür den Sturm wieder aussperrt, hören sie Curts röchelnden Atem. Als kurzes, keuchendes Zischen.

Sie legt den Kopf in den Nacken. Müde. Schrecklich müde.

»Und jetzt«, sagt sie zu Vesa Larsson, »wirst du mir alles erzählen. Solange du redest und bei der Wahrheit bleibst, lasse ich dich am Leben.«

»Sanna Strandgård kam zu mir«, sagt Vesa mit heiserer Stimme. »Sie war... in Tränen aufgelöst. Ja, ich weiß, dass das ein alberner Ausdruck ist, aber du hättest sie mal sehen sollen.«

Ich kann sie mir sehr gut vorstellen, denkt Rebecka. Die Haare offen, wie eine Löwenzahnblüte. Keiner stehen Rotz und Tränen besser als ihr.

»Sie sagte, Viktor habe sich an ihren Kindern vergriffen.«

Rebecka schielt zu den Mädchen hinüber. Sie sind noch immer ans Bett gefesselt und haben Stofffetzen im Mund. Sie hat Angst, das Bewusstsein zu verlieren, wenn sie zu ihnen kriecht. Und wenn sie Vesa befiehlt, sie loszubinden, kann er ihr die Waffe aus den Händen treten. Sie muss noch warten.

Sie atmen. Sie leben. Und bald wird ihr einfallen, was sie zu tun hat.

»Inwiefern vergriffen?«

»Das weiß ich nicht, eine Bemerkung von Sara hat ihr das klargemacht. Ich habe es nicht richtig verstanden. Aber ich habe versprochen, mit Viktor zu reden. Ich...«

Verwirrt verstummt er.

Sie verwirrt die Menschen, denkt Rebecka. Lockt sie in den Wald und verzaubert den Kompass.

»Ja?«

»Was war ich für ein Idiot«, jammert er. »Ich habe ihr geraten, sich nicht an Polizei oder Behörden zu wenden. Sie hatte mit Patrick Mattsson gesprochen. Den habe ich angerufen und ihm gesagt, Sanna habe sich geirrt. Ich habe ihm mit dem Ausschluss aus der Gemeinde gedroht, wenn er nicht den Mund hält.«

»Weiter«, sagt Rebecka ungeduldig. »Hast du mit Viktor gesprochen?«

Die Waffe wird schwerer und schwerer, wie sie da über ihren Beinen liegt.

»Er wollte nicht auf mich hören. Es gab überhaupt kein Gespräch. Er beugte sich über meinen Schreibtisch und drohte mir. Sagte, meine Tage als Pastor bei dieser Gemeinde seien gezählt. Und er habe nicht vor, zuzusehen, wie die Pastoren die Gelder der Gemeinde in die eigene Tasche steckten.«

»Meinte er die Firma?«

»Ja, als wir VictoryPress gegründet haben, hielt ich alles für korrekt. Genauer gesagt, habe ich mir da weiter keine Gedanken gemacht, so war das. Ein Unternehmer in der Gemeinde hat uns den Tipp gegeben. Er sagte, das sei absolut legal. Wir haben die Kosten der Firma geltend gemacht und vom Staat die

Mehrwertsteuer zurückbekommen. Natürlich hat die Gemeinde uns unter dem Tisch Geld für die Investitionen gegeben, aber in unseren Augen gehörte alles, was der Firma gehörte, eben der Kraftquelle. Ich hatte nicht das Gefühl, irgendwen zu betrügen. Erst als ich meine Schweigepflicht brach und Thomas von Sannas Verdacht und Viktors Drohungen erzählte, ging mir auf, dass wir übel dran waren. Thomas hatte Angst. Verstehst du? Innerhalb von drei Stunden geriet meine ganze Welt ins Wanken. Viktor war aggressiv und für Kinder eine Gefahr. Und dabei hatte er Kinder immer geliebt. Hatte in der Sonntagsschule geholfen und dann … Mir wurde richtig schlecht. Und Thomas hatte Angst. Wo er doch sonst immer der reinste Fels war. Und ich war zum Verbrecher geworden. Kann ich die Hände aus dem Nacken nehmen? Mir tun schon die Schultern und der Kopf weh.«

Sie nickt.

»Wir beschlossen, gemeinsam mit ihm zu reden«, sagt Vesa nun. »Thomas sagte, Viktor brauche Hilfe, und diese Hilfe könne die Gemeinde ihm geben. Und an jenem Abend…«

Er verstummt, und beide blicken zu Curt hinüber, der zwischen ihnen auf dem Boden liegt. Der Flickenteppich unter ihm hat sich rot gefärbt. Sein Atem geht von pfeifendem Röcheln in ein leises Zischen über. Und dann hört er auf zu atmen. Verstummt.

Vesa Larsson starrt ihn an. Seine Pupillen weiten sich vor Angst. Danach mustert er Rebecka und das Gewehr auf ihren Knien.

Rebecka fallen die Augen zu. Sie fühlt sich müde und gleichgültig. Vesas Geschichte scheint sie nichts mehr anzugehen. Aber jetzt braucht sie ihn nicht mehr zum Reden aufzufordern. Er redet wie ein Wasserfall drauflos.

»Viktor wollte nicht auf uns hören. Er sagte, er habe gefastet und gebetet und sei zu dem Schluss gekommen, dass in der Gemeinde eine Reinigungsaktion angesagt sei. Plötzlich waren wir die Angeklagten. Er nannte uns Geldwechsler, die aus dem Tempel verjagt werden müssten. Das hier sei Gottes Werk, während wir es dem Mammon schenken wollten. Und danach... großer Gott... dann war plötzlich Curt da. Ich weiß nicht, ob er die ganze Zeit zugehört hatte oder ob er gerade erst in die Kirche gekommen war...«

Vesa kneift die Augen zusammen und sein Mund verzieht sich zu einer Grimasse.

»Viktor richtete einen Finger auf Thomas und schrie los, ich weiß nicht mehr, was. Curt hielt eine ungeöffnete Weinflasche in den Händen. Wir hatten bei der Andacht auch das Abendmahl gefeiert. Er schlug Viktor damit gegen den Hinterkopf. Viktor sank auf die Knie. Curt trug eine weite Daunenjacke. Er ließ die Weinflasche in seiner Tasche verschwinden. Dann zog er das Messer aus dem Gürtel und stach zu. Zwei- oder dreimal. Viktor kippte rückwärts und blieb auf dem Rücken liegen.«

»Und ihr habt einfach zugesehen«, flüstert Rebecka.

»Ich wollte eingreifen, aber Thomas hat mich daran gehindert.«

Er presst sich die Fäuste auf die Augen.

»Nein, das stimmt nicht«, sagt er dann. »Ich glaube, ich bin einen Schritt vorgetreten. Aber Thomas machte nur eine kleine Handbewegung. Und ich blieb stehen. Wie ein braver Hund. Dann drehte Curt sich um und kam auf uns zu. Plötzlich hatte ich schreckliche Angst, dass er auch mich umbringen würde. Thomas stand ganz still und mit ausdruckslosem Gesicht da. Ich weiß noch, dass ich ihn ansah und dachte, dass ich gelesen habe, was man machen soll, wenn man von tollwütigen Hunden angegriffen wird. Nicht wegrennen, nicht schreien, sondern einfach ganz still stehen bleiben. Da standen wir dann also. Curt sagte auch nichts, er hielt einfach das Messer in der Hand und sah uns an. Dann machte er auf dem Absatz kehrt und ging zu Viktor zurück. Er...«

Vesa jammert mit zusammengebissenen Zähnen auf.

»…Himmel, er stach immer wieder zu. Bohrte mit dem Messer in seinen Augen. Danach steckte er die Finger in die Löcher und strich das Blut auf seine eigenen Augen. Alles, was er gesehen hat, habe ich jetzt auch gesehen, rief er. Er leckte das Messer ab wie ein… wie ein Tier. Ich glaube, er hat sich dabei in die Zunge geschnitten, denn aus seinem Mundwinkel lief Blut. Und danach hat er ihm die Hände abgeschnitten. Er zog und zerrte daran. Die eine steckte er in die Jackentasche, für die andere war kein Platz mehr, und sie fiel auf den Boden und… Ja, danach habe ich keine klare Erinnerung mehr. Thomas fuhr mich mit seinem Auto nach Hause. Ich stand mitten in der kalten Nacht da und kotzte. Die ganze Zeit redete Thomas auf mich ein. Über unsere Familien. Über die Gemeinde. Darüber, dass wir am besten den Mund hielten. Seither habe ich überlegt, ob er wohl gewusst hat, dass Curt in der Kirche war. Oder ob er sogar dafür gesorgt hat, dass Curt da war.«

»Und Gunnar Isaksson?«

»Der wusste nichts. Der ist wertlos.«

»Du feiges Schwein«, sagt Rebecka matt.

»Ich habe Kinder«, jammert er. »Jetzt wird alles anders. Du wirst es sehen.«

»Hör doch auf«, sagt sie. »Als Sanna bei dir war, da hättest du Polizei und Jugendamt verständigen müssen. Aber du… du wolltest keinen Skandal. Du wolltest dein schönes Haus und deine gutbezahlte Stelle nicht verlieren.«

Sie kann das rechte Bein bald nicht mehr halten. Wenn sie das Gewehr auf den Boden legt, kann er aufstehen und ihr einen Tritt gegen den Kopf versetzen, ehe sie das Gewehr hochheben kann. Sie sieht nicht mehr richtig. Schwarze Flecken tanzen vor ihren Augen. Als habe jemand mit einem Gotcha-Gewehr auf ein Schaufenster geschossen.

Jetzt wird sie ohnmächtig. Es eilt.

Sie richtet das Gewehr auf ihn.

»Tu das nicht, Rebecka«, sagt er. »Damit wirst du nicht leben können. Ich wollte das alles doch nicht, Rebecka. Und jetzt ist es vorbei.«

Sie wünscht sich, dass er etwas unternimmt. Versucht, aufzustehen. Oder nach der Axt zu greifen.

Vielleicht kann sie Vertrauen zu ihm haben. Vielleicht wird er sie und die Kinder in den Schlitten packen und in die Stadt bringen. Und sich der Polizei stellen.

Aber vielleicht auch nicht. Und dann: loderndes Feuer. Die entsetzten Augen der Mädchen, wenn sie an den Fesseln zerren, mit denen ihre Hände und Füße an das Bett gebunden sind. Die Flammen, die das Fleisch von ihren Knochen fressen. Wenn Vesa Feuer legt, wird niemand wissen, was passiert ist. Thomas und Curt werden für die Schuldigen gehalten werden, Vesa kommt ungeschoren davon.

Er ist gekommen, um uns umzubringen, sagt sie sich. Das darf ich nicht vergessen.

Jetzt weint er. Vesa Larsson. Vor kurzem erst war Rebecka sechzehn Jahre alt und saß im Keller der Pfingstkirche, zwischen seinen Malutensilien, um über Gott, das Leben, die Liebe und die Kunst zu sprechen.

»Denk an meine Kinder, Rebecka.«

Er oder die Mädchen.

Sie kneift die Augen zu, als ihr Finger den Abzughahn bewegt. Der Knall ist ohrenbetäubend. Als sie die Augen wieder aufschlägt, sitzt er in derselben Haltung da. Aber er hat kein Gesicht mehr. Eine Sekunde verstreicht, dann kippt sein Körper zur Seite.

Nicht hinschauen. Nicht denken. Sara und Lova.

Sie lässt die Waffe fallen und kommt auf alle Viere. Sie bebt vor Anstrengung am ganzen Leib, als sie Schritt für Schritt auf das Bett zukriecht. In ihren Ohren klingelt und lärmt es.

Saras eine Hand. Eine Hand ist genug. Wenn sie eine Hand schafft…

Sie kriecht über Curts leblosen Körper. Macht sich am Gürtel seines Overalls zu schaffen. Schiebt die Hand unter seinen Leichnam. Da ist das Messer. Sie öffnet die Scheide und zieht es hervor. Sie scheint die Hand in sein Blut getaucht zu haben. Jetzt hat sie das Bett erreicht.

Die Hand jetzt ganz ruhig halten. Nicht Sara schneiden.

Sie kappt die Hanfschnur und reißt sie von Saras Handgelenk. Drückt Sara das Messer in die Hand und sieht, wie ihre Finger sich um den Schaft schließen.

Jetzt. Ausruhen.

Sie lässt sich auf den Boden sinken.

Nach einer Weile sieht sie über sich die Gesichter von Sara und Lova. Sie packt Saras Ärmel.

»Nicht vergessen«, stöhnt sie. »In der Hütte bleiben. Die Tür geschlossen halten und Overalls und Decken um euch wickeln. Morgen früh kommen Sivving und Bella. Hörst du, Sara? Ich muss nur ein bisschen schlafen.«

Es tut nirgendwo mehr weh. Aber ihre Hände sind eiskalt. Sie hat Saras Arm losgelassen. Die Gesichter der beiden verschwimmen. Sie versinkt in einem Brunnen, und die Kinder stehen oben im Sonnenschein und sehen auf sie herunter. Alles wird dunkler und kälter.

Sara und Lova hocken einander gegenüber neben Rebecka. Lova schaut ihre ältere Schwester an.

»Was hat sie gesagt?«, fragt sie.

»Ich glaube, es hat sich angehört wie ›Nimmst du mich auf?‹«, antwortet Sara.

Der Winterwind riss wütend an den mageren Birken vor dem Krankenhaus von Kiruna. Zog an ihren knorrigen Armen, die sich in den schwarzblauen Himmel reckten. Brach ihre gespreizten, steifgefrorenen Finger.

Måns Wenngren lief mit Siebenmeilenschritten am Stationszimmer der Intensivstation vorbei. Der kalte Schein der Neonröhren in der Decke prallte auf den gebohnerten Fußboden und die leicht gelbliche Betonwand des Ganges mit ihren unbeschreiblich scheußlichen weinroten Schablonenzeichnungen. Sein ganzes Wesen setzte sich gegen diese Eindrücke zur Wehr. Der Geruch von Desinfektionsmitteln und Bohnerwachs vermischte sich mit dem fauligen Gestank von zerfallenden Körpern. Dazu das ewige Scheppern der Metallwagen, die Essen, Proben oder Gott weiß was transportierten.

Es ist aber immerhin nicht Weihnachten, dachte er.

Sein Vater hatte am ersten Weihnachtstag seinen letzten Herzinfarkt erlitten. Das war jetzt viele Jahre her, aber Måns erinnerte sich noch lebhaft an die quälend misslungenen Versuche des Krankenhauspersonals, auf der Station Weihnachtsstimmung hervorzurufen. Billige im Großhandel eingekaufte Pfefferkuchen zum Nachmittagskaffee, auf Papierservietten mit Weihnachtsmotiven. Und ganz hinten auf dem Gang eine Plastikkiefer. Die Nadeln schauten in die falsche Richtung und waren platt, nachdem der Baum ein langes Jahr im Karton hoch oben in einem Regal verbracht hatte. Kugeln, die farblich nicht zusammenpassten, hingen an Nähgarn von den Zweigen. Unter den untersten Zweigen lagen grellbunte Pakete, die leer waren, und das wussten alle.

Er schüttelte diese Erinnerung ab, ehe auch seine Eltern vor seinem inneren Auge auftauchten. Er drehte sich um, ohne stehen zu bleiben. Sein Wollmantel wehte wie ein Umhang hinter ihm her.

»Ich suche Frau Martinsson!«, brüllte er. »Arbeitet hier eigentlich irgendwer?«

Am Morgen war er vom Telefon geweckt worden. Die Polizei in Kiruna wollte wissen, ob er Rebeckas Chef sei. Ja, das schon. Die Polizei hatte keine nahen Angehörigen ausfindig machen können, vielleicht wusste man ja in der Kanzlei, ob es einen Lebensgefährten oder Freund gebe. Nein, davon hatte die Kanzlei keine Ahnung. Er hatte gefragt, was denn passiert sei. Am Ende hatte die Polizei mitgeteilt, Rebecka müsse operiert werden. Aber danach gab es keine weiteren Informationen.

Måns rief das Krankenhaus in Kiruna an. Dort wollte man ihm nicht einmal bestätigen, dass Rebecka überhaupt dort war. »Diskretion« war das einzige Wort, das er ihnen hatte entlocken können.

Danach hatte er eine der beiden Teilhaberinnen der Kanzlei angerufen.

»Bitte, Måns«, hatte sie gesagt. »Rebecka ist schließlich deine Assistentin.«

Am Ende war er mit einem Taxi zum Flughafen gefahren.

Er hatte den Gang zur Hälfte hinter sich gebracht, als eine Krankenschwester ihn einholte. Sie überschüttete ihn mit einem Wortschwall, während er die Türen zu den Krankenzimmern aufriss und hineinschaute. Er verstand nur Bruchstücke ihres Geredes: Diskretion. Unbefugt. Sich im Sekretariat erkundigen.

»Ich bin ihr Lebensgefährte«, log er und riss weiterhin eine Tür nach der anderen auf.

Er fand Rebecka, die allein in einem Vierbettzimmer lag. Neben dem Bett stand ein Tropf mit einer Plastiktüte, die mit einer durchsichtigen Flüssigkeit halb gefüllt war. Sie hatte die Augen geschlossen. Ihr Gesicht war leichenblass, sogar die Lippen.

Er zog einen Stuhl ans Bett, setzte sich jedoch nicht. Stattdessen wandte er sich knurrend der kleinen Frau zu, die ihn verfolgt hatte. Sofort verschwand sie. Ihre Birkenstocksandalen klapperten wütend durch den Gang.

Eine Minute darauf tauchte eine andere Frau in weißem Kittel und weißer Hose auf. Mit zwei Schritten stand er vor ihr und las das kleine Namensschild, das an ihrer Brusttasche befestigt war.

»Ach, Schwester Frida«, sagte er aggressiv, noch ehe sie den Mund öffnen konnte. »Jetzt erklären Sie mir das mal bitte!«

Er zeigte auf Rebeckas Hände. Beide waren mit Mullbinden an das Bett gefesselt.

Schwester Frida riss vor Erstaunen die Augen auf, dann sagte sie:

»Kommen Sie erst mal mit. Dann beruhigen wir uns ein wenig, und danach können wir uns unterhalten.«

Måns winkte sie weg wie eine Fliege.

»Holen Sie den zuständigen Arzt«, sagte er gereizt.

Schwester Frida sah gut aus. Ihre blonden Haare waren echt. Ihre Wangenknochen hoch, der Mund in einem sanften, durchscheinenden Rosa geschminkt. Sie war daran gewöhnt, dass die Leute ihrem sanften Ton gehorchten. Dafür war sie bekannt. Als Fliege war sie noch nie behandelt worden. Sie überlegte, ob sie Hilfe holen sollte. Oder möglicherweise und im Hinblick auf die besonderen Umstände die Polizei. Aber dann sah sie Måns Wenngren an. Ihre Blicke wanderten von dem unglaublich sorgfältig gebügelten weißen Hemdkragen über den grauschwarz gestreiften Schlips zum diskreten schwarzen Anzug und den blankgeputzten Schuhen.

»Kommen Sie mit, dann können Sie mit dem Arzt sprechen«, sagte sie kurz, machte auf dem Absatz kehrt und lief mit Måns im Schlepptau davon.

Der Arzt war ein kleiner Mann mit dichten graublonden Haaren. Sein Gesicht war sonnengebräunt, und die Nase pellte sich ein wenig. Vermutlich hatte er kürzlich einen kleinen Urlaub im Ausland gemacht. Sein Kittel hing locker und offen über einem türkisen T-Shirt und Jeans. In der Kitteltasche drängten sich mehrere Kugelschreiber mit Schreibblock und Brille zusammen.

Altersangst mit Hippie-Syndrom, dachte Måns und trat bei der Begrüßung ein wenig zu nah an den Arzt heran, weshalb der den Kopf in den Nacken legen musste wie ein Sterngucker.

Zusammen gingen sie in das Sprechzimmer des Arztes.

»Es ist zu ihrem eigenen Besten«, erklärte der Arzt dann. »Als sie aufgewacht ist, hat sie sich die Kanüle aus dem Arm gezogen. Jetzt hat sie ein Schlafmittel bekommen, aber ...«

»Ist sie festgenommen?«, fragte Måns. »Oder bereits in Untersuchungshaft?«

»Nicht, dass ich wüsste.«

»Liegt irgendein Beschluss über Zwangsbehandlung vor? Gibt es ein ärztliches Gutachten?«

»Nein.«

»Ha, reine Wildwestmethoden also«, sagte Måns verächtlich. »Da lasst ihr sie festgebunden liegen, ohne Beschluss von Polizei, Staatsanwalt oder Chefarzt. Das ist einwandfrei Freiheitsberaubung. Was zu Anklage, Bußgeldern und für Sie zu einem Rüffel von der Ärztekammer führen wird. Aber ich bin ja nicht gekommen, um Ihnen das Leben schwer zu machen. Erzählen Sie mir, was passiert ist, das hat die Polizei Ihnen doch sicher mitgeteilt, binden Sie sie los und geben Sie mir eine Tasse Kaffee. Im Gegenzug werde ich brav in ihrem Zimmer sitzen und dafür sorgen, dass sie beim Aufwachen nicht auf dumme Gedanken kommt. Und dem Krankenhaus werde ich auch keine Schererein bereiten.«

»Ich darf die Informationen, die die Polizei mir mitgeteilt hat, nicht weitergeben«, sagte der Arzt lahm.

»Give some, get some«, antwortete Måns gleichgültig.

Eine Stunde darauf saß Måns zurückgelehnt auf dem unbequemen Stuhl vor Rebeckas Bett. Seine linke Hand lag lose um ihre Finger, in der rechten hielt er einen braunen Plastikhalter, in dem ein Pappbecher mit glühendheißem Kaffee steckte.

»Verdammtes Frauenzimmer«, murmelte er. »Wach endlich auf, damit ich dich herunterputzen kann.«

Finsternis. Dann Finsternis und Schmerzen. Rebecka öffnet vorsichtig die Augen. An der Wand oberhalb der Tür hängt eine große Uhr. Sie kneift die Augen zusammen, kann aber die Uhrzeit nicht erkennen und weiß auch nicht, ob es Tag oder Nacht ist. Das Licht bohrt sich wie Messer in ihre Augen. Brennt ein Loch aus Schmerzen in ihren Kopf. Ihr Kopf droht zu bersten. Jeder Atemzug besteht aus Schmerzen und Feuer. Die Zunge klebt an ihrem Gaumen. Sie kneift wieder die Augen zusammen und sieht vor sich Vesa Larssons angstverzerrtes Gesicht. »Tu es nicht, Rebecka. Du würdest damit nicht leben können.«

Zurück hinunter in die Finsternis. Immer tiefer. Abwärts. Fort. Der Schmerz klingt ab. Und sie träumt. Es ist Sommer. Die Sonne strahlt von einem blauen Himmel. Die Hummeln schwirren wie berauscht zwischen den Wiesenblumen hin und her. Ihre Großmutter kniet am Flussufer und scheuert die Flickenteppiche. Die Seife hat sie selbst aus Lauge und Fett gekocht. Die Wurzelbürste jagt hin und her über die Teppichkanten. Auf dem Steg sitzt ein kleines Mädchen und lässt die Füße ins Wasser baumeln. Sie hat in einem Marmeladenglas mit einem Loch im Deckel einen Zimmermannsbock gefangen. Fasziniert betrachtet sie die Wanderungen des großen Käfers durch das Glas. Rebecka macht sich auf den Weg zum Wasser. Ihr ist auf seltsame Weise bewusst, dass sie träumt, und in Gedanken murmelt sie vor sich hin: »Lass mich ihr Gesicht sehen. Lass mich sehen, wie sie aussieht.« Dann dreht Johanna sich um und entdeckt sie. Hebt triumphierend das Marmeladenglas hoch, und ihre Lippen formen das Wort: »Mama.«

Es sah fast aus wie eine Weihnachtskarte. Aber eben nur fast. Die Heiligen Drei Könige, die auf das schlafende Kind hinunterblicken. Aber das Kind war Rebecka Martinsson und die Heiligen Drei Könige der stellvertretende Staatsanwalt Carl von Post, der Anwalt Måns Wenngren und der Polizeiinspektor Sven-Erik Stålnacke.

»Sie hat drei Menschen umgebracht«, sagte von Post. »Ich kann sie nicht einfach laufen lassen.«

»Das ist doch ein Bilderbuchbeispiel für Notwehr«, sagte Måns Wenngren. »Das müssen auch Sie begreifen. Außerdem ist sie die Heldin des Tages. Glauben Sie mir, die Zeitungen brüten schon die reinsten Modesty-Blaise-Geschichten aus. Zwei Kinder gerettet, alle Schurken umgelegt... Und dann sollten Sie sich ja auch fragen, welche Rolle Sie selbst spielen wollen. Den Arsch, der sie hetzt und ins Gefängnis bringen will? Oder den tollen Typen, der einen Teil der Ehre abkriegt?«

Der stellvertretende Staatsanwalt schaute unsicher vor sich hin. Seine Blicke flogen zu Sven-Erik hinüber, aber da gab es keine Unterstützung zu holen, nicht einmal ein Stöckchen, worauf er sich setzen könnte. Sie schwebten zurück zur rauen gelben Krankenhausdecke, die unter Rebeckas Matratze sorgfältig festgestopft war.

»Wir hatten die Medien eigentlich nicht hineinziehen wollen«, sagte er. »Die toten Pastoren hatten doch Familien. Eine gewisse Rücksicht...«

Unter seinem Schnurrbart saugte Sven-Erik Luft durch seine Zähne.

»Es wird aber nicht leicht, Presse und Fernsehen herauszuhalten«, sagte Måns gelassen. »Auf irgendeine Weise sickert die Wahrheit immer durch.«

Von Post knöpfte seinen Mantel zu.

»Na gut, aber sie muss vernommen werden. Vorher darf sie das Krankenhaus nicht verlassen.«

»Natürlich. Sowie die Ärzte das gestatten. Sonst noch was?«

»Ruf an, wenn sie vernehmungsfähig ist«, sagte von Post zu Sven-Erik und verließ das Zimmer.

Sven-Erik Stålnacke zog seine Daunenjacke aus.

»Ich setze mich auf den Gang«, sagte er. »Sagen Sie Bescheid, wenn sie zu sich kommt. Ich würde ihr gern etwas sagen. Und ich wollte mir aus dem Automaten Kaffee und ein Stück Kuchen holen. Soll ich Ihnen etwas mitbringen?«

Rebecka erwachte. Schon nach einer halben Minute beugte sich ein Arzt über sie. Große Nase und große Hände. Breiter Rücken. Sah in seinem offenen weißen Kittel aus wie ein verkleideter Schmied. Er fragte nach ihrem Befinden. Sie gab keine Antwort. Hinter ihr stand eine Krankenschwester mit einem fürsorglichen und nicht zu strahlenden Lächeln im Gesicht. Måns am Fenster. Schaute hinaus, obwohl er unmöglich etwas anderes sehen konnte als ein Spiegelbild seiner selbst und des Raumes hinter sich. Spielte am Rollo herum. Auf, ab. Auf, ab.

»Sie haben allerlei durchgemacht«, sagte der Arzt. »Physisch und psychisch. Schwester Marie wird Ihnen etwas zur Beruhigung und noch mehr Schmerzstillendes geben, wenn das nötig ist?«

Das Letzte war eine Frage, aber Rebecka gab keine Antwort. Der Arzt erhob sich und nickte der Krankenschwester zu.

Nach einer Weile wirkte die Spritze. Rebecka konnte normal atmen, ohne dass es weh tat.

Måns saß am Bett und musterte sie schweigend.

»Durst«, flüsterte sie.

»Du darfst noch nicht trinken. Was du brauchst, bekommst du über den Tropf, aber warte mal.«

Er erhob sich. Sie berührte seine Hand.

»Nicht böse sein«, krächzte sie.

»Gib dir keine Mühe«, sagte er und ging zur Tür. »Ich bin stocksauer.«

Nach einer Weile war er wieder da. Er brachte zwei weiße

Plastikbecher mit. Der eine enthielt Wasser, um ihren Mund auszuspülen. Der andere zwei Eiswürfel.

»Daran kannst du lutschen«, sagte er und ließ die Eiswürfel klirren. »Da ist ein Polizist, der mit dir reden will. Schaffst du das?«

Sie nickte.

Måns winkte Sven-Erik herein, und der setzte sich neben das Bett.

»Die Mädchen«, fragte sie.

»Denen geht es gut«, sagte Sven-Erik. »Wir waren in der Hütte, unmittelbar nachdem... alles vorüber war.«

»Wie?«

»Wir haben Curt Bäckströms Wohnung durchsucht, und da wussten wir, dass wir Sie finden mussten. Ja, darüber sprechen wir später noch, aber wir haben dort allerhand unangenehme Dinge entdeckt. Unter anderem in seinem Kühlschrank und seiner Tiefkühltruhe. Dann sind wir nach Kurravaara gefahren, zu der Adresse, die Sie der Polizei genannt hatten. Und da war ja niemand. Wir haben die Tür aufgebrochen. Danach haben wir uns beim nächsten Nachbarn erkundigt.«

»Sivving!«

»Der konnte uns zur Hütte führen. Und das ältere Mädchen hat uns dann alles erzählt.«

»Aber den Kindern geht es gut?«

»Sicher. Sara hat Erfrierungen an der Wange. Sie war draußen und hat versucht, das Schneemobil zu starten.«

Rebecka stieß einen Klagelaut aus.

»Aber das hatte ich doch verboten.«

»Es ist nichts Ernstes. Sie sind mit ihrer Mutter im Krankenhaus.«

Rebecka schloss die Augen.

»Ich möchte sie sehen.«

Sven-Erik rieb sich das Kinn und sah Måns an. Måns zuckte mit den Schultern.

»Sie hat ihnen ja nur das Leben gerettet.«

»Ja, ja«, sagte Sven-Erik und stand auf. »Dann reden wir eben mit dem Onkel Doktor und sagen dem Onkel Staatsanwalt nichts, und dann werden wir ja sehen.«

Sven-Erik Stålnacke schob Rebeckas Bett vor sich her über den Flur. Måns lief mit dem klappernden Tropf hinterher.

»Die Journalistin, die ihre Klage wegen Körperverletzung zurückgezogen hat, hat mich belagert«, sagte Måns zu Rebecka.

Der Flur vor dem Zimmer, das Sanna und den Mädchen zugeteilt worden war, war fast gespenstisch leer. Es war halb elf Uhr abends. Aus dem ein Stück weiter gelegenen Aufenthaltsraum war das bläuliche Licht eines Fernsehers zu sehen, zu hören war jedoch nichts. Sven-Erik klopfte an die Tür und trat dann zusammen mit Måns einige Meter zurück.

Olof Strandgård öffnete die Tür. Bei Rebeckas Anblick verzog er angewidert das Gesicht. Hinter ihm waren Kristina und Sanna zu sehen. Die Kinder dagegen tauchten nicht auf. Vielleicht schliefen sie.

»Schon gut, Papa«, sagte Sanna und trat aus der Tür. »Bleib du mit Mama und den Mädchen hier.«

Sie schloss hinter sich die Tür und trat neben Rebecka. Durch die Tür war Olof Strandgårds Stimme zu hören:

»Sie hat die Kinder doch in Lebensgefahr gebracht«, sagte er. »Und jetzt soll sie eine Art Heldin sein?«

Dann war Kristina Strandgård zu hören, kein Wort war zu verstehen, aber es schien sich um ein beruhigendes Gemurmel zu handeln.

»Na und?«, das war wieder Olof. »Wenn ich jemanden ins Wasser werfe und ihn dann herausfische, habe ich ihm dann etwa das Leben gerettet?«

Sanna schnitt eine Grimasse und sah Rebecka an. Kümmer dich nicht um ihn, wir sind alle durchgedreht und kaputt, sollte das heißen.

»Sara«, sagte Rebecka. »Und Lova.«

»Die schlafen, ich will sie jetzt nicht wecken. Ich sage ihnen, dass du hier warst.«

Sie wird mich nicht mehr zu ihnen lassen, dachte Rebecka und kniff die Lippen zusammen.

Sanna streckte die Hand aus und streichelte ihre Wange.

»Ich bin dir nicht böse«, sagte sie mit sanfter Stimme. »Ich weiß doch, dass du getan hast, was du für das Beste hieltst.«

Rebeckas Hand ballte sich unter der Bettdecke zur Faust. Dann schoss die Hand plötzlich hervor und packte Sannas Handgelenk, wie ein Marder ein Schneehuhn packt.

»Du…«, fauchte Rebecka.

Sanna versuchte, ihre Hand zurückzuziehen, aber Rebecka hielt sie fest.

»Was ist denn los?«, fragte Sanna. »Was hab ich denn getan?«

Måns und Sven-Erik Stålnacke unterhielten sich weiter miteinander, sie standen ein Stück entfernt, doch es war deutlich, dass sie nicht mehr auf ihr Gespräch achteten. Ihre Aufmerksamkeit galt Rebecka und Sanna.

Sanna wand sich.

»Was habe ich denn getan?«, wiederholte sie jammernd.

»Ich weiß nicht«, sagte Rebecka und hielt Sannas Hand so fest sie nur konnte. »Erzähl das doch mal selber. Curt hat dich geliebt, was? Auf seine eigene, verrückte Weise. Vielleicht hast du ihm von deinem Verdacht gegen Viktor erzählt? Vielleicht hast du deine ganze Hilflosigkeit ausgespielt und gesagt, dass du dir keinen Rat mehr weißt. Vielleicht hast du ein bisschen geweint und gesagt, du wünschtest dir, Viktor würde aus deinem Leben verschwinden?«

Sanna fuhr zusammen wie unter einem Schlag. Für eine Sekunde huschte etwas Düsteres, Fremdes über ihre Augen. Zorn. Sie schien sich zu wünschen, ihre Nägel wären Eisenklauen, mit denen sie Rebecka durchbohren und ihre Eingeweide herausreißen könnte. Dann war der Moment verflogen und ihre Unterlippe fing an zu zittern. Dicke Tränen tauchten in ihren Augen auf.

»Ich wusste wirklich nicht...«, stammelte sie. »Wie hätte ich denn ahnen sollen, dass Curt... wie kannst du glauben...«

»Es steht ja nicht einmal fest, dass es Viktor war«, sagte Rebecka. »Vielleicht war es Olof. Die ganze Zeit. Aber gegen den kommst du einfach nicht an. Und jetzt bringst du ihm die Mädchen wieder. Ich werde Anzeige erstatten. Das Jugendamt muss eine Untersuchung einleiten.«

Sie waren einander auf dünnem Eis begegnet. Auf einer Scholle, einem Rest von etwas, das nicht mehr existierte. Jetzt brach das Eis zwischen ihnen. Sie glitten in entgegengesetzte Richtungen. Unwiderruflich.

Rebecka drehte den Kopf zur Seite und ließ Sanna los, schleuderte deren weiße Hand fast von sich.

»Müde«, sagte sie.

Sofort standen Måns und Sven-Erik neben ihrem Bett. Sie grüßten Sanna stumm. Måns legte den Kopf schräg. Sven-Erik nickte kurz und lächelte dabei. Sie tauschten, Måns nahm das Bett und Sven-Erik den Tropf. Ohne ein Wort fuhren sie Rebecka davon.

Sanna Strandgård blieb stehen und schaute ihnen nach, bis sie um die Ecke verschwanden. Sie lehnte sich an die geschlossene Tür.

Im Sommer, dachte Sanna, da mache ich mit den Mädchen Fahrradurlaub. Ich kann für Lova eine Karre ausleihen. Sara kann selbst fahren. Wir sehen uns Tornedalen an, das wird ihnen gefallen.

Sven-Erik verabschiedete sich und verschwand in der anderen Richtung. Måns drückte auf den Fahrstuhlknopf, und die Tür öffnete sich mit einem leisen »Pling«. Er fluchte, als er mit dem Bett gegen die Fahrstuhlwand stieß. Er streckte die Hand nach dem Tropf aus und hielt zugleich den einen Fuß vor die Fotozelle, damit die Tür noch offen blieb. Von der vielen Gymnastik war er schon ganz außer Atem. Er sehnte sich nach einem Whisky. Er sah Rebecka an. Sie hatte die Augen geschlossen. Vielleicht war sie eingeschlafen.

»Willst du dir das gefallen lassen?«, fragte er grinsend. »Dich von einem alten Kerl durch die Gegend schieben zu lassen?«

Aus einem Lautsprecher in der Decke war eine mechanische Stimme zu hören: »Ebene drei«, und die Fahrstuhltür öffnete sich.

Rebeckas Augen öffneten sich nicht.

Schieb du nur, dachte sie. Ich kann mir keine großen Ansprüche leisten. Ich muss nehmen, was ich kriegen kann.

Und es ward Abend, und es ward Morgen, das war der siebte Tag.

ANNA-MARIA MELLA kniet im Entbindungsbett. Sie klammert sich so energisch an die Stahlstangen, dass ihre Fingerknöchel weiß werden. Presst die Nase in die Lachgasmaske und atmet. Robert streichelt ihre schweißnassen Haare.

»Jetzt«, ruft sie. »Jetzt kommt er!«

Die Presswehe durchjagt sie wie eine Lawine, die an einer Felswand hinunterdonnert. Sie wird einfach mitgerissen. Sie presst und drückt und schiebt.

Hinter ihr stehen zwei Hebammen. Sie feuern sie an wie das Pferd, auf das sie beim Rennen gesetzt haben.

»Na los, Anna-Maria! Noch einmal! Noch einmal! Du bist phantastisch!«

Es brennt wie Feuer, als der Kopf des Kindes zum Vorschein kommt. Und dann, als der Kopf endlich draußen ist, schlüpft das Kind aus ihr heraus wie eine Bachforelle.

Sie schafft es nicht, sich umzudrehen. Aber sie hört den wütenden, auffordernden Schrei.

Robert packt mit beiden Händen ihren Kopf und küsst sie mitten ins Gesicht. Sie weint.

»Du schaffst es wirklich, du!«, lacht er unter Tränen. »Es ist ein kleiner Junge.«

Danksagung

Rebecka Martinsson wird wieder auftauchen, man verliert sie nicht so leicht aus den Augen. Geben wir ihr nur ein wenig Zeit. Wir dürfen aber nicht vergessen, dass diese Geschichte erfunden ist, ebenso wie die darin auftretenden Personen. Auch einige Schauplätze des Buches sind fiktiv, die Kristallkirche zum Beispiel oder das Treppenhaus im Haus der Familie Söderberg.

Ich muss mich bei vielen Menschen bedanken, und einige möchte ich hier erwähnen: Jur. kand. Karina Lindström, die in ihrem früheren Leben als Ermittlerin bei der Polizei gearbeitet hat. Bei ihr habe ich mich u. a. nach Pistolen und polizeilichen Registern erkundigt. Assessorin Viktoria Lindgren und Ratsherrin Maria Widebäck. Oberarzt Jim Lindberg und Obduktionstechniker Kjell Edh, die mir bei der Beschreibung des Toten und des Obduktionssaales geholfen haben. Birgitta Holmgren für Auskünfte über die psychiatrische Versorgung in Kiruna. Shiitake-Züchter Sven-Ivan Lemma für alles, was mit Pilzen, dem Bergwerk und dem verschwundenen Mann zu tun hat.

Alle eventuellen Fehler im Buch stammen von mir. Manches habe ich die erwähnten Personen nicht gefragt, manches habe ich missverstanden, und ab und zu habe ich einfach nicht zugehört. Wichtig ist für mich, dass meine Lügen glaubhaft klingen, und wenn die Geschichte mit der Wirklichkeit aneinander geriet, hat die Geschichte den Sieg davongetragen, immer.

Mein Dank gilt außerdem: den Chirurgen Hans-Olov Öberg, Marcus Tull und Sören Bondeson (die geseufzt, gestöhnt, sich die Haare gerauft und ab und zu auch einmal zustimmend gegrunzt haben). Dem Verleger Gunnar Nirstedt für seine Kommentare. Elisabeth Ohlson Wallin und John Eyre für den Umschlag. Mama und Eva Jensen, die gebrüllt haben: »Schreib schneller«, und die ALLES einfach TOLL fanden. Lena Andersson und Thomas Karlsen Andersson für Freundschaft und gastliche Aufnahme während meiner Besuche in Kiruna.

Und schließlich: Per. Führt den Tiger hinaus…

Weiße Nacht

*Aus dem Schwedischen
von Gabriele Haefs*

Denn siehe, der Herr wird ausgehen von seinem Ort,
heimzusuchen die Bosheit der Einwohner des Landes über sie,
dass das Land wird offenbaren ihr Blut und nicht weiter
verhehlen, die darin erwürgt sind.

Jesaja 26:21

Dass euer Bund mit dem Tode los werde und euer Vertrag
in der Hölle nicht bestehe. Und wenn eine Flut dahergeht,
wird sie euch zertreten; sobald sie dahergeht, wird sie euch
wegnehmen.
    Kommt sie des Morgens, so geschieht's des Morgens;
also auch, sie komme des Tags oder des Nachts.
Denn allein die Anfechtung lehrt aufs Wort merken.

Jesaja, 28:18-19

Freitag, 21. Juni

Ich liege seitlich auf dem Küchensofa. Kann einfach nicht schlafen. Jetzt, mitten im Sommer, sind die Nächte blassblau und lassen mir keine Ruhe. Bald wird die Wanduhr über mir einmal schlagen. In der Stille wird das Ticken des Pendels immer lauter. Zerhackt jeglichen Sinn. Jeglichen Versuch, vernünftig zu denken. Auf dem Tisch liegt der Brief dieser Frau.

Ganz stillliegen, sage ich mir. Jetzt liegst du still und schläfst.

Ich muss an Traja denken, eine Pointerhündin, die ich als Kind hatte. Traja fand niemals Ruhe, sie wanderte durch die Küche wie ein unseliger Geist, und ihre Krallen scharrten über den lackierten Holzboden. In den ersten Monaten musste sie im Haus in einem Käfig schlafen, damit sie nicht immer herumlief. Die Befehle »sitz«, »Platz«, »bleib« füllten die ganze Zeit das Haus.

Jetzt ist es genauso. In meiner Brust liegt ein Hund auf der Lauer, der bei jedem Ticken der Uhr aufspringen will. Es ist aber nicht Traja, die da in meiner Brust auf dem Sprung liegt. Traja wollte nur herumwandern. Diese Hündin hier wendet den Kopf von mir ab, wenn ich versuche, sie anzusehen. Und sie hegt lauter böse Absichten.

Ich will versuchen zu schlafen. Irgendwer müsste mich einschließen. Ich müsste einen Käfig in der Küche aufstellen.

Ich stehe auf und schaue aus dem Fenster. Es ist Viertel nach eins und hell wie bei Tag. Die Schatten der alten Kiefer an der Grundstücksgrenze ziehen sich zum Haus hin. Ich finde, sie sehen aus wie Arme. Wie Hände, die sich aus ihren unruhigen Gräbern strecken und nach mir greifen. Der Brief liegt auf dem Küchentisch.

Ich bin im Keller. Es ist fünf nach halb zwei. Die Hündin, die nicht Traja ist, ist auf den Beinen. Sie springt in den Außenbezirken meines Verstandes hin und her. Ich versuche, sie zu rufen. Will ihr nicht in ihre zertrampelten Spuren folgen. Mein Kopf ist von innen blank. Die Hand macht sich an der Wand zu schaffen. An allerlei Gegenständen. Was soll ich damit? Hammer. Brecheisen. Kette. Noch ein Hammer.

Meine Hände legen alles in den Kofferraum. Es ist wie ein Puzzlespiel. Ich kann nicht erkennen, was es darstellt. Ich setze mich ins Auto und warte. Ich denke an die Frau und den Brief. Sie ist schuld. Sie hat mich aus meinem Verstand verjagt.

Ich fahre los. Im Armaturenbrett gibt es eine Uhr. Eckige Striche ohne Sinn. Die Straße führt in die Zeit hinaus. Die Hände halten das Lenkrad so fest, dass die Finger schmerzen. Wenn ich mich jetzt totfahre, müssen sie das Lenkrad absägen und mich damit begraben. Aber ich werde mich nicht totfahren.

Ich halte hundert Meter vom Ufer entfernt, wo ihr Boot liegt. Ich gehe zum Fluss hinunter. Er liegt blank und still da und wartet. Die Sonne tanzt auf den Kräuseln, die eine Bachforelle beim Larvenfressen hinterlassen hat. Die Mücken sammeln sich um mich. Landen neben meinen Augen und in meinem Nacken und saugen mein Blut. Mir ist das egal. Ein Geräusch lässt mich herumfahren. Da ist sie. Sie steht nur zehn Meter von mir entfernt.

Ihr Mund öffnet sich und formt Wörter. Aber ich höre nichts. Meine Ohren sind verriegelt. Sie kneift die Augen zusammen. Verärgerung flammt darin auf. Ich mache zwei unschlüssige Schritte vorwärts. Ich weiß noch nicht, was ich will. Ich halte mich außerhalb von Sinn und Verstand auf.

Jetzt entdeckt sie das Brecheisen in meiner Hand. Meine Hand, die den Stahl umklammert, wird weiß. Und plötzlich ist die Hündin wieder da. Riesengroß. Die Pfoten sehen aus wie Hufe. Das Fell sträubt sich vom Nacken bis zum Schwanz. Sie entblößt ihre

Eckzähne. Sie wird zuerst mich mit Haut und Haaren verschlingen. Und dann die Frau.

Ich habe sie erreicht. Wie verhext starrt sie das Brecheisen in meiner Hand an, und deshalb trifft der erste Schlag sie dicht über der Schläfe. Ich knie neben ihr und schmiege die Wange an ihren Mund. Ein warmer Hauch an der Haut. Ich bin noch nicht fertig mit ihr. Die Hündin springt wie wahnsinnig alles an, was sich ihr in den Weg stellt. Die Krallen reißen tiefe Furchen in den Boden. Ich wüte. Ich tobe in den Randbereichen des Wahnsinns.

Und jetzt mache ich den letzten Schritt.

DIE KÜSTERIN PIA SVONNI steht im Garten ihres Reihenhauses und raucht. Normalerweise hält sie die Zigarette damenhaft zwischen Zeige- und Mittelfinger. Aber jetzt klemmt die Zigarette zwischen Daumen und Zeige- und Mittelfinger. Das ist ein riesengroßer Unterschied. Es geht auf Mittsommer zu, daran liegt es. Dann gerät man eben außer sich. Will nicht schlafen. Braucht auch nicht zu schlafen. Die Nacht flüstert und lockt und zieht, und man muss einfach nach draußen.

Die Feen des Waldes ziehen neue Schuhe aus allerweichster Birkenrinde an. Es ist die reinste Prinzessinnenkür. Sie verstecken sich und tanzen und schwänzeln auf den Wiesen herum, obwohl ja ein Auto vorbeikommen kann. Sie zertanzen ihre Schuhe, während die Wichtel sich zwischen den Bäumen verstecken und mit großen Augen zusehen.

Pia Svonni drückt die Zigarette in dem umgedrehten Blumentopf aus, der als Aschenbecher dient, und lässt die Kippe im Loch verschwinden. Plötzlich hat sie Lust, mit dem Rad zur Kirche von Jukkasjärvi zu fahren. Am nächsten Tag soll dort eine Trauung stattfinden. Sie hat schon geputzt und alles vorbereitet, aber jetzt möchte sie noch einen großen Blumenstrauß für den Altar pflücken. Sie will über die Wiese hinter dem Friedhof wandern. Dort wachsen Trollblumen, Butterblumen und purpurrote Mittsommerblumen in Wolken aus weißem Wiesenkerbel. Und am Wegesrand wispert das Vergissmeinnicht. Sie steckt ihr Telefon in die Tasche und zieht ihre Turnschuhe an.

Die Mitternachtssonne leuchtet über dem Grundstück. Das milde Licht fällt durch den Zaun, und die langen Schatten der Latten lassen die Rasenfläche aussehen wie einen selbst gewebten Flickenteppich mit gelbgrünen und dunkelgrünen Streifen. Eine Drosselbande tobt in einer Birke herum.

Der Weg nach Jukkasjärvi führt die ganze Zeit bergab. Pia strampelt und schaltet. Sie erreicht ein lebensgefährliches Tempo. Und trägt keinen Helm. Ihre Haare wehen im Wind. Sie kommt sich vor wie mit vier Jahren, als sie auf den alten Reifen im Hof auf- und absprang, bis sie das Gefühl hatte, sich jeden Moment überschlagen zu können.

Sie fährt durch Kauppinnen, wo einige Pferde sie von der Koppel aus anglotzen. Als sie die Brücke über den Torneälv überquert, sieht sie zwei kleine Jungen mitten im Fluss mit Fliegen fischen.

Die Straße führt am Fluss entlang. Pia kommt am Tourismuszentrum und am Gasthaus vorbei, an dem alten Konsumladen und dem scheußlichen Bürgerhaus. An den silbrigen Holzwänden des Heimatmuseums und den weißen Dunstschleiern über der Wiese hinter dem Holzzaun.

Ganz am Ende der Stadt, am Ende der Straße, steht die falunrote Holzkirche. Die Dachsparren riechen frisch geteert.

Der Glockenturm ist an den Zaun angebaut. Um die Kirche zu betreten, muss man den Turm durchqueren und über einen Weg aus Steinplatten zur Kirchentreppe gehen.

Die eine der blauen Türen des Glockenturms steht weit offen. Pia steigt von ihrem Rad und lehnt es an den Zaun.

Hier müsste doch geschlossen sein, denkt sie und geht langsam auf die Tür zu.

Etwas raschelt in den kleinen Birken auf der rechten Seite des Weges, der zum Pfarrhaus führt. Ihr Herz hämmert, und sie bleibt stehen und horcht. Es war nur ein kurzes Rascheln. Sicher ein Eichhörnchen oder eine Wühlmaus.

Auch die hintere Tür des Glockenturms steht offen. Sie kann durch den Turm hindurchblicken. Die Kirchentür ist ebenfalls geöffnet.

Jetzt hämmert ihr Herz wirklich. Es kommt vor, dass Sune den Glockenturm vergisst, wenn er am Abend vor Mittsommer gefeiert hat. Aber nicht die Kirchentür. Sie muss an die Jugendlichen denken, die die Fensterscheiben der Kirche in der Stadt eingeschlagen und brennende Lumpen hineingeworfen haben. Das ist zwei Jahre her. Was mag hier geschehen sein? Sie sieht immer neue Bilder vor sich. Das Altarbild besprayt und bepinkelt. Lange Messerkratzer auf den frisch angestrichenen Kirchenbänken. Vermutlich sind sie durch ein Fenster eingestiegen und haben dann von innen die Tür geöffnet.

Sie bewegt sich auf die Kirchentür zu. Geht langsam. Lauscht aufmerksam in alle Richtungen. Wie konnte es nur so weit kommen? Jungen, die doch an Mädchen denken und ihre Mopeds frisieren sollten. Wie konnten sie zu Kirchenanzündern und Schwulenklatschern werden?

Als sie den Laubengang hinter sich gebracht hat, bleibt sie stehen. Steht unter der Empore, die so niedrig ist, dass höher gewachsene Menschen den Kopf einziehen müssen. Es ist still und dunkel in der Kirche, aber alles scheint in Ordnung zu sein. Christus, der Prediger Laestadius und das Lappenmädchen Maria, durch das Laestadius erst zum Prediger wurde, leuchten unbesudelt vom Altarbild. Und doch lässt irgendetwas sie zögern. Etwas, das nicht so ist, wie es sein sollte.

Unter dem Kirchenboden liegen sechsundachtzig Tote. Meistens denkt sie nicht an sie. Sie ruhen in Frieden in ihren Gräbern. Aber jetzt spürt sie, wie die Unruhe der Toten durch den Boden aufsteigt und sie wie Nadeln in die Fußsohlen sticht.

Was ist los mit euch, denkt sie.

Der Mittelgang der Kirche ist mit einem roten Teppich bedeckt. Dort, wo die Empore endet und das Dach sich öffnet, liegt etwas auf dem Teppich. Sie bückt sich.

Ein Stein, denkt sie zuerst. Ein kleiner weißer Stein.

Sie hebt ihn mit Daumen und Zeigefinger hoch und geht zur Sakristei weiter.

Aber die Tür zur Sakristei ist abgeschlossen, und sie macht kehrt, um wieder durch den Mittelgang zu gehen.

Als sie den Altar erreicht hat, sieht sie den unteren Teil der Orgel. Er ist fast vollständig von einer Absperrung aus Holz verdeckt, die sich zwei Drittel der Deckenhöhe hoch quer durch das Kirchenschiff zieht. Aber den unteren Teil der Orgel sieht sie. Und sie sieht zwei Füße, die von der Empore herunterhängen.

Ihr erster, sekundenschneller Gedanke ist, dass jemand sich in die Kirche geschlichen und dort erhängt hat. Und genau in dieser ersten Sekunde wird sie wütend. Findet es rücksichtslos. Danach denkt sie gar nichts mehr. Rennt durch den Mittelgang, vorbei an der Holzsperre, und dann sieht sie den Leichnam, der vor den Orgelpfeifen und dem samischen Sonnensymbol hängt.

Der Leichnam hängt an einem Strick, nein, es ist kein Strick, es ist eine Kette. Eine lange Eisenkette.

Und jetzt sieht sie die dunklen Flecken auf dem Teppich, dort, wo der Stein gelegen hat.

Blut. Kann das Blut sein? Sie bückt sich.

Und dann begreift sie. Der kleine Stein, den sie zwischen Daumen und Zeigefinger hält, ist kein Stein. Sondern ein Stück eines Zahns.

Sie richtet sich mit einem Ruck auf. Ihre Finger lassen den weißen Zahn fallen, werfen ihn fast weg.

Die Hand zieht das Telefon aus der Tasche, wählt eins, eins, zwei.

Da meldet sich am anderen Ende ein Typ, der entsetzlich jung klingt. Während sie seine Fragen beantwortet, reißt sie an der Tür zur Empore. Die ist verschlossen.

»Die ist verschlossen«, sagt sie zu ihm. »Ich kann nicht nach oben gehen.«

Sie stürzt zurück in die Sakristei. Kein Schlüssel für die Empore. Kann sie die Tür aufbrechen? Womit?

Der Junge am anderen Ende der Leitung verlangt ihre Aufmerksamkeit. Er bittet sie, draußen zu warten. Hilfe sei unterwegs, verspricht er.

»Es ist Mildred«, ruft sie. »Die, die hier hängt, ist Mildred Nilsson. Die Pastorin hier. Gott, wie sie aussieht!«

»Sind Sie jetzt draußen?«, fragt der Junge. »Ist irgendwer in der Nähe?«

Der Junge am Telefon schickt sie hinaus auf die Kirchentreppe. Sie sagt ihm, dass dort kein Mensch zu sehen ist.

»Nicht auflegen«, sagt er. »Bleiben Sie dran. Hilfe ist unterwegs. Gehen Sie nicht wieder in die Kirche.«

»Darf ich eine rauchen?«

Das darf sie. Sie darf auch für einen Moment das Telefon weglegen.

Pia setzt sich auf die Kirchentreppe, neben das Telefon. Raucht und registriert, wie ruhig und gelassen sie doch ist. Aber die Zigarette will nicht richtig brennen. Am Ende sieht sie, dass sie sie am Filter angezündet hat. Nach sieben Minuten hört sie in der Ferne das Martinshorn.

Sie haben sie fertig gemacht, denkt sie.

Und jetzt fangen ihre Hände an zu zittern. Die Zigarette fällt zu Boden.

Diese Teufel. Sie haben sie fertig gemacht.

Freitag, 1. September

REBECKA MARTINSSON VERLIESS das Wassertaxi und schaute zum alten Herrenhaus Lidö hoch: die Nachmittagssonne auf der hellgelben Fassade mit den weißen Schnitzereien. Jede Menge Menschen auf der riesigen Rasenfläche. Lachmöwen, die über ihrem Kopf herumjagten. Eifrig und nervig.

Wie bringt ihr das über euch, dachte sie.

Sie gab dem Fahrer zu viel Trinkgeld. Als Ausgleich dafür, dass sie während der Fahrt auf seine Gesprächsversuche nur einsilbig geantwortet hatte.

»Ach, jetzt gibt's also ein großes Fest«, sagte er und nickte zum Hotel hoch.

Ihre gesamte Anwaltskanzlei war dort oben angetreten. Fast zweihundert Personen wimmelten umher. Unterhielten sich in Grüppchen. Trennten sich von einer Gruppe und wanderten weiter. Händeschütteln und Wangenküssen. Eine Reihe großer Grills war aufgestellt worden. Personen in Weiß tischten auf einer mit Leinen bedeckten langen Tafel das Büfett auf. Sie liefen zwischen der Hotelküche und dem Tisch hin und her wie weiße Mäuse mit albern hohen Kochmützen.

»Ja«, antwortete Rebecka und zog die Tasche aus Krokoleder über ihre Schulter. »Aber man hat schon Schlimmeres überlebt.«

Der Fahrer lachte und jagte los, dass die Gischt nur so aufspritzte. Eine schwarze Katze sprang lautlos vom Steg und verschwand im hohen Gras.

Rebecka ging los. Die Insel sah nach dem Sommer müde aus. Zertrampelt, ausgetrocknet und erschöpft.

Hier sind sie gewandert, dachte sie. Alle kinderreichen Familien mit Picknickdecken, alle beschwipsten eleganten Bootsmenschen.

Das Gras war brüchig und gelb. Die Bäume wirkten staubig und durstig. Sie konnte sich vorstellen, wie es im Wald aussah. Unter Blaubeersträuchern und Farnwedeln lagen massenhaft Flaschen, Dosen, benutzte Kondome und menschliche Fäkalien.

Der Weg hinauf zum Hotel war hart wie Beton. Wie der geborstene Rücken einer Urzeitechse. Sie selbst war ebenfalls eine Echse. Frisch gelandet mit ihrem eigenen Raumschiff. Gewandet in ein Menschenkostüm, war sie unterwegs zu ihrer Feuertaufe. Und sollte menschliches Verhalten imitieren. Sich die Umstehenden ansehen und sich ungefähr genauso benehmen. Hoffen, dass ihre Verkleidung nicht am Hals auseinander fiel.

Jetzt hatte sie die Rasenfläche fast erreicht.

Na los, sagte sie sich. Du schaffst das.

Nachdem sie diese Männer in Kiruna getötet hatte, hatte sie ihre Arbeit in der Kanzlei Meijer & Ditzinger ganz normal wieder aufgenommen. Alles ging gut – hatte sie gedacht. Aber in Wirklichkeit war es die Hölle gewesen. Sie hatte nicht an Blut und Leichen gedacht. Wenn sie sich jetzt an die Zeit vor ihrer Krankschreibung zurückerinnerte, konnte sie nicht einmal sagen, ob sie überhaupt gedacht hatte. Sie hatte geglaubt zu arbeiten. Aber am Ende hatte sie nur noch Papiere von einem Stapel auf den anderen gelegt. Natürlich hatte sie schlecht geschlafen. Und war irgendwie abwesend gewesen. Sie hatte manchmal ewig gebraucht, um sich morgens zurechtzumachen und zur Arbeit zu fahren. Die Katastrophe hatte sie von hinten eingeholt. Sie bemerkte sie erst, als sie schon über sie hereingebrochen war. Es war eigentlich ein einfacher Fall gewesen. Der Mandant hatte die Kündigungsfrist eines Mietvertrages in Frage gestellt. Und Rebecka hatte eine absolut unmögliche Antwort gegeben. Trotz des Ordners mit allen Verträgen vor der Nase, aber sie hatte nicht erfasst, was dort stand. Der Mandant, ein französischer Postversand, hatte die Kanzlei auf Schadensersatz verklagt.

Sie wusste noch, wie Måns Wenngren, ihr Chef, sie angesehen hatte. Blutrot im Gesicht, hinter seinem Schreibtisch. Sie hatte kündigen wollen, aber damit war er nicht einverstanden gewesen.

»Das würde einen ungeheuer schlechten Eindruck von unserer Kanzlei erwecken«, hatte er gesagt. »Alle würden glauben, wir hätten dir die Kündigung nahe gelegt. Dass wir eine Mitarbeiterin im Stich lassen, weil sie psychi… weil es ihr nicht gut geht.«

An diesem Nachmittag war sie aus der Kanzlei gewankt. Und als sie im Herbstdunkel auf der Birger Jarlsgata stand, im Licht der vorüberjagenden Luxuskarossen und der geschmackvoll eingerichteten Schaufenster und der Gaststätten unten am Stureplan, war sie von dem starken Gefühl überwältigt worden, dass sie nie wieder zu Meijer & Ditzinger zurückkehren könnte. Sie hatte das Gefühl gehabt, sich so weit wie überhaupt nur möglich von der Kanzlei entfernen zu wollen. Aber so war es nicht gekommen.

Sie wurde krankgeschrieben. Zuerst immer für eine Woche. Danach monatsweise. Der Arzt hatte ihr geraten zu tun, worauf sie Lust hatte. Wenn es bei ihrer Arbeit etwas gab, das ihr zusagte, dann sollte sie sich damit beschäftigen.

Die Kanzlei hatte nach der Mordserie in Kiruna sehr viele neue Aufträge bekommen. Rebeckas Name und Bild waren den Zeitungen zwar vorenthalten worden, aber die Kanzlei war dort immer wieder genannt worden. Und das hatte Früchte getragen. Interessenten erkundigten sich bei der Kanzlei und wollten von »der Frau, die da oben in Kiruna war«, vertreten werden. Sie erhielten die Standardantwort, dass man ihnen einen erfahreneren Strafrechtsexperten anbieten, diese Frau aber als Assistentin dabei sein könne. Auf diese Weise hatten sie bei den großen Prozessen, denen das Interesse der Medien galt, einen Fuß in der Tür. In dieser Zeit gab es zwei Gruppenvergewaltigungen, einen Raubmord und eine Bestechungsaffäre.

Die Teilhaber schlugen vor, dass sie auch während ihrer Krankschreibung bei den Verhandlungen anwesend sein solle. Es handele sich ja nicht um viele Termine. Und es sei nur gut für sie, den Kontakt zur Arbeit nicht zu verlieren. Sie brauche sich auch nicht vorzubereiten. Sondern nur dabei zu sein. Aber nur, wenn sie wolle, natürlich.

Sie hatte sich darauf eingelassen, weil sie nicht glaubte, irgendeine Wahl zu haben. Sie hatte die Kanzlei blamiert, hatte ihr eine Schadensersatzklage beschert und einen Mandanten vergrault. Es war unmöglich, nein zu sagen. Sie stand in der Schuld der Kanzlei, und deshalb lächelte sie.

An den Tagen, an denen sie mit ins Gericht musste, kam sie immerhin aus dem Bett. Normalerweise waren es die Angeklagten, die die ersten Blicke von Jury und Richter auf sich zogen, aber jetzt war Rebecka die große Attraktion im Zirkus. Sie starrte die Tischplatte an und ließ die anderen glotzen. Verbrecher, Geschworene, Staatsanwalt, Richter. Sie konnte ihre Gedanken fast hören: Ach, das ist sie also...

Jetzt hatte sie die Rasenfläche vor dem Herrenhaus erreicht. Hier war das Gras plötzlich grün und frisch. Sicher hatten sie in diesem Dürresommer wie besessen gesprengt. Die letzten Heckenrosen des Jahres sandten einen Duft aus, der der Abendbrise zum Land hin folgte. Die Luft war angenehm warm. Die jüngeren Frauen trugen ärmellose Leinenkleider. Die etwas älteren versteckten ihre Oberarme in dünnen Baumwolljacken von Iblues und Max Mara. Die Männer hatten die Schlipse zu Hause gelassen. Sie liefen in ihren Hosen von Grant mit Drinks für die Damen hin und her. Warfen einen Blick auf die Glutbetten der Grills und plauderten leutselig mit dem Küchenpersonal.

Rebecka hielt in der Menge Ausschau. Keine Maria Taube. Kein Måns Wenngren.

Und da kam einer der Teilhaber auf sie zu, Erik Rydén. Sofort das Lächeln aufgesetzt.

»Ist sie das?«

Petra Wilhelmsson sah Rebecka Martinsson den Weg zum Herrenhaus hochkommen. Petra war neu in der Kanzlei. Sie lehnte am Geländer vor dem Eingang. Auf ihrer einen Seite stand Johan Grill, ebenfalls frisch eingestellt, auf ihrer anderen Krister Ahlberg, Strafrechtsexperte und Mitte dreißig.

»Ja, das ist sie«, bestätigte Krister Ahlberg. »Die kanzleieigene kleine Modesty Blaise.«

Er leerte sein Glas und stellte es mit einem kleinen Knall auf das Geländer. Petra schüttelte langsam den Kopf.

»Dass sie wirklich einen Menschen getötet hat«, sagte sie.

»Drei sogar«, sagte Krister.

»Himmel, da krieg ich doch eine Gänsehaut. Seht nur!«, sagte Petra und hielt ihren Arm hoch.

Krister Ahlberg und Johan Grill musterten ihn aufmerksam. Er war schmal und braun. Überaus feiner Flaum war von der Sommersonne fast weiß gebleicht worden.

»Also, nicht weil sie eine Frau ist«, erklärte Petra, »aber sie sieht nicht aus wie der Typ, der...«

»Das ist sie ja auch nicht. Sie hatte am Ende einen psychischen Zusammenbruch. Und sie schafft die Arbeit nicht. Sitzt manchmal bei den medienwirksamen Verhandlungen mit im Gericht. Und man selbst macht die Arbeit und sitzt im Büro am Telefon parat, falls etwas sein sollte. Sie dagegen ist ein Promi.«

»Ein Promi?«, fragte Johan Grill. »Aber ihr Name ist doch wohl nie genannt worden?«

»Nein, aber unter den Juristen kennen sie doch alle. Das juristische Schweden ist so klein, das wirst du auch bald lernen.«

Krister Ahlberg zeigte mit Daumen und Zeigefinger der rechten Hand einen Zentimeter. Er sah, dass Petras Glas leer war, und spielte mit dem Gedanken, ihr das Nachfüllen anzubieten. Aber dann müsste er Petra mit Johan allein lassen.

»Gott«, sagte Petra, »was mag es wohl für ein Gefühl sein, einen Menschen zu töten?«

»Ich werde euch vorstellen«, sagte Krister. »Wir arbeiten nicht in derselben Abteilung, aber wir haben zusammen einen Kurs für

Handelsrecht gemacht. Wir müssen nur warten, bis Erik Rydén sie aus seinen Armen gelassen hat.«

Erik Rydén umarmte Rebecka und hieß sie willkommen. Er war ein untersetzter Mann, der durch seine Gastgeberpflichten leicht ins Schwitzen geriet. Sein Körper dampfte wie ein Ameisenhaufen im August. Ein Dunst aus Chanel Pour Monsieur und Alkohol. Ihre rechte Hand klopfte ihm etliche Male den Rücken.

»Schön, dass du kommen konntest«, sagte er mit seinem allerbreitesten Lächeln.

Er nahm ihre Tasche und gab ihr im Gegenzug ein Glas Sekt und einen Zimmerschlüssel. Rebecka musterte den Schlüsselanhänger. Es war ein weißrotes Stück Holz, das mit einem Seemannsknoten an dem Schlüssel befestigt war.

Wenn die Gäste zu viel intus haben und er ihnen ins Wasser fällt, dachte sie.

Sie wechselten einige Gemeinplätze. Was für schönes Wetter. Für dich bestellt, Rebecka. Sie lachte, fragte, wie es laufe. Ja, erst vorige Woche hatte Erik einen großen Mandanten aus der Biotech-Branche an Land gezogen. Und sie wollten eine Fusion mit einer Firma in den USA in die Wege leiten, also hatten sie alle Hände voll zu tun. Sie hörte zu und lächelte. Dann traf noch ein Nachzügler ein, und Erik war wieder mit seinen Gastgeberpflichten beschäftigt.

Ein Kollege aus der Strafrechtsabteilung kam auf sie zu. Er begrüßte sie wie eine alte Bekannte. Sie durchforstete fieberhaft ihr Gedächtnis nach seinem Namen, aber der war wie weggeweht. Er hatte zwei Neueingestellte im Schlepptau, eine Frau und einen Mann. Der Mann hatte eine blonde Mähne, die ein extrem braunes Gesicht umrahmte, wie man es nur vom Segeln bekommt. Er war ein wenig klein geraten und hatte breite Schultern. Viereckiges vorgeschobenes Kinn, und aus dem hochgekrempelten teuren Pullover ragten zwei muskulöse Unterarme heraus.

Wie ein gestylter Popeye, dachte sie.

Die Frau war ebenfalls blond. In ihrer Mähne hatte sie eine

teure Sonnenbrille festgesteckt. Lachgrübchen in den Wangen. Eine Jacke, die zu ihrem kurzärmligen Oberteil passte, hing über Popeyes Arm. Sie reichten einander die Hand. Die Frau zwitscherte wie eine Amsel. Sie hieß Petra. Popeye hieß Johan und hatte einen vornehmen Nachnamen, den sich Rebecka aber nicht merken konnte. So war es seit dem vergangenen Jahr bei ihr. Früher hatte sie im Kopf Fächer gehabt, in die sie diese Informationen einsortieren konnte. Jetzt gab es keine Fächer mehr. Alles fiel wild durcheinander, und das meiste fiel daneben. Sie lächelte und drückte die Hände der anderen gerade herzlich genug. Fragte, für wen in der Kanzlei sie arbeiteten. Wie es ihnen gefalle. Was ihre Spezialgebiete seien und wo sie ihr Referendariat gemacht hätten. Niemand stellte ihr irgendeine Frage.

Sie wanderte weiter zwischen den Gruppen umher. Alle hielten den Zollstock in der Tasche bereit. Maßen einander. Verglichen sich mit dem Gegenüber. Gehalt. Wohnung. Name. Wen man kannte. Was man während des Sommers gemacht hatte. Jemand baute ein Haus in Nacka. Ein anderer suchte eine größere Wohnung, jetzt, wo das zweite Kind da war, am liebsten auf der richtigen Seite von Östermalm.

»Ich bin ein Wrack«, rief der Häuslebauer mit glücklichem Lächeln.

Ein frischgebackener Single wandte sich Rebecka zu.

»Im Mai war ich in deiner Heimat«, sagte er. »Bin zwischen Abisko und Kebnekaise Ski gelaufen, man musste um drei Uhr nachts aufstehen, um den Harsch zu nutzen. Tagsüber war der Schnee so weich, dass man einsank. Und dann konnte man nur im Liegestuhl sitzen und die Frühlingssonne genießen.«

Plötzlich war die Stimmung gedrückt. Musste er ihre Heimat erwähnen? Kiruna drängte sich wie ein Gespenst zwischen sie. Alle zählten plötzlich die Namen von tausend anderen Orten auf, die sie besucht hatten. Italien, Toskana, Eltern in Jönköping und Legoland, aber Kiruna wollte nicht verschwinden. Rebecka ging weiter, und alle atmeten erleichtert auf.

Die älteren Juristen waren in ihren Sommerhäusern an der Westküste, in Schonen oder auf den Schäreninseln gewesen. Arne Eklöf hatte seine Mutter verloren und erzählte Rebecka ganz offen, dass er den Sommer mit Erbstreitereien verbracht hatte.

»Ja, Mist«, sagte er. »Wenn Gott der Herr den Tod bringt, bringt der Teufel die Erben. Willst du?«

Er nickte zu ihrem Glas hinüber. Sie lehnte dankend ab. Er sah sie fast wütend an. Als habe sie sich weitere Vertraulichkeiten verbeten. Vermutlich hatte sie das ja auch. Er stapfte zum Tisch mit den Getränken. Rebecka blieb stehen und sah hinter ihm her. Es war anstrengend, mit Leuten zu reden, aber es war ein Albtraum, allein mit einem leeren Glas hier zu stehen. Wie eine armselige Topfblume, die nicht einmal um Wasser bitten kann.

Ich kann auf die Toilette gehen, dachte sie und schaute auf die Uhr. Und da kann ich sieben Minuten bleiben, wenn es keine Schlange gibt. Drei, wenn draußen jemand wartet.

Sie schaute sich nach einer Stelle um, wo sie ihr Glas abstellen konnte. In diesem Moment trat Maria Taube neben sie. Sie hielt ihr eine kleine Schüssel mit Waldorfsalat hin.

»Iss«, sagte sie. »Man kriegt ja Angst, wenn man dich sieht.«

Rebecka nahm den Salat. Die Erinnerungen an das Frühjahr jagten durch ihren Kopf, wenn sie Maria ansah.

Scharfe Frühlingssonne vor Rebeckas verschmutztem Fenster. Aber die hat die Jalousien heruntergelassen. Mitten in der Woche, an einem Werktagsvormittag, kommt Maria zu Besuch. Nachher fragt Rebecka sich, wieso sie überhaupt die Tür aufgemacht hat. Sie hätte sich unter ihrer Decke verstecken sollen.

Aber egal. Sie geht zur Wohnungstür. Hat das Klingeln eigentlich kaum registriert. Wie abwesend öffnet sie das Sicherheitsschloss. Dann dreht sie das Schloss mit der linken Hand um, während die Rechte die Klinke nach unten drückt. Ihr Kopf ist ausgeschaltet. Genau wie dann, wenn man sich vor der offenen Kühlschranktür ertappt und sich fragt, was man denn überhaupt in der Küche will.

Später denkt sie, dass vielleicht irgendwo in ihr ein kluges kleines Wesen steckt. Ein Mädchen in roten Gummistiefeln und Schwimmweste. Die einzige Überlebende. Und dass dieses kleine Mädchen die leichten, raschen Absätze erkannt hat.

Das Mädchen sagt zu Rebeckas Händen und Füßen: »Psst, das ist Maria. Sagt ihr nichts. Bringt sie nur zum Aufstehen, und sorgt dafür, dass sie die Tür aufmacht.«

Maria und Rebecka sitzen in der Küche. Sie trinken Kaffee, Gebäck gibt es nicht. Maria sagt nicht viel. Die Stapel aus schmutzigem Geschirr in der Spüle, die Haufen von Post und Reklame und Zeitungen auf dem Dielenboden, die zerknitterten und schmutzigen Kleidungsstücke, die sie am Leib hat, verraten genug.

Und mittendrin fangen Rebeckas Hände an zu zittern. Sie muss die Kaffeetasse auf den Tisch stellen. Ihre Hände flattern ziellos umher wie zwei Hühner ohne Kopf.

»Keinen Kaffee mehr für mich«, versucht sie zu scherzen.

Sie lacht auf, aber das Lachen wird zu einem tonlosen Lärm.

Maria schaut ihr in die Augen. Rebecka bildet sich ein, dass Maria weiß, dass Rebecka manchmal auf dem Balkon steht und auf den harten Asphalt hinunterschaut. Und dass sie manchmal nicht einmal in den Laden gehen kann. Sondern von dem leben muss, was sie in der Wohnung hat. Tee und Essiggurken.

»Ich bin keine Psychologin«, sagt Maria, »aber ich weiß, dass alles schlimmer wird, wenn man nicht isst und schläft. Und du musst dich morgens anziehen und aus dem Haus gehen.«

Rebecka versteckt die Hände unter dem Küchentisch.

»Du meinst wohl, ich bin verrückt geworden.«

»Aber meine Liebe, in meiner Familie wimmelt es nur so von Frauen mit Nervenproblemen. Sie fallen in Ohnmacht, haben panische Angst und sind die totalen Hypochonderinnen. Und meine Tante, hab ich schon mal von der erzählt? Heute sitzt sie in der Psychiatrie und kann sich nicht mal alleine anziehen. Und am nächsten Tag eröffnet sie einen Montessori-Kindergarten. Ich kenn mich da aus.«

Am nächsten Tag bietet ein Sozius, Torsten Karlsson, Rebecka seine Kate an. Maria hat für Torsten in der Abteilung für Handelsrecht gearbeitet, ehe sie zu Rebecka und Måns Wenngren übergewechselt ist.

»Du tust mir einen Gefallen«, sagt Torsten. »Dann brauche ich mir keine Sorgen wegen Einbrechern zu machen und muss nur zum Gießen hinfahren. Eigentlich sollte ich die Bude ja verkaufen. Aber auch das macht so verdammt viele Scherereien.«

Sie hätte natürlich ablehnen müssen. Das lag doch auf der Hand. Aber dieses Mädchen in den roten Gummistiefeln hatte schon ja gesagt, ehe Rebecka auch nur den Mund aufmachen konnte.

Brav ass Rebecka ihren Waldorfsalat. Sie fing mit der halben Walnuss an. Kaum hatte sie die im Mund, da wurde sie auch schon so groß wie eine Pflaume. Sie kaute und kaute. Bereitete sich auf das Schlucken vor. Maria musterte sie.
»Wie geht es dir?«, fragte sie.
Rebecka lächelte. Ihre Zunge fühlte sich steif an.
»Ich habe wirklich keine Ahnung.«
»Aber es ist okay, heute Abend hier zu sein?«
Rebecka zuckte mit den Schultern.
Nein, dachte sie. Aber was soll man machen? Man zwingt sich. Sonst sitzt man bald irgendwo in einer Bude, verfolgt von den Behörden, voller Angst vor Menschen, mit Stromallergie und jeder Menge Katzen, die das Haus voll kacken.
»Ich weiß nicht«, sagte sie. »Ich habe das Gefühl, dass die Leute mich anstarren, wenn ich in eine andere Richtung blicke. Sie reden über mich, wenn ich nicht dabei bin. Verstehst du? Und sie scheinen voller Panik ›Tennis, anyone‹ zu fragen, sowie ich mich nähere.«
»So ist das eben«, lachte Maria. »Du bist doch die kanzleieigene Modesty Blaise. Und jetzt haust du draußen in Torstens Kate und wirst immer isolierter und verschrobener. Natürlich reden sie über dich.«
Rebecka lachte.
»Danke, jetzt fühle ich mich gleich besser.«
»Ich habe gesehen, dass du mit Johan Grill und Petra Wilhelmsson geredet hast. Was hältst du von der Ranschmeißnummer? Sie ist sicher ungeheuer sympathisch, aber ich kann keine Leute lei-

den, die den Hintern zwischen den Schulterblättern haben. Mein Hinterteil ist wie ein Teenie. Es hat sich sozusagen von mir frei gemacht und will auf eigenen Füßen stehen.«

»Ja, ich hatte den Eindruck, dass etwas durch das Gras schleifte, als du eben gekommen bist.«

Sie verstummten und schauten hinaus auf die Fahrrinne, wo ein alter Fingal seinen Motor anwarf.

»Mach dir keine Sorgen«, sagte Maria. »Bald werden die Leute richtig betrunken sein. Und dann kommen sie angewackelt und wollen reden.«

Sie drehte sich zu Rebecka um, beugte sich ganz dicht zu ihr vor und nuschelte: »Was ist es für ein Gefühl, einen Menschen umzubringen?«

Rebeckas und Marias Chef, Måns Wenngren, stand ein Stück von ihnen entfernt und musterte sie.

Gut, dachte er. Gute Arbeit.

Er sah, wie Maria Taube Rebecka Martinsson zum Lachen brachte. Marias Hände flogen durch die Luft, drehten und wendeten sich. Ihre Schultern hoben und senkten sich. Es war ein Wunder, dass sie ihr Glas noch im Griff hatte. Jahrelanges Training in der vornehmen Familie, vermutlich. Und Rebeckas Haltung wurde weniger schroff. Sie sah braun und stark aus, das registrierte er. Klapperdürr, aber das war sie ja immer schon gewesen.

Torsten Karlsson stand schräg hinter Måns und betrachtete das Grillbuffet. Sein Magen krampfte sich sehnsüchtig zusammen. Indonesische Lammspieße, Spieße mit Schweinefilet oder Scampi nach Cajunart, karibische Fischspieße mit Ingwer und Ananas, Geflügelspieße mit Salbei und Zitrone oder asiatisch, in Joghurt mariniert und mit Ingwer, Garam Masala und Kurkuma, allerlei Soßen und Salate als Zubehör. Weißwein und Rotwein, Bier und Cidre. Er wusste schon, dass er in der Kanzlei Karlsson vom Dach genannt wurde. Kurz und kompakt, mit den schwarzen Haaren wie einer Bürste auf dem Kopf. Måns dagegen, an ihm saßen die

Kleider lässig. Ihm sagten die Frauen zumindest nicht, dass er lustig sei oder dass er sie zum Lachen bringe.

»Ich habe gehört, du hast dir einen neuen Jag zugelegt«, sagte er und schnappte sich eine Olive aus dem Bulgursalat.

»Mhm, ein E-Type-Cabriolet, mint condition«, antwortete Måns mechanisch. »Wie geht es ihr?«

Torsten Karlsson überlegte eine halbe Sekunde, ob Måns sich nach Torstens eigenem Jaguar erkundigte. Er schaute auf, folgte Måns' Blick und landete bei Rebecka Martinsson und Maria Taube.

»Sie bewohnt doch deine Kate«, sagte Måns.

»Sie konnte ja nicht länger eingesperrt in ihrer kleinen Einzimmerwohnung sitzen. Sie schien nirgendwohin zu können. Warum fragst du sie nicht selbst? Sie arbeitet doch für dich.«

»Weil ich jetzt eben dich frage«, fauchte Måns.

Torsten Karlsson hob die Hände zu einer Nicht-schießen-ich-ergebe-mich-Geste.

»Du, ich weiß wirklich nicht«, sagte er. »Ich bin ja nie da draußen. Und wenn ich doch da bin, dann reden wir über andere Dinge.«

»Und die wären?«

»Tja, ob die Treppe geteert werden muss, über falunroten Anstrich, ob sie die Fenster kitten soll. Sie ist die ganze Zeit an der Arbeit. Eine Zeit lang war sie vom Kompost wie besessen.«

Måns' Blick forderte ihn zum Weiterreden auf. Interessiert, fast belustigt. Torsten Karlsson fuhr sich mit den Fingern durch die schwarzen Borsten auf seinem Kopf.

»Ja, Himmel«, sagte er. »Zuerst hat sie gebaut. Dreischichtenkompost für Garten- und Hausabfälle. Danach hat sie einen Schnellkompost angelegt. Du, sie hat mich fast dazu gezwungen aufzuschreiben, wie man Gras und Sand durch die Mühle dreht – die reinste Wissenschaft. Und danach, als sie zu diesem Kurs für Konzernbesteuerung nach Malmö fahren sollte, weißt du das noch?«

»Ja, ja.«

»Ja, da hat sie mich angerufen und gesagt, sie könnte nicht fahren, denn der Kompost war, ja, was war das noch gleich, irgendwas stimmte nicht damit, er hatte zu wenig Stickstoff. Und dann hatte sie Haushaltsabfall von irgendeinem Kindergarten in der Nähe geholt, und der war jetzt zu feucht. Also musste sie zu Hause bleiben und streuen und bohren.«

»Bohren?«

»Ja, ich musste hinfahren und mit einem alten Eisbohrer im Kompost bohren, in der Woche, in der sie bei dem Kurs war. Und noch später hat sie dann den Kompost der früheren Besitzer im Wald gefunden.«

»Ja?«

»Darin lag doch alles Mögliche. Alte Katzenskelette und Glasscherben und jede Menge Scheiß... den wollte sie also reinigen. Sie fand hinter der Scheune ein altes Bett mit einem Drahtrost. Den hat sie als großes Sieb benutzt. Hat Erde auf den Rost geschaufelt und ihn geschüttelt, damit die saubere Erde durchfiel. Da hätte man doch ein paar Mandanten hinschaffen und ihnen eine unserer jungen aufstrebenden Juristinnen zeigen sollen.«

Måns starrte Torsten Karlsson an. Vor sich sah er Rebecka mit rosigen Wangen und zerzausten Haaren, wie sie auf einem Erdhügel wild einen Drahtrost schüttelte. Darunter Torsten, zusammen mit Mandanten mit großen Augen und dunklen Anzügen.

Sie prusteten gleichzeitig los und konnten sich fast nicht wieder beruhigen. Torsten wischte sich mit dem Handrücken die Augenwinkel.

»Aber jetzt hat sie sich beruhigt«, sagte er. »Sie ist nicht mehr so... ich weiß nicht... Bei meinem letzten Besuch saß sie mit einem Buch und einer Tasse Kaffee auf der Treppe.«

»Was war das für ein Buch?«, fragte Måns.

Torsten Karlsson bedachte ihn mit einem seltsamen Blick.

»Hab ich sie nicht gefragt«, sagte er. »Sprich doch selbst mit ihr.«

Måns leerte sein Rotweinglas.

»Ich werde ihr guten Tag sagen«, sagte er. »Aber du weißt ja. Mit Leuten reden liegt mir nicht. Und mit Frauen schon gar nicht.«

Er versuchte zu lachen, aber jetzt verzog Torsten nicht einmal den Mund.

»Du musst sie fragen, wie es ihr geht.«

Måns schnaubte.

»Ja, ja, ich weiß.«

Ich bin besser bei Kurzzeitbeziehungen, dachte er. Mandanten. Taxifahrer. Kassiererinnen im Supermarkt. Aber nicht bei alten Konflikten und Enttäuschungen, die sich ineinander verfilzen wie Seegras unter der Meeresoberfläche.

Spätsommernachmittag auf Lidö. Rote Abendsonne legt sich wie eine goldene Schale über die sanften Felsen. Eine Fähre stiehlt sich in der Fahrrinne vorbei. Die Schilfhalme unten am Ufer stecken die Köpfe zusammen und wispern und tuscheln miteinander. Das Plaudern und Lachen der Gäste wird über das Wasser getragen.

Das Essen ist so weit fortgeschritten, dass jetzt die Zigarettenpäckchen auf dem Tisch liegen. Es ist angenehm, sich vor dem Nachtisch die Beine zu vertreten, deshalb sind die Tische spärlicher besetzt. Pullover und Jacken, die um Taillen und über Schultern gehangen haben, werden jetzt über abendfröstelnde Arme gezogen. Manche haben einen dritten oder vierten Gang zum Büfett unternommen und plaudern mit den Köchen, die die zischenden Spieße über den Glutbetten drehen. Manche Gäste sind schon reichlich betrunken. Müssen sich am Geländer festhalten, wenn sie die Treppe zu den Toiletten hochgehen. Gestikulieren und lassen Zigarettenasche auf ihre Kleidung fallen. Einer will einer Kellnerin unbedingt beim Servieren des Nachtisches helfen. Er befreit sie energisch und kavaliersmäßig von einem großen Tablett mit Törtchen mit Vanillecreme und glasierten roten Johannisbeeren. Die Törtchen rutschen besorgniserregend an den Tablettrand. Die Kellnerin lächelt verkrampft und wechselt einen Blick mit den

Köchen am Grill. Einer lässt alles fallen und rennt in die Küche, um die übrigen Tabletts zu holen.

Rebecka und Maria saßen unten bei den Felsen. Die Steine gaben die Wärme ab, die sie während des Tages gespeichert hatten. Maria kratzte an einem Mückenstich an ihrem Handgelenk herum.

»Torsten fährt nächste Woche nach Kiruna«, sagte sie. »Hat er das erzählt?«

»Nein.«

»Wegen dieser Zusammenarbeit mit der Janssongruppe Revision AB. Jetzt, wo in Schweden die Trennung von Kirche und Staat durchgeführt worden ist, ist die Kirche ja eine interessante Mandantengruppe. Es geht darum, den Kirchengemeinden überall im Land ein juristisches Paket mit Beratung und Buchführung zu verkaufen. Hilfe bei allem anzubieten, so in der Art von ›wie werde ich meine Fibromyalgie los‹, ›wie schließen wir finanziell vorteilhafte Verträge mit Unternehmern‹, der ganze Kram. Ich weiß nicht, aber ich glaube, es gibt so einen langfristigen Plan, eine Zusammenarbeit mit Maklern in die Wege zu leiten und die ganze Kapitalverwaltung an sich zu ziehen. Jedenfalls soll Torsten hinfahren und uns an die Kirche in Kiruna verkaufen.«

»Ja?«

»Du kannst ihn doch begleiten. Du kennst ihn ja. Er hätte bestimmt gern Gesellschaft.«

»Ich kann nicht nach Kiruna fahren«, rief Rebecka.

»Ich weiß, dass du das glaubst. Aber ich wüsste gern, wieso.«

»Ich weiß nicht, ich...«

»Was ist das Schlimmste, das passieren kann? Ich meine, falls dir jemand begegnet, der weiß, wer du bist? Und das Haus deiner Großmutter, danach hast du doch Heimweh, oder?«

Rebecka biss die Zähne zusammen.

Ich kann nicht hinfahren, so ist das einfach, dachte sie.

Maria sagte, als ob sie ihre Gedanken gelesen hätte: »Ich werde jedenfalls Torsten bitten, dich zu fragen. Wenn man Gespenster unter dem Bett hat, ist es besser, die Lampe anzuknipsen, sich auf den Bauch zu legen und nachzusehen.«

Tanz auf der Steinterrasse des Herrenhauses. Abba und Niklas Strömstedt aus den Lautsprechern. Durch die offenen Fenster der Hotelküche ist das Geklirr von Porzellan und das Rauschen von Wasser zu hören, wenn jemand die Teller abspült, ehe sie in der Spülmaschine landen. Die Sonne hat ihre roten Schleier mit ins Wasser gezogen. Lampions hängen in den Bäumen. Vor der Bar am Rand der Terrasse herrscht Gedränge.

Rebecka ging zu den Felsen hinunter. Sie hatte mit ihrem Tischherrn getanzt und sich dann weggeschlichen. Jetzt legte die Dunkelheit den Arm um sie und zog sie mit sich.

Das ging doch gut, sagte sie sich. Mehr hätte man nicht verlangen können.

Sie setzte sich auf eine Holzbank am Wasser. Die Wellen platschten gegen den Betonsteg. Der Geruch von fauligem Tang, salzigem Meer und Diesel. Eine Lampe spiegelte sich in der schwarzen blanken Fläche.

Måns war zu ihr gekommen und hatte sie begrüßt, als sich gerade alle zu Tisch setzen wollten.

»Wie geht's, Martinsson«, hatte er gefragt.

Was, zum Teufel, soll man darauf antworten, überlegte sie.

Sein Wolfsgrinsen und seine Angewohnheit, sie mit Nachnamen anzureden, waren wie ein großes Stoppschild: Vertraulichkeiten, Tränen und Aufrichtigkeit verbitten wir uns.

Also hieß es Kopf hoch, Füße runter und Bericht darüber erstatten, wie sie in Torstens Kate die Fenster mit Leinöl angestrichen hatte. Nach den Vorfällen in Kiruna hatte sie das Gefühl gehabt, ihm wichtig zu sein. Aber als sie nicht mehr arbeiten konnte, war dieses Gefühl verschwunden.

Dann ist man nichts, dachte sie. Wenn man nicht arbeiten kann.

Schritte auf dem Kiesweg ließen sie aufblicken. Zuerst konnte sie kein Gesicht erkennen, aber dann kam die helle Stimme ihr bekannt vor. Es war die neue Blondine. Wie hieß sie doch noch gleich? Petra.

»Hallo, Rebecka«, sagte Petra wie zu einer alten Bekannten.

Sie trat viel zu dicht an Rebecka heran. Rebecka unterdrückte ihren Impuls aufzuspringen, die andere beiseite zu stoßen und wegzustürzen. Das wäre nun wirklich nicht gegangen. Also blieb sie sitzen. Der Fuß ihres übergeschlagenen Beins verriet sie. Er bewegte sich vor Unbehagen auf und nieder. Wollte weglaufen.

Petra atmete auf und ließ sich neben sie sinken.

»Gott, jetzt hat Åke drei Tänze am Stück mit mir getanzt. Du weißt doch, wie sie sind. Nur weil man für sie arbeitet, halten sie eine wie mich für ihr persönliches Eigentum. Ich musste mich einfach verdrücken.«

Rebecka grunzte eine Art Zustimmung. Bald würde sie sagen, sie müsse zur Toilette.

Petra drehte Rebecka den Oberkörper zu und legte den Kopf auf die Seite.

»Ich habe gehört, was du voriges Jahr durchgemacht hast. Das muss entsetzlich gewesen sein.«

Rebecka gab keine Antwort.

Mal sehen, dachte sie hämisch. Wenn die Beute nicht aus dem Bau kommen will, muss man sie eben herauslocken. Vielleicht mit einer kleinen eigenen Vertraulichkeit. Man hält ihr das kleine Geständnis hin und tauscht es wie ein Glanzbild gegen das des Gegenübers ein.

»Meine Schwester hatte vor fünf Jahren so ein grauenhaftes Erlebnis«, sagte Petra, als Rebecka schwieg. »Sie hat den Sohn der Nachbarn ertrunken im Graben gefunden. Er war erst vier Jahre alt. Und danach war sie...«

Sie beendete diesen Satz mit einer vagen Handbewegung.

»Ach, hier sitzt ihr also.«

Das war Popeye. Er kam mit einem Gin Tonic in jeder Hand auf sie zu. Den einen reichte er Petra, und nach einem winzig kleinen Zögern den anderen Rebecka. Eigentlich war der Drink für ihn selbst bestimmt gewesen.

Ein Mann von Welt, dachte Rebecka müde und stellte das Glas neben sich ab.

Sie schaute Popeye an. Popeye schaute Petra lüstern an. Petra schaute Rebecka lüstern an. Popeye und Petra würden sich mit Rebecka verlustieren. Und sich danach paaren.

Petra musste gespürt haben, dass Rebecka zur Flucht ansetzte. Dass die Gelegenheit bald verpasst sein würde. Normalerweise hätte sie Rebecka laufen lassen und gedacht, es wird sich schon noch eine Gelegenheit bieten. Aber jetzt hatten zu viele Drinks und ein Glas Wein zum Essen ihr Urteilsvermögen getrübt.

Sie beugte sich zu Rebecka vor. Ihre Wangen waren blank und rosig, als sie fragte: »Also, was ist es für ein Gefühl, einen Menschen zu töten?«

Rebecka marschierte zielstrebig durch die vielen berauschten Menschen. Nein, sie wollte nicht tanzen. Nein, danke, sie wollte nichts von der Bar. Sie hatte ihre Tasche über der Schulter hängen und war unterwegs zum Anleger.

Sie hatte Petra und Popeye abgeschüttelt. Hatte ein nachdenkliches Gesicht gemacht, ihren Blick auf die dunkle Fahrrinne gerichtet und gesagt: »Das war natürlich ganz entsetzlich.«

Was sonst? Die Wahrheit? »Ich habe keine Ahnung. Ich kann mich an nichts erinnern.«

Sie hätte vielleicht von den erbärmlichen Gesprächen mit dem Therapeuten erzählen sollen. Rebecka, die bei jeder Sitzung lacht und lacht und sich am Ende fast ausschüttet vor Lachen. Was soll sie machen? Sie erinnert sich doch nicht. Der Therapeut, der das Lachen nun wirklich nicht erwidert, sagt, es gebe hier keinen Grund zu lachen. Und am Ende beschließen sie, eine Pause einzulegen. Rebecka sei ihm aber jederzeit willkommen.

Als sie nicht mehr arbeiten kann, wendet sie sich trotzdem nicht an ihn. Bringt es nicht über sich. Stellt sich vor, wie sie dasitzt und weint, weil sie ihr Leben nicht in den Griff bekommt, und dazu sein Gesicht, gerade genug Mitgefühl zu dieser Na-was-hab-ich-gesagt-Miene.

Nein, Rebecka hatte Petra wie ein normaler Mensch geantwortet, dass es entsetzlich sei, dass das Leben aber weitergehen müsse, so banal sich das vielleicht anhöre. Danach hatte sie sich entschuldigt und war aufgestanden. Es war gut gegangen, aber fünf Minuten später stellte sich die Wut ein, und jetzt ... jetzt war sie so zornig, dass sie am liebsten einen Baum mitsamt den Wurzeln ausgerissen hätte. Oder vielleicht sollte sie sich an die Wand des Herrenhauses lehnen und das Haus wie einen Pappkarton umwerfen. Die beiden Blondschöpfe täten gut daran, nicht mehr beim Anleger zu sitzen, denn sonst würde sie sie mit einem Tritt ins Wasser befördern.

Plötzlich stand Måns dicht hinter ihr. Neben ihr.

»Was ist los? Ist etwas passiert?«

Rebecka wurde nicht langsamer.

»Ich haue ab. Einer von den Köchen hat gesagt, ich könne das Plastikboot leihen. Ich rudere rüber.«

Måns stieß ein ungläubiges Lachen aus.

»Spinnst du? In der Dunkelheit kannst du doch nicht rudern! Und wie willst du danach weiterkommen? Bleib gefälligst hier. Was ist denn bloß in dich gefahren?«

Sie blieb dicht vor dem Anleger stehen. Fuhr herum und knurrte.

»Ja, was glaubst du wohl? Die Leute fragen mich, was es für ein Gefühl ist, einen Menschen zu töten. Woher, zum Teufel, soll ich das wissen? Ich hab dabei ja kein Gedicht über meine Empfindungen geschrieben. Ich – es ist einfach passiert!«

»Und weshalb bist du sauer auf mich? Ich hab das doch nicht gefragt.«

Rebecka sprach plötzlich sehr langsam.

»Nein, Måns, du fragst nichts. Den Vorwurf kann dir wirklich niemand machen.«

»Was, zum Teufel«, sagte er darauf, aber Rebecka hatte bereits auf dem Absatz kehrtgemacht und war auf den Steg hinausgelaufen.

Er rannte hinter ihr her. Sie hatte ihre Tasche ins Boot geworfen und löste jetzt die Vertäuung. Måns suchte nach Worten.

»Ich habe mit Torsten gesprochen«, sagte er. »Der hat erzählt, dass er dich bitten will, ihn nach Kiruna zu begleiten. Aber ich habe gesagt, dass er das lassen soll.«

»Wieso denn?«

»Wieso? Ich dachte, das wäre das Letzte, was du jetzt brauchst.«

Rebecka sah ihn nicht an, als sie antwortete: »Ich darf vielleicht immer noch selber entscheiden, was ich brauche und was nicht.«

Vage registrierte sie, dass die Leute in der Nähe jetzt alle in ihre und Måns' Richtung horchten. Alle schienen mit Tanzen und Plaudern beschäftigt zu sein, aber war das Stimmengewirr nicht leiser geworden? Jetzt würden sie in der nächsten Woche im Büro vielleicht Gesprächsstoff haben.

Måns schien das ebenfalls bemerkt zu haben und dämpfte seine Stimme.

»Es war ja nur gut gemeint, entschuldige.«

Rebecka sprang ins Boot.

»Ach, gut gemeint. Hast du deshalb veranlasst, dass ich wie ein Trottel vor Gericht dabeisitzen soll?«

»Jetzt hör aber auf«, fauchte Måns. »Du hast selbst gesagt, du hättest nichts dagegen. Ich habe es für eine gute Möglichkeit gehalten, den Kontakt zu deiner Arbeit nicht zu verlieren. Komm sofort aus dem Boot raus.«

»Als ob ich eine Wahl gehabt hätte. Da kommst du auch drauf, wenn du genauer nachdenkst.«

»Dann hör doch auf damit, verdammt noch mal! Komm jetzt aus dem Boot, und geh schlafen, dann reden wir morgen weiter, wenn du wieder nüchtern bist.«

Rebecka machte im Boot einen Schritt nach vorn. Das Boot

schaukelte. Einen Moment lang rechnete Måns damit, dass sie auf den Steg klettern und ihm eine scheuern würde. Das wäre ja reizend.

»Wenn ich wieder nüchtern bin? Du... du bist wirklich unglaublich!«

Sie stellte einen Fuß auf den Steg und stieß sich ab. Måns spielte mit dem Gedanken, das Boot zu packen, aber auch das wäre ein zu reizender Anblick gewesen. Wie er das Boot festhielt, bis er ins Wasser fiel. Der kanzleieigene Onkel Melcher. Das Boot glitt davon.

»Dann fahr doch nach Kiruna!«, rief er, ohne sich darum zu kümmern, wer es hören konnte. »Von mir aus kannst du machen, was du willst.«

Das Boot verschwand in der Dunkelheit. Er hörte die Ruder in den Krampen klappern und die Ruderblätter platschend auf das Wasser schlagen.

Aber Rebeckas Stimme war noch immer nah, und jetzt war sie lauter geworden.

»Erzähl mir mal, was schlimmer sein könnte als das hier!«

Er kannte diese Stimme von seinem Streitkarussell mit Madelene her. Zuerst Madelenes unterdrückter Zorn. Und er, der nicht einmal ahnte, was er diesmal verbrochen hatte. Dann der Streit, jedes Mal wie der Sturm des Jahrhunderts. Und dann diese Stimme, die ein wenig schriller wurde und bald in Weinen umschlagen würde. Dann konnte der Zeitpunkt der Versöhnung gekommen sein. Wenn man bereit war, den Preis zu bezahlen: den Kopf zu senken wie ein Hund. Bei Madelene hatte er einem alten Drehbuch folgen können: Er gab zu, ein totaler Scheißkerl zu sein, Madelene wie ein schluchzendes kleines Kind in seinem Arm, den Kopf an seine Brust geschmiegt.

Aber Rebecka... auf der Suche nach den richtigen Worten bewegte sich dieser Gedanke unsicher und alkoholschwer in seinem Kopf herum, aber es war schon zu spät. Das Geräusch der Ruderschläge entfernte sich immer weiter.

Aber nie im Leben würde er hinter ihr herrufen. Das konnte sie gleich vergessen.

Plötzlich stand Ulla Carle neben ihm, eine der beiden Teilhaberinnen, und fragte, was denn los sei.

»Schieß mich in den Kopf«, sagte er und ging zum Hotel hoch. Er steuerte die Bar unter den Girlanden aus bunten Lampions an.

Dienstag, 5. September

POLIZEIINSPEKTOR SVEN-ERIK STÅLNACKE fuhr von Fjällnäs nach Kiruna. Der Kies stob gegen die Unterseite seines Autos, und hinter ihm wirbelte der Straßenstaub eine hohe Wolke auf. Als er in Richtung Nikkavägen abbog, ragte zu seiner Linken das eisblaue Kebnekajse-Massiv in den Himmel.

Seltsam, dass man das nie satt bekommt, dachte er.

Obwohl er schon über fünfzig war, war er noch immer vom Wechsel der Jahreszeiten fasziniert. Die kalte Bergluft des Herbstes, die aus dem Hochgebirge in die Täler strömt. Die Rückkehr der Sonne im Spätwinter. Das erste Tropfen von den Dächern. Und die Eisschmelze. Im Lauf der Jahre war diese Faszination fast noch gewachsen. Eigentlich hätte er eine Woche Urlaub gebraucht, einfach um die Natur anzustarren.

Bei meinem Vater war das auch so, dachte er.

Sein Vater hatte in seinen letzten Lebensjahren, ach, sogar in seinen letzten fünfzehn Jahren, immer wieder dasselbe gesagt: »Das hier wird mein letzter Sommer. Das ist der letzte Herbst, den ich erleben darf.«

Offenbar hatte ihm gerade das die meiste Angst vor dem Tod beschert. Keinen Frühling erleben zu dürfen, keinen hellen Sommer, keinen glühenden Herbst. Dass die Jahreszeiten ohne ihn kommen und gehen würden.

Sven-Erik schaute auf die Uhr. Halb zwei. Noch eine halbe Stunde bis zu seinem Termin beim Staatsanwalt. Er könnte noch bei Annies Grill vorbeischauen und einen Burger essen.

Er wusste, was der Staatsanwalt auf dem Herzen hatte. Jetzt lag der Mord an der Pastorin Mildred Nilsson schon fast drei

Monate zurück, und sie waren noch immer nicht weitergekommen. Nun hatte der Staatsanwalt die Sache satt. Und wer konnte ihm da einen Vorwurf machen?

Unbewusst steigerte er den Druck aufs Gaspedal. Er hätte Anna-Maria um Rat bitten sollen, das war ihm jetzt klar. Anna-Maria Mella war seine Gruppenchefin. Sie war gerade im Mutterschaftsurlaub, und Sven-Erik war ihre Vertretung. Nur hatte er Skrupel, sie zu Hause zu stören. Das war seltsam. Bei der gemeinsamen Arbeit war er ihr so nahe. Aber außerhalb der Arbeit wusste er nicht, was er zu ihr sagen sollte. Sie fehlte ihm, aber trotzdem hatte er sie nur einmal besucht, ganz kurz nach der Geburt des Kleinen. Sie hatte einige Male auf der Wache vorbeigeschaut, aber da hatten die ganzen blöden Hühner aus dem Sekretariat gackernd um sie herumgestanden, und er hatte sich lieber zurückgehalten. Mitte Januar würde sie ihre Arbeit wieder aufnehmen.

Sie hatten doch die ganze Nachbarschaft ausgefragt. Irgendwer hätte etwas sehen müssen. In Jukkasjärvi, wo die Pastorin unter der Empore gegangen hatte, oder in Poikkijärvi, wo sie wohnte. Nichts. Sie hatten noch eine Befragungsrunde absolviert. Die einen Scheiß ergeben hatte.

Das war wirklich seltsam. Sie war ganz offen neben dem Heimatmuseum unten am Fluss ermordet worden. Ganz offen hatte der Mörder den Leichnam in die Kirche gebracht. Es war zwar mitten in der Nacht gewesen, aber eben doch taghell.

Sie hatten erfahren, dass die Pastorin durchaus umstritten gewesen war. Als Sven-Erik gefragt hatte, ob sie irgendwelche Feinde gehabt habe, hatte eine Mehrzahl der in der Gemeinde aktiven Frauen geantwortet: »Nehmen Sie jeden Kerl von hier.« Eine Frau im Pfarrhaus mit scharfen Falten auf beiden Seiten ihres verkniffenen Mundes hatte ziemlich unverblümt gesagt, die Pastorin sei selber schuld gewesen. Sie hatte schon zu ihren Lebzeiten für Schlagzeilen in der Lokalpresse gesorgt. Ärger mit dem Gemeindevorstand, als sie in den Räumlichkeiten der Gemeinde Selbstverteidigungskurse für Frauen veranstaltete. Ärger mit dem Ort, als ihre Bibelgruppe für Frauen, Magdalena, verlangt hatte, ein Drittel der Öffnungszeiten der lokalen Eislaufhallen für Mädcheneishockey und andere Frauensportgruppen zu reservieren. Und zuletzt hatte sie sich mit einigen Jägern und Rentierbesitzern angelegt. Es ging um die Wölfin, die sich in den Wäldern, die der Kirche gehörten, angesiedelt hatte. Mildred Nilsson hatte es als Pflicht der Kirche bezeichnet, diese Wölfin zu beschützen. Die Lokalpresse hatte in dieser Angelegenheit ein Bild von ihr und eines ihrer Gegner veröffentlicht, mit den Bildunterschriften »Wolfsfreundin« und »Wolfsfeinde«.

Und im Pfarrhaus von Poikkijärvi, am Flussufer gegenüber von Jukkasjärvi, saß ihr Ehemann. Krankgeschrieben und unfähig, Ordnung in ihre Hinterlassenschaft zu bringen. Sven-Erik empfand wieder das Unbehagen, das ihn bei seinen Gesprächen mit dem Mann erfüllt hatte. »Ihr schon wieder. Habt ihr denn nie genug?« Jedes Gespräch war ihm vorgekommen, als müsse er eine über Nacht entstandene Eisschicht zerschlagen. Die Trauer, die wieder aufwallte. Die verweinten Augen. Kein Kind, um den Kummer zu teilen.

Sven-Erik hatte ein Kind, eine Tochter, die in Luleå wohnte, aber dennoch kannte er diese verdammte Einsamkeit. Er lebte seit seiner Scheidung allein im Haus. Aber immerhin hatte er den Kater, und niemand hatte seine Frau ermordet und an einer Kette aufgehängt.

Alle Anrufe und Briefe von irgendwelchen Idioten, die sich des Mordes bezichtigt hatten, waren überprüft worden. Aber dabei war natürlich nichts herausgekommen. Es waren menschliche Wracks, die zufällig durch die Schlagzeilen in einen fieberähnlichen Brand geraten waren.

Denn Schlagzeilen hatte es gegeben. Fernsehen und Zeitungen waren geradezu ausgerastet. Mildred Nilsson war mitten im Sommerloch ermordet worden, und außerdem war es noch keine zwei Jahre her, dass in Kiruna ein anderer religiöser Führer umgebracht worden war, Viktor Strandgård, die wichtigste Person in der Gemeinde Kraftquelle. Es hatte Spekulationen über Parallelen zwischen beiden Fällen gegeben, obwohl Viktor Strandgårds Mörder nun ebenfalls tot war. Aber der Blickwinkel war sozusagen vorgegeben: ein Mann der Kirche, eine Frau der Kirche. Pastoren und Prediger durften sich in den landesweiten Zeitungen äußern. Fühlten sie sich bedroht? Wollten sie umziehen? War das feuerrote Kiruna für Geistliche ein gefährliches Pflaster? Die Sommeraushilfen der Zeitungen kamen angereist und fällten ihre Urteile über die Arbeit der Polizei. Sie waren jung und eifrig und gaben sich nicht zufrieden mit »aus ermittlungstechnischen Gründen… zu diesem Zeitpunkt kein Kommentar«. Zwei Wochen lang hatte das verbissene Interesse der Presse angehalten.

»Verdammt, man dreht und wendet und schüttelt ja schon die Schuhe«, hatte Sven-Erik zum Kriminaloberkommissar gesagt. »Denn möglicherweise schnappt sich sonst irgendein Scheißjournalist das, was daran geklebt hat.«

Aber da die Polizei eben nicht weitergekommen war, hatte der Medientross am Ende den Ort verlassen. Zwei Personen, die bei einem Festival totgetrampelt worden waren, füllten nun die Zeitungsspalten.

Den ganzen Sommer lang hatte die Polizei nach der Copy-Cat-Theorie gearbeitet: Jemand hatte sich vom Mord an Viktor Strandgård inspirieren lassen. Das Landeskriminalamt hatte anfangs sehr damit gezögert, ein Täterprofil zu erstellen. Man hatte es mit keinem Serienmörder zu tun, soviel man wusste. Und es stand durchaus nicht fest, dass es ein Nachahmer war. Aber die Parallelen zum Mord an Viktor Strandgård und das Medienaufgebot hatten doch dazu geführt, dass am Ende eine Psychiaterin von der Täterprofilgruppe des Landeskriminalamtes ihren Urlaub unterbrochen hatte und nach Kiruna gereist war.

Sie hatte sich an einem Vormittag Anfang Juli mit der lokalen Polizei getroffen. Ungefähr ein Dutzend Kollegen hatte im Besprechungszimmer gesessen. Sie wollten nicht riskieren, dass irgendwelche Außenstehenden das Gespräch belauschten, deshalb waren die Fenster geschlossen geblieben.

Die Gerichtspsychiaterin war Mitte vierzig. Sven-Erik hatte überrascht, dass sie über Verrückte, Massen- und Serienmörder mit so viel Ruhe und Verständnis gesprochen hatte, fast liebevoll. Wenn sie Beispiele aus der Wirklichkeit heranzog, sagte sie oft »der arme Mann« oder »wir hatten einen Jungen, der« oder »zu seinem Glück wurde er gefasst und verurteilt«. Und von einem anderen erzählte sie, dass er nach etlichen Jahren in der Gerichtspsychiatrie nun entlassen worden war, dass er Medikamente bekam, ein geordnetes Leben mit einer Halbtagsstelle bei einem Malerbetrieb führte und einen Hund hatte.

»Ich kann nicht genug betonen«, hatte sie gesagt, »dass die Polizei entscheiden muss, von welcher Theorie aus gearbeitet wird. Falls euer Mörder ein Nachahmer ist, dann kann ich ein wahrscheinliches Bild von ihm liefern, aber das steht ja nicht fest.«

Sie hatte eine Power-Point-Präsentation geliefert und um Fragen gebeten.

»Er ist ein Mann. Zwischen fünfzehn und fünfzig. Tut mir leid.«

Das Letzte fügte sie hinzu, als sie die Runde lächeln sah.

»Wir würden ja lieber hören, sechsundzwanzig Jahre und drei Monate, arbeitet als Zeitungsbote, wohnt bei seiner Mutter und fährt einen roten Volvo«, hatte jemand gescherzt.

Sie hatte hinzugefügt: »Und hat Schuhgröße 42. Also, Nachahmer sind insofern etwas Besonderes, als sie oft gleich mit schweren Gewaltverbrechen anfangen. Er braucht also nicht einschlägig vorbestraft zu sein. Und es ist ja auch so, dass ihr Fingerabdrücke gesichert habt, die jedoch im Register nicht vorhanden sind.«

Nicken in der Runde.

»Er kann irgendwann einmal als Tatverdächtiger registriert oder wegen kleiner Verbrechen verurteilt worden sein, die für eine grenzenlose Person typisch sind. Vergehen wie Stalking, Telefonterror oder vielleicht Ladendiebstahl. Aber wenn es ein Nachahmer ist, dann hat er in seinem Kämmerchen gesessen und anderthalb Jahre lang über den Mord an Viktor Strandgård gelesen. Das ist eine stille Beschäftigung. Es war der Mord eines anderen. Bisher hat ihm das gereicht. Aber von nun an will er über sich selber lesen.«

»Aber die Morde lassen sich doch eigentlich nicht vergleichen«, hatte jemand eingewandt. »Viktor Strandgård wurde niedergeschlagen und durch Messerstiche getötet, dann wurden ihm die Augen ausgestochen und die Hände abgehackt.«

Sie hatte genickt.

»Das schon. Aber das kann sich damit erklären lassen, dass es sein erster Mord war. Mit Messern stechen, bohren und schneiden bedeutet mehr, wie soll ich sagen, bedeutet engeren Kontakt als ein länglicher Gegenstand, der hier offenbar verwendet worden ist. Es ist eine höhere Schwelle, die da überschritten werden muss. Beim nächsten Mal ist er vielleicht so weit, dass er ein Messer benutzen kann. Er kann vielleicht physische Nähe nicht ertragen.«

»Er hat sie doch in die Kirche getragen.«

»Aber da war er schon fertig mit ihr. Da war sie nichts mehr, nur noch ein Stück Fleisch. Na gut, er wohnt allein oder hat Zugang zu einem abgeschlossenen Raum, einem Hobbykeller vielleicht, den sonst niemand betritt, einer Werkstatt oder, ja, einem abschließbaren Schuppen. Dort bewahrt er seine Zeitungsausschnitte auf. Die liegen oft offen herum, vielleicht sind sie sogar an der Wand befestigt. Er ist isoliert, hat kaum soziale Kontakte. Es wäre denkbar, dass er sich andere Menschen ganz konkret vom Leib hält. Durch schlechte Hygiene zum Beispiel. Die Frage ist, ob ihr einen Verdächtigen habt und, wenn ja, ob er Freunde hat, aber vermutlich hat er keine. Es braucht kein Nachahmer zu sein. Es kann auch jemand sein, der durch Zufall in Wut geraten ist. Wenn wir das Pech haben, dass noch ein Mord geschieht, reden wir weiter.«

Sven-Erik wurde aus seinen Gedanken gerissen, als er an einem Autofahrer vorbeikam, der seinen Hund ausführte, indem er die

Leine aus dem geöffneten Wagenfenster hängen und den Hund nebenherlaufen ließ. Es war eine Jämthundmischung. Der Hund rannte mit hängender Zunge neben dem Auto her.

»Verdammter Tierquäler«, murmelte Sven-Erik und schaute in den Rückspiegel.

Vermutlich ein Elchjäger, der den Hund für die Jagd in Form bringen wollte. Sven-Erik spielte einen Moment mit dem Gedanken, zu wenden und mit dem Hundebesitzer zu sprechen. Solche Leute dürften eigentlich gar keine Tiere haben. Für den Rest des Jahres war der Hund vermutlich im Zwinger eingesperrt.

Aber er wendete nicht. Erst kürzlich hatte er mit einem Mann gesprochen, der das Besuchsverbot bei seiner Exfrau gebrochen und sich geweigert hatte, zum Verhör auf der Wache zu erscheinen.

Man hat den ganzen Tag Ärger, dachte Sven-Erik. Vom Aufstehen bis zum Schlafengehen. Wo soll man die Grenze ziehen? Und eines schönen Tages macht man an seinem freien Tag Leute zur Schnecke, weil sie Bonbonpapier auf die Straße geworfen haben.

Aber das Bild des rennenden Hundes und der Gedanke an dessen zerfetzte Laufkissen machten ihm auf der ganzen Fahrt in die Stadt zu schaffen.

Fünfundzwanzig Minuten später betrat Sven-Erik Stålnacke das Büro des Oberstaatsanwalts Alf Björnfot. Der sechzigjährige Staatsanwalt saß mit einem kleinen Kind auf dem Arm auf der Schreibtischkante. Der Kleine zog glücklich an der Schnur der Leuchtröhre, die über dem Schreibtisch hing.

»Sieh mal«, rief der Staatsanwalt, als Sven-Erik hereinkam. »Da kommt Onkel Sven-Erik. Das ist Gustav, Anna-Marias Kleiner.«

Letzteres sagte er zu Sven-Erik und kniff kurzsichtig die Augen zusammen. Gustav hatte ihm die Brille abgenommen und schlug damit gegen die Lampenschnur, die dadurch hin und her schwang.

In diesem Moment kam Polizeiinspektorin Anna-Maria Mella herein. Sie begrüßte Sven-Erik mit dem Heben der Augenbrauen und dem Anflug eines Lächelns in ihrem Pferdegesicht. Als hätten sie sich wie üblich bei der Frühbesprechung gesehen. In Wirklichkeit war es mehrere Monate her.

Er war überrascht davon, wie klein sie war. Das war ihm schon früher passiert, wenn sie sich eine Weile nicht gesehen hatten, nach einem Urlaub zum Beispiel. In seiner Vorstellung war sie immer viel größer. Ihr war anzusehen, dass sie dienstfrei hatte. Sie wies eine tiefe Sonnenbräune auf, die erst weit im dunklen Winter verschwinden würde. Die Sommersprossen waren nicht mehr zu sehen, denn sie hatten jetzt dieselbe Farbe wie das übrige Gesicht. Der dicke Zopf war fast weiß. Ganz oben am Haaransatz war eine Reihe zerkratzter Mückenstiche, kleine braune Flecken aus getrocknetem Blut.

Sie setzten sich. Der Oberstaatsanwalt hinter seinem überladenen Schreibtisch, Anna-Maria und Sven-Erik auf seinem Besuchersofa. Der Oberstaatsanwalt fasste sich kurz. Die Ermittlungen im Mordfall Mildred Nilsson waren ins Stocken geraten. Im Sommer hatten sie fast alle Ressourcen der Polizei in Anspruch nehmen können, jetzt mussten andere Prioritäten gesetzt werden.

»Das muss so sein«, sagte er bedauernd zu Sven-Erik, der stur aus dem Fenster sah. »Wir können andere Ermittlungen und Voruntersuchungen nicht länger vernachlässigen. Am Ende kriegen wir sonst den Ombudsmann an den Hals.«

Er legte eine Pause ein und sah zu, wie Gustav seinen Papierkorb leerte und den Inhalt ordentlich auf dem Boden ausbreitete. Eine leere Kautabakdose. Eine Bananenschale. Eine leere Packung Halspastillen. Einige zusammengeknüllte Papiere. Als der Papierkorb leer war, zog Gustav seine Schuhe aus und warf sie hinein. Der Staatsanwalt lachte und redete weiter.

Er hatte Anna-Maria überreden können, in Teilzeit zurückzukommen, ehe sie dann nach Weihnachten wieder vollen Dienst machen würde. Sven-Erik sollte so lange Gruppenchef bleiben, während Anna-Maria sich der Mordermittlung widmen würde, bis ihr Mutterschaftsurlaub offiziell zu Ende ging.

Er schob sich die Brille sorgfältig an die Nasenwurzel hoch und ließ seinen Blick über den Tisch schweifen. Am Ende fand er die Unterlagen über Mildred Nilsson und schob sie Anna-Maria und Sven-Erik hin.

Anna-Maria blätterte ein wenig in der Akte. Sven-Erik schaute ihr über die Schulter. Sein Herz wurde schwer. Fast erfüllte ihn Trauer, als er die vielen Seiten sah.

Der Staatsanwalt bat ihn um eine Zusammenfassung der bisherigen Ermittlungen.

Sven-Erik fuhr mit den Fingern durch seinen struppigen Schnurrbart, um sich einige Sekunden Bedenkzeit zu geben, dann erzählte er ohne größere Abschweifungen, dass die Pastorin Mildred Nilsson in der Nacht vor Mittsommer umgebracht worden war. Sie hatte in der Kirche von Jukkasjärvi einen späten Gottesdienst abgehalten, der um Viertel vor zwölf beendet worden war. Elf Personen hatten diesen Gottesdienst besucht. Sechs davon waren Touristen, die im Vildmarkshotel wohnten. Sie waren schon gegen vier Uhr morgen von der Polizei aus den Betten geholt und vernommen worden. Die fünf übrigen Besucherinnen des Gottesdienstes gehörten zu Magdalena, der Tantenbande der Pastorin.

»Tantenbande?«, fragte Anna-Maria.

»Ja, sie hatte eine Bibelgruppe, die nur aus Frauen bestand. Sie nannten sich Magdalena. So ein Netzwerk, wie es heute so üblich ist. Sie haben die Kirche besucht, in der Mildred Nilsson die Gottesdienste abhielt. Sie haben in verschiedener Hinsicht für böses Blut gesorgt. Dieser Ausdruck ist von ihren Gegnern und auch von ihnen selbst verwendet worden.«

Anna-Maria nickte und schaute wieder in die Unterlagen. Sie kniff die Augen zusammen, als sie das Obduktionsprotokoll und die Aussagen von Oberarzt Pohjanen fand.

»Sie wurde ja wirklich zuschanden geschlagen«, sagte sie. »Brüche im Schädelknochen... Risse im Schädelknochen... Verletzungen im Gehirn, unter den Schlagstellen... Blutungen zwischen Gehirnrinde und Gehirnhaut...«

Sie nahm bei den Männern Grimassen des Unbehagens wahr und überflog den weiteren Text schweigend.

Typische Gewalteinwirkung mit einem stumpfen Gegenstand also. Die meisten Verletzungen drei Zentimeter lang, mit Bindegewebsverbindungen zwischen den Rändern. Das Gewebe war zerstoßen worden. Aber hier war eine größere Wunde: »Linke Schläfe bandförmiger rotblauer Bluterguss und Schwellung… drei Zentimeter unter und zwei Zentimeter vor dem Gehörgang auf linker Seite hinter Grenze des Stempelschadens…«

Stempelschaden? Was stand darüber im Protokoll? Sie blätterte weiter.

»Stempelschaden und die lang gestreckte seitenabgrenzende Verletzung über der linken Schläfe deuten auf eine brecheisenartige Waffe hin.«

Sven-Erik setzte seinen Bericht fort.

»Nach dem Gottesdienst hat die Pastorin sich in der Sakristei umgezogen, die Kirche abgeschlossen und ist zum Flussufer unterhalb des Heimatmuseums gegangen, wo ihr Boot lag. Dort wurde sie angegriffen. Der Mörder hat die Pastorin zur Kirche zurückgetragen. Hat das Tor aufgeschlossen, sie zur Empore gebracht und ihr eine Eisenkette um den Hals gelegt, die Kette an der Orgel befestigt und die Pastorin unter der Empore aufgehängt.

Sie wurde nicht viel später von der Küsterin gefunden, die aus einem Impuls heraus mit dem Rad zur Kirche gefahren war, um Blumen für den Altar zu pflücken.«

Anna-Maria warf einen Blick auf ihren Sohn. Er hatte den Karton mit den für den Reißwolf bestimmten Unterlagen gefunden und zerriss ein Blatt nach dem anderen. Eine unbeschreibliche Wonne.

Anna-Maria las eilig weiter. Jede Menge Brüche von Oberkiefer und Jochbein. Eine Pupille zerstört. Linke Pupille sechs Millimeter, rechte vier Millimeter. Das lag an der Schwellung im Gehirn. »Oberlippe stark geschwollen. Rechter Teil blauviolett verfärbt, Einschnitt zeigt kräftige schwarzrote Blutung…« Herrgott! Sämtliche Zähne des Oberkiefers eingeschlagen. »In der Mundhöhle viel Blut und Blutgerinnsel. In der Mundhöhle zwei Strümpfe hart gegen den Schlund gepresst.«

»Hat fast nur auf den Kopf geschlagen«, sagte sie.

»Zwei Verletzungen in der Brust«, sagte Sven-Erik.

»Brecheisenartiger Gegenstand.«

»Vermutlich ein Brecheisen.«

»Langgestreckte Verletzung linke Schläfe. War das der erste Schlag, was meinst du?«

»Ja. Also kann man annehmen, dass er Rechtshänder ist.«

»Woher wissen wir, dass er sie getragen hat? Er kann sie doch auch in eine Schubkarre gelegt haben oder so.«

»Was heißt schon wissen, du kennst doch Pohjanen. Er hat beschrieben, wie das Blut aus ihr herausgeflossen ist. Zuerst nach unten in Richtung Rücken.«

»Dann hat sie auf dem Rücken auf dem Boden gelegen.«

»Ja. Die Techniker haben die Stelle dann auch gefunden. Nur ein kleines Stück vom Ufer entfernt, wo immer ihr Boot lag. Sie ist ab und zu mit dem Boot gefahren. Hat doch am anderen Ufer gewohnt. In Poikkijärvi. Dort am Ufer beim Boot lagen auch ihre Schuhe.«

»Und dann? Das Blut, meine ich.«

»Dann gibt es weniger reichliche Absonderungen von den Verletzungen im Gesicht und im Kopf zur Schädelspitze hin.«

»Na gut«, sagte Anna-Maria. »Der Mörder hat sie über seiner Schulter getragen, so dass ihr Kopf nach unten hing.«

»Das dürfte die Erklärung sein. Und das ist ja nicht gerade Hausfrauengymnastik.«

»Ich hätte sie tragen können«, sagte Anna-Maria. »Ich hätte sie auch an die Orgel hängen können. Sie war doch ziemlich klein.«

Vor allem, wenn ich außer mir vor Wut gewesen wäre, dachte sie.

Sven-Erik sagte: »Die letzten Blutungen laufen zu den Füßen hinunter.«

»Als sie aufgehängt worden ist?«
Sven-Erik nickte.
»Da war sie also noch nicht tot?«
»Nicht ganz. Das steht im Protokoll.«
Anna-Maria überflog die Seiten. Es gab eine kleine Blutung in der Haut unter den Verletzungen am Hals. Laut Gerichtsmediziner Pohjanen war sie demnach noch nicht ganz tot, als sie aufgehängt wurde. Vermutlich aber nicht mehr bei Bewusstsein.

»Das habe ich schon häufiger gesehen«, sagte der Staatsanwalt. »Das kommt oft vor, wenn du jemanden auf diese Weise totschlägst. Das Opfer zuckt und röchelt. Das ist ziemlich unangenehm. Und um dieses Röcheln zum Verstummen zu bringen...«

Er unterbrach sich. Dachte an die Misshandlung einer Ehefrau, die mit einem Mord geendet hatte. Den halben Schlafzimmervorhang im Rachen.

Anna-Maria sah sich die Fotos an. Das zerschlagene Gesicht. Den Mund, der ohne Vorderzähne schwarz klaffte.

Und die Hände, überlegte sie. Die Kleinfingerkante der Hände? Die Arme?

»Keine Abwehrverletzungen«, sagte sie.

Der Staatsanwalt und Sven-Erik schüttelten die Köpfe.

»Und keine ganzen Fingerabdrücke?«, fragte Anna-Maria.

»Nein. Wir haben ein Stück Abdruck auf der einen Seite.«

Jetzt war Gustav dazu übergegangen, an allen erreichbaren Blättern eines großen Gummibaums zu ziehen, der in einem Topf mit Lecakugeln auf dem Boden stand. Als Anna-Maria ihn von dort wegzog, heulte er wütend los.

»Nein, und ich meine auch nein«, sagte Anna-Maria, als er versuchte, sich aus ihrem Griff zu winden und zum Gummibaum zurückzukehren.

Der Staatsanwalt wollte etwas sagen, aber Gustav heulte wie eine Sirene. Anna-Maria versuchte, ihn mit ihren Autoschlüsseln und ihrem Handy zu bestechen, aber alles fiel knallend zu Boden. Er hatte mit der Entlaubung des Ficus begonnen und wollte sein

Werk vollenden. Anna-Maria klemmte ihn unter den Arm und erhob sich. Die Besprechung war eindeutig zu Ende.

»Ich werde eine Anzeige in der Rubrik ›Zu verschenken‹ aufgeben«, sagte sie verbissen. »Oder unter ›Tauschen‹: ›Tausche gesunden anderthalbjährigen Jungen gegen Rasenmäher, alle Angebote von Interesse.‹«

Sven-Erik brachte Anna-Maria zum Auto. Noch immer der ramponierte Ford Escort, wie er sah. Gustav vergaß seinen Kummer, als sie ihn auf den Boden stellte und er selbst laufen durfte. Zuerst sprang er in schwankendem Übermut auf eine Taube zu, die Reste aus einem Papierkorb pickte. Der Vogel hob müde ab, und Gustav richtete seine Aufmerksamkeit auf den Papierkorb. Etwas Rosafarbenes war über den Rand geflossen, es sah aus wie eingetrocknete Kotze vom Samstag. Anna-Maria schnappte sich Gustav in dem Moment, als er den Korb erreichte. Er fing an zu heulen, als sei damit sein Leben beendet. Sie drückte ihn in den Kindersitz und schloss die Tür. Aus dem Auto war sein gedämpftes Geschrei zu hören.

Sie drehte sich grinsend zu Sven-Erik um.

»Ich lasse ihn da drin sitzen und gehe zu Fuß nach Hause«, sagte sie.

»Ist doch klar, dass er protestiert, wenn du ihn so kurz vor der Ziellinie wegholst«, sagte Sven-Erik und nickte zu dem widerlichen Papierkorb hinüber.

Anna-Maria hob in gespieltem Schaudern die Schultern. Sie schwiegen einige Sekunden.

»Ja, ja«, sagte Sven-Erik grinsend. »Dann muss man sich also wieder mit dir herumschlagen.«

»Ja, du Armer.« Sie lächelte. »Jetzt ist Schluss mit lustig.«

Dann wurde sie ernst.

»In den Zeitungen wird sie als Emanze beschrieben, die Selbstverteidigungskurse organisiert hat und so. Trotzdem keine Abwehrverletzungen.«

»Ich weiß«, sagte Sven-Erik.

Er bewegte seinen Schnurrbart zu einer nachdenklichen Miene.

»Vielleicht hat sie nicht mit einem Schlag gerechnet«, sagte er. »Vielleicht kannte sie ihn.«

Anna-Maria nickte langsam. Hinter ihr sah Sven-Erik das Windkraftwerk von Peuruvaara. Eins ihrer Lieblingsthemen. Er fand die Windmühlen schön. Sie fand sie hässlich wie die Sünde.

»Vielleicht«, sagte sie.

»Vielleicht hatte er einen Hund«, sagte Sven-Erik. »Die Techniker haben an ihrer Kleidung zwei Hundehaare gefunden, aber sie hatte keinen.«

»Was für eine Sorte Hund?«

»Keine Ahnung. Nach dem Helenemord in Hörby haben sie versucht, die Technik zu verbessern. Man kann nicht feststellen, welche Rasse es ist, aber wenn man einen Verdächtigen mit einem Hund hat, dann kann man vergleichen und sehen, ob das Haar von diesem Hund stammt.«

Das Geschrei im Auto wurde lauter. Anna-Maria stieg ein und ließ den Motor an. Offenbar war in der Auspuffröhre ein Loch, denn es hörte sich an wie eine gequälte Motorsäge. Sie fuhr mit einem Ruck los und bretterte hinaus auf den Hjalmar Londbohmsväg.

»Du fährst wie eine gesengte Sau«, rief er durch die ölige Abgaswolke hinter ihr her.

Im Rückfenster sah er ihre Hand, die sich zu einem Winken hob.

Rebecka Martinsson saß in dem gemieteten Saab und war unterwegs nach Jukkasjärvi. Neben ihr saß Torsten Karlsson, hatte den Kopf zurückgelehnt und döste vor sich hin. Er entspannte sich vor dem Termin mit dem Probst. Ab und zu schaute er aus dem Autofenster.

»Sag Bescheid, wenn wir etwas Sehenswertes passieren«, bat er.

Rebecka grinste.

Alles, dachte sie. Alles hier muss man sich ansehen. Die Abendsonne zwischen den Tannen. Die Insekten, die über dem Mohn am Straßenrand schwirren. Die Frostlöcher im Asphalt. Das, was tot und platt auf der Straße liegt.

Das Gespräch mit den Geistlichen in Kiruna war erst für den nächsten Morgen angesetzt. Aber ein Probst hatte Torsten angerufen.

»Wenn Sie schon am Dienstagabend kommen, dann melden Sie sich«, hatte er gesagt. »Dann kann ich Ihnen zwei der schönsten Kirchen Schwedens zeigen. In Kiruna und Jukkasjärvi.«

»Dann fahren wir am Dienstag«, hatte Torsten entschieden. »Es ist verdammt wichtig, dass wir ihn schon vor dem Mittwoch auf unserer Seite haben. Zieh dir was Nettes an.«

»Zieh selber was Nettes an«, hatte Rebecka geantwortet.

Im Flugzeug saßen sie neben einer Frau, die sofort mit Torsten ins Gespräch gekommen war. Sie war groß, trug eine lockere Leinenjacke und um den Hals einen gewaltigen folkloristischen Anhänger. Als Torsten erzählte, dass er zum ersten Mal nach Kiruna reiste, hatte sie entzückt in die Hände geklatscht. Und dann hatte sie ihm erzählt, was er sich alles ansehen sollte.

»Ich habe meine eigene Fremdenführerin«, sagte Torsten und nickte zu Rebecka hinüber.

Die Frau lächelte Rebecka an.

»Ach, Sie waren schon einmal hier?«

»Ich bin hier geboren.«

Die Frau musterte sie kurz von Kopf bis Fuß. Und sah ein wenig misstrauisch aus.

Rebecka schaute aus dem Fenster und überließ Torsten die Fortsetzung des Gesprächs. Es ärgerte sie, dass sie offenbar aussah wie eine Fremde. Ordentlich vermummt mit einem grauen Kostüm und Schuhen von Bruno Magli.

Das ist meine Stadt, dachte sie trotzig.

In diesem Moment machte das Flugzeug eine Drehung. Und unter ihr lag die Stadt. Diese Häuserklumpen, die sich so hartnäckig am Erzberg festklammerten. Drumherum Berge und Moore, niedriger Wald und Gewässer. Sie hatte nach Luft geschnappt.

Auch auf dem Flugplatz war sie sich vorgekommen wie eine Fremde. Auf dem Weg zum Mietwagen kam ihnen eine Touristengruppe entgegen. Die Leute hatten nach Mückenöl und Schweiß gerochen. Bergwind und Septembersonne hatten ihre Haut gegerbt. Sie waren braun gebrannt und hatten weiße Krähenfüße um die Augen, die sie so oft zusammengekniffen hatten.

Rebecka wusste, wie diesen Leuten zumute war. Wunde Füße und müde Muskeln nach einer Woche im Gebirge, zufrieden und ein wenig träge. Sie trugen bunte Anoraks und praktische Khakihosen. Sie selbst Mantel und Schal.

Torsten richtete sich gerade auf und schaute neugierig zu einigen Fliegenfischern hinüber, als sie am Fluss entlangfuhren.

»Wir können nur hoffen, dass wir die Kiste an Land ziehen«, sagte er.

»Wirst du schon«, sagte Rebecka. »Die werden dich lieben.«

»Meinst du? Es ist doch übel, dass ich noch nie hier war. Ich war noch nie weiter nördlich als Gävle.«

»Aber, aber, jetzt bist du jedenfalls überglücklich darüber, hier zu sein. Du wolltest doch immer schon mal herkommen und die großartige Gebirgswelt erleben und die Gruben besichtigen. Bei deinem nächsten Besuch wirst du Urlaub nehmen und dich hier genauer umsehen.«

»Na gut.«

»Und nichts von ›wie, zum Teufel, können Sie die langen dunklen Winter überleben, wenn die Sonne sich nie blicken lässt‹.«

»Natürlich nicht.«

»Auch wenn sie selber darüber Witze machen.«

»Ja, ja.«

Rebecka hielt vor dem Glockenturm. Kein Probst. Sie wanderten über den Kiesweg zum Pfarrhaus. Rotes Holz, weiß abgesetzt. Hinter dem Haus der Fluss. Septemberniedriges Wasser. Torsten tanzte den Mückentanz. Niemand öffnete auf ihr Klingeln. Sie klingelten noch einmal und warteten. Am Ende drehten sie sich um und wollten gehen.

Durch das Tor im Zaun kam ein Mann auf sie zu. Er winkte und rief. Als er näher kam, sahen sie seinen Pastorenkragen.

»Hallo«, sagte er, als er sie erreicht hatte. »Sie sind sicher von Meijer & Ditzinger.«

Er hielt zuerst Torsten die Hand hin. Rebecka nahm die Sekretärinnenposition einen halben Schritt hinter Torsten ein.

»Stefan Wikström«, sagte der Geistliche.

Rebecka stellte sich vor, ohne ihren Beruf zu nennen. Sollte er doch denken, was er wollte. Sie musterte den Pastor. Er war Mitte vierzig. Jeans, Turnschuhe, dunkles Hemd mit weißem Pastorenkragen. Er kam also nicht gerade vom Gottesdienst. Aber trotzdem der Kragen.

So ein Rund-um-die-Uhr-Pastor, dachte Rebecka.

»Sie hatten einen Termin mit dem Probst Bertil Stensson«, sagte der Geistliche. »Leider ist er heute Abend verhindert, deshalb hat er mich gebeten, Sie zu empfangen und Ihnen die Kirche zu zeigen.«

Rebecka und Torsten murmelten eine Höflichkeitsfloskel und

folgten ihm zu der kleinen roten Holzkirche. Das Dach roch nach Teer. Rebecka hielt sich im Kielwasser der beiden Männer. Der Pastor wandte sich beim Sprechen ausschließlich an Torsten. Torsten passte sich diesem Spiel an und sagte auch nichts zu Rebecka.

Es ist natürlich möglich, dass der Probst wirklich verhindert war, dachte Rebecka. Aber es kann auch heißen, dass er unser Angebot ablehnen will.

In der Kirche war es dunkel. Die Luft stand still. Torsten kratzte sich an zwanzig neuen Mückenstichen.

Stefan Wikström erzählte über die Holzkirche aus dem 18. Jahrhundert. Rebecka ließ ihren Gedanken freien Lauf. Sie kannte die Geschichte des schönen Altarbildes und der unter dem Boden ruhenden Toten. Dann ging ihr auf, dass die Männer ihr Gesprächsthema gewechselt hatten, und nun hörte sie zu.

»Das muss doch für alle hier ein Schock gewesen sein.«
»Was denn?«, fragte Rebecka.
Der Pastor sah sie an.
»Ja, hier hat sie gehangen«, sagte er. »Meine Kollegin, die vor einigen Monaten ermordet worden ist.«
Rebecka starrte ihn fragend an.
»Vor einigen Monaten ermordet?«
Eine verwirrte Pause folgte.
»Ja, vor einigen Monaten«, sagte Stefan Wikström dann.
Torsten Karlsson starrte Rebecka an.
»Hör doch auf«, sagte er.
Rebecka sah ihn an und schüttelte fast unmerklich den Kopf.
»Hier in Kiruna ist vor einigen Monaten eine Pastorin ermordet worden. Hier in dieser Kirche. Hast du das nicht gewusst?«
»Nein.«
Er musterte sie beunruhigt.
»Du musst die Einzige in ganz Schweden sein, die ... ja, ich bin davon ausgegangen, dass du das weißt. Das stand doch in allen Zeitungen. Und alle Nachrichtensendungen ...«

Stefan Wikström folgte ihrem Gespräch wie einer Tischtennispartie.

»Ich habe diesen Sommer keine Zeitungen gelesen«, sagte Rebecka. »Und auch nicht ferngesehen.«

Torsten hob in einer Hilfe suchenden Geste die Hände.

»Ich dachte wirklich…«, setzte er an. »Aber natürlich, kein Idiot…«

Er unterbrach sich und schaute beschämt den Geistlichen an, dann erhielt er ein Lächeln zum Zeichen dafür, dass diese Sünde vergeben war, und fügte hinzu: »Sicher hat niemand mit dir darüber zu reden gewagt. Vielleicht möchtest du draußen warten? Oder hättest du gern ein Glas Wasser?«

Rebecka hätte fast gelacht. Dann überlegte sie sich die Sache anders, sie konnte sich nicht entscheiden, welche Miene sie aufsetzen sollte.

»Schon gut. Aber ich warte gerne draußen.«

Sie verließ die Männer in der Kirche und ging hinaus. Blieb auf der Kirchtreppe stehen.

Natürlich müsste ich etwas empfinden, dachte sie. Und vielleicht in Ohnmacht fallen.

Die Nachmittagssonne wärmte die Wand des Glockenturms. Sie hätte sich gern daran angelehnt, ließ es aber ihrer Kleidung zuliebe sein. Der Geruch des warmen Asphalts mischte sich mit dem des frisch geteerten Daches.

Sie überlegte, ob Torsten jetzt wohl Stefan Wikström erzählte, dass sie Viktor Strandgårds Mörder erschossen hatte. Vielleicht servierte er irgendeine Lüge. Sicher tat er das, was er in geschäftlicher Hinsicht für das Beste hielt. Im Moment lag sie ja in der Pralinenschachtel für die gepflegte Konversation. Zwischen saftigen Anekdoten und würzigem Klatsch. Wenn Stefan Wikström Jurist gewesen wäre, hätte Torsten ihm die Wahrheit erzählt. Hätte die Pralinenschachtel geöffnet und eine Rebecka Martinsson angeboten. Aber Geistliche waren vielleicht keine so klatschsüchtige Rasse wie Juristen.

Nach zehn Minuten kamen die beiden zu ihr heraus. Der Pastor schüttelte ihnen beiden die Hand. Er wollte ihre Hände gar nicht loslassen, kam es ihr vor.

»Es ist ja schade, dass Bertil wegmusste. Es gab einen Autounfall, und da kann man nicht nein sagen. Aber warten Sie doch, dann versuche ich, ihn anzurufen.«

Während Stefan Wikström versuchte, den Probst zu erreichen, wechselten Rebecka und Torsten einen Blick. Der Probst war also wirklich verhindert. Rebecka hätte gern gewusst, warum Stefan Wikström es so wichtig fand, dass sie ihn schon vor der für den nächsten Tag angesetzten Besprechung trafen.

Er will etwas, dachte sie. Aber was?

Stefan Wikström steckte mit einem Lächeln des Bedauerns das Handy in die Tasche.

»Leider«, sagte er, »nur der Anrufbeantworter. Aber wir sehen uns ja morgen.«

Kurzer, gelassener Abschied, da sie sich ja nach der Nachtruhe wieder treffen würden. Torsten bat Rebecka um einen Kugelschreiber und notierte einen Buchtitel, den der Pastor ihm empfohlen hatte. Zeigte aufrichtiges Interesse.

Rebecka und Torsten fuhren zurück in Richtung Stadt. Rebecka erzählte von Jukkasjärvi. Über die Stadt vor der Tourismusexplosion. Wie sie am Fluss geschlummert hatte. Wie die Bevölkerung lautlos aus dem Ort herausströmte, wie Sand aus einem Stundenglas. Und Konsum war nichts anderes als ein Lebensmittelantiquariat. Ab und zu ein verirrter Tourist im Heimatmuseum mit verbranntem Kaffee und einem Staubsauger, der einen weißen Altersbelag aufwies. Die Häuser, die nicht zu verkaufen waren. Stumm und hohläugig hatten sie dagestanden, mit undichten Dächern und Mäusen in den Wänden. Die von Unkraut überwucherten Wiesen.

Und jetzt: Touristen aus aller Welt kamen her, um im Eishotel auf Rentierfellen zu schlafen, um bei dreißig Grad unter null

Schneemobil und Hundeschlitten zu fahren und in der Eiskirche getraut zu werden. Und wenn kein Winter war, ging man aufs Saunafloß oder betrieb Wildwasserrafting.

»Halt«, rief Torsten plötzlich. »Da können wir essen!«

Er zeigte auf ein Schild am Straßenrand. Es bestand aus zwei handbeschriebenen übereinander angebrachten Brettern. Sie waren zu Pfeilen zurechtgesägt und zeigten nach links. Grüne Buchstaben auf weißem Grund verkündeten: ZIMMER und KÜCHE BIS 23 UHR.

»Können wir nicht«, sagte Rebecka. »Das ist die Straße nach Poikkijärvi. Da gibt es nichts.«

»Also echt, Martinsson«, sagte Torsten und schaute erwartungsvoll die Straße entlang. »Wo bleibt deine Abenteuerlust?«

Rebecka seufzte wie eine gestresste Mutter und bog auf die Straße nach Poikkijärvi ab.

»Hier gibt es nichts«, sagte sie. »Einen Friedhof, eine Kapelle und ein paar Häuser. Ich sag dir, dass der, der vor hundert Jahren das Schild aufgestellt hat, eine Woche später in Konkurs gegangen ist.«

»Wenn wir das sicher wissen, wenden wir und fahren zum Essen in die Stadt«, sagte Torsten sorglos.

Die Asphaltstraße ging in einen Kiesweg über. Auf der linken Seite floss der Fluss, und sie konnten Jukkasjärvi auf dem anderen Ufer sehen. Der Kies knirschte unter den Autoreifen. Auf beiden Straßenseiten standen Holzhäuser, die meisten waren rot angestrichen. Einige Gärten wurden von verblühten Blumen in Autoreifen und winzigen Windmühlen geschmückt, andere von Wippen und Sandkästen. Hunde rannten in ihren Zwingern, so weit sie nur konnten, und bellten heiser hinter dem vorüberfahrenden Auto her. Rebecka konnte die Blicke aus den Häusern spüren. Ein Auto, das man nicht kannte. Wer mochte das sein? Torsten schaute sich um wie ein glückliches Kind, er kommentierte die hässlichen Anbauten und winkte einem älteren Mann zu, der das Laubharken aufgab und hinter ihnen herstarrte. Sie kamen an kleinen Jungen auf Fahrrädern und einem großen auf einem Moped vorbei.

»Da«, Torsten streckte die Hand aus.

Das Restaurant lag auf der anderen Seite des Ortes. Es war eine umgebaute Autowerkstatt. Das Haus sah aus wie ein viereckiger Pappkarton, der schmutzig weiße Verputz blätterte an mehreren Stellen ab. Zwei große Garagentore auf der Längsseite schauten auf die Straße. In den Toren gab es längliche Fenster, um Licht hereinzulassen. Auf der einen Querseite gab es eine normal große Tür und ein vergittertes Fenster. Auf beiden Seiten der Tür standen Plastiktöpfe mit brandgelben Tagetes. Die Tore, die Tür und die Fensterrahmen waren mit abblätternder brauner Plastikfarbe angestrichen. Auf der anderen Querseite, der Rückseite des Lokals, standen einige bleichrote Schneepflüge im hohen trockenen Herbstgras.

Drei Hühner flatterten auf und verschwanden um die Ecke, als Rebecka auf den mit Kies bestreuten Hofplatz fuhr. Ein verstaubtes Neonschild mit dem Text LAST STOP DINER lehnte an der dem Fluss zugekehrten Längsseite. Ein zusammenklappbares Holzschild neben der Tür verkündete BAR GEÖFFNET. Auf dem Hof standen noch drei weitere Autos.

Auf der anderen Straßenseite standen fünf Campinghütten. Rebecka nahm an, dass sie vermietet wurden.

Sie stellte den Motor ab. In diesem Moment fuhr das Moped, das sie vorhin überholt hatten, auf den Hof und hielt vor der Wand. Ein sehr großer Junge saß auf dem Sitz. Er blieb eine Weile sitzen und schien sich nicht entscheiden zu können, ob er absteigen sollte. Er schielte unter seinem Helm zu Rebecka und Torsten in dem fremden Auto hinüber und wiegte sich auf dem Sitz einige Male hin und her. Sein kräftiger Kiefer bewegte sich ebenfalls. Am Ende stieg er vom Moped und ging zur Tür. Er ging leicht vornübergebeugt. Schaute zu Boden und hatte die Arme in einem Winkel von neunzig Grad gekrümmt.

»Jetzt kommt der Küchenchef zur Schicht«, scherzte Torsten.

Rebecka ließ ein »hm« hören, wie juristische Referendare das machen, wenn sie nicht über plumpe Witze lachen und trotzdem den Sozius oder Mandanten nicht vor den Kopf stoßen wollen.

Jetzt stand der große Junge vor der Tür.

Er hat durchaus Ähnlichkeit mit einem riesigen Bären in einer grünen Jacke, dachte Rebecka.

Er drehte sich um und ging zu seinem Moped zurück. Er knöpfte seine grüne Sportjacke auf, legte sie vorsichtig auf den Gepäckträger und faltete sie zusammen. Dann nahm er den Helm ab und legte ihn, behutsam, als sei er aus dünnem Glas, auf die zusammengefaltete Jacke. Er trat sogar noch einen Schritt zurück, sah sich die Sache an, trat wieder vor und verschob den Helm um einen Millimeter. Den Kopf noch immer gesenkt und ein wenig schräg gehalten. Er schielte zu Rebecka und Torsten hinüber und rieb sich sein breites Kinn. Rebecka hielt ihn für ungefähr zwanzig. Aber im Kopf war er ein kleiner Junge, das war klar.

»Was macht er?«, flüsterte Torsten.

Rebecka schüttelte den Kopf.

»Ich geh rein und frage, ob die Küche schon geöffnet ist«, sagte sie.

Sie stieg aus dem Auto. Durch das offene Fenster mit dem grünen Mückennetz kamen die Geräusche einer Sportsendung im Fernsehen, leise Gespräche und das Klirren von Porzellan. Vom Fluss her war ein Außenbordmotor zu hören. Es roch nach Essen. Es war kühler geworden. Die nachmittägliche Kühle streifte wie eine Hand über Moos und Blaubeergestrüpp.

Das ist wie zu Hause, dachte Rebecka und schaute in den Wald auf der anderen Straßenseite. Ein Säulensaal aus schmalen Tannen auf dem mageren Sandboden. Die Sonnenstrahlen kamen zwischen den kupferroten Stämmen über dem Unterholz und den bemoosten Steinen sehr weit.

Plötzlich konnte sie sich selbst sehen. Ein kleines Mädchen in gestricktem Kunstfaserpullover, der die Haare elektrisierte, wenn sie ihn über den Kopf zog. Cordhose, die unten mit einer Borte verlängert worden war. Sie kommt aus dem Wald heraus. In der

Hand hält sie ein Emaille-Eimerchen voller Blaubeeren, die sie gerade gepflückt hat. Sie ist auf dem Weg zum Sommerstall. Darin sitzt die Großmutter. Auf dem Zementboden brennt ein wenig Mückenrauch. Gerade genug, denn wenn man zu viel Gras nimmt, müssen die Kühe husten. Die Großmutter melkt Mansikka, klemmt den Kuhschwanz zwischen ihre Stirn und Mansikkas Seite. Die Milch spritzt in den Eimer. Die Ketten rasseln, wenn die Kühe sich nach mehr Heu recken.

»Ja, ja, Pikku-piika«, sagt die Großmutter, während ihre Hände rhythmisch an den Kuhzitzen ziehen. »Wo hast du denn den ganzen Tag gesteckt?«

»Im Wald«, antwortet die kleine Rebecka.

Sie stopft der Großmutter einige Blaubeeren in den Mund. Erst jetzt merkt sie, wie hungrig sie ist.

Torsten klopfte an die Fensterscheibe.

Ich will hier bleiben, dachte Rebecka und war überrascht von ihrer Heftigkeit.

Die Grasbüschel im Wald sahen aus wie Kissen. Bezogen mit blanken dunkelgrünen Himbeersträuchern und zartgrünen Blaubeersträuchern, die sich ganz vorsichtig ein wenig rot färbten.

Komm und leg dich hin, flüsterte der Wald. Leg deinen Kopf hin, und sieh zu, wie der Wind die Baumwipfel hin und her wiegt.

Wieder wurde an die Fensterscheibe geklopft. Sie nickte dem überdimensional großen Jungen zu. Er stand noch immer auf der Treppe, als sie ins Haus ging.

Die beiden Garagen der ehemaligen Werkstatt waren zu Restaurant und Bar umgebaut worden. Im Lokal standen sechs Tische aus dunkel gebeiztem lackiertem Kiefernholz an den Wänden. Sie boten jeweils sieben Personen Platz, wenn einer vor Kopf saß. Kunststoffböden aus korallenrotem Marmorimitat passten zu den rosa gestrichenen und sogar über den Schwingtüren zur Küche mit Schablone bemalten Textiltapeten. Um die außen liegenden, rosa angemalten Wasserrohre hatte jemand in dem Versuch, die Stimmung zu heben, künstliche grüne Lianen gewickelt. Hinter der dunkel gehaltenen Bar links im Raum stand ein Mann mit einer blauen Schürze und trocknete Gläser ab, um sie dann ins Regal zu stellen, wo sie mit dem Angebot an Getränken um den Platz streiten mussten. Er grüßte, als Rebecka hereinkam. Er hatte einen dunkelblauen kurzen Bart und einen Ring im rechten Ohr. Die Ärmel seines schwarzen T-Shirts wurden von kräftigen Muskeln hochgeschoben. An einem Tisch saßen drei Männer mit einem Spankorb voll Brot und warteten auf ihr Essen. Das Besteck war in weinrote Papierservietten gewickelt. Ihre Blicke folgten dem Fußball im Fernsehen. Die Fäuste lagen im Brotkorb. Arbeitsmützen auf einem freien Stuhl gehäuft. Sie trugen weiche, verwaschene Flanellhemden über T-Shirts mit Reklameaufdruck und verschlissenem Halsbund. Einer hatte einen Blaumann mit einem Firmenlogo an. Die beiden anderen hatten ihre blauen Overalls aufgeknöpft und die Oberteile abgestreift, die jetzt hinter ihnen auf den Boden hingen.

Eine allein sitzende Frau mittleren Alters tunkte ihr Brot in einen Suppenteller. Sie lächelte Rebecka kurz zu und steckte sich dann rasch das Stück Brot in den Mund, ehe es auseinander fiel. Zu ihren Füßen schlief ein schwarzer Labrador mit weißen Altersstreifen um die Nase. Über dem Stuhl neben ihr hing ein unbeschreiblich abgenutzter barbierosa Mantel. Ihre Haare waren sehr kurz geschnitten, eine Frisur, die man freundlich formuliert »praktisch« nennen konnte.

»Kann ich dir irgendwie behilflich sein?«, fragte Ohrring hinter dem Tresen.

Rebecka drehte sich zu ihm und konnte nur ja sagen, dann wurde die Schwingtür aufgestoßen, und eine Frau von Mitte zwanzig kam mit drei Tellern herausgeschossen. Ihre langen Haare waren mit blonden und unnatürlich roten und schwarzen Strähnen garniert. Ihre Augenbraue war gepierct, und zwei glitzernde Steine saßen in ihrem Nasenflügel.

Was für eine schöne Frau, dachte Rebecka.

»Ja?«, fragte die Frau und blickte Rebecka auffordernd an.

Sie wartete die Antwort nicht ab, sondern stellte die Teller auf den Tisch der wartenden Männer. Rebecka hatte fragen wollen, ob Essen serviert werde, aber das sah sie ja jetzt.

»Auf dem Schild steht ›Zimmer‹«, hörte sie sich stattdessen fragen. »Was kosten die?«

Ohrring schaute überrascht auf.

»Mimmi«, sagte er. »Sie fragt nach Zimmern.«

Die Frau mit den gestreiften Haaren drehte sich zu Rebecka um, wischte sich die Hände an der Schürze ab und strich sich eine schweißnasse Haarsträhne aus dem Gesicht.

»Wir haben Hütten«, sagte sie. »Campinghütten aus Holz. Die kosten 270 Kronen pro Nacht.«

Was mache ich eigentlich hier, fragte Rebecka sich.

Und gleich darauf dachte sie: Ich will hier bleiben. Allein.

»Na gut«, sagte sie leise. »Ich komme gleich mit einem Mann zurück, und dann essen wir. Wenn er auch nach Zimmern fragt, dann sagst du, dass du nur Platz für mich hast.«

Mimmi runzelte die Stirn.

»Warum sollte ich?«, fragte sie. »Das wäre doch ein sauschlechtes Geschäft für mich.«

»Durchaus nicht. Wenn du sagst, dass du auch für ihn Platz hast, dann überlege ich mir die Sache anders, und wir wohnen im Winterpalast in der Stadt. Also: ein Übernachtungsgast oder keiner.«

»Hast du sonst keine Ruhe vor dem Kerl oder was?«, fragte Ohrring grinsend.

Rebecka zuckte mit den Schultern. Sollten sie doch denken, was sie wollten. Und was hätte sie sagen sollen?

Mimmi zuckte ebenfalls mit den Schultern.

»Na gut«, sagte sie. »Aber ihr esst beide hier? Oder sollen wir sagen, dass das Essen nur für dich reicht?«

Torsten las die Speisekarte. Rebecka saß ihm gegenüber und sah ihn an. Seine runden Wangen hatten sich vor Glück rosa gefärbt. Die

Lesebrille saß gerade so niedrig, wie es nur ging, ohne die Nasenlöcher zuzudrücken. Seine Haare waren zerzaust. Mimmi beugte sich über seine Schulter und zeigte auf die Speisekarte, während sie gleichzeitig laut vorlas. Wie eine Lehrerin einem Schulkind.

Er findet das hier wunderbar, dachte Rebecka.

Die Männer mit ihren groben Armen und den Messern am Gürtel. Die verlegen eine Antwort brummten, als Torsten in seinem grauen Anzug hereinkam und sie fröhlich grüßte. Die fesche Mimmi mit ihren großen Brüsten und der lauten Stimme. So ganz anders als die entgegenkommenden Mädels der Stockholmer Bars! Schon jetzt nahmen in seinem Kopf kleine Berichte Form an.

»Du kannst entweder das Tagesgericht nehmen«, sagte Mimmi und zeigte auf eine schwarze Schiefertafel an der Wand, auf der stand: Mariniertes Elchfleisch mit Pilz- und Gemüserisotto. »Oder es gibt etwas aus der Tiefkühltruhe. Und da hast du dazu die Wahl zwischen Kartoffeln, Reis oder Nudeln.«

Sie zeigte auf die Speisekarte, wo allerlei Gerichte unter der Überschrift »Aus der Tiefkühltruhe« aufgeführt waren: Lasagne, Frikadellen, Blutklöße, Kartoffelklöße mit Speck, Rentiergeschnetzeltes, geräuchertes Rentierfleisch und Klopse.«

»Man sollte vielleicht die Blutklöße probieren«, sagte Torsten hingerissen zu Rebecka.

Die Tür wurde geöffnet, und der hoch gewachsene Junge kam herein. Er blieb neben der Tür stehen. Sein riesiger Körper steckte in einem gestreiften, gut gebügelten und bis zum Hals zugeknöpften Baumwollhemd. Er wagte es nicht, die anderen Gäste wirklich anzusehen. Er hatte den Kopf schräg gelegt, so dass sein breites Kinn auf das längliche Fenster zeigte. Wie auf einen Fluchtweg.

»Aber Teddy!«, rief Mimmi und überließ Torsten seinen Essensüberlegungen. »Du bist aber fein!«

Der große Junge lächelte verschämt und schaute sie ganz schnell an.

»Komm rein, und lass dich ansehen«, rief die Frau mit dem Hund und schob ihren Suppenteller zurück.

Jetzt sah Rebecka, wie ähnlich Mimmi und die Frau mit dem Hund einander sahen. Bestimmt waren sie Mutter und Tochter.

Der Hund zu Füßen der Frau hob den Kopf und schlug zweimal träge mit dem Schwanz. Dann ließ er den Kopf sinken und schlief wieder ein.

Der Junge ging auf die Frau mit dem Hund zu. Sie klatschte in die Hände.

»Was bist du elegant!«, sagte sie. »Herzlichen Glückwunsch zum Geburtstag, Was für ein feines Hemd!«

Teddy lächelte geschmeichelt und hob das Kinn zur Decke, in einer seltsamen Pose, die Rebecka an Rudolf Valentino erinnerte.

»Neu«, sagte er.

»Ja, natürlich sehen wir, dass das neu ist«, sagte Mimmi.

»Willst du tanzen gehen, Teddy?«, rief einer der Männer.

»Mimmi, nimm fünf Portionen aus der Tiefkühltruhe. Egal, was.«

Teddy zeigte auf seine Hose.

»Auch«, sagte er.

Er hob die Arme und hielt sie gerade von seinem Körper weg, damit alle die Hose richtig sehen konnten. Es waren graue Chinos, die er mit einem Militärgürtel festhielt.

»Die ist auch neu? Großartig«, versicherten die beiden bewundernden Frauen.

»Hier«, sagte Mimmi und zog den Stuhl gegenüber der Frau mit dem Hund hervor. »Dein Papa ist noch nicht da, aber du kannst dich zum Warten doch zu Lisa setzen.«

»Kuchen«, sagte Teddy und setzte sich.

»Natürlich kriegst du Kuchen. Meinst du, ich hätte das vergessen? Nach dem Essen!«

Mimmis Hand hob sich und strich ihm rasch über die Haare. Dann verschwand sie in der Küche.

Rebecka beugte sich über den Tisch zu Torsten vor.

»Ich möchte hier übernachten«, sagte sie. »Du weißt doch, ich bin ein paar Dutzend Kilometer flussaufwärts aufgewachsen, und da ist mir ein wenig nostalgisch. Aber ich fahr dich in die Stadt und hol dich morgen wieder ab.«

»Kein Problem«, sagte Torsten, und seine Abenteuerphantasie erreichte die volle Blüte. »Ich kann auch hier bleiben.«

»Aber das sind hier nicht gerade Himmelbetten, nehme ich an«, versuchte Rebecka ihn zu entmutigen.

Mimmi erschien, sie hatte fünf Aluminiumbehälter unter dem Arm geklemmt.

»Wir würden hier gern übernachten«, sagte Torsten. »Habt ihr freie Zimmer?«

»Tut mir leid«, antwortete Mimmi. »Nur noch eine Hütte. Mit einem Bett von neunzig Zentimetern.«

»Ist schon gut«, sagte Rebecka zu Torsten. »Ich fahr dich.«

Er lächelte sie an. Unter dem Lächeln des hoch bezahlten erfolgreichen Sozius saß ein dicker Junge, der nicht mitspielen durfte und vorzutäuschen versuchte, dass ihm das nichts ausmachte. Das versetzte ihr einen Stich.

Als Rebecka aus der Stadt zurückkam, war es fast ganz dunkel. Der Wald zeichnete sich als Silhouette vor dem schwarzblauen Himmel ab. Sie hielt vor der Bar und schloss den Wagen ab. Vor dem Lokal standen jetzt noch weitere Autos. Von drinnen waren Männerstimmen zu hören, das Geräusch, wenn sie energisch ihre Gabeln durch das Fleisch drückten und darunter auf Porzellan stießen, der Fernseher als Grundton unter allem, vertraute Reklamejingles. Teddys Moped stand noch immer vor dem Haus. Sie hoffte, dass er einen schönen Geburtstag gehabt hatte.

Die Hütte, in der sie schlafen sollte, stand auf der anderen Straßenseite am Waldrand. Eine kleine Lampe über der Tür beleuchtete die Zahl 5.

Ich habe meinen Frieden, dachte sie.

Sie ging zur Tür der Hütte, machte aber plötzlich kehrt und lief einige Meter in den Wald hinein. Die Tannen standen still da und schauten zu den Sternen hoch, die gerade angezündet wurden. Ihre langen blaugrünen Samtumhänge bewegten sich vorsichtig auf dem Moos.

Rebecka legte sich auf den Boden. Die Tannen senkten ihre Köpfe und flüsterten ihr beruhigend zu. Die letzten Mücken des Sommers sangen ein sirrendes Lied und stachen Rebecka, wo sie nur konnten. Und das gönnte sie ihnen.

Sie merkte nicht, dass Mimmi aus dem Haus kam und Abfall wegwarf.

Mimmi ging zu Micke in die Küche.

»Okay«, sagte sie. »Und jetzt der echte Irrenalarm.«

Sie erzählte, dass ihr Übernachtungsgast sich hingelegt hatte, aber nicht ins Bett in der Hütte, sondern draußen auf den Boden.

»Man fragt sich doch«, sagte Micke.

Mimmi verdrehte die Augen.

»Bald wird ihr wohl einfallen, dass sie von Schamanen oder Hexen abstammt, und dann zieht sie in den Wald, kocht über offenem Feuer Kräutertränke und tanzt um einen Stein mit Zauberzeichen.«

GELBBEIN

OSTERN. Die Wölfin ist drei Jahre alt, als sie zum ersten Mal von einem Menschen gesehen wird. Das geschieht im nördlichen Karelien am Fluss Wodla. Sie selbst hat schon oft Menschen gesehen. Sie erkennt sie an ihrem stechenden Geruch. Und sie weiß, was diese Männer hier machen. Sie angeln. Als geschmeidige Einjährige hat sie sich oft in der Dämmerung zum Fluss geschlichen und das gefressen, was die Zweibeiner hinterlassen hatten, Fischreste, Innereien, Plötzen.

Wolodja legt zusammen mit seinem Bruder Eisnetze aus. Der Bruder hat vier Löcher gehackt, und sie wollen drei Netze legen. Wolodja kniet neben dem zweiten Loch, um die Schnur zu fassen, die sein Bruder ihm unter dem Eis durchschiebt. Seine Hände sind nass und schmerzen vor Kälte. Und er hat kein Vertrauen zu dem Eis. Die ganze Zeit sorgt er dafür, dass er die Skier zur Hand hat. Wenn das Eis nachgibt, kann er sich bäuchlings auf die Skier legen und sich zum Land ziehen. Alexander will die Netze gerade hier auslegen, weil es eine gute Stelle ist. Die Strömung ist stark, und Alexander hat den Eispickel dort gesetzt, wo der seichte Boden zur tiefen Flussmitte hin abfällt.

Aber es ist eine gefährliche Stelle. Wenn das Wasser steigt, frisst der Fluss von unten her das Eis auf. Das weiß Wolodja. Das Eis kann an einem Tag drei Handbreit dick sein, am nächsten zwei Finger.

Er hat keine Wahl. Er besucht über Ostern die Familie seines Bruders. Alexander wohnt mit Frau und zwei Töchtern im Erdgeschoss. Alexanders und Wolodjas Mutter lebt oben. Alexander hat die Verantwortung für die Frauen. Wolodja führt ein Wanderleben für die Ölgesellschaft Transneft. Im vergangenen Winter war er in Sibirien. Im Herbst an der Viborg'schen Bucht. Die vergangenen Monate hat er an der karelischen Landzunge verbracht. Als der Bruder vorschlug, Netze legen zu gehen, konnte er nicht nein sagen. Denn dann wäre Alexander allein losgezogen. Und am nächsten Abend würde dann Wolodja am Tisch sitzen und Felchen essen, zu deren Fang er nichts beigetragen hätte.

So ist es um Alexanders Zorn bestellt, er zwingt ihn und seinen jüngeren Bruder hinaus auf das gefährliche Eis. Jetzt, wo sie hier sind, scheint der Druck auf Alexanders Herz nachzulassen. Er lächelt fast, als er da mit den blau gefrorenen Händen im Wasser steht. Vielleicht würde dieser verbissene Zorn sich legen, wenn er einen Sohn hätte, denkt Wolodja.

Und genau in diesem Moment, bei dem flüchtigen Stoßgebet zur Madonna, dass das Kind im Bauch der Schwägerin ein Junge sein möge, entdeckt er die Wölfin. Sie steht auf dem anderen Ufer am Waldrand und beobachtet die Männer. Nicht weit weg also. Mit schrägen Augen und langen Beinen steht sie da. Ihr Fell ist wollig und winterdick. Lange grobe Silberfäden ragen aus der Wolle hervor. Ihre Blicke scheinen sich zu begegnen. Der Bruder sieht nichts. Er hat ihr den Rücken gekehrt. Ihre Beine sind wirklich sehr lang. Und gelb. Sie sieht aus wie eine Königin. Und Wolodja kniet auf dem Eis vor ihr, wie der Stadtjunge, der er nun einmal ist, mit nassen Handschuhen, die Pelzmütze mit den Ohrenklappen schief auf seinen schweißnassen Haaren.

Zjoltye nogi, sagt er. Gelbe Beine.

Aber nur in Gedanken. Seine Lippen bewegen sich nicht.

Er sagt seinem Bruder nichts. Vielleicht würde Alexander zum Gewehr greifen, das am Rucksack lehnt, und einen Schuss abgeben.

Dann muss er sie aus den Augen lassen und die Netzschnur packen. Und als er wieder aufblickt, ist sie verschwunden.

Als Gelbbein dreihundert Meter in den Wald gelaufen ist, hat sie die beiden Männer auf dem Eis schon vergessen. Sie wird nie wieder an sie denken. Nach zwei Kilometern bleibt sie stehen und heult. Die anderen Wölfe aus der Meute antworten, sie sind ein knappes Dutzend Kilometer von ihr entfernt, und sie läuft los. So ist sie. Geht oft ihre eigenen Wege.

Wolodja wird sich für den Rest seines Lebens an sie erinnern. Wann immer er die Stelle aufsucht, wo er sie gesehen hat, schaut er zum Waldrand hinüber. Drei Jahre später lernt er die Frau kennen, die er heiraten wird.

Als sie zum ersten Mal in seinen Armen liegt, erzählt er ihr von der Wölfin mit den gelben Beinen.

Mittwoch, 6. September

Die Besprechung über eine mögliche Beteiligung an einer juristischen und finanziellen Dachorganisation wurde zu Hause bei Probst Bertil Stensson abgehalten. Anwesend waren Torsten Karlsson, Sozius bei der Kanzlei Meijer & Ditzinger, Stockholm, Rebecka Martinsson, Anwältin derselben Kanzlei, die Pröbste aus Jukkasjärvi, Vittangi und Karesuando, die Gemeindevorstände sowie Pastor Stefan Wikström. Rebecka Martinsson war die einzige Frau. Die Besprechung hatte um acht Uhr begonnen. Jetzt war es Viertel vor neun. Um zehn Uhr sollte es zum Abschluss Kaffee geben.

Das Esszimmer des Probstes diente als improvisiertes Besprechungszimmer. Die Septembersonne leuchtete durch die mundgeblasenen, unebenen Scheiben der großen Sprossenfenster. Bücherregale reichten bis an die Decke. Nirgendwo gab es Blumen oder Ziergegenstände. Stattdessen lagen die Fensterbänke voller Steine, manche waren rund und glatt, andere rau und schwarz, mit funkelnden roten Granataugen. Auf den Steinen lagen seltsam verbogene Zweige. Auf Rasen und Kies draußen waren Haufen aus gelbem, raschelndem Laub und vom Strauch gefallene Vogelbeeren zu sehen.

Rebecka saß neben Probst Bertil Stensson. Sie schaute verstohlen zu ihm hinüber. Er war ein jugendlich wirkender Sechzigjähriger. Ein lieber Onkel mit hellsilbernem Lausbubenschopf. Sonnengebräunt, warmes Lächeln.

Berufslächeln, dachte sie. Es war fast komisch gewesen zuzusehen, wie er und Torsten einander anlächelten. Man hätte die beiden für Brüder oder alte Jugendfreunde halten können. Der

Probst schüttelte Torstens Hand und packte zugleich mit der Linken Torstens Oberarm. Torsten hatte entzückt gewirkt. Hatte gelacht und war sich mit der Hand durch die Haare gefahren.

Sie hätte gern gewusst, ob der Probst Steine und Zweige ins Haus geholt hatte. Ansonsten beschäftigten sich doch eher Frauen mit solchen Dingen. Machten Spaziergänge und sammelten glatte Steine, bis ihre Jacken über den Boden schleiften.

Torsten hatte seine zwei Stunden gut genutzt. Er hatte rasch sein Jackett abgelegt und war sehr persönlich in seiner Anrede geworden. Unterhaltsam, ohne unseriös oder achtlos zu wirken. Er hatte das gesamte Paket wie ein Essen mit drei Gängen serviert. Als Aperitif hatte er ihnen ein wenig Schmeicheleien aufgetischt, Dinge, die sie schon wussten. Dass sie zu den reichsten Gemeinden des Landes gehörten. Und zu den schönsten. Die Vorspeise bestand aus kleinen Beispielen für Bereiche, in denen die Kirche juristische Kompetenz brauchte, nämlich praktisch in allen, Zivilrecht, Vereinsrecht, Steuerrecht, Arbeitsrecht... als Hauptgericht hatte er harte Fakten, Ziffern und Berechnungen serviert. Hatte gezeigt, dass es billiger und besser wäre, Absprachen mit der Kanzlei zu treffen, sich Zugang zur geballten fachlichen Kompetenz zu verschaffen. Zugleich hatte er offen die Nachteile benannt, die leicht wogen, aber dennoch vorhanden waren, und hatte auf diese Weise einen glaubwürdigen und ehrlichen Eindruck gemacht. Sie hatten es hier mit keinem Staubsaugervertreter zu tun. Jetzt war er damit beschäftigt, den Nachtisch auszuteilen. Er brachte ein letztes Beispiel dafür, wie man anderen Gemeinden schon geholfen hatte.

Die Friedhofsverwaltung in einer Gemeinde hatte Unsummen verschlungen. Viele Kirchen und andere Gebäude waren zu unterhalten, Rasen mussten gemäht, Gräber ausgehoben, Wege vom Unkraut befreit, Moos musste von Steinen gekratzt werden, was auch immer, jedenfalls kostete das alles. Viel Geld. In dieser Gemeinde hatte es eine Anzahl von Stellen für Arbeitskräfte gegeben, die der Staat über die Arbeitsämter finanzierte. Egal, wie, der

Gemeinde waren für diese Leute keine hohen Lohnkosten entstanden, es spielte also keine Rolle, dass sie vielleicht nicht unbedingt effektiv arbeiteten. Aber danach war die Verantwortung für ihre Weiterbeschäftigung auf die Kirche übergegangen. Jetzt musste die Gemeinde also die gesamten Lohnkosten übernehmen. Viele Angestellte, die Mehrzahl von ihnen schuftete sich nicht gerade zu Tode, wenn er es einmal so offen ausdrücken durfte. Also wurden noch weitere Anstellungen vorgenommen, aber die Arbeitskultur hatte sich inzwischen so entwickelt, dass sie den Neuen nicht gestattete, die Ärmel hochzukrempeln. Wer das tat, wurde mehr oder weniger hinausgeekelt. Es war also schwer, hier etwas auszurichten. Es kam sogar vor, dass Angestellte neben ihrem Vollzeitjob bei der Kirche noch eine weitere volle Stelle hatten. Und nun waren Kirche und Staat plötzlich getrennt, die Gemeinde war autonom und sollte auf ganz neue Weise die finanzielle Verantwortung übernehmen. Die Lösung bestand darin, dass die Kanzlei der Gemeinde geholfen hatte, die Friedhofsverwaltung auf dem freien Markt anzubieten. Genau wie viele Gemeinden das in den vergangenen fünfzehn Jahren gemacht hatten.

Torsten nannte die pro Jahr gesparte Summe auf Kronen und Öre genau. Die Anwesenden wechselten Blicke.

Voll ins Schwarze, dachte Rebecka.

»Und da«, fuhr Torsten fort, »habe ich nicht einmal mit eingerechnet, was die Kirche spart, wenn sie für weniger Angestellte die Arbeitgeberkosten übernehmen muss. Abgesehen davon, dass die Kasse lauter klingelt, wenn man mehr Zeit für die eigentlichen kirchlichen Aufgaben hat und sich den unterschiedlichen geistlichen Bedürfnissen der Gemeindemitglieder widmen kann. Es ist doch nicht der Sinn der Sache, dass ein Probst als Verwaltungschef fungiert, aber oft bleibt ihm nichts anderes übrig.«

Probst Bertil Stensson schob Rebecka einen Zettel hin.

»Jetzt haben Sie uns wirklich Stoff zum Nachdenken gegeben«, stand darauf.

Ach ja?, dachte Rebecka.

Was wollte er? Sollten sie jetzt Zettelchen füreinander schreiben, wie zwei Schulkinder, die Geheimnisse vor der Lehrerin haben? Sie lächelte und nickte kurz.

Torsten kam zum Ende und beantwortete einige Fragen.

Bertil Stensson erhob sich und verkündete, der Kaffee werde draußen in der Sonne serviert.

»Wir hier oben müssen aufpassen«, sagte er. »Wir können unsere Gartenmöbel nicht oft genießen.«

Er wies in Richtung Garten, und während die anderen sich erhoben, nahm er Torsten und Rebecka mit in sein Wohnzimmer. Torsten sollte sich dort das Gemälde von Lars Levi Sunna ansehen. Rebecka Martinsson registrierte einen Blick, der Stefan Wikström galt und der bedeutete: Warte mit den anderen draußen.

»Ich glaube, das ist genau das, was unsere Gemeinden brauchen«, sagte der Probst zu Torsten. »Aber ich brauche Sie eigentlich schon jetzt und nicht erst in einem Jahr, wenn das alles hier Wirklichkeit werden kann.«

Torsten betrachtete das Bild. Es stellte eine sanftäugige Rentierkuh dar, die ihr Kalb säugte. Durch die offene Tür zur Diele sah Rebecka eine Frau, die aus dem Nichts mit einem Tablett mit Thermoskannen und klirrenden Tassen aufgetaucht war.

»Wir haben ja eine sehr schwere Zeit in dieser Gemeinde hinter uns«, sagte jetzt der Probst. »Ich nehme an, Sie haben von dem Mord an Mildred Nilsson gehört.«

Torsten und Rebecka nickten.

»Ich muss ihre Stelle besetzen«, fuhr der Probst fort. »Und es ist sicher kein Geheimnis, dass sie und Stefan nicht gerade an einem Strang zogen. Stefan ist gegen weibliche Geistliche. Ich teile seine Auffassung nicht, muss sie aber respektieren. Und Mildred war unsere eifrigste Lokalfeministin, wenn ich mich so ausdrücken darf. Als Chef der beiden hatte ich es nicht leicht. Ich weiß, dass es eine hoch qualifizierte Frau gibt, die sich um die Stelle bewerben wird, wenn ich sie ausschreibe. Ich habe nichts gegen diese Frau, im Gegenteil. Aber um der Arbeitsruhe und des

Gemeindefriedens willen möchte ich die Stelle mit einem Mann besetzen.«

»Auch wenn der weniger qualifiziert ist?«, fragte Torsten.

»Ja. Ist das möglich?«

Torsten rieb sich das Kinn, ohne den Blick vom Bild zu wenden.

»Natürlich«, sagte er ruhig. »Aber wenn die abgewiesene Bewerberin vor Gericht geht, müssen Sie Schadensersatz zahlen.«

»Und sie dann einstellen?«

»Nein, nein. Wenn der Posten schon an einen anderen gegangen ist, kann man ihm den nicht wieder wegnehmen. Ich kann feststellen, wie hoch die Schadensersatzsummen in solchen Fällen normalerweise ausfallen. Das mache ich gratis.«

»Er meint sicher, dass Sie das gratis machen müssen«, sagte der Probst lachend zu Rebecka.

Rebecka lächelte höflich. Der Probst wandte sich wieder Torsten zu.

»Damit wäre mir sehr geholfen«, sagte er ernst. »Und dann gibt es da noch etwas. Oder sogar zwei Dinge.«

»Schießen Sie los«, sagte Torsten.

»Mildred hat eine Stiftung gegründet. Wir haben eine Wölfin, die sich in den Wäldern um Kiruna niedergelassen hat. Die Stiftung sollte ihr beim Überleben helfen. Schadensersatz an Rentierbesitzer, Hubschrauberüberwachung in Zusammenarbeit mit den Naturschutzbehörden ...«

»Ja?«

»Vielleicht ist diese Stiftung in der Gemeinde nicht so fest verankert, wie Mildred es sich gewünscht hätte. Nicht dass wir an sich gegen Wölfe sind, aber wir möchten eine unpolitische Ausrichtung beibehalten. Alle, Wolfshasser und Wolfsliebhaber, sollen sich in der Kirche zu Hause fühlen können.«

Rebecka schaute aus dem Fenster. Draußen stand der Vorsitzende des Gemeindevorstands und schaute sie neugierig an. Er hielt seine Untertasse wie einen Tropfenfänger unter sein Kinn, wenn er aus seiner Tasse trank. Sein Hemd sah nicht gerade schön aus. Es war vermutlich irgendwann einmal beige gewesen, aber dann war es offenbar zusammen mit einer blauen Socke gewaschen worden.

Wie gut, dass er im Dorfladen einen passenden Schlips gefunden hat, dachte Rebecka.

»Wir möchten den Fond auflösen und die Mittel einem anderen Zweck zuführen, der besser zur Kirche passt«, sagte der Probst.

Torsten versprach, die Frage an einen Experten für Vereinsrecht weiterzuleiten.

»Und dann haben wir noch ein unangenehmes Problem. Mildred Nilssons Mann wohnt noch immer im Pfarrhaus von Poikkijärvi. Es ist natürlich schrecklich für uns, ihn von Haus und Hof vertreiben zu müssen, aber... Ja, wir brauchen das Pfarrhaus für andere Zwecke.«

»Aber das kann doch kein Grund zur Sorge sein«, sagte Torsten. »Rebecka, du willst doch noch ein paar Tage hier bleiben, kannst du dir nicht mal den Mietvertrag ansehen und mit ihm sprechen... wie heißt der Mann eigentlich?«

»Erik. Erik Nilsson.«

»Wenn dir das recht ist?«, fragte Torsten Rebecka. »Sonst kann ich das auch machen. Es ist doch eine Dienstwohnung, schlimmstenfalls müssen wir den Gerichtsvollzieher zu Hilfe holen.«

Der Probst verzog das Gesicht.

»Und wenn es so weit kommen sollte«, sagte Torsten gelassen, »dann ist es doch gut, das alles einer verdammten Anwältin in die Schuhe schieben zu können.«

»Ich mach das schon«, sagte Rebecka.

»Erik hat Mildreds Schlüssel«, sagte der Probst zu Rebecka. »Also die Kirchenschlüssel. Die will ich zurückhaben.«

»Ja«, sagte sie.

»Unter anderem auch den Schlüssel zu ihrem Safe im Pfarrbüro. Der sieht so aus.«

Er zog einen Schlüsselbund aus der Tasche und zeigte Rebecka einen Schlüssel.

»Ein Safe«, sagte Torsten.

»Für Geld, Notizen von seelsorgerischen Gesprächen und, ja, für Dinge, die man nicht verlieren will«, sagte der Probst. »Geistliche sind doch nicht oft in ihren Büros, und in den Gemeindehäusern ist immer viel Zulauf.«

Torsten konnte sich eine Frage nicht verkneifen: »Wieso hat die Polizei diesen Schlüssel nicht?«

»Na ja«, sagte der Probst gelassen, »die haben nicht danach gefragt. Sehen Sie nur, jetzt nimmt Bengt Grape sich schon das vierte Brot. Kommen Sie, sonst gehen wir leer aus.«

Rebecka fuhr Torsten zum Flugplatz. Altweibersommersonne über den gelb gefleckten Bergbirken.

Torsten blickte sie von der Seite her an. Er fragte sich, ob sie wohl jemals etwas mit Måns gehabt hatte. Jetzt war sie jedenfalls sauer. Die Schultern bis zu den Ohren hochgezogen, der Mund ein Strich.

»Wie lange willst du eigentlich hier oben bleiben?«, fragte er.

»Weiß nicht«, antwortete sie vage. »Übers Wochenende.«

»Und wie soll ich Måns erklären, dass ich seine Mitarbeiterin verschusselt habe?«

»Der wird nicht fragen«, sagte sie.

Sie schwiegen. Am Ende konnte Rebecka sich nicht mehr beherrschen.

»Die Polizei weiß eindeutig nichts über diesen verdammten Safe«, rief sie.

Torstens Stimme klang übertrieben geduldig.

»Den haben sie wohl übersehen«, sagte er. »Aber wir wollen ihnen die Arbeit nicht wegnehmen. Wir haben auch so genug zu tun.«

»Sie ist ermordet worden«, sagte Rebecka leise.

»Unsere Aufgabe ist es, die Probleme der Mandanten zu lösen, so lange wir dabei nicht gegen Gesetze verstoßen. Es ist nicht verboten, die Schlüssel der Kirche zurückzuholen.«

»Nein. Und dann helfen wir ihnen auszurechnen, wie viel sie möglicherweise für sexistische Diskriminierung bezahlen müssen, damit sie ihren Knabenverein ausbauen können.«

Torsten sah aus dem Seitenfenster.

»Und ich muss ihren Mann auf die Straße setzen«, fuhr Rebecka fort.

»Ich habe gesagt, dass du das nicht musst.«

Ach, halt doch die Klappe, dachte Rebecka. Du hast mir keine Wahl gelassen. Sonst hättest du ihm den Gerichtsvollzieher auf den Hals gehetzt.

Sie steigerte ihr Tempo.

Zuerst kommt das Geld, dachte sie. Das ist das Wichtigste.

»Ab und zu könnte ich kotzen«, sagte sie müde.

»Das gehört manchmal zum Job«, sagte Torsten. »Und dann heißt es Schuhe abwischen und weitermachen.«

Polizeiinspektorin Anna-Maria Mella fuhr zu Lisa Stöckels Haus. Lisa Stöckel war die Vorsitzende des Frauennetzwerkes Magdalena. Ihr Haus lag einsam auf einer Anhöhe oberhalb der Kapelle von Poikkijärvi. Hinter dem Haus fiel der Hang steil zu einer großen Kiesgrube ab, auf der anderen Seite strömte der Fluss.

Das Haus war Anfang der sechziger Jahre als schlichte braune Jagdhütte erbaut worden. Später war sie erweitert und mit weißen, geschnitzten Fensterrahmen und reichem Schnitzwerk über dem Eingang verziert worden. Sie sah aus wie ein brauner Schuhkarton, der sich als Hexenhäuschen verkleidet hat. Neben dem Haus gab es einen länglichen, falunroten Holzanbau mit Blechdach. Ein einziges Sprossenfenster mit einfachem Glas. Holzschuppen, Vorratshaus und alte Scheune, tippte Anna-Maria. Früher musste hier ein anderes Wohnhaus gestanden haben. Dann wurde es abgerissen und durch die Jagdhütte ersetzt. Die Scheune aber hatten sie stehen lassen.

Sie fuhr langsam auf den Hofplatz. Vor dem Auto sprangen drei Hunde bellend herum. Einige Hühner flatterten auf und suchten hinter einem Johannisbeerstrauch Schutz. Am Zaunpfosten stand eine Katze starr vor Konzentration und sprungbereit vor einem Wühlmausbau. Nur ein irritiertes Peitschen mit dem Schwanz verriet, dass sie den lärmenden Ford Escort registriert hatte.

Anna-Maria hielt vor dem Haus. Durch das Seitenfenster blickte sie in den Rachen der Hunde, die vor der Autotür herumsprangen. Ihre Schwänze wirbelten hin und her, aber trotzdem. Einer war riesengroß. Und außerdem war er schwarz. Sie stellte den Motor ab.

Eine Frau kam aus dem Haus und trat auf die Vortreppe. Sie trug einen unbeschreiblich scheußlichen barbierosa Steppmantel. Sie rief die Hunde.

»Hierher!«

Sofort ließen die Hunde das Auto in Ruhe und stürmten die Treppe hoch. Die Frau befahl den Hunden, Sitz zu machen, und kam auf das Auto zu. Anna-Maria stieg aus und stellte sich vor.

Lisa Stöckel war um die fünfzig. Sie war ungeschminkt. Ihr Gesicht war nach dem Sommer sonnenbraun. Um ihre Augen, die sie in der hellen Sonne so oft zusammengekniffen hatte, hatten sich feine weiße Striche gebildet. Ihre Haare waren sehr kurz, einen Millimeter kürzer und sie hätten wie eine Wurzelbürste gewirkt.

Fesch, dachte Anna-Maria. Wie ein Cowgirl. Sofern man sich ein Cowgirl in diesem rosa Mantel vorstellen kann.

Der Mantel war wirklich grauenhaft. Er war von Tierhaaren bedeckt, und aus vielen kleinen Löchern und Rissen schaute das weiße Futter hervor.

Und Girl hin oder her. Natürlich kannte Anna-Maria Frauen um die fünfzig, die sich zu Mädchenfesten trafen und noch als Mädel ins Grab sinken würden, aber Lisa Stöckel war kein Girl. Etwas in ihren Augen gab Anna-Maria das Gefühl, dass sie auch nie eines gewesen war, nicht einmal als kleines Mädchen.

Und dann gab es eine fast unmerkliche Linie, die vom Augenwinkel unter dem Auge entlang und dann über den Wangenknochen verlief. Ein dunkler Schatten unter dem Auge.

Schmerz, dachte Anna-Maria. Im Körper oder in der Seele.

Sie gingen zusammen zum Haus hoch. Die Hunde lagen auf der Treppe und fiepten eifrig; sie wollten aufstehen und den Gast begrüßen.

»Halt!«, befahl Lisa Stöckel.

Damit waren die Hunde gemeint, aber Anna-Maria gehorchte ebenfalls.

»Haben Sie Angst vor Hunden?«

»Nein, nicht wenn ich weiß, dass sie nichts tun«, sagte Anna-Maria und schaute das große schwarze Tier an.

Die lange schmale Zunge, die wie ein Schlips aus seinem Maul hing. Pfoten wie ein Löwe.

»Na gut, in der Küche liegt auch noch eine, aber sie ist lammfromm. Das sind die hier auch, sie sind einfach eine Bande von Straßenbengels ohne Manieren. Gehen Sie schon mal rein.«

Sie öffnete Anna-Maria die Tür, und die trat in die Diele.

»Ihr verdammten Mafiosi«, sagte Lisa Stöckel liebevoll zu den Hunden. Dann hob sie den Arm und rief: »Los!«

Die Hunde sprangen auf, ihre Krallen zogen lange Kratzer in das Holz, als sie losrannten, sie nahmen die Treppe mit einem einzigen glücklichen Sprung und jagten über den Hofplatz davon.

Anna-Maria stand in der engen Diele und sah sich um. Den halben Platz nahmen zwei Hundebetten ein. Außerdem standen dort ein großer Trinknapf aus Edelstahl, Gummistiefel, normale Stiefel, Turnschuhe und Goretexschuhe. Es gab kaum genug Platz für sie und Lisa Stöckel gleichzeitig. Die Wände waren von Haken und Regalen bedeckt. Es hingen dort mehrere Hundeleinen, Arbeitshandschuhe, Mützen und Fäustlinge, Blaumänner und anderes. Anna-Maria überlegte, wohin sie ihre Jacke hängen sollte, alle Haken waren belegt, die Kleiderbügel ebenfalls.

»Legen Sie die Jacke über den Küchenstuhl«, sagte Lisa Stöckel. »Sonst ist sie nachher voller Haare. Nein, um Himmels willen, behalten Sie die Schuhe an.«

Von der Diele aus führte eine Tür ins Wohnzimmer und eine in die Küche. Im Wohnzimmer standen mehrere mit Büchern gefüllte Bananenkartons. Bücherstapel bedeckten den Boden. Das Bücherregal aus dunklem Holz mit einem Glasfach stand verstaubt und leer vor der einen Längswand.

»Wollen Sie umziehen?«, fragte Anna-Maria.

»Nein, ich wollte nur... Man sammelt so viel Müll an. Und Bücher, die fangen doch auch nur Staub.«

Die Küche war mit schweren Möbeln aus bereits abgewetzter,

lackierter Kiefer eingerichtet. Auf einer rustikalen Bank schlief ein schwarzer Labrador. Die Hündin erwachte, als die beiden Frauen die Küche betraten, und schlug zur Begrüßung mit dem Schwanz auf ihre Kissen. Dann ließ sie den Kopf wieder sinken und schlief weiter.

Lisa stellte den Hund als Majken vor.

»Sie können mir sicher erzählen, wie sie war«, sagte Anna-Maria, nachdem sie Platz genommen hatten. »Ich weiß ja, dass Sie im Frauennetzwerk Magdalena zusammengearbeitet haben.«

»Ich habe doch dem Kollegen schon alles gesagt ... einem ziemlich großen Burschen mit so einem Schnurrbart.«

Lisa Stöckel hielt sich die Hand zwanzig Zentimeter vor die Oberlippe. Anna-Maria lächelte.

»Sven-Erik Stålnacke.«

»Ja.«

»Können Sie es noch einmal erzählen?«

»Wo soll ich anfangen?«

»Wie haben Sie einander kennen gelernt?«

Anna-Maria musterte Lisa Stöckels Gesicht. Wenn Menschen sich auf der Suche nach einem gewissen Ereignis in ihr Gedächtnis zurückzogen, ließ ihre Aufmerksamkeit oft nach. Es sei denn, es handelte sich um ein Ereignis, über das sie Lügen vorbringen wollten. Ab und zu vergaßen sie dann ihr Gegenüber für einen Moment. Über Lisa Stöckels Gesicht huschte ein sekundenschnelles Lächeln. Für einen Moment wurde es weicher. Sie hatte die Pastorin sehr gern gehabt.

»Vor sechs Jahren. Sie war gerade in das Pfarrhaus gezogen. Und im Herbst sollte sie für die Jugendlichen hier und in Jukkasjärvi mit dem Konfirmandenunterricht beginnen. Und sie ist an die Sache rangegangen wie ein Jagdhund. Hat alle Eltern der Kinder, die sich nicht angemeldet hatten, aufgespürt. Hat sich vorgestellt und erzählt, warum sie den Konfirmandenunterricht so wichtig fand.«

»Und warum fand sie ihn so wichtig?«, fragte Anna-Maria, die fand, dass der ihre ihr vor hundert Jahren rein gar nichts gebracht hatte.

»Mildred fand, die Kirche sollte ein Treffpunkt sein. Es kam ihr nicht so darauf an, ob die Menschen gläubig waren oder nicht, das mussten sie mit Gott ausmachen. Aber wenn sie sie zu Taufe, Konfirmation, Hochzeit und den hohen Festen in die Kirche locken konnte, damit die Menschen sich trafen und sich dort so sehr zu Hause fühlten, dass sie in schwereren Zeiten zurückkehren würden, dann… und wenn über jemanden gesagt wurde, ›aber der glaubt doch gar nicht, es wäre doch falsch, wenn er das nur wegen der Geschenke macht‹, dann sagte sie, Geschenke wären doch wunderbar, und Jugendliche lernten niemals gern, weder in der Schule noch in der Kirche, aber es gehöre nun mal zur Allgemeinbildung zu wissen, warum wir Weihnachten, Ostern, Pfingsten und Christi Himmelfahrt feiern und wie die Evangelisten heißen.«

»Und Sie hatten also einen Sohn oder eine Tochter, die…«

»Nein, nein. Oder doch, ich habe eine Tochter, aber die war schon Jahre vorher konfirmiert worden. Sie arbeitet unten im Ort im Restaurant. Nein, es ging um den Sohn meines Vetters, Teddy. Er ist entwicklungsgestört, und Lars-Gunnar wollte ihn nicht konfirmieren lassen. Also wollte sie über ihn sprechen. Möchten Sie Kaffee?«

Anna-Maria nahm dankend an.

»Sie schien die Leute ganz schön zu provozieren«, sagte sie.

Lisa Stöckel zuckte mit den Schultern.

»Sie war nur so… immer geradeheraus. Bei ihr gab es irgendwie keinen Rückwärtsgang.«

»Wie meinen Sie das?«, fragte Anna-Maria.

»Ich meine, dass sie niemals um die Dinge herumredete. Es gab keinen Raum für Diplomatie oder Schmeicheleien. Wenn ihr etwas nicht richtig erschien, dann legte sie einfach los und brachte es in Ordnung.«

Wie damals, als sie die gesamten Friedhofsangestellten gegen sich aufbrachte, dachte Lisa.

Sie kniff die Augen zusammen. Aber die Bilder aus ihrem Kopf wollten nicht so einfach verschwinden. Zuerst sah sie zwei Zitronenfalter, die über duftender Sandschaumkresse umeinander herumflogen. Dann die Zweige der Trauerbirke, die sanft im Wind des warmen Sommerflusses hin und her pendelten. Und dann Mildreds Rücken. Ihren Marsch zwischen den Grabsteinen. Tramp, tramp, tramp über den Kies.

Lisa läuft hinter Mildred her über den Friedhof von Poikkijärvi.

Ganz hinten sitzen die Friedhofsangestellten und machen Kaffeepause. Sie machen sehr oft Pause, fast ununterbrochen. Sie arbeiten nur, wenn der Probst sie sehen kann. Aber niemand wagt, mehr von ihnen zu verlangen. Wenn man diese Bande gegen sich aufbringt, dann muss man auf einem Lehmhügel stehen, wenn eine Beerdigung stattfinden soll. Oder einen zwei Meter entfernten Motormäher übertönen. Im Winter in eiskalten Kirchen predigen. Der Probst, dieser blöde Trottel, rührt keinen Finger. Er hat keinen Grund dazu, sie sind nicht dumm genug, sich mit ihm anzulegen.

»Mach jetzt keinen Ärger«, bittet Lisa.

»Ich mach keinen Ärger«, sagt Mildred.

Und das meint sie wirklich ernst.

Mankan Kyrö sieht sie als Erster. Er ist der inoffizielle Leiter der Gruppe. Der eigentliche Leiter hat kein Interesse. Mankan schon. Und mit ihm soll Mildred keinen Streit anfangen.

Sie kommt sofort zur Sache. Die anderen hören voller Interesse zu.

»Das Kindergrab«, sagt sie, »habt ihr das schon ausgehoben?«

»Wie meinst du das?«, fragt Mankan gelassen.

»Ich habe eben mit den Eltern gesprochen. Sie haben erzählt, dass sie sich eine Stelle mit Blick auf den Fluss da oben im nördlichen Teil ausgesucht haben, dass du ihnen aber abgeraten hast.«

Mankan Kyrö gibt keine Antwort. Er spuckt Tabaksaft ins Gras und sucht in seiner Hosentasche nach der Tabaksdose.

»Du hast ihnen gesagt, dass die Wurzeln der Trauerweide durch den Sarg und durch den Leichnam des Babys wachsen würden«, sagt Mildred jetzt.

»Und würden sie das nicht?«

»Das passiert überall, wo man einen Sarg eingräbt, und das weißt du genau. Du wolltest bloß nicht da hinten unter den Birken graben, weil es steinig ist und es so viele Wurzeln gibt. Es ist dir ganz einfach zu anstrengend. Ich finde es unfassbar, dass dir deine eigene Bequemlichkeit so wichtig ist, dass du es vertretbar findest, ihnen solche Bilder in den Kopf zu setzen.«

Sie ist noch kein einziges Mal lauter geworden. Die anderen Männer starren zu Boden. Sie schämen sich. Und sie hassen die Pastorin, die sie dazu bringt, sich zu schämen.

»Ach, und was soll ich jetzt machen?«, fragt Mankan Kyrö. »Jetzt haben wir ein Grab ausgehoben – an einer besseren Stelle, wenn du mich fragst –, aber wir sollten sie vielleicht zwingen, ihr Kind da zu begraben, wo es dir passt.«

»Nicht doch. Jetzt ist es zu spät, du hast ihnen Angst gemacht. Du sollst nur wissen, wenn so etwas noch einmal vorkommt…«

Jetzt lacht er fast. Will sie ihm drohen?

»…dann stellst du meine Liebe zu dir auf eine zu harte Probe«, endet sie und geht.

Lisa läuft hinter ihr her. Rasch, damit sie die Kommentare hinter sich nicht anhören muss. Sie kann sie sich vorstellen. Wenn die Pastorin im Bett von ihrem Kerl bekäme, was sie braucht, dann würde sie sich vielleicht beruhigen.

»Wen hat sie also provoziert?«, fragte Anna-Maria.

Lisa zuckte mit den Schultern und schaltete die Kaffeemaschine ein.

»Wo soll ich anfangen? Den Rektor der Schule in Jukkasjärvi, weil sie verlangte, dass er sich mit dem Mobbing an der Schule auseinander setzt, die Tanten vom Sozialamt, weil sie sich in deren Arbeit eingemischt hat.«

»Wieso das?«

»Tja, im Pfarrhaus wohnten doch immer Frauen mit Kindern, die ihre Männer verlassen hatten...«

»Sie hatte eine Stiftung für diese Wölfin ins Leben gerufen«, sagte Anna-Maria. »Darüber gab es doch lebhafte Diskussionen.«

»Mmm, ich habe kein Brot und keine Milch, Sie müssen ihn schwarz trinken.«

Lisa Stöckel stellte Anna-Maria einen angeschlagenen Becher mit Reklameaufdruck hin.

»Der Probst und einige andere Geistliche konnten sie auch nicht ausstehen.«

»Warum nicht?«

»Tja, unseretwegen, wegen uns Frauen in Magdalena, unter anderem. Wir sind fast zweihundert Personen in diesem Netzwerk. Und es gab sehr viele, die sie gern mochten, ohne Mitglied zu sein, viele Männer sogar, auch wenn Sie sicher das Gegenteil gehört haben. Wir haben mit ihr die Bibel studiert. Haben die Gottesdienste besucht, in denen sie gepredigt hat. Und haben praktische Arbeit geleistet.«

»Was denn zum Beispiel?«

»Sehr viel. Kochen. Wir haben uns überlegt, was wir konkret für alleinstehende Mütter tun könnten. Sie fanden es so hart, dass sie immer mit den Kindern allein waren, und ihre ganze Zeit schon für die praktischen Aufgaben vertan war. Arbeiten, einkaufen, putzen, kochen, und dann gab es nur noch den Fernseher. Also haben wir von Montag bis Mittwoch im Gemeindehaus in der Stadt für gemeinsames Essen gesorgt und hier draußen im Pfarrhaus donnerstags und freitags. Die Frauen müssen da manchmal mithelfen, sie bezahlen zwanzig Kronen für eine Erwachsene und fünfzehn für ein Kind. Sie brauchen dann einige Male in der Woche nicht einzukaufen oder zu kochen. Ab und zu passen sie gegenseitig auf die Kinder auf, damit sie zum Sport gehen können oder einfach in Ruhe in die Stadt. Mildred war immer sehr für praktische Lösungen.«

Lisa lachte kurz und fuhr dann fort: »Es war lebensgefährlich, ihr zu sagen, dass irgendwo in der Gemeinde etwas nicht stimmte. Dann schnappte sie zu wie ein Hecht: Was können wir machen? Ehe man sich versah, musste man auch schon zupacken. Das Netzwerk Magdalena war eine verschworene Bande, welcher Pastor hätte so etwas nicht gern in seiner Nähe?«

»Die anderen Geistlichen waren also neidisch?«

Lisa zuckte mit den Schultern.

»Sie haben gesagt, dass Magdalena eine verschworene Bande war. Gibt es das Netzwerk nicht mehr?«

Lisa schaute die Tischplatte an.

»Doch, schon.«

Anna-Maria nahm an, dass sie noch mehr sagen würde, aber Lisa Stöckel schwieg verbissen.

»Wer hat ihr nahe gestanden?«, fragte Anna-Maria.

»Wir in der Leitung von Magdalena, nehme ich an.«

»Ihr Mann?«

Eine leichte Bewegung der Iris, Anna-Maria hatte sie registriert. Lisa Stöckel, es gibt etwas, das du für dich behältst, dachte sie.

»Natürlich«, sagte Lisa Stöckel.

»Wurde sie bedroht, oder hatte sie Angst?«

»Sie hatte vermutlich einen Tumor oder etwas, das auf den Teil des Gehirns drückte, wo die Angst sitzt ... nein, sie hatte keine Angst. Und bedroht ... nein, nicht mehr als früher. Es gab doch immer Leute, die es für nötig hielten, ihre Autoreifen aufzuschlitzen oder ihre Fenster einzuwerfen ...«

Lisa Stöckel schaute Anna-Maria wütend an.

»Sie hatte solche Vorfälle schon lange nicht mehr angezeigt. Viel Ärger um nichts, es lässt sich ja niemals etwas beweisen, auch wenn man ganz genau weiß, wer es war.«

»Aber Sie können mir vielleicht einige Namen nennen«, sagte Anna-Maria.

Eine Viertelstunde später setzte Anna-Maria Mella sich in ihren Ford Escort und fuhr los.

Warum gibt man alle seine Bücher weg, überlegte sie.

Lisa Stöckel stand am Küchenfenster und sah Anna-Marias Wagen in öligem Rauch unten am Hang verschwinden. Dann setzte sie sich neben den schlafenden Labrador auf die Küchenbank. Sie streichelte Hals und Brust der Hündin so, wie eine Hündin ihre Jungen leckt, um sie zu beruhigen. Die Hündin erwachte und schlug einige Male voller Zuneigung mit dem Schwanz.

»Was ist mit dir, Majken«, fragte Lisa. »Du stehst ja gar nicht mehr auf, um die Leute zu begrüßen.«

Ihre Stimmbänder verschnürten sich zu einem schmerzenden Knoten. Unter ihren Augenlidern wurde es heiß. Dort lagen Tränen. Aber die durften nicht herauskommen.

Sie muss arge Schmerzen haben, dachte sie.

Lisa sprang auf.

Ach, Gott, Mildred, dachte sie. Verzeih mir. Bitte, verzeih. Ich versuche ja, alles richtig zu machen, aber ich habe Angst.

Sie brauchte Luft, plötzlich war ihr schlecht. Sie lief auf die Treppe hinaus und übergab sich dort.

Sofort waren die Hunde da. Wenn sie das Erbrochene nicht selbst haben wollte, würden sie sich gern darum kümmern. Sie schob sie mit dem Fuß weg.

Diese verdammte Polizistin. Sie war einfach in ihren Kopf gestiegen und hatte ihn wie ein Bilderbuch geöffnet. Mildred auf jeder Seite. Sie wollte sich diese Bilder nicht mehr ansehen. Wie das vom ersten Zusammentreffen, vor sechs Jahren. Sie erinnerte sich gut, wie sie bei den Kaninchenställen stand. Die mussten gefüttert werden. Kaninchen, weiß, grau, schwarz, gefleckt, erhoben sich auf die Hinterbeine und pressten ihre Näschen durch den Maschendraht. Sie verteilte Pellets und schrumplige Möhrenstücke und andere Hackfrüchte auf kleine Tongefäße. War ein wenig traurig, weil die Kaninchen bald unten im Restaurant im Kochtopf landen würden.

Dann steht sie hinter ihr, die Pastorin, die ins Pfarrhaus eingezogen ist. Sie sind sich noch nicht begegnet. Lisa hat sie nicht kommen hören. Mildred Nilsson ist eine Frau ihres Alters. Irgendwo um die fünfzig. Sie hat ein blasses kleines Gesicht. Ihre Haare sind lang und dunkelbraun. Lisa wird noch sehr oft hören, dass Mildred als unscheinbar bezeichnet wird. Als »nicht schön, aber...« Lisa wird das niemals verstehen.

In ihr passiert etwas, als sie die schmale Hand ergreift, die ihr hingestreckt wird. Sie muss ihrer eigenen Hand befehlen loszulassen. Die Pastorin redet. Sogar ihr Mund ist klein. Schmale Lippen. Wie eine kleine rote Himbeere. Und während der Himbeermund redet und redet, singen die Augen ein schönes Lied. Über etwas ganz anderes.

Zum ersten Mal seit – ja, sie weiß schon gar nicht mehr, seit wann – hat Lisa Angst, die Wahrheit könnte ihr anzusehen sein. Sie hätte gern einen Spiegel, um das zu überprüfen. Und dabei hat sie ihr Geheimnis ihr Leben lang gehütet. Und kennt die Wahrheit darüber, das schönste Mädchen in der Stadt zu sein. Sie hat zwar davon erzählt, wie es war, immer wieder zu hören »sieh dir diese Titten an«. Wie es sie dazu gebracht hat, sich zu krümmen und sich Rückenprobleme zuzulegen. Aber es gibt noch andere Dinge, tausend Geheimnisse.

Bengt, der Vetter ihres Vaters, als sie dreizehn war. Er packte ihre Haare und wickelte sie um seine Hand. Ihre ganze Kopfhaut schien sich zu lösen. Halt die Fresse, fauchte er ihr ins Ohr. Er zerrte sie auf die Toilette. Schlug ihren Kopf gegen die Fliesen, damit ihr klar wurde, dass er das alles ernst meinte. Mit der anderen Hand knöpfte er ihre Jeans auf. Die Familie saß unten im Wohnzimmer.

Sie hielt die Fresse. Sagte niemals etwas. Schnitt sich die Haare ab.

Oder das letzte Mal in ihrem Leben, als sie Schnaps getrunken hatte, am Mittsommerabend 1965. Sie war wie bewusstlos. Und da waren drei Jungen aus der Stadt. Zwei von ihnen wohnen noch in Kiruna, vor nicht allzu langer Zeit ist ihr einer im Supermarkt über den Weg gelaufen. Aber die Erinnerung daran hat sie wie einen Stein in einen Brunnen fallen lassen, es ist wie ein lange zurückliegender Traum.

Und dann gibt es die Jahre mit Tommy. Damals, als er mit seinen Vettern aus Lannavaara gezecht hatte. Es war Ende September. Mimmi kann nicht mehr als drei, vier Jahre alt gewesen sein. Das Eis war noch nicht fest. Und sie hatten ihm eine alte Fischgabel geschenkt. Total wertlos, er begriff nur nie, dass sie sich immer wieder über ihn lustig machten. Gegen Morgen hatte er sie angerufen. Sie hatte ihn mit dem Wagen abgeholt, ihn überreden wollen, die Gabel dazulassen, aber er hatte es geschafft, sie ins Auto zu bugsieren. Er hatte das Fenster heruntergekurbelt und hielt die Gabel hinaus. Lachte und stieß damit in die Dunkelheit.

Zu Hause wollte er dann gleich fischen gehen. Es würde erst in zwei Stunden hell werden. Sie musste mitkommen, darauf bestand er. Rudern und die Taschenlampe halten. Die Kleine schläft doch, sagte er. Genau, sagte er. Sie würde noch mehr als zwei Stunden schlafen. Sie wollte ihn überreden, eine Schwimmweste anzuziehen, aber er weigerte sich.

»Mann, was bist du ordentlich geworden«, sagte er. »Verdammt, da ist man ja neuerdings mit der prüden Annika verheiratet.«

Das mit der prüden Annika fand er offenbar komisch. Auf dem See wiederholte er es immer wieder. »Prüde Annika«, »ein wenig näher zur Landspitze, Annika«.

Dann fiel er ins Wasser. Plopp machte es, und einige Sekunden darauf kratzte er an der Reling und versuchte sich festzuhalten. Eiskaltes Wasser, finstere Nacht. Er schrie nicht. Atmete und schnaufte vor Anstrengung.

Ach, diese Sekunde. Als sie sich ernstlich überlegte, was sie tun sollte. Nur einen kleinen Ruderschlag von ihm fort. Einfach das Boot außer Reichweite gleiten lassen. Bei dem vielen Schnaps, den er intus hatte. Wie lange würde es dauern? Fünf Minuten vielleicht.

Dann zog sie ihn herauf. Das war nicht leicht, fast wäre sie selber über Bord gegangen. Die Gabel fanden sie nicht wieder. Vielleicht war sie versunken. Vielleicht in der Dunkelheit davongetrieben. Sauer war er deshalb jedenfalls. Und auch wütend auf sie, obwohl er ihr doch sein Leben verdankte. Sie merkte, wie gern er ihr eine gescheuert hätte.

Niemals hatte sie irgendwem von der kalten Lust erzählt, die es ihr bereitet hätte, ihn sterben zu sehen. Ertrinken wie ein Kätzchen in einer Tüte.

Und jetzt steht sie hier mit der neuen Pastorin. Sie kommt sich ganz und gar komisch vor. Die Augen der Pastorin sind in sie hineingetreten.

Noch ein Geheimnis, das sie in den Brunnen fallen lassen kann. Es fällt. Liegt da und funkelt wie ein Schmuckstück zwischen all dem Müll.

BALD WAR ES drei Monate her, dass seine Frau ermordet aufgefunden worden war. Erik Nilsson stieg vor dem Pfarrhaus aus seinem Skoda. Es war zwar jetzt schon September, aber noch immer warm. Der Himmel unangenehm blau und wolkenlos. Das Licht messerscharf.

Er hatte bei der Arbeit vorbeigeschaut. Es hatte gut getan, die Kollegen zu treffen. Sie waren ja wie eine zweite Familie. Bald würde er wieder hingehen. Und an etwas anderes denken können.

Er sah die Blumentöpfe an, die neben der Treppe und vor der Tür standen. Vertrocknete Blüten hingen über den Rand. Er dachte, dass er sie ins Haus holen müsste. Schon bald würde das Gras vom Frost knistern, und die Töpfe würden von der Kälte gesprengt.

Er hatte unterwegs eingekauft. Schloss die Tür auf, nahm die Tüten und drückte die Klinke mit dem Ellbogen nach unten.

»Mildred!«, rief er, als er ins Haus trat.

Dann blieb er stehen. Es war ganz still. Das Haus war hundertachtzig Quadratmeter Stille. Die ganze Welt hielt den Mund. Das Haus schwebte wie ein leeres Fahrzeug durch ein stummes, blendend helles Universum. Das Einzige, was er hörte, war die Erde, die sich knirschend um ihre Achse drehte. Warum um alles in der Welt hatte er Mildred gerufen?

Als sie noch gelebt hatte, hatte er immer gewusst, ob sie zu Hause war oder nicht. Sowie er das Haus betreten hatte. Und das sei doch ganz normal, hatte er immer gesagt. Säuglinge konnten ihre Mutter doch auch dann riechen, wenn sie sich in einem anderen Zimmer aufhielt. Und als Erwachsener büßt man diese Fähigkeit nicht ein. Nur ist sie uns dann nicht mehr bewusst. Und deshalb reden wir von Intuition oder sechstem Sinn.

Ab und zu hatte er noch immer dieses Gefühl, wenn er nach Hause kam. Dass sie irgendwo in der Nähe war. Die ganze Zeit im Nebenzimmer.

Er ließ die Tüten auf den Boden fallen. Trat hinein ins Schweigen.

Mildred, rief es in seinem Kopf.

In diesem Moment klingelte es an der Tür.

Es war eine Frau. Sie trug einen langen, figurbetonten Mantel und Stiefel mit hohen Absätzen. Sie gehörte hier nicht hin, selbst in Unterwäsche hätte sie nicht auffälliger aussehen können. Sie zog den rechten Handschuh aus und hielt ihm die Hand hin. Stellte sich als Rebecka Martinsson vor.

»Kommen Sie herein«, sagte er und fuhr sich unbewusst mit der Hand über Bart und Haare.

»Danke, das ist nicht nötig, ich wollte nur...«

»Kommen Sie herein«, sagte er und ging vor ihr her.

Er sagte, sie solle die Schuhe anbehalten, und bat sie, in der Küche Platz zu nehmen. Die war aufgeräumt. Als Mildred noch lebte, hatte er gekocht und aufgeräumt, warum sollte er jetzt damit aufhören? Das Einzige, was er nicht anrührte, waren ihre Habseligkeiten. Noch immer lag ihre rote Jacke auf dem Küchensofa. Ihre Papiere und ihre Post stapelten sich auf der Anrichte.

»Also«, sagte er freundlich.

Das konnte er gut. Frauen gegenüber freundlich sein. Im Lauf der Jahre hatten so viele hier an diesem Küchentisch gesessen. Einige hatten ein Kind auf dem Schoß gehabt und eins, das daneben stand und sich mit festem Griff an Mamas Pullover festhielt. Andere waren nicht vor einem Mann geflohen, sondern eher vor sich selbst. Sie konnten die Einsamkeit ihrer Wohnung in Lombolo nicht ertragen. Diese Frauen standen auf der Treppe draußen und rauchten in der Kälte eine Zigarette nach der anderen.

»Mich schicken die Arbeitgeber Ihrer Frau«, sagte Rebecka Martinsson.

Erik Nilsson hatte sich gerade setzen oder ihr vielleicht Kaffee anbieten wollen. Aber jetzt blieb er stehen. Als er schwieg, sagte sie: »Es geht um zwei Dinge. Zum einen möchte ich ihre Pfarrbüroschlüssel. Und dann geht es um Ihren Umzug.«

Er schaute aus dem Fenster. Sie redete weiter, jetzt war sie diejenige, die ruhig und freundlich war. Sie teilte ihm mit, dass das Pfarrhaus eine Dienstwohnung sei, dass die Kirche ihm bei der Suche nach einer neuen Unterkunft helfen und eine Spedition anheuern könne.

Er atmete schwer. Er kniff den Mund zusammen. Jeder Atemzug war als Schnaufen zu hören.

Jetzt musterte er sie voller Abscheu. Sie schaute die Tischplatte an.

»Pfui Teufel«, sagte er. »Pfui Teufel, da wird einem doch schlecht. Kann Stefan Wikströms Frau sich nicht mehr gedulden? Die hat es nie ertragen können, dass Mildred das größere Pfarrhaus hatte.«

»Hören Sie, das weiß ich nicht. Ich…«

Er schlug mit der Handfläche auf den Tisch.

»Ich habe alles verloren!«

Er machte mit der Faust eine Bewegung in der Luft, die mitteilen sollte, dass er sich zusammenriss, um nicht die Beherrschung zu verlieren.

»Warten Sie«, sagte er.

Er verließ die Küche. Rebecka hörte seine Schritte auf der Treppe und dann im ersten Stock. Nach einer Weile kam er zurück und ließ den Schlüsselbund auf den Tisch fallen wie eine Tüte voll Hundekot.

»Sonst noch was?«, fragte er.

»Der Umzug«, mahnte sie.

Und jetzt blickte sie ihm in die Augen.

»Wie fühlen Sie sich eigentlich?«, fragte er. »Was ist das denn für ein Gefühl, in dieser reizenden Kleidung so einen Beruf auszuüben?«

Sie erhob sich. Etwas in ihrem Gesicht veränderte sich, es war sofort vorbei, aber er hatte es hier im Pfarrhaus schon so oft gesehen. Die stumme Qual. Er sah die Antwort in ihren Augen. Hörte sie ebenso deutlich, als wenn sie es laut gesagt hätte: wie eine Hure.

Sie hob mit steifen Bewegungen ihre Handschuhe vom Tisch auf, langsam, als müsse sie sie zählen, um keinen zu vergessen. Eins, zwei. Dann packte sie den großen Schlüsselbund.

Erik Nilsson seufzte tief und fuhr sich mit der ganzen Hand über das Gesicht.

»Entschuldigen Sie«, sagte er. »Mildred hätte mir einen Tritt in den Hintern verpasst. Was ist heute für ein Tag?«

Als sie keine Antwort gab, fügte er hinzu: »Eine Woche, in einer Woche bin ich hier weg.«

Sie nickte. Er folgte ihr zur Tür. Versuchte, etwas zu sagen, es war nicht gerade die passende Gelegenheit, um ihr Kaffee anzubieten.

»Eine Woche«, sagte er zu ihrem Rücken, als sie das Haus verließ.

Als ob ihr das eine Freude hätte machen können.

Rebecka ging mit unsicheren Schritten aus dem Pfarrhaus. Aber das kam ihr nur so vor. Sie schwankte eigentlich überhaupt nicht. Beine und Füße trugen sie mit festen Schritten vom Haus weg.

Ich bin nichts, dachte sie. In mir ist nichts mehr übrig. Kein Mensch, kein Urteilsvermögen, nichts. Ich tue, was mir aufgetragen wird. Natürlich. Die Kanzlei ist doch das Einzige, was ich noch habe. Ich sage mir, dass ich die Vorstellung zurückzugehen nicht ertragen kann. Aber ich kann es noch viel weniger ertragen, am Rand zu landen. Ich würde alles tun, wirklich alles, um dazuzugehören.

Sie steuerte den Briefkasten an und bemerkte den roten Ford

Escort, der den Kiesweg hochkam, erst, als er langsamer wurde und zwischen die Torpfosten fuhr.

Der Wagen hielt.

Ein elektrischer Stoß durchfuhr Rebecka.

Polizeiinspektorin Anna-Maria Mella stieg aus dem Auto. Sie hatten sich kennen gelernt, als Rebecka Sanna Strandgårds Verteidigung übernommen hatte. Und Anna-Maria und ihr Kollege Sven-Erik Stålnacke hatten Rebecka in jener Nacht das Leben gerettet.

Damals war Anna-Maria schwanger und geradezu viereckig gewesen, jetzt war sie schlank. Aber breitschultrig. Sie sah stark aus, obwohl sie so klein war. Sie trug noch immer denselben dicken Zopf. Weiße regelmäßige Zähne in dem braun gebrannten Pferdegesicht. Ein Polizeipony.

»Hallo!«, rief Anna-Maria Mella.

Dann verstummte sie. Sie sah aus wie ein Fragezeichen.

»Ich...«, sagte Rebecka, wusste nicht weiter und nahm wieder Anlauf. »Meine Kanzlei verhandelt gerade mit schwedischen Kirchengemeinden, wir hatten hier eine Besprechung und... ja, da gab es noch ein paar Dinge, bei denen sie Hilfe brauchten, was das Pfarrhaus betrifft, und da wir ja ohnehin schon hier waren, habe ich gleich noch...«

Sie beendete den Satz mit einem Nicken zum Haus hinüber.

»Aber das hat nichts zu tun mit...«, fragte Anna-Maria.

»Nein, als ich hergekommen bin, wusste ich nicht einmal... Nein. – Was ist es geworden?«, fragte Rebecka und versuchte, ein Lächeln in ihr Gesicht zu zwingen.

»Ein Junge. Ich habe gerade wieder mit der Arbeit angefangen, ich ermittle im Mordfall Mildred Nilsson.«

Rebecka nickte. Sie schaute zum Himmel hoch. Der war ganz leer. Der Schlüsselbund in ihrer Tasche wog eine Tonne.

Was bin ich, überlegte sie. Ich bin nicht krank. Ich habe keine Krankheit. Ich bin nur faul. Faul und verrückt. Ich habe nichts zu sagen. Das Schweigen frisst sich in mich hinein.

»Komische Welt, in der wir leben, was?«, fragte Anna-Maria. »Zuerst Viktor Strandgård und jetzt Mildred Nilsson.«

Wieder nickte Rebecka. Anna-Maria lächelte. Das Schweigen der anderen schien ihr überhaupt nichts auszumachen, aber jetzt wartete sie geduldig darauf, dass Rebecka doch etwas sagte.

»Was glaubst du selbst?«, brachte Rebecka heraus. »Kann da jemand ein Album über den Mord an Viktor angelegt und beschlossen haben, der Sache eine zweite Folge hinzuzufügen?«

»Vielleicht.«

Anna-Maria schaute in eine Tanne hoch. Hörte ein Eichhörnchen den Stamm hinauflaufen, sah es aber nicht. Es war auf der anderen Seite, erreichte den Wipfel und ließ dort oben die Zweige rascheln.

Vielleicht hatte irgendein Irrer sich von Viktor Strandgårds Tod inspirieren lassen. Oder es war jemand gewesen, der sie gekannt hatte. Der gewusst hatte, dass sie in der Kirche Gottesdienst abhalten und wann sie zu ihrem Boot gehen würde. Sie hatte sich nicht gewehrt. Und warum hatte er sie aufgehängt? Im Mittelalter waren Köpfe auf Pfähle aufgespießt worden. Zur Warnung für andere.

»Wie geht es dir?«, fragte Anna-Maria.

Rebecka sagte, gut. Wirklich gut. Es sei danach natürlich zuerst schwierig gewesen, aber sie habe gute Hilfe gefunden. Anna-Maria antwortete, das sei doch gut, sehr gut.

Anna-Maria sah Rebecka an. Sie dachte an die Nacht, in der die Polizei zu der Hütte in Jiekajärvi gefahren war und Rebecka gefunden hatte. Sie selbst war nicht dabei gewesen, weil bei ihr bereits die Wehen eingesetzt hatten. Aber danach hatte sie oft davon geträumt. Im Traum fuhr sie mit dem Schneemobil durch Dunkelheit und Schneesturm. Rebecka lag blutend auf dem Schlitten. Der Schnee stob ihr ins Gesicht. Die ganze Zeit hatte sie schreckliche Angst, mit etwas zusammenzustoßen. Dann blieb sie stecken. Stand da in der Kälte. Das Schneemobil dröhnte ohnmächtig. Dann fuhr sie meistens mit einem Ruck aus dem Schlaf. Lag da und sah Gustav an, der zwischen ihr und Robert leise schnarchte.

Auf dem Rücken. Absolut geborgen. Die Arme in einem Winkel von neunzig Grad an der Seite, wie kleine Babys das so machen. Alles ging gut, dachte sie dann immer. Alles ging gut.

So verdammt gut ist das nun auch wieder nicht gegangen, dachte sie jetzt.

»Wirst du jetzt nach Stockholm zurückfahren?«, fragte sie.

»Nein, ich hab mir ein paar Tage freigenommen.«

»Du hast doch die Hütte deiner Großmutter in Kurravaara, wohnst du da?«

»Nein, ich... nein. Hier im Ort. Das Restaurant vermietet Hütten.«

»Du warst also noch nicht in Kurravaara?«

»Nein.«

Anna-Maria sah Rebecka forschend an.

»Wenn du willst, können wir zusammen hinfahren«, sagte sie.

Rebecka lehnte dankend ab. Sie habe bisher nur noch keine Zeit gehabt, erklärte sie. Sie verabschiedeten sich voneinander. Ehe sie sich trennten, sagte Anna-Maria: »Du hast diese Kinder gerettet.«

Rebecka nickte.

Damit kann ich mich nicht trösten, dachte sie.

»Was ist aus ihnen geworden?«, fragte sie. »Ich habe doch meinen Verdacht auf Missbrauch gemeldet.«

»Daraus ist wohl nichts geworden«, sagte Anna-Maria. »Und dann ist die ganze Familie ja weggezogen.«

Rebecka dachte an die Mädchen. Sara und Lova. Sie räusperte sich und versuchte, an etwas anderes zu denken.

»So was ist doch teuer für die Gemeinde«, sagte Anna-Maria. »Untersuchungen kosten Geld. Sich um Kinder zu kümmern kostet verdammt viel Geld. Prozesse vor Gericht kosten Geld. Vom Standpunkt der Kinder aus wäre es besser, wenn dieser ganze Apparat dem Staat unterstellt wäre. Aber jetzt ist es für die Gemeinde die beste Lösung, wenn das Problem wegzieht. Verdammt, ich habe schon Kinder aus einer zweiundfünfzig Quadratmeter großen Kriegszone geholt. Und dann hört man, dass die Gemeinde für die Familie eine Wohnung in Örkelljunga gekauft hat.«

Sie verstummte. Merkte, dass sie vor sich hin geplappert hatte, einfach weil Rebecka Martinsson eine Grenze erreicht zu haben schien.

Als Rebecka weiter auf das Lokal zuging, sah Anna-Maria hinter ihr her. Eine plötzliche Sehnsucht nach ihren Kindern überkam sie. Robert war mit Gustav zu Hause. Sie wollte die Nase an Gustavs weichen Kopf schmiegen, seine starken kleinen Kinderarme um den Hals spüren.

Dann holte sie Luft und richtete sich auf. Die Sonne im weißgelben Herbstgras. Das Eichhörnchen, das noch immer auf der anderen Straßenseite im Baumwipfel spielte. Sie konnte wieder lächeln. Sie waren nie weit weg. Jetzt würde sie mit Erik Nilsson sprechen, dem Mann der Pastorin. Dann würde sie zu ihrer Familie nach Hause fahren.

Rebecka Martinsson ging hinunter zum Restaurant. Jetzt sprach der Wald hinter ihr. Komm her, sagte er. Geh tief hinein. Ich habe kein Ende.

Sie konnte sich diese Wanderung vorstellen.

Schmale Tannen aus gehämmertem Kupfer. Der Wind in den Wipfeln hoch oben klingt wie rauschendes Wasser. Zweige, die durch die Flechten schwarz gebrannt aussehen. Die Geräusche unter ihren Füßen: das Knistern von trockenem Farn, das Knirschen der vom Specht zerhackten Tannenzapfen. Ab und zu eine weiche Nadelmatte entlang einer Tierfährte. Und dann sind nur dünne Zweige zu hören, die unter den Füßen brechen.

Man geht und geht. Zuerst sind die Gedanken im Kopf wie ein verwirrtes Garnknäuel. Die Zweige kratzen über ihr Gesicht oder fangen ihre Haare ein. Ein Faden nach dem anderen wird aus dem Knäuel gezogen. Bleibt an den Bäumen hängen. Fliegt im Wind davon. Am Ende ist der Kopf leer. Und man geht weiter. Durch den Wald. Über dampfende, duftende Moore, in denen die Füße einsinken und wo der Körper juckt. Einen Hang hoch. Frischer Wind. Kriechende Zwergbirken, glühend auf dem Boden. Dann legt man sich hin. Und dann fällt der Schnee.

Plötzlich fiel ihr ihre Kindheit ein. Diese Sehnsucht, wie eine Indianerin durch die Unendlichkeit zu streifen. Der Bussard, der über ihrem Kopf segelte. In ihren Träumen hatte sie einen Rucksack auf dem Rücken und schlief unter freiem Himmel. Immer war Jussi dabei, der Hund der Großmutter. Manchmal war sie mit dem Kanu unterwegs.

Sie dachte daran, wie sie im Wald gestanden hatte. Und ihren Vater gefragt hatte: »Wenn ich dahin gehe, wohin komme ich dann?« Und der Vater antwortete. Immer neue Poesie, abhängig davon, wohin der Finger zeigte und wo sie sich befanden. Tjålme. Latteluokta. Über den Rautasälv. Durch Vistasvagge über den Drachenrücken.

Sie musste stehen bleiben. Glaubte fast, sie sehen zu können. Es fiel ihr schwer, sich an das wirkliche Gesicht ihres Vaters zu erinnern. Weil sie zu viele Fotos von ihm gesehen hat. Die haben ihre eigenen Erinnerungen verdrängt. Aber das Hemd erkennt sie. Baumwolle, aber nach dem vielen Waschen seidenglatt. Weiß, darüber schwarze und rote Striche, die ein Karomuster bilden. Das Messer im Gürtel. Blankes, dunkles Leder. Der schön gemusterte Schaft aus Knochen. Sie selbst, erst sieben, das weiß sie sicher. Sie trägt eine blaue, maschinengestrickte Mütze aus Synthetik, mit einem Muster aus weißen Schneeflocken, dazu solide Stiefel. Ein kleines Messer auch in ihrem Gürtel. Eher zur Zierde. Sie hat aber auch versucht, es zu benutzen. Wollte damit schnitzen. Figuren. Wie Michel aus Lönneberga. Aber es ist nicht scharf genug. Wenn sie ein Messer braucht, dann muss sie Papas leihen. Das ist besser, wenn sie Holz zerteilen oder Grillspieße anspitzen will oder eben doch schnitzen, auch wenn nichts dabei herauskommt.

Rebecka schaute zu ihren hochhackigen Stiefeln von Lagersons hinunter.

Tut mir leid, sagte sie zum Wald. Heutzutage bin ich einfach falsch angezogen.

Micke Kiviniemi fuhr mit dem Lappen über den Tresen. Es war kurz nach vier Uhr am Dienstagnachmittag. Sein Übernachtungsgast, Rebecka Martinsson, saß einsam an einem Fenstertisch und schaute zum Fluss hinüber. Sie war zunächst der einzige Gast gewesen, hatte Elchgeschnetzeltes mit Kartoffelbrei und Mimmis Pilzsoße gegessen. Jetzt nippte sie ab und zu an ihrem Rotweinglas und schien die Blicke der Junggesellen nicht zu bemerken.

Die Junggesellen kamen immer als Erste. Samstags schon gegen drei Uhr, um zu essen, einige Biere zu trinken und die einsamen Stunden, bis es etwas Gescheites im Fernsehen gab, totzuschlagen. Malte Alajärvi saß da und kabbelte sich wie üblich mit Mimmi. Das tat er gern. Später würden die üblichen Abendgäste auftauchen, Bier trinken und sich Sportsendungen ansehen. Zu Micke kamen vor allem unverheiratete Männer. Aber es ließen sich auch einige Paare sehen. Und auch Mitglieder des Frauennetzwerkes. Es kam außerdem vor, dass die Angestellten aus der Touristeninformation von Jukkasjärvi mit dem Boot über den Fluss setzten und hier aßen.

»Was, zum Teufel, gibt's denn heute zu fressen?«, klagte Malte und zeigte auf die Speisekarte. »Gno...«

»Gnocchi«, sagte Mimmi. »Das sind kleine Kartoffelnudeln. Gnocchi mit Tomaten und Mozzarella. Und dazu gibt es entweder ein Stück Grillfleisch oder Hähnchen.«

Sie trat neben Malte und zog demonstrativ ihren Block aus der Schürzentasche.

Als ob sie den nötig hätte, dachte Malte. Sie konnte auch von Gruppen mit zwölf Personen Bestellungen annehmen und sich alles merken. Einfach unglaublich.

Er sah Mimmi an. Wenn er die Wahl zwischen ihr und Rebecka Martinsson hätte, dann würde Mimmi das Rennen um mehrere Pferdelängen gewinnen. Mimmis Mutter Lisa war in ihren jungen

Jahren ja auch eine Augenweide gewesen, das konnten die Jungs aus dem Ort bezeugen. Und Lisa war ja noch immer schön. Das ließ sich nur schwer verbergen, auch wenn sie immer hoffnungslose Klamotten trug und sich die Haare selbst schnitt. Mitten in der Nacht mit der Schafschere, wie Mimmi behauptete. Aber während Lisa ihre Schönheit nach besten Kräften verbarg, zeigte Mimmi ihre gern vor. Die Schürze eng um die Hüften gebunden. Die gesträhnten Haare, die sich unter ihrem winzigen Kopftuch hervorringelten. Enge schwarze Pullover mit großzügigem Ausschnitt. Und wenn sie sich vorbeugte, um den Tisch abzuwischen, konnte wer immer das wollte einen netten Blick in die Kluft zwischen ihren leicht wogenden Brüsten werfen, die von einem Spitzen-BH gehalten wurden. Der war immer rot, schwarz oder lila. Von hinten konnte man, wenn ihre Jeans nach unten rutschten, ein Stück der Echse sehen, die sie sich auf ihre rechte Hinterbacke hatte tätowieren lassen.

Ihm fiel ihre erste Begegnung ein. Sie hatte ihre Mutter besucht und angeboten, einen Abend lang auszuhelfen. Es gab jede Menge Essensgäste, und sein Bruder hatte sich wie üblich nicht blicken lassen, obwohl diese ganze Restaurantgeschichte eigentlich seine Idee gewesen war. Micke stand also einsam hinter der Bar. Mimmi bot an, ein bisschen Kneipenkost zu brutzeln und zu servieren. Das Gerücht verbreitete sich noch am selben Abend. Die Jungs liefen aufs Klo und riefen ihre Kumpels an. Alle kamen und wollten Mimmi sehen.

Und dann blieb sie. »Erst mal«, sagte sie immer vage, wenn er eine klare Auskunft wünschte. Wenn er es mit dem Argument versuchte, es wäre schön für die Firma, Bescheid zu wissen, damit sie für die Zukunft planen könnten, wurde ihr Tonfall patzig.

»Dann plan doch einfach ohne mich.«

Später, als sie miteinander im Bett gelandet waren, wagte er, diese Frage zu wiederholen. Wie lange sie bleiben würde.

»Bis sich etwas Besseres bietet«, sagte sie und grinste.

Und sie waren kein Paar, das hatte sie immerhin ganz deutlich gesagt. Er hatte selbst etliche Freundinnen gehabt. Mit einer hatte er sogar eine Zeit lang zusammengewohnt. Er wusste also, was diese Sätze bedeuteten. Du bist ein wunderbarer Mensch, aber... ich bin noch nicht so weit... wenn ich mich überhaupt in irgendwen verlieben könnte, dann in dich... kann mich noch nicht binden. Das alles bedeutete nur: Ich liebe dich nicht. Aber für den Moment bist du gut genug.

Sie hatte das ganze Lokal verändert. Hatte ihm zuerst geholfen, den Bruder loszuwerden. Der weder arbeitete noch die Schulden abbezahlte. Er kam einfach nur und soff mit seinen Kumpels, ohne dafür zu bezahlen. Eine Bande von Versagern, die den Bruder, so lange er blechte, zum König des Abends ausriefen.

»Die Entscheidung ist einfach«, hatte Mimmi zu seinem Bruder gesagt. »Entweder wird der Laden dichtgemacht, und dann sitzt du mit den Schulden da. Oder du überlässt alles Micke.«

Und Bruderherz hatte unterschrieben. Blutunterlaufene Augen. Der ein wenig unangenehme Körpergeruch, der durch das seit Tagen nicht gewechselte T-Shirt drang. Und diese neue Patzigkeit in der Stimme. Die typische Vergrätztheit der Säufer.

»Aber das Schild gehört mir«, hatte der Bruder verkündet und die unterschriebene Abmachung hastig von sich weggeschoben.

»Ich habe jede Menge Ideen«, fügte er dann hinzu und schlug sich an den Kopf.

»Du kannst es mitnehmen, wann immer du willst«, hatte Micke gesagt.

Und gedacht: *That'll be the day*.

Ihm fiel ein, wie der Bruder das Schild im Internet entdeckt hatte. Ein ausrangiertes Kneipenschild aus den USA. LAST STOP DINER, weiße Leuchtbuchstaben auf rotem Grund. Damals waren sie lächerlich zufrieden damit gewesen. Aber was interessierte Micke das jetzt? Er hatte selbst auch andere Pläne. »Mimmis« wäre ein guter Name für ein Lokal. Aber davon wollte sie nichts hören. Sie bestand auf »Mickes Bar & Küche«.

»Warum musst du so komischen Kram servieren?«

Malte musterte mit betrübter Miene die Speisekarte.

»Das ist überhaupt nicht komisch«, sagte Mimmi. »Das ist das Gleiche wie Kartoffelklöße, nur eben kleiner.«

»Kartoffelklöße und Tomaten, wenn das nicht komisch ist. Nein, gib mir was aus der Tiefkühltruhe. Ich nehme Lasagne.«

Mimmi verschwand in der Küche.

»Und vergiss das Kaninchenfutter«, rief Malte hinter ihr her. »Hast du gehört? Keinen Salat!«

Micke drehte sich zu Rebecka Martinsson um.

»Bleibst du heute Nacht noch?«, fragte er.

»Ja.«

Wo sollte ich auch hingehen, fragte sie sich. Wohin sollte ich fahren? Was sollte ich tun? Hier kennt mich wenigstens niemand.

»Diese Pastorin«, sagte sie dann. »Die Tote.«

»Mildred Nilsson.«

»Wie war sie?«

»Saugut, fand ich. Sie und Mimmi sind das Beste, was diesem Kaff je passiert ist. Und diesem Lokal auch. Hier gab es doch bloß jede Menge unverheiratete Kerle zwischen achtzehn und dreiundachtzig, als ich angefangen habe. Aber als Mildred dann gekommen war, stellten sich auch die Frauen ein. Sie hat den Ort in Schwung gebracht.«

»Hat die Pastorin ihnen gesagt, sie sollten in die Kneipe gehen?«

Micke lachte.

»Zum Essen! So war sie eben. Sie fand, die Tanten müssten auch mal unter die Leute kommen. Sich eine Pause in der Küche gönnen. Und dann haben sie ihre Typen hergeschleppt und hier gegessen, wenn sie selber nicht kochen wollten. Und es gab eine ganz andere Stimmung hier im Laden, als die Damen hergekommen sind. Früher saßen hier doch nur übellaunige Macker rum.«

»So sind wir doch nicht«, wandte Malte Alajärvi ein, der diese Bemerkung aufgeschnappt hatte.

»Bist du wohl, so warst du damals, und so bist du immer noch.

Sitzt hier rum, glotzt auf das andere Flussufer und schimpfst über Yngve Bergqvist und Jukkasjärvi.«

»Ja, aber der Yngve...«

»Und schimpfst über das Essen und die Regierung und das miese Fernsehprogramm...«

»Jede Menge Scheiß-Shows!«

»Und über alles.«

»Alles, was ich über Yngve Bergqvist gesagt habe, ist, dass er ein verdammter Scharlatan ist, der alles verkauft, wenn nur *arctic* davorsteht. *Arctic sledgedogs* und *arctic safari* und verdammt noch mal, die Japaner bezahlen sicher zweihundert extra, wenn sie auf ein *arctic shit-house* gehen können.«

Micke wandte sich an Rebecka.

»Siehst du.«

Dann wurde er ernst.

»Warum fragst du? Du bist doch wohl keine Journalistin?«

»Nein, nein, das hat mich nur so interessiert. Sie hat doch hier gewohnt und dann... Nein, dieser Anwalt, der gestern Abend mit mir hier war, ich arbeite für ihn.«

»Trägst seine Aktentasche und buchst seine Flüge?«

»So ungefähr.«

Rebecka Martinsson schaute auf die Uhr. Sie hatte gefürchtet und gehofft, dass eine stocksaure Anna-Maria Mella auftauchte und den Safeschlüssel verlangte. Aber vermutlich hatte der Mann der Pastorin nichts gesagt. Vielleicht wusste er ja gar nicht, was Rebecka mit den Schlüsseln vorhatte. Das alles war eigentlich ein verdammter Dreck. Sie schaute aus dem Fenster. Es wurde jetzt dunkel. Sie hörte, wie draußen ein Wagen auf den Kiesplatz fuhr.

Ihr Handy brummte in ihrer Handtasche. Sie zog es heraus und schaute auf das Display. Es war die Nummer der Kanzlei.

Måns, dachte sie und lief hinaus auf die Treppe.

Es war Maria Taube.

»Wie geht's?«, fragte sie.

»Ich weiß nicht«, sagte Rebecka.

»Ich habe mit Torsten gesprochen. Er sagt, dass ihr sie jedenfalls an der Angel habt.«

»Mmm.«

»Und dass du noch einen Moment geblieben bist, um irgendwas zu erledigen.«

Rebecka gab keine Antwort.

»Warst du in, wie heißt der Ort noch gleich, da, wo das Haus deiner Oma steht?«

»Kurravaara. Nein.«

»Ist es schlimm?«

»Nein, es ist nichts.«

»Warum fährst du dann nicht hin?«

»Das hat sich einfach noch nicht ergeben«, sagte Rebecka. »Ich war ein bisschen zu sehr damit beschäftigt, künftigen Mandanten bei allerlei Drecksarbeiten zu helfen.«

»Fauch mich nicht an, Herzchen«, sagte Maria sanft. »Und jetzt erzähl. Was sind das für Drecksarbeiten?«

Rebecka erzählte. Sie war plötzlich so müde, dass sie sich am liebsten auf die Treppe gesetzt hätte.

Maria seufzte.

»Soll Torsten doch der Teufel holen«, sagte sie. »Ich werde...«

»Das wirst du bitte nicht«, sagte Rebecka. »Das Schlimmste ist ja doch das mit dem Safe. Darin liegen die persönlichen Sachen der toten Pastorin. Es können doch Briefe sein und... ja, einfach alles. Wenn irgendwer das bekommen sollte, dann doch wohl ihr Mann. Und die Polizei. Es kann Beweismaterial dabei sein, wir wissen doch nichts.«

»Ihr Chef wird Unterlagen, die interessant sein könnten, doch wohl an die Polizei weiterreichen«, meinte Maria Taube begütigend.

»Vielleicht«, sagte Rebecka gedämpft.

Sie schwiegen eine Weile. Rebecka grub mit der Stiefelspitze im Kies.

»Aber ich dachte, du wärst hochgefahren, um dich in die Löwengrube zu begeben«, sagte Maria Taube. »Deshalb bist du doch mitgekommen.«

»Ja, ja.«

»Also, verdammt, Rebecka, komm mir hier nicht mit ja, ja. Ich bin deine Freundin und muss dir das sagen dürfen. Du weichst nur immer weiter zurück. Wenn du nicht wagst, in die Stadt zu fahren oder nach Kurrkavaara...«

»Kurravaara.«

»...sondern dich in irgendeiner Dorfkneipe am Fluss versteckst, wo willst du dann irgendwann enden?«

»Ich weiß nicht.«

Maria Taube verstummte.

»Das ist nicht so leicht«, sagte Rebecka endlich.

»Glaubst du, dass ich das glaube? Ich kann kommen und dir Gesellschaft leisten, wenn du willst.«

»Nein«, wehrte Rebecka ab.

»Na gut, jetzt hab ich es gesagt. Ich habe es angeboten.«

»Und ich weiß das zu schätzen, aber...«

»Du brauchst nichts zu schätzen. Und jetzt muss ich an die Arbeit, wenn ich vor Mitternacht zu Hause sein will. Ich rufe wieder an. Übrigens hat Måns nach dir gefragt. Ich glaube wirklich, er macht sich Sorgen. Du, Rebecka, weißt du noch, wie wir früher zu Schulzeiten im Schwimmbad waren? Und wenn wir dann direkt vom Fünfer gesprungen sind, dann brauchten wir uns danach nicht mehr vor den anderen Höhen zu fürchten. Fahr zur Kristallkirche, und besuch einen Hallelujagottesdienst. Dann hast du das Schlimmste hinter dir. Hast du mir nicht schon vor Weihnachten erzählt, dass Sanna und ihre Familie und Thomas Söderbergs Familie Kiruna verlassen haben?«

»Du sagst ihm doch nichts?«

»Wem?«

»Måns. Dass ich... ich weiß nicht.«

»Nicht doch. Ich ruf dich an, ja?«

ERIK NILSSON SITZT ganz still am Küchentisch im Pfarrhaus. Seine tote Frau sitzt ihm gegenüber. Lange wagt er nichts zu sagen. Er wagt kaum zu atmen. Das kleinste Wort, die geringste Bewegung, und die Wirklichkeit klirrt und zerspringt in tausend Stücke.

Und wenn er die Augen zumacht, wird sie verschwunden sein, wenn er sie wieder öffnet.

Mildred grinst.

Du bist witzig, sagt sie. Du kannst an die Unendlichkeit des Universums glauben, daran, dass die Zeit relativ ist, dass sie sich krümmt und rückwärts läuft.

Die Wanduhr ist stehen geblieben. Die Fenster sind schwarze Spiegel. Wie oft hat er in den vergangenen drei Monaten schon seine tote Frau herbeigerufen? Sich gewünscht, sie glitte abends, wenn er im Bett liegt, durch die Dunkelheit auf sein Bett zu? Oder dass er ihre Stimme im Flüstern des Windes in den Bäumen hört.

Du kannst hier nicht bleiben, Erik, sagt sie.

Er nickt. Es ist nur so viel. Was soll er mit all den Sachen machen, mit Büchern, Möbeln? Er weiß nicht, wo er anfangen soll. Das ist ein unüberwindliches Hindernis. Kaum denkt er daran, schon wird er von einer solchen Müdigkeit überwältigt, dass er sich hinlegen muss, selbst wenn es mitten am Tag ist.

Scheiß drauf, sagt sie. Scheiß auf den Krempel. Mir ist das doch egal.

Er weiß, dass das stimmt. Alle Möbel stammen aus ihrem Elternhaus. Sie war die einzige Tochter eines Probstes, und ihre beiden Eltern waren gestorben, während sie noch zur Universität ging.

Sie weigert sich, ihn zu bedauern. So war sie immer schon. Deshalb ist er noch immer heimlich wütend auf sie. Das war die böse Mildred. Nicht im Sinne von boshaft oder gemein. Aber die Mildred, die Böses tat. Die ihn verletzte. Wenn du bei mir bleiben willst, dann freue ich mich, hat sie gesagt, als sie noch am Leben war. Aber du bist ein erwachsener Mensch, du musst selbst entscheiden, wie du leben willst.

War das richtig, fragt er sich wie schon so oft. Darf man so kompromisslos sein? Ich habe voll und ganz ihr Leben gelebt. Natürlich war das meine eigene Wahl. Aber soll man einander in der Liebe nicht entgegenkommen?

Jetzt schaut sie die Tischplatte an. Er darf nicht an Kinder denken, denn dann wird sie wohl wie ein Schatten durch die Wand verschwinden. Er muss sich zusammenreißen. Er hat sich immer zusammenreißen müssen. In der Küche ist es jetzt fast stockfinster.

Sie hatte das nicht gewollt. In den ersten Jahren hatten sie miteinander geschlafen. Abends. Oder mitten in der Nacht, wenn er sie geweckt hatte. Immer bei ausgeknipster Lampe. Und er konnte noch immer ihren schlecht verhohlenen Widerwillen spüren, wenn er mehr machte, als ihn nur hineinzustecken. Am Ende hatte es von selbst aufgehört. Er näherte sich ihr nicht mehr, ihr war das egal. Ab und zu sprang die Wunde auf, und sie stritten sich. Er konnte nuscheln, dass sie ihn nicht liebe, dass ihre Arbeit ihm alles wegnehme. Dass er sich Kinder wünsche. Und sie drehte dann die Handflächen nach oben: Was willst du dann von mir? Wenn du unglücklich bist, musst du eben gehen. Und er: Wohin denn? Zu wem? Immer hatten die Stürme sich wieder gelegt. Der Alltag hatte sie beruhigt. Und das war immer, oder fast immer, gut genug für ihn.

Ihr spitzer Ellbogen auf der Tischplatte. Der Zeigefingernagel tippt nachdenklich auf die lackierte Fläche. Sie sieht so hartnäckig in Gedanken versunken aus, wie sie das immer tut, wenn ihr eine Idee gekommen ist.

Er ist es gewohnt, für sie zu kochen. Den Teller mit der Plastikfolie aus dem Kühlschrank zu nehmen und in die Mikrowelle zu stellen, wenn sie spät nach Hause kommt. Zuzusehen, wie sie isst. Oder ihr ein Bad einzulassen. Ihr zu sagen, dass sie sich die Haare nicht so fest um den Finger wickeln darf, wenn sie nicht am Ende eine Glatze haben will. Aber jetzt weiß er nicht, was er machen soll. Er will sie fragen, wie es ist. Dort im Jenseits.

Ich weiß nicht, antwortet sie. Aber es zieht an mir. Mit aller Kraft.

Ach, das hätte er sich ja denken können, verdammt. Sie ist hier, weil sie etwas will. Plötzlich hat er schreckliche Angst, dass sie einfach verschwinden könnte. Einfach so.

»Hilf mir«, bittet er sie. »Hilf mir weg von hier.«

Sie sieht ihm an, dass er es nicht allein schaffen wird. Und sie sieht seinen Zorn. Den heimlichen Hass der Unselbstständigen und Abhängigen. Aber das macht jetzt nichts mehr. Sie erhebt sich. Legt ihm die Hand in den Nacken. Zieht sein Gesicht an ihre Brust.

»Jetzt gehen wir«, sagt sie nach einer Weile.

Es ist Viertel nach sieben, als er zum letzten Mal in seinem Leben die Tür des Pfarrhauses hinter sich zuzieht. Alles, was er mitnimmt, hat Platz in einer Plastiktüte. Eine Nachbarin zieht den Vorhang zur Seite, beugt sich zur Fensterscheibe vor und schaut neugierig zu, wie er die Tüte auf den Rücksitz wirft.

Mildred setzt sich auf den Beifahrersitz. Als der Wagen durch das Tor rollt, fühlt er sich fast fröhlich. Wie in dem Sommer, ehe sie geheiratet haben. Als sie mit dem Auto in Irland unterwegs waren. Und Mildred lächelt neben ihm voller Überzeugung.

Sie halten vor Mickes Lokal auf der Straße. Er will nur schnell dieser Rebecka Martinsson die Schlüssel zum Pfarrhaus überreichen.

Zu seiner Überraschung steht sie vor der Tür. Sie hält ein Mobiltelefon in der Hand, spricht aber nicht. Ihr Arm hängt schlaff nach unten. Als sie ihn entdeckt, scheint sie fast weglaufen zu wollen. Er geht vorsichtig, fast bittend auf sie zu. Wie auf einen scheuen, geprügelten Hund.

»Ich wollte Ihnen den Schlüssel zum Pfarrhaus geben«, sagt er. »Und Sie geben ihn dann zusammen mit Mildreds Safeschlüssel dem Probst und können ihm sagen, dass ich das Haus verlassen habe.«

Sie sagt nichts. Nimmt den Schlüssel entgegen. Stellt keine Fragen nach seinen Möbeln oder sonstigen Habseligkeiten. Steht da. Das Telefon in der einen Hand, den Schlüssel in der anderen. Er würde gern etwas sagen. Um Verzeihung bitten, vielleicht. Sie in den Arm nehmen oder ihre Haare streicheln.

Aber Mildred ist aus dem Wagen gestiegen, steht daneben und ruft ihn.

Komm jetzt, ruft sie. Für sie kannst du nichts tun. Der helfen andere.

Also macht er kehrt und stapft zur Straße zurück.

Kaum hat er sich gesetzt, lässt ihn die Trauer, mit der Rebecka Martinsson ihn angesteckt hat, wieder los. Die Straße zur Stadt ist dunkel und abenteuerlich. Mildred sitzt neben ihm. Er hält vor dem Hotel Ferrum.

»Ich habe dir verziehen«, sagt er.

Sie schaut ihr Knie an. Schüttelt kurz den Kopf.

Ich habe nicht um Verzeihung gebeten, sagt sie.

Es ist zwei Uhr nachts. Rebecka Martinsson schläft.

Die Neugier klettert durch das Fenster wie eine Schlingpflanze. Schlägt in ihrem Herzen Wurzeln. Schickt Wurzeln und Ableger wie Metastasen durch ihren Körper. Schlingt sich um ihre Rippen. Spinnt einen Kokon um ihren Brustkorb.

Als sie mitten in der Nacht aufwacht, ist daraus ein unbezwinglicher Drang geworden. Jetzt sind die Geräusche aus der Kneipe in der Herbstnacht verklungen. Ein Zweig streift das Blechdach der Hütte und schlägt dann wütend darauf ein. Es ist fast Vollmond. Das totenbleiche Licht fällt durch das Fenster. Lässt den Schlüsselbund auf dem Kiefernholztisch funkeln.

Sie steigt aus dem Bett und zieht sich an. Braucht kein Licht zu machen. Der Mondschein reicht aus. Sie schaut auf die Uhr. Sie denkt an Anna-Maria Mella. Sie mag diese Polizistin. Das ist eine Frau, die versucht, das Richtige zu tun.

Sie geht hinaus. Heftiger Wind weht. Birken und Ebereschen schlagen wütend um sich. Die Tannenstämme ächzen und knacken.

Sie setzt sich ins Auto und fährt los.

Sie fährt zum Friedhof. Das ist nicht weit. Er ist auch nicht groß. Sie braucht das Grab der Pastorin nicht lange zu suchen. Viele Blumen. Rosen. Heidekraut. Mildred Nilsson. Und eine leere Stelle für ihren Mann.

Sie war im selben Jahr geboren wie Mama, denkt Rebecka. Mama wäre im November fünfundfünfzig geworden.

Es ist still. Aber Rebecka kann die Stille nicht hören. Der Wind weht so wild, dass ihre Ohren dröhnen.

Sie bleibt eine Weile stehen und starrt den Stein an. Dann geht sie zurück zum Auto, das vor der Friedhofsmauer steht. Als sie sich hineinsetzt, verstummt der Lärm.

Was hast du denn erwartet, fragt sie sich. Dass die Pastorin durchsichtig auf dem Grabstein sitzt und dir auffordernd zuwinkt?

Dann wäre natürlich alles leichter. Aber jetzt ist es ihre eigene Entscheidung.

Der Probst will also den Schlüssel zu Mildred Nilssons Safe. Was mag darin liegen? Warum hat niemand die Polizei auf diesen Safe aufmerksam gemacht? Sie wollen ihren Schlüssel diskret ausgehändigt haben. Und zwar von Rebecka.

Das spielt keine Rolle, denkt sie. Ich kann genau das tun, was ich gerade will.

Polizeiinspektorin Anna-Maria Mella erwachte mitten in der Nacht. Das lag am Kaffee. Wenn sie spätabends noch Kaffee trank, wurde sie immer mitten in der Nacht wach und wälzte sich dann eine Weile hin und her, bis sie wieder einschlafen konnte. Ab und zu stand sie auf. Es war eigentlich eine ziemlich schöne Zeit. Die ganze Familie schlief, und sie konnte in der Küche bei einer Tasse Kamillentee Radio hören oder Wäsche zusammenlegen oder was auch immer und sich dabei in ihre Gedanken vertiefen.

Sie ging in den Keller hinunter und steckte das Bügeleisen ein. Ließ ihr Gespräch mit dem Mann der ermordeten Pastorin noch einmal in ihrem Kopf ablaufen.

Erik Nilsson: Jetzt setzen wir uns in die Küche, damit wir Ihr Auto im Blick haben.

Anna-Maria: Ach?

Erik Nilsson: Unsere Bekannten parken immer unten bei der Kneipe oder jedenfalls ein Stück von hier entfernt. Sonst besteht das Risiko, dass nachher die Reifen aufgeschlitzt sind oder der Lack zerkratzt ist oder so.

Anna-Maria: Ach.

Erik Nilsson: Na ja, so schlimm ist das auch wieder nicht. Aber vor einem Jahr hat es oft solche Zwischenfälle gegeben.

Anna-Maria: Haben Sie Anzeige erstattet?

Erik Nilsson: Die Polizei kann nichts unternehmen. Auch wenn man weiß, wer es war, gibt es doch nie Beweise. Niemand sieht jemals etwas. Die Leute haben sicher auch Angst. Als Nächstes kann schließlich ihr Schuppen brennen.

Anna-Maria: Hat irgendwer Ihren Schuppen angesteckt?

Erik Nilsson: Ja, da war ein Mann hier aus dem Ort... Wir glauben jedenfalls, dass er es war. Seine Frau hat ihn verlassen und eine Weile hier im Pfarrhaus gewohnt.

Das war ja reizend, dachte Anna-Maria. Erik Nilsson hätte in dem Moment die Chance gehabt, sie in Verlegenheit zu bringen, hatte aber darauf verzichtet. Er hätte seine Stimme in Bitterkeit umschlagen lassen können, er hätte über die Passivität der Polizei sprechen und ihnen am Ende die Verantwortung für den Tod seiner Frau zuschieben können.

Sie streichelte eins von Roberts Hemden, o Gott, die Manschetten waren ja total verschlissen. Das Hemd dampfte unter dem Eisen. Frisch gebügelte Baumwolle roch wirklich gut.

Und dann war er daran gewöhnt, mit Frauen zu sprechen, das war klar. Ab und zu vergaß sie sich und beantwortete seine Fragen; statt bei ihm Vertrauen zu erwecken, erweckte er Vertrauen bei ihr. Etwa als er nach ihren Kindern gefragt hatte. Er wusste genau, was in deren Alter typisch war. Er erkundigte sich, ob Gustav schon das Wort »nein« gelernt habe.

Anna-Maria: Das kommt darauf an. Wenn ich nein sage, versteht er nichts. Aber wenn er es sagt...

Erik Nilsson lacht, wird dann plötzlich aber ernst.

Anna-Maria: Großes Zuhause.

Erik Nilsson (seufzt): Ein Zuhause war das eigentlich nie. Es ist zur Hälfte Pfarrhaus und zur Hälfte Hotel.

Anna-Maria: Aber jetzt ist es leer.

Erik Nilsson: Ja, die Frauengruppe Magdalena dachte wohl, es könnte zu viel Gerede geben. Sie wissen schon, Pastorinnenwitwer tröstet sich mit allerlei durchgebrannten Ehefrauen. Und ich nehme an, sie haben Recht.

Anna-Maria: Ich muss Sie fragen, wie Sie sich mit Ihrer Frau verstanden haben.

Erik Nilsson: Müssen Sie das?

Anna-Maria: ...

Erik Nilsson: Gut. Ich habe Mildred ungeheuer respektiert.
Anna-Maria: ...
Erik Nilsson: Sie war als Frau etwas Besonderes. Und auch als Geistliche. Sie war so unglaublich ... leidenschaftlich in allem, was sie angefasst hat. Sie glaubte wirklich, hier in Kiruna und im Ort eine Berufung zu haben.
Anna-Maria: Woher stammte sie ursprünglich?
Erik Nilsson: Sie kam aus Uppsala. Ihr Vater war Probst. Wir haben uns kennen gelernt, als ich Physik studierte. Sie hat immer gesagt, dass sie gegen die Normalität kämpft. ›Sowie die Gefühle zu stark werden, setzt die Kirche eine Krisenkommission ein.‹ Sie redete zu viel und zu schnell und zu eifrig. Und sie wurde fast manisch, wenn sie sich etwas in den Kopf gesetzt hatte. Das konnte mich zum Wahnsinn treiben. Ich hab mir tausendmal gewünscht, sie wäre normaler. Aber ... (resignierte Handbewegung) ... wenn so ein Mensch weggerissen wird ... dann ist das nicht nur mein Verlust.

Sie hatte sich im Haus umgesehen. Auf Mildreds Seite im Doppelbett des Paares war alles leer. Keine Bücher. Kein Wecker. Keine Bibel.
Plötzlich hatte Erik Nilsson hinter ihr gestanden.
»Sie hatte ihr eigenes Zimmer«, sagte er.
Es war ein kleines Mansardenzimmer. Vor dem Fenster gab es keine Blumen, sondern eine Lampe und einige Keramikvögel. Das schmale Bett war noch immer ungemacht, so, wie sie es sicher verlassen hatte. Ein roter Fleecebademantel war achtlos darübergeworfen worden. Auf dem Boden ein Stapel Bücher. Anna-Maria hatte sich die Titel angesehen. Oben lag die Bibel, dann gab es Sprache für einen erwachsenen Glauben, Biblisches Nachschlagewerk, einige Kinder- und Jugendbücher, Anna-Maria erkannte *Pu der Bär*, *Anne auf Green Gables*, unter allem lagen dann noch unendliche Mengen von herausgerissenen Zeitungsartikeln.
»Hier gibt es nichts zu sehen«, sagte Erik Nilsson müde. »Hier gibt es nichts mehr zu sehen.«

Das war seltsam, dachte Anna-Maria und faltete die Kinderkleider zusammen. Er schien seine tote Frau festzuhalten. Ihre Post lag ungeöffnet als großer Haufen auf dem Tisch. Auf ihrem Nachttisch stand ein Glas Wasser, daneben lag ihre Lesebrille. Alles andere war so aufgeräumt und sauber, aber er schaffte es nicht, auch sie wegzuräumen. Und es war ein schönes Zuhause. Wie aus einer Einrichtungszeitschrift. Aber dennoch hatte er gesagt, es sei kein Zuhause, sondern »zur Hälfte Pfarrhaus, zur Hälfte Hotel«. Und dann hatte er behauptet, sie »respektiert« zu haben. Seltsam.

Rebecka fuhr langsam in die Stadt. Das grauweiße Mondlicht wurde vom Asphalt und der verfaulenden Laubdecke aufgesogen. Der Wind warf die Bäume hin und her, sie schienen sich fast hungrig nach dem wenigen Licht zu recken, bekamen aber nichts ab. Sie blieben nackt und schwarz. Verkrümmt und gequält, jetzt, so kurz vor dem Winterschlaf.

Sie fuhr am Gemeindehaus vorbei. Es war ein niedriges Gebäude aus weißem Klinker und dunklem Holz. Sie fuhr den Gruvväg hoch und hielt hinter der alten Reinigung.

Sie konnte sich die Sache immer noch anders überlegen. Nein, das konnte sie nicht.

Was wäre das Schlimmste, was passieren könnte, überlegte sie. Ich kann erwischt werden und Strafe zahlen müssen. Eine Stelle verlieren, die ich im Grunde schon verloren habe.

Bisher kam es ihr vor, als wäre das Allerschlimmste, zurückzufahren und sich wieder hinzulegen. Sich morgen in das Flugzeug nach Stockholm setzen und immer weiter zu hoffen, wieder so weit zu Verstand zu kommen, dass sie die Arbeit wieder aufnehmen könnte.

Sie musste an ihre Mutter denken. Die Erinnerung überkam sie in starken, greifbaren Bildern. Sie konnte ihre Mutter fast durch das Seitenfenster sehen. Elegante Frisur. Den erbsengrünen selbst genähten Mantel mit dem breiten Gürtel und dem Pelzkragen. Der die Nachbarinnen die Augen verdrehen ließ, wenn sie vorübertänzelte. Für wen hielt sie sich eigentlich? Und die hochhackigen Stiefel, die sie nicht in Kiruna gekauft hatte, sondern in Luleå.

Ihre Brust schien sich vor Liebe zusammenzuziehen. Sie wird sieben und streckt die Hand nach ihrer Mama aus. Die hat einen so schönen Mantel. Und ein schönes Gesicht. Als sie noch kleiner war, hat sie einmal gesagt: Du bist wie eine Barbie, Mama. Und Mama lachte und drückte sie an sich. Rebecka passte genau auf und sog all die schönen Düfte in sich ein. Mamas Haare rochen so fein und so besonders. Genauso wie der Puder in ihrem Gesicht. Und das Parfüm in ihrer Halsgrube. Rebecka sagte es auch später noch: Du siehst aus wie eine Barbie, nur, weil Mama sich so gefreut hatte. Aber sie freute sich nie wieder so. Es schien nur einmal zu funktionieren. Hör jetzt auf, sagte die Mutter schließlich.

Jetzt besann Rebecka sich. Es gab noch mehr. Wenn man ein wenig genauer hinschaute. Das, was die Nachbarinnen nicht sagten. Dass die Schuhe von billiger Qualität waren. Dass die Nägel gesprungen und abgenagt waren. Dass die Hand, die die Zigarette zum Mund führte, leicht zitterte, wie bei Leuten, die etwas nervös veranlagt sind.

Die wenigen Male, wenn Rebecka an sie denken musste, erinnerte sie sich immer an eine Frierende. Mit zwei Wollpullovern und dicken Socken zu Hause am Küchentisch aus Resopal.

Oder wie jetzt, die Schultern leicht hochgezogen, denn unter dem eleganten Mantel ist kein Platz für einen dicken Pullover. Die Hand, in der sie keine Zigarette hält, versteckt sich in der Manteltasche. Ihr Blick wandert ins Auto und fällt auf Rebecka. Schmale, forschende Augen. Die Mundwinkel gesenkt. Wer ist jetzt hier verrückt?

Ich bin nicht verrückt geworden, dachte Rebecka. Ich bin wie du.

Sie stieg aus dem Wagen und ging mit raschen Schritten auf das Gemeindehaus zu. Sie rannte fast weg vor der Erinnerung an die Frau im erbsengrünen Mantel.

Die Lampe über dem Hintereingang war passenderweise eingeschlagen worden. Rebecka testete die Schlüssel an ihrem Bund. Es konnte vielleicht eine Alarmanlage geben. Vermutlich die billige

Variante: eine, die nur im Haus selbst schrillt, um Diebe zu verjagen. Oder eine teure, die sofort eine Wachgesellschaft benachrichtigt.

Keine Sorge, redete sie sich gut zu. Hier kommt nicht die nationale Sicherheitstruppe angestürzt, sondern ein verpennter Wachmann in einem Wagen, der vor dem Haupteingang halten wird. Zeit genug, um dann zu verschwinden.

Plötzlich hatte sie den passenden Schlüssel gefunden. Rebecka drehte ihn im Schloss um und glitt in die Dunkelheit des Hauses. Alles war still. Kein Alarm. Auch kein Piepsen, das andeutete, dass sie sechzig Sekunden hatte, um einen Code einzutippen. Das Gemeindehaus hatte ein Souterrain, die Hintertür lag im Obergeschoss, der Haupteingang ganz unten. Das Pfarrbüro befand sich im Obergeschoss, dass wusste sie. Sie machte sich nicht die Mühe zu schleichen.

Hier ist niemand, sagte sie zu sich.

Sie hatte das Gefühl, dass ihre Schritte widerhallten, als sie rasch über den Steinboden zum Pfarrbüro ging.

Das Zimmer mit dem Safe lag neben dem Pfarrbüro. Es war eng und fensterlos, sie musste das Deckenlicht einschalten.

Ihr Puls stieg, als sie mit dem Schlüssel im Schloss der anonymen grauen Schränke herumfummelte. Wenn jetzt irgendwer kam, dann hatte sie keine Fluchtmöglichkeit. Sie versuchte, in Richtung Treppenhaus und auf die Straße hinauszuhorchen. Die Schlüssel lärmten wie Kirchenglocken.

Als sie beim dritten Safe angekommen war, ließ der Schlüssel sich problemlos im Schloss drehen. Das musste Mildred Nilssons Safe sein. Rebecka machte ihn auf und schaute hinein.

Es war ein kleiner Safe. Er enthielt nicht viel, trotzdem war er fast voll. Eine Anzahl von Pappschachteln und kleinen Stoffbeuteln mit Schmuck. Perlenkette, einige schwere Goldringe mit Steinen, Ohrgehänge. Zwei schlichte Trauringe, die alt aussahen, sicher Erbstücke. Ein blauer Pappordner, der allerlei Papiere enthielt. Auch einige Briefe lagen im Safe. Die Adressen auf den

Umschlägen waren in unterschiedlichen Handschriften geschrieben.

Was mache ich jetzt, fragte sich Rebecka.

Sie überlegte, was der Probst über den Inhalt des Safes wissen könnte. Ob er etwas vermissen würde?

Sie holte Luft und ging dann alles durch. Saß auf dem Boden und hatte alles um sich herum ausgebreitet. Jetzt funktionierte ihr Kopf so wie früher, sie arbeitete rasch, nahm Informationen in sich auf, bearbeitete und sonderte aus. Eine halbe Stunde später schaltete Rebecka den Kopierer des Pfarrbüros ein.

Die Briefe nahm sie so, wie sie waren. Vielleicht gab es darauf Fingerabdrücke oder Spuren. Sie steckte sie in eine Plastiktüte, die sie in einer Schublade gefunden hatte.

Sie kopierte den Inhalt des blauen Ordners. Die Kopien legte sie dann zu den Briefen in die Plastiktüte. Sie stellte den Ordner zurück in den Safe, schloss ihn ab, löschte die Lampe und ging. Es war halb vier Uhr morgens.

Anna-Maria Mella wurde davon geweckt, dass ihre Tochter Jenny sie am Arm zog.

»Mama, da ist jemand an der Tür.«

Das Kind wusste, dass es verboten war, zu ungewöhnlichen Zeiten die Haustür zu öffnen. Eine Polizistin in einem kleinen Ort konnte zu seltsamen Zeiten seltsamen Besuch bekommen. Zu Tränen gerührte Verbrecher, die die einzige Beichtmutter aufsuchen, die sie hatten, oder Kollegen mit ernsten Gesichtern, deren Autos schon mit laufendem Motor vor der Tür warteten. Und ab und zu, wenn auch nur sehr selten, war jemand wütend oder betrunken, meistens beides.

Anna-Maria stand auf, sagte Jenny, sie solle sich zu Robert legen, und ging nach unten zur Tür. Ihr Mobiltelefon steckte in der Tasche ihres Bademantels, die Nummer der Wache hatte sie bereits eingegeben. Sie schaute zuerst durch das Guckloch und öffnete dann die Tür.

Draußen stand Rebecka Martinsson.

Anna-Maria bat sie herein. Rebecka blieb unmittelbar hinter der Tür stehen. Legte nicht ab. Wollte keinen Tee oder so.

»Du ermittelst doch im Mord an Mildred Nilsson«, sagte sie. »Das sind Briefe und Kopien ihrer persönlichen Papiere.«

Sie reichte Anna-Maria die Plastiktüte und erzählte, woher sie dieses Material hatte.

»Du kannst sicher verstehen, dass es nicht so günstig für mich wäre, wenn herauskäme, dass ich es euch gegeben habe. Wenn du dir eine andere Erklärung ausdenken kannst, dann bin ich dankbar. Wenn nicht, dann…«

Sie zuckte mit den Schultern.

»Dann muss ich eben die Konsequenzen tragen«, endete sie mit einem schiefen Lächeln.

Anna-Maria schaute in die Tüte.

»Ein Safe im Pfarrbüro?«, fragte sie.

Rebecka nickte.

»Warum hat niemand der Polizei gesagt, dass…«

Sie unterbrach sich und sah Rebecka an.

»Danke«, sagte sie. »Ich werde nicht verraten, woher wir das haben.«

Rebecka wollte gehen.

»Das war richtig von dir«, sagte Anna-Maria. »Und das weißt du auch, oder?«

Es war schwer zu sagen, ob sie das meinte, was fast zwei Jahre zuvor in Jiekajärvi passiert war, oder ob sie von den Kopien in der Plastiktüte sprach.

Rebecka machte eine Kopfbewegung. Es konnte ein Nicken sein. Aber auch ein Kopfschütteln.

Als sie gegangen war, blieb Anna-Maria in der Diele stehen. Sie hätte laut schreien mögen. Zum Teufel, wollte sie brüllen. Wie um alles in der Welt konnten sie uns das hier vorenthalten?

Rebecka Martinsson sitzt auf dem Bett in ihrer Hütte. Sie kann die Umrisse der Stuhllehne vor dem grauen Rechteck des Fensters im Mondlicht genau erkennen.

Jetzt, denkt sie. Jetzt müsste die Panik einsetzen. Wenn jemand das hier erfährt, dann bin ich geliefert. Ich werde wegen Hausfriedensbruchs und eigenmächtigen Vorgehens verurteilt werden und nie wieder Arbeit finden.

Aber die Panik wollte nicht kommen. Es stellte sich auch keine Reue ein. Vielmehr war ihr jetzt leichter ums Herz.

Ich kann ja am Fahrkartenschalter arbeiten, dachte sie.

Sie legte sich hin und schaute zur Decke hoch. War auf verrückte Weise munter.

In der Wand trieb eine Maus ihr Unwesen. Nagte und sprang auf und ab. Rebecka klopfte an die Wand, dann herrschte eine Weile Ruhe. Danach ging es wieder los.

Rebecka lächelte. Und schlief ein. Angezogen und ohne sich auch nur die Zähne geputzt zu haben.

Sie träumte.

Sie sitzt auf Papas Schultern. Es ist Blaubeerzeit. Papa hat eine Kiepe auf dem Rücken. Das wird schwer, die Kiepe und Rebecka.

»Nicht wackeln«, sagte er, wenn sie die Hand nach den Flechten ausstreckt, die an den Bäumen hängen.

Hinter ihnen kommt die Großmutter. Blaue Synthetikjacke und graues Kopftuch. Sie bewegt sich im Wald auf eine sehr vorsichtige Weise. Hebt den Fuß nicht höher als unbedingt nötig. Eine Art terraingewinnendes Schlurfen mit kurzen Schritten. Zwei Hunde leisten ihnen Gesellschaft. Jussi, der Jämthund, hält sich an die Großmutter. Er kommt jetzt in die Jahre, geht sparsam mit seinen Kräften um. Und Jacki, viel jünger, eine undefinierbare Spitzmischung, jagt hin und her, seine Nase kriegt nie genug. Er verschwindet aus ihrer Sichtweite, ab und zu hören sie ihn einige Kilometer entfernt bellen.

Am späten Nachmittag liegt sie am Feuer und schläft, während die Erwachsenen Beeren pflücken. Sie hat Papas Helly-Hansen-Jacke als Kissen. Die Nachmittagssonne wärmt sie, aber die Schatten sind lang. Das Feuer schreckt die Mücken ab. Ab und zu sehen die Hunde nach ihr. Stupsen ihr Gesicht leicht mit der Nase an, um dann wieder davonzustürzen, ehe sie sie streicheln oder ihnen den Arm um den Hals legen kann.

GELBBEIN

Es ist Spätwinter. Die Sonne hebt sich über die Baumwipfel und wärmt den Wald. Mächtige Schneelasten gleiten von den Bäumen. Es ist eine schwere Zeit für die Jagd. Tagsüber weicht die dicke weiße Decke ein wenig auf. Es ist mühsam, der Beute hinterherzulaufen. Wenn das Rudel nachts im Mondschein oder in der Dämmerung jagt, dann zerschneidet der Harschschnee ihnen die Pfoten.

Die Rudelwölfin setzt sich in Bewegung. Wer in ihre Nähe kommt, muss damit rechnen, gebissen oder zusammengestaucht zu werden. Sie stellt sich vor die untergeordneten Rüden und pisst, dabei hat sie ein Bein so hoch erhoben, dass es ihr schwer fällt, das Gleichgewicht zu halten. Das ganze Rudel wird von ihrer Stimmung beeinflusst. Sie knurren und heulen. Immer wieder kommt es zwischen den anderen zu Kämpfen. Die Jungwölfe laufen unruhig am Rand des Ruheplatzes hin und her. Immer wieder werden sie von den älteren Wölfen zur Ordnung gerufen. Bei den Mahlzeiten wird streng auf die Rangordnung geachtet.

Die Rudelwölfin ist Gelbbeins Halbschwester. Genau zwei Jahre zuvor hat sie die alte Rudelwölfin herausgefordert. Die Rudelwölfin wurde läufig und wollte den übrigen Wölfinnen gegenüber ihre Überlegenheit betonen. Sie wandte sich Gelbbeins Halbschwester zu, streckte ihr grau gestreiftes Haupt aus, zog die Lefzen hoch und entblößte die Zähne mit einem drohenden Knurren. Aber statt entsetzt mit eingekniffenem Schwanz rückwärts zu kriechen, nahm Gelbbeins Schwester die Herausforderung an. Sie schaute der alten Wölfin in die Augen und erhob sich. Im Bruchteil einer Sekunde kam es zum Kampf, der nach einer Minute beendet war. Die alte Rudelwölfin hatte verloren. Ein tiefer Biss an ihrem Hals und ein zerfetztes Ohr reichten, damit sie sich jaulend zurückzog. Gelbbeins Halbschwester vertrieb die alte Wölfin aus dem Rudel. Und das hatte damit eine neue Chefin.

Gelbbein hatte nie versucht, sich gegen die alte Wölfin zu behaupten. Sie fordert auch ihre Schwester nicht heraus. Trotzdem scheint die Schwester auf sie besonders gereizt zu reagieren. Einmal packen ihre Zähne Gelbbeins Nase und führen sie mitten durch das Rudel. Gelbbein kriecht demütig mit krummem Rücken und abgewandtem Blick hinter ihr her. Die Jungwölfe heben die Pfoten und laufen unruhig hin und her. Danach leckt Gelbbein unterwürfig die Mundwinkel ihrer Halbschwester. Sie will keinen Streit, und sie will sich nicht behaupten.

Das silbergraue Alphamännchen ist nicht leicht zugänglich. Zur Zeit der alten Wölfin ist er ihr wochenlang gefolgt, ehe sie sich zur Paarung herabließ. Er stupste sie von hinten mit der Nase an und stauchte vor ihren Augen die anderen Rüden zusammen. Oft, sehr oft kam er zu der Stelle, wo sie lag. Er stieß sie mit der Vorderpfote an, um zu fragen: »Na, was ist?«

Jetzt liegt er träge da und scheint kein Interesse an Gelbbeins Halbschwester zu haben. Er ist sieben Jahre alt, und keiner im Rudel scheint sich sonderlich für seine Nachfolge zu interessieren. In wenigen Jahren wird er älter und schwächer sein und seine Position verteidigen müssen. Aber jetzt kann er hier liegen und sich von der Sonne das Fell wärmen lassen, während er sich die Pfoten leckt oder ein wenig Schnee frisst. Gelbbeins Halbschwester bemüht sich um ihn. Geht in die Hocke und uriniert in seiner Nähe, um sein Interesse zu wecken. Drückt sich an ihm vorbei. Interessiert und blutig um die Schwanzwurzel. Am Ende gibt er nach und deckt sie. Das ganze Rudel atmet auf. Sofort lockert sich die Spannung in der Gruppe.

Die beiden Einjährigen wecken Gelbbein und wollen spielen. Sie hat unter einer Tanne gedöst. Aber jetzt machen die Jungwölfe sich über sie her. Der eine bohrt seine riesigen Vorderpfoten in den

Schnee. Sein ganzer Körper ist spielerisch gekrümmt. Der andere kommt angerannt und setzt über sie hinweg. Sie springt auf und jagt hinterher. Sie bellen und kläffen, dass es zwischen den Bäumen nur so widerhallt. Ein erschrockenes Eichhörnchen eilt als roter Strich einen Baumstamm hoch. Gelbbein kann den einen Einjährigen einholen, und der schlägt im Schnee einen doppelten Salto. Dann ringen sie eine Weile, und danach wird Gelbbein gejagt. Sie springt wie ein Iltis zwischen den Bäumen hin und her. Wird ab und zu langsam, damit die anderen sie einholen können, dann jagt sie wieder davon. Sie wird erst gefangen, wenn sie es will.

Donnerstag, 7. September

UM HALB SIEBEN UHR morgens machte Mimmi Frühstückspause. Sie war schon seit fünf im Lokal an der Arbeit. Jetzt mischte sich der Duft von frisch gebackenem Brot und Kaffee mit dem von Lasagne und Eintopf. Fünfzig Behälter aus Aluminium standen auf der rostfreien Anrichte zum Abkühlen. Mimmi hatte die Schwingtüren geöffnet, damit es nicht so warm würde. Und weil es den Kerlen gefiel. Es war wie ein Fest. Zuzusehen, wie sie hin- und herlief und arbeitete, die Kaffeekanne füllte. Und sie konnten in Ruhe essen, es gab keine kritischen Blicke, wenn jemand mit offenem Mund kaute oder sich das Hemd mit Kaffee bekleckerte.

Ehe sie sich selbst zum Frühstücken hinsetzte, lief sie ins Lokal und verwöhnte die Frühstücksgäste, indem sie mit der Kaffeekanne herumging. Sie nötigte sie und reichte ihnen den Brotkorb. In diesem Moment gehörte sie ihnen allen, sie war ihre Frau, ihre Tochter, ihre Mutter. Ihre gesträhnten Haare waren noch immer feucht von der Morgendusche, sie hatte sie unter dem um den Kopf geknoteten Taschentuch geflochten. Ihr reichten die Blicke, die sie ohnehin bekam. Niemals würde sie mit offenen nassen Haaren herumlaufen, die auf ihr enges Oberteil von H & M tropften. Miss Wet-and-wetter-T-shirt. Sie stellte die Kanne auf die Wärmeplatte.

»Greift einfach zu, ich muss mich jetzt mal einen Moment hinsetzen.«

»Mimmi, komm mit der Kanne her«, verlangten die Männer verärgert als Antwort.

Einige mussten gleich zur Arbeit. Sie tranken den heißen Kaffee in schnellen, kleinen Schlucken und schlangen ein Brot mit zwei Bissen hinunter. Die anderen schlugen hier eine Stunde oder mehr tot, ehe sie zurück in die Einsamkeit wanderten. Sie versuchten, Gespräche zu beginnen, und blätterten planlos in der Zeitung von gestern, die heutige traf noch lange nicht ein. Im Ort sagte man nicht, man sei arbeitslos, krankgeschrieben oder in Frührente. Man sagte, man sei zu Hause.

Der Übernachtungsgast Rebecka Martinsson saß einsam an einem Tisch auf der Flussseite und schaute aus dem Fenster. Aß ihr Müsli und trank ohne Eile ihren Kaffee.

Mimmi bewohnte im Ort eine Einzimmerwohnung. Sie hatte sie behalten, obwohl sie im Grunde bei Micke im Haus neben dem Lokal wohnte. Als sie beschlossen hatte, eine Weile hier zu bleiben, hatte ihre Mutter ohne Nachdruck vorgeschlagen, sie könne doch bei ihr wohnen. Sie hatte sich aber so offensichtlich dazu gezwungen gefühlt, dass Mimmi nie auf die Idee gekommen wäre, dieses Angebot anzunehmen. Sie führte seit etwas mehr als drei Jahren zusammen mit Micke das Lokal, und erst im vergangenen Monat hatte Lisa ihr einen Hausschlüssel überreicht.

»Man weiß ja nie«, hatte sie gesagt und ihren Blick schweifen lassen. »Wenn etwas passiert oder so... die Hunde sind ja im Haus.«

»Sicher«, hatte Mimmi geantwortet und den Schlüssel genommen. »Die Hunde.«

Immer diese Scheißhunde, hatte sie gedacht.

Lisa hatte Mimmis Verärgerung bemerkt, aber sie war kein Mensch, der sich so etwas anmerken ließ und das Gespräch suchte. Nein, jetzt war Zeit zum Aufbruch. Wenn es kein Treffen von Magdalena gab, dann waren es die Tiere zu Hause, vielleicht mussten die Kaninchenställe gesäubert oder ein Hund zur Tierärztin gebracht werden.

Mimmi kletterte auf die Arbeitsfläche aus geöltem Holz neben dem Kühlschrank. Wenn sie die Beine anzog, konnte sie sich dort zwischen die frischen Kräuter zwängen, die in leeren Konservendosen wuchsen. Es war ein guter Platz. Man konnte Jukkasjärvi am anderen Flussufer sehen. Ab und zu ein Boot. Dieses Fenster hatte es zur Zeit der Autowerkstatt noch nicht gegeben. Micke hatte es ihr geschenkt. »Hier hätte ich gern ein Fenster«, hatte sie gesagt. Und er hatte es eingebaut.

Sie war nicht böse auf die Hunde. Sie war auch nicht eifersüchtig. Oft bezeichnete sie die Tiere als Brüderchen. Aber wie damals, als sie in Stockholm gewohnt hatte, kam Lisa nie zu Besuch und rief auch nie an. »Natürlich liebt sie dich«, sagte Micke manchmal. »Sie ist doch deine Mutter.«

Bei uns gibt es sicher einen genetischen Defekt, dachte Mimmi. Ich kann ja auch nicht lieben.

Wenn ihr so ein richtiger Idiot über den Weg liefe, dann könnte sie – natürlich nicht sich verlieben, das war ein viel zu zahmes Wort. Die Supermarkt-Light-Variante des Gefühls, nein, dann könnte sie psychotisch werden, abhängig, süchtig. Es war ja schon vorgekommen. Vor allem einmal, während der Jahre in Stockholm. Wenn man sich aus einer solchen Beziehung losriss, dann blieben dicke Fleischfetzen hängen.

Bei Micke war es etwas anderes. Mit ihm könnte sie Kinder bekommen, wenn sie denn glaubte, ein Kind lieben zu können. Er war ein guter Mann, Micke war wirklich gut.

Unter dem Fenster pickten einige Hühner im herbstlichen Gras herum. Als sie in ihr frisch gebackenes Brot biss, hörte sie draußen auf der Straße ein Moped. Es bog auf den Hofplatz ein und hielt an.

Teddy, dachte sie.

Es kam häufig vor, dass er morgens ins Restaurant kam. Wenn er vor seinem Vater aufwachte und sich unbemerkt davonschleichen konnte. Ansonsten musste er zu Hause frühstücken.

Bald darauf stand er vor dem Fenster, hinter dem sie saß, und klopfte an die Scheibe. Er trug eine knallgelbe Hose mit Hosenträgern, die irgendwann einem Telefonmonteur gehört hatte. Die Reflexbänder unten an den Füßen waren vom vielen Tragen und Waschen fast abgescheuert. Auf dem Kopf hatte er eine blaue

Nylonmütze mit schlabbernden Ohrenklappen. Seine grüne Steppjacke war viel zu kurz. Sie reichte ihm nur bis zur Taille.

Er bedachte sie mit seinem unbezahlbar bezaubernden Lächeln. Es teilte sein kräftiges Gesicht, die breite Kinnlade verschob sich nach rechts, die Augen wurden schmal, die Augenbrauen jagten nach oben. Es war unmöglich, dieses Lächeln nicht zu erwidern, da machte es auch nichts, dass sie ihr Brot nicht in Ruhe essen konnte.

Sie öffnete das Fenster. Er schob die Hände in die Jackentaschen und fischte drei Eier heraus. Sah sie an wie nach einem kunstfertigen Zaubertrick. Er sammelte immer im Hühnerstall die Eier für sie. Sie nahm sie entgegen.

»Gut. Danke. Ja, und da ist heute also Futter-Fritzi unterwegs?«

Er stieß ein kehliges Lachen aus. Wie ein Motor, der nicht so recht anspringen will, in Zeitlupe, hmmmmmm, hmmmmmm.

»Oder vielleicht Abwasch-Alfred?«

Er antwortet mit einem glücklichen Nein, er wusste, dass sie Witze machte, trotzdem schüttelte er sicherheitshalber energisch den Kopf. Er war nicht zum Spülen hergekommen.

»Hunger, was?«, fragte sie, und Teddy machte auf dem Absatz kehrt und verschwand um die Ecke.

Sie sprang auf den Boden, schloss das Fenster, kippte einen Schluck Kaffee hinunter und biss energisch in ihr Brot. Als sie das Lokal betrat, hatte er gegenüber von Rebecka Martinsson Platz genommen. Er hatte die Jacke über die Stuhllehne neben sich gehängt, die Mütze aber aufbehalten. Das gehörte zu den festen Gewohnheiten. Mimmi zog ihm die Mütze vom Kopf und fuhr ihm mit der Hand durch die Haarstoppeln.

»Willst du nicht lieber da hinten sitzen? Dann kannst du sehen, ob tolle Autos vorbeikommen.«

Rebecka Martinsson lächelte Teddy an.

»Er kann gern hier sitzen bleiben«, sagte sie.

Mimmis Hand wurde ausgestreckt und berührte Teddy noch einmal. Rieb ein wenig seinen Rücken.

»Willst du Pfannkuchen oder Müsli und Brote?«

Sie wusste, was er wollte, aber es tat ihm gut zu reden. Und selbst zu entscheiden. Sie sah, wie einige Sekunden lang die Wörter in seinem Mund geformt wurden, ehe sie herauskamen. Sein Kiefer bewegte sich hin und her. Dann verlangte er energisch: »Pfannkuchen.«

Mimmi verschwand in der Küche. Sie nahm fünfzehn kleine Pfannkuchen aus dem Kühlschrank und knallte sie in die Mikrowelle.

Teddys Vater Lars-Gunnar und ihre Mutter Lisa waren Vetter und Kusine. Teddys Vater war ein pensionierter Polizist und seit fast dreißig Jahren Leiter des Jagdvereins. Das machte ihn zu einem mächtigen Mann. Er war auch rein körperlich eine imposante Erscheinung, genau wie Teddy. Früher war er ein Respekt einflößender Polizist gewesen. Und dazu umgänglich, nach dem, was die Leute sagten. Es kam noch immer vor, dass er die Beerdigung besuchte, wenn irgendein kleiner Gauner gestorben war. Dann waren Lars-Gunnar und der Pastor oder die Pastorin oft die einzigen Anwesenden.

Als Lars-Gunnar Teddys Mutter kennen gelernt hatte, war er schon über fünfzig gewesen. Mimmi erinnerte sich daran, wie er ihnen damals Eva vorgestellt hatte.

Ich kann nicht älter als sechs gewesen sein, dachte sie.

Lars-Gunnar und Eva saßen im Wohnzimmer auf dem Ledersofa. Lisa rannte immer wieder in die Küche, um Plätzchen und Milch und Kaffee und Gott weiß was noch zu holen. Das war zu der Zeit, als sie sich angepasst hatte. Später hatte sie sich scheiden lassen und mit Backen und Kochen ganz einfach aufgehört. Mimmi kann sich vorstellen, wie Lisa in ihrer Jagdhütte ihre Mahlzeiten zu sich nimmt. Im Stehen, den Hintern an den Küchentisch gelehnt, löffelt sie etwas aus einer Konservendose, vielleicht eine kalte Suppe.

Aber damals. Lars-Gunnar auf dem Sofa, den Arm um Evas Schultern gelegt, eine ungewöhnlich zärtliche Geste für einen Mann in dieser Stadt, vor allem für diesen. Stolz war er. Sie war vielleicht nicht hübsch, aber viel jünger als er, so, wie Mimmi jetzt, irgendwas zwischen zwanzig und dreißig. Wo diese Urlaub machende Sozialarbeiterin Lars-Gunnar kennen gelernt haben mochte, konnte Mimmi sich nicht vorstellen. Aber Eva kündigte ihre Stelle in... Norrköping, wenn Mimmi das richtig in Erinnerung hatte, und zog in sein Elternhaus, wo er noch immer wohnte. Nach einem Jahr wurde Teddy geboren. Der damals allerdings noch Björn hieß. Ein passender Namen für dieses kolossale Baby.

Es kann nicht leicht gewesen sein, überlegt Mimmi. Aus einer großen Stadt hierher ins Dorf zu ziehen. Während des Mutterschaftsurlaubs den Kinderwagen auf der Dorfstraße hin und her zu schieben, mit den Nachbarinnen als einzigen Gesprächspartnerinnen. Dass sie nicht durchgedreht ist. Aber das war sie dann ja.

Die Mikrowelle klingelte, und Mimmi schnitt zwei Scheiben Eis ab und gab einen Klacks Marmelade auf die Pfannkuchen. Sie füllte ein großes Glas mit Milch und schmierte drei große Schnitten Graubrot. Nahm drei hart gekochte Eier aus dem Topf auf dem Gasherd, stellte alles zusammen mit einem Apfel auf ein Tablett und brachte es Teddy.

»Und mehr Pfannkuchen gibt es erst, wenn du die anderen aufgegessen hast«, sagte sie streng.

Mit drei Jahren war Teddy an Hirnhautentzündung erkrankt. Eva hatte im Krankenhaus angerufen. Die hatten geraten, noch ein wenig zu warten. Und dann hatte das Schicksal seinen Lauf genommen.

Als er fünf war, zog Eva aus. Sie verließ Teddy und Lars-Gunnar und ging zurück nach Norrköping.

Oder brannte durch, dachte Mimmi.

Im Dorf wurde darüber geredet, wie sie ihr Kind im Stich gelassen hatte. Manche können eben keine Verantwortung übernehmen, hieß es. Und immer wieder stellte man sich die Fragen: Wie konnte sie nur? Wie war das möglich? Das eigene Kind zu verlassen?

Mimmi weiß es nicht. Aber sie kennt das Gefühl, im Dorf zu

ersticken. Und sie kann sich vorstellen, wie Eva in dem rosa Eternithaus zerbrach.

Lars-Gunnar blieb dort mit Teddy wohnen. Er sprach nicht gern über Eva.

»Was hätte ich denn tun sollen?«, fragte er nur. »Ich kann sie doch nicht anbinden.«

Als Teddy sieben war, kam sie zurück. Genauer gesagt, Lars-Gunnar holte sie aus Norrköping. Die nächsten Nachbarn konnten berichten, wie er sie auf seinen Armen ins Haus getragen hatte. Der Krebs hatte sie schon fast zerfressen. Drei Monate später war sie tot.

»Was hätte ich denn tun sollen?«, fragte Lars-Gunnar abermals. »Sie war doch die Mutter meines Sohnes.«

Eva wurde auf dem Friedhof von Poikkijärvi begraben. Ihre Mutter und eine Schwester waren dabei. Sie blieben nicht lange. Sie harrten genau so lange beim Kaffee aus, wie es unumgänglich war. Trugen an ihrer Stelle Evas Schande. Die anderen Trauergäste schauten ihnen nicht in die Augen, starrten ihre Rücken an.

»Und da stand Lars-Gunnar und tröstete sie«, wurde getuschelt. »Hätten die sich nicht um die Frau kümmern können, als sie im Sterben lag?« Stattdessen hatte Lars-Gunnar das alles übernommen. Und es war ihm anzusehen gewesen. Er hatte sicher fünfzehn Kilo abgenommen. Sah grau und verhärmt aus.

Mimmi fragte sich, wie alles gekommen wäre, wenn Mildred damals schon da gewesen wäre. Vielleicht hätte Eva bei den Frauen von Magdalena Halt gefunden. Vielleicht hätte sie sich von Lars-Gunnar scheiden lassen, wäre aber im Dorf geblieben, hätte sich um Teddy gekümmert. Vielleicht wäre sie sogar bei ihrem Mann geblieben.

Bei Mimmis erster Begegnung mit Mildred hatte die Pastorin hinten auf dem Moped gesessen. Es war drei Monate vor Teddys fünfzehntem Geburtstag. Niemand im Ort erwähnte, dass ein geistig behinderter Junge von vierzehn nicht allein Moped fahren durfte. Himmel, er war doch Lars-Gunnars Sohn. Und die beiden hatten es nun wirklich nicht leicht. Und solange Teddy auf der Dorfstraße blieb…

»Oh, mein Hintern«, lacht Mildred in Mimmis Gedanken und springt vom Moped.

Mimmi sitzt vor Mickes Lokal. Sie hat einen Stuhl hinausgetragen und sitzt geschützt vor dem Frühlingswind, raucht eine Zigarette und hält die Nase in die Sonne, um ein wenig Farbe zu bekommen. Teddy sieht zufrieden aus. Er winkt Mimmi und Mildred zu und fährt dann weg, dass der Kies nur so spritzt. Zwei Jahre zuvor ist er von Mildred konfirmiert worden.

Mimmi und Mildred stellen sich einander vor. Mimmi ist ein wenig überrascht, sie weiß nicht, was sie erwartet hat, aber sie hat schon viel über diese Pastorin gehört. Dass sie Streit sucht. Dass sie zu offen ist. Dass sie wunderbar ist. Dass sie so gescheit ist. Dass sie nicht ganz gescheit ist.

Und jetzt steht sie da und sieht ganz normal aus. Ja, traurig, wenn Mimmi ganz ehrlich sein soll. Mimmi hatte mit einem elektrisch geladenen Feld gerechnet, das sie umgibt, aber sie sieht nur eine Frau mittleren Alters in unmodernen Jeans und praktischen Turnschuhen.

»Er ist ein wahrer Segen«, sagt Mildred und nickt zu dem Mopedknattern auf der Dorfstraße hinüber.

Mimmi murmelt und seufzt etwas darüber, dass Lars-Gunnar es nicht gerade leicht gehabt hat.

Das ist wie ein bedingter Reflex. Wenn die Stadt ihr Lied über Lars-Gunnar und seine schwache junge Gattin und den zurückgebliebenen Sohn anstimmt, dann ist der Refrain immer: »Der Arme… was manche aber auch durchmachen müssen… hat es nicht leicht gehabt.«

Mildred runzelt heftig die Stirn. Sieht Mimmi kritisch an.

»Teddy ist ein Geschenk«, sagt sie.

Mimmi gibt keine Antwort. Sie lässt sich das Jedes-Kind-ist-ein-Geschenk-und-alles-hat-seinen-Sinn-Prinzip nicht so einfach andrehen.

»Ich begreife nicht, wie man über Teddy reden kann, als wäre er eine Last. Hast du dir schon mal überlegt, dass man richtig gute Laune kriegt, wenn man mit ihm zusammen ist?«

Das stimmt. Mimmi denkt an den Morgen des Vortags. Teddy wiegt zu viel. Er hat immer Hunger, und sein Vater muss immer wieder verhindern, dass er dauernd isst. Eine unmögliche Aufgabe. Die Frauen in der Stadt können Teddys Bettelei nicht widerstehen, und ab und zu können Micke und Mimmi das auch nicht. Wie gestern. Plötzlich stand Teddy mit einem Huhn unter dem Arm in der Küche. Lill-Anni, eine Cochinchina-Henne, legt nicht viele Eier, aber sie ist lieb und anhänglich und lässt sich gern streicheln. Aber von den anderen weggetragen werden, das will sie nicht. Jetzt zappelt sie mit ihren Hühnerbeinchen und gackert ängstlich unter Teddys großem Arm.

»Anni!«, sagt Teddy zu Micke und Mimmi. »Brot.«

Er dreht den Kopf nach links und macht den Hals krumm, damit er sie schräg unter seinem Schopf hinweg ansehen kann. Um wie ein Schelm auszusehen. Es ist unmöglich zu sagen, ob er weiß, dass es ihm nicht eine Sekunde lang gelingt, sie an der Nase herumzuführen.

»Bring das Huhn raus«, sagt Mimmi und versucht, ein strenges Gesicht zu machen.

Micke prustet los.

»Will Anni ein Butterbrot? Ja, dann muss sie doch eins kriegen.«

Teddy wird ein Butterbrot in die Hand gedrückt, und mit dem Huhn unter dem einen Arm marschiert er hinaus auf den Hof. Er lässt Anni laufen, und das Brot verschwindet ungeheuer schnell in seinem Mund.

»Hallo«, ruft Micke von der Tür her. »War das denn nicht für Anni bestimmt?«

Teddy dreht sich mit theatralisch bedauernder Miene zu ihm um.

»Weg«, sagt er resigniert.

Die Pastorin Mildred redet weiter.

»Ich weiß natürlich, dass es anstrengend für Lars-Gunnar war. Aber wenn Teddy nicht entwicklungsgestört wäre, hätte er seinem Vater dann wirklich so viel mehr Freude gemacht? Ich weiß nicht.«

Mimmi sieht sie an. Die Pastorin hat Recht.

Sie denkt an Lars-Gunnar und seine Brüder. Sie kann sich an deren Vater nicht erinnern, an Teddys Großvater. Aber sie hat über ihn gehört. Isak war ein harter Mann. Hat die Kinder mit dem Gürtel gezüchtigt. Und ab und zu auch noch schlimmer. Er hatte fünf Söhne und zwei Töchter.

»O verdammt«, hat Lars-Gunnar irgendwann einmal gesagt. »Ich hatte solche Angst vor meinem eigenen Vater, dass ich mir manchmal in die Hose gepisst habe. Noch, als ich schon längst zur Schule ging.«

Mimmi kann sich sehr gut an diese Bemerkung erinnern. Damals war sie noch klein. Konnte sich nicht vorstellen, dass der riesengroße Lars-Gunnar sich jemals gefürchtet haben sollte. Oder klein gewesen war. Und sich bepisst hatte!

Was mussten sie sich Mühe gegeben haben, um nicht zu werden wie ihr Vater, diese Brüder. Aber der Vater steckt ihnen immer noch im Blut. Sie verachten die Schwäche. Sie haben eine Härte, die sich vom Vater auf den Sohn vererbt. Mimmi denkt an Teddys Vettern, einige wohnen in der Stadt, gehören dem Jagdverein an, sitzen im Lokal.

Aber Teddy ist gegen das alles immun. Gegen Lars-Gunnars ab und zu auflodernde Bitterkeit über Teddys Mutter, gegen seinen eigenen Vaters, gegen die Welt im Allgemeinen. Gegen die Verärgerung über Teddys Unzulänglichkeiten. Gegen Selbstmitleid und Hass, die nur an die Oberfläche kommen, wenn die Männer trinken, die aber immer in ihnen schwelen. Teddy kann den Kopf hängen lassen, aber nur einige Sekunden lang. Er ist ein glückliches Kind im Körper eines erwachsenen Mannes. Verbitterung und Dummheit können ihm nichts anhaben.

Wenn er nun nicht hirngeschädigt wäre. Sondern normal. Sie weiß schon, wie die Landschaft zwischen Vater und Sohn dann aussehen würde. Karg und dürftig. Beherrscht von dieser Verachtung für die eigene eingekapselte Schwäche.

Mildred. Sie weiß nicht, wie Recht sie hat.

Aber Mimmi lässt sich auf solche Argumentationen nicht ein. Sie zuckt zur Antwort mit den Schultern, sagt, nett, dich kennen gelernt zu haben, aber jetzt muss ich wieder an die Arbeit.

Jetzt hörte Mimmi Lars-Gunnars Stimme im Lokal.

»Ach zum Henker, Teddy!«

Nicht böse. Eher müde und resigniert.

»Ich hab dir doch gesagt, gefrühstückt wird zu Hause.«

Mimmi ging hinaus. Teddy saß hinter seinem Teller und ließ beschämt den Kopf hängen. Leckte sich den Milchbart von der Oberlippe. Die Pfannkuchen waren aufgegessen, Eier und Milch ebenfalls, nur der Apfel war noch unberührt.

»Vierzig Kronen«, sagte Mimmi eine Spur zu munter zu Lars-Gunnar.

Das geschieht ihm recht, dem Geizkragen, dachte sie.

Er hatte die Tiefkühltruhe voll mit Gratisfleisch vom Jagdverein. Die Nachbarinnen halfen ihm und putzten und wuschen unentgeltlich für ihn, sie brachten ihm selbst gebackenes Brot und luden ihn und Teddy zum Essen ein.

Als Mimmi im Lokal angefangen hatte, hatte Teddy dort immer gratis gefrühstückt.

»Ihr dürft ihm nichts geben, wenn er kommt«, erklärte Lars-Gunnar. »Davon wird er doch nur dick.«

Trotzdem servierte Micke Teddy Frühstück, aber da Lars-Gunnar das eigentlich nicht erlaubt hatte, brachte er es nicht über sich, Geld dafür zu verlangen.

Mimmi brachte es über sich.

»Teddy hat gefrühstückt«, sagte sie bei ihrer ersten Morgenschicht zu Lars-Gunnar. »Macht vierzig Mäuse.«

Lars-Gunnar schaute sie überrascht an. Hielt im Lokal nach Micke Ausschau, aber der lag zu Hause und schlief.

»Ihr dürft ihm nichts geben, wenn er hier bettelt«, sagte er.

»Wenn er nichts essen darf, musst du ihn von hier fern halten«, sagte Mimmi. »Wenn er herkommt, bekommt er zu essen. Und wenn er isst, musst du bezahlen.«

Von da an hatte Lars-Gunnar bezahlt. Auch wenn Micke morgens Dienst hatte.

Jetzt lächelte er Mimmi sogar an und bat um Kaffee und Pfannkuchen für sich selbst. Er stand neben dem Tisch, an dem Teddy und Rebecka saßen. Konnte sich nicht entscheiden, wo er sich hinsetzen sollte. Am Ende ließ er sich am Nachbartisch nieder.

»Setz dich zu mir«, sagte er. »Die Dame möchte vielleicht ihre Ruhe haben.«

Die Dame sagte nichts dazu, und Teddy blieb sitzen. Als Mimmi Pfannkuchen und Kaffee brachte, fragte Lars-Gunnar: »Kann Teddy heute hier bleiben?«

»Mehr«, sagte Teddy, als er den Pfannkuchenteller seines Vaters sah.

»Zuerst den Apfel«, verlangte Mimmi unerbittlich.

»Nein«, sagte sie dann und drehte sich zu Lars-Gunnar um. »Ich habe heute die Bude voll. Magdalena hat heute Abend Herbstessen und Planungstreffen.«

Eine Spur von Unwillen zog über Lars-Gunnars Gesicht. So ging es den meisten Männern, wenn das Frauennetzwerk erwähnt wurde.

»Nur ein bisschen?«, bat er.

»Was ist mit Mama?«, fragte sie.

»Lisa möchte ich nicht fragen. Sie hat wegen des Treffens heute Abend alle Hände voll zu tun.«

»Und irgendeine andere Frau? Die schwärmen doch alle für Teddy.«

Sie sah, wie Lars-Gunnar über Alternativen nachdachte. Nichts auf dieser Welt war gratis. Es gab durchaus Frauen, die er fragen könnte. Aber das war es eben. Um einen Gefallen bitten. Zur Last fallen. Jemandem Dank schuldig sein.

Rebecka Martinsson sah Teddy an. Er starrte auf seinen Apfel. Schwer zu sagen, ob er merkte, dass er ein Problem war, oder ob er es nur schrecklich fand, den Apfel essen zu müssen, ehe es noch mehr Pfannkuchen gab.

»Teddy kann mit mir kommen, wenn er will«, sagte sie.

Lars-Gunnar und Mimmi blickten sie überrascht an. Sie sah selber auch fast verdutzt aus.

»Ja, ich habe heute nichts Besonderes vor«, sagte sie nun. »Ich wollte vielleicht einen Ausflug machen... wenn er also mitkommen will... Ich geb euch meine Telefonnummer.«

»Sie wohnt in einer der Hütten«, sagte Mimmi zu Lars-Gunnar. »Rebecka...«

»...Martinsson.«

Lars-Gunnar nickte zu Rebecka hinüber.

»Lars-Gunnar, Teddys Papa«, sagte er dann. »Wenn es nicht zu viel Mühe macht...«

Natürlich macht es Mühe, aber das gibt sie nie im Leben zu, dachte Mimmi wütend.

»Nein, überhaupt nicht«, beteuerte Rebecka.

Ich bin vom Fünfer gesprungen, dachte sie. Jetzt kann ich machen, was ich will.

Im Besprechungszimmer der Polizeistation saß Inspektorin Anna-Maria Mella zurückgelehnt auf ihrem Stuhl. Sie hatte zu einer Frühbesprechung gebeten, bei der es um die Briefe und die anderen Papiere aus Mildred Nilssons Safe ging.

Außer ihr hielten sich im Zimmer zwei Männer auf. Ihre Kollegen Sven-Erik Stålnacke und Fred Olsson. Auf dem Tisch vor ihnen lagen an die zwanzig Briefe. Die meisten in aufgeschlitzten Umschlägen.

»Dann mal los«, sagte sie.

Sie und Fred Olsson streiften Gummihandschuhe über und machten sich ans Lesen.

Sven-Erik hatte die Hände auf der Tischplatte gefaltet, der buschige Schnauzbart unter seiner Nase ragte hervor wie eine Bürste. Er sah reichlich mordlüstern aus. Am Ende zog er die Gummihandschuhe langsam wie Boxhandschuhe an.

Sie sahen die Briefe durch. Die meisten stammten von Gemeindemitgliedern und handelten von Problemen. Es ging um Scheidungen und Todesfälle, Ehebruch und Sorge um die Kinder.

Anna-Maria hielt einen Brief hoch.

»Das hier ist unmöglich«, sagte sie. »Seht euch das an, das kann man einfach nicht lesen, es sieht aus, als ob sich da ein verdrehtes Telefonkabel über die Seiten zöge.«

»Gib her«, sagte Fred Olsson und streckte die Hand aus.

Er hielt sich den Brief zuerst so nah ans Gesicht, dass der seine Nase berührte. Dann entfernte er ihn langsam wieder und las zum Schluss mit ausgestreckten Armen.

»Das ist eine Frage der Technik«, sagte er, kniff die Augen zusammen und riss sie dann wieder auf. »Zuerst sieht man die kleinen Wörter, und dann kann man darauf aufbauen. Ich nehm mir den später vor.«

Er ließ den Brief sinken und wandte sich wieder dem zu, den er vorher gelesen hatte. Er mochte diese Art von Arbeit. In Datenbanken stöbern, nachschlagen, Register vergleichen, Personen ausfindig machen, die keine feste Adresse hatten. »The truth is out here«, sagte er immer und loggte sich dann ein. Er hatte allerlei gute Kontakte im Adressbuch und kannte alle möglichen Leute, die in irgendeiner Hinsicht Experten waren.

»Hier haben wir eine überaus wütende Person«, sagte er nach einer Weile und hielt einen Brief hoch.

Er war auf rosarotem Briefpapier verfasst, auf dem in der oberen rechten Ecke galoppierende Pferde mit fliegenden Mähnen zu sehen waren.

»Deine Zeit geht zu ENDE, Mildred«, las er vor. »Bald wird sich ALLEN die Wahrheit über dich offenbaren. Du predigst LÜGEN und lebst eine LÜGE. Und VIELE von uns haben deine LÜGEN satt... bla bla bla...«

»Steck das in einen Plastikumschlag«, sagte Anna-Maria. »Alles Interessante schicken wir ins Labor. Shit!«

Fred Olsson und Sven-Erik Stålnacke blickten auf.

»Seht mal«, sagte sie. »Seht euch das an!«

Sie faltete einen Zettel auseinander und hielt ihn für die Kollegen hoch.

Es war eine Zeichnung. Das Bild stellte eine Frau mit langen Haaren dar, die in einer Schlinge hing. Es war eine sehr geschickt ausgeführte Zeichnung. Nicht professionell, aber tüchtige Amateurarbeit, das konnte Anna-Maria immerhin sehen. Um den baumelnden Körper zogen sich Feuerzungen, und auf einem Grabhügel im Hintergrund stand ein schwarzes Kreuz.

»Was steht da ganz unten?«, fragte Sven-Erik.

Anna-Maria las vor: »BALD MILDRED!«

»Das da...«, begann Fred Olsson.

»… geht sofort ins Labor«, fügte Anna-Maria hinzu. »Und wenn es Abdrücke gibt… wir müssen anrufen und sagen, dass das hier höchste Priorität hat.«

»Dann mach du das«, sagte Sven-Erik. »Fred und ich gehen den Rest durch.«

Anna-Maria verstaute Brief und Umschlag in Plastiktüten. Dann lief sie aus dem Zimmer.

Fred Olsson machte sich pflichtbewusst wieder über den Briefstapel her.

»Der hier ist gut«, sagte er. »Hier steht, dass sie eine hässliche hysterische Männerhasserin ist, die sich verdammt gut in Acht nehmen soll, denn ›jetzt haben wir dein Scheißgefasel satt, hüte dich, deine Enkel werden dich nicht wiedererkennen.‹ Sie hatte doch gar keine Kinder? Wie sollte sie dann Enkel haben?«

Sven-Erik schaute noch immer die Tür an, durch die Anna-Maria verschwunden war. Den ganzen Sommer. Den ganzen Sommer hatten diese Briefe im Safe gelegen, während er und seine Kollegen im Dunkeln getappt waren.

»Ich möchte nur wissen«, sagte er, ohne Fred Olsson anzusehen, »wieso um alles in der Welt diese Pfaffen mir verschwiegen haben, dass Mildred Nilsson im Pfarrbüro einen privaten Safe hatte!«

Fred Olsson gab keine Antwort.

»Ich würde diese Herren gern mal richtig durchschütteln und sie fragen, was das alles soll«, sagte Sven-Erik jetzt. »Sie fragen, was sie sich eigentlich einbilden!«

»Aber Anna-Maria hat doch Rebecka Martinsson versprochen…«, setzte Fred Olsson an.

»Ich habe nichts versprochen«, brüllte Sven-Erik und knallte mit der Handfläche auf die Tischplatte.

Dann sprang er auf und machte eine resignierte Handbewegung.

»Keine Panik«, sagte er. »Ich stürze jetzt nicht los und baue irgendwelchen Scheiß. Ich muss nur, ich weiß nicht, erst mal wieder zur Ruhe kommen.«

Mit diesen Worten verließ er das Zimmer. Hinter ihm knallte die Tür ins Schloss.

Fred Olsson wandte sich wieder den Briefen zu. Eigentlich war es am besten so. Er arbeitete gern allein.

Probst Bertil Stensson und Pastor Stefan Wikström standen in der Kammer hinter dem Pfarrbüro und schauten in Mildred Nilssons Safe. Rebecka Martinsson hatte die Schlüssel für das Pfarrhaus in Poikkijärvi und den Safe abgeliefert.

»Ganz ruhig jetzt«, sagte Bertil Stensson. »Denk an …«

Er beendete den Satz nicht, sondern nickte zum Pfarrbüro hinüber, wo die Sekretärinnen saßen.

Stefan Wikström musterte seinen Chef verstohlen. Der Probst verzog nachdenklich das Gesicht. Ließ es glatt werden und verzog es dann wieder. Wie ein Goldhamster. Der kurze, untersetzte Rumpf im gut gebügelten rosa Hemd von Shirt Factory. Eine kühne Farbe, der Probst wurde von seinen Töchtern eingekleidet. Sie passte zu dem braun gebrannten Gesicht und dem silbergrauen jungenhaften Schopf.

»Wo sind die Briefe?«, fragte Stefan Wikström.

»Vielleicht hat sie sie verbrannt«, sagte der Probst.

Stefan Wikströms Stimme wurde ein wenig schriller.

»Mir hat sie gesagt, sie habe sie aufbewahrt. Was, wenn jetzt eine von Magdalena sie hat? Was soll ich meiner Frau sagen?«

»Vielleicht gar nichts«, meinte Bertil Stensson gelassen. »Ich muss mit ihrem Mann sprechen. Dem muss ich den Schmuck geben.«

Sie standen schweigend da.

Stefan Wikström schaute wortlos den Safe an. Er hatte sich auf den Moment der Befreiung gefreut. Hatte geglaubt, die Briefe an sich nehmen zu können und Mildred endgültig los zu sein. Aber jetzt. Ihr Griff um seinen Nacken war so hart wie zuvor.

Was verlangst du von mir, Herr, dachte er. Es steht geschrieben, dass du keinen über sein Vermögen hinaus auf die Probe stellst, aber mich hast du jetzt an meine Grenze getrieben.

Er kam sich vor wie in einer Falle. Gefangen von Mildred, von seiner Frau, seinem Beruf, seiner Berufung, bei der er nur gab und gab und niemals etwas bekam. Und seit Mildreds Tod fühlte er sich auch von seinem Vorgesetzten gefangen, dem Probst Bertil Stensson.

Bisher war Stefan über das Vater-und-Sohn-Verhältnis erfreut gewesen, das sich zwischen ihnen entwickelt hatte. Aber jetzt fürchtete er, dafür bezahlen zu müssen. Bertil hatte ihn in seiner Gewalt. Er konnte den Blicken der Sekretärinnen ansehen, was Bertil hinter seinem Rücken über ihn sagte. Sie legten den Kopf ein wenig schräg und sahen mitleidig aus. Er konnte Bertil fast hören: »Stefan hat es nicht leicht. Er ist empfindlicher, als man meinen sollte.« Empfindlicher bedeutete schwächer. Dass der Probst ab und zu Stefans Gottesdienste übernommen hatte, war nicht unbemerkt geschehen. Alle waren informiert worden, auf eine scheinbar zufällige Weise. Er kam sich gedemütigt und ausgenutzt vor.

Ich könnte einfach verschwinden, dachte er plötzlich. Gott kümmert sich auch um den Sperling.

Mildred. Im Juni war sie verschwunden gewesen. Plötzlich. Aber jetzt war sie wieder da. Das Frauennetzwerk Magdalena war wieder auf die Beine gekommen. Sie verlangten lauthals nach weiteren weiblichen Geistlichen. Und Bertil schien schon vergessen zu haben, wie sie wirklich gewesen war. Wenn er jetzt über sie sprach, dann mit Wärme in der Stimme. Sie hatte ein großes Herz, seufzte er. Sie sei als Seelsorgerin begabter gewesen als er selbst, gab er großzügig zu. Aber damit sagte er auch, dass sie begabter gewesen sei als Stefan, denn Bertil war ein besserer Seelenhirte als er.

Ich bin immerhin kein Lügner, dachte Stefan wütend. Sie war eine aggressive Streithenne, sie zog verletzte Frauen an sich und gab ihnen Feuer statt Salbe. Der Tod konnte an dieser Tatsache nichts ändern.

Es war ein unangenehmer Gedanke, dass Mildred verletzte Menschen in Brand gesteckt hatte. Viele würden vielleicht behaupten, sie habe auch ihn in Brand gesteckt.

Aber ich bin nicht verletzt, dachte er. Das war nicht der Grund.

Er starrte in den Safe. Dachte an den Herbst vor einigen Jahren.

Probst Bertil Stensson hat Stefan Wikström und Mildred Nilsson zu sich bestellt. Anwesend ist auch noch Kontraktprobst Mikael Berg, der für Personalfragen zuständig ist. Mikael Berg sitzt steif auf seinem Stuhl. Er ist um die fünfzig. Seine Hose ist zehn bis fünfzehn Jahre alt. Und damals, beim Kauf, wog Mikael zehn bis fünfzehn Kilo mehr. Seine schütteren Haare kleben an seiner Kopfhaut. Ab und zu schnappt er nach Luft. Er hebt die Hand, weiß nicht, wohin damit, fährt sich über den Kopf, lässt sie wieder auf sein Knie sinken.

Stefan sitzt ihm gegenüber. Denkt, dass er Ruhe bewahren muss. Während des ganzen Gesprächs, das jetzt vor ihm liegt, wird er Ruhe bewahren. Sollen die anderen nur laut werden, er ist nicht so.

Sie warten auf Mildred. Sie kommt direkt von einer Schulandacht und hat angekündigt, dass sie sich wohl einige Minuten verspäten wird.

Bertil Stensson schaut aus dem Fenster. Runzelt die Stirn.

Dann kommt Mildred. Klopft und öffnet gleichzeitig die Tür. Rote Wangen. Die feuchte Luft draußen hat ihre Haare gekräuselt.

Sie wirft ihre Jacke auf einen Stuhl, schenkt sich aus der Thermoskanne Kaffee ein.

Bertil Stensson erklärt, worum es geht. Die Gemeinde droht sich zu spalten, sagt er. In eine Mildred-Fraktion und in – er sagt nicht, eine Stefan-Fraktion – den Rest.

»Ich freue mich über das Engagement, das du hervorrufst«, sagt er zu Mildred. »Aber für mich ist diese Situation unhaltbar. Es sieht aus wie ein Krieg zwischen der feministischen Pastorin und dem frauenfeindlichen Pastor.«

Stefan wäre fast in die Luft gegangen.

»Ich bin nun wirklich nicht frauenfeindlich«, sagt er bestürzt.

»Nein, aber so kommt es eben an«, sagt Bertil Stensson und schiebt ihm die Lokalzeitung vom Montag hin.

Niemand braucht hinzusehen. Alle haben den Artikel gelesen. »Pastorin antwortet auf Vorwürfe«, lautet die Überschrift. Im Artikel wird Mildreds Predigt der vergangenen Woche zitiert. Sie hat erzählt, dass die Stola der römischen Frauentracht entlehnt ist. Dass sie seit dem 4. Jahrhundert zur liturgischen Kleidung gehört. »Die heutigen Gewänder der Geistlichen sind also eigentlich Frauenkleider, weiß Mildred Nilsson zu berichten«, steht im Artikel. »Ich kann männliche Geistliche trotzdem akzeptieren, es steht doch geschrieben: Hier gibt es weder Mann noch Frau, weder Juden noch Griechen.«

Stefan Wikström kommt in diesem Artikel ebenfalls zu Wort. »Stefan Wikström sagt, er fühle sich von dieser Predigt nicht persönlich angegriffen. Er liebe Frauen, nur wolle er sie nicht auf der Kanzel sehen.«

Stefans Herz wird schwer. Er fühlt sich betrogen. Natürlich hat er das gesagt, aber im Zusammenhang des Artikels stimmt es einfach nicht. Der Journalist hatte ihn gefragt: »Sie lieben Ihre Brüder. Wie halten Sie es mit den Schwestern? Sind Sie ein Frauenfeind?«

Und er hatte naiv geantwortet: »Durchaus nicht.« Er liebe Frauen.

»Aber Sie wollen sie nicht auf der Kanzel sehen.«

Nein, hatte er geantwortet. Grob ausgedrückt sei das wohl seine Ansicht. Aber das solle kein Werturteil sein, hatte er hinzugefügt. In seinen Augen sei die Arbeit der Diakonisse ebenso wertvoll wie die des Geistlichen.

Jetzt sagt der Probst, dass er von Mildred keine Verlautbarungen dieser Art mehr zu hören wünscht.

»Aber was ist mit Stefans Verlautbarungen?«, fragt sie gelassen.

»Er und seine Familie kommen nicht in die Kirche, wenn ich predige. Wir können keine gemeinsame Konfirmation abhalten, weil er nicht mit mir zusammenarbeiten will.«

»Ich kann das Bibelwort nicht ignorieren«, sagt Stefan.

Mildred macht eine ungeduldige Kopfbewegung. Bertil fasst sich in Geduld. Sie haben das alles schon gehört, das weiß Stefan, aber was soll er machen, wenn es doch immer noch die Wahrheit ist.

»Jesus hat zwölf Männer zu seinen Jüngern erwählt«, beharrt er. »Der Hohepriester war immer ein Mann. Wie weit sollen wir uns denn vom Bibelwort entfernen in unserer Anpassung an die geltenden gesellschaftlichen Normen, ohne am Ende keine Christen mehr zu sein?«

»Alle Jünger und Hohepriester waren außerdem Juden«, erwidert Mildred. »Wie gehst du damit um? Und lies den Hebräerbrief, da ist Jesus der Hohepriester.«

Bertil hebt die Hände zu einer Geste, die bedeuten soll, dass er diese schon mehrmals geführte Diskussion nicht zu wiederholen wünscht.

»Ich respektiere euch beide«, sagt er. »Und ich habe mich bereit erklärt, in deinem Pfarrbezirk keine Frau einzustellen, Stefan. Ich möchte noch einmal darauf hinweisen, dass ihr mich und die Gemeinde in eine schwierige Situation bringt. Ihr verschiebt den Kern eines Konflikts. Und ich möchte euch beide ermahnen, nicht polemisch zu werden, schon gar nicht auf der Kanzel.«

Seine Miene verändert sich. Ist nicht mehr streng, sondern versöhnlich. Er zwinkert Mildred fast verständnisinnig zu.

»Wir könnten doch versuchen, uns auf unseren gemeinsamen Auftrag zu konzentrieren. Ich würde mich freuen, wenn ich hier in der Kirche keine Begriffe wie Männermacht und geschlechtsspezifische Machtstrukturen mehr hören müsste. Du kannst Stefan doch wohl glauben, Mildred. Dass es keine Demonstration sein soll, wenn er nicht in die Kirche kommt, wenn du predigst.«

Mildred verzieht keine Miene. Sie schaut Stefan fest in die Augen.

»Es ist ein Bibelwort«, sagt er und kann durchaus zurückstarren. »Ich kann das nicht ignorieren.«

»Männer schlagen Frauen«, sagt sie, holt Luft und redet weiter. »Männer erniedrigen Frauen, dominieren sie, misshandeln sie, ermorden sie. Schneiden ihnen die Geschlechtsorgane ab, bringen sie als Neugeborene um, zwingen sie, sich hinter einem Schleier zu verstecken, sperren sie ein, vergewaltigen sie, verwehren ihnen die Ausbildung, bezahlen ihnen weniger Lohn und halten sie von der Macht fern. Verweigern ihnen den Zugang zu geistlichen Ämtern. Ich kann das nicht ignorieren.«

Für ungefähr drei Sekunden herrscht Schweigen.

»Aber Mildred«, setzt Bertil an.

»Sie ist doch verrückt«, ruft Stefan. »Nennst du mich ... stellst du mich auf eine Stufe mit einem Frauenmisshandler? Das hier ist keine Diskussion, das ist Verleumdung, und ich weiß nicht...«

»Was?«, fragt sie.

Und jetzt stehen sie beide auf, irgendwo im Hintergrund hören sie Bertil und Mikael Berg: »Beruhigt euch doch, setzt euch wieder.«

»Was daran soll Verleumdung sein?«

»Es gibt keine Berührungspunkte«, sagte Stefan zu Bertil. »Wir können nicht zusammenarbeiten. Ich muss mir nicht gefallen lassen... wir können unmöglich zusammenarbeiten, das verstehst du doch selbst.«

»Das hast du doch noch nie gekonnt«, hört er Mildred zu seinem Rücken sagen, als er aus dem Zimmer stürzt.

Probst Bertil Stensson stand stumm vor dem Safe. Er wusste, dass sein jüngerer Kollege auf ein beruhigendes Wort wartete. Aber was sollte er sagen?

Natürlich hatte sie die Briefe nicht verbrannt oder weggeworfen. Wenn er nur davon gewusst hätte. Er merkte, dass er sich ziemlich über Stefan ärgerte, der ihm nichts davon gesagt hatte.

»Gibt es etwas, das ich wissen müsste?«, fragte er.

Stefan Wikström musterte seine Hände. Die Schweigepflicht konnte ein schweres Kreuz sein.

»Nein«, sagte er.

Bertil Stensson stellte zu seinem Erstaunen fest, dass sie ihm fehlte. Er war bestürzt und schockiert über den Mord gewesen. Aber er hatte nicht damit gerechnet, dass sie ihm fehlen würde. Vermutlich war er ungerecht. Aber das, was ihm an Stefan bisher gefallen hatte. Dessen Diensteifer und... ach, es war ein lächerliches Wort, Stefans Bewunderung für seinen Vorgesetzten. Das alles kam ihm jetzt, wo Mildred nicht mehr da war, gefallsüchtig und belastend vor. Die beiden hatten einander ausgeglichen, seine kleinen Kinder. So hatte er sie oft gesehen. Auch wenn Stefan über vierzig war und Mildred schon die fünfzig hinter sich gelassen hatte. Vielleicht waren sie doch beide die Kinder des Probstes.

Ach, sie hatte einen wirklich reizen können. Und oft mit kleinen Mitteln.

Das Dreikönigsessen, zum Beispiel. Jetzt kam er sich kleinlich vor, weil er sich so geärgert hatte. Aber er hatte ja nicht gewusst, dass es Mildreds letztes sein würde.

Stefan und Bertil starren Mildreds Aufmarsch am Tisch zwischen ihnen wie verhext an. Es ist das kirchliche Dreikönigsessen, das seit einigen Jahren abgehalten wird. Stefan und Bertil sitzen Mildred gegenüber. Das Personal räumt nach dem Hauptgericht ab, und Mildred mobilisiert.

Zuerst hatte sie Soldaten für ihre kleine Armee geworben. Hatte mit der einen Hand den Salzstreuer und mit der anderen die Pfeffermühle gepackt. Hatte sie aufeinander zugeführt und sie dann abbiegen lassen, während sie wie versunken dem Gespräch zuhörte, bei dem es darum ging, dass die arbeitsintensive Weihnachtszeit nun zu Ende sei und gerade eine neue Erkältungswelle grassiere. Sie pulte an den Wachsrändern der Kerze herum. Schon da konnte Bertil sehen, dass Stefan sich fast an die Tischkante klammern musste, um ihr nicht den Kerzenhalter wegzureißen und zu brüllen: Fass doch nicht immer alles an!

Ihr Weinglas stand noch immer wie die Dame auf einem Schachbrett da und wartete auf den Einsatz.

Als Mildred dann anfängt, von der Wölfin zu reden, über die während der Weihnachtswoche die Zeitungen berichtet haben, schiebt sie Salz und Pfeffer zerstreut auf Bertils und Stefans Seite des Tisches hinüber. Auch das Weinglas wird jetzt in Bewegung gesetzt. Mildred berichtet, dass die Wölfin die russische und finnische Grenze überschritten hat, und das Glas jagt über den Tisch, so weit ihr Arm reicht, über alle möglichen Grenzen.

Sie redet weiter, mit vom Wein geröteten Wangen, und verschiebt die Gegenstände auf dem Tisch. Stefan und Bertil fühlen sich bedrängt und von ihren Bewegungen auf dem Tisch seltsam behindert.

Bleib auf deiner Seite, möchten sie rufen.

Sie erzählt, dass sie überlegt hat. Sie hat sich überlegt, dass die Kirche eine Stiftung zum Schutz der Wölfin gründen sollte. Die Kirche besitze doch Grund und Boden, also gehöre das in den Verantwortungsbereich der Kirche, findet sie.

Bertil ist vom Einfrauenschach auf der Tischdecke nicht unberührt geblieben und beißt um sich.

»Meiner Meinung nach soll die Kirche sich ihren eigentlichen Aufgaben widmen, Gemeindearbeit und nicht Forstwirtschaft. Rein prinzipiell, meine ich. Eigentlich dürften wir gar keinen Wald besitzen. Die Kapitalverwaltung sollten wir anderen überlassen.«

Mildred ist anderer Ansicht.

»Es ist unsere Aufgabe, die Erde zu verwalten«, sagt sie. »Wir sollen Boden besitzen und keine Aktien. Und wenn die Kirche Boden besitzt, kann sie ihn auf die richtige Weise verwalten. Jetzt ist diese Wölfin auf schwedisches Territorium und auf den Boden der Kirche gewandert. Wenn sie nicht beschützt wird, wird ihr kein langes Leben beschieden sein, das weißt du. Irgendein Jäger oder Rentierbesitzer wird sie erschießen.«

»Die Stiftung soll also …«

»Soll das verhindern, ja. Durch Geld und Zusammenarbeit mit den Naturschutzbehörden können wir die Wölfin markieren und überwachen.«

»Und auf diese Weise stößt du Menschen ab«, wendet Bertil ein. »Alle müssen Platz in der Kirche finden, Jäger, Samen, Wolfsfreunde – alle. Aber dann kann die Kirche nicht auf diese Weise Stellung beziehen.«

»Und was ist mit unserem Verwalteramt?«, fragt Mildred. »Wir sollen die Erde hegen und pflegen, und das muss doch auch für von der Ausrottung bedrohte Tierarten gelten. Und wir sollen nicht politisch Stellung beziehen? Wenn die Kirche in früheren Zeiten diese Ansicht vertreten hätte, dann gäbe es heute noch Sklaverei.«

Jetzt müssen sie doch über sie lachen. Sie muss ja wirklich immer übertreiben.

Bertil Stensson schloss die Safetür und sperrte sie ab. Er steckte den Schlüssel in die Tasche. Im Februar hatte Mildred ihre Stiftung ins Leben gerufen. Weder er noch Stefan Wikström hatten Widerstand geleistet.

Die ganze Idee hatte ihn schon geärgert. Und wenn er jetzt zurückblickte und versuchte, ehrlich zu sein, dann ärgerte ihn die Erkenntnis, dass er einfach nur aus Feigheit nicht dagegen war. Er hatte Angst, als Wolfshasser dazustehen und als Gott weiß was. Aber er hatte Mildred immerhin dazu gebracht, einen weniger provozierenden Namen zu wählen als »Stiftung für Wolfsschutz im Norden«, nämlich »Verein für Wildtierschutz«. Und er und Stefan hatten zusammen mit Mildred den Gründungsaufruf unterschrieben.

Und später im Frühling, als Stefans Frau mit den jüngsten Kindern zu ihrer Mutter nach Katrineholm gefahren war und lange fortblieb, hatte Bertil nicht mehr so viel darüber nachgedacht.

Jetzt im Nachhinein machte ihm die Sache natürlich zu schaffen.

Aber Stefan hätte auf jeden Fall etwas sagen müssen, dachte er zu seiner Verteidigung.

Rebecka hielt auf dem Hofplatz vor dem Haus ihrer Großmutter in Kurravaara. Teddy sprang aus dem Auto und lief eine neugierige Runde.

Wie ein glücklicher Hund, dachte Rebecka, als sie ihn um die Ecke verschwinden sah.

Gleich darauf hatte sie ein schlechtes Gewissen. Man durfte Teddy doch nicht mit einem Hund vergleichen.

Septembersonne auf grauem Eternit. Der Wind, der gelassen durch das hohe bleiche und unterernährte Herbstgras fuhr. Wenig Wasser, in der Ferne ein Motorboot. Aus einer anderen Richtung Sägegeräusche. Ansonsten Schweigen, Stille. Eine leichte Brise im Gesicht, wie eine behutsame Hand.

Sie schaute wieder zum Haus hinüber. Die Fenster waren in traurigem Zustand. Sie hätten ausgehängt, abgekratzt, gekittet und frisch gestrichen werden müssen. Mit der gleichen dunkelgrünen Farbe wie immer, mit keiner anderen. Sie dachte an die Steinwolle, die im Kellergang klebte, als Schutz gegen die kalte Luft, die sonst hochströmen und Reif an den Wänden bilden und zu grauen Feuchtigkeitsflecken werden würde. Die müsste abgerissen werden. Sie müsste abdichten, isolieren, einen Ventilator einbauen. Einen guten Erdkeller anlegen. Sie müsste das hohläugige Gewächshaus ausräumen, ehe es zu spät wäre.

»Komm, wir gehen rein«, rief sie Teddy zu, der zu Larssons roter Schutzhütte gerannt war und an der Tür rüttelte.

Teddy kam über das Kartoffelfeld getrottet. Seine Schuhe waren unten dick vor Lehm.

»Du«, sagte er und zeigte auf Rebecka, als sie auf die Treppe trat.

»Rebecka«, antwortete Rebecka. »Ich heiße Rebecka.«

Er nickte als Antwort. Würde sie bald wieder fragen. Er hatte schon einige Male gefragt, hatte sie aber noch nicht beim Namen genannt.

Sie gingen die Treppe hoch und in die Küche. Die roch feucht und muffig. Es schien kälter zu sein als draußen. Teddy ging voran. In der Küche öffnete er ungeniert alle Schränke und Schubladen.

Gut, dachte Rebecka. Soll er sie nur aufmachen, dann fliegen alle Gespenster davon.

Sie lächelte seine große, unbeholfene Gestalt an, sein schelmisches Lächeln, das er ab und zu auf sie richtete. Es war schön, ihn bei sich zu haben.

Auch so kann ein Ritter aussehen, dachte sie.

Alles war unverändert. Ein Gefühl der Geborgenheit überkam sie. Legte den Arm um sie. Zog sie aufs Sofa neben Teddy, der eine Bananenkiste mit Comics gefunden hatte. Er suchte die heraus, die er mochte. Sie mussten bunt sein, er zog *Donald Duck* vor. *Agent X9*, *Das Phantom* und *Buster* legte er zurück in den Karton. Sie sah sich um. Die blau gestrichenen Stühle um den alten, abgenutzten Ausklapptisch. Der brummende Kühlschrank, die Aufkleber auf den Kacheln über dem schwarzen Näfveqvarnherd, die allerlei Gewürze abbildeten. Neben dem Ofen stand der elektrische Herd mit seinen orangefarbenen und braunen Plastikknöpfen. Überall die Hand der Großmutter. Auf dem Holzgestell über dem Herd drängten sich getrocknete Pflanzen, Töpfe und rostfreie Gefäße. Onkel Affes Frau Inga-Lill hängte die Kräuter noch immer dort auf. Katzenschwanz, Rainfarn, Wollgras, Butterblumen und Schafgarbe. Einige gekaufte rosafarbene Immortellen waren auch dabei, zu Lebzeiten der Großmutter hatte es so etwas nicht gegeben. Die gewebten Flickenteppiche der Großmutter auf dem Boden und als Kälteschutz auch auf der Küchenbank. Bestickte Decken überall, sogar auf der Nähmaschine in der Ecke. Bestickte Webbänder mit Taschen, in einer der Untersetzer, den Opa in der letzten Zeit seiner Krankheit aus Streichhölzern angefertigt hatte. Von der Großmutter genähte oder bestickte Kissenbezüge.

Ob ich hier wohl wohnen könnte, überlegte Rebecka.

Sie schaute auf die Wiese hinaus. Niemand schien mehr zu mähen oder zu flämmen. Das Gras wuchs in großen Büscheln durch eine Schicht aus verfaultem Gras des vergangenen Jahres. Es gab bestimmt Tausende von Wühlmauslöchern. Von hier oben konnte sie besser sehen, wie das Schuppendach durchsackte. Plötzlich wurde sie traurig. Ein Haus stirbt, wenn es verlassen wird. Es verwittert, es atmet nicht mehr. Es bekommt Risse, senkt sich, schimmelt.

Wo soll man anfangen, überlegte Rebecka. Allein die Fenster wären mehr als genug. Ich kann keine Dächer decken. Und den Balkon darf man nicht mehr betreten.

Dann bebte das Haus. Unten wurde mit der Tür geknallt. Das kleine Glockenspiel mit der Melodie zu *Jiopa virkki puu visainen kielin kantelon kajasi tuota soittoa suloista* erklang und ließ einige zarte Töne hören.

Sivvings Stimme schallte durch das Haus. Kam die Treppe hoch und drang durch die Tür.

»Hallo!«

Einige Sekunden darauf stand er im Türrahmen. Der Nachbar der Großmutter. In jeder Hinsicht groß gewachsen. Die Haare weiß und weich wie Wollgras. Weißgelbe Militärunterwäsche unter einer blauen Nylonjacke. Strahlendes Lächeln, als er Rebecka entdeckte. Sie sprang auf.

»Rebecka«, sagte er nur.

Mit zwei Schritten hatte er sie erreicht. Schloss sie in die Arme.

Sie hatten sich sonst nie umarmt, nicht einmal in Rebeckas Kinderzeit. Aber sie erstarrte jetzt nicht. Im Gegenteil. Sie schloss für die zwei Sekunden, die die Umarmung dauerte, die Augen. Ließ sich auf ein Meer der Ruhe hinaustreiben. Wenn man das Händeschütteln nicht mitrechnete, dann hatte kein Mensch sie mehr berührt, seit... ja, seit Erik Rydén sie zu dem Firmenfest auf Lidö willkommen geheißen hatte. Und vorher ein halbes Jahr lang niemand, seit der Blutprobe im Krankenhaus.

Dann war die Umarmung zu Ende. Aber Sivving Gjällborg hielt noch immer ihren linken Unterarm mit seiner Rechten umfasst.

»Wie geht es dir?«, fragte er.

»Gut«, sagte sie lächelnd.

Sein Gesicht wurde ernster. Er hielt sie noch einen Moment fest, dann ließ er sie los. Dann war sein Lächeln wieder da.

»Und du hast einen Kumpel mitgebracht.«

»Ja, das ist Teddy.«

Teddy war in ein Donaldheft vertieft gewesen. Schwer zu sagen, ob er es lesen konnte oder sich nur die Bilder ansah.

»Aber dann müsst ihr zum Kaffee rüberkommen, ich hab auch etwas sehr Schönes zum Angucken. Wie sieht es aus, Teddy? Saft und Rosinenbrötchen? Oder willst du lieber Kaffee?«

Teddy und Rebecka trotteten hinter Sivving her wie zwei Kälber.

Sivving, dachte Rebecka und lächelte. Das wird schon alles werden. Man muss sich ein Fenster nach dem anderen vornehmen.

Sivvings Haus lag auf der anderen Straßenseite. Rebecka erzählte, dass sie beruflich nach Kiruna gekommen sei und einen kurzen Urlaub angehängt habe. Sivving stellte keine unangenehmen Fragen. Warum sie nicht in Kurravaara wohnte, zum Beispiel. Rebecka registrierte, dass sein linker Arm kraftlos nach unten hing und er den linken Fuß nachzog, nicht sehr, aber doch merklich. Auch sie stellte keine Fragen.

Sivving hauste in seinem Heizungskeller. Da hatte er weniger sauber zu halten, und es war nicht so einsam. Nur wenn seine Kinder und Enkelkinder zu Besuch kamen, wurde der Rest des Hauses genutzt. Aber es war ein gemütlicher Heizungskeller. Geschirr und Hausrat, die er im Alltag brauchte, passten in ein braunes

Hängeregal. Es gab ein Bett und einen kleinen Küchentisch mit Resopalplatte, einen Stuhl, eine Kommode und eine elektrische Kochplatte.

Auf dem Hundebett neben seinem Bett lag Sivvings Vorsteherhündin Bella. Und neben ihr lagen vier Welpen. Bella sprang eilig auf und begrüßte Rebecka und Teddy. Sie hatte aber nicht die Zeit, sich kurz die Schnauze streicheln zu lassen, sondern versetzte ihrem Herrchen zwei Stöße und ein Lecken.

»Schon gute, Alte«, sagte Sivving. »Also, Teddy, was sagst du? Die sind toll, nicht?«

Teddy schien ihn kaum zu hören. Er starrte die Welpen mit verklärter Miene an.

»Ach«, sagte er, »ach«, ging neben dem Bett in die Hocke und streckte die Hand nach einem schlafenden Hundebaby aus.

»Ich weiß nicht…«, fing Rebecka an.

»Nein, lass ihn«, sagte Sivving. »Bella ist eine gelassenere Mutter, als ich ihr zugetraut hätte.«

Bella legte sich neben die drei Welpen, die noch im Bett lagen. Sie behielt Teddy unverwandt im Auge, der den vierten aufhob und sich mit dem kleinen Hund auf dem Schoß an die Wand lehnte. Der Welpe wachte auf und griff nach besten Kräften Teddys Ärmel und Hand an.

»So sind sie eben«, lachte Sivving. »Bei denen scheint es einen Einschaltknopf zu geben. Gerade toben sie noch wie die wilde Jagd herum, dann sind sie plötzlich eingeschlafen.«

Schweigend tranken sie Kaffee. Das machte nichts. Es reichte, Teddy auf dem Rücken am Boden liegen zu sehen, während die Welpen auf seinen Beinen herumturnten, an seinen Kleidern zogen und sich auf seinen Bauch kämpften. Bella schnappte sich derweil ein Rosinenbrötchen vom Tisch. Der Speichel lief auf beiden Seiten aus ihrem Maul, als sie sich neben Rebecka setzte.

»Du hast ja schöne Manieren gelernt«, lachte die.

»Geh ins Bett«, sagte Sivving zu Bella und winkte mit der Hand.

»Du, ich glaube, sie ist auf dem Ohr schwerhörig, das sie dir zukehrt«, sagte Rebecka und lachte noch mehr.

»Alles meine Schuld«, klagte Sivving. »Aber du weißt ja, hier sitzt man so ganz allein, und dann passiert es leicht, dass man alles teilt. Und dann…«

Rebecka nickte.

»Aber hör mal«, sagte Sivving munter. »Jetzt hast du doch einen großen Jungen bei dir, da könnt ihr mir beim Anleger helfen. Ich wollte ihn schon mit dem Trecker hochziehen, aber ich habe Angst, dass der nicht hält.«

Der Anleger war vom Wasser durchtränkt und schwer. Der Fluss niedrig und träge. Teddy und Sivving standen auf beiden Seiten und zogen. Die letzten Mücken des Sommers stachen ihnen in den Nacken. Wegen der Sonne und der Anstrengung hatten sie ihre Kleider in einem Haufen oben am Hang liegen gelassen. Teddy trug Sivvings Ersatzgummistiefel. Rebecka hatte andere Sachen aus dem Haus ihrer Großmutter geholt. Der eine Stiefel war geplatzt, deswegen war ihr rechter Fuß sehr schnell nass geworden. Jetzt stand sie am Ufer und zog, und um ihre Socke schwappte das Wasser. Sie spürte, wie ihr der Schweiß über den Rücken strömte. Und über den Hinterkopf. Nass und salzig.

»Da merkt man doch, dass man lebt«, stöhnte sie, an Sivving gerichtet.

»Der Körper jedenfalls«, antwortete Sivving.

Er musterte sie zufrieden. Wusste, dass in harter körperlicher Arbeit eine Befreiung lag, wenn die Seele sich quälte. Sicher würde er sie zur Arbeit heranziehen, wenn sie zurückkäme.

Danach aßen sie in Sivvings Heizungskeller Fleischsuppe und Knäckebrot. Sivving hatte drei Hocker herbeigezaubert, die um den Tisch herum Platz hatten. Rebecka hatte trockene Socken angezogen.

»Ach, wie schön, dass es euch schmeckt«, sagte Sivving zu Teddy, der zur Suppe dick mit Butter und Käse belegte Knäckebrote in sich hineinfutterte. »Du musst mir öfter helfen kommen.«

Teddy nickte mit vollem Mund. Bella lag auf ihrem Bett, die Welpen schnupperten an ihrem Bauch herum. Ab und zu bewegten sich ihre Ohren. Sie hatte alles unter Kontrolle, auch wenn sie die Augen geschlossen hielt.

»Und du, Rebecka«, sagte Sivving, »bist ja sowieso immer willkommen.«

Sie nickte und schaute aus dem Kellerfenster.

Hier geht die Zeit langsamer, dachte sie. Aber man spürt schon, dass sie vergeht. Ein neuer Anleger. Neu für mich, der hat doch schon viele Jahre auf dem Buckel. Die Katze, die da im Gras verschwindet, ist nicht Larssons Mirri. Die ist schon lange tot. Ich weiß nicht, wie die Hunde heißen, die ich in der Ferne bellen höre. Früher wusste ich das. Konnte Pilkkis heiseres, streitlustiges Kläffen erkennen. Sie konnte ewig weitermachen. Sivving. Bald wird er Hilfe brauchen, um sich zu versorgen und Essen zu kaufen. Vielleicht könnte ich es hier aushalten?

Anna-Maria Mella fuhr mit ihrem roten Ford Escort auf den Hof von Magnus Lindemark. Lisa Stöckel und Erik Nilsson hatten ihn als den Mann bezeichnet, der aus seinem Hass auf Mildred Nilsson kein Geheimnis gemacht hatte. Der ihre Autoreifen zerstochen und den Schuppen des Pfarrhauses in Brand gesteckt hatte.

Er wusch gerade seinen Volvo, drehte das Wasser ab und legte den Schlauch hin, als Anna-Maria auf den Hofplatz fuhr. Er war ein wenig klein geraten, sah aber stark aus. Er krempelte sich die Hemdsärmel hoch, als sie aus dem Wagen stieg. Wollte wohl seine Muskeln zeigen.

»Fahren Sie aber eine Dampflok«, scherzte er.

Gleich darauf bemerkte er, dass er es mit einer Polizistin zu tun hatte. Sie sah, wie sich sein Gesicht veränderte. Jetzt zeigte es eine Mischung aus Verachtung und Schläue. Anna-Maria ging auf, dass es besser gewesen wäre, Sven-Erik mitzunehmen.

»Ich glaube nicht, dass ich Lust habe, hier irgendwelche Fragen zu beantworten«, sagte Magnus Lindmark, noch ehe sie den Mund aufgemacht hatte.

Anna-Maria stellte sich vor. Zeigte auch ihren Dienstausweis, den sie normalerweise nicht unnötig durch die Gegend schwenkte.

Was mache ich jetzt, überlegte sie. Ich kann ihn ja nicht zwingen.

»Lassen Sie mich raten«, sagte er, verzog das Gesicht zu einer gekünstelten Denkermiene und rieb sich das Kinn mit dem Zeigefinger. »Eine Pfaffenfotze, die bekommen hat, was sie verdient hat, vielleicht? Und wenn ich mir das genauer überlege, dann habe ich keine Lust, darüber zu reden.«

Oh, dachte Anna-Maria. Der genießt diesen Moment.

»Na gut«, sagte sie und lächelte freundlich. »Dann setze ich mich in meine Dampflok und töffe wieder weg.«

Sie machte kehrt und ging zum Auto.

Er wird rufen, konnte sie gerade noch denken.

»Wenn ihr den Kerl findet, der es war«, rief er, »dann sagt Bescheid, damit ich ihm die Hand schütteln kann.«

Sie ging weiter auf ihr Auto zu. Drehte sich, die Hand auf dem Türgriff, zu ihm um. Sagte nichts.

»Sie war eine miese Nutte, die es nicht anders verdient hat. Haben Sie keinen Notizblock? Schreiben Sie das auf.«

Anna-Maria zog einen Block und einen Stift aus der Tasche. Kritzelte »miese Nutte«.

»Sie scheint viele gegen sich aufgebracht zu haben«, sagte sie wie an sich selbst gerichtet.

Er kam auf sie zu, trat drohend vor sie.

»Das kann ich Ihnen sagen, verdammt.«

»Warum sind Sie so wütend auf sie?«

»Wütend«, fauchte er. »Wütend, das bin ich auf meine Hündin, wenn sie wie blöd einem Eichhörnchen hinterherbellt. Ich bin kein Heuchler, ich gebe gern zu, dass ich sie gehasst habe. Und ich war da nicht der Einzige.«

Red weiter, dachte Anna-Maria und nickte verständnisvoll.

»Warum haben Sie sie gehasst?«

»Weil sie meine Ehe ruiniert hat, deshalb! Weil mein Junge mit elf Jahren angefangen hat, ins Bett zu pissen. Wir hatten Probleme, Anki und ich, aber nachdem sie mit Mildred gesprochen hatte, konnte von einer Lösung keine Rede mehr sein. Ich sagte: Willst du zur Familienberatung? Ich tu, was du willst. Aber nein, diese verdammte Pastorin hat ihr den Kopf verdreht, bis sie mich verlassen hat. Und die Kinder hat sie mitgenommen. Sie hätten nicht gedacht, dass die Kirche so was macht, oder?«

»Nein. Aber Sie...«

»Anki und ich haben uns gestritten, das schon. Aber Sie und Ihr Alter streiten sich doch sicher auch ab und zu?«

»Oft. Aber Sie waren also so wütend, dass Sie...«

Anna-Maria unterbrach sich und blätterte in ihrem Block.

»...ihren Schuppen angesteckt, ihre Reifen zerstochen, die Fenster in ihrem Gewächshaus eingeschlagen haben.«

Magnus Lindmark lächelte sie strahlend an und sagte gelassen: »Aber das war doch nicht ich.«

»Ach, und was haben Sie in der Nacht vor Mittsommer gemacht?«

»Hab ich schon gesagt, bei einem Kumpel übernachtet.«

Anna-Maria las in ihrem Block.

»Fredrik Korpi. Übernachten Sie oft bei Ihren Kumpels?«

»Wenn man so verdammt breit ist, dass man nicht mehr nach Hause fahren kann...«

»Sie sagen, Sie seien nicht der Einzige gewesen, der sie gehasst hat. Wer waren die anderen?«

Er machte eine fegende Armbewegung.

»Alle Welt.«

»Sie war sehr beliebt, habe ich gehört.«

»Bei tausend hysterischen Weibsbildern.«

»Und etlichen Männern.«

»Die auch nur hysterische Weibsbilder sind. Fragen Sie irgendeinen, entschuldigen Sie den Ausdruck, echten Kerl, dann werden Sie es schon hören. Sie hatte es doch auch auf die Jagdgesellschaft abgesehen. Wollte die Pacht beenden und weiß der Teufel. Aber wenn Sie glauben, dass Torbjörn sie umgebracht hat, dann liegen Sie total falsch.«

»Torbjörn?«

»Torbjön Ylitalo, der von der Kirche angestellte Förster und Vorsitzende des Jagdvereins. Sie haben sich im Frühjahr schrecklich gefetzt. Er hätte ihr garantiert gern die Büchse in den Schlund gehalten. Verdammt, wie sie da mit ihrer Stiftung losgelegt hat. Und das ist ja wohl eine Klassenfrage. Für die verdammten feinen Leute in Stockholm ist es leicht, Wölfe zu lieben. Aber an dem Tag, wo der Wolf auf ihren Golfplätzen erscheint und sie beim

Cocktail auf der Veranda stört und ihre Pudel zum Frühstück verschlingt, da gehen sie auch auf die Jagd.«

»Mildred Nilsson kam doch gar nicht aus Stockholm.«

»Vielleicht nicht, aber irgendwo aus der Nähe. Der Vetter von Torbjörn Ylitalo war in Värmland, Weihnachen 92, um seine Schwiegereltern zu besuchen, und da ist sein Jagdhund von Wölfen getötet worden. Ein Jagdchampion mit Spürhunddiplom. Ich sag Ihnen, er hat bei Micke gesessen und geflennt, als er erzählt hat, wie sie den Hund gefunden haben. Oder genauer gesagt, die Reste des Hundes. Von dem waren nur noch das Skelett und ein paar blutige Hautfetzen übrig.«

Er sah sie an. Sie verzog keine Miene, bildete der Mann sich denn ein, sie werde in Ohnmacht fallen, bloß weil er über Skelette und Hautfetzen redete?

Als sie nichts sagte, drehte er den Kopf zur Seite, sein Blick schweifte über die Tannen zu den ausgefransten, eilig dahinziehenden Wolken am knallblauen Herbsthimmel.

»Ich musste einen Anwalt einschalten, um meine eigenen Kinder treffen zu können. Scheiße, Scheiße. Ich hoffe, sie musste leiden. Und das musste sie doch, oder?«

ALS REBECKA UND TEDDY zu Mickes Bar & Küche zurückkehrten, war es schon fünf Uhr nachmittags. Lisa Stöckel kam über die Landstraße auf das Restaurant zu, und Teddy rannte ihr entgegen.

»Hund!«, rief er und zeigte auf Lisas Hund Majken. »Klein!«

»Wir haben uns Welpen angesehen«, erklärte Rebecka.

»Becka«, rief er und zeigte auf Rebecka.

»Meine Güte, jetzt bist du beliebt.« Lisa lächelte Rebecka an.

»Die Hundebabys waren wirklich ein Erfolg«, sagte Rebecka bescheiden.

»Hunde überhaupt«, sagte Lisa. »Du hast Hunde gern, was, Teddy? Ich habe gehört, dass du dich heute um Teddy gekümmert hast, und da sage ich vielen Dank. Und ich zahle natürlich, wenn du Ausgaben für Essen oder so hattest.«

Sie zog eine Brieftasche hervor.

»Nein, nein«, sagte Rebecka und machte eine abwehrende Handbewegung, so dass Lisa die Brieftasche auf den Boden fiel.

Alle Plastikkarten rutschten auf den Kies, der Ausweis für die Bibliothek, die Kundenkarte aus dem Supermarkt, die Kreditkarte und der Führerschein.

Und das Foto von Mildred.

Lisa bückte sich hastig, um alles aufzusammeln, aber Teddy hatte sich Mildreds Foto schon geschnappt. Es war auf einer Busreise aufgenommen worden, als Magdalena zu Exerzitien nach Uppsala gefahren war. Mildred lachte überrascht und vorwurfsvoll in die Kamera. Die Lisa in der Hand hielt. Sie hatten eine Pause eingelegt, um sich die Beine zu vertreten.

»Ilred«, sagte Teddy zu dem Foto und schmiegte es an seine Wange.

Er lächelte Lisa an, die mit ungeduldig ausgestreckter Hand vor ihm stand. Sie musste sich sehr zusammenreißen, um ihm das Bild nicht mit Gewalt wegzunehmen. Was für ein verdammtes Glück, dass sonst niemand dabei war.

»Ja, die beiden waren dick befreundet«, sagte sie und nickte zu Teddy hinüber, der sich das Bild noch immer an die Wange hielt.

»Sie scheint wirklich eine ganz ungewöhnliche Pastorin gewesen zu sein«, sagte Rebecka ernst.

»Ja, wirklich«, sagte Lisa. »Wirklich.«

Rebecka bückte sich und streichelte den Hund.

»Er ist doch ein Segen«, sagte Lisa. »Man vergisst alle Sorgen, wenn man mit ihm zusammen ist.«

»Ist das nicht eine Hündin?«, fragte Rebecka und schaute dem Hund unter den Bauch.

»Nein, ich meine Teddy«, sagte Lisa. »Das hier ist Majken.«

Sie streichelte den Hund zerstreut.

»Ich habe viele Hunde.«

»Ich mag Hunde«, sagte Rebecka und streichelte Majkens Ohren.

Mit Menschen sieht es nicht so gut aus, was, dachte Lisa. Ich weiß. Ich war auch lange so. Bin es wohl noch immer.

Aber Mildred hatte ihr das alles ausgetrieben. Schon von Anfang an. Wie damals, als sie Lisa dazu gebracht hatte, einen Vortrag über Wirtschaftsführung zu halten. Lisa hatte versucht abzulehnen. Aber Mildred war... »stur« war ein lächerliches Wort. Man konnte Mildred nicht in dieses Wort stopfen.

»Magst du sie nicht?«, fragt Mildred. »Magst du Menschen nicht?«

Lisa sitzt auf dem Boden, Bruno neben ihr. Sie schneidet ihm die Krallen.

Majken steht aufmerksam daneben, wie eine Krankenschwester. Die anderen Hunde liegen in der Diele und hoffen, dass die

Reihe niemals an sie kommen wird. Wenn sie ganz still und ruhig bleiben, vergisst Lisa sie vielleicht.

Und Mildred sitzt auf der Küchenbank und erklärt. Als sei das Problem, dass Lisa nicht begreift. Die Frauengruppe Magdalena will Frauen helfen, die finanziell gesehen untergegangen sind. Langzeitarbeitslosen, krankgeschriebenen Sozialhilfeempfängerinnen, hinter denen der Gerichtsvollzieher her ist und deren Küchenschublade voll gestopft ist mit Briefen von Inkassounternehmen und Behörden und Gott weiß von wem noch alles. Und jetzt weiß Mildred zufällig, dass Lisa bei der Gemeinde als Schulden- und Finanzplanungsberaterin angestellt ist. Mildred will, dass Lisa für diese Frauen einen Kurs abhält. Damit sie Ordnung in ihre Finanzen bringen können.

Lisa will ablehnen. Will sagen, dass Menschen ihr wirklich egal sind. Dass ihr ihre Hunde, Katzen, Ziegen, Schafe, Lämmer wichtig sind. Die Elchkuh, die im vergangenen Winter bei ihr war, fast zum Skelett abgemagert, und die sie dann aufgepäppelt hat.

»Die würden ja doch nicht kommen«, sagt Lisa.

Sie schneidet Bruno die letzte Kralle. Er bekommt einen Klaps und verschwindet zur restlichen Meute in die Diele. Lisa erhebt sich.

»Sie sagen, ja, ja, klasse, wenn du sie einlädst«, fügt sie hinzu. »Aber dann lassen sie sich nicht blicken.«

»Abwarten«, sagt Mildred und kneift die Augen zusammen.

Dann verzieht sie ihren Himbeermund zu einem strahlenden Lächeln. Eine Reihe kleiner Zähne, wie bei einem Kind.

Lisas Knie geben nach, sie schaut in eine andere Richtung, sagt: »Ja, ich werde schon kommen«, um die Pastorin loszuwerden, ehe sie umkippt.

Drei Wochen später steht Lisa vor einer Gruppe von Frauen und redet. Zeichnet an eine weiße Wandtafel. Kreise und Tortendiagramme, rot, grün und blau. Schielt zu Mildred hinüber, wagt kaum, sie anzusehen. Sieht also lieber die Zuhörerinnen an. Haben sich nicht unbedingt fein gemacht, Gott bewahre. Billige Blusen.

Verfilzte Jacken. Billiger Modeschmuck. Die meisten hören freundlich zu. Andere starren Lisa fast hasserfüllt an, als sei es ihr Fehler, dass es ihnen so schlecht geht.

Nach und nach wird sie in andere Projekte der Frauengruppe hineingezogen. Das Tempo reißt sie einfach mit. Eine Zeit lang besucht sie sogar die Bibelgruppe. Aber das geht dann doch nicht mehr. Sie kann Mildred nicht ansehen, denn dann hat sie das Gefühl, dass die anderen in ihrem Gesicht lesen wie in einem aufgeschlagenen Buch. Sie muss Mildred aber die ganze Zeit ansehen, und auch das fällt auf. Sie weiß nicht, wohin sie blicken soll. Hört nicht, worüber gesprochen wird. Lässt ihren Stift fallen und fällt auf. Am Ende geht sie nicht mehr hin.

Sie macht einen Bogen um die Frauengruppe. Die Unruhe ist wie eine unheilbare Krankheit. Sie wird mitten in der Nacht wach. Denkt die ganze Zeit an die Pastorin. Sie fängt an zu laufen. Dutzende von Kilometern. Zuerst auf den Landstraßen. Dann trocknen die Wiesen, und sie kann durch den Wald laufen. Sie fährt nach Norwegen und kauft noch einen Hund, einen Springerspaniel. Der hält sie auf Trab. Sie kittet die Fenster und leiht nicht mehr die Egge des Nachbarn aus, sie gräbt an den hellen Maiabenden das Kartoffelfeld mit der Hand um. Ab und zu glaubt sie, im Haus das Telefon klingeln zu hören, geht aber nicht hin.

»Gib mir das Bild, Teddy«, sagte Lisa und versuchte, ihre Stimme ganz neutral klingen zu lassen.

Teddy hielt das Bild mit beiden Händen fest. Sein Lächeln reichte von einem Ohr zum anderen.

»Ilred«, sagte er. »Schaukel.«

Lisa starrte ihn an und nahm ihm das Bild weg.

»Ja, ich glaube schon«, sagte sie endlich.

Zu Rebecka sagte sie, ein wenig zu schnell, aber Rebecka schien das nicht aufzufallen: »Mildred hat Teddy konfirmiert. Und dieser Konfirmandenunterricht war ziemlich... unkonventionell. Sie wusste, dass er ein Kind war, deshalb haben sie oft auf dem Spielplatz geschaukelt und sind mit dem Boot gefahren und haben Pizza gegessen. Oder, Teddy, du und Mildred, ihr habt Pizza gegessen. Quattro Stagione, was?«

»Er hat heute drei Portionen Fleischsuppe verputzt«, sagte Rebecka.

Teddy ging auf den Hühnerstall zu. Rebecka rief einen Abschiedsgruß hinter ihm her, aber den schien er nicht gehört zu haben.

Lisa schien auch nicht zu hören, als Rebecka sich verabschiedete und sich auf den Weg zu ihrer Hütte machte. Sie antwortete zerstreut, schaute hinter Teddy her.

Lisa schlich Teddy hinterher wie ein Fuchs seiner Beute. Der Hühnerstall lag auf der Rückseite des Restaurants.

Sie dachte daran, was er beim Anblick von Mildreds Foto gesagt hatte. »Ilred. Schaukel.« Aber Teddy schaukelte nicht. Sie hätte die Schaukel sehen mögen, auf der er Platz gehabt hätte. Also konnten sie nicht zusammen auf dem Spielplatz gewesen sein und geschaukelt haben.

Teddy öffnete die Tür zum Hühnerstall. Er suchte dort immer für Mimmi Eier.

»Teddy«, sagte Lisa und versuchte, seine Aufmerksamkeit auf sich zu lenken. »Teddy, hast du Mildred schaukeln sehen?«

Sie zeigte mit der Hand nach oben.

»Schaukeln«, antwortete er.

Sie ging hinter ihm her in den Stall. Er schob die Hand unter die Hühner und nahm die Eier, auf denen sie saßen. Lachte, wenn sie wütend nach seiner Hand pickten.

»War das hoch oben? War das Mildred?«

»Ilred«, sagte Teddy.

Er steckte die Eier in die Tasche und ging aus dem Stall.

Herrgott, dachte Lisa. Was mach ich denn eigentlich hier? Er wiederholt doch bloß, was ich sage.

»Hast du die Rakete gesehen?«, fragte sie und machte mit der Hand eine fliegende Bewegung. »Wusch!«

»Wusch«, lachte Teddy und zog mit einer fegenden Bewegung ein Ei aus der Tasche.

Draußen auf der Landstraße hielt Lars-Gunnars Auto an und hupte.

»Dein Papa«, sagte Lisa.

Sie hob die Hand zu einem Gruß für Lars-Gunnar. Sie spürte, wie steif und widerspenstig die Hand war. Der Körper war ein Verräter. Es war ihr einfach unmöglich, Lars-Gunnars Blick zu erwidern oder ein Wort mit ihm zu wechseln.

Sie blieb hinter dem Lokal stehen, während Teddy zum Wagen lief.

Nicht daran denken, sagte sie zu sich. Mildred ist tot. Nichts kann daran etwas ändern.

Anki Lindmark wohnte in einer Wohnung im zweiten Stock in der Kyrkogata 21 D. Sie öffnete die Tür, als Anna-Maria Mella klingelte, und schaute über die Sicherheitskette. Sie war Mitte dreißig, vielleicht etwas jünger. Ihre selbst gemachte Blondierung wuchs inzwischen heraus. Sie trug eine lange Jacke und einen Jeansrock. Durch den Türspalt registrierte Anna-Maria, dass die andere ziemlich groß war, sicher einen halben Kopf größer als ihr Exmann. Anna-Maria stellte sich vor.

»Sind Sie die Exfrau von Magnus Lindmark?«, fragte sie.

»Was hat er angestellt?«, fragte Anki Lindmark zurück.

Dann wurden die Augen hinter der Sicherheitskette groß.

»Ist etwas mit den Jungen?«

»Nein«, sagte Anna-Maria. »Ich möchte Ihnen nur ein paar Fragen stellen. Das geht schnell.«

Anki Lindmark ließ sie rein, legte die Sicherheitskette wieder vor und schloss die Tür ab.

Sie gingen in die Küche. Die war sauber aufgeräumt. Haferflocken, Kakaopulver und Zucker in Tupperwaredosen auf der Anrichte. Ein Deckchen auf der Mikrowelle. Auf der Fensterbank standen Holztulpen in einer Vase, ein Glasvogel und eine winzige Holzkirche. Kinderzeichnungen waren mit Magneten an Kühlschrank und Tiefkühltruhe befestigt. Vorhänge mit Saum und Spitzenkante.

Am Küchentisch saß eine Frau von Mitte sechzig. Sie hatte karottenrote Haare und schaute Anna-Maria wütend an. Schüttelte eine Mentholzigarette aus einer Packung und zündete sie an.

»Meine Mutter«, erklärte Anki Landmark, als sie sich setzten.

»Wo sind die Kinder?«, fragte Anna-Maria.

»Bei meiner Schwester. Ihr Vetter hat heute Geburtstag.«

»Ihr Exmann, Magnus Lindmark...«, fing Anna-Maria an.

Als Anki Lindmarks Mutter den Namen ihres Exschwiegersohns hörte, stieß sie schnaubend eine Rauchwolke aus.

»... hat gesagt, dass er Mildred Nilsson gehasst hat«, sagte Anna-Maria.

Anki Lindmark nickte.

»Er hat auf ihrem Grundstück Schäden hervorgerufen«, sagte Anna-Maria.

Gleich darauf hätte sie sich die Zunge abbeißen mögen. »Auf dem Grundstück Schäden hervorgerufen«, was war das denn für eine Behördensprache? Aber die zusammengekniffenen Augen der Karottenfrau ließen sie so förmlich werden.

Sven-Erik, komm und hilf mir, dachte sie.

Er konnte mit Frauen reden.

Anki Lindmark zuckte mit den Schultern.

»Also, das alles hier bleibt unter uns«, sagte Anna-Maria in dem Versuch, die Kontinentalsockel aneinander zu schieben. »Haben Sie Angst vor ihm?«

»Erzähl ihr, warum du hier wohnst«, sagte die Mutter.

»Ja«, sagte Anki Lindmark. »Zuerst, als ich ihn verlassen hatte, habe ich in Mamas Hütte in Poikkijärvi gewohnt...«

»Die ist jetzt verkauft«, sagte die Mutter. »Wir können nicht mehr da draußen sein. Erzähl weiter.«

»... aber Magnus hat mir immer wieder Zeitungsartikel über Brände und so geschickt, und da hab ich mich nicht mehr hingewagt.«

»Und die Polizei kann rein gar nichts tun«, sagte die Mutter mit freudlosem Lachen.

»Er behandelt die Jungen nicht schlecht, das ist es nicht. Aber manchmal, wenn er getrunken hat... ja, dann kommt er hier die Treppe hoch und brüllt und schreit mich an... Hure und alles Mögliche... tritt gegen die Tür. Und da ist es doch besser, hier zu wohnen, wo ich Nachbarn und kein Fenster im Erdgeschoss habe. Aber ehe ich diese Wohnung gefunden hatte und mit den Jungen allein wohnen musste, habe ich bei Mildred gewohnt. Aber das hat ihr eingeschlagene Fenster eingebracht und er... und zerschnittene Autoreifen... und dann hat eben ihr Schuppen gebrannt.«

»Und das war Magnus?«

Anki Lindmark starrte die Tischplatte an. Ihre Mutter beugte sich zu Anna-Maria vor.

»Die Einzigen, die nicht glauben, dass er es war, sind verdammt noch mal Ihre Kollegen«, sagte sie.

Anna-Maria verzichtete darauf, die Unterschiede zwischen glauben und beweisen können zu erklären. Sie nickte nur nachdenklich.

»Ich hoffe nur, dass er eine Neue findet«, sagte Anki Lindmark. »Und am besten mit ihr ein Kind bekommt. Aber die Sache ist ja doch besser geworden, seit Lars-Gunnar mit ihm gesprochen hat.«

»Lars-Gunnar Vinsa«, sagte die Mutter. »Der ist bei der Polizei oder war es, jetzt ist er in Rente. Und er leitet diesen Jagdverein. Er hat mit Magnus gesprochen. Und wenn Magnus eins nicht will, dann, seinen Platz in der Jagdgesellschaft verlieren.«

Lars-Gunnar Vinsa, Anna-Maria wusste durchaus, wer das war. Aber sie hatte erst ein Jahr in Kiruna gearbeitet, als er in Pension gegangen war, und sie waren niemals zusammen im Einsatz gewesen. Also konnte sie nicht behaupten, ihn zu kennen. Er hatte einen entwicklungsgestörten Sohn, das fiel ihr jetzt ein. Sie wusste auch noch, woher sie das wusste. Lars-Gunnar und ein Kollege hatten in einer Gaststätte eine Heroinsüchtige aufgegriffen. Lars-Gunnar hatte sie gefragt, ob sie Spritzen in der Tasche habe. Nein, zum Teufel, die lägen bei ihr zu Hause. Also hatte Lars-Gunnar die Hand in ihre Tasche geschoben und sich an einer Spritze gestochen. Die Frau war mit einer Oberlippe auf der Wache erschienen, die so dick wie ein geplatzter Fußball gewesen war, und das Blut war ihr nur so aus der Nase geströmt. Der Kollege hatte

Lars-Gunnar an einer Selbstanzeige gehindert, das hatte Anna-Maria gehört. Das war 1990 gewesen. Damals dauerte es sechs Monate, ein verlässliches Ergebnis für einen HIV-Test zu erhalten. In der folgenden Zeit war oft die Rede von Lars-Gunnar und seinem sechsjährigen Sohn gewesen. Die Mutter hatte ihr Kind im Stich gelassen, und Lars-Gunnar war der Einzige, den er hatte.

»Lars-Gunnar hat nach dem Brand also mit Magnus gesprochen?«, fragte Anna-Maria.

»Nein, das war nach der Sache mit der Katze.«

Anna-Maria wartete schweigend.

»Ich hatte eine Katze«, sagte Anki und räusperte sich, als ob sie husten müsste. »Als ich ausgezogen bin, wollte ich sie rufen, aber sie hatte sich schon seit einer Weile nicht mehr sehen lassen. Ich dachte, ich könnte sie ja später noch abholen. Ich war so nervös. Ich wollte Magnus nicht sehen. Er rief immer wieder an. Auch bei Mama. Manchmal mitten in der Nacht. Jedenfalls rief er mich bei der Arbeit an und sagte, er habe eine Tüte mit Sachen von mir an meine Wohnungstür gehängt.«

Sie verstummte.

Die Mutter blies Anna-Maria eine Rauchwolke ins Gesicht. Die Wolke teilte sich zu dünnen Schleiern.

»Und in der Tüte lag die Katze«, sagte sie, als ihre Tochter weiterhin schwieg. »Mit ihren Jungen. Fünf Stück. Allen fehlte der Kopf. Sie waren nur noch Blut und Fell.«

»Was haben Sie gemacht?«

»Was hätte sie denn wohl tun sollen?«, fragte die Mutter. »Ihr könnt ja nichts machen. Das hat sogar Lars-Gunnar gesagt. Wenn man zur Polizei geht, muss ein Verbrechen vorliegen. Es hätte ja Tierquälerei sein können, wenn sie gelitten hätten. Aber da er ihnen die Köpfe abgehauen hatte, hatten sie sicher nicht nennenswert leiden müssen. Es wäre Schadensersatz fällig geworden, wenn sie irgendeinen finanziellen Wert gehabt hätten, wie Rassekatzen oder ein teurer Jagdhund. Aber das waren ja nur Hauskatzen.«

»Ja«, sagte Anki Lindmark. »Aber ich glaube doch nicht, dass er einen Mord...«

»Aber danach?«, fragte die Mutter. »Als du hergezogen warst? Weißt du nicht mehr, wie das mit Peter war?«

Die Mutter drückte ihre Zigarette aus und nahm sich gleich eine neue.

»Peter wohnt in Poikkijärvi. Er ist auch geschieden, aber Gott, was für ein feiner, lieber Junge. Also, er und Anki haben sich dann ab und zu getroffen...«

»Nur als gute Freunde«, warf Anki ein.

»Eines Morgens, als Peter auf dem Weg zur Arbeit war, verstellte Magnus ihm mit seinem Auto den Weg. Magnus hielt an und sprang heraus. Peter konnte nicht weiterfahren, denn Magnus hatte sich quer über diesen schmalen Kiesweg gestellt. Und Magnus springt also aus dem Wagen und geht zu seinem Kofferraum und nimmt einen Baseballschläger heraus. Dann geht er zu Peters Auto. Und Peter sitzt da und denkt, dass er jetzt sterben muss, und er denkt an seine eigenen Kinder und denkt, dass er vielleicht zum Krüppel geschlagen wird. Dann grinst Magnus einfach nur, steigt wieder in sein Auto und fährt weg, dass der Kies nur so spritzt. Und danach war Schluss mit diesen Treffen, nicht wahr, Anki?«

»Ich will keinen Ärger mit ihm. Er ist nett zu den Kindern.«

»Na, du traust dich doch kaum in den Supermarkt. Es gibt so gut wie keinen Unterschied zu früher, als ihr noch verheiratet wart. Ich hab das alles so verdammt satt. Polizei! Die können doch keinen Finger rühren.«

»Warum war er so wütend auf Mildred?«, fragte Anna-Maria.

»Er meinte, dass sie mich dazu gebracht hätte, ihn zu verlassen.«

»Und stimmte das?«

»Nein, wissen Sie, was«, sagte Anki. »Ich bin ja doch ein erwachsener Mensch. Ich entscheide selbst. Und das habe ich auch zu Magnus gesagt.«

»Und was hat er da gesagt?«

»›Hat Mildred dir gesagt, dass du das sagen sollst?‹«

»Wissen Sie, was er in der Nacht vor Mittsommer gemacht hat?«

Anki Lindmark schüttelte den Kopf.

»Hat er Sie jemals geschlagen?«

»Aber die Jungen nicht.«

Es war Zeit zu gehen.

»Noch ein Letztes«, sagte Anna-Maria. »Als Sie bei Mildred gewohnt haben. Was für einen Eindruck hatten Sie da von Mildreds Mann? Wie war diese Ehe?«

Anki Lindmark und ihre Mutter wechselten einen Blick.

Das lokale Gesprächsthema, dachte Anna-Maria.

»Sie kam und ging wie die Katze«, sagte Anki. »Aber er schien sich dabei wohl zu fühlen... nein, sie haben sich nie gestritten oder so.«

Der Abend zog herauf. Die Hühner gingen in den Stall und drückten sich auf ihren Stangen aneinander. Der Wind ließ nach und legte sich im Gras zur Ruhe. Details wurden verwischt. Gras, Bäume und Häuser verschwammen mit dem dunkelblauen Himmel. Die Geräusche kamen näher, wurden schärfer.

Lisa Stöckel horchte auf den Kies unter ihren Schritten, als sie die Straße zum Lokal hinunterging. Sie hatte ihren Hund Majken bei sich. In einer Stunde würde das Frauennetzwerk Magdalena bei Micke sein Herbsttreffen mit Abendessen abhalten.

Sie wollte nüchtern bleiben und alles ruhig angehen. Sich dieses ganze Gerede, dass alles ohne Mildred weitergehen müsse, gefallen lassen. Dass Mildred noch so nah sei wie zu ihren Lebzeiten. Sie konnte sich nur von innen in die Lippe beißen, sich am Stuhl festhalten, statt aufzuspringen und zu rufen: Mit uns ist es aus! Nichts kann ohne Mildred weitergehen! Sie ist nicht in der Nähe. Sie ist eine verwesende Masse in der Erde. Sie wird zum Staub zurückkehren. Und ihr, ihr werdet wieder zu Stubenhockerinnen, Fybromyalgietanten und Klatschbasen werden. Und ihr werdet Illustrierte und die Reklamebroschüren der Supermärkte lesen und eure Kerle bedienen.

Sie betrat das Lokal, und der Anblick ihrer Tochter riss sie aus ihren Gedanken.

Mimmi. Sie fuhr mit einem Lappen über Tische und Fensterbänke. Die dreifarbigen Haare als zwei dicke Schnecken über den Ohren. Am BH eine rosa Spitzenkante, die aus dem Ausschnitt des engen schwarzen Pullovers herauslugte. Schweißnasse, rosige Wangen, vermutlich hatte sie vorher am Herd gestanden.

»Und was gibt's?«

»Ein kleines Mittelmeerthema. Olivenbrot mit Belag als Vorspeise«, antwortete Mimmi, ohne das Tempo des Lappens zu verringern. Jetzt nahm sie sich den blanken Tresen vor. Sie wischte mit dem Handtuch hinterher, das sie immer zusammengefaltet unter dem Schürzenbund stecken hatte.

»Es gibt Tsatsiki, Tapenade und Hummus«, fügte sie hinzu. »Und danach Bohnensuppe mit Pistou. Ich dachte, ich könnte auch gleich für alle vegetarisch kochen, die Hälfte von euch frisst doch ohnehin nur Gras.«

Sie grinste Lisa an, die gerade die Mütze abnahm.

»Aber Mütterchen«, rief Mimmi. »Wie siehst du denn auf dem Kopf aus? Lässt du dir neuerdings von den Hunden die Haare abnagen, wenn sie zu lang werden?«

Lisa fuhr sich mit der Hand über ihre Stoppeln, wie um sie zu glätten. Mimmi schaute auf die Uhr.

»Ich bring das schon in Ordnung«, sagte sie. »Nimm dir einen Stuhl und setz dich.«

»Mascarponeeis und Molteberren als Nachtisch«, rief sie aus der Küche. »Das ist total…«

Sie stieß als Abschluss einen lobenden Gassenbubenpfiff aus.

Lisa zog sich einen Stuhl heran, hängte ihren Steppmantel darüber und setzte sich. Sofort legte Majken sich zu ihren Füßen, schon der kurze Spaziergang hierher hatte sie müde gemacht, oder sie hatte Schmerzen, vermutlich Letzteres.

Lisa saß still wie in der Kirche da, während Mimmis Finger ihr durch die Haare fuhren und die Schere alles auf einen Zentimeter Länge zurechtstutzte.

»Was soll jetzt werden, ohne Mildred?«, fragte Mimmi. »Hier hast du drei Wirbel in der Mitte.«

»Wir machen ganz normal weiter, stelle ich mir vor.«

»Womit denn?«

»Essen für Mütter und Kinder, die Saubere Unterhose und die Wölfin.«

Die Saubere Unterhose hatte als Sammelprojekt angefangen. Bei der praktischen Hilfe, die das Sozialamt misshandelten Frauen anbot, hatte es sich ergeben, dass diese Hilfe vor allem auf Männer zugeschnitten war. Es gab Einmalrasierer und Herrenunterhosen im Versorgungspaket, aber keine Damenslips und keine Tampons. Frauen mussten sich mit windelartigen Binden und Herrenunterhosen begnügen. Magdalena hatte dem Sozialamt eine Zusammenarbeit angeboten, die aus dem Einkauf von Damenunterhosen und Tampons und Hygieneartikeln wie Deo und Hautcreme bestand. Außerdem hatten sie Kontaktpersonen ernannt. Der Name der Kontaktperson wurde Hausbesitzern mitgeteilt, die bereit waren, einer misshandelten Frau eine Wohnung zu überlassen. Wenn es Probleme gab, konnte der Vermieter die Kontaktperson anrufen.

»Was habt ihr mit der Wölfin vor?«

»Wir hoffen ja, dass sie in Zusammenarbeit mit dem Naturschutz überwacht werden kann. Wenn der Schnee kommt und man Schneemobil fahren kann, ist sie gefährdet, wenn wir das mit der Überwachung nicht auf die Reihe kriegen. Aber die Stiftung hat jetzt doch Geld, wir werden also sehen.«

»Jetzt kommst du nicht mehr raus, aber das weißt du ja sicher«, sagte Mimmi.

»Wie meinst du das?«

»Du musst jetzt der Motor von Magdalena werden.«

Lisa blies einige kitzelnde Haare weg, die sich unter ihrem Auge niedergelassen hatten.

»Nie im Leben«, sagte sie.

Mimmi lachte.

»Glaubst du, du hast eine Wahl? Ich finde das wirklich witzig, du warst doch nie ein Vereinsmensch, das hättest du sicher nie erwartet. Himmel, als ich gehört habe, dass du zur Vorsitzenden gewählt worden bist! Micke musste mir Erste Hilfe leisten!«

»Kann ich mir denken«, sagte Lisa trocken.

Nein, dachte sie. Das hätte ich niemals erwartet. Es gab vieles, was ich nie von mir erwartet hätte.

Mimmis Finger fuhren durch ihre Haare. Sie hörte die Schere klappern.

An diesem Frühlingsabend..., dachte Lisa.

Ihr fiel ein, wie sie in der Küche gesessen und einen neuen Überwurf für das Hundebett genäht hatte. Die Schere hatte sich rhythmisch bewegt. Swisch, swisch, klipp, klapp. Im Wohnzimmer lief der Fernseher. Zwei Hunde lagen auf dem Wohnzimmersofa, man hätte fast meinen können, dass sie sich die Nachrichten ansahen. Lisa hörte beim Schneiden mit halbem Ohr zu. Dann ließ sie die Nähmaschine über die Stoffe donnern und trat das Trittbrett bis unten durch.

Karelin lag auf dem Hundebett in der Diele und schnarchte. Nichts kann alberner aussehen als ein schlafender, schnarchender Hund. Er lag auf dem Rücken und hatte die Hinterbeine nach oben und zu den Seiten ausgestreckt. Ein Ohr hing wie eine Augenklappe über einem Auge. Majken lag auf dem Bett im Schlafzimmer und hatte die Pfote über die Schnauze gelegt. Ab und zu kamen aus ihrer Kehle kleine Laute, und sie zuckte mit den Beinen. Der neue Springerspaniel lag gelassen neben ihr.

Dann plötzlich fährt Karelin aus dem Schlaf hoch. Er fährt auf und bellt los wie verrückt. Die Hunde im Wohnzimmer kommen angestürzt und bellen ebenfalls. Majken und der Springerspaniel schließen sich ihnen an und rennen Lisa, die ebenfalls aufgestanden ist, fast über den Haufen.

Als ob sie immer noch nichts begriffen hätte, kommt Karelin in die Küche und erzählt Lisa lauthals, dass jemand auf der Treppe steht, dass sie Besuch haben, dass da jemand kommt.

Es ist Mildred Nilsson, die Pastorin. Sie steht draußen vor der Tür. Die Abendsonne hinter ihr verwandelt ihre Haarspitzen in eine goldene Krone.

Die Hunde springen an ihr hoch. Sie sind überglücklich über den Besuch. Bellen, fiepen und winseln, Bruno singt sogar ein wenig. Ihre Schwänze schlagen gegen Türrahmen und Geländer.

Mildred bückt sich und begrüßt sie. Das ist gut. Sie und Lisa können einander nicht zu lange ansehen. Kaum hatte Lisa sie dort draußen entdeckt, hatte sie auch schon das Gefühl, durch eine Stromschnelle zu waten. Jetzt haben sie ein wenig Zeit zur Umstellung. Sie wechseln einen hastigen Blick und wenden sich dann wieder ab. Die Hunde lecken Mildreds Gesicht. Die Wimperntusche landet unter ihren Augenbrauen, ihre Kleidung ist mit Haaren übersät.

Die Strömung ist stark. Jetzt muss sie sich auf den Beinen halten. Lisa klammert sich an die Türklinke. Sie befiehlt die Hunde auf die Betten. Sonst brüllt und schimpft sie, das ist ihr normaler Umgangston mit den Kötern, und die finden das nicht weiter schlimm. Jetzt aber kommt der Befehl fast wie ein Flüstern.

»Geht aufs Bett«, sagt sie und macht eine lahme Handbewegung in Richtung Haus.

Die Hunde schauen sie vorwurfsvoll an, will sie denn nicht mit ihnen zusammen bellen? Aber immerhin trotten sie jetzt davon.

Mildred holt Luft. Lisa sieht, dass sie wütend ist. Lisa ist einen Kopf größer, sie senkt den Kopf ein wenig.

»Wo hast du gesteckt?«, fragt Mildred zornig.

Lisa hebt die Augenbrauen.

»Hier«, sagt sie.

Die Augen bleiben an Mildreds Sommerspuren haften. Die Pastorin hat Sommersprossen. Und der Flaum in ihrem Gesicht, auf der Oberlippe und den Wangenknochen, ist blond geworden.

»Du weißt, was ich meine«, sagt Mildred. »Warum kommst du nicht mehr zur Bibelgruppe?«

»Ich…«, fängt Lisa an und zermartert sich das Gehirn nach einer brauchbaren Entschuldigung.

Dann wird sie wütend. Warum soll sie das überhaupt erklären? Ist sie nicht erwachsen? Zweiundfünfzig, da wird sie doch wohl machen können, was sie will?

»Ich hatte wohl etwas anderes vor«, sagt sie. Ihre Stimme klingt schnippischer, als Lisa es will.

»Was denn?«

»Das weißt du doch.«

Sie stehen einander kriegerisch gegenüber. Ihre Brustkörbe heben und senken sich.

»Du weißt doch, warum ich nicht komme«, sagt Lisa endlich.

Jetzt sind sie bis an die Achselhöhlen hinausgewatet. Die Pastorin verliert in der Strömung den Boden unter den Füßen. Macht einen Schritt auf Lisa zu, überrascht und wütend zugleich. Und in ihrem Blick liegt noch etwas anderes. Ihr Mund öffnet sich. Sie schnappt nach Luft, wie eine, die gleich im Wasser verschwinden wird.

Die Strömung reißt Lisa mit. Sie verliert die Türklinke aus dem Griff. Fängt Mildred auf. Ihre Hand schließt sich um Mildreds Nacken. Deren Haare fühlen sich unter Lisas Fingern an wie die eines Kindes. Sie zieht Mildred an sich.

Mildred in ihren Armen. Ihre Haut ist so weich. Eng umschlungen taumeln sie in die Diele, die Tür bleibt offen und schlägt hin und her. Zwei Hunde laufen hinaus.

Lisas einziger vernünftiger Gedanke ist: Die bleiben auf dem Grundstück.

Sie stolpern über Schuhe und Hundebetten in der Diele. Lisa geht rückwärts. Die Arme noch immer um Mildred geschlungen, einen um die Taille, einen um den Nacken. Mildred, dicht an sie geschmiegt, treibt Lisa weiter, die Hände unter Lisas Pullover, ihre Finger auf Lisas Brustwarzen.

Sie stolpern durch die Küche, fallen im Schlafzimmer aufs Bett. Da liegt Majken und riecht nach nassem Hund, sie konnte früher am Abend einem Bad im Fluss nicht widerstehen.

Mildred liegt auf dem Rücken. Weg mit den Kleidern. Lisas Lippen auf Mildreds Gesicht. Zwei Finger tief in ihrem Schoß.

Majken hebt den Kopf und sieht sie an. Legt sich danach seufzend wieder hin, den Kopf zwischen den Pfoten. Sie sieht nicht zum ersten Mal, wie Mitglieder des Rudels sich paaren. Das ist nicht weiter bemerkenswert.

Später kochen sie Kaffee und lassen Rosinenbrötchen auftauen. Essen wie ausgehungert, finden kein Ende. Mildred füttert auch die Hunde und lacht, bis Lisa ihr in scharfem Tonfall befiehlt aufzuhören, die werden sonst krank, aber auch sie lacht, während sie versucht, streng zu sein.

Sie sitzen in der Küche in der hellen Sommernacht. In Decken gewickelt auf ihren Stühlen einander am Tisch gegenüber. Die Hunde sind von der festlichen Stimmung angesteckt worden und stapfen umher.

Ab und zu strecken sich die Hände zu einer Begegnung über den Tisch aus.

Mildreds Zeigefinger fragt Lisas Handrücken: »Bist du noch da?« Lisas Handrücken antwortet: »Ja.« Lisas Zeigefinger und Mittelfinger fragen die Innenseite von Mildreds Handgelenk: »Schuldgefühle? Reue?« Mildreds Handgelenk antwortet: »Nein.«

Und Lisa lacht.

»Ich sollte wohl wieder zur Bibelgruppe kommen«, sagt sie.

Mildred lacht ebenfalls. Ein Stück halb zerkautes Brötchen fällt aus ihrem Mund und auf den Tisch.

»Ja, Herrgott, was tut frau nicht alles, um die Leute zum Bibelstudium zu bewegen!«

Mimmi trat vor Lisa hin und musterte ihr Werk. Die Schere in ihrer Hand wie ein gezücktes Schwert.

»So«, sagte sie. »Jetzt braucht man sich wenigstens nicht mehr zu schämen.«

Sie fuhr eilig mit der Hand durch Lisas Haare. Dann zog sie das Küchenhandtuch aus ihrem Schürzenbund und wischte damit energisch Haare von Lisas Nacken und Schultern.

Lisa fuhr sich mit der Hand über die Stoppeln.

»Willst du nicht mal in den Spiegel schauen?«, fragte Mimmi.

»Nein, das ist sicher gut.«

Das Frauennetzwerk Magdalena hatte Herbsttreffen. Micke Kiviniemi hatte draußen einen kleinen Tisch gedeckt, genau vor der Tür, neben der Treppe zum Restaurant. Es war jetzt dunkel draußen, fast schwarz. Und ungewöhnlich warm für diese Jahreszeit. Er hatte einen kleinen Weg von der Landstraße über den Hofplatz zur Treppe mit Kerzen in Glasbehältern markiert. Auf der Treppe und auf dem Tisch standen mehrere selbst gebastelte Leuchter.

Er bekam auch seine Belohnung. Hörte ihr ›Ah‹ und ›Oh‹ schon vorne an der Straße. Jetzt kamen sie. Sie trippelten, gingen, stiegen durch den Kies. An die dreißig Frauen. Die Jüngste fast dreißig, die Älteste soeben fünfundsiebzig geworden.

»Wie schön«, sagten sie zu ihm. »Wir kommen uns ja vor wie im Ausland.«

Er lächelte. Gab aber keine Antwort. Suchte hinter seinem Tisch Schutz. Kam sich vor wie ein Tierforscher, der sich versteckt. Sie würden nicht auf ihn achten. Sie würden sich natürlich verhalten, als wäre er nicht anwesend. Er fand das lustig, er kam sich vor wie ein kleiner Junge, der sich zwischen den Bäumen im Wald versteckt und spioniert.

Der Hofplatz vor der Kneipe, wie ein großer dunkler Raum voller Geräusche. Ihre Füße im Kies, Kichern, Plaudern, Gekakel, Klatsch. Die Geräusche wanderten weiter. Streckten sich übermütig zur schwarzen Sternendecke hoch. Liefen hemmungslos über den Fluss, erreichten die Häuser am anderen Ufer. Wurden aufgesaugt vom Wald, von den schwarzen Tannen, dem durstigen Moos. Rannten die Landstraße entlang und erinnerten die Stadt daran: Es gibt uns.

Sie dufteten und hatten sich fein gemacht. Auch wenn ihnen anzusehen war, dass sie nicht reich waren. Ihre Kleider waren unmodern. Lange geknöpfte Baumwolljacken über geblümten Glockenröcken. Selbst gelegte Dauerwellen. Schuhe von der Heilsarmee.

Sie brachten die Tagesordnungspunkte in einer guten halben Stunde hinter sich. Die Auftragslisten füllten sich rasch mit Freiwilligen, mehr Hände in der Luft als unbedingt nötig.

Danach wurde gegessen. Die meisten waren das Trinken nicht gewöhnt, zu ihrer leicht entzückten Bestürzung waren sie bald beschwipst. Mimmi lachte ihnen zu, während sie zwischen den Tischen hin und her lief. Micke hielt sich in der Küche auf.

»Ach, Gott«, rief eine Frau, als Mimmi den Nachtisch brachte. »So hab ich nicht mehr gelacht seit...«

Sie verstummte und fuchtelte suchend mit ihrem schmalen Arm. Der ragte wie ein Streichholz aus ihrem Ärmel.

»...seit Mildreds Beerdigung«, rief eine andere.

Alles schwieg für eine Sekunde. Dann brachen alle in hysterisches Lachen aus, schrien wild durcheinander, das sei wahr, dass Mildreds Beerdigung einfach... zum Sterben komisch gewesen sei, und dann machten sie weiter und lachten so sehr, wie dieser miese Witz es nur hergab.

Die Beerdigung. Damals standen sie da in ihren schwarzen Kleidern, als der Sarg hinuntergelassen wurde. Der Frühling stach ihnen mit seiner scharfen Sonne in die Augen. Die Hummeln, die über den Kränzen tanzten. Das Birkenlaub zart und leuchtend, wie gewachst. Die Baumkronen wie grüne Kirchen, zum Bersten gefüllt mit paarungswilligen Vogelmännchen und aufnahmebereiten Weibchen. Auf diese Weise sagte die Natur: Mir ist das egal, ich halte niemals an, zum Staub sollst du zurückkehren.

Dieser ganze überirdisch schöne Frühling als Hintergrund für das entsetzliche Loch im Boden, für den hart lackierten Sarg.

Die Bilder in ihren Köpfen davon, wie sie aussah. Der Schädel wie ein zerschlagenes Gefäß unter der Haut.

Majvor Kangas, eine der Netzwerkfrauen, hatte sie nach dem Begräbniskaffee noch zu sich nach Hause eingeladen.

»Kommt mit«, hatte sie gesagt. »Mein Alter ist auf die Hütte gefahren, und ich will nicht allein sein.«

Also waren sie zu ihr gefahren. Hatten schweigend auf dem schwarzen, weichen Ledersofa der guten Stube gesessen. Hatten nicht viel zu sagen gehabt, nicht einmal über das Wetter.

Aber Majvor hatte etwas Aufrührerisches in sich.

»Und jetzt ihr«, hatte sie gesagt. »Helft mir.«

Sie hatte einen Trittleiter mit zwei Sprossen aus der Küche geholt, war hinaufgestiegen und hatte den kleinen Schrank über der Garderobe in der Diele geöffnet. Von dort hatte sie ungefähr ein Dutzend Flaschen heruntergereicht: Whisky, Cognac, Likör, Calvados. Und die anderen hatten angenommen.

»Das sind ja edle Tropfen«, hatte eine gesagt und die Etiketten betrachtet. »Zwölf Jahre, Single Malt.«

»Das bringt unsere Schwiegertochter immer von ihren Auslandsreisen mit«, hatte Majvor erklärt. »Aber Tord, der rührt die doch nie an, der bietet doch nur selbst gebrannten Fusel mit Limo an. Und ich bin ja auch nicht so sehr dafür, aber gerade heute…«

Sie hatte diesen Satz mit einer wirkungsvollen Pause beendet. Sie ließ sich von der Trittleiter herunterhelfen wie eine Königin von ihrem Thron. Eine Frau auf jeder Seite hielt ihre Hände.

»Was wird Tord dazu sagen?«

»Was soll der sagen?«, hatte Majvor gefragt. »Nicht einmal, als er voriges Jahr sechzig geworden ist, hat er eine aufgemacht.«

»Soll der doch sein eigenes Rattengift trinken!«

Und dann hatten sie sich so langsam einen hinter die Binde gegossen. Hatten Choräle gesungen. Hatten einander ihre Zuneigung versichert. Hatten Reden gehalten.

»Auf Mildred«, hatte Majvor gerufen. »Sie war die stärkste Frau, die mir je begegnet ist.«

»Sie war verrückt!«

»Jetzt müssen wir allein verrückt sein!«

Sie hatten gelacht. Ein wenig geweint. Vor allem aber gelacht. Das war die Beerdigung gewesen.

Jetzt sah Lisa Stöckel sie an. Sie aßen Mascarponeeis und machten Mimmi Komplimente, wenn sie vorüberfegte.

Sie werden es schaffen, dachte sie. Die kommen zurecht.

Und zugleich: Die Einsamkeit hatte sie gepackt, bohrte sich durch ihr Herz, setzte sich in ihr fest.

Nach dem Herbsttreffen ging Lisa durch die Dunkelheit nach Hause. Es war kurz nach Mitternacht. Sie ging am Friedhof vorbei und wanderte dann am Flussufer bergauf. Sie kam an Lars-Gunnars Haus vorbei, konnte es im Mondschein gerade noch erahnen. Es war dunkel hinter den Fenstern.

Sie dachte an Lars-Gunnar.

Der Häuptling hier in der Stadt, wie er dachte. Der starke Mann am Ort. Der den Bauunternehmer, der für das Schneeräumen verantwortlich war, dazu brachte, erst die Straße nach Poikkijärvi frei zu räumen, dann erst die nach Jukkasjärvi. Der Micke half, wenn es Probleme mit der Schanklizenz gab.

Nicht weil Lars-Gunnar selbst so oft in der Kneipe gesessen hätte. Jetzt trank er nur noch sehr selten. Früher war das anders gewesen. Früher hatten alle Männer getrunken. Freitag, Samstag und auf jeden Fall auch noch einmal in der Woche. Und dann wurde richtig gesoffen. Außerdem tranken sie fast jeden Tag Bier. So war es eben. Irgendwie musste man sich doch beruhigen, wenn man nicht durchdrehen wollte.

Nein, Lars-Gunnar war vorsichtig, was den Schnaps anging. Lisa hatte ihn zuletzt vor sechs Jahren richtig blau erlebt. Ein Jahr ehe Mildred in die Stadt gekommen war.

Damals war er zu ihr gekommen. Sie sah ihn noch immer vor sich, wie er in ihrer Küche saß. Der Stuhl verschwindet unter ihm. Seine Ellbogen liegen auf seinen Knien, seine Stirn auf seiner Handfläche. Er keucht. Es ist kurz nach elf Uhr abends.

Es ist nicht nur, dass er getrunken hat. Die Flasche steht vor ihm auf dem Tisch. Er hatte sie in der Hand, als er gekommen ist. Wie eine Flagge: Ich habe getrunken, und verdammt, ich werde auch noch eine gute Weile weitertrinken.

Sie war schon im Bett gewesen, als er an die Tür geklopft hatte. Nicht dass sie sein Klopfen gehört hatte, aber die Hunde hatten ihr schon Bescheid gesagt, als er den Fuß auf die Treppe setzte.

Er beweist ihr natürlich eine Art Vertrauen, wenn er auf diese Weise zu ihr kommt. Geschwächt von Alkohol und Gefühlen. Sie weiß nur nicht, was sie damit anfangen soll. Sie ist daran nicht gewöhnt. Dass Leute sich ihr anvertrauen. Sie ist keine, die dazu einlädt.

Aber sie und Lars-Gunnar sind doch miteinander verwandt. Und sie hält den Mund, das weiß er.

Sie steht im Bademantel da und hört sich seinen Spruch an. Über sein unglückliches Leben. Die unglückliche und verratene Liebe. Und Teddy.

»Verzeihung«, murmelt Lars-Gunnar in seine Faust. »Ich hätte nicht herkommen dürfen.«

»Ist schon gut«, sagt sie zögernd. »Red nur, ich kann so lange...«

Ihr fällt nichts ein, was sie machen könnte, aber sie muss etwas unternehmen, um nicht einfach aus dem Haus zu stürzen.

»... das Essen für morgen vorbereiten.«

Also redet er, während sie Fleisch und Gemüse für einen Eintopf schneidet. Mitten in der Nacht. Sellerieknollen und Karotten und Porree und Rüben und Kartoffeln und den Teufel und seine Großmutter. Aber Lars-Gunnar scheint das überhaupt nicht seltsam zu finden. Er hat genug mit sich selbst zu tun.

»Ich musste von zu Hause weg«, gesteht er. »Ehe ich... ich bin nicht nüchtern, das gebe ich zu. Ehe ich mit dem Gewehr an Teddys Kopf auf seiner Bettkante ende.«

Lisa sagt nichts. Schneidet Karotten, als habe sie nichts gehört.

»Ich habe mir überlegt, wie das werden soll«, seufzt er. »Wer soll sich um ihn kümmern, wenn ich nicht mehr da bin? Er hat doch niemanden sonst.«

Und das stimmt ja, dachte Lisa.

Sie hatte jetzt ihr Hexenhäuschen oben auf dem Hügel erreicht. Der Mond legte eine dünne Silberschicht über das Schnitzwerk an Veranda und Fensterrahmen.

Sie ging die Treppe hoch. Die Hunde bellten und sprangen drinnen wie wahnsinnig herum. Sie hatten ihre Schritte erkannt. Als sie aufmachte, flogen sie aus der Tür, um an der Grundstücksgrenze ihre Abendpinkelrunde zu machen.

Sie ging ins Wohnzimmer. Alles, was es dort gab, waren das klaffend leere Bücherregal und das Sofa.

Teddy hat niemanden, dachte sie.

GELBBEIN

Es wird Frühling. Einzelne Schneeflocken unter den blaugrauen Tannen und den kerzengeraden Kiefern. Warme Brise von Süden. Die Sonne sickert durch das Astwerk. Überall rascheln kleine Tiere durch das Gras des Vorjahres. In der Luft treiben Hunderte von Düften umher wie in einem großen Tiegel. Harz und frisch gesprungene Birke. Warme Erde. Offenes Wasser. Niedliche Hasen. Listige Füchse.

Die Rudelwölfin gräbt in diesem Frühjahr einen neuen Bau. Es ist ein altes Fuchsloch, das zweihundert Meter oberhalb eines Weihers an einem Südhang liegt. Im Sandboden lässt es sich leicht graben, aber die Rudelwölfin hat doch genug damit zu tun, den Gang zum Fuchsbau so zu erweitern, dass sie hindurchpasst, allen alten Abfall aus der Zeit der Füchse zu entfernen und drei Meter unter dem Hang eine Wohnkammer auszugraben. Gelbbein und die anderen Wölfinnen haben ab und zu helfen dürfen, aber das meiste hat sie selbst gemacht. Jetzt verbringt sie ihre Tage in der Nähe des Baus. Liegt vor der Öffnung in der Sonne und döst. Die anderen Wölfe bringen ihr Fressen. Wenn das Alphamännchen etwas bringt, erhebt sie sich und geht ihm entgegen. Leckt ihn und knurrt hingebungsvoll, ehe sie die Gaben verschlingt.

Dann geht die Rudelwölfin eines Morgens in den Bau und kommt an diesem Tag nicht mehr zum Vorschein. Am späten Abend presst sie die Jungen aus sich heraus. Verschlingt alle Häutchen, Nabelschnüre und Mutterkuchen. Schiebt sich die Welpen unter den Bauch. Sie braucht kein Totgeborenes hinauszutragen. Fuchs und Rabe müssen auf diese Mahlzeit verzichten.

Das restliche Rudel lebt draußen sein Leben. Reißt vor allem kleine Beutetiere, hält sich in der Nähe. Ab und zu hören sie ein leises Fiepen, wenn ein Wolfsjunges in die falsche Richtung gekrabbelt ist. Oder wenn es von seinen Geschwistern weggestupst worden ist. Nur das Alphamännchen darf in den Bau kriechen und der Rudelwölfin Fressen hinspucken.

Nach drei Wochen und einem Tag trägt die Rudelwölfin die Jungen zum ersten Mal aus dem Bau. Fünf Stück. Die anderen Wölfe wissen vor Freude nicht mehr ein noch aus. Vorsichtig begrüßen sie sie. Beschnüffeln sie, stupsen sie an. Lecken die kugelrunden Bäuche der Kleinen und die Haut unter ihren Schwänzen. Nach kurzer Zeit schon trägt die Rudelwölfin sie wieder in den Bau. Die Kleinen sind von den vielen Eindrücken schon total erschöpft. Die beiden Einjährigen machen einen glücklichen Abstecher in den Wald und jagen einander.

Jetzt beginnt für das Rudel eine wunderbare Zeit. Alle wollen sich an der Pflege der Kleinen beteiligen. Die spielen unermüdlich. Und ihre Verspieltheit steckt alle an. Sogar die Rudelwölfin lässt sich zum Tauziehen mit einem alten Zweig verführen. Die Kleinen wachsen und haben immer Hunger. Ihre Schnauzen werden länger und ihre Ohren spitzer. Es geht schnell. Mit einem Jahr wetteifern sie darum, wer vor dem Bau Wache halten darf, während die anderen auf Jagd sind. Wenn die Erwachsenen zurückkehren, kommen die Jungen angeschwänzelt. Betteln und fiepen und lecken die Mundwinkel der Großen. Als Antwort werfen die erwachsenen Wölfe ihnen rote Haufen von zerkautem Fleisch hin. Wenn etwas übrig bleibt, bekommen das die jungen Wachtposten.

Gelbbein verschwindet nicht zu eigenen Wanderungen. Während dieser Zeit bleibt sie beim Rudel und den neuen Welpen. Sie liegt auf dem Rücken und spielt für zwei davon die hilflose Beute. Die machen sich über sie her, das eine Junge bohrt seine spitzen Welpenzähne in ihre Lippen, das andere greift wütend ihren Schwanz an. Sie stößt das Junge um, das eben noch an ihrer Lippe hing, und bedeckt es mit ihrer riesigen Pfote. Das Kleine hat alle Mühe, sich zu befreien. Es krabbelt und kämpft. Am Ende kann es sich losmachen. Dreht auf seinen wolligen Pfoten eine Runde um Gelbbein und greift dann mit übermütigem Knurren ihren Kopf an. Beißt sie streitlustig in die Ohren. Dann schlafen sie ganz plötzlich ein. Das eine zwischen ihren Vorderbeinen, das andere mit dem Kopf auf dem Bauch seiner Geschwister. Gelbbein gönnt sich nun auch ein Nickerchen. Sie schnappt halbherzig nach einer Wespe, die ihr zu nahe kommt, verpasst sie, lauscht dem Brummen der Insekten über den Blumen. Die Morgensonne steigt über die Tannenwipfel. Die Vögel jagen durch die Luft, auf der Jagd nach Futter, das sie dann in die weit aufgerissenen Schnäbel ihrer Jungen spucken können.

Man wird müde vom Welpenspiel. Das Glück durchströmt sie wie Frühlingswasser.

Freitag, 8. September

Polizeiinspektor Sven-Erik Stålnacke erwachte um halb fünf Uhr morgens.

Verdammtes Vieh, war sein erster Gedanke.

Normalerweise wurde er um diese Zeit von Kater Manne geweckt. Der Kater nahm dann auf dem Boden Anlauf und landete überraschend gewichtig auf Sven-Eriks Bauch. Wenn Sven-Erik dann nur grunzte und sich auf die andere Seite drehte, wanderte Manne auf Sven-Erik herum wie ein Bergsteiger auf einem Felskamm. Ab und zu stieß er ein elendes Jammern aus, was bedeutete, dass er entweder fressen oder nach draußen wollte. Meistens beides. Und zwar sofort.

Ab und zu versuchte Sven-Erik, das Aufstehen zu verweigern, er murmelte »ist doch mitten in der Nacht, Katzenarsch« und wickelte sich in die Decke. Dann wurden die Spaziergänge über seinen Körper mit immer weiter ausgefahrenen Krallen unternommen. Am Ende kratzte Manne Sven-Erik auf dem Kopf.

Den Kater auf den Boden zu werfen oder ihn aus dem Schlafzimmer zu jagen und die Tür zu verschließen half nicht viel. Dann ging Manne mit aller Energie auf weiche Möbel und Vorhänge los.

»Das Viech ist zu intelligent, verdammt«, sagte Sven-Erik oft. »Er weiß, dass ich ihn dann rauswerfe. Und das will er ja schon die ganze Zeit.«

Sven-Erik war eine ziemlich respektable Erscheinung. Hatte starke Oberarme, breite Handrücken. Etwas in Gesicht und Haltung zeigte die langjährige Gewohnheit, mit fast allem zu kämpfen, menschlichem Elend, betrunkenen Streithammeln. Und er genoss es, von einem Kater besiegt zu werden.

Aber an diesem Morgen wurde er nicht von Manne geweckt. Er erwachte trotzdem. Aus alter Gewohnheit. Vielleicht aus Sehnsucht nach dem gestreiften Tier, das ihn immer wieder mit seinen Wünschen und Einfällen terrorisierte.

Er setzte sich auf die Bettkante. Jetzt würde er nicht wieder einschlafen können. Es war die vierte Nacht, in der dieser verdammte Kater ausgeblieben war. Er konnte durchaus für eine Nacht verschwinden, manchmal auch für zwei. Das war kein Grund zur Sorge. Aber vier!

Er ging die Treppe hinunter und öffnete die Haustür. Die Nacht war grau wie Wolle, auf dem Weg in den Tag. Er stieß einen langen Pfiff aus, ging in die Küche, holte eine Dose Katzenfutter, trat vor die Tür und schlug mit einem Löffel an die Dose. Kein Manne. Am Ende musste er aufgeben, es war zu kalt, nur in der Unterhose.

So ist das, dachte er. Das ist der Preis der Freiheit. Das Risiko, dass man überfahren oder vom Fuchs geholt wird. Früher oder später.

Er gab Kaffeepulver in die Kaffeemaschine.

Trotzdem besser so, dachte er. Besser, als wenn Manne krank geworden wäre und er ihn zum Tierarzt hätte bringen müssen. Das wäre ein verdammter Mist gewesen.

Die Kaffeemaschine fing an zu gurgeln, Sven-Erik ging hinauf in sein Schlafzimmer und zog sich an.

Vielleicht hatte Manne sich ja anderswo häuslich niedergelassen. Es wäre nicht das erste Mal. Dass er nach zwei oder drei Tagen zurückkäme und absolut keinen Hunger hätte. Sichtlich wohlgenährt und ausgeschlafen. Sicher hatte irgendein Frauenzimmer Mitleid mit ihm gehabt und ihn reingelassen. Eine Rentnerin, die nichts anderes zu tun hatte, als ihm Lachs zu kochen und Sahne einzuschenken.

Sven-Erik wurde plötzlich von einer unsinnigen Wut auf diese unbekannte Person erfüllt, die einfach eine Katze hereinließ und versorgte, die ihr gar nicht gehörte. Begriff diese Kreatur denn nicht, dass es jemanden gab, der sich schreckliche Sorgen um das Tier machte? Es war Manne doch anzusehen, dass er nicht heimatlos war. Sein Fell war blank, und er war zutraulich. Er hätte für Manne ein Halsband anschaffen sollen. Und zwar schon vor langer Zeit. Nur hatte er Angst gehabt, sein Kater könne damit irgendwo hängen bleiben. Das hatte ihn daran gehindert, die Vorstellung, dass Manne in einer Schlinge oder an einem Baum festhing und verhungerte.

Er verzehrte ein reichhaltiges Frühstück. In den ersten Jahren, nachdem Hjördis ihn verlassen hatte, hatte er sich meistens mit Kaffee im Stehen begnügt. Aber inzwischen hatte er sich gebessert. Zerstreut aß er einen Löffel fettarmen Joghurt mit Müsli nach dem anderen. Die Kaffeemaschine war verstummt, und in der Küche duftete es nach frischem Kaffee.

Er hatte Manne von seiner Tochter übernommen, als die nach Luleå gezogen war. Das hätte er niemals tun dürfen. Das merkte er jetzt. Es war nur ein verdammter Nervkram, ein verdammter Nervkram.

Anna-Maria Mella saß mit ihrem Morgenkaffee am Küchentisch. Es war sieben Uhr. Jenny, Petter und Marcus schliefen noch. Gustav war wach. Er wuselte oben im Schlafzimmer herum und kroch auf Robert hin und her.

Vor ihr auf dem Tisch lag eine Kopie der scheußlichen Zeichnung der erhängten Mildred. Rebecka Martinsson hatte auch allerlei Unterlagen kopiert, aber Anna-Maria begriff rein gar nichts davon. Sie hasste Zahlen und solchen Kram.

»Morgen!«

Ihr Sohn Marcus kam in die Küche geschlendert. Angezogen! Er riss die Kühlschranktür auf. Marcus war sechzehn Jahre alt.

»Ja, sag mal«, sagte Anna-Maria und schaute auf die Uhr. »Brennt's oben oder was?«

Marcus grinste. Nahm sich Milch und Cornflakes und setzte sich neben Anna-Maria.

»Wir schreiben heute einen Test«, sagte er und spachtelte Milch und Flocken. »Da kann man nicht einfach aus dem Bett springen und hinstürzen. Man muss den Körper aufladen.«

»Wer bist du?«, fragte Anna-Maria. »Was hast du mit meinem Sohn gemacht?«

Das ist Hanna, dachte sie. Gott segne sie.

Hanna war Marcus' Freundin. Ihr schulischer Ehrgeiz war offenbar ansteckend.

»Cool«, sagte Marcus und zog die Zeichnung zu sich herüber. »Was ist das denn?«

»Gar nichts«, antwortete Anna-Maria, nahm ihm die Zeichnung ab und legte sie mit dem Bild nach unten auf den Tisch.

»Also echt! Lass doch mal sehen!«

Er riss das Bild wieder an sich.

»Was bedeutet das?«, fragte er und zeigte auf den Grabhügel, der hinter dem baumelnden Leichnam zu sehen war.

»Tja, dass sie sterben und begraben werden soll, vielleicht.«

»Aber was bedeutet das hier? Siehst du das nicht?«

Anna-Maria schaute das Bild an.

»Das ist ein Symbol«, sagte Marcus.

»Das ist ein Grabhügel mit einem Kreuz.«

»Sieh doch richtig hin! Die Konturen sind doppelt so dick wie die Konturen auf dem restlichen Bild. Und das Kreuz ragt in den Boden hinein und endet mit einem Haken.«

Anna-Maria sah genauer hin. Er hatte Recht!

Sie sprang auf und sammelte die Papiere ein. Widerstand dem Impuls, ihren Sohn zu küssen, und fuhr ihm stattdessen durch die Haare.

»Viel Glück beim Test«, sagte sie.

Im Auto rief sie Sven-Erik an.

»Ja«, sagte er, nachdem er sich seine Kopie des Bildes geholt hatte. »Das ist ein Kreuz, das durch einen Halbkreis geht und dann in einem Haken endet.«

»Wir müssen herausfinden, was das bedeutet. Wer kann so etwas wissen?«

»Was hat das Labor gesagt?«

»Sie bekommen die Bilder wohl heute. Wenn es darauf sichtbare Abdrücke gibt, dann bekommen wir die heute Nachmittag, sonst kann es länger dauern.«

»Es müsste doch irgendwelche Religionswissenschaftler geben, die das Symbol erklären können«, sagte Sven-Erik nachdenklich.

»Du bist klug wie ein Buch«, sagte Anna-Maria. »Fred Olsson soll einen aufstöbern, dann faxen wir ihm das Bild. Zieh dich jetzt an, dann hol ich dich ab.«

»Ach?«

»Du musst mit nach Poikkijärvi kommen. Ich muss mit Rebecka Martinsson sprechen, wenn sie noch dort ist.«

Anna-Maria bog mit ihrem Ford in Richtung Poikkijärvi ab. Sven-Erik saß neben ihr und drückte reflexmäßig die Füße gegen den Boden. Dass sie aber auch immer wie ein Verkehrsrowdy fahren musste!

»Rebecka Martinsson hat mir ja die Kopien gegeben«, sagte sie. »Ich versteh das alles nicht. Also, es geht jedenfalls um Finanzen, aber du weißt doch...«

»Können wir da nicht die Kollegen von der Wirtschaft fragen?«

»Die haben doch immer Unmengen zu tun. Man fragt und kriegt die Antwort nach einem Monat. Also können wir auch gleich Rebecka fragen. Sie hat den Kram ja schon gesehen. Und sie weiß, warum sie ihn uns gegeben hat.«

»Ist das wirklich eine gute Idee?«

»Hast du eine bessere?«

»Aber will sie denn in diese Sache hineingezogen werden?«

Anna-Maria schleuderte ungeduldig ihren Zopf nach hinten.

»Sie hat mir doch die Kopien und die Briefe gegeben! Und sie wird in gar nichts hineingezogen. Wie lange kann das dauern? Zehn Minuten von ihrem Urlaub.«

Anna-Maria bremste hastig, nahm links die Straße nach Jukkasjärvi, beschleunigte auf neunzig, bremste wieder und bog nach rechts in Richtung Poikkijärvi ab. Sven-Erik hielt sich an der Autotür fest, seine Gedanken wanderten zu der Tablette gegen Reisekrankheit, die er nicht genommen hatte, und dann zu dem Kater, der das Autofahren hasste.

»Manne ist verschwunden«, sagte er und schaute auf die in der Sonne funkelnden Tannen, die draußen vorüberfegten.

»Ach je«, sagte Anna-Maria. »Seit wann?«

»Seit vier Tagen. So lange ist er noch nie ausgeblieben.«

»Der kommt schon zurück«, sagte sie. »Es ist doch noch warm, natürlich will er da draußen sein.«

»Nein«, sagte Sven-Erik mit fester Stimme. »Er ist überfahren worden. Dieses Tier werde ich niemals wiedersehen.«

Er sehnte sich nach Widerspruch. Sie sollte protestieren und ihn beruhigen. Er würde in seiner Überzeugung verharren, dass der Kater für ihn auf ewig verloren sei. Um ein wenig von seiner Unruhe und seinem Kummer loszuwerden. Aber sie wechselte das Thema.

»Wir fahren nicht bis zur Hütte«, sagte sie. »Ich glaube nicht, dass ihr diese Aufmerksamkeit lieb wäre.«

»Was macht sie hier eigentlich?«, fragte Sven-Erik.

»Weiß nicht.«

Anna-Maria hätte fast gesagt, sie glaube, dass es Rebecka vielleicht nicht besonders gut gehe, aber das verkniff sie sich. Denn dann würde Sven-Erik sie sicher zwingen, auf diesen Besuch zu verzichten. Er war in solchen Dingen immer weicher als sie. Vielleicht lag es daran, dass sie Kinder hatte, die zu Hause wohnten. Und deshalb wurde ihr Vorrat an Beschützerinstinkt und Fürsorge größtenteils dort verbraucht.

Rebecka Martinsson öffnete die Tür ihrer Hütte. Als sie Anna-Maria und Sven-Erik entdeckte, bildete sich zwischen ihren Augenbrauen eine tiefe Furche.

Anna-Maria stand näher vor ihr, etwas Eifriges lag in ihrem Blick, wie bei einem Setter, der Witterung aufnimmt. Sven-Erik hinter ihr, ihn hatte Rebecka nicht mehr gesehen, seit sie vor fast zwei Jahren im Krankenhaus gelegen hatte. Die kräftigen Haare, die um seine Ohren wuchsen, waren jetzt nicht mehr grau, sondern silbern. Der Schnurrbart hing noch immer wie ein totes Nagetier unter seiner Nase. Er sah verlegen aus, schien zu begreifen, dass sie hier nicht willkommen waren.

Auch wenn ihr mir das Leben gerettet habt, dachte Rebecka.

Gedanken jagten durch ihren Kopf. Wie Seidentücher durch die Hand eines Zauberkünstlers. Sven-Erik vor ihrem Krankenhausbett: »Wir waren in seiner Wohnung, und dann wussten wir, dass wir dich finden mussten. Den Mädchen geht es gut.«

Ich kann mich vor allem an vorher und nachher erinnern, dachte Rebecka. Vorher und nachher. Eigentlich müsste ich Sven-Erik fragen. Er kann mir vom Blut und den Toten erzählen.

Du willst von ihm hören, dass du Recht hattest, sagte eine Stimme in ihr. Dass es Notwehr war. Dass du keine Wahl hattest. Frag ihn doch einfach, bestimmt wird er dir sagen, was du hören willst.

Sie setzten sich in die Hütte. Sven-Erik und Anna-Maria auf Rebeckas Bett, Rebecka auf den einzigen Stuhl. An dem kleinen Heizkörper hingen ein T-Shirt, ein Paar Strümpfe und eine Unterhose über einem Aufkleber mit der Aufschrift »Nicht bedecken«.

Rebecka bedachte die feuchten Kleidungsstücke mit einem hastigen verlegenen Blick. Aber was hätte sie machen sollen? Die nasse Unterhose zusammenknüllen und unters Bett pfeffern? Oder aus dem Fenster vielleicht?

»Also«, fragte sie kurz. Sie mochte nicht höflich sein.

»Es geht um die Kopien, die du mir gegeben hast«, erklärte Anna-Maria Mella. »Daran kapier ich so einiges nichts.«

Rebecka umfasste ihre Knie.

Aber warum, dachte sie. Warum muss man sich erinnern? In Gedanken alles wieder und wieder durchgehen? Was soll das bringen? Wer kann garantieren, dass es hilft? Dass man nicht einfach nur in der Finsternis ertrinkt?

»Wisst ihr...«, begann sie.

Sie sprach mit sehr leiser Stimme. Sven-Erik sah ihre dünnen Finger an, die ihre Kniescheiben umklammerten.

»Ich muss euch bitten zu gehen«, sagte Rebecka jetzt. »Ich habe euch die Kopien und die Briefe gegeben. Ich habe sie durch ein Vergehen an mich gebracht. Wenn das herauskommt, bin ich meinen Job los. Außerdem wissen die Leute hier nicht, wer ich bin. Also, sie wissen, wie ich heiße. Aber sie wissen nicht, dass ich mit der Sache draußen in Jiekajärvi zu tun hatte.

»Bitte«, flehte Anna-Maria und blieb wie angewachsen auf ihrem Hintern sitzen, obwohl Sven-Erik sich schon erheben wollte. »Ich muss mir wegen einer ermordeten Frau den Kopf zerbrechen. Wenn jemand fragt, was wir hier wollten, dann sag, dass wir einen entlaufenen Hund suchen.«

Rebecka sah sie an.

»Sehr gut«, sagte sie langsam. »Zu zweit und in Zivil auf der Suche nach einem entlaufenen Hund. Da sollten die Polizeibehörden aber wirklich mal überlegen, ob sie ihre Mittel sinnvoll einsetzen.«

»Es könnte doch mein Hund sein«, sagte Anna-Maria stur.

Sie schwiegen eine Weile. Sven-Erik hätte vor Unbehagen sterben mögen, wie er da auf der Bettkante saß.

»Also, zeigt mal«, sagte Rebecka endlich und streckte die Hand nach dem Ordner aus.

»Es geht um das hier«, sagte Anna-Maria, zog ein Papier hervor und zeigte darauf.

»Das stammt aus einer Buchführung«, sagte Rebecka. »Und dieser Posten ist besonders markiert.«

Rebecka zeigte auf eine Zahl in einer Spalte mit der Überschrift 1930.

»Neunzehn dreißig ist ein Konto für eingehende Summen, Schecks und so. Darauf gibt es 179 000 Kronen, die mit Konto sechsundsiebzig zwo verrechnet werden müssen. Das sind die übrigen Personalkosten. Aber irgendwer hat mit Bleistift an den Rand ›Weiterbildung‹ geschrieben.«

Rebecka strich sich eine Haarsträhne hinter das Ohr.

»Und das hier?«, fragte Anna-Maria. »Ver, was bedeutet das?«

»Verifikat, Anlage. Kann eine Rechnung oder etwas anderes sein, woraus hervorgeht, wofür das Geld ausgelegt worden ist. Sie scheint sich über diesen Posten gewundert zu haben. Deshalb habe ich die Seite kopiert.«

»Aber was ist das für ein Unternehmen?«, fragte Anna-Maria Mella.

Rebecka zuckte mit den Schultern. Dann zeigte sie auf die obere rechte Ecke des Blattes.

»Die Betriebsnummer beginnt mit 81. Dann ist es eine Stiftung.«

Sven-Erik schüttelte den Kopf.

»Die Wildschutzstiftung Jukkasjärvi«, sagte Anna-Maria nach einigen Sekunden. »Eine Stiftung, die sie gegründet hat.«

»Sie hat über diesen Posten Weiterbildung gestaunt«, sagte Rebecka.

Wieder schwiegen sie. Sven-Erik schlug nach einer Fliege, die immer wieder auf ihm zu landen versuchte.

»Sie scheint allerlei Leute gegen sich aufgebracht zu haben«, sagte Rebecka.

Anna-Maria lachte freudlos.

»Ich hab gestern mit einem von diesen Aufgebrachten gesprochen«, sagte sie. »Er hat Mildred Nilsson gehasst, weil seine Frau mit den Kindern bei ihr gewohnt hat, nachdem sie ihn verlassen hatte.«

Sie erzählte Rebecka von den geköpften Katzenjungen.

»Und wir können ja nichts tun«, fügte sie hinzu. »Solche Hauskatzen stellen keinen finanziellen Wert da, also ist es keine Sachbeschädigung. Sie haben vermutlich auch nicht gelitten, also ist es keine Tierquälerei. Und dann fühlt man sich ohnmächtig. Als könne man in der Gemüseabteilung des Supermarktes nützlichere Arbeit leisten. Ich weiß nicht, geht es dir manchmal auch so?«

Rebecka grinste.

»Ich beschäftige mich ja fast nie mit Strafrecht«, antwortete sie ausweichend. »Und das hier wäre ein Wirtschaftsverbrechen. Aber natürlich kommt es vor, dass ich auf der Seite der Verdächtigten stehe... Ab und zu empfinde ich eine Art Widerwillen gegen mich selbst. Wenn ich jemanden vertrete, der einfach kein Gewissen hat. Dann wiederhole ich ›Alle haben das Recht auf Verteidigung‹ wie eine Beschwörung gegen...«

Sie sagte nichts von Selbstverachtung, sondern beendete ihren Satz mit einem Schulterzucken.

Anna-Maria registrierte, dass Rebecka Martinsson oft mit den Schultern zuckte. Sie schüttelte vielleicht unwillkommene Gedanken ab. Oder sie war wie Marcus. Dessen ewiges Schulterzucken sollte seine Distanz zum Rest der Welt ausdrücken.

»Du hast dir noch nie überlegt, die Seiten zu wechseln?«, fragte Sven-Erik. »Es werden doch immer Staatsanwälte gesucht, hier oben bleibt ja niemand.«

Rebecka lächelte leicht verlegen.

»Natürlich«, sagte Sven-Erik, und ihm war anzusehen, dass er sich vorkam wie ein Idiot. »Du verdienst sicher dreimal so viel wie eine Staatsanwältin.«

»Das ist es nicht«, sagte Rebecka. »Im Moment arbeite ich überhaupt nicht, die Zukunft ist also...«

Wieder zuckte sie mit den Schultern.

»Aber du hast mir doch gesagt, dass du aus beruflichen Gründen hergekommen bist«, sagte Anna-Maria.

»Ja, ab und zu arbeite ich ein bisschen. Und als einer der Teilhaber hier zu tun hatte, wollte ich mitkommen.«

Sie ist krankgeschrieben, dachte Anna-Maria.

Sven-Erik blickte sekundenschnell herüber, auch er hatte das jetzt erfasst.

Rebecka erhob sich, um klarzustellen, dass das Gespräch zu Ende war. Sie verabschiedeten sich.

Als Sven-Erik und Anna-Maria einige Schritte gegangen waren, hörten sie Rebecka Martinssons Stimme hinter sich.

»Grober Unfug«, sagte sie.

Sie drehten sich um. Rebecka stand auf der kleinen Treppe der Hütte. Sie stemmte die Hand gegen einen der Pfosten, die das Vordach trugen, und beugte sich ein wenig vor.

Sie sieht so jung aus, dachte Anna-Maria. Vor zwei Jahren war sie eine typische Karrierefrau gewesen. Sie hatte superschlank und superteuer ausgesehen, und die langen dunklen Haare waren zu einer richtigen Frisur geschnitten und wurden nicht einfach quer gekappt, wie Anna-Marias. Jetzt hatte Rebecka längere Haare, quer gekappt. Sie trug Jeans und T-Shirt. Und benutzte kein Make-up. Ihre Hüftknochen standen am Jeansbund vor, und diese müde, aber verbissen gerade Haltung, die sie am Pfosten eingenommen hatte, erinnerte Anna-Maria an die Art von erwachsenen Kindern, die ihr manchmal über den Weg liefen. Vernachlässigte Kinder, die sich um ihre alkoholisierten oder psychisch kranken Eltern kümmerten, die für ihre kleinen Geschwister Essen machten, die die Fassade nach besten Kräften aufrechterhielten und Polizei und Sozialamt anlogen.

»Das mit den Kätzchen«, sagte Rebecka. »Das ist grober Unfug. Sein Verhalten sollte der Exfrau doch offenbar Angst einjagen. Und das Gesetz verlangt nicht, dass eine Drohung ausgesprochen wird. Sie hat sich doch gefürchtet, oder? Vielleicht

Hausfriedensbruch. Kommt ein wenig darauf an, was er noch gemacht hat, aber es müsste als Begründung für ein Besuchsverbot eigentlich ausreichen.«

Als Sven-Erik Stålnacke und Anna-Maria Mella an der Hauptstraße entlang zu ihrem Auto zurückgingen, kam ihnen ein wüstengelber Mercedes entgegen. Darin saßen Lars-Gunnar und Teddy Vinsa. Lars-Gunnar schaute sie lange an. Sven-Erik hob die Hand zu einem Gruß, Lars-Gunnar war doch noch nicht viele Jahre in Rente.
»Ja, genau«, sagte Sven-Erik und schaute hinter dem Mercedes her, der unten bei Mickes Bar & Küche verschwand. »Der wohnt doch hier im Ort. Wie es wohl mit seinem Jungen geht?«

Probst Bertil Stensson hielt in der Kirche von Kiruna den Mittagsgottesdienst ab. Einmal alle zwei Wochen konnte die Bevölkerung der Stadt in der Mittagspause das Abendmahl empfangen. An die zwanzig Personen hatten sich in dem kleinen Raum versammelt.

Pastor Stefan Wikström saß in der fünften Reihe zum Gang hin und bereute es, gekommen zu sein.

In seinem Kopf tauchte eine Erinnerung auf. Sein Vater, ebenfalls Probst, zu Hause auf der Küchenbank. Stefan neben ihm, vielleicht zehn Jahre alt. Der Junge plappert drauflos, er hält etwas in der Hand, etwas, das er zeigen will, er weiß nicht mehr, was es war. Der Vater mit der Zeitung vor dem Gesicht, wie dem Vorhang im Tempel. Und plötzlich bricht der Junge in Tränen aus. Dann hinter ihm die bittende Stimme der Mutter: Du kannst ihm doch einen Moment zuhören, er hat schon den ganzen Tag auf dich gewartet. Aus dem Augenwinkel sieht Stefan, dass sie ihre Schürze vorgebunden hat. Es muss also kurz vor dem Essen sein. Und jetzt lässt der Vater die Zeitung sinken, er ärgert sich über diese Unterbrechung seiner Lektüre, in der einzigen Ruhepause vor dem Essen, außerdem ist er beleidigt über den Vorwurf, der in der Luft schwebt.

Stefans Vater war seit vielen Jahren tot. Und seine arme Mutter auch. Aber der Probst sorgte gerade dafür, dass er sich genauso fühlte wie damals. Wie der quengelnde Knabe, der nach Aufmerksamkeit verlangt.

Stefan hatte versucht, sich vor dem Mittagsgottesdienst zu drücken. Eine innere Stimme hatte entschieden gesagt: Geh da nicht hin. Trotzdem war er gegangen. Er hatte sich eingeredet, dass er nicht dem Probst Bertil Stensson zuliebe ging, sondern weil er ein Bedürfnis nach dem Abendmahl hatte.

Er hatte geglaubt, alles werde leichter werden, jetzt, wo Mildred nicht mehr da war, aber nun war das Gegenteil der Fall. Es war viel schwerer.

Das ist wie beim verlorenen Sohn, dachte er.

Er war der pflichtgetreue, gehorsame Sohn gewesen, der zu Hause geblieben war. In all den Jahren hatte er Bertil so viel abgenommen, hatte langweilige Beerdigungen gemacht, langweilige Gottesdienste in Krankenhaus und Altersheim, er hatte den Probst bei den Büroarbeiten entlastet, Bertil war hoffnungslos, wenn es um Verwaltungsfragen ging, und er hatte freitagabends die Jugendandachten abgehalten.

Bertil Stensson war eitel. Er hatte die gesamte Zusammenarbeit mit dem Eishotel in Jukkasjärvi an sich gerissen. Trauungen und Taufen in der Eiskirche waren ihm vorbehalten. Alle Ereignisse, die auch nur die geringste Chance hatten, in der Lokalpresse erwähnt zu werden, nahm er ebenfalls für sich in Anspruch, wie die Krisengruppe nach dem Busunfall, bei dem sieben jugendliche Skiurlauber ums Leben gekommen waren, oder die vom samischen Parlament bestellten Gottesdienste. Ansonsten hatte der Probst sehr gern dienstfrei. Und das ermöglichte Stefan, er griff ein und wiegelte peinliche Fragen ab.

Mildred Nilsson war wie der verlorene Sohn gewesen. Oder genauer gesagt: wie der verlorene Sohn gewesen sein musste, als er noch zu Hause gewesen war. Ehe die Unruhe ihn in fremde Länder getrieben hatte. Mit seiner Unruhe und seiner Sturheit war er dem Vater sicher auf die Nerven gegangen, genau wie Mildred.

Alle glaubten, er, Stefan, habe Mildred am wenigsten ausstehen können. Aber da irrten sie sich, nur hatte Bertil seine Abneigung besser versteckt.

Als sie noch lebte, war alles anders gewesen. Bei allem, was diese Frau sich vorgenommen hatte, hatte es Krach und Ärger gegeben, und Bertil war froh und dankbar gewesen, weil er Stefan hatte, den zu Hause gebliebenen Sohn. Stefan sah vor sich, wie Bertil sein Zimmer im Gemeindehaus betrat. Er hatte eine besondere Art, ein Codesystem, das signalisierte: Du bist mein Auserwählter. Er stand in der Tür, eulenhaft mit seinem silbernen Schopf und seinem untersetzten Körper und mit der Brille, die entweder schief auf seinem Kopf saß oder tief unten auf der Nase. Stefan blickte dann von seinen Papieren auf. Bertil schaute sich fast unmerklich über seine Schulter um, schlüpfte herein und zog die Tür hinter sich zu. Mit einem erleichterten Seufzer ließ er sich dann in Stefans Besuchersessel sinken. Und lächelte.

Und jedes Mal wurde Stefan ganz warm ums Herz. Meistens hatte der Probst ein besonderes Anliegen, es konnte sich auch um eine ganze Reihe von kleinen Anliegen handeln, aber man hatte vor allem den Eindruck, dass er eine Weile seine Ruhe haben wollte. Alle kamen zu Bertil, Bertil verdrückte sich zu Stefan.

Aber seit Mildreds Tod hatte sich das geändert. Sie war nicht mehr da, wie eine drückende Naht im Schuh des Probstes. Und jetzt schien ihn plötzlich Stefans Pflichtbewusstsein zu stören. Jetzt sagte Bertil oft: »Wir brauchen wohl nicht so förmlich zu sein« und »Gott hat sicher nichts gegen praktische Lösungen«, Maximen, die er von Mildred übernommen hatte.

Und wenn Bertil über Mildred sprach, dann dermaßen übertrieben positiv, dass es Stefan von all den Lügen buchstäblich schlecht wurde.

Und Bertil hatte aufgehört, Stefan in seinem Zimmer zu besuchen. Stefan saß da, wusste nicht, was er machen sollte, quälte sich und wartete.

Ab und zu kam der Probst an der offenen Tür vorbei. Aber jetzt galten andere Codes, andere Signale: rasche Schritte, ein Blick durch die Türöffnung, ein Nicken, ein flüchtiges Lächeln. Hab's eilig, wie sieht's aus, sollte das bedeuten. Und ehe Stefan dieses Lächeln auch nur erwidern konnte, war der Probst schon wieder verschwunden.

Früher hatte er immer gewusst, wo der Probst sich aufhielt, jetzt hatte er keine Ahnung. Die Sekretärinnen fragten nach Bertil und schauten Stefan seltsam an, wenn der sich ein Lächeln abrang und den Kopf schüttelte.

Die tote Mildred war einfach nicht zu besiegen. In der Fremde war sie zum Lieblingskind des Vaters geworden.

Jetzt würde der Gottesdienst bald zu Ende sein. Sie sangen noch einen letzten Choral und gingen hin in Frieden.

Stefan hätte jetzt auch gehen sollen. Einfach aus der Kirche und nach Hause. Aber er schaffte es nicht, seine Füße trugen ihn auf Bertil zu.

Der plauderte gerade mit einem Gottesdienstbesucher, schaute Stefan kurz von der Seite an, ließ ihn aber nicht am Gespräch teilnehmen. Stefan musste warten.

So schlimm war es jetzt. Wenn Bertil ihn nur begrüßt hätte, dann hätte Stefan sich für den Gottesdienst bedanken und gehen können. Jetzt sah es aus, als habe er etwas auf dem Herzen. Nun musste er sich ein Anliegen aus den Fingern saugen.

Endlich ging der redselige Gottesdienstbesucher. Stefan fühlte sich gezwungen, seine Anwesenheit zu erklären.

»Ich hatte das Gefühl, das Abendmahl zu brauchen«, sagte er zu Bertil.

Bertil nickte. Der Küster trug Wein und Oblaten hinaus und schaute kurz zum Probst hinüber. Stefan folgte Bertil und dem Küster in die Sakristei und beteiligte sich, ohne dazu eingeladen worden zu sein, am Gebet über Brot und Wein.

»Hast du etwas von dieser Kanzlei gehört?«, fragte er, als sie ihr Gebet beendet hatten. »Über die Wolfsstiftung und so?«

Bertil streifte Talar, Stola und Albe ab.

»Ich weiß nicht«, sagte er. »Vielleicht werden wir sie doch nicht auflösen. Ich habe mich noch nicht entschieden.«

Der Küster ließ sich ungeheuer viel Zeit damit, den Wein in die Piscina zu stellen und die Oblaten im Ziborium zu verstauen. Stefan knirschte mit den Zähnen.

»Ich dachte, wir hätten uns geeinigt, dass die Kirche keine solche Stiftung unterhalten darf«, sagte er leise.

Und außerdem hat das doch der Gemeindevorstand zu entscheiden und nicht du allein, dachte er.

»Ja, ja, aber bis auf weiteres existiert sie eben«, sagte der Probst, und jetzt hörte Stefan aus der milden Stimme eine deutliche Ungeduld heraus. »Ob ich also finde, wir sollten uns den Schutz der Wölfin leisten, oder ob ich meine, dass das Geld der Weiterbildung dienen soll, ist eine Frage, die wir später im Herbst aufgreifen werden.«

»Und die Verpachtung des Jagdreviers?«

Jetzt lächelte Bertil strahlend.

»Ach, du und ich wollen uns doch darüber nicht den Kopf zerbrechen. Das wird der Gemeindevorstand entscheiden, wenn die Zeit dafür reif ist.«

Der Probst klopfte Stefan auf die Schulter und ging.

»Bestell Kristin einen schönen Gruß«, rief er, ohne sich umzusehen.

Stefan spürte einen Kloß im Hals. Er schaute seine Hände an, die steifen langen Finger. Echte Pianistenhände, hatte seine Mutter immer gesagt. Später, in ihrer Wohnung im Seniorenheim, als sie ihn sehr oft mit dem Vater verwechselt hatte, hatte dieses Gerede über seine Finger ihn gequält. Sie hielt seine Hände fest und befahl dem Pflegepersonal, sich die anzusehen, seht euch diese Hände an, keine Spur von körperlicher Arbeit. Pianistenfinger, Schreibtischfinger.

Bestell Kristin einen schönen Gruß.

Wenn er es nun endlich wagte, die Dinge so zu sehen, wie sie sich eben verhielten, dann würde die Heirat mit ihr als der große Fehler seines Lebens erscheinen.

Stefan spürte, wie er innerlich hart wurde. Er verhärtete sich gegen Bertil und gegen seine Frau.

Ich habe sie lange genug getragen, dachte er. Das muss jetzt ein Ende haben.

Seine Mutter musste das mit Kristin begriffen haben. Was ihm an Kristin gefallen hatte, war ihre Ähnlichkeit mit der Mutter gewesen. Die kleine, puppenhafte Gestalt, ihr angenehmes Wesen, ihr guter Geschmack.

Natürlich hatte seine Mutter das gesehen. »Wie persönlich«, hatte sie über Kristins Wohnung gesagt, als sie die Freundin des Sohnes zum ersten Mal besuchte, »gemütlich«. Damals hatte er in Uppsala studiert. Gemütlich und persönlich, zwei gute Wörter, bei denen man Zuflucht sucht, wenn man nicht, ohne zu lügen, »schön« oder »geschmackvoll« sagen kann. Und ihm fiel das fast belustigte Lächeln der Mutter ein, als Kristin ihre Arrangements aus Immortellen und getrockneten Rosen vorgeführt hatte.

Nein, Kristin war ein Kind, das einigermaßen gut imitierte und nachahmte. Sie war niemals die Art von Pastorenfrau geworden, die seine Mutter gewesen war. Und was war es für ein Schock gewesen, als er das erste Mal das Haus der chaotischen Mildred betreten hatte. Alle Kollegen samt Familien waren dort zum Weihnachtspunsch eingeladen. Eine interessante Mischung von Leuten war dabei herausgekommen, die geladenen Familien, Mildred selbst, ihr Mann mit Bart und Schürze, wie eine Parodie auf den Pantoffelhelden, und die drei Frauen, die damals gerade im Pfarrhaus von Poikkijärvi Zuflucht gesucht hatten. Eine dieser Frauen hatte zwei Kinder gehabt, bei denen zweifellos alle existierenden Buchstabenkombinationen diagnostiziert werden konnten.

Aber Mildreds Haus, das hatte ausgesehen wie ein Gemälde von Carl Larsson. Die gleiche helle Leichtigkeit, gepflegt, aber nicht überladen, die gleiche geschmackvolle Schlichtheit wie in Stefans Elternhaus. Stefan hatte das nicht mit Mildreds Wesen in Einklang bringen können. So wohnt sie also, hatte er gedacht. Er hatte mit einem bohemehaften Chaos gerechnet, mit Stapeln von Zeitungsartikeln in Lagerregalen, mit orientalischen Kissen und Teppichen.

Ihm fiel ein, wie Kristin damals reagiert hatte. »Warum wohnen nicht wir im Pfarrhaus von Poikkijärvi«, hatte sie gefragt. »Das ist größer, es wäre für uns besser geeignet, wir haben ja schließlich Kinder.«

Sicher hatte seine Mutter gemerkt, dass diese Zerbrechlichkeit in Kristin, die Stefan so anzog, nicht nur zerbrechlich war, sondern auch brüchig. Es war etwas Zerbrochenes und Spitzes, an dem Stefan sich früher oder später verletzen würde.

Ihn überkam eine plötzlich auflodernde Wut auf seine Mutter.

Warum hat sie nichts gesagt, fragte er sich. Sie hätte mich warnen müssen.

Und Mildred. Mildred, die die arme Kristin benutzt hatte.

Er musste an den Tag Anfang Mai denken, als sie diese Briefe geschwenkt hatte.

Er versuchte, sich Mildred aus dem Kopf zu schlagen, Aber sie war genauso aufdringlich wie damals. Trampelte los. Genau wie damals.

»Schön«, sagt Mildred und stürzt in Stefans Büro.

Es ist der 5. Mai. In knapp zwei Monaten wird sie tot sein. Jetzt aber ist sie mehr als lebendig. Ihre Wangen und ihre Nase sind rot wie frisch polierte Äpfel. Sie schließt die Tür hinter sich mit einem Tritt.

»Nein, bleib sitzen«, sagt sie zu Bertil, der aus dem Besuchersessel zu fliehen versucht. »Ich will zu euch beiden sprechen.«

Zu euch sprechen. Was soll man zu so einer Einleitung sagen? Allein die macht doch deutlich, wie Mildred sein konnte.

»Ich habe über die Sache mit der Wölfin nachgedacht«, sagt sie nun.

Das eine Knie von Bertil schiebt sich über das andere. Die Arme verschränken sich auf seiner Brust. Stefan lässt sich in seinem Sessel zurücksinken. Weg von ihr. Sie fühlen sich zurechtgewiesen und zusammengestaucht, obwohl Mildred noch nicht einmal gesagt hat, was sie auf dem Herzen hat.

»Die Kirche verpachtet ihren Grundbesitz an den Jagdverein von Poikkijärvi für tausend Kronen im Jahr«, sagt sie nun. »Die

Vereinbarung gilt für sieben Jahre und verlängert sich automatisch, wenn sie nicht gekündigt wird. Das ist seit 1957 so. Da wohnte der damalige Probst im Pfarrhaus von Poikkijärvi. Und der war ein begeisterter Jäger.«

»Aber was hat das mit...«, setzt Bertil an.

»Lass mich ausreden! Natürlich kann alle Welt in den Verein eintreten, aber die Vereinsleitung und die Jagdgesellschaft haben den alleinigen Nutzen der Pacht. Und da die Jagdgesellschaft aufgrund ihrer Statuten nur zwanzig Mitglieder haben darf, kommen keine neuen dazu. Eigentlich wird erst ein neues Mitglied gewählt, wenn eins stirbt. Und die Vereinsleitung gehört natürlich der Gesellschaft an. In den vergangenen dreizehn Jahren ist nicht ein einziges neues Mitglied dazugekommen.«

Sie verstummt und starrt Stefan an.

»Außer dir, natürlich. Als Elis Wiss freiwillig ausgetreten ist, bist du gewählt worden, das war vor sechs Jahren, nicht?«

Stefan gibt keine Antwort, das liegt daran, wie sie das Wort »freiwillig« ausgesprochen hat. Er wird innerlich ganz weiß vor Zorn. Mildred redet weiter:

»Gemäß den Statuten darf nur die Jagdgesellschaft Kugelwaffen benutzen, und deshalb hat die Jagdgesellschaft die gesamte Elchjagd mit Beschlag belegt. Was die übrige Jagd angeht, da können andere Mitglieder des Jagdvereins Tageskarten kaufen, aber alles, was erlegt wird, wird unter den Aktiven im Verein verteilt, und dabei entscheidet – *surprise!* – die Vereinsleitung, wie die Verteilung geschehen soll. Ich denke also so: Sowohl die Grubengesellschaft LKAB als auch Yngve Bergqvist interessieren sich für die Jagd. Die LKAB für ihre Angestellten und Yngve für Touristen. In beiden Fällen könnten wir die Pachtsumme beträchtlich erhöhen. Und ich meine wirklich beträchtlich. Für dieses Geld könnten wir vernünftige Forstwirtschaft betreiben. Denn ehrlich gesagt, was macht Torbjörn Ylitalo eigentlich? Spielt für die Jagdgesellschaft den Laufburschen. Wir liefern also diesem Altmännerhaufen sogar einen Gratis-Angestellten.«

Torbjörn Ylitalo ist der Jagdmeister der Kirche. Er gehört zu den zwanzig Mitgliedern der Jagdgesellschaft und ist Vorsitzender des Jagdvereins. Stefan weiß, dass sehr viel von Torbjörns Arbeitszeit dafür draufgeht, dass er zusammen mit dem Jagdleiter Lars-Gunnar die Jagd plant und Jagdhütten und Hochsitze der Kirche wartet und Jagdscheine ausstellt.

»Also«, endet Mildred. »Wir hätten dann Geld für die Forstpflege, vor allem aber Geld für den Wolfsschutz. Die Kirche kann die Pachtsumme der Stiftung überlassen. Die Naturschutzbehörden haben die Wölfin ja jetzt markiert, aber wir brauchen mehr Geld für ihre Überwachung.«

»Ich verstehe nicht einmal, warum du dieses Thema mir und Stefan gegenüber zur Sprache bringst«, fällt Bertil ihr ins Wort. »Änderungen im Pachtsystem sind doch wohl eine Frage für den Gemeindevorstand?«

»Weißt du«, sagt Mildred. »Ich finde, das ist eine Frage für die Gemeinde.«

Alle schweigen. Bertil nickt einmal. Stefan spürt einen Schmerz in der linken Schulter, einen Schmerz, der sich seinen Nacken hinaufstiehlt.

Sie wissen genau, was Mildred meint. Sie können sich sehr gut vorstellen, wie die Diskussion verlaufen wird, wenn sie in der Gemeinde und, natürlich, in der Lokalpresse geführt wird. Die Altherrentruppe, die gratis auf dem Grund der Kirche jagt und sogar die Tiere für sich behält, die sie nicht selber erlegt hat.

Stefan ist Mitglied der Jagdgesellschaft, für ihn gibt es kein Pardon.

Aber der Probst hat ebenfalls seine Gründe, der Jagdgesellschaft die Stange zu halten. Die Jagdgesellschaft sorgt dafür, dass seine Tiefkühltruhe immer gut gefüllt ist. Bertil kann jederzeit Elchfilet und Waldvögel anbieten. Und die Jagdgesellschaft hat den Probst auch noch auf andere Weise für sein schweigendes Einverständnis entschädigt. Bertils hölzernes Ferienhaus zum Beispiel. Die Jagdgesellschaft hat es gebaut und unterhält es jetzt.

Stefan denkt an seinen Platz in der Jagdgesellschaft. Nein, er betastet ihn. Wie einen glatten, warmen Stein in seiner Tasche. Das ist er nämlich, sein geheimer Glücksstein. Er kann sich noch gut daran erinnern, wie er den Platz bekommen hat. Bertils Arm um seine Schultern, als er dem Jagdmeister Torbjörn Ylitalo vorgestellt wurde. »Stefan jagt«, hatte der Probst gesagt. »Er fände es nett, einen Platz in der Gesellschaft zu bekommen.« Und Torbjörn, der Feudalherr im Waldreich der Kirche, nickte, nicht einmal eine zweiflerische Miene hatte er sich erlaubt. Zwei Monate später hatte Elis Wiss seinen Platz in der Jagdgesellschaft zur Verfügung gestellt. Nach dreiundvierzig Jahren. Stefan wurde einer von den zwanzig.

»Das ist ungerecht«, sagt Mildred.

Der Probst erhebt sich aus Stefans Besuchersessel.

»Ich kann nicht darüber diskutieren, solange du dich so aufregst«, sagt er zu Mildred.

Dann geht er. Lässt Stefan mit ihr allein.

»Wie soll das gehen«, sagt Mildred zu Stefan. »Sowie ich daran denke, rege ich mich schon auf.«

Dann lacht sie strahlend.

Stefan sieht sie überrascht an. Wieso grinst sie so? Hat sie nicht begriffen, dass sie sich soeben voll und ganz unmöglich gemacht hat? Dass sie eben eine Kriegserklärung sondergleichen überreicht hat? In dieser nach außen hin ziemlich intelligenten Frau, denn das ist sie, das muss er zugeben, scheint eine lallende Idiotin zu wohnen. Was soll er jetzt machen? Er kann nicht aus dem Raum stürzen, es ist doch sein Zimmer. Unschlüssig bleibt er in seinem Sessel sitzen.

Dann sieht sie ihn plötzlich mit ernster Miene an, öffnet ihre Handtasche, nimmt drei Briefumschläge heraus und hält sie ihm hin. Es ist die Handschrift seiner Frau.

Er erhebt sich und nimmt die Briefe entgegen. Sein Zwerchfell krampft sich zusammen. Kristin. Kristin! Er weiß, was das für Briefe sind, ohne sie gelesen zu haben. Er lässt sich wieder in den Sessel fallen.

»Zwei sind in einem ziemlich unangenehmen Ton gehalten«, sagt Mildred.

Ja, das kann er sich denken. Es ist nicht das erste Mal. Das ist Kristins alte Leier. Mit kleinen Variationen bleibt sie sich immer gleich. Zweimal hat er das schon durchgemacht. Sie kommen an einen neuen Ort. Kristin leitet den Kinderchor und die Sonntagsschule, ein bezauberndes Singvögelchen, das in allen Tonarten das Lob des neuen Ortes singt. Aber wenn die erste Verliebtheit, ja, so muss er das nennen, verflogen ist, dann setzt ihre Unzufriedenheit ein. Wirkliche und eingebildete Ungerechtigkeiten, die sie sammelt wie Glanzbilder in einem Album. Eine Phase mit Kopfschmerzen, Arztbesuchen und Vorwürfen gegen Stefan, der nicht einmal ihre Leiden ernst nimmt. Dann kriselt es endgültig zwischen ihr und einem Angestellten oder einem Gemeindemitglied. Und bald zieht sie im Ort auf Kriegszug aus. An Stefans letzter Stelle gab es einen richtigen Zirkus, die Gewerkschaft wurde eingeschaltet, und die Angestellte aus dem Pfarrbüro wollte ihren Nervenzusammenbruch als Berufskrankheit eingestuft sehen. Und Kristin, die sich zu Unrecht angeklagt fühlte. Und am Ende der Umzug, unvermeidlich. Beim ersten Mal hatten sie ein Kind, beim zweiten drei. Jetzt geht der älteste Junge in die Oberstufe, das ist eine sehr schwierige Zeit.

»Ich habe noch zwei von der Sorte«, sagt Mildred.

Als sie gegangen ist, hält Stefan die Briefe in der Hand.

Er ist ihr in die Falle gegangen wie ein Schneehuhn, das weiß er jetzt, und er weiß nicht einmal, ob er Mildred meint oder seine Frau.

Rebecka Martinssons Chef, Måns Wenngren, saß in seinem quietschenden Schreibtischsessel. Ihm war noch nie aufgefallen, dass der Sessel so nervtötend quietschte, wenn er höher oder tiefer gedreht wurde. Er dachte an Rebecka Martinsson. Dann dachte er nicht mehr an sie.

Er hatte eigentlich jede Menge zu tun. Musste Anrufe und Mails beantworten. Kunden und Mandanten auf dem Laufenden halten. Seine Referendare hatten Unterlagen und gelbe Klebezettel mit Mitteilungen auf den Sitz des Sessels gelegt, damit er sie auch ja sah. Aber jetzt war es nur noch eine Stunde bis zur Mittagspause, und da konnte er doch gleich alles ein wenig verschieben.

Er bezeichnete sich selbst oft als ruhelos. Er konnte seine Frau Madelene fast sagen hören: »Ja, das klingt ja auch besser als launisch und immer auf der Flucht vor dir selbst.« Aber ruhelos war er eben auch. Diese Unruhe hatte ihn schon in der Wiege erfasst. Seine Mutter hatte ihm erzählt, dass er im ersten Jahr die Nächte durchgeschrien hatte. »Als er laufen lernte, wurde er ein wenig ruhiger. Für kurze Zeit.«

Sein drei Jahre älterer Bruder hatte tausendmal erzählt, wie sie Weihnachtsbäume verkauft hatten. Ein Pächter der Familie hatte Måns und dessen Bruder einen Aushilfsjob beim Baumverkauf angeboten. Sie waren beide noch klein, Måns war gerade erst in die Schule gekommen. Aber rechnen konnte er schon, wie sein Bruder bezeugen konnte. Vor allem mit Geld.

Sie hatten also Weihnachtsbäume verkauft. Zwei kleine Händler von sieben und zehn. »Und Måns hat verdammt viel mehr verdient als wir anderen«, erzählte der Bruder. »Wir konnten ja nicht begreifen, wie das möglich war, wir kriegten doch alle nur vier Kronen pro Baum als Provision. Aber während wir anderen nur froren und darauf warteten, dass endlich Feierabend wäre, wuselte Måns hin und her und redete mit allen Onkeln und Tanten, die sich Bäume ansahen. Und wenn jemand eine Tanne zu hoch fand, bot er an, sie an Ort und Stelle zu kürzen, und da konnte niemand widerstehen, so ein kleiner Wicht mit einer Säge, die genauso lang war wie er selbst. Und jetzt kommt die Pointe! Von den abgesägten Resten entfernte er die Zweige, und aus den Zweigen band er große Tannenwedel, die er für einen Fünfer pro Stück verkaufte. Und dieser Fünfer verschwand dann in seiner Tasche. Der Pächter – wie, zum Teufel, hieß der doch noch gleich, Mårtensson vielleicht – war stocksauer. Aber was hätte er schon tun können?«

Hier unterbrach der Bruder seine Geschichte und hob seine Augenbrauen zu einer Miene, die alles darüber sagte, wie ohnmächtig der Pächter dem verschlagenen Sohn des Verpächters ausgeliefert gewesen war. »Businessman«, endete er dann. »Schon immer ein Businessman.«

Bis in seine mittleren Jahre hatte Måns sich gegen diese Kategorisierung gewehrt. »Jura ist nicht dasselbe wie Business«, hatte er gesagt.

»Natürlich ist es das«, widersprach dann sein Bruder. »Verdammt, natürlich ist es dasselbe.«

Der Bruder selbst war schon früh in seinem Erwachsenenleben ins Ausland gegangen, hatte Gott weiß was und noch allerlei anderes getrieben, war dann doch nach Schweden zurückgekehrt, hatte eine Ausbildung zum Sozialbeamten geschafft und leitete jetzt das Sozialamt in Kalmar.

Nach und nach hatte Måns dann aufgehört, sich zu wehren. Und warum sollte man sich überhaupt immer für Erfolg entschuldigen?

»Sicher«, sagte er jetzt ständig. »Business und Geld auf der Bank.« Und dann erzählte er von seinem letzten Autokauf oder von der Geschäftslage oder einfach von seinem neuen Mobiltelefon.

Über den Hass des Bruders konnte Måns sich in den Augen seiner Schwägerin informieren.

Måns begriff das nicht. Die Ehe des Bruders hatte gehalten. Seine Kinder besuchten ihn.

Nein, jetzt tu ich es, dachte er und erhob sich aus dem quietschenden Sessel.

Maria Taube zwitscherte ein »Bis dann« ins Telefon und legte auf. Verdammte Mandanten, riefen an und saugten sich Fragen aus den Fingern, die so ungenau und vage waren, dass sie einfach nicht beantwortet werden konnten. Es dauerte eine halbe Stunde, auch nur herauszufinden, was sie wollten.

Jemand klopfte an ihre Tür, und ehe sie etwas sagen konnte, steckte Måns den Kopf ins Zimmer.

Hast du in deinem feinen Internat eigentlich gar nichts gelernt, dachte sie gereizt. Zum Beispiel das »Herein« abzuwarten.

Als habe er den Gedanken hinter ihrem Lächeln gelesen, fragte er: »Hast du Zeit?«

Wann hat er zuletzt ein Nein auf diese Frage gehört, dachte Maria, wies auf ihren Besuchersessel und drückte einen eingehenden Anruf weg.

Er zog die Tür hinter sich zu. Ein schlechtes Zeichen. Ihre Gedanken liefen davon, auf die Jagd nach etwas, das sie übersehen oder vergessen haben könnte, nach einem Mandanten, der Grund zur Unzufriedenheit hatte. Ihr fiel nichts ein. Das war das Schlimmste an dieser Stelle. Sie konnte Stress und Hierarchie und Überstunden aushalten, aber nicht diesen finsteren Abgrund, der sich möglicherweise unter ihren Füßen auftat. Wie der Patzer, der Rebecka da unterlaufen war. Es konnte so verdammt leicht passieren, ein paar Millionen zu verschusseln.

Måns setzte sich und schaute sich um, seine Finger trommelten auf seinem Oberschenkel herum.

»Schöne Aussicht«, sagte er grinsend.

Vor dem Fenster drängten sich die schmutzig braunen Fassaden der Nachbarhäuser aneinander. Maria lachte höflich, schwieg ansonsten aber.

Jetzt spuck es schon aus, dachte sie.

»Wie geht es eigentlich...«

Måns ließ eine vage Geste in Richtung der Papierstapel auf ihrem Tisch die Frage beantworten.

»Gut«, antwortete sie und riss sich zusammen, statt von ihrer Arbeit zu erzählen.

Das will er doch gar nicht wissen, ermahnte sie sich.

»Und... hast du was von Rebecka gehört?«, fragte Måns.

Maria Taubes Schultern senkten sich einen Zentimeter.

»Ja.«

»Hab von Torsten gehört, dass sie noch länger da oben geblieben ist.«

»Ja.«

»Was macht sie?«

Maria zögerte.

»Das weiß ich gar nicht so genau.«

»Sei jetzt doch nicht so verdammt schwierig, Taube. Ich weiß, dass es dein Vorschlag war, dass sie hinfahren sollte. Und ich kann wohl ehrlich sagen, dass ich das nicht für eine so großartige Idee halte. Und jetzt will ich wissen, wie es ihr geht.«

Er legte eine Pause ein.

»Sie arbeitet ja nun einmal hier«, fügte er dann hinzu.

»Frag sie doch selbst«, sagte Maria.

»Das ist nicht so leicht. Als ich das zuletzt versucht habe, hat sie mir eine Wahnsinnsszene gemacht, falls du dich erinnerst.«

Maria dachte daran, wie Rebecka vom Betriebsfest weggerudert war. Sie war wirklich nicht gescheit.

»Ich kann nicht mit dir über Rebecka sprechen. Das musst du doch begreifen, sie wäre dann stocksauer.«

»Und was ist mit mir?«, fragte Måns.

Maria Taube ließ ein hohles Lachen hören.

»Du bist doch immer stocksauer«, sagte sie.

Måns grinste, diese kleine Respektlosigkeit hob gleich seine Laune.

»Ich weiß noch, wie du bei mir angefangen hast«, sagte er. »Lieb und freundlich warst du. Hast immer getan, worum man dich bat.«

»Ich weiß«, sagte sie. »Aber was diese Kanzlei aus den Leuten macht...«

Rebecka Martinsson und Teddy tauchten wie zwei Tagelöhner vor Sivving Fjällbergs Tür auf. Er empfing sie wie ersehnte Gäste und führte sie in seinen Heizungskeller. Bella lag auf einem Lager aus Flickenteppichen in einem Holzkasten und schlief, die Welpen lagen übereinander unter ihrem Bauch. Sie öffnete nur ein Auge und schlug mit dem Schwanz, als die Gäste hereinkamen.

Gegen ein Uhr war Rebecka zu Teddy gefahren und hatte geklingelt. Teddys Vater Lars-Gunnar hatte geöffnet. Füllte den Türrahmen ganz aus. Sie hatte draußen auf der Treppe gestanden und war sich vorgekommen wie eine Fünfjährige, die die Eltern eines Spielkameraden fragt, ob der Freund wirklich zum Spielen mitkommen darf.

Sivving setzte Kaffee auf und holte dicke Porzellanbecher mit großen Blumenmustern in Gelb, Orange und Braun. Er füllte einen Brotkorb mit Zwiebäcken und fischte Margarine und eine Packung gesprenkelter Wurst aus dem Kühlschrank.

Es war kühl hier unten im Keller. Der Geruch von Hund und frischem Kaffee mischte sich mit dem vagen Geruch nach Erde und Beton. Die Herbstsonne fiel durch das schmale Fenster oben unter der Decke.

Sivving sah Rebecka an. Offenbar hatte sie sich am Kleiderschrank der Großmutter bedient. Er erkannte den schwarzen Anorak mit den weißen Schneeflocken. Er fragte sich, ob sie wohl wusste, dass der ihrer Mutter gehört hatte. Vermutlich nicht.

Und sicher hatte ihr auch niemand gesagt, wie ähnlich sie ihrer Mutter sah. Die gleichen dunkelbraunen langen Haare und betonten Augenbrauen. Diese viereckige Augenform und die undefinierbare helle Sandfarbe der mit einem dunklen Ring versehenen Iris.

Die Hundebabys wurden wach. Große Pfoten und Ohren, Bäuche und Leben, Schwänze, die wie kleine Propeller gegen die Kante des Holzkastens schlugen. Rebecka und Teddy setzten sich auf den Boden und teilten die Brote mit den Kleinen, während Sivving sich zurückzog.

»Nichts riecht so gut«, sagte Rebecka und schmiegte ihre Nase an einen Hundebauch.

»Und der ist noch nicht vergeben«, sagte Sivving. »Willst du zuschlagen?«

Der Kleine kaute mit nadelspitzen Zähnen auf Rebeckas Hand herum. Sein Fell war schokoladenbraun und so kurz und weich, dass es ihr wie glatte Haut vorkam. Die Hinterbeine waren zur Hälfte in Weiß getunkt.

Sie setzte ihn in den Kasten und erhob sich.

»Das geht nicht. Ich warte draußen.«

Sie hätte fast gesagt, dass sie zu viel arbeitete, um sich um einen Hund kümmern zu können.

Rebecka und Sivving nahmen Kartoffeln aus. Sivving ging vor ihr her und zog den Strunk mit seiner gesunden Hand aus dem Boden. Rebecka lief mit der Hacke hinterher.

»Gerade graben und hacken«, sagte Sivving. »Das ist wie verhext. Sonst hätte ich Lena gebeten, sie kommt jetzt am Wochenende mit den Jungs.«

Lena war seine Tochter.

»Ich tu das doch gern«, sagte Rebecka.

Sie zog die Hacke durch den lockeren Sandboden und las dann die Mandelkartoffeln auf, die sich vom Strunk gelöst hatten und noch in der Erde steckten.

Teddy lief mit einem Auerhahnflügel an einer Schnur auf der Wiese hin und her und spielte mit den Welpen. Ab und zu reckten Rebecka und Sivving ihre Rücken und schauten zu ihnen hinüber.

Es war wirklich zum Lachen. Teddy mit der Hand, die die Schnur hoch über ihm in der Luft hielt, er sprang johlend mit angezogenen Knien auf und ab. Die Welpen jagten mit ihrer ganzen ungezügelten Jagdlust wie eine Meute hinter ihm her. Bella lag auf der Seite im Gras und wärmte sich in der Herbstsonne. Hob ab und zu den Kopf, um nach einer lästigen Bremse zu schnappen oder nach ihren Kleinen zu sehen.

Ich bin natürlich nicht normal, dachte Rebecka. Kann nicht mit gleichaltrigen Arbeitskollegen umgehen, aber bei einem alten Mann und einem Zurückgebliebenen, ja, da habe ich das Gefühl, ich selbst zu sein.

»Ich weiß noch, als ich klein war«, sagte sie. »Wenn ihr Erwachsenen die Kartoffeln ausgenommen hattet, gab es abends auf dem Feld immer ein Feuer. Und wir Kinder durften die übriggebliebenen Kartoffeln backen.«

»Außen schwarz verbrannt, am Rand ein bißchen weich, innen roh. Das weiß ich auch noch. Und wenn ihr dann reingekommen seid. Verrußt und mit Lehm beschmiert von Kopf bis Fuß.«

Rebecka lachte bei dieser Erinnerung. Sie hatten gelernt, vor dem Feuer Respekt zu haben, eigentlich durften Kinder gar keins machen. Aber der Abend nach der Kartoffelernte war eine Ausnahme. Dann gehörte das Feuer ihnen. Rebecka, ihren Vettern und Kusinen und Sivvings Kindern Mats und Lena. Sie saßen am dunklen Herbstabend vor dem Feuer und schauten in die Flammen. Stocherten mit Stöckchen darin herum. Kamen sich vor wie Indianer in einem Jungenbuch.

Erst gegen zehn, elf Uhr abends gingen sie hinein zur Großmutter, das war ja fast schon mitten in der Nacht. Glücklich und verschmutzt. Die Erwachsenen waren schon längst in der Sauna gewesen und saßen beim Abendkaffee. Die Großmutter und Onkel Affes Frau Inga-Lill und Sivvings Frau Maj-Lis tranken allerdings Tee. Sivving und Onkel Affe zogen ein Bier vor. Ihr fielen die alten Männer auf dem Bild »Jedes Mal« ein.

Sie und die anderen Kinder waren klug genug gewesen, in der

Diele stehen zu bleiben. Und nicht den halben Kartoffelacker in die Küche zu schleppen.

»Ach, hier kommen die Hottentotten«, lachte Sivving. »Ich weiß ja nicht, wie viele das sind, denn in der Diele ist es doch dunkel wie in einem Bergwerk, und sie sind allesamt kohlrabenschwarz. Lacht doch mal, damit wir eure Zähne sehen können.«

Sie lachten. Ließen sich von der Großmutter Handtücher geben. Rannten zur Sauna am Flussufer und badeten in der Wärme, die die Erwachsenen hinterlassen hatten.

Torbjörn Ylitalo, der Vorsitzende des Jagdvereins von Poikkijärvi, stand auf dem Hof und hackte Holz, als Anna-Maria Mella kam. Sie hielt an und stieg aus dem Auto. Er kehrte ihr den Rücken zu. Die roten Schutzklappen über seinen Ohren hatten dafür gesorgt, dass er sie nicht gehört hatte. Sie schaute sich deshalb zuerst ungestört um.

Gepflegte Pelargonien hinter klein karierten Küchenvorhängen. Vermutlich also verheiratet. Beete ohne Unkraut. Nicht ein einziges heruntergefallenes Blatt auf dem Rasen. Der Zaun sorgfältig falunrot mit weißen Spitzen gestrichen.

Anna-Maria dachte an ihren fleckigen Zaun und die Farbe, die in dicken Flocken von der Südwand abblätterte.

Nächsten Sommer müssen wir anstreichen, dachte sie.

Aber hatte sie das nicht schon im vergangenen Herbst gedacht?

Torbjörn Ylitalos Säge fraß sich mit durchdringendem Kreischen durch das Holz. Als er das letzte Stück zur Seite warf und sich nach einem neuen meterlangen Klotz bückte, rief Anna-Maria seinen Namen.

Er drehte sich um, schob sich den Gehörschutz von den Ohren und schaltete die Säge aus. Torbjörn Ylitalo war ein Mann von etwa sechzig. Ein wenig grobschlächtig, aber irgendwie doch gepflegt. Die auf seinem Kopf noch vorhandenen Haare waren wie sein Bart grau und sorgfältig geschnitten. Als er die Schutzbrille abgenommen hatte, öffnete er seine glänzend blaue Arbeitsjacke und zog eine randlose Svennisbrille hervor, die er auf seiner großen klumpigen Nase festklemmte. Oberhalb seines weißen Halses war er sonnenverbrannt und wettergegerbt. Seine Ohrläppchen waren zwei große Hautlappen, aber Anna-Maria registrierte, dass der Rasierapparat auch über sie hinweggefahren war.

Nicht wie Sven-Erik, dachte sie.

Aus dessen Ohren wuchsen ganze Hecken.

Sie setzten sich in die Küche. Anna-Maria nahm eine Tasse Kaffee dankend an, als Torbjörn Ylitalo gesagt hatte, er wolle auch eine trinken.

Er füllte die Kaffeemaschine, suchte hilflos im Kühlschrank und schien erleichtert, als Anna-Maria keine Plätzchen wollte.

»Haben Sie jetzt vor der Elchjagd Ferien?«, fragte Anna-Maria.

»Nein, aber ich kann mir meine Arbeitszeit so ziemlich selbst einteilen, wissen Sie.«

»Ja, Sie sind Jagdmeister bei der Kirche.«

»Richtig.«

»Und Vorsitzender des Jagdvereins und Mitglied der Jagdgesellschaft.«

Er nickte.

Sie plauderten eine Weile über Jagd und Beerenpflücken.

Anna-Maria holte Block und Kugelschreiber aus der Tasche ihrer Jacke, die sie weggehängt hatte. Sie legte beides vor sich auf den Tisch.

»Wie ich draußen schon gesagt habe, geht es um Mildred Nilsson. Sie haben sich nicht so gut mit ihr verstanden, habe ich gehört.«

Torbjörn Ylitalo sah sie an. Er lächelte nicht, das hatte er bisher noch kein einziges Mal gemacht. Er trank ohne Eile einen Schluck Kaffee, stellte die Tasse auf die Untertasse und fragte: »Wer hat das gesagt?«

»Stimmt es also?«

»Was soll ich sagen, ich spreche nur ungern schlecht über die Toten, aber sie hat hier im Ort doch sehr viel Streit und Verbitterung gesät.«

»Auf welche Weise denn?«

»Ich sage es ganz offen: Sie war eine Männerhasserin. Ich glaube wirklich, dass sie wollte, dass die Frauen hier am Ort sich von ihren Männern scheiden ließen. Und da kann man dann nicht viel machen.«

»Sind Sie verheiratet?«

»Aber sicher.«

»Hat sie Ihre Frau überreden wollen, Sie zu verlassen?«

»Nein, die nicht. Aber andere.«

»Aber in welchem Zusammenhang hatten Sie und Mildred dann Ihre Meinungsverschiedenheiten?«

»Tja, das mit der Quotierung in der Jagdgesellschaft war so eine Scheißidee von ihr. Mehr Kaffee?«

Anna-Maria schüttelte den Kopf.

»Sie wissen schon, jeden zweiten Platz für eine Frau. Das hielt sie für eine gute Bedingung, um unsere Pacht zu verlängern.«

»Und Sie hielten es für eine schlechte Idee.«

Jetzt kam ein wenig Nachdruck in seine fast lässige Redeweise.

»Außer ihr hat das wohl niemand für eine gute Idee gehalten. Und ich bin wirklich kein Frauenfeind, aber man muss sich doch wohl unter den gleichen Bedingungen für Unternehmensleitungen und das Parlament und eben auch für unseren kleinen Jagdverein bewerben. Es wäre doch ungerecht, wenn Sie einen Posten nur bekämen, weil Sie eine Frau sind. Und wie wollten Sie sich dann Respekt verschaffen? Und außerdem: Was ist denn so schlimm daran, wenn die Männer weiter jagen dürfen? Ab und zu halte ich die Jagd für den letzten Außenposten. Lassen Sie uns doch wenigstens dabei in Ruhe. Verdammt, ich hab ja wohl auch nicht darauf bestanden, bei ihrer Frauenbibelgruppe mitzumachen.«

»Dann waren Sie also nicht einer Ansicht, Sie und Mildred?«

»Was heißt nicht einer Ansicht, sie hat gewusst, wie ich das sah.«

»Magnus Lindmark hat gesagt, Sie hätten ihr gern den Lauf in den Schlund gedrückt.«

Anna-Maria überlegte, ob es wohl richtig gewesen war, das zu sagen. Aber das geschah diesem Scheißkerl, der kleinen Katzen den Kopf abhackte, nur recht.

Torbjörn Ylitalo wirkte nicht weiter empört. Er lächelte sogar zum ersten Mal. Es war ein müdes, fast unmerkliches Lächeln.

»Daraus sprechen wohl eher Magnus' eigene Empfindungen«, sagte er. »Aber Magnus hat sie nicht umgebracht. Und ich auch nicht.«

Anna-Maria gab keine Antwort.

»Wenn ich sie umgebracht hätte, dann hätte ich sie erschossen und im Moor versenkt«, sagte er.

»Haben Sie gewusst, dass sie den Pachtvertrag kündigen wollte?«

»Ja, aber sie hatte niemanden vom Gemeindevorstand auf ihrer Seite, also spielte das keine Rolle.«

Nun erhob Torbjörn Ylitalo sich.

»Wenn das alles war, dann würde ich jetzt gern wieder an die Arbeit gehen.«

Anna-Maria erhob sich ebenfalls. Sie sah, wie er die Tassen in den Spülstein stellte.

Dann nahm er die Kaffeekanne und stellte sie mitsamt dem warmen Kaffee in den Kühlschrank.

Dazu sagte sie nichts. Und sie nahmen auf dem Hof ganz gelassen voneinander Abschied.

Anna-Maria Mella fuhr von Torbjörn Ylitalos Hof. Sie wollte noch einmal zu Erik Nilsson. Wollte ihn fragen, ob er wusste, wer seiner Frau die Zeichnung geschickt hatte.

Sie hielt vor dem Zaun, der das Pfarrhaus umgab. Der Briefkasten quoll über vor Zeitungen und Post, der Deckel ragte nach oben. Bald würde es hineinregnen. Zeitungen, Werbung und Rechnungen würden einen großen Klumpen aus Pappmaché bilden. Anna-Maria sah nicht zum ersten Mal einen solchen überlaufenden Briefkasten. Nachbarn rufen an, der Briefkasten sieht so und so aus, die Polizei bricht die Tür auf, und dahinter wartet der Tod. Auf die eine oder andere Weise.

Sie holte Atem. Zuerst wollte sie bei der Tür nachsehen. Wenn der Mann der Pastorin drinnen lag, dann konnte die Tür sehr gut offen sein. Wenn abgeschlossen wäre, würde sie durch die Fenster ins Erdgeschoss schauen.

In dem Moment, als sie die Hand auf die Türklinke legte, wurde die Tür von innen geöffnet. Anna-Maria schrie nicht. Vermutlich verzog sie keine Miene. Innerlich aber zitterte sie. Ihr Magen krampfte sich zusammen.

Eine Frau kam heraus, wäre fast mit Anna-Maria zusammengestoßen und stieß einen erschrockenen Schrei aus.

Sie war um die vierzig, weit aufgerissene dunkelblaue Augen mit langen dichten Wimpern. Nicht viel größer als Anna-Maria, also klein. Aber sie war zarter und feingliedriger. Die Hand, die zu ihrer Brust hochjagte, hatte lange Finger und ein schmales Handgelenk.

»Oi«, sagte sie lächelnd.

Anna-Maria Mella stellte sich vor.

»Ich suche Erik Nilsson.«

»Aha«, sagte die Frau. »Der ist ... nicht hier.«

Ihre Stimme schwebte dahin.

»Er ist weggezogen«, sagte sie. »Also, das Pfarrhaus gehört doch der Kirche. Und es hat ihn wirklich niemand vertrieben, aber... Verzeihung, ich heiße Kristin Wikström.«

Sie hielt Anna-Maria ihre schmale Hand hin. Dann hatte sie etwas Verlorenes und schien das Bedürfnis zu haben, ihre Anwesenheit zu erklären.

»Mein Mann, Stefan Wikström, wird hier einziehen, jetzt, wo Mildred ... ich meine, nicht nur er. Ich und die Kinder natürlich auch.«

Sie lachte kurz.

»Erik Nilsson hat seine Möbel und seine Habseligkeiten nicht abgeholt, und wir wissen nicht, wo er steckt und ... ja, ich bin hergekommen, um zu sehen, wie viel hier zu tun ist.«

»Sie wissen also nicht, wo Erik Nilsson sich aufhält?«

Kristin Wikström schüttelte den Kopf.

»Und Ihr Mann?«, fragte Anna-Maria.

»Der weiß das auch nicht.«

»Nein, was ich meine, war: Wo steckt der?«

Kristin Wikströms Oberlippe zeigte plötzlich kleine Furchen.

»Was wollen Sie von ihm?«

»Ihm ein paar Fragen stellen.«

Kristin Wikström schüttelte langsam und mit betrübter Miene den Kopf.

»Ich wünschte wirklich, er würde in Ruhe gelassen«, sagte sie. »Er hatte einen sehr harten Sommer. Keinen Urlaub. Die ganze Zeit Polizei. Und die Presse, die haben sogar nachts angerufen, wissen Sie, und wir wagen nicht, den Telefonstecker herauszuziehen, weil meine Mutter alt und krank ist, und was, wenn sie gerade dann anruft. Und die Angst, die wir alle haben, weil es vielleicht ein Verrückter ist, der... Man wagt ja nicht einmal, die Kinder allein aus dem Haus zu lassen. Und die ganze Zeit mache ich mir Sorgen um Stefan.«

Aber von Trauer um die tote Kollegin ist hier keine Rede, stellte Anna-Maria kalt fest.

»Ist er zu Hause?«, fragte sie schonungslos.

Kristin Wikström seufzte. Sah Anna-Maria an, als sei die ein Kind, das sie enttäuscht hatte. Zutiefst enttäuscht.

»Ich weiß es nicht«, sagte sie. »Ich bin keine, die die ganze Zeit die totale Kontrolle über ihren Mann haben muss.«

»Dann versuche ich mein Glück zuerst im Pfarrhaus in Jukkasjärvi, und wenn er da nicht ist, dann fahre ich in die Stadt«, sagte Anna-Maria Mella und unterdrückte den Drang, die Augen zu verdrehen.

Kristin Wikström bleibt auf der Treppe vor dem Pfarrhaus von Poikkijärvi stehen. Sie schaut hinter dem roten Escort her. Diese Polizistin war ihr nicht sympathisch. Niemand ist ihr sympathisch. Halt, das stimmt natürlich nicht. Sie liebt Stefan. Und die Kinder. Sie liebt ihre Familie.

In ihrem Kopf hat sie einen Filmprojektor. Sie glaubt nicht, dass das so häufig vorkommt. Manchmal zeigt er nur Unfug. Aber jetzt will sie sich einen Film ansehen, den sie sehr gern mag. Die Herbstsonne wärmt ihr Gesicht. Es ist noch immer Spätsommer, man kann gar nicht glauben, dass das hier Kiruna ist, so warm, wie es ist. Und es ist ja auch nur gut so. Denn der Film stammt aus dem vergangenen Frühjahr.

Die Frühlingssonne scheint durch das Fenster und wärmt Kristins Gesicht. Die Farben sind sanft. Das Bild ist so weich getönt, dass sie einen Heiligenschein zu haben scheint. Sie sitzt auf einem Stuhl in der Küche. Auf dem Stuhl daneben sitzt Stefan. Er beugt sich vor und legt den Kopf in ihren Schoß. Ihre Hände wandern über seine Haare. Sie sagt: »Schhhhh.« Er weint. »Mildred«, sagt er. »Bald kann ich nicht mehr.« Er will doch nur Ruhe und Frieden. Arbeitsruhe. Ruhe zu Hause. Aber solange Mildred in der Gemeinde ihr Gift ausstreut... Sie streichelt seine weichen Haare. Es ist ein heiliger Moment. Stefan ist so stark. Er sucht nie bei ihr Trost. Sie genießt es, das alles für ihn sein zu können. Etwas bringt sie dazu aufzuschauen. In der Türöffnung steht ihr ältester Sohn. Benjamin. Gott, wie der aussieht, mit den langen Haaren und den engen schwarzen, zerfetzten Jeans. Er starrt seine Eltern an. Sagt keinen Mucks. Hat nur einen total wilden Blick. Sie runzelt die Stirn, um ihm klar zu machen, dass er verschwinden soll. Sie weiß, dass Stefan nicht will, dass die Kinder ihn so sehen.

Der Film ist zu Ende. Kristin legt die Hand auf das Treppengeländer. Das hier wird ihr und Stefans Haus sein. Wenn Mildreds Mann glaubt, einfach seine Möbel hinterlassen zu können, weil niemand es wagen wird, sie zu entfernen, dann hat er sich geirrt. Als sie zum Auto geht, lässt sie in ihrem Kopf noch einmal den Film ablaufen. Diesmal schneidet sie ihren Sohn Benjamin heraus.

ANNA-MARIA FUHR auf den Hofplatz des Pfarrhauses von Jukkasjärvi. Sie klingelte, aber niemand machte auf.

Als sie sich umdrehte, kam ein Junge auf das Haus zugegangen. Er war in Marcus' Alter, fünfzehn vielleicht. Er hatte lange, glänzend schwarz gefärbte Haare. Unter seinen Augen hatte er schwarze Kajalstriche gezogen. Er trug eine abgenutzte schwarze Lederjacke und enge schwarze Jeans mit riesigen Löchern an den Knien.

»Hallo«, rief Anna-Maria. »Wohnst du hier? Ich suche Stefan Wikström, weißt du, ob...«

Weiter kam sie nicht. Der Junge starrte sie an. Dann machte er auf dem Absatz kehrt und rannte davon. Rannte an der Straße entlang. Einen Moment lang wollte Anna-Maria hinterherstürzen und ihn festhalten, dann überlegte sie sich die Sache anders. Wozu hätte das gut sein sollen?

Sie setzte sich ins Auto und fuhr in Richtung Stadt. Hielt dort Ausschau nach dem schwarz gekleideten Jungen, konnte ihn aber nicht entdecken.

Konnte er zur Pastorenfamilie gehören? Oder war er jemand, der vielleicht einbrechen wollte? Und der überrascht gewesen war, weil jemand dort war.

Noch etwas anderes ließ ihr keine Ruhe.

Stefan Wikströms Frau. Die hieß Kristin Wikström.

Kristin. Diesen Namen kannte sie doch.

Dann fiel es ihr ein. Sie fuhr an den Straßenrand und hielt an. Streckte die Hand nach den Briefen an Mildred aus, die Fred Olsson interessant gefunden und deshalb ausgesondert hatte.

Zwei davon waren mit »Kristin« unterschrieben.

Anna-Maria überflog sie. Der eine war vom März datiert und in einer gepflegten Handschrift gehalten.

»Lass uns in Ruhe. Wir wollen Ruhe und Frieden. Mein Mann braucht Arbeitsruhe. Soll ich auf die Knie fallen? Ich falle auf die Knie. Und flehe: Lass uns in Ruhe.«

Der zweite war etwas über einen Monat später datiert. Es war zu sehen, dass er von derselben Person stammte, aber die Handschrift war heftiger, die Haken am G waren lang, und einige Wörter waren unsauber durchgestrichen:

»Du glaubst vielleicht, wir WÜSSTEN nicht. Aber alle begreifen, dass es kein Zufall ist, dass du dich ein Jahr, nachdem mein Mann seinen Dienst hier am Ort angetreten hat, um die Stelle in Kiruna beworben hast. Und ich VERSICHERE dir, wir WISSEN. Du arbeitest mit Gruppen und Organisationen zusammen, die als EINZIGES Ziel haben, gegen ihn zu arbeiten. Mit deinem HASS vergiftest du Brunnen. Aber diesen HASS wirst du selbst trinken.«

Was mache ich jetzt, überlegte Anna-Maria. Zurückfahren und sie an die Wand stellen?

Sie rief Sven-Erik Stålnacke an.

»Wir reden lieber mit ihrem Kerl«, schlug der vor. »Ich bin ohnehin auf dem Weg ins Pfarrbüro, um mir die Buchhaltung dieser Wolfsstiftung zu holen.«

STEFAN WIKSTRÖM SEUFZTE tief hinter seinem Schreibtisch. Sven-Erik Stålnacke hatte sich im Besuchersessel niedergelassen. Anna-Maria Mella lehnte mit verschränkten Armen an der Tür.

Ab und zu ist sie so... unpädagogisch, dachte Sven-Erik und sah Anna-Maria an.

Eigentlich hätte er sich diesen Wicht allein vornehmen sollen, das wäre besser gewesen. Anna-Maria konnte ihn nicht leiden und machte sich auch nicht die Mühe, das zu verbergen. Sicher, Sven-Erik hatte ja auch über den Streit zwischen Mildred und diesem Pastor gelesen, aber jetzt waren sie doch dienstlich hier.

»Ja, ich weiß von diesen Briefen«, sagte der Pastor.

Er stützte den linken Ellbogen auf den Schreibtisch und legte die Stirn gegen Fingerspitzen und Daumen.

»Meine Frau... sie... manchmal geht es ihr nicht so gut. Nicht dass sie psychisch krank wäre, aber ab und zu ist sie eben labil. Das hier ist sie im Grunde gar nicht.«

Sven-Erik Stålnacke und Anna-Maria Mella schwiegen.

»Sie sieht bisweilen am helllichten Tag Gespenster. Sie würde niemals... Sie glauben doch wohl nicht...?«

Er ließ die Stirn los und schlug mit der Handfläche auf den Tisch.

»Wenn ja, dann wäre das total absurd. Herrgott, Mildred hatte doch Hunderte von Feinden.«

»Unter anderem Sie?«, fragte Anna-Maria.

»Das nun wirklich nicht. Stehe ich jetzt auch schon unter Verdacht? Ich und Mildred waren in Sachfragen oft unterschiedlicher Meinung, das ja, aber dass ich oder die arme Kristin etwas mit dem Mord zu tun haben sollten...«

»Das haben wir ja auch gar nicht behauptet«, sagte Sven-Erik. Er runzelte die Stirn auf eine Weise, die Anna-Maria dazu brachte zu schweigen und zuzuhören.

»Was hat Mildred zu diesen Briefen gesagt?«, fragte Sven-Erik.

»Sie hat mich darüber informiert, dass sie sie bekommen hat.«

»Warum hat sie sie aufbewahrt, was meinen Sie?«

»Ich weiß nicht, ich selbst bewahre sogar alle Weihnachtskarten auf.«

»Haben noch andere davon gewusst?«

»Nein, und ich wäre dankbar, wenn das so bleiben könnte.«

»Mildred hat also sonst mit niemandem darüber gesprochen?«

»Nein, nicht dass ich wüsste.«

»Waren Sie ihr dafür dankbar?«

Stefan Wikström kniff die Augen zusammen.

»Was?«

Fast hätte er losgelacht. Dankbar. Er hätte Mildred dankbar sein sollen? Was für eine unsinnige Vorstellung. Aber was sollte er sagen? Er konnte doch nicht darüber sprechen. Mildred hielt ihn noch immer gefangen. Und benutzte seine Frau als Riegel. Und sie hatte von ihm Dankbarkeit erwartet.

Mitte Mai hatte er sich gedemütigt und war zu Mildred gegangen, um sie um die Briefe zu bitten. Er hatte ihr auf dem Weg ins Krankenhaus Gesellschaft geleistet. Sie wollte dort jemanden besuchen. Es war die schlimmste Zeit im Jahr gewesen. Natürlich nicht zu Hause in Lund. Aber in Kiruna. Die Straßen waren voller Kies und jeder Menge Abfall, der aus dem Schnee herausgeschmolzen war.

Nichts Grünes. Nur Schmutz, Schrott und haufenweise Kies.

Stefan hatte mit seiner Frau telefoniert. Sie besuchte mit den jüngsten Kindern ihre Mutter in Katrineholm. Sie hörte sich fröhlicher an.

Stefan sieht Mildred an. Auch sie kommt ihm fröhlich vor. Hält ihr Gesicht in die Sonne und atmet tief und genüsslich. Es muss ein Segen sein, keinen Schönheitssinn zu haben. Dann können Schmutz und Kies die Stimmung wohl nicht verderben.

Es ist schon seltsam, denkt er, nicht ohne Bitterkeit, dass Kristin froher wird und neue Kraft findet, wenn sie eine Weile von ihm getrennt ist. So sieht sein Bild von der Ehe eigentlich nicht aus, man sollte beieinander Kraft und Hilfe finden. Dass sie nicht die Stütze ist, auf die er gehofft hatte, hat er schon vor langer Zeit akzeptiert. Aber jetzt hat er das Gefühl, dass er für sie auch nicht mehr genug ist. »Ach, noch eine Weile«, antwortet sie vage, wenn er fragt, wie lange sie noch fortbleiben wird.

Mildred will ihm die Briefe nicht geben.

»Du kannst jederzeit mein Leben ruinieren«, sagt er mit schiefem Lächeln zu ihr.

Sie schaut ihm fest in die Augen.

»Dann musst du üben, Vertrauen zu mir zu haben«, sagt sie.

Er sieht sie von der Seite an. Wenn sie so nebeneinander gehen, fällt ihm auf, wie klein sie ist. Ihre Vorderzähne sind wirklich unnatürlich winzig. Sie sieht in jeder Hinsicht wie eine Wühlmaus aus.

»Ich habe vor, die Frage der Verpachtung an den Jagdverein mit dem Gemeindevorstand zu besprechen. Der Pachtvertrag läuft zu Weihnachten doch aus. Und wenn wir an jemanden verpachten, der bezahlen kann...«

Er traut seinen Ohren nicht.

»So ist das also«, sagt er und staunt darüber, wie ruhig seine Stimme klingt. »Du willst mir drohen. Wenn ich mich für die weitere Verpachtung an den Jagdverein einsetze, dann wirst du von Kristins Briefen erzählen. Das ist übel, Mildred. Jetzt zeigst du wirklich dein wahres Ich.«

Er spürt, wie sein Mund in seinem Gesicht ein Eigenleben führt. Er verzieht sich zu einer weinerlichen Grimasse.

Wenn Kristin sich nur ausruhen kann, dann wird sie ihr Gleichgewicht zurückgewinnen. Aber wenn das mit den Briefen herauskommt. Er kann schon hören, wie sie sich darüber beklagt, dass hinter ihrem Rücken getuschelt wird. Sie wird sich noch mehr Feinde zulegen. Bald wird sie an mehreren Fronten Krieg führen. Und dann werden sie untergehen.

»Nein«, sagt Mildred. »Ich drohe nicht. Ich werde auf jeden Fall schweigen. Ich wünschte nur, du...«

»Wärst ein bisschen dankbar?«

»Könntest mir in einer einzigen Angelegenheit entgegenkommen«, sagt sie müde.

»Gegen mein Gewissen?«

Und jetzt geht sie hoch. Zeigt ihr wahres Ich.

»Ach, hör doch auf! Das ist ja wohl kaum eine Gewissensfrage!«

Sven-Erik Stålnacke wiederholte seine Frage: »Waren Sie ihr dankbar? Wenn wir bedenken, dass Sie nicht gerade die besten Freunde waren, dann war es doch großzügig von ihr, niemandem von den Briefen zu erzählen.«

»Ja«, würgte Stefan nach einer Weile aus sich heraus.

Sven-Erik schmunzelte. Anna-Marias Rücken löste sich von der Tür.

»Noch etwas«, sagte Sven-Erik. »Die Buchführung der Wolfsstiftung. Befindet die sich hier im Pfarrbüro?«

Stefan Wikströms Augen begannen unruhig zu flattern.

»Was?«

»Die Buchführung der Wolfsstiftung, haben Sie die hier?«

»Ja.«

»Die würden wir uns gern ansehen.«

»Brauchen Sie dafür nicht irgendeine Vollmacht vom Staatsanwalt?«

Anna-Maria und Sven-Erik tauschten einen raschen Blick. Sven-Erik stand auf.

»Verzeihung«, sagte er. »Ich muss zur Toilette. Wo...«

»Links, durch die Tür zum Sekretariat und dann wieder links.«
Sven-Erik verschwand.

Anna-Maria zog die Kopie der Zeichnung der gehängten Mildred hervor.

»Das hat jemand an Mildred Nilsson geschickt. Haben Sie das schon einmal gesehen?«

Stefan Wikström nahm das Bild. Seine Hand zitterte nicht.

»Nein«, sagte er.

Er gab ihr die Zeichnung zurück.

»Sie haben nichts in dieser Art bekommen?«

»Nein.«

»Und Sie haben keine Ahnung, wer ihr das geschickt haben kann? Sie hat es nie erwähnt?«

»Ich und Mildred waren nicht vertraulich miteinander.«

»Sie können mir vielleicht eine Liste von Leuten machen, mit denen ich Ihrer Ansicht nach sprechen sollte. Ich meine, die, die in der Kirche oder hier im Pfarrbüro arbeiten.«

Anna-Maria sah ihm beim Schreiben zu. Sie hoffte, dass Sven-Erik draußen rasche Arbeit leistete.

»Sie haben Kinder?«, fragte sie.

»Ja, drei Jungen.«

»Wie alt ist Ihr Ältester?«

»Fünfzehn.«

»Wie sieht er aus? Hat er Ähnlichkeit mit Ihnen?«

Stefan Wikströms Stimme wurde ein wenig undeutlich.

»Das ist unmöglich zu sagen. Man weiß ja gar nicht, wie er unter Haarfarbe und Schminke überhaupt aussieht. Er ist... in einer Phase.«

Er schaute auf und lächelte. Anna-Maria begriff, dass dieses väterliche Lächeln und diese Kunstpause und das Wort »Phase« etwas waren, das er routinemäßig benutzte, wenn er über seinen Sohn sprach.

Stefan Wikströms Lächeln verschwand.

»Warum fragen Sie nach Benjamin?«, wollte er wissen.

Anna-Maria nahm ihm die Liste aus der Hand.

»Danke für Ihre Hilfe«, sagte sie und ging.

Sven-Erik Stålnacke ging von Stefan Wikströms Zimmer gleich weiter ins Pfarrbüro. Dort hielten sich drei Frauen auf. Eine goss die Blumen auf den Fensterbänken, die anderen beiden saßen an ihren Computern. Sven-Erik ging zu einer und stellte sich vor. Sie war in seinem Alter, um die sechzig, blanke Nasenspitze und freundliche Augen.

»Wir möchten gern einen Blick in die Buchführung der Wolfsstiftung werfen«, sagte er.

»Okay.«

Sie lief zu einem Regal und brachte einen Ordner, der fast keinen Inhalt hatte. Sven-Erik musterte ihn nachdenklich. Buchführung bedeutete doch eigentlich dicke Haufen aus Unterlagen, Rechnungen, Spalten und Quittungen.

»Ist das alles?«, fragte er ungläubig.

»Ja«, sagte sie. »Es hat nicht viele Bewegungen gegeben, vor allem wohl Einzahlungen.«

»Ich möchte das kurz ausleihen.«

Sie lächelte.

»Das können Sie behalten, das sind nur Ausdrucke und Kopien. Ich kann das jederzeit wieder ausdrucken.«

»Sagen Sie«, fragte Sven-Erik und senkte die Stimme. »Ich würde Ihnen gern eine Frage stellen, könnten wir …«

Die Frau ging mit ihm aus dem Zimmer.

»Es gibt eine Rechnung über Weiterbildung«, sagte Sven-Erik. »Einen ziemlich großen Posten.«

»Ja«, sagte die Frau. »Ich weiß, was Sie meinen.«

Sie dachte eine Weile nach und schien Anlauf zu nehmen.

»Das war nicht richtig«, sagte sie. »Mildred war sehr böse. Stefan und seine Familie sind Ende Mai in Urlaub in die USA gefahren. Mit dem Geld der Stiftung.«

»Wie war das möglich?«

»Er und Mildred und Bertil waren auch einzeln unterschriftsberechtigt für die Stiftung. Das war also kein Problem. Er dachte wohl, niemand würde es merken, oder er wollte ihr eins auswischen, was weiß ich.«

»Was ist passiert?«

Die Frau sah ihn an.

»Nichts«, sagte sie. »Sie haben wohl einen Strich darunter gezogen. Und Mildred hat gesagt, er habe Yellowstone besucht, wo ein Wolfsprojekt betrieben wird. Ja, soviel ich weiß, hat es also keinen Ärger gegeben.«

Sven-Erik bedankte sich, und sie kehrte an ihren Computer zurück. Er spielte mit dem Gedanken, auch Stefan nach dieser Reise zu fragen. Aber das eilte ja nicht, sie könnten auch morgen noch darüber sprechen. Instinktiv wusste er, dass er erst darüber nachdenken musste. Und so lange brachte es doch nichts, den Leuten Angst einzujagen.

»Er hat keine Miene verzogen«, sagte Anna-Maria im Auto zu Sven-Erik. »Als ich Stefan Wikström die Zeichnung gezeigt habe, hat er keine Miene verzogen. Entweder ist er total gefühlskalt, oder er brauchte all seine Energie, um seine Gefühle zu verstecken. Du weißt doch, man kann so unbedingt ruhig bleiben wollen, dass man vergisst, dass man trotzdem irgendwie reagieren müsste.«

Sven-Erik schmunzelte.

»Zumindest hätte er ein wenig Interesse zeigen müssen«, sagte Anna-Maria jetzt. »Sich das Bild ansehen. So hätte ich reagiert. Wäre außer mir gewesen, wenn es jemanden betroffen hätte, den ich kenne. Und ein wenig gekitzelt von der Sensation, wenn ich sie nicht kenne oder nicht leiden kann. Ich hätte eine Weile hingesehen.«

Meine letzte Frage hat er gar nicht beantwortet, dachte sie danach. Als ich gefragt habe, ob er eine Vorstellung davon hätte, wer das geschickt haben könnte. Er hat nur gesagt, er und Mildred seien nicht vertraulich miteinander gewesen.

Stefan Wikström ging hinaus ins Sekretariat. Ihm war ein wenig schlecht. Er sollte wohl nach Hause fahren und etwas essen.

Die Sekretärinnen schauten ihn neugierig an.

»Sie haben Routinefragen wegen Mildred gestellt«, sagte er. Was für ein Wort. Routinefragen.

»Haben sie mit euch gesprochen?«, fragte er.

Die Frau, mit der Sven-Erik geredet hatte, antwortete.

»Ja, dieser große Bursche wollte die Buchführung der Wolfsstiftung sehen.«

Stefan erstarrte.

»Die hast du ihm doch wohl nicht gegeben? Sie sind nicht befugt…«

»Natürlich habe ich sie ihm gegeben. Darin stehen doch wohl keine Geheimnisse?«

Sie musterte ihn forschend. Er spürte auch die Blicke der anderen. Dann drehte er auf dem Absatz um und lief mit schnellen Schritten in sein Zimmer.

Sollte der Probst doch sagen, was er wollte. Jetzt musste Stefan mit ihm reden. Er wählte Bertils Nummer.

Der Probst saß gerade im Auto. Ab und zu war seine Stimme nicht zu hören.

Stefan erzählte, dass die Polizei im Pfarrbüro gewesen sei. Und die Buchführung der Stiftung mitgenommen habe.

Bertil wirkte nicht sonderlich erschüttert. Stefan sagte, da sie beide der Stiftungsleitung angehörten, sei kein formaler Fehler begangen worden, aber trotzdem.

»Wenn das an die Presse gerät, dann wissen wir doch, was die schreiben werden. Dann werden wir als Schmarotzer dargestellt.«

»Das kommt schon in Ordnung«, sagte der Probst gelassen. »Du, ich muss hier aussteigen, wir reden später weiter.«

Diese Gelassenheit verriet Stefan, dass der Probst ihm nicht den Rücken stärken würde, wenn die Sache mit der Reise in die USA an die Öffentlichkeit geriete. Er würde niemals zugeben, dass sie darüber gesprochen hatten. »Die Stiftung hat im Moment doch so viel Geld, von dem niemand etwas hat«, hatte der Probst selbst gesagt. Und dann hatten sie von einer Art kompetenzerweiternden Reise gesprochen. Sie gehörten dem Vorstand einer Stiftung zum Schutz wilder Tiere an, hatten aber keine Ahnung von Wölfen, weshalb sie beschlossen hatten, Stefan nach Yellowstone zu schicken. Und auf irgendeine Weise hatte es sich so ergeben, dass auch Kristin und die kleinen Jungen mitgekommen waren, denn damit hatte er sie zur Heimkehr aus Katrineholm bewegen können.

Zwischen den Zeilen hatte wohl gestanden, dass Mildred nicht erfahren sollte, dass das Reisegeld von der Stiftung stammte. Aber natürlich hatte eine von den Sekretärinnen der Versuchung, ihr sofort alles weiterzuerzählen, nicht widerstehen können.

Sie hatte ihn nach seiner Rückkehr von der Reise damit konfrontiert. Er hatte gelassen die Notwendigkeit erklärt, dass ein Angehöriger des Vorstandes sich Kenntnisse zulegte. Und da war er doch der Geeignete, er als Jäger und Waldläufer. Er konnte auf diese Weise doch Respekt und Verständnis erwecken, wie Mildred es in tausend Jahren nicht erlangen würde.

Er hatte mit einem Wutausbruch gerechnet. Ganz hinten in seinem Unterbewusstsein freute er sich fast darauf. Freute sich auf die rote Vorführung ihrer verlorenen Beherrschung vor dem tiefblauen Hintergrund seiner eigenen Ruhe und Besonnenheit.

Stattdessen hatte sie sich auf seinen Schreibtisch gestützt. Schwer, auf eine Weise, die ihm für einen Moment den Gedanken eingegeben hatte, sie leide an einer heimlichen Krankheit, etwas mit den Nieren oder dem Herzen. Sie hatte ihm ihr Gesicht zugekehrt. Weiß unter der Sonnenbräune des zeitigen Frühlings. Die Augen zwei schwarze Kreise. Ein albernes Stofftier mit Knopfaugen, das zum Leben erwacht, anfängt zu reden und einem plötzlich eine Heidenangst einjagt.

»Wenn ich vor Weihnachten mit dem Gemeindevorstand über die Pacht spreche, dann hast du dich zurückzuhalten, ist das klar?«, fragte sie. »Ansonsten kann die Polizei feststellen, ob das hier verboten war oder nicht.«

Er hatte zu sagen versucht, sie mache sich lächerlich.

»Du hast die Wahl«, hatte sie gesagt. »Ich habe nicht vor, dir in alle Ewigkeit alles durchgehen zu lassen.«

Er hatte verdutzt hinter ihr hergesehen. Wann hatte sie ihm denn etwas durchgehen lassen? Sie war doch wie eine Rute aus Brennnesseln.

Stefan dachte an den Probst. Er dachte an seine Frau. Er dachte an Mildred. Er dachte an die Blicke der Sekretärinnen. Plötzlich schien er die Kontrolle über seine Atmung verloren zu haben. Er keuchte wie ein Hund in einem Auto. Er musste versuchen, sich zu beruhigen.

Ich kann aus der Sache herauskommen, dachte er. Was mache ich denn bloß falsch?

Schon als Junge hatte er sich immer Freunde gesucht, die ihn unterdrückten und ausnutzten. Er war ihr Laufbursche, der ihnen seine Süßigkeiten aushändigte. Später musste er Reifen aufschlitzen und Steine werfen, um zu beweisen, dass der Sohn des Probstes kein Weichei war. Und jetzt als Erwachsenen zog es ihn zu Menschen und Situationen hin, wo er wie Dreck behandelt wurde.

Er griff zum Telefon. Nur ein Gespräch.

LISA STÖCKEL SITZT AUF DER TREPPE ihres Hexenhäuschens. Das Gesellenstück eines drogensüchtigen Zuckerbäckers, wie Mimmi es nennt. Bald wird sie zur Kneipe hinuntergehen. Sie isst jetzt jeden Tag dort. Mimmi scheint sich darüber nicht weiter zu wundern. In der Küche hat Lisa nur noch einen Suppenteller, einen Löffel und einen Büchsenöffner für das Katzenfutter. Die Hunde springen an der Grundstücksgrenze hin und her. Beschnüffeln und bepissen die schwarzen Johannisbeeren. Sie hat fast das Gefühl, dass sie sie fragend anstarren, weil sie sie nicht ruft.

Pisst doch, wo ihr wollt, denkt sie mit der Andeutung eines Lächelns.

Die Härte des Menschenherzens ist schon seltsam. Wie Fußsohlen im Sommer. Man kann über Tannenzapfen und Kieselsteine laufen. Aber wenn die Ferse einreißt, dann tut es schrecklich weh.

Die Härte war immer schon ihre Stärke. Jetzt ist sie ihre Schwäche. Sie versucht, die richtigen Worte für Mimmi zu finden, aber das geht einfach nicht. Alles, was gesagt werden müsste, hätte schon vor langer Zeit gesagt werden müssen, und jetzt ist es zu spät.

Und was sollte sie überhaupt sagen? Die Wahrheit? Wohl kaum. Sie denkt daran, wie Mimmi sechzehn war. Lisa und Tommy waren schon viele Jahre geschieden. Er trank sich durch die Wochenenden. Es war nur gut, dass er ein so tüchtiger Fliesenleger war. Solange er Arbeit hatte, begnügte er sich von Montag bis Donnerstag mit Bier. Mimmi machte sich Sorgen. Natürlich. Fand, Lisa solle mit ihm reden. Fragte: »Ist Papa dir denn ganz egal?« Lisa hatte geantwortet: »Nein.« Das war gelogen gewesen. Und dabei hatte sie doch beschlossen, dass mit den Lügen Schluss sein sollte. Aber Mimmi war eben Mimmi. Lisa war es scheißegal, was Tommy machte. »Warum hast du Papa eigentlich geheiratet?«, fragte Mimmi ein anderes Mal. Lisa musste einsehen, dass sie keine Ahnung hatte. Die Erinnerung an diese Zeit war einfach in Nebel gehüllt. Sie hatte sich nicht daran erinnern können, was sie gedacht oder empfunden hatte, damals, als sie sich kennen gelernt hatten, miteinander ins Bett gegangen waren, sich verlobt hatten, als sie seine Zinke um ihren Finger tragen musste. Und dann war Mimmi gekommen. Sie war immer ein wunderbares Kind gewesen. Aber zugleich die Fessel, die Lisa für immer an Tommy band. Sie zweifelte bisweilen an ihren mütterlichen Gefühlen. Was sollte eine Mutter für ihr Kind empfinden? Das wusste sie nicht. Ich könnte für sie sterben, hatte sie manchmal gedacht, wenn sie am Bett der schlafenden Mimmi stand. Aber das war doch nur leeres Gerede. Es war so, wie eine Auslandsreise zu versprechen, falls man eine Million im Lotto gewinnt. Es war leichter, theoretisch für ein Kind zu sterben, als sich hinzusetzen und ihm eine Viertelstunde lang vorzulesen. Die schlafende Mimmi machte sie krank vor Sehnsucht und Gewissensqualen. Die wache Mimmi mit ihren Händchen, die in ihrem Gesicht und in ihren Armen Haut und Nähe suchten, machten ihr eine Gänsehaut.

Es war ihr wie eine Unmöglichkeit erschienen, aus der Ehe herauszukommen. Und als sie dann endlich gegangen war, war sie erstaunt, wie leicht es ihr fiel. Sie brauchte ja nur zu packen und umzuziehen. Tränen und Geschrei waren wie Öl im Wasser.

Mit Hunden gibt es nie solche Probleme. Die interessieren sich nicht für Lisas wechselhafte Stimmungen. Sie sind absolut ehrlich und von unermüdlicher Fröhlichkeit.

Wie Teddy. Beim Gedanken an ihn muss Lisa lachen. Sie kann es seiner neuen Freundin ansehen, dieser Rebecka Martinsson. Als Lisa sie am Dienstagabend zum ersten Mal sah, trug Rebecka den knöchellangen Mantel und den leuchtenden Schal, sicher aus reiner Seide. Steife Chefsekretärin oder was sie war. Und dann war da etwas an ihr gewesen, ein sekundenschnelles Zögern vielleicht. Als ob sie immer überlegte, ehe sie antwortete, gestikulierte oder auch nur den Mund zu einem Lächeln verzog. Teddy ist das alles egal. Er trampelt in die Herzen der Menschen, ohne sich auch nur die Schuhe auszuziehen. Ein Tag mit Teddy, und schon trug Rebecka Martinsson einen Anorak aus den siebziger Jahren und band sich die Haare mit einem braunen Gummiband hoch, so einem, das die halbe Kopfhaut abreißt, wenn man es abnehmen will.

Und er weiß nicht, wie man lügt. Jeden zweiten Donnerstag serviert Mimmi im Lokal einen Afternoon-Tea. Inzwischen kommen sogar die Frauen aus der Stadt zu diesem Anlass nach Poikkijärvi. Frisch gebackene Scones und Marmelade, sieben Sorten Plätzchen. Am vergangenen Donnerstag hatte Mimmi mit strenger Stimme gerufen: »Wer hat in meine Plätzchen gebissen?« Teddy, der gerade mit einem kleinen Imbiss beschäftigt gewesen war, mit Broten und Milch, hatte blitzschnell aufgezeigt und sofort gestanden: »Ich war das.«

Der gesegnete Teddy, dachte Lisa.

Genau das hatte Mildred tausendmal gesagt.

Mildred. Als Lisas Härte geborsten war, war Mildred in sie hineingeströmt. Lisa war durch und durch kontaminiert worden.

Es ist erst drei Monate her, dass sie auf dem Ausziehsofa in der Küche gelegen haben. Das ergab sich oft so, wenn die Hunde das Bett besetzten, und Mildred bat: »Jag sie nicht weg, siehst du nicht, wie wohl sie sich da fühlen?«

Anfang Juni hat Mildred eigentlich alle Hände voll zu tun. Es gibt Schulabschlussfeiern, Konfirmationen, Feste von Kindergruppen, Jugendgruppen, kirchliche Feste und jede Menge Trauungen. Lisa liegt auf der linken Seite und stützt sich auf den Ellbogen. In der rechten Hand hält sie eine Zigarette. Mildred schläft, vielleicht ist sie auch wach oder irgendwo dazwischen. Ihr Rücken ist über und über behaart, bedeckt von weichem Flaum, der an ihrem Rückgrat wächst. Das ist ein zusätzliches Geschenk für die hundeverrückte Lisa, dass ihre Geliebte einen Rücken hat wie der Bauch eines Hundebabys. Oder wie eine Wölfin vielleicht.

»Was ist eigentlich mit dir und dieser Wölfin«, fragt Lisa.

Mildred hatte einen richtigen Wolfsfrühling. Sie hatte neunzig Sekunden in den Fernsehnachrichten und hat über Wölfe gesprochen. Es gab ein Benefizkonzert für die Stiftung. Sie hat sogar über die Wölfin gepredigt.

Mildred dreht sich auf den Rücken. Sie nimmt Lisa die Zigarette weg. Lisa malt Zeichen auf Mildreds Bauch.

»Ach«, sagt Mildred, und es fällt ihr hörbar schwer, diese Frage zu beantworten. »Frauen und Wölfe, das ist eben etwas Besonderes. Wir haben Ähnlichkeit miteinander. Ich sehe diese Wölfin an, und dann fällt mir ein, wozu wir geschaffen worden sind. Wölfe sind unglaublich geduldig. Denk doch nur daran, dass sie bei fünfzig Grad minus in Polargebieten und bei fünfzig Grad plus in der Wüste leben. Sie sind revierbewusst, sie verteidigen beinhart ihre Grenzen. Und sie ziehen weit und frei umher. Im Rudel helfen sie einander, sind loyal, lieben ihre Welpen über alles. Sie sind wie wir.«

»Du hast doch keine Welpen«, sagt Lisa und bereut das fast sofort, aber Mildred macht es nichts aus.

»Ich habe doch euch«, lacht sie. »Sie wagen es zu bleiben, wenn es sein muss«, setzt Mildred ihre Predigt fort. »Sie wagen es aufzubrechen, wenn es sein muss, sie wagen es, um sich zu beißen, wenn es nötig ist. Sie sind... lebendig. Und glücklich.«

Sie stößt Rauch aus, versucht, Ringe zu blasen, während sie überlegt.

»Es hat mit meinem Glauben zu tun«, sagt sie dann. »In der Bibel wimmelt es doch nur so von Männern mit wichtigen Aufträgen, die allem vorgehen müssen, Frau und Kindern und... ja, allem. Da hast du Abraham und Jesus und... mein Vater ist in seinem Amt als Pastor in ihren Fußstapfen gewandelt, das kann ich dir sagen. Meine Mutter war verantwortlich für Wohnung und

Zahnarztbesuche und Weihnachtskarten. Aber für mich ist Jesus derjenige, der es Frauen gestattet, daran zu denken wegzugehen, wenn es sein muss, wie eine Wölfin zu sein. Und wenn ich verbittert und quengelig bin, dann sagt er zu mir: Schluss damit, sei lieber glücklich.«

Lisa zeichnet weiter auf Mildreds Bauch, ihr Zeigefinger läuft über Brust und Hüftknochen.

»Du weißt doch, dass sie sie hassen, oder?«, fragt sie.

»Wer denn?«, fragt Mildred zurück.

»Die Typen aus dem Ort«, sagt Lisa. »Die Jagdgesellschaft. Torbjörn Ylitalo. Zu Beginn der achtziger Jahre ist er wegen Wilderei verurteilt worden. Er hat unten in Dalarna einen Wolf erschossen. Seine Frau kommt doch von dort.«

Mildred setzt sich auf.

»Du machst Witze.«

»Ich mache keine Witze. Eigentlich hätte ihn das den Waffenschein kosten müssen. Aber du weißt ja, Lars-Gunnar war doch bei der Polizei. Und da die Polizeibehörden solche Entscheidungen treffen und Lars-Gunnar an den Strippen gezogen hat… wo willst du hin?«

Mildred ist vom Küchensofa aufgesprungen. Die Hunde kommen angestürzt. Sie glauben, dass sie jetzt nach draußen dürfen. Sie achtet nicht auf sie. Streift hastig ihre Kleider über.

»Wo willst du hin?«, fragt Lisa noch einmal.

»Zu diesem verdammten Altmännerverein«, brüllt Mildred. »Wie kannst du nur? Wie kannst du das die ganze Zeit gewusst haben?«

Lisa setzt sich auf. Sie hat es immer gewusst. Sie war doch mit Tommy verheiratet, und Tommy war mit Torbjörn Ylitato befreundet. Sie sieht Mildred an, die ihre Armbanduhr nicht umbinden kann und sie deshalb in die Tasche steckt.

»Sie jagen gratis«, faucht Mildred. »Die Kirche lässt ihnen alles durchgehen, und sie lassen kein Schwein rein, schon gar keine Frau. Aber die Frauen, die arbeiten und tun und machen, sollen auf ihren Lohn im Himmel warten. Ich hab das ja so verdammt satt. Das zeigt wirklich zu deutlich, wie die Kirche Männer und Frauen sieht, aber jetzt, verdammt!«

»Mensch, wie du fluchst!«

Mildred fährt zu Lisa herum.

»Das solltest du auch tun«, sagt sie.

Magnus Lindmark stand in der Dämmerung am Küchenfenster. Er hatte kein Licht gemacht. Alle Umrisse und Gegenstände draußen und drinnen wurden vage, fingen an, sich aufzulösen, waren kurz davor, mit der Dunkelheit zu verschwimmen.

Trotzdem sah er deutlich, dass der Jagdleiter Lars-Gunnar Vinsa und der Vorsitzende des Jagdvereins, Torbjörn Ylitalo, über die Landstraße auf sein Haus zukamen. Er blieb hinter dem Vorhang. Was, zum Teufel, wollten die? Und warum kamen sie nicht mit dem Auto? Hatten sie ein Stück weit entfernt geparkt, um das letzte Stück zu Fuß zu gehen? Aber warum? Ein tiefes Unbehagen überkam ihn.

Was immer sie wollten, er würde ihnen schon sagen, dass er keine Zeit hätte. Anders als diese Burschen hatte er ja schließlich seine Arbeit. Ja, natürlich, Torbjörn Ylitalo war ja Jagdmeister, aber dass er arbeitete, das konnte doch kein Idiot behaupten.

Magnus Lindmark bekam jetzt nicht mehr oft Besuch, seit Anki mit den Jungs durchgegangen war. Damals hatte er es verdammt anstrengend gefunden, dass ihre ganzen Verwandten und die Freunde der Kinder aufgekreuzt waren. Und es war nicht sein Stil zu heucheln und zu grinsen. Also hatten ihre Schwestern und die anderen Kinder sich immer verzogen, ehe er nach Hause gekommen war. So war ihm das nur recht gewesen. Er fand es unmöglich, wenn Leute stundenlang herumsaßen und Unsinn redeten. Hatten die denn nichts Gescheiteres zu tun?

Jetzt standen die beiden auf der Treppe und klopften an. Magnus' Wagen stand auf dem Hofplatz, deshalb konnte er nicht so tun, als wäre er nicht zu Hause.

Torbjörn Ylitalo und Lars-Gunnar Vinsa kamen herein, ohne darauf zu warten, dass Magnus die Tür öffnete. Jetzt standen sie in der Küche.

Torbjörn Ylitalo schaltete die Küchenlampe ein.

Lars-Gunnar sah sich um. Magnus sah seine Küche plötzlich selber.

»Es war ... es war gerade so viel zu tun«, sagte er.

Der Spülstein lief über von verdrecktem Geschirr und alten Milchkartons. Zwei Pappkartons voller stinkender leerer Konservendosen neben der Tür. Kleidungsstücke, die er vor dem Duschen auf den Boden hatte fallen lassen, statt sie in die Waschküche nach unten zu bringen. Der Tisch übersät von Werbung, Post, alten Zeitungen und einem Teller mit Dickmilch, die längst getrocknet und rissig geworden war. Auf der Anrichte neben der Mikrowelle lag ein in seine Bestandteile zerlegter Bootsmotor, den er irgendwann einmal reparieren wollte.

Magnus fragte, aber die Gäste wollten keinen Kaffee. Sie wollten auch kein Bier. Magnus holte sich ein Pils, das fünfte an diesem Abend.

Torbjörn kam gleich zur Sache.

»Was erzählst du eigentlich der Polizei?«, fragte er.

»Wie meinst du das, zum Teufel?«

Torbjörn Ylitalo kniff die Augen zusammen. Lars-Gunnar Vinsa nahm eine seltsam gebückte Haltung an.

»Spiel hier nicht den Dummkopf, Alter«, sagte Torbjörn. »Dass ich die Pastorin so gern abgeknallt hätte.«

»Ach, Scheißgerede. Diese Bullenbraut hatte doch nur Scheiß in der Birne, die ...«

Er kam nicht weiter. Lars-Gunnar war einen Schritt vorgetreten und verpasste ihm eine Ohrfeige, wie es kein Grizzlybär kräftiger gekonnt hätte.

»Lüg uns hier ja nicht so frech ins Gesicht!«

Magnus kniff die Augen zusammen und hob die Hand an seine brennende Wange.

»Was, zum Teufel«, quengelte er.

»Ich hab mich für dich eingesetzt«, sagte Lars-Gunnar. »Du bist ein verdammter Versager, das habe ich immer schon gewusst. Aber deinem Vater zuliebe durftest du in den Verein eintreten. Und trotz allem Blödsinn, den du anstellst, hast du drin bleiben dürfen.«

Der Trotz flammte in Magnus auf.

»Na und? Bist du vielleicht ein besserer Mensch? Bist du feiner als ich oder was?«

Jetzt verpasste Torbjörn ihm einen Stoß vor die Brust. Magnus taumelte rückwärts und knallte mit der Wade gegen die Anrichte.

»Jetzt hör mal gut zu, Alter! Ich hab mir alles von dir gefallen lassen«, sagte Lars-Gunnar. »Dass du mit deinen Kumpels mit der neuen Knarre auf Verkehrsschilder geschossen hast. Diese verdammte Schlägerei voriges Jahr in der Jagdhütte. Du kannst keinen Schnaps vertragen. Aber trotzdem säufst du und baust einen Scheiß nach dem anderen.«

»Verdammt, Schlägerei, das war doch Jimmys Vetter, der …«

Torbjörn versetzte ihm noch einen Stoß vor die Brust. Magnus fiel die Bierdose auf den Boden. Da blieb sie liegen. Das Bier floss heraus.

Lars-Gunnar wischte sich den Schweiß von der Stirn. Er lief um seine Augen herum und dann über die Wangen.

»Und diese verdammten kleinen Katzen …«

»Ja, Scheiße«, stimmte Torbjörn zu.

Magnus lachte auf törichte, betrunkene Weise.

»Was, zum Teufel, so ein paar Katzen …«

Lars-Gunnar schlug ihm ins Gesicht. Mit geballter Faust. Voll über der Nase. Sein Gesicht schien zu platzen. Das Blut strömte heiß über seinen Mund.

»Na los«, brüllte Lars-Gunnar. »Hier, hier!«

Er zeigte auf sein eigenes Kinn.

»Na los! Hier! Jetzt hast du die Chance, gegen einen richtigen Kerl zu kämpfen. Du feiger Scheiß-Frauenquäler. Du bist eine verdammte Schande. Na los doch!«

Er formte beide Hände zu Haken, mit denen er Magnus zu sich winkte. Streckte das Kinn als Köder aus.

Magnus hielt sich die rechte Hand unter seine blutende Nase, das Blut lief in seinen Hemdsärmel. Er winkte abwehrend mit der linken Hand.

Plötzlich packte Lars-Gunnar den Küchentisch und stützte sich schwer darauf.

»Ich gehe raus«, sagte er zu Torbjörn Ylitalo, »ehe ich mich unglücklich mache.«

Bevor er verschwand, drehte er sich noch einmal um.

»Du kannst mich anzeigen, wenn du willst«, sagte er. »Mir ist das doch egal. Und es wäre genau das, was ich von dir erwarte.«

»Aber das tust du nicht«, sagte Torbjörn Ylitalo, als Lars-Gunnar gegangen war. »Und du hältst von jetzt an die Klappe, was mich und die Jagdgesellschaft angeht. Hast du gehört?«

Magnus nickte.

»Wenn ich auch nur noch einmal was von deinem lecken Maulwerk höre, dann sorge ich persönlich dafür, dass du das bereust. Ist das klar?«

Wieder nickte Magnus. Er legte den Kopf in den Nacken, damit kein Blut mehr aus seiner Nase laufen konnte. Nun lief es ihm in den Hals und schmeckte nach Eisen.

»Der Pachtvertrag für das Jagdgelände muss zur Jahreswende erneuert werden«, sagte Torbjörn jetzt. »Und wenn es eine Menge Gerede oder Krach gibt... ja, wer weiß. Auf dieser Welt steht ja nichts fest. Du hast deinen Platz im Verein, aber dann musst du dich zusammenreißen.«

Sie schwiegen eine Weile.

»Also, leg da lieber ein bisschen Eis drauf«, sagte Torbjörn endlich.

Dann ging auch er.

Auf der Treppe saß Lars-Gunnar Vinsa und hatte die Hände um den Kopf gelegt.

»Jetzt hauen wir ab«, sagte Torbjörn Ylitalo.

»Scheiße«, sagte Lars-Gunnar Vinsa. »Mein Alter hat meine Mutter doch geschlagen, weißt du. Und da macht mich so was total fertig. Ich hätte ihn umbringen sollen, meinen Alten, meine ich. Weißt du, als ich auf der Polizeischule fertig war und hierher zurückgekommen bin, hab ich versucht, sie zur Scheidung zu überreden. Aber in den sechziger Jahren musste man zuerst mit dem Pastor sprechen. Und dieses Schwein hat sie dazu gebracht, bei dem Alten zu bleiben.«

Torbjörn Ylitalo schaute auf die überwucherte Wiese, die an Magnus Lindmarks Hof grenzte.

»Komm jetzt«, sagte er.

Lars-Gunnar Vinsa erhob sich mühsam.

Er dachte an diesen Pastor. An dessen blanken kahlen Schädel. Den Hals mit all seinen Speckringen. O verdammt. Die Mutter hatte in ihrem feinen Mantel dagesessen. Die Tasche auf den Knien. Lars-Gunnar neben ihr. Der Pastor hatte gelächelt. Als sei das alles wahnsinnig witzig. »Sie in Ihrem Alter«, hatte er zu ihr gesagt. Die Mutter war damals gerade fünfzig gewesen. Sie hatte noch über dreißig Jahre vor sich. »Wollen Sie sich nicht lieber mit Ihrem Gatten versöhnen?« Danach hatte sie sehr lange geschwiegen. »Jetzt wäre das geklärt«, hatte Lars-Gunnar gesagt. »Jetzt hast du mit dem Pastor gesprochen und kannst die Scheidung einreichen.« Aber die Mutter hatte den Kopf geschüttelt. »Es ist jetzt leichter, wo ihr Kinder nicht mehr zu Hause seid«, hatte sie gesagt. »Und wie sollte er denn zurechtkommen?«

Magnus Lindmark sah die beiden Männer unten auf der Straße verschwinden. Er öffnete den Kühlschrank und wühlte darin herum. Holte eine Plastiktüte mit gefrorenem Hackfleisch heraus, legte sich mit einem neuen Bier auf das Wohnzimmersofa und schaltete den Fernseher ein. Es gab eine Reportage über kleinwüchsige Menschen, die armen Schweine.

Rebecka Martinsson kauft sich bei Mimmi eine Mahlzeit in einer Alupackung. Sie ist auf dem Weg nach Kurravaara. Wird dort vielleicht übernachten. Mit Teddy zusammen war es einfach nur schön, dort zu sein. Jetzt will sie es auf eigene Faust probieren. Sie will in die Sauna gehen und in den Fluss springen. Sie weiß, was das für ein Gefühl sein wird. Kaltes Wasser, spitze Steine unter den Füßen. Das heftige Einatmen, wenn man sich hineinfallen lässt und mit raschen Zügen losschwimmt. Und dieses unerklärliche Gefühl, alle Alter zugleich zu erleben. Sie ist dort mit sechs Jahren, mit zwölf Jahren, mit dreizehn Jahren geschwommen, bis sie aus der Stadt weggezogen ist. Es sind dieselben Felsen, dieselbe Uferlinie. Die gleiche kühle herbstliche Abendluft, die sich selbst wie ein Fluss über das Wasser zieht. Es ist wie eine russische Puppe, die endlich alle Teile in sich hat und Oberteil und Unterteil zusammendrehen kann und weiß, dass noch das letzte kleine Stück tief drinnen sicher verwahrt ist.

Dann wird sie in der Küche essen und fernsehen. Sie kann beim Spülen das Radio laufen lassen. Vielleicht wird Sivving herüberkommen, wenn er Licht sieht.

»Warst du heute wieder mit Teddy auf Abenteuer aus?«

Diese Frage stammt von Micke, dem Gastwirt. Er hat liebe Augen. Die passen nicht so ganz zu seinen kräftigen tätowierten Armen, seinem Bart und dem Ohrring.

»Ja«, antwortet sie.

»Klasse. Mildred und er waren oft zusammen.«

»Ja«, sagt sie.

Ich habe etwas für sie getan, denkt sie.

Jetzt bringt Mimmi Rebeckas Essen.

»Morgen Abend«, sagt Micke, »hast du da Lust, bei uns hier einzuspringen? Es ist Samstag, alle haben die Ferien hinter sich, die Schule hat wieder angefangen, da wird hier ganz schön viel los sein. Fünfzig Mäuse die Stunde, zwischen acht und eins, und das Trinkgeld.«

Rebecka schaut ihn überrascht an.

»Sicher«, sagt sie und verbirgt ihre Belustigung. »Warum nicht?«

Sie fährt los. Mit dem Gefühl, es faustdick hinter den Ohren zu haben.

GELBBEIN

November. Das Dämmerlicht setzt grau und träge ein. Während der Nacht hat es geschneit, und noch immer segeln daunenleichte Flocken in dem dunklen Wald zu Boden. Von irgendwoher ist der Ruf eines Raben zu hören.

Das Wolfsrudel schläft dicht zugeschneit in einer kleinen Senke. Nicht einmal die Ohren sind zu sehen. Bis auf einen haben alle Welpen den Sommer überlebt. Jetzt gehören elf Tiere zum Rudel.

Gelbbein kommt auf die Beine und schüttelt sich den Schnee aus dem Fell. Wittert. Der Schnee hat sich wie eine Decke über alle alten Duftmarkierungen gelegt. Sie spannt alle Sinne an. Die scharfen Augen. Das wache Ohr. Und jetzt. Sie hört, wie ein Elch sich von seinem Nachtlager erhebt und vom Schnee befreit. Er ist einen Kilometer von ihr entfernt. Der Hunger macht sich in ihrem Bauch wie ein schmerzendes Loch bemerkbar. Sie weckt die anderen und gibt ihnen Zeichen. Sie sind jetzt viele und können große Beute jagen.

Der Elch ist ein gefährliches Wildbret. Er hat starke Hinterbeine und scharfe Klauen. Mit Leichtigkeit kann er ihren Kiefer zerbrechen wie einen Zweig. Aber Gelbbein ist eine gute Jägerin. Und sie ist kühn.

Das Rudel trabt langsam auf den Elch zu. Bald finden sie die Duftmarkierung. Mit gereiztem leisem Bellen und Anstupsen werden die Welpen, die jetzt sieben Monate sind, in die Nachhut verbannt. Sie haben schon angefangen, Kleinwild zu jagen, aber bei der jetzt bevorstehenden Hatz müssen sie sich mit Zuschauen begnügen. Sie wissen, dass etwas Großes bevorsteht, und sie zittern vor unterdrückter Aufregung. Die älteren sparen ihre Kräfte. Nur die ab und zu erhobenen Nasen zeigen, dass hier nicht die Rede von einer normalen Wanderung sein kann, sondern von einer anstrengenden Jagd. Ein Misserfolg ist wahrscheinlicher als ein Erfolg, aber Gelbbeins Schritte künden von Entschiedenheit. Sie hat Hunger. Und jetzt arbeitet sie die ganze Zeit hart für das Rudel. Wagt nicht mehr, die anderen zu verlassen, um ihrer eigenen Wege zu gehen. Sie spürt, dass sie sonst riskiert, aus der Gemeinschaft vertrieben zu werden. Eines schönen Tages darf sie dann vielleicht nicht zu den anderen zurückkehren. Ihre Halbschwester, die Rudelwölfin, hält sie sehr knapp. Gelbbein nähert sich dem Alphapaar nur mit geknickten Hinterbeinen und krummem Rücken, um ihre Unterwürfigkeit zu beweisen. Ihr Hintern schleift über dem Boden. Sie kriecht und leckt die Mundwinkel der beiden. Sie ist die beste Jägerin im Rudel, aber das hilft ihr jetzt nicht mehr. Die anderen kommen ohne sie zurecht, und irgendwie wissen sie alle, dass ihre Tage gezählt sind.

Rein physisch gesehen ist Gelbbein die Überlegene. Sie ist rasch und hat lange Beine. Sie ist das größte Weibchen im Rudel. Aber sie ist eben keine Anführerin. Sie macht gern auf eigene Faust Ausflüge, fort vom Rudel. Will keinen Streit und weicht ihm oft aus, indem sie umherschwänzelt und lieber zum Spiel einlädt. Ihre Halbschwester dagegen springt aus der Ruhestellung auf, reckt sich und scheint sich mit der steinharten Frage im Blick umzusehen: »Na? Will hier irgendwer heute irgendwelchen Scheiß anstellen?« Sie ist kompromisslos und furchtlos. Man passt sich an oder verzieht sich, das werden ihre Jungen auch bald lernen. Niemals würde sie zögern zu töten, wenn es Ärger gäbe. Solange sie die Führung hat, sollten rivalisierende Rudel sich gewaltig hüten, ihnen in die Quere zu kommen. Ihre Unruhe bringt das ganze Rudel dazu, auf der Jagd oder bei einer Wanderung, durch die das Territorium erweitert werden soll, im Gleichschritt dahinzutrotten.

Jetzt hat der Elch das Rudel gewittert. Es ist ein Jungbulle. Sie hören die Zweige, die bersten, als er durch den Wald bricht. Gelbbein setzt zum Galopp an. Der Neuschnee ist nicht tief, das Risiko, dass der Elch ihnen entkommen kann, ist sehr groß. Gelbbein löst sich von den anderen und läuft einen Halbkreis, um ihm den Weg abzuschneiden.

Nach zwei Kilometern hat das Rudel den Elch eingeholt. Gelbbein hat ihn angehalten, sie versucht ihn anzugreifen, bleibt aber außer Reichweite von Geweih und Klauen. Die anderen beziehen um das große Tier herum Posten. Der Bulle trampelt umher, bereit, sich gegen jeden Angriff zu verteidigen. Der erste Angriff wird von einem Männchen versucht. Er beißt sich in der Kniekehle des Elchs fest. Der Elch reißt sich los. Der Biss hinterlässt eine große Wunde, zerfetzte Muskeln und Sehnen. Aber der Wolf weicht nicht schnell genug zurück, und der Elch verpasst ihm einen Tritt, der ihn rückwärts schleudert. Als er wieder auf die Pfoten kommt, hinkt er ein wenig. Zwei Rippen sind gebrochen. Die anderen Wölfe ziehen sich einige Schritte zurück, und der Elch reißt sich los. Mit blutender Kniekehle verschwindet er im Wald.

Er hat noch zu viel Kraft. Soll er lieber blutend weiterlaufen und müde werden. Die Wölfe setzen ihrer Beute nach. Diesmal im gestreckten Trab. Sie haben es nicht eilig. Bald werden sie das große Tier wieder einholen. Der verletzte Wolf hinkt hinter ihnen her. In der nächsten Zeit wird er ganz und gar vom Jagdglück der anderen abhängig sein, wenn er überleben will. Wenn es zu wenig Beute gibt, werden für ihn nur Knochen abfallen. Und wenn sie zu weit auf Jagd ziehen müssen, wird er sie nicht begleiten können. Wenn hoher Schnee liegt, wird für ihn jeder Schritt zur Qual werden.

Nach fünf Kilometern greift die Wolfsmeute wieder an. Jetzt muss Gelbbein die grobe Arbeit machen. Sie führt beim Galopp an. Die Entfernung zwischen Rudel und Elch wird immer kleiner. Die anderen sind so dicht hinter ihr, dass sie ihre Köpfe an ihren Hinterbeinen spürt. Für sie alle gibt es nur noch den Elch. Sein Blut in ihren Nüstern. Sie haben ihn eingeholt. Sie verbeißt sich ins rechte Hinterbein des Tieres. Das ist der gefährlichste Moment, sie lässt nicht los, und gleich darauf hängt ein weiterer Wolf am anderen Bein. Ein dritter übernimmt blitzschnell Gelbbeins Position, als sie loslässt. Sie macht einen raschen Sprung nach vorn und schließt ihre Kiefer um die Kehle des Elchs. Der Elch bricht im Schnee in die Knie. Gelbbein zerrt an seinem Hals. Das große Tier versucht mit aller Kraft, sich zu erheben. Streckt den Kopf gen Himmel. Das Alphamännchen packt das Maul des Elchs und zieht dessen Kopf auf den Boden. Gelbbein packt wieder seinen Hals und zerfetzt ihm die Kehle.

Rasch verrinnt das Leben des Elchs. Der Schnee färbt sich rot. Die Welpen verstehen, was jetzt Sache ist. Freie Bahn. Sie kommen angestürmt und machen sich über das sterbende Tier her. Dürfen den Triumph der Jagd teilen, an Beinen und Maul reißen. Die älteren Wölfe zerlegen mit ihren starken Zähnen den Elch. Der Rumpf dampft in der kalten Morgenluft.

In den Bäumen über ihnen versammeln sich schwarze Vögel.

Samstag, 9. September

Anna-Maria Mella schaute aus dem Küchenfenster. Die Nachbarin putzte außen am Haus die Fensterbänke. Schon wieder! Das macht sie einmal pro Woche. Anna-Maria war noch nie bei ihr im Haus gewesen, konnte sich aber vorstellen, dass dort alles sauber, staubfrei und außerdem mit Ziergegenständen voll gestellt war.

Dieser Fleiß, den die Nachbarn Haus und Grundstück widmeten. Das ewige Knien vor dem Löwenzahn. Das sorgfältige Schneeschaufeln und der Bau perfekter Schneewälle. Das Fensterputzen. Der Vorhangwechsel. Ab und zu verspürte Anna-Maria eine unsinnige Irritation. Ab und zu auch Mitleid. Und jetzt eine Art Neid. Irgendwann einmal das ganze Haus geputzt zu haben, das wäre doch etwas.

»Jetzt wischt sie wieder die Fensterbänke ab«, sagte sie zu Robert.

Robert brummte etwas hinter dem Sportteil der Zeitung und seiner Kaffeetasse. Gustav saß vor dem Topfschrank und zog den gesamten Inhalt heraus.

Anna-Maria spürte, wie sie eine träge Welle von Unlust überkam. Sie mussten sich an den Wochenendputz machen. Aber dazu musste sie die Initiative ergreifen. Die Ärmel hochkrempeln und die anderen auf Trab bringen. Marcus übernachtete bei Hanna. Dieser Drückeberger. Sie müsste sich natürlich auch freuen. Dass er eine Freundin und Kumpels hatte. Der schlimmste Albtraum war doch, dass die Kinder ausgeschlossen und einsam wären. Aber dieses Zimmer!

»Heute kannst du Marcus sagen, dass er aufräumen muss«, sagte sie zu Robert. »Ich bring das ewige Gequengel nicht mehr über mich. – Hallo«, sagte sie nach einer Weile. »Bin ich noch da oder was?«

Robert schaute von der Zeitung auf.

»Du kannst ja wohl antworten. Damit man weiß, ob du es gehört hast oder nicht!«

»Ja, ich sag es ihm«, sagte Robert. »Warum bist du denn bloß so sauer?«

Anna-Maria riss sich zusammen.

»Entschuldige«, sagte sie. »Es ist nur... also, Marcus' verdammtes Zimmer. Ich kriege richtig Angst. Ich finde es gefährlich, da reinzugehen. Ich war schon in Junkie-Höhlen, die im Vergleich dazu aus *Schöner Wohnen* zu stammen schienen.«

Robert nickte mit ernster Miene.

»Wo wir schon von schimmeligen Apfelresten reden...«, sagte er.

»Die machen mir Angst!«

»...die zugedröhnt in den Dämpfen von Bananenschalen tanzen. Wir sollten für unsere neuen Freunde ein paar Hamsterkäfige kaufen. Man soll schließlich das Eisen schmieden, solange...«

»Wenn du die Küche übernimmst, dann fange ich oben an«, schlug Anna-Maria vor.

Warum auch nicht. Im Obergeschoss herrschte das pure Chaos. Der Boden in ihrem und Roberts Zimmer war übersät von schmutziger Wäsche und halb vollen Plastiktüten und Taschen, die sie nach dem Urlaub noch nicht ausgepackt hatten. Die Fensterbänke waren übersät von toten Fliegen und Blumenblättern. Die Toilette war ein Drecksloch. Und die Zimmer der Kinder...

Anna-Maria seufzte. Sortieren und Einräumen waren nicht Roberts starke Seite. Er würde eine Ewigkeit dazu brauchen. Da überließ sie ihm besser den Herd, die Spülmaschine und den Staubsauger im Erdgeschoss.

Es war so schrecklich traurig, fand sie. Zweimal hatten sie beschlossen, am Donnerstagabend den wöchentlichen Hausputz vorzunehmen. Dann wäre alles schön und ordentlich, wenn der Freitagnachmittag kam und das Wochenende begann. Und dann könnten sie am Freitag etwas Gutes essen, und das Wochenende wäre länger, und der Samstag könnte einer angenehmeren Beschäftigung gewidmet werden, und alle könnten in dem sauberen Haus unendlich glücklich sein.

Aber es kam eben immer anders. Am Donnerstag waren sie einfach immer total erschöpft, an Aufräumen war da nicht mehr zu denken. Am Freitag konnte man kaum noch die Augen offen halten, lieh sich ein Video aus, bei dem sie immer einschlief, und dann verging der Samstag mit Putzen, und das halbe Wochenende war ruiniert. Ab und zu kamen sie erst am Sonntag dazu, und dann begann die Aktion oft mit einem von Anna-Marias Wutausbrüchen.

Und dann waren da all die Dinge, die nie erledigt wurden. Die Haufen in der Waschküche, sie kam da einfach nie nach, es war unmöglich. Alle versifften Kleiderschränke. Als sie zuletzt in den von Marcus geschaut hatte, um ihm beim Suchen zu helfen, sie wusste schon gar nicht mehr, wonach, hatte sie einen Stapel aus Pullovern und anderen Kram angehoben, und da war ein kleines Krabbeltier eilig in die tieferen Schrankregionen geflohen. Sie wollte nicht daran denken. Wann hatte sie zuletzt die Klappe unter der Badewanne geöffnet? Und die verdammten Küchenschubladen voller Schrott? Wie fanden alle anderen Menschen Zeit für solche Arbeiten? Und die Energie?

Ihr Diensttelefon spielte draußen im Vorraum seine eigene kleine Melodie. Das Display zeigte eine ihr unbekannte 08-Nummer.

Der Anrufer stellte sich als Christian Elsner vor, Professor der Religionswissenschaften. Es gehe um das Symbol, nach dem die Polizei in Kiruna sich erkundigt hatte.

»Ja?«, fragte Anna-Maria.

»Leider habe ich dieses Symbol nicht finden können. Es hat Ähnlichkeit mit dem akademischen Zeichen für Probe oder Test, der Unterschied ist dieser Haken, der sich durch den Halbkreis zieht. Der Halbkreis steht ja oft für das Unvollkommene oder ab und zu auch für das Menschliche.«

»Dieses Symbol existiert also nicht?«, fragte Anna-Maria enttäuscht.

»Ach, jetzt sind wir schon bei den schweren Fragen«, sagte der Professor. »Was existiert? Existiert Donald Duck?«

»Nein«, sagte Anna-Maria. »Oder nur in der Phantasie.«

»In Ihrem Kopf?«

»Ja. Und in dem von anderen, aber nicht in Wirklichkeit.«

»Hmm. Und wie sieht es mit Ihrer Liebe aus?«

Anna-Maria stieß ein überraschtes Lachen aus. Ein angenehmes Gefühl tauchte plötzlich in ihr auf. Es machte ihr ausnahmsweise Spaß, einen Gedanken zu denken.

»Das wird jetzt aber schwierig«, sagte sie.

»Ich habe dieses Symbol nicht finden können, aber ich suche ja in der Geschichte. Symbole müssen irgendwann entstehen. Und das hier kann ebenso gut neu sein. In bestimmten Musiksparten gibt es viele Symbole. Und auch in mancher Literatur, Fantasy und so.«

»Wer könnte denn darüber etwas wissen?«

»Musikjournalisten. Was Bücher angeht, da gibt es hier in Stockholm ein gut sortiertes Fachgeschäft für Sciencefiction und Fantasy und solche Dinge. In Gamla Stan.«

Sie beendeten das Gespräch. Anna-Maria war unzufrieden. Sie hätte sich gern noch weiter mit dem Professor unterhalten. Aber was hätte sie ihm sagen sollen? Schade, dass man sich nicht in seinen eigenen Hund verwandeln konnte. Und dann zusammen mit dem Hund in den Wald laufen. Und über die neuesten Gedanken und Überlegungen reden, das machten ja viele mit ihren Hunden. Und Anna-Maria, vorübergehend in einen Hund verwandelt, könnte zuhören. Ohne sich zu einer intelligenten Antwort gezwungen zu fühlen.

Sie ging in die Küche. Robert hatte sich nicht vom Fleck gerührt.

»Ich muss kurz ins Büro«, sagte sie. »Ich bin in einer Stunde wieder da.«

Sie spielte einen Moment mit dem Gedanken, ihn zu bitten, das Putzen zu übernehmen. Aber das verkniff sie sich. Er hätte es ja doch nicht gemacht. Und wenn sie ihn gebeten hätte, wäre sie dann schrecklich wütend und enttäuscht gewesen, wenn sie zurückkam und er noch immer wie zuvor am Küchentisch saß.

Sie gab ihm einen flüchtigen Kuss. Es war besser, sich nicht zu streiten.

Zehn Minuten später saß Anna-Maria im Büro. In ihrem Postfach lag ein Fax vom Labor. Auf der Drohzeichnung waren jede Menge Fingerabdrücke gefunden worden – alle von Mildred Nilsson. Sie wollten noch weitere Untersuchungen vornehmen. Aber das konnte einige Tage dauern.

Sie rief die Auskunft an und ließ sich die Nummer eines Buchladens mit Schwerpunkt Sciencefiction nennen, der irgendwo in Gamla Stan sein sollte. Der Mann bei der Auskunft wurde sofort fündig und verband sie.

Eine Frau meldete sich, und Anna-Maria sagte ihren Spruch auf und beschrieb das Symbol.

»Tut mir leid«, sagte die Buchhändlerin. »So auf die Schnelle fällt mir nichts ein. Aber faxen Sie mir doch die Abbildung, dann kann ich mich bei der Kundschaft umhören.«

Anna-Maria versprach das, bedankte sich für die Hilfe und legte auf.

Gleich darauf klingelte das Telefon. Sie nahm ab. Es war Sven-Erik Stålnacke.

»Du musst herkommen«, sagte er. »Es geht um diesen Pastor. Stefan Wikström.«

»Ja?«

»Er ist verschwunden.«

In Tränen aufgelöst stand Kristin Wikström in der Küche des Pfarrhauses von Jukkasjärvi.

»Hier«, schrie sie Sven-Erik Stålnacke an. »Hier ist Stefans Pass. Wie können Sie überhaupt danach fragen? Er ist nicht verreist, das habe ich doch schon gesagt. Meinen Sie, er würde seine Familie verlassen? Er ist doch der beste... Ich sage doch, ihm muss etwas passiert sein.«

Sie schleuderte den Pass auf den Boden.

»Ich verstehe«, sagte Sven-Erik, »aber wir müssen trotzdem unseren Vorschriften folgen. Könnten Sie sich nicht setzen?«

Sie schien ihn nicht gehört zu haben. Sie lief in der Küche herum, stieß gegen Möbel und tat sich weh. Auf der Küchenbank saßen zwei Jungen von fünf und zehn, sie bauten mit Legosteinen auf einer grünen Platte und schienen sich weder über die Verzweiflung der Mutter noch über Sven-Eriks und Anna-Marias Anwesenheit in der Küche weitere Gedanken zu machen.

Kinder, dachte Anna-Maria. Die können alles verdrängen.

Plötzlich kamen ihre und Roberts Probleme ihr verschwindend klein vor.

Was spielt es schon für eine Rolle, dass ich häufiger putze als er, dachte sie.

»Was soll denn nun werden«, rief Kristin. »Wie soll ich zurechtkommen?«

»Er war heute Nacht also nicht zu Hause«, sagte Sven-Erik. »Sind Sie sich da sicher?«

»Er hat nicht in seinem Bett gelegen«, weinte sie. »Ich beziehe die Betten freitags immer neu, und seine Seite ist unberührt.«

»Vielleicht ist er spät nach Hause gekommen und hat auf dem Sofa geschlafen?«, schlug Sven-Erik vor.

»Wir sind verheiratet. Warum sollte er nicht bei mir schlafen?«

Sven-Erik war zum Pfarrhaus von Jukkasjärvi gekommen, um Stefan Wikström nach der Reise in die USA zu fragen, die die Familie auf Kosten der Stiftung unternommen hatte. Kristin Wikström hatte ihn mit weit aufgerissenen Augen empfangen. »Ich wollte eben die Polizei anrufen«, hatte sie gesagt.

Als Erstes hatte er um den Kirchschlüssel gebeten und war hinübergerannt. Aber dort hatte kein toter Pastor von der Empore gehangen. Sven-Erik hatte sich für einen Moment auf eine Kirchenbank setzen müssen, so erleichtert war er gewesen. Dann hatte er auf der Wache angerufen und in den anderen Kirchen der Stadt nachsehen lassen. Und dann hatte er Anna-Maria verständigt.

»Wir brauchen die Kontonummer Ihres Gatten, haben Sie die bei der Hand?«

»Aber was reden Sie denn da? Haben Sie nicht gehört? Sie müssen sich auf die Suche nach ihm machen. Es ist doch etwas passiert! Er würde nie… Vielleicht liegt er…«

Sie verstummte und starrte ihre Söhne an. Dann stürzte sie auf den Hof hinaus. Sven-Erik folgte ihr. Anna-Maria schaute sich derweil um.

Eilig öffnete sie die Küchenschubladen. Keine Brieftasche. Keine der Jacken in der Diele enthielt eine Brieftasche. Sie ging ins Obergeschoss hoch. Wie Kristin Wikström gesagt hatte. Niemand hatte auf der einen Seite des Doppelbettes geschlafen.

Vom Schlafzimmer aus konnte sie den Anleger sehen, wo immer Mildred Nilssons Boot gelegen hatte. Die Stelle, wo sie ermordet worden war.

Und hell war es ja, dachte Anna-Maria. In der letzten Nacht vor Mittsommer.

Keine Armbanduhr auf seinem Nachttisch.

Uhr und Brieftasche hatte er also offenbar bei sich.

Sie ging wieder nach unten. Eines der Zimmer dort schien Stefans Arbeitszimmer zu sein. Sie zog an den Schreibtischschubladen, die waren abgeschlossen. Nach einer Weile Suchen fand sie den Schlüssel hinter einigen Büchern im Regal. Sie öffnete die Schubladen. Darin war nicht viel zu finden. Einige Briefe, die sie überflog. Nichts davon schien mit ihm und Mildred zu tun zu haben. Keiner stammte von einer eventuellen Geliebten. Sie schaute verstohlen aus dem Fenster. Sven-Erik und Kristin standen auf dem Hofplatz und redeten. Gut.

Normalerweise hätten sie einige Tage gewartet. Die meisten Leute verschwanden ja doch freiwillig.

Ein Serienmörder, dachte Anna-Maria. Wenn der Pastor tot aufgefunden wird, dann haben wir einen Serienmörder am Hals. Dann wissen wir das.

Draußen auf dem Hof hatte Kristin Wikström sich auf eine Gartenbank sinken lassen. Sven-Erik entlockte ihr alle möglichen Auskünfte. Wen sie anrufen könnten, damit die Kinder nicht allein wären. Die Namen von Stefan Wikströms Freunden und Bekannten, vielleicht wusste jemand von denen doch mehr als die Ehefrau. Ob sie ein Ferienhaus besäßen. Und ob die Familie nur ein Auto habe, das auf dem Hofplatz.

»Nein«, schniefte Kristin. »Sein Auto ist auch verschwunden.«

Tommy Rantakyrö rief an und berichtete, sie hätten alle Kirchen und Kapellen durchsucht. Kein toter Pastor.

Ein großer Kater kam selbstsicher über den Kiesweg zum Haus stolziert. Die Fremdlinge auf dem Hofplatz würdigte er kaum eines Blickes. Er änderte seinen Kurs nicht und versteckte sich auch nicht im hohen Gras. Möglicherweise zog er den Kopf ein wenig ein und senkte den Schwanz. Er war dunkelgrau. Sein Fell war lang und weich, machte fast einen daunenartigen Eindruck. Sven-Erik fand, dass das Tier unzuverlässig aussah. Platter Kopf, gelbe Augen. Wenn so ein Teufel Manne angegriffen hatte, dann hatte Manne keine Chance gehabt.

Sven-Erik konnte es vor sich sehen, wie Manne sich irgendwo

auf Katzenweise verkroch, in einem Graben vielleicht oder unter einem Haus. Übel zugerichtet und geschwächt. Am Ende eine leichte Beute für einen Fuchs oder einen Jagdhund. Ihm brauchte nur noch das Rückgrat gebrochen zu werden, schnipp, schnapp.

Anna-Marias Hand berührte seine Schulter. Sie gingen ein Stück weit weg. Kristin Wikström starrte vor sich hin. Sie hob die rechte Hand an ihr Gesicht und biss sich in den Zeigefinger.

»Was meinst du?«, fragte Anna-Maria.

»Wir lassen ihn zur Fahndung ausschreiben«, sagte Sven-Erik und sah Kristin Wikström an. »Ich habe ein ganz schlechtes Gefühl. Erst mal im ganzen Land. Und bei den Zollstationen. Wir überprüfen die Passagierlisten der in Frage kommenden Flüge und sein Konto und sein Mobiltelefon. Und wir müssen wohl mit seinen Kollegen und Freunden und Verwandten sprechen.«

Anna-Maria nickte.

»Überstunden.«

»Ja, aber was, zum Teufel, soll der Staatsanwalt sagen? Wenn die Presse von der Sache Wind kriegt, dann...«

Sven-Erik machte eine Hilfe suchende Handbewegung.

»Wir müssen sie auch nach den Briefen fragen«, sagte Anna-Maria. »Die sie an Mildred geschrieben hat.«

»Aber nicht gerade jetzt«, entschied Sven-Erik. »Erst wenn jemand die Jungen geholt hat.«

MICKE KIVINIEMI HATTE von seinem strategischen Standplatz hinter dem Tresen aus den Überblick über das Lokal. Der König in seinem Reich. In seinem lärmenden, chaotischen Reich, wo es immer nach Essen, Zigarettenrauch, Bier und Aftershave mit einem Hauch Schweiß roch. Er zapfte ein Bier nach dem anderen, ab und zu füllte er auch ein Glas mit Rotwein oder sogar mit Weißwein oder Whisky. Mimmi rannte wie gehetzt zwischen den Tischen hin und her und raspelte mit den Gästen Süßholz, während sie den Lappen über die Tischplatten sausen ließ und Bestellungen aufnahm. Er hörte ihr »Hähnchentopf oder Lasagne, mehr gibt es nicht«.

Der Fernseher stand in der Ecke, und in der Bar lief die Anlage. Rebecka Martinsson schwitzte in der Küche. Immer wieder schob sie Essensportionen in die Mikrowelle oder zog sie heraus. Holte Tabletts voller schmutziger Gläser aus dem Lokal und brachte saubere. Es war wie in einem witzigen Film. Alle Ärgernisse schienen für Micke weit weg zu sein: Finanzamt. Bank. Am Montagmorgen, wenn beim Aufwachen die verdammte Müdigkeit noch tief in seinen Knochen steckte, dann hörte er zu, wie die Ratten hinter den Mülltonnen tanzten.

Wenn nur Mimmi ein wenig eifersüchtig sein könnte, weil er Rebecka Martinsson angeheuert hatte, dann wäre alles perfekt. Aber sie hatte das nur eine gute Idee gefunden. Er hatte sich die Bemerkung verkniffen, dass Rebecka Martinsson für die alten Kerle ein neuer Anblick sein würde. Mimmi hätte auch dann nichts gesagt, aber er hatte einfach das Gefühl, dass sie irgendwo einen kleinen Kasten versteckt hatte. Und in diesem Kasten sammelte sie all seine Fehler und Patzer, und wenn der Karton eines

Tages voll wäre, würde sie ihre Siebensachen packen und gehen. Ohne Vorwarnung. Nur Frauen, denen der Mann etwas bedeutete, gaben Vorwarnungen.

Aber im Moment summte es in seinem Laden wie in einem Ameisenhaufen im Frühling.

Das ist eine Arbeit, der ich gewachsen bin, dachte Rebecka Martinsson und spritzte Wasser auf die Teller, ehe sie in der Spülmaschine landeten.

Man braucht nicht zu denken oder sich zu konzentrieren. Man muss einfach nur schleppen, sich anstrengen und sich beeilen. Die ganze Zeit Tempo vorlegen. Sie merkte gar nicht, dass sie über das ganze Gesicht strahlte, als sie Micke ein Tablett mit sauberen Gläsern brachte.

»Geht's gut?«, fragte er und lachte zurück.

Sie spürte ihr Mobiltelefon in ihrer Schürzentasche brummen und zog es heraus. Aber bestimmt war es nicht Maria Taube. Die arbeitete zwar fast immer, an einem Samstagabend nun aber doch nicht. Dann zog sie los und ließ sich zu Drinks einladen.

Måns' Nummer im Display. Ihr Herz setzte einen Schlag aus.

»Rebecka«, brüllte sie ins Telefon und hielt sich das andere Ohr zu, um ihn hören zu können.

»Måns«, brüllte Måns Wenngren zurück.

»Moment mal«, rief sie. »Einen Augenblick, hier ist so viel Krach!«

Sie lief durch das Lokal, zeigte Micke das Handy, hob die Finger der anderen Hand, sagte lautlos und mit deutlichen Lippenbewegungen »fünf Minuten«. Micke nickte zustimmend, und sie verschwand auf dem Hofplatz. In der kühlen Abendluft sträubten sich die Härchen auf ihren Armen.

Jetzt hörte sie, dass auch am anderen Ende der Leitung ein Höllenlärm veranstaltet wurde. Måns war also auch in einer Kneipe. Dann wurde es ruhiger.

»So, jetzt kann ich reden«, sagte sie.

»Ich auch. Wo steckst du?«, fragte Måns.

»Vor Mickes Bar & Küche in Poikkijärvi, das ist ein Ort in der Nähe von Kiruna. Und du?«

»Vor Spyan, das ist eine Kneipe in der Nähe vom Stureplan.«

Sie lachte. Er schien munter zu sein. Nicht so verdammt abweisend. Er war betrunken. Ihr war das egal. Sie hatten seit dem Abend, an dem sie von Lidö weggerudert war, nicht miteinander geredet.

»Amüsierst du dich?«, fragte er.

»Nein, ehrlich gesagt arbeite ich schwarz.«

Jetzt ist er sauer, dachte Rebecka. Oder vielleicht auch nicht, hier war alles möglich.

Und Måns lachte laut.

»Ach, und was machst du?«

»Ich hab einen Superjob als Tellerwäscherin«, sagte sie mit übertriebenem Enthusiasmus. »Ich verdiene fünfzig Mäuse pro Stunde, das macht für heute Abend zweihundertfünfzig. Und angeblich darf ich auch das Trinkgeld behalten, aber ich weiß nicht, es kommen ja nur wenige in die Küche, um der Tellerwäscherin ein paar Münzen in die Hand zu drücken, und da waren das wohl leere Versprechungen.«

Sie hörte Måns in Stockholm lachen. Ein schnaufendes Höhö, dem ein fast bettelndes Uhuu folgte. Sie wusste, dass er sich bei diesem Uhuu immer die Augen wischte.

»Verdammt, Martinsson«, nuschelte er.

Mimmi schaute aus der Tür und bedachte Rebecka mit einem Blick, der Krise bedeutete.

»Du, ich muss aufhören«, sagte Rebecka. »Sonst gibt's Lohnabzug.«

»Dann schuldest du da oben sicher Geld. Wann kommst du zurück?«

»Ich weiß nicht.«

»Dann werd ich dich wohl holen müssen«, sagte Måns. »Du bist ja nicht zurechnungsfähig.«

Tu das, dachte Rebecka.

Um halb zwölf betrat Lars-Gunnar Vinsa das Lokal. Teddy war nicht bei ihm. Er blieb vor der Tür stehen und schaute sich um. Er war wie ein Windstoß im Gras. Alle wurden von seiner Anwesenheit beeinflusst. Einige Hände wurden erhoben, manche nickten zum Gruß, Gespräche wurden unterbrochen, verstummten, um dann fortgesetzt zu werden. Einige drehten sich um. Er wurde registriert. Er beugte sich über den Tresen und sagte zu Micke: »Diese Rebecka Martinsson, ist die jetzt weg oder was?«

»Nö«, sagte Micke. »Die arbeitet heute Abend sogar hier.«

Etwas in Lars-Gunnars Haltung ließ ihn hinzufügen: »Nur dieses eine Mal, hier ist so viel los, und Mimmi hat doch ohnehin schon viel zu viel zu tun.«

Lars-Gunnar streckte seine Bärenpranke über den Tresen und zog Micke in Richtung Küche.

»Komm, ich will mit ihr reden, und du musst dabei sein.«

Mimmi und Micke konnten noch schnell einen Blick wechseln, ehe Micke und Lars-Gunnar durch die Schwingtür in der Küche verschwanden.

Was soll das denn, fragten Mimmis Augen.

Was weiß ich, antwortete Micke.

Wieder der Wind im Gras.

Rebecka Martinsson stand in der Küche und war mit Spülen beschäftigt.

»Ach, Rebecka Martinsson«, sagte Lars-Gunnar. »Kommen Sie mit Micke und mir nach hinten, damit wir reden können.«

Sie gingen aus der Hintertür. Das Mondlicht lag wie Fischschuppen im schwarzen Fluss. Dazu der dumpfe Lärm aus dem Lokal. Das Rauschen der Tannenwipfel.

»Sie müssen Micke sagen, wer Sie sind«, sagte Lars-Gunnar ruhig.

»Was willst du wissen?«, fragte Rebecka. »Ich heiße Rebecka Martinsson.«

»Sie könnten ihm vielleicht erzählen, was Sie hier machen?«

Rebecka schaute Lars-Gunnar an. Wenn sie bei ihrer Arbeit etwas gelernt hatte, dann, niemals einfach drauflos zu plappern.

»Sie scheinen etwas auf dem Herzen zu haben«, sagte sie. »Also reden Sie.«

»Sie kommen von hier, genauer gesagt, nicht von hier, sondern aus Kurravaara. Sie arbeiten als Juristin, und Sie haben vor zwei Jahren die drei Pastoren in Jiekajärvi umgebracht.«

Zwei Pastoren und einen kranken Jungen, dachte sie.

Sie korrigierte ihn aber nicht. Sie wartete schweigend ab.

»Ich dachte, du bist Sekretärin«, sagte Micke.

»Sie können sich ja denken, dass wir uns wundern, wir Ortsansässigen«, sagte Lars-Gunnar. »Wieso eine Juristin sich in die Küche stellt und unter falscher Flagge arbeitet. Was Sie heute Abend verdienen, würden Sie in der Stadt normalerweise für ein kleines Mittagessen bezahlen. Und da fragt man sich doch, warum Sie sich hier einschleichen ... und schnüffeln. Wissen Sie, eigentlich ist mir das egal. Von mir aus sollen alle machen, was sie wollen, aber ich finde, Micke hat ein Recht auf die Wahrheit. Und außerdem ...«

Er wich ihrem Blick aus und schaute zum Fluss hinüber. Stieß Luft aus. Etwas schien ihn zu belasten.

»Sie haben Teddy ausgenutzt. Er ist im Kopf nur ein kleiner Junge. Und Sie hatten die Frechheit, sich mit seiner Hilfe hier einzunisten.«

Jetzt trat Mimmi in die Türöffnung. Micke bedachte sie mit einem Blick, der sie veranlasste, die Tür hinter sich zu schließen und schweigend zu den anderen zu treten.

»Ihr Name kam mir irgendwie bekannt vor«, sagte Lars-Gunnar jetzt. »Ich bin ein alter Polizist, wissen Sie, deshalb ist mir diese Geschichte in Jiekajärvi gut bekannt. Und dann ist mir eben ein Licht aufgegangen. Sie haben diese Leute ermordet. Jedenfalls Vesa Larsson. Kann sein, dass der Staatsanwalt nicht fand, dass das für eine Anklage ausreiche, aber ich kann Ihnen sagen, uns bei der Polizei interessiert das überhaupt nicht. In neunzig Prozent aller

Fälle kommt es am Ende, auch wenn wir wissen, wer schuldig ist, nicht zur Anklage. Und Sie können doch zufrieden sein. Nach einem Mord ungeschoren davonzukommen, das ist schon eine Leistung. Und ich weiß nicht, was Sie hier wollen. Ob Sie nach dieser Sache mit Victor Strandgård Lust auf mehr bekommen haben und hier auf eigene Faust die Privatdetektivin spielen oder ob Sie vielleicht für eine Zeitung arbeiten. Das ist mir auch scheißegal. Aber jetzt ist jedenfalls Schluss mit diesem Narrenspiel.«

Rebecka sah die anderen an.

Ich müsste jetzt natürlich etwas sagen, dachte sie. Mich verteidigen.

Aber was sollte sie sagen? Dass sie hier auf andere Gedanken gekommen war, als sich Steine in die Jackentaschen zu nähen? Dass sie ihre Arbeit in der Kanzlei nicht mehr bewältigte? Dass sie an diesen Fluss hier gehörte? Und dass sie Sanna Strandgårds Töchtern das Leben gerettet hatte?

Sie band ihre Schürze ab und reichte sie Micke. Drehte sich wortlos um. Sie ging nicht zurück ins Lokal. Sie ging am Hühnerstall vorbei und dann über die Landstraße zu ihrer Hütte.

Nicht rennen, ermahnte sie sich. Sie spürte die Blicke der anderen im Rücken.

Niemand folgte ihr, um Erklärungen zu verlangen. Sie stopfte ihre Habseligkeiten in ihre Reisetasche, warf die Tasche auf die Rückbank ihres Mietwagens und fuhr los.

Sie weinte nicht.

Was spielt das hier für eine Rolle, überlegte sie. Das ist doch ganz und gar bedeutungslos. Alle sind bedeutungslos. Niemand bedeutet irgendetwas.

GELBBEIN

Eiskalter Februar. Die Tage werden lang, aber die Kälte ist wie Gottes geballte Faust. Noch immer unerschütterlich. Die Sonne ist nur ein Bild am Himmel, die Luft hart wie Glas. Unter einer dicken weißen Decke finden Mäuse und Wühlmäuse ihre Wege. Die Huftiere nagen sich durch die Eisrinden der Bäume. Sie magern ab und sehnen den Frühling herbei.

Aber vierzig Grad unter null und Schneestürme, die die gesamte Landschaft in einer langsamen weißen Welle der Vernichtung mit sich reißen, machen dem Wolfsrudel nichts aus. Im Gegenteil. Das hier ist für sie die beste Zeit. Das beste Wetter. Sie veranstalten im Schnee Picknicks mit allerlei Lustbarkeiten. Sie haben genug zu fressen. Sie haben ein gutes Revier und ein gutes Jagdgelände. Keine Hitze macht ihnen zu schaffen. Keine Blut saugenden Insekten.

Gelbbeins Tage sind gezählt. Die funkelnden Eckzähne der Rudelwölfin sagen, dass es so weit ist. Bald. Bald. Jetzt. Gelbbein hat alles getan. Ist auf den Kniegelenken gekrochen, um bleiben zu dürfen. An diesem Februarmorgen ist es so weit. Sie darf sich der Familie nicht nähern. Die Rudelwölfin greift sie an. Ihre Kiefer durchschneiden die Luft.

Die Stunden vergehen. Gelbbein verschwindet nicht sofort. Sie hält sich ein Stück abseits vom Rudel. Hofft auf ein Zeichen, dass sie zurückkehren darf. Aber die Rudelwölfin kennt kein Erbarmen. Springt immer wieder auf und jagt sie weg.

Ein Männchen, Gelbbeins Bruder, wendet sich ab. Ihr Kopf möchte die Schnauze in sein Fell bohren, auf seinem Bauch schlafen.

Die Jungwölfe senken die Schwänze und starren Gelbbein an. Ihre gelben Beine wollen sich zu einem Wettlauf zwischen den alten Tannen strecken, wollen im Gebüsch herumtoben, wollen wieder auf die Pfoten kommen und selbst durch den Schnee gejagt werden.

Und die Welpen werden bald ein Jahr alt sein, unternehmungslustig, kühn, töricht, aber noch immer welpenhaft. Sie begreifen so weit, was hier passiert, dass sie ruhig bleiben und sich nicht bewegen. Sie bellen unsicher. Gelbbein möchte einen verletzten Hasen vor ihre Füße fallen lassen und sehen, wie sie in wildem Jagdeifer hinter dem Tier hersetzen, wie sie vor Eifer übereinander springen.

Sie macht noch einen letzten Versuch. Einen fragenden Schritt. Diesmal jagt die Rudelwölfin sie bis an den Waldrand. Unter die grauen, nadellosen Zweige der alten Tannen. Da steht sie und mustert das Rudel und die Rudelwölfin, die gelassen zu den anderen zurückkehrt.

Jetzt wird sie allein schlafen. Bisher hat sie in den Schlafgeräuschen des Rudels geruht, dem Kläffen und Jagen im Traum, dem Grunzen, Seufzen, Furzen. Jetzt müssen ihre Ohren wachen, während sie selbst in unruhigen Schlaf versinkt.

Jetzt werden fremde Gerüche ihre Nase füllen. Werden die Erinnerung an diese hier vertreiben, an ihre Schwestern und Brüder, Halbgeschwister, Verwandte, an Welpen und Alte.

Sie fällt in einen langsamen Trab. Ihr Weg führt in die eine Richtung. Ihre Sehnsucht in die andere. Hier hat sie gelebt. Dort wird sie überleben.

Sonntag, 10. September

Es ist Sonntagabend. Rebecka Martinsson sitzt auf dem Boden in der Kammer im Haus ihrer Großmutter in Kurravaara. Sie macht Feuer im Kamin. Eine Decke um die Schultern gelegt, die Arme um die Knie. Ab und zu streckt sie die Hand nach einem Holzscheit aus, das in einer Holzkiste der Schwedischen Zuckerfabriken liegt. Ihr Blick richtet sich auf das Feuer. Die Muskeln in ihrem Körper sind müde. Den ganzen Tag lang hat sie Teppiche, Decken, Laken, Matratzen und Kissen nach draußen geschleppt. Hat sie ausgeklopft und an der Luft hängen lassen. Sie hat den Boden mit gelber Seife gescheuert und die Fenster geputzt. Hat alles Geschirr gespült und den Küchenschrank ausgewaschen. Das Untergeschoss hat sie zunächst sich selber überlassen. Sie hat den ganzen Tag die Fenster aufgerissen und die stickige alte Luft vertrieben. Jetzt macht sie Feuer in Küchenherd und Kamin, um die letzte Feuchtigkeit zu trocknen. Aber trotzdem hat sie den Sabbat geheiligt. Ihre Gedanken haben ja schließlich geruht. Jetzt ruhen sie im Feuer. Auf uralte Weise.

Polizeiinspektor Sven-Erik Stålnacke sitzt in seinem Wohnzimmer. Der Fernseher läuft lautlos. Falls draußen ein Kater jammert. Es spielt auch keine Rolle, er kennt diesen Film schon. Es ist der, in dem sich Tom Hanks in eine Nixe verliebt.

Ohne den Kater ist das Haus so leer. Er ist an den Straßengräben entlanggewandert und hat leise gerufen. Jetzt merkt er, dass er schrecklich müde ist. Nicht vom Laufen, sondern vom angestrengten Lauschen. Vom Weitermachen. Obwohl er weiß, dass das nichts bringen kann.

Und kein Lebenszeichen von dem verschwundenen Pastor. Schon am Samstag war die Sache zu den Zeitungen durchgesickert. Riesige Artikel über das Verschwinden. Ein Kommentar von der Täterprofilgruppe des Landeskriminalamts, aber nicht von der Psychiaterin, die ihnen das provisorische Profil geliefert hatte. Eine Boulevardzeitung hatte einen alten Fall aus den siebziger Jahren ausgegraben, wo irgendein Irrer in Florida zwei Erweckungsprediger umgebracht hatte. Der Mörder war von einem Mitgefangenen ermordet worden, als er die Toiletten säuberte, hatte aber vorher im Gefängnis noch mit weiteren und unentdeckten Morden geprahlt. Großaufnahme von Stefan Wikström. Die Wörter »Geistlicher«, »Vater von drei Kindern« und »verzweifelte Ehefrau« fanden sich in den Bildunterschriften wieder. Immerhin kein Wort über mögliche Unterschlagungen. Sven-Erik registrierte außerdem, dass an keiner Stelle Stefan Wikströms Widerwille gegen weibliche Geistliche erwähnt wurde.

Mittel zum Personenschutz für Geistliche ganz allgemein gab es natürlich nicht. Die Kollegen hatten schon gemerkt, wie ihr Mut in den Keller sank, als eine Zeitung schrieb: »Polizei: Wir können sie nicht beschützen!« Die Zeitung *Expressen* wusste Rat für alle, die sich bedroht fühlten. Nie allein sein, andere Gewohnheiten annehmen, auf einem anderen Weg von der Arbeit nach Hause gehen, niemals hinter einem Lieferwagen parken.

Es war natürlich ein Verrückter. Einer, der weitermachen würde, bis ihm ein Fehler unterlief.

Sven-Erik denkt an Manne. Verschwinden war in gewisser Weise noch schlimmer als der Tod. Man konnte nicht trauern. Man wurde nur von der Ungewissheit gequält. Der Kopf wie eine Müllgrube gefüllt mit schrecklichen Vorstellungen davon, was passiert sein konnte.

Herrgott, Manne war doch nur ein Tier. Wenn es sich um seine Tochter gehandelt hätte. Diese Vorstellung aber ist zu groß. Die kann er nicht erfassen.

Probst Bertil Stensson sitzt auf seinem Wohnzimmersofa. Ein Glas Cognac steht auf der Fensterbank hinter ihm. Sein rechter Arm ruht auf der Sofalehne hinter dem Nacken seiner Frau. Mit der linken Hand streichelt er ihre Brust. Der Blick seiner Frau klebt am Fernseher, es ist ein alter Film mit Tom Hanks, ihre Mundwinkel zeigen aber, dass sie sich freut. Er streichelt eine Brust und eine Narbe. Er denkt an ihre Angst vor vier Jahren, als die andere Brust entfernt werden musste. »Man möchte doch auch mit sechzig noch begehrt werden«, sagte sie. Aber inzwischen liebt er diese Narbe noch mehr als die Brust, die vorher dort war. Als Erinnerung daran, dass das Leben kurz ist. Noch ehe eure Töpfe das Brennholz spüren und während das Fleisch noch roh ist, wird ein glühender Wind es fortreißen. Diese Narbe gibt allen Dingen ihre richtigen Proportionen zurück. Hilft ihm, das Gleichgewicht zwischen Arbeit und Freizeit zu bewahren, zwischen Pflicht und Liebe. Ab und zu hat er Lust, über diese Narbe zu predigen. Aber das geht natürlich nicht. Außerdem würde es ihm auf unerklärliche Weise wie ein Übergriff erscheinen. Die Narbe würde ihre Kraft in seinem Leben verlieren, wenn er ihr Worte und Öffentlichkeit gäbe. Es ist die Narbe, die für Bertil predigt. Er hat ein Recht, über diese Predigt zu verfügen und sie für andere zu halten.

Mit Mildred hat er geredet. Vor vier Jahren. Nicht mit Stefan. Nicht mit dem Bischof, obwohl sie seit endlos vielen Jahren befreundet sind. Er glaubt sich zu erinnern, dass er geweint hat. Dass Mildred eine gute Zuhörerin war. Dass er das Gefühl hatte, ihr vertrauen zu können.

Sie hat ihn wahnsinnig gemacht. Aber jetzt, wo er hier sitzt, mit der Narbe seiner Frau unter dem linken Zeigefinger, fällt ihm eigentlich nicht ein, was ihn an Mildreds Worten so provoziert hat. Oder höchstens, dass sie eine Emanze war und nicht so richtig im Gefühl hatte, was zur Arbeit der Kirche gehört und was nicht.

Sie hat ihn als Chef heruntergemacht. Das hat ihn gestört. Nie hat sie ihn um Erlaubnis gefragt. Nie um Rat. Es fiel ihr sehr schwer, sich ins Glied zu fügen.

Er schnappt fast nach Luft angesichts seiner Wortwahl, sich ins Glied fügen. So ein Chef ist er doch nun wirklich nicht. Er ist stolz darauf, dass er seinen Angestellten Freiheit und eigene Verantwortung lässt. Aber er ist trotzdem der Chef.

Ab und zu hat er das Mildred gegenüber klarstellen müssen. Wie bei dieser Sache mit der Beerdigung. Es ging um einen Mann, der aus der Kirche ausgetreten war. Aber im Jahr vor seiner Erkrankung hatte er Mildreds Gottesdienste besucht. Dann war er gestorben. Und hatte mitteilen lassen, dass er von Mildred beerdigt werden wollte. Sie hatte eine nichtkirchliche Trauerfeier veranstaltet. Er hätte bei dieser kleinen Regelwidrigkeit natürlich ein Auge zudrücken können, aber er hatte sie dem Domkapitel gemeldet, und Mildred war zum Bischof bestellt worden. Das war doch nur recht und billig gewesen, hatte er damals gefunden. Denn wozu hatte man Regeln, wenn man sich doch nicht daran hielt?

Sie war zur Arbeit zurückgekommen und so gewesen wie immer. Hatte ihr Gespräch mit dem Bischof mit keinem Wort erwähnt. War weder sauer noch beleidigt gewesen. Das wiederum hatte Bertil den leisen Verdacht eingegeben, dass der Bischof vielleicht beim Gespräch ihre Partei ergriffen hatte. Dass der Bischof so ungefähr gesagt habe, er müsse mit ihr sprechen und sie abmahnen, da Bertil ja darauf bestanden habe. Dass sie in schweigendem Einverständnis Bertil als beleidigte Leberwurst, unsicheren Chef und vielleicht auch ein wenig neidisch abgetan hatten. Weil nicht er es war, von dem der Tote hatte beerdigt werden wollen.

Es kommt nicht so oft vor, dass Menschen wirklich ehrliche Gewissenserforschung betreiben. Aber hier sitzt er nun und scheint der Narbe zu beichten.

Es stimmte. Natürlich war er ein wenig neidisch gewesen. Ein wenig sauer über diese bedingungslose Liebe, die ihr von so vielen entgegengebracht wurde.

»Sie fehlt mir«, sagt Bertil zu seiner Frau.

Sie fehlt ihm, und er wird lange um sie trauern.

Seine Frau fragt nicht, wen er meint. Sie dreht den Fernseher leiser und achtet nicht mehr auf den Film.

»Ich weiß, dass ich eine schlechte Stütze für sie war, als sie hier gearbeitet hat«, sagt er nun.

»Nicht doch«, meint seine Frau. »Du hast ihr die Freiheit gelassen, auf ihre eigene Weise zu arbeiten. Hast sie und Stefan in der Gemeinde halten können, und das war wirklich eine Leistung.«

Diese beiden Streithammel.

Bertil schüttelt den Kopf.

»Dann hilf ihr jetzt«, sagt seine Frau. »Sie hat doch so viel hinterlassen. Früher hätte sie sich ja selbst um alles kümmern können, aber jetzt braucht sie deine Hilfe vielleicht mehr denn je.«

»Wie das?«, lacht er. »Die meisten Frauen von Magdalena betrachten mich doch als ihren Erzfeind!«

Seine Frau lächelt ihn an.

»Du kannst doch wohl helfen und unterstützen, ohne Dank oder Liebe dafür zu bekommen. Ein bisschen Liebe kann ich dir ja geben.«

»Vielleicht sollten wir schlafen gehen«, schlägt der Probst vor.

Die Wölfin, denkt er, als er sich zum Pinkeln auf die Toilette setzt. Das hätte Mildred sich gewünscht. Dass er das Geld der Stiftung wirklich einsetzt, um die Wölfin im Winter zu beschützen.

Kaum hat er das gedacht, scheint das Badezimmer vor Strom zu vibrieren. Seine Frau liegt bereits im Bett, und jetzt ruft sie ihn.

»Gleich«, sagt er. Wagt fast nicht zu rufen. Sie ist so deutlich spürbar. Aber flüchtig.

Was willst du, fragt er, und Mildred kommt näher.

Das ist so typisch für sie. Gerade dann, wenn er mit heruntergelassener Hose auf dem Klo sitzt.

Ich bin den ganzen Tag in der Kirche, sagt er. Du hättest mich ja wohl dort aufsuchen können.

Und im selben Moment weiß er es. Das Geld der Stiftung reicht nicht. Aber wenn sie über die Pacht neu verhandeln. Entweder muss der Jagdverein den Marktwert bezahlen. Oder sie legen sich einen neuen Pächter zu. Und das Geld dafür wird der Stiftung zufließen.

Er spürt, wie sie lacht. Er weiß, was sie von ihm verlangt. Er wird alle Männer gegen sich aufwiegeln. Es wird Ärger und wütende Leserbriefe geben.

Aber sie weiß, dass er es schaffen kann. Der Gemeindevorstand ist ja auf ihrer Seite.

Ich tu's, sagt er zu ihr. Nicht weil ich es für richtig halte, sondern deinetwegen.

Lisa Stöckel steht auf dem Hofplatz und macht ein Feuer. Die Hunde sind eingesperrt und schlafen in ihren Betten.

Verdammte Gangster, denkt sie liebevoll.

Sie hat jetzt vier Hunde. Bisher hat sie fast immer fünf gehabt.

Da ist Bruno, ein kurzhaariger hellbrauner Vorsteherrüde. Alle nennen ihn den Preußen. Das liegt an seinem beherrschten und ein wenig militärischen Stil. Wenn Lisa zu ihrem Rucksack greift und die Hunde verstehen, dass es jetzt an die frische Luft geht, dann ist in der Diele die Hölle los. Sie drehen sich wie im Karussell. Kläffen, tanzen, fiepen, beißen und jaulen vor Glück. Stoßen Lisa fast um, treten auf alles. Schauen sie aus Augen an, die sagen: Wir dürfen ganz bestimmt mitkommen, du gehst doch nicht ohne uns?

Alle, nur nicht der Preuße. Er sitzt stocksteif und scheinbar vollkommen ungerührt mitten im Zimmer. Aber wenn sie sich vorbeugt und ihn genauer ansieht, bemerkt sie das Zittern unter dem Hundefell. Ein fast unmerkliches Beben aus unterdrückter Erregung. Und wenn es dann doch zu viel für ihn wird und wenn er seine Gefühle zum Ausdruck bringen muss, um nicht zu platzen, dann kommt es vor, dass er mit den Vorderpfoten auf den Boden schlägt, zweimal. Und dann weiß sie, dass er vor Erwartung außer sich ist.

Dann hat sie natürlich Majken. Ihre alte Labradorhündin. Aber mit der ist im Moment nicht viel los. Sie ist grau um die Nase und müde. Majken hat sie alle großgezogen. Sie ist eine echte Welpenliebhaberin. Neuankömmlinge im Rudel dürfen auf ihrem Bauch schlafen, sie ist dann ihre neue Mama. Und wenn sie keinen jungen Hund betreuen kann, entwickelt sie Scheinschwangerschaften. Noch vor nur zwei Jahren konnte Lisa nach Hause kommen, und das Schlafzimmerbett war auseinander gerissen und umorganisiert. Zwischen Decken und Kissen lag dann Majken. Mit ihren Welpenatrappen: einem Tennisball, einem Schuh oder einmal, als Majken Glück gehabt hatte, einem im Wald gefundenen Stofftier.

Dann gibt es noch Karelin, eine große schwarze Kreuzung zwischen Schäferhund und Neufundländer. Er ist mit drei Jahren zu Lisa gekommen. Die Tierärztin in Kiruna hatte angerufen und gefragt, ob Lisa ihn nicht nehmen könne. Der Hund sollte eingeschläfert werden, aber sein Besitzer hätte ihn lieber verschenkt. Nur passte Karelin nicht in die Stadt. »Kann ich mir vorstellen«, sagte die Tierärztin zu Lisa, »du solltest mal sehen, wie der Hund sein Herrchen an der Leine hinter sich herzieht.«

Und dann ist da Kotz-Morris, ihr norwegischer Springerspaniel. Spross von bei Jagden ausgezeichneten Ausstellungssiegern. Hier draußen bei dieser Räuberbande ist sein Talent vergeudet. Lisa jagt ja nicht einmal. Er setzt sich gern neben sie und lässt sich den Brustkorb streicheln. Dann legt er die Pfoten schwer auf ihr Knie und erinnert sie daran, dass es ihn gibt. Er ist ein lieber, freundlicher Herr. Seidenfell und lockige Ohren wie eine Hundedame, Autofahren ist ihm eine Qual. Aber jetzt liegen sie alle vier im Haus. Lisa wirft alles Mögliche ins Feuer. Matratzen und alte Hundedecken, Bücher und Möbel. Papier. Noch mehr Papier. Briefe. Alte Fotos. Es wird ein riesiger Scheiterhaufen. Lisas Blicke verlieren sich in den Flammen.

Am Ende wurde es so anstrengend, Mildred zu lieben. Zu schleichen, zu schweigen, zu warten. Sie stritten sich. Es war wie in einem Stück von Lars Norén.

Jetzt streiten sie sich in Lisas Küche. Mildred schlägt die Fenster zu.

Das ist das Wichtigste, denkt Lisa. Dass niemand etwas hört.

Lisa spuckt alles aus. Alle Wörter bedeuten dasselbe. Sie bereut schon, noch ehe sie sie gesagt hat. Dass Mildred sie nicht liebt. Dass sie es satt hat, ein Zeitvertreib zu sein. Dass sie die Heuchelei satt hat.

Lisa steht mitten im Raum. Sie würde gern mit Gegenständen um sich schmeißen. Ihre Verzweiflung lässt sie die Kontrolle verlieren. Noch nie hat sie sich so aufgeführt.

Und Mildred scheint den Kopf einzuziehen. Sitzt dicht neben Kotz-Morris auf dem Sofa. Auch der zieht den Kopf ein. Mildred streichelt den Hund wie ein Kind, das getröstet werden muss.

»Und die Gemeinde?«, fragt sie. »Und Magdalena? Wenn wir offen miteinander leben, dann ist Schluss. Das wäre der endgültige Beweis dafür, dass ich nur eine frustrierte Männerhasserin bin. Ich kann die Geduld der Leute nicht über Gebühr strapazieren.«

»Also opferst du lieber mich?«

»Nein, warum muss das so sein? Ich bin glücklich. Ich liebe dich, ich kann es tausendmal sagen, aber du willst offenbar Beweise.«

»Hier ist nicht die Rede von Beweisen, sondern davon, atmen zu können. Wahre Liebe will gesehen werden. Aber das ist eben das Problem. Du willst nicht, du liebst mich nicht. Magdalena ist nur deine verdammte Entschuldigung dafür, nicht die Konsequenzen zu ziehen. Erik lässt sich das vielleicht gefallen, ich aber nicht. Also such dir eine andere Geliebte, du hast bestimmt Auswahl genug.«

Jetzt fängt Mildred an zu weinen. Ihr Mund wehrt sich noch dagegen. Sie schmiegt ihr Gesicht an den Hund. Wischt sich mit dem Handrücken die Tränen ab.

Lisa hat sie dazu bringen wollen. Am liebsten würde sie sie vielleicht schlagen. Sie sehnt sich nach ihren Tränen und ihrem

Schmerz. Aber sie ist nicht zufrieden. Ihr eigener Schmerz hat noch immer Hunger.

»Hör auf zu flennen«, sagt sie hart. »Mich kannst du damit nicht beeindrucken.«

»Ich werde aufhören«, verspricht Mildred wie ein Kind, ihre Stimme klingt brüchig, ihre Hand wischt weiter Tränen ab.

Und Lisa, die sich immer ihre Unfähigkeit zu lieben vorgeworfen hat, fällt das Urteil.

»Du tust dir selber leid, das ist alles. Ich glaube, mit dir stimmt etwas nicht. Irgendwas fehlt dir. Du behauptest zu lieben, aber wer kann einen anderen Menschen öffnen und hineinblicken und sehen, was das bedeutet? Ich könnte alles aufgeben, alles ertragen. Ich will dich heiraten. Aber du... du kannst keine Liebe empfinden. Du kannst keinen Schmerz empfinden.«

Nun schaut Mildred vom Hund auf. Auf dem Küchentisch brennt eine Kerze in einem Messinghalter. Sie hält die Hand über die Flamme, die brennt sich in ihre Handfläche hinein.

»Ich weiß nicht, wie ich beweisen soll, dass ich dich liebe«, sagt sie. »Aber ich kann dir beweisen, dass ich Schmerz empfinden kann.«

Ihr Mund kneift sich zu einem gequälten Strich zusammen. Ihre Augen tränen. Ein widerwärtiger Geruch verbreitet sich in der Küche.

Am Ende, es scheint endlos lange gedauert zu haben, packt Lisa Mildreds Handgelenk und reißt ihre Hand von der Kerze fort. Die Wunde in der Handfläche ist rußig und blutig. Lisa starrt sie entsetzt an.

»Du musst ins Krankenhaus«, sagt sie.

Aber Mildred schüttelt den Kopf.

»Verlass mich nicht«, bittet sie.

Jetzt weint auch Lisa. Führt Mildred zum Auto, schnallt sie an wie ein hilfloses Kind, holt eine Packung Spinat aus der Tiefkühltruhe.

Wochen vergehen, bis sie wieder aneinander geraten. Mildred

hält Lisa ab und zu die Innenseite ihrer verbundenen Hand hin. Wie zufällig, wie um sich die Haare hinter die Ohren zu streichen oder so. Es ist ein geheimes Liebeszeichen.

Jetzt ist es dunkel. Lisa denkt nicht mehr an Mildred und geht zum Hühnerstall. Die Hühner schlafen auf ihren Stangen. Aneinander geschmiegt. Sie nimmt eins nach dem anderen herunter. Hebt sie von der Stange. Trägt sie an die Grundstücksgrenze. Drückt sie an sich, die Hühner haben keine Angst, sie glucksen nur ein wenig. Dort steht ein Baumstumpf, der als Hackklotz fungieren kann.

Rascher Griff um die Beine, gegen den Baumstumpf mit dem Tier, ein betäubender Schlag. Dann das Beil, Zugriff direkt unter der Klinge, der Schlag, nur ein einziger, hart genug, trifft genau. Sie hält die Beine fest, während das Huhn noch flattert, sie kneift die Augen zu, um keine Federn oder Blut ins Auge zu bekommen. Am Ende liegen dort zehn Hühner und ein Hahn. Sie vergräbt sie nicht. Die Hunde würden sie ja sofort wieder ausbuddeln. Sie wirft sie in die Mülltonne.

Lars-Gunnar Vinsa fährt im Dunkeln nach Hause. Teddy schläft neben ihm auf dem Beifahrersitz. Sie waren den ganzen Tag Himbeeren pflücken. Und jetzt gibt es viele Gedanken. Die durch seinen Kopf wirbeln. Alte Erinnerungen.

Plötzlich kann er Eva vor sich sehen, Teddys Mutter. Er ist gerade von der Arbeit nach Hause gekommen. Er hatte Spätdienst, und es ist dunkel draußen, aber sie hat kein Licht gemacht. Steht ganz still in der Dunkelheit vor der Dielenwand, als er das Haus betritt.

Er findet ihr Verhalten so merkwürdig, dass er einfach fragen muss: »Was ist los?« Und sie antwortet:

»Ich sterbe hier, Lars-Gunnar. Es tut mir leid, aber ich sterbe hier.«

Was hätte er tun sollen? Als ob er nicht auch todmüde gewesen wäre. Tagein, tagaus ging er zur Arbeit und hatte mit allem Elend der Welt zu tun. Und dann kam er nach Hause, um sich um Teddy zu kümmern. Noch heute begreift er nicht, was Eva damals den ganzen Tag getrieben hat. Die Betten waren nie gemacht. Nur sehr selten hatte sie etwas gekocht. Er ging schlafen. Bat sie, mit nach oben zu kommen, aber sie wollte nicht. Am nächsten Tag war sie verschwunden. Hatte nur ihre Handtasche mitgenommen. Nicht einmal einen Brief war sie ihm also wert gewesen. Er musste ihre Habseligkeiten in Kartons packen und auf den Dachboden stellen.

Nach einem halben Jahr rief sie an. Wollte mit Teddy sprechen. Er erklärte, dass das nicht möglich sei. Er erklärte, wie Teddy nach ihr gesucht hatte, wie er in der ersten Zeit immer wieder gefragt und geweint hatte. Aber jetzt sei es besser. Er erzählte ihr, wie es dem Jungen ging, schickte ihr Zeichnungen. Er sah den Leuten im Ort an, dass die fanden, er sei zu lieb. Zu nachgiebig. Aber er wollte ihr doch nichts Böses. Wozu hätte das gut sein sollen?

Und die Tanten vom Sozialamt, die plapperten darüber, dass Teddy in eine Wohngemeinschaft ziehen sollte.

»Er kann doch auch nur ab und zu dort wohnen«, sagten sie. »Damit Sie ein wenig entlastet sind.«

Er hatte sich diese verdammten Wohngemeinschaften angesehen. Man wurde ja schon deprimiert, wenn man nur einen Fuß über die Schwelle setzte. Von allem. Von dieser Hässlichkeit, bei der jeder Gegenstand »Anstalt« schrie, »Aufbewahrungsort für Verrückte, Zurückgebliebene und Krüppel«. Von den Ziergegenständen, die offenbar von den Bewohnern hergestellt worden waren, Gipsabgüsse und Perlenplatten und grauenhafte Bilder in billigen Rahmen. Und vom Gezwitscher des Personals. Von den gestreiften Baumwollkitteln. Er weiß noch, wie er eine davon angesehen hat. Sie kann nicht größer als eins fünfzig gewesen sein. Er dachte: Und du willst dazwischengehen, wenn es hier Ärger gibt?

Teddy war zwar groß, aber er konnte sich nicht wehren.

»Niemals«, sagte Lars-Gunnar zu den Sozialamttanten.

Sie versuchten, ihm zuzureden.

»Sie brauchen Entlastung«, sagten sie. »Sie müssen auch an sich denken.«

»Nein«, hatte er gesagt. »Wieso denn? Warum muss ich an mich denken? Ich denke an den Jungen. Die Mutter des Jungen hat an sich gedacht, erzählen Sie mir doch mal, was dabei herausgekommen sein soll!«

Jetzt sind sie zu Hause. Lars-Gunnar fährt langsamer, als sie sich der Hofeinfahrt nähern. Er schaut zum Haus hinüber. Im Mondschein hat man ziemlich gute Sicht. Im Kofferraum liegt der Elchstutzen. Er ist geladen. Wenn ein Streifenwagen auf dem Hofplatz steht, wird er einfach weiterfahren. Wenn er entdeckt wird, bleibt ihm doch immer noch eine Minute. Ehe sie den Motor anlassen und auf die Straße fahren können. Oder jedenfalls dreißig Sekunden. Und das reicht.

Aber der Hofplatz ist leer. Vor dem Mond sieht er eine Eule, die im flachen Spähflug zum Ufer hinjagt. Er hält an und klappt den Fahrersitz so weit wie möglich zurück. Er will Teddy nicht wecken. Der Junge wird in ein paar Stunden von selbst aufwachen. Dann können sie ins Haus und ins Bett gehen. Er selbst wird auch ein wenig die Augen zumachen.

GELBBEIN

Gelbbein läuft aus ihrem Territorium. Dort kann sie nicht bleiben. Sie überquert die Grenze zum Revier eines anderen Rudels. Auch dort kann sie nicht bleiben. Das wäre zu gefährlich. Eine gut markierte Gegend. Frisch gesetzte Duftmarken wie Stacheldraht zwischen den Baumstämmen. Durch das hohe Gras, das aus dem Schnee ragt, zieht sich eine Mauer aus Gerüchen dahin, hier haben sie gepisst und die Pisse mit den Hinterbeinen verteilt. Aber sie muss hier durch, sie muss nach Norden.

Die erste Tagesetappe geht gut. Sie läuft mit leerem Magen. Pisst geduckt, drückt sich an den Boden, damit der Geruch sich nicht ausbreitet, vielleicht kann sie es schaffen. Sie hat Rückenwind, das ist gut.

Am nächsten Morgen nehmen sie ihre Witterung auf. Zwei Kilometer hinter ihr stehen fünf Wölfe und drücken die Nasen in Gelbbeins Spuren. Dann setzen sie ihr nach. Sie wechseln sich an der Spitze ab und haben sie bald in Sichtweite.

Gelbbein nimmt ihren Geruch wahr. Sie hat einen Fluss überquert, und als sie sich umdreht, sieht sie sie am anderen Ufer, einen knappen Kilometer flussabwärts.

Jetzt rennt sie um ihr Leben. Ein Eindringling wird sofort getötet. Die Zunge hängt weit aus ihrem aufgerissenen Maul. Die langen Beine tragen sie durch den Schnee, vor ihr gibt es keine Fährten.

Die Beine finden die Spur eines Schneemobils, die in die richtige Richtung führt. Die anderen holen auf, aber nicht so schnell.

Als sie nur dreihundert Meter hinter ihr sind, bleiben sie plötzlich stehen. Sie haben Gelbbein aus ihrem Revier und noch ein Stück weiter gejagt.

Sie ist entkommen.
Noch ein Kilometer, dann legt sie sich hin. Schnappt nach Schnee. Der Hunger reißt an ihrem Gedärm.

Sie wandert weiter nach Norden. Dort, wo das Weiße Meer die Halbinsel Kola von Karelien trennt, biegt sie nach Nordwesten ab.
Es ist jetzt Spätwinter. Das Laufen fällt ihr schwer.
Wald. Hundert Jahre alte und ältere Bäume. Nackte, spitze, nadellose Bäume fast überall. Und dort oben Bilder von grünem Wehen, rauschenden Armen. Die Sonne kann kaum durchdringen, kann den Schnee noch nicht schmelzen. Es gibt nur Lichtflecken und tropfendes Schmelzwasser von den höchsten Wipfeln. Es tropft, gluckst, tränt. Alle wittern Frühling und Sommer. Jetzt kann man mehr tun als nur überleben. Der Schlag von schweren Waldvogelflügeln, der Fuchs, der immer häufiger seinen Bau verlässt, Wühlmäuse und Mäuse, die auf dem morgens noch festen Schnee laufen. Und dann das plötzliche Schweigen, wenn der ganze Wald innehält, Atem holt und auf die vorüberlaufende Wölfin horcht. Nur der Schwarzspecht hackt weiterhin stur auf den Baumstamm ein. Und auch das Tropfen verstummt nicht. Der Frühling hat keine Angst vor der Wölfin.

Moor. Der Spätwinter ist eine weiche Wasserfläche unter einer matschigen Schneedecke, die sich bei der geringsten Berührung in grauen Schlamm verwandelt. Mit jedem Schritt sinkt sie tief ein. Die Wölfin wandert jetzt bei Nacht weiter. Dann trägt die Schneedecke noch. Tagsüber sucht sie sich ein Lager in einer Mulde oder unter einer Tanne. Noch im Schlaf auf der Hut.

Die Jagd ist anders ohne das Rudel. Sie reißt einen Hasen und anderes Kleinwild. Nicht viel für eine Wölfin auf Wanderung.
Ihre Beziehung zu anderen Tieren hat sich auch geändert. Füchse und Raben sammeln sich gern um Rudel. Die Raben fressen die

Reste, die das Rudel hinterlässt. Die Wölfe graben Fuchslöcher aus und nehmen sie in Besitz. Die Raben säubern den Tisch der Wölfe. Die Raben rufen aus den Bäumen: Hier kommt Beute! Hier steht ein brünftiger Hirsch und reibt sein Geweih an einem Baumstamm. Holt ihn euch, holt ihn euch! Ein erschöpfter Rabe kann vor einem schlafenden Wolf zu Boden fallen, ihm auf den Kopf picken und ein paar Schritte zurückgehen. Auf seine alberne und unbeholfene Weise herumhüpfen. Der Wolf macht einen Ausfall. In letzter Sekunde hebt der Vogel ab. So können sie sich gegenseitig eine ganze Weile unterhalten, der Schwarze und der Graue.

Aber eine einsame Wölfin ist keine Spielkameradin. Sie verschmäht keine Beute, sie hat keine Lust auf ein Spiel mit einem Vogel, sie teilt nichts freiwillig.

Eines Morgens überrascht sie bei ihrer Mulde eine Füchsin. Mehrere Löcher sind an einem Hang gegraben. Ein Loch liegt unter einem umgestürzten Baum versteckt. Nur Spuren und ein wenig Erde auf dem Schnee davor können die Lage verraten. Nun kommt die Füchsin heraus. Die Wölfin hat ihren scharfen Gestank schon längst wahrgenommen und ist ein wenig von ihrer Richtung abgewichen. Jetzt kommt sie im Gegenwind den Hang herab, sieht, wie die Füchsin aus dem Bau schaut, sieht den mageren Körper. Die Wölfin bleibt stehen, erstarrt, die Füchsin muss noch weiter herauskommen, aber kaum dass sie den Kopf bewegt, wird sie die Wölfin entdecken.

Ein Sprung. Als wäre sie eine Katze. Sie durchbricht das Unterholz und die Zweige der umgestürzten jungen Fichte. Ihre Krallen ziehen sich über den Rücken der Füchsin. Brechen ihr das Rückgrat. Sie verschlingt das andere Tier gierig, presst es mit einer Pfote nach unten und reißt das wenige Fleisch herunter, das es ihr bietet.

Gleich kommen zwei Krähen angeflattert und wollen auch etwas abhaben. Die eine setzt ihr Leben aufs Spiel, kommt der Wölfin gefährlich nahe, aber die andere kann derweil ganz schnell einen Bissen stehlen. Die Wölfin schnappt nach ihnen, als sie im Sturzflug auf ihren Kopf zujagen, aber ihre Pfote lässt den Fuchsrumpf nicht los. Sie verschlingt alles, dann läuft sie zwischen den Löchern hin und her und wittert. Wenn die Füchsin Junge hatte und sie nicht zu tief unten liegen, kann sie sie ausbuddeln, aber sie findet keine.

Sie macht sich wieder auf den Weg. Die Beine der einsamen Wölfin wandern ruhelos immer weiter.

Montag, 11. September

»Er ist wie vom Erdboden verschwunden.«

Anna-Maria Mella sah ihre Kollegen an. Sie hatten sich zur Frühbesprechung beim Staatsanwalt versammelt. Eben war festgestellt worden, dass sie keinerlei Spur von dem verschwundenen Pastor Stefan Wikström hatten.

Sechs Sekunden lang herrschte vollkommenes Schweigen. Polizeiinspektor Fred Olsson, Staatsanwalt Alf Björnfot, Sven-Erik Stålnacke und Polizeiinspektor Tommy Rantakyrö machten betrübte Gesichter. Etwas Schlimmeres, als dass der Pastor spurlos verschwunden war, konnten sie sich überhaupt nicht vorstellen. Er konnte doch irgendwo verbuddelt worden sein.

Sven-Erik sah also betrübt aus. Er war als Letzter zu dieser Morgenandacht beim Staatsanwalt erschienen. Das sah ihm überhaupt nicht ähnlich. Er hatte ein kleines Pflaster am Kinn. Es war von Blut rötlich verfärbt. Ein männliches Symbol für einen missratenen Morgen. Die Haare an seinem Hals unter dem Adamsapfel waren in der Eile dem Rasierer entkommen und standen wie grobe graue Borsten von der Haut ab. Unter dem einen Mundwinkel klebten Reste von eingetrocknetem Rasierschaum wie weißer Kitt.

»Na, bisher ist es nur ein Fall von Verschwinden«, stellte der Staatsanwalt fest. »Es war doch ein Diener der Kirche. Der erfahren hat, dass wir ihm auf die Schliche gekommen sind, was diese Reise angeht, die seine Familie für das Geld der Wolfsstiftung unternommen hat. Das kann durchaus genug sein, um die Beine in die Hand zu nehmen. Die Angst, dass sein Ruf jetzt ruiniert ist. Vielleicht taucht er als Nächstes wie ein Springteufelchen wieder auf.«

Alle am Tisch schwiegen. Alf Björnfot schaute sich um. Alle hier waren in ihrer Arbeit absolut engagiert. Sie schienen nur darauf zu warten, dass der Leichnam des Pastors auftauchte. Mit Spuren und Beweisen, damit neuer Schwung in die Ermittlungen kommen könnte.

»Was wissen wir über die Zeit vor seinem Verschwinden?«, fragte er.

»Er hat am Freitagabend gegen fünf vor sieben seine Frau angerufen«, sagte Fred Olsson. »Dann hatte er in der Kirche einen Jugendabend, hat den Versammlungsraum aufgeschlossen und gegen halb zehn eine Abendandacht abgehalten. Er ist dort um kurz nach zehn aufgebrochen und seither nicht mehr gesehen worden.«

»Sein Auto?«, fragte der Staatsanwalt.

»Steht hinter dem Gemeindehaus.«

Das ist aber eine ziemlich kurze Strecke, dachte Anna-Maria. Der Versammlungsraum der Jugendgruppen und die Rückseite des Gemeindehauses waren etwa hundert Meter voneinander entfernt.

Sie erinnerte sich an eine Frau, die einige Jahre zuvor verschwunden war. Die Mutter von zwei Kindern war abends aus dem Haus gegangen, um die Hunde im Zwinger zu füttern. Und dann war sie verschwunden. Die aufrichtige Verzweiflung und die Beteuerungen ihres Ehemanns, die vom ganzen Bekanntenkreis unterstützt wurden, dass sie die Kinder niemals freiwillig verlassen hätte, hatten die Polizei dazu gebracht, alle Kräfte für die Aufklärung dieses Verschwindens einzusetzen. Sie hatten die Frau im Wald hinter dem Haus ausgegraben. Der Mann hatte sie umgebracht.

Aber damals hatte Anna-Maria auch so gedacht. So ein kurzer Weg. So ein kurzer Weg.

»Die Überprüfung von Telefongesprächen, Mails und Bankkonten, was ist dabei herausgekommen?«, fragte der Staatsanwalt.

»Nichts Besonderes«, sagte Tommy Rantakyrö. »Der Anruf bei der Frau war sein letzter. Ansonsten gab es ein paar Anrufe bei verschiedenen Gemeindemitgliedern und dem Probst, dem Leiter der Jagdgesellschaft, bei der Schwägerin … ich habe hier eine Liste der Anrufe, und ich habe daneben notiert, worum es bei diesen Gesprächen ging.«

»Gut«, sagte Alf Björnfot aufmunternd.

»Was haben die Schwägerin und der Probst gesagt?«

»Mit der Schwägerin hat er darüber gesprochen, dass er sich um seine Frau Sorgen macht. Dass es ihr wieder schlechter gehen könnte.«

»Sie hat diese Briefe an Mildred Nilsson geschrieben«, sagte Fred Olsson. »Es scheint ja arge Konflikte zwischen den Wikströms und Mildred Nilsson gegeben zu haben.«

»Und worüber haben Stefan Wikström und der Probst gesprochen?«, fragte Anna-Maria.

»Meine Frage war ihm schrecklich peinlich«, sagte Tommy Rantakyrö. »Aber dann hat er gesagt, dass Stefan besorgt war, weil wir die Buchführung der Stiftung mitgenommen haben.«

Eine kaum merkliche Furche tauchte auf der Stirn des Staatsanwalts auf. Aber er sagte nichts über Dienstvergehen und Beschlagnahmung ohne amtliche Befugnis. Stattdessen sagte er: »Was auf ein freiwilliges Verschwinden hinweisen könnte. Versteckt sich, weil er Angst vor der Schande hat. Den Kopf in den Sand zu stecken ist in solchen Fällen die normalste Reaktion, das kann ich euch sagen. Man denkt ja, begreifen die nicht, dass sie alles nur noch schlimmer machen, aber meistens haben sie den gesunden Menschenverstand längst verloren.«

»Warum ist er nicht mit dem Auto gefahren?«, fragte Anna-Maria. »Ist er einfach in die Wildnis hinausspaziert? Um diese Zeit ging doch kein Zug mehr. Und auch kein Flugzeug.«

»Taxi?«, fragte der Staatsanwalt.

»Nein«, antwortete Fred Olsson.

Anna-Maria blickte Fred Olsson beifällig an.

Du verdammter sturer Terrier, dachte sie.

»Na«, sagte der Staatsanwalt, »Tommy, könntest du …«

»Die Anwohner rund um das Gemeindehaus fragen, ob sie irgendwas gesehen haben«, sagte Tommy resigniert.

»Genau«, sagte der Staatsanwalt, »und...«

»Und dann noch mit den Mitgliedern dieser Jugendgruppe reden.«

»Sehr gut. Fred Olsson kann dich begleiten. – Sven-Erik«, sagte der Staatsanwalt dann. »Du könntest vielleicht die Täterprofilgruppe anrufen und dich erkundigen, was die zu sagen haben?«

Sven-Erik nickte.

»Wie ist das mit der Zeichnung gelaufen?«, fragte der Staatsanwalt.

»Das Labor ist noch immer damit beschäftigt«, sagte Anna-Maria. »Sie haben noch nichts gefunden.«

»Na gut. Dann treffen wir uns morgen früh wieder, wenn bis dahin nichts Besonderes passiert«, sagte der Staatsanwalt, ließ die Bügel seiner Brille zuschnappen und steckte sie in die Brusttasche.

Und damit war die Besprechung beendet.

Ehe Sven-Erik in sein Arbeitszimmer ging, schaute er bei Sonja in der Telefonzentrale vorbei.

»Du«, sagte er, »wenn irgendwer wegen eines grau getigerten Katers anruft, dann sag mir Bescheid.«

»Ist Manne verschwunden?«

Sven-Erik nickte.

»Seit einer Woche«, sagte er. »So lange war er noch nie weg.«

»Wir werden die Augen offen halten«, versprach Sonja. »Wart's ab, der kommt schon noch zurück. Es ist doch noch warm. Er ist sicher irgendwo auf Freiersfüßen unterwegs.«

»Er ist kastriert«, erwiderte Sven-Erik düster.

»Ach«, sagte sie. »Ich sag den anderen Bescheid.«

Die Mitarbeiterin der Täterprofilgruppe beim Landeskriminalamt meldete sich sofort. Sie klang fröhlich, als Sven-Erik sich vorstellte. Viel zu jung, um sich mit solchem Dreck zu befassen.

»Ich nehme an, Sie haben die Zeitungen gelesen?«, fragte Sven-Erik.

»Ja, haben Sie ihn gefunden?«

»Nein, er ist noch immer verschwunden. Was meinen Sie also?«

»Tja«, sagte sie. »Wie meinen Sie das?«

Sven-Erik versuchte, seine Gedanken zu sammeln.

»Also«, begann er. »Wenn wir annehmen, dass das, was die Zeitungen andeuten, wirklich zutrifft.«

»Dass Stefan Wikström ermordet worden ist, und zwar von einem Serienmörder«, fügte sie hinzu.

»Genau. Aber wäre das nicht seltsam?«

Sie blieb stumm. Wartete darauf, dass Sven-Erik sich genauer erklärte.

»Ich meine«, sagte er, »es ist doch seltsam, dass er verschwunden ist. Der Mörder hat Mildred unter der Orgel aufgehängt, warum macht er das nicht auch mit Stefan Wikström?«

»Er muss ihn vielleicht erst säubern. Bei Mildred Nilsson habt ihr doch ein Hundehaar gefunden, oder? Oder er möchte ihn noch ein wenig behalten.«

Sie verstummte und schien nachzudenken.

»Es tut mir leid«, sagte sie endlich. »Wenn der Leichnam auftaucht – falls er auftaucht, er kann doch auch freiwillig verschwunden sein –, dann können wir weiterreden. Und überlegen, ob es ein Muster gibt.«

»Na gut«, sagte Sven-Erik. »Er kann aus freien Stücken verschwunden sein. Er hatte ja Dreck am Stecken, was eine kircheneigene Stiftung betrifft. Und dann hat er entdeckt, dass wir seiner schmutzigen kleinen Geschichte auf der Spur waren.«

»Einer schmutzigen kleinen Geschichte?«

»Ja, es ging um ungefähr hunderttausend. Und es ist noch die Frage, ob das für eine Anklage ausgereicht hätte. Es dreht sich um eine Bildungsreise, die eigentlich ein privater Urlaub war.«

»Sie glauben also nicht, dass er einen Grund hatte, deshalb die Flucht zu ergreifen?«

»Eigentlich nicht.«

»Aber wenn nun die Tatsache an sich ihm Angst gemacht hat, also, dass die Polizei näher rückte?«

»Wie meinen Sie das?«

Sie lachte.

»Ach, einfach so«, sagte sie mit Nachdruck. Dann klang sie plötzlich sehr förmlich.

»Ich wünsche Ihnen alles Gute. Lassen Sie von sich hören, wenn etwas passiert.«

Kaum hatten sie aufgelegt, da begriff Sven-Erik, was sie gemeint hatte. Wenn Stefan Mildred ermordet hatte...

Sofort setzte sein Gehirn zum Widerspruch an.

Wenn wir aber einfach mal annehmen, dass er es war, beharrte Sven-Erik in Gedanken. Dann könnte unser Auftauchen ihn in die Flucht geschlagen haben. Egal, was wir wollten. Und wenn wir ihn nur nach der Uhrzeit hätten fragen wollen.

Anna-Marias Telefon klingelte. Es war die Buchhändlerin aus Stockholm.

»Ich hab das mit dem Symbol geklärt«, sagte sie ohne Einleitung.

»Ja?«

»Einer von meinen Kunden kannte es. Es steht auf der Vorderseite eines Buches namens *The Gate*. Geschrieben hat es Michelle Moan, das ist ein Pseudonym. Das Buch ist nicht ins Schwedische übersetzt worden. Ich habe es nicht. Aber ich kann ein Exemplar für Sie besorgen. Soll ich?«

»Ja. Worum geht es in diesem Buch?«

»Um den Tod. Es ist ein Totenbuch. Sehr teuer. Zweiundfünfzig Pfund. Und dann kommen noch Versandkosten dazu. Ich hab schon beim Verlag in England angerufen.«

»Ja?«

»Ich habe gefragt, ob bei ihnen Bestellungen aus Schweden eingelaufen sind. Sie hatten ein paar. Eine aus Kiruna.«

Anna-Maria hielt den Atem an. Ein Hoch der Amateurdetektivin!

»Haben sie einen Namen genannt?«

»Ja. Benjamin Wikström. Ich habe auch eine Adresse.«

»Ist nicht nötig«, rief Anna-Maria in den Hörer. »Tausend Dank. Ich melde mich wieder!«

Sven-Erik Stålnacke stand bei Sonja in der Zentrale. Er hatte einfach noch einmal fragen müssen.

»Was haben die anderen gesagt? Hat irgendwer was über Manne gehört?«

Sie schüttelte den Kopf.

Plötzlich tauchte Tommy Rantakyrö hinter Sven-Eriks Rücken auf.

»Ist dein Kater verschwunden?«, fragte er.

Sven-Erik grunzte als Antwort.

»Dann ist er sicher zu anderen Leuten gezogen«, sagte Tommy sorglos. »Du weißt doch, Katzen, die hängen nicht an Menschen, das ist nur unsere eigene... Projektifi... dass wir unsere Gefühle in sie hineinlesen. Sie empfinden keine Zuneigung, das ist wissenschaftlich bewiesen.«

»Was ist das für ein Scheißgerede«, knurrte Sven-Erik.

»Aber das ist die Wahrheit des Tages«, sagte Tommy, ohne sich von Sonjas Blicken warnen zu lassen. »Du weißt doch, wenn die sich an deine Beine drücken und daran herumstreichen. Dann machen die das, um Duftmarken zu setzen, um klarzustellen, dass man ein Futter- und Rastplatz ist, der ihnen gehört. Sie sind keine Herdentiere.«

»Na ja, vielleicht«, sagte Sven-Erik. »Aber immerhin kommt er in mein Bett und schläft da wie ein Kind.«

»Weil es da warm ist. Du bedeutest deinem Kater nicht mehr als ein Heizkissen.«

»Aber du bist Hundemensch«, schaltete Sonja sich ein. »Du kannst dich überhaupt nicht zu Katzen äußern.«

Zu Sven-Erik sagte sie: »Ich bin auch Katzenmensch.«

In diesem Moment wurden die Glastüren aufgerissen. Anna-Maria kam hereingestürzt. Sie packte sich Sven-Erik und zog ihn von Sonja weg.

»Wir müssen sofort zum Pfarrhaus von Jukkasjärvi fahren«, sagte sie nur.

Kristin Wikström öffnete ihnen in Morgenrock und Pantoffeln. Ihre Wimperntusche war unter ihren Augen verschmiert. Ihre blonden Haare waren hinter die Ohren geschoben und klebten am Hinterkopf.

»Wir suchen Benjamin«, sagte Anna-Maria. »Wir würden gern kurz mit ihm sprechen. Ist er zu Hause?«

»Was wollen Sie von ihm?«

»Mit ihm reden«, sagte Anna-Maria. »Ist er zu Hause?«

Kristin Wikström hob mit einem Ruck den Kopf.

»Was wollen Sie von ihm? Worüber wollen Sie mit ihm sprechen?«

»Sein Vater ist verschwunden«, sagte Sven-Erik geduldig. »Wir müssen ihm ein paar Fragen stellen.«

»Er ist nicht zu Hause.«

»Wissen Sie, wo er ist?«, fragte Anna-Maria.

»Nein, und Sie sollten lieber Stefan suchen. Das müssten Sie jetzt tun.«

»Können wir sein Zimmer sehen?«, fragte Anna-Maria.

Die Mutter kniff müde die Augen zusammen.

»Nein, das können Sie nicht.«

»Dann bitten wir um Entschuldigung für die Störung«, sagte Sven-Erik freundlich und zog Anna-Maria zum Wagen.

Sie fuhren los.

»Verdammt!«, rief Anna-Maria, als sie durch das Tor fuhren. »Wie konnte ich so blöd sein und ohne Hausdurchsuchungsbefehl herkommen?«

»Halt ein Stück weiter vorn, und lass mich raus«, sagte Sven-

Erik. »Und dann bretterst du los und schnappst dir einen Durchsuchungsbefehl und kommst wieder her. Ich will sie im Auge behalten.«

Anna-Maria hielt, Sven-Erik stieg aus.

»Beeil dich«, sagte er.

Sven-Erik lief zurück zum Pfarrhaus. Er stellte sich hinter einen Torpfosten, wo ein Vogelbeerstrauch ihn verdeckte. Er hatte Haustür und Schornstein im Blick.

Wenn der zu rauchen anfängt, geh ich rein, dachte er.

Eine Viertelstunde später kam Kristin Wikström aus dem Haus. Sie hatte den Morgenrock durch Jeans und Pullover ersetzt. In der Hand hielt sie eine verknotete Mülltüte. Sie ging auf die Mülltonne zu. Als sie den Tonnendeckel öffnete, schaute sie sich um und entdeckte Sven-Erik.

Ihm blieb nichts anderes übrig, als auf sie zuzustürzen. Er streckte die Hand aus.

»Also los«, sagte er. »Her damit.«

Wortlos reichte sie ihm die Tüte. Er sah, dass sie sich eine Bürste durch die Haare gezogen und die Lippen ein wenig angemalt hatte. Dann fingen ihre Tränen an zu laufen. Keine Gegenwehr, fast keine Gesichtsbewegung, nur Tränen. Sie hätte auch Zwiebeln schälen können.

Sven-Erik öffnete die Tüte. Darin lagen Zeitungsartikel, die mit Mildred Nilsson zu tun hatten.

»Und jetzt«, sagte er und zog die Frau an sich. »Und jetzt erzählen Sie, wo er steckt.«

»In der Schule natürlich«, sagte sie.

Sie ließ sich umarmen und festhalten. Weinte stumm an seiner Schulter.

»Aber was meinst du?«, fragte Sven-Erik, als er und Anna-Maria vor der Högalidschule hielten. »Dass er Mildred und seinen Vater ermordet hat?«

»Ich meine gar nichts. Aber er hat ein Buch mit demselben Symbol, das auf der Zeichnung mit der gehängten Mildred zu sehen ist. Vermutlich hat er sie gezeichnet. Und er hatte eine Menge Zeitungsartikel über den Mord an ihr.«

Die Rektorin der Schule war eine freundliche Frau von Mitte fünfzig. Sie war rundlich, trug einen knielangen Rock und eine dunkelblaue Wolljacke. Ein buntes Tuch war wie ein Schmuck um ihren Hals gebunden. Sven-Erik wurde von ihrem Anblick in gute Laune versetzt. Er mochte diese Art von energischen Frauen.

Anna-Maria verlangte, sofort Benjamin Wikström zu holen. Die Rektorin griff zu einem Stundenplan. Dann rief sie den Lehrer an, bei dem Benjamin gerade Unterricht hatte. Und wollte wissen, was eigentlich los sei.

»Wir glauben, dass er möglicherweise Mildred Nilsson bedroht hat, die Pastorin, die im Sommer ermordet worden ist. Also müssen wir ihm ein paar Fragen stellen.«

Die Rektorin schüttelte den Kopf.

»Verzeihung«, sagte sie. »Aber das kann ich nun wirklich nicht glauben. Benjamin und seine Kumpels. Die sehen ganz entsetzlich aus. Schwarze Haare und weiße Gesichter. Rußige Schminke um die Augen. Und ihre T-Shirts erst! Im vorigen Schuljahr hatte einer von Benjamins Kumpels eins mit einem Säuglingsskelett.«

Sie lachte und hob die Schultern in gespieltem Schaudern. Wurde dann ernst, als Anna-Maria nicht lächelte.

»Aber es sind wirklich liebe Kinder«, sagte die Rektorin dann. »Benjamin hatte im vorigen Jahr, in der achten Klasse, eine schwierige Phase, aber ich würde ihn jederzeit als Babysitter für meine eigenen Kinder anheuern. Wenn ich kleine Kinder hätte.«

»Wieso hatte er im vorigen Jahr eine schwierige Phase?«, fragte Sven-Erik.

»Er hatte große Probleme mit dem Lernen. Und er wurde so… sie wollen ja anders aussehen als alle anderen, deshalb laufen sie so rum. Ich denke ab und zu, dass sie ihr Gefühl, am Rand zu stehen, vor sich hertragen. Es als ihre eigene Entscheidung aussehen lassen. Aber es ging ihm nicht gut. Er hatte viele kleine Wunden an den Armen, und immer pulte er die Krusten ab. So, als ob die Wunden einfach nicht heilen dürften. Aber nach Weihnachten kam er dann langsam wieder auf die Beine. Damals hatte er eine Freundin gefunden und eine Band gegründet.«

Sie lächelte.

»Diese Band. Herrgott, die haben im Frühjahr hier in der Schule gespielt. Und irgendwie hatten sie sich einen Schweinekopf besorgt, auf den sie auf der Bühne mit Äxten einhacken konnten. Sie waren einfach überglücklich.«

»Ist er ein guter Zeichner?«, fragte Sven-Erik.

»Ja«, sagte die Rektorin. »Das ist er.«

Es wurde an die Tür geklopft, und Benjamin Wikström kam herein.

Anna-Maria und Sven-Erik stellten sich vor.

»Wir würden dir gern ein paar Fragen stellen«, sagte Sven-Erik.

»Ich rede nicht mit euch«, sagte Benjamin Wikström.

Anna-Maria Mella seufzte.

»Dann muss ich dich vorläufig festnehmen, und du musst mit zur Wache kommen.«

Den Blick zu Boden gesenkt. Die strähnigen Haare vor dem Gesicht.

»Dann macht das doch.«

»So«, sagte Anna-Maria zu Sven-Erik. »Reden wir jetzt mit ihm?«

Benjamin Wikström saß in Vernehmungsraum 1. Er hatte kein Wort gesagt, seit sie die Schule verlassen hatten. Sven-Erik und Anna-Maria holten sich Kaffee. Und eine Cola für Benjamin Wikström.

Oberstaatsanwalt Alf Björnfot kam über den Flur galoppiert.

»Wen habt ihr festgenommen?«, keuchte er.

Sie berichteten von ihrem Einsatz.

»Fünfzehn«, sagte der Staatsanwalt. »Seine Erziehungsberechtigten müssen dabei sein, ist die Mutter da?«

Sven-Erik und Anna-Maria wechselten einen Blick.

»Dann schafft sie gefälligst her«, sagte der Staatsanwalt. »Gebt dem Jungen was zu essen, wenn er will. Und ruft das Jugendamt an. Die sollen auch jemanden schicken. Und sagt mir dann Bescheid.«

Damit war er verschwunden.

»Ich will nicht«, stöhnte Anna-Maria.

»Ich geh sie holen«, sagte Sven-Erik Stålnacke.

Eine Stunde später saßen sie im Vernehmungszimmer. Sven-Erik Stålnacke und Anna-Maria Mella auf der einen Seite des Tisches. Auf der anderen Benjamin Wikström zwischen einer Vertreterin des Jugendamts und Kristin Wikström. Ihre Augen waren blutunterlaufen.

»Hast du Mildred Nilsson diese Zeichnung geschickt?«, fragte Sven-Erik. »Wir werden bald die Fingerabdrücke haben. Wenn du es also warst, kannst du es auch gleich sagen.«

Benjamin Wikström schwieg verbissen.

»Herrgott«, sagte Kristin. »Was soll denn das, Benjamin? Wie konntest du so etwas tun? Das ist doch krankhaft!«

Benjamins Miene verhärtete sich. Er starrte die Tischplatte an. Presste die Arme an den Leib.

»Wir sollten vielleicht eine kleine Pause einlegen«, sagte die Frau vom Jugendamt und legte den Arm um Kristin.

Sven-Erik nickte und schaltete das Tonbandgerät aus. Kristin Wikström, die Frau vom Jugendamt und Sven-Erik verließen das Zimmer.

»Warum willst du nicht mit uns reden?«, fragte Anna-Maria.

»Weil ihr einfach nichts kapiert«, sagte Benjamin Wikström. »Ihr kapiert rein gar nichts.«

»Das behauptet mein Sohn auch immer. Er ist genauso alt wie du. Hast du Mildred gekannt?«

»Sie ist das nicht auf der Zeichnung. Rafft ihr das nicht? Das ist ein Selbstporträt.«

Anna-Maria sah sich die Zeichnung an. Sie war davon ausgegangen, dass sie Mildred darstellte. Aber auch Benjamin hatte lange dunkle Haare.

»Du warst mit ihr befreundet!«, rief Anna-Maria. »Deshalb hattest du die Zeitungsartikel!«

»Sie hat es kapiert«, sagte er. »Sie hat es kapiert!«

Hinter dem Vorhang aus Haaren fielen Tränen auf die Tischplatte.

Mildred und Benjamin sitzen in Mildreds Arbeitszimmer im Gemeindehaus. Sie hat einen Kräutertee mit Honig eingeschenkt. Den Tee hat sie von einigen Frauen aus Magdalena bekommen, die die Kräuter selbst gesammelt haben. Sie lachen über den schrecklichen Geschmack.

Einer von Benjamins Kumpel ist von Mildred konfirmiert worden. Und über diesen Kumpel haben Mildred und er einander kennen gelernt.

Auf Mildreds Schreibtisch liegt das Buch *The Gate*. Jetzt hat sie es gelesen.

»Was sagst du also?«

Das Buch ist dick. Sehr dick. Viel Text auf Englisch. Auch viele Farbbilder.

Es geht um *The Gate to the Unbuilt House, to the World You Create*. Das Tor zum ungebauten Haus, zu der von dir erschaffenen Welt. Es ist eine Ermahnung, durch Riten und Gedankenkraft die Welt zu erschaffen, in der man in Ewigkeit leben will. Es geht um den Weg dorthin. Selbstmord. Kollektiv oder einsam. Der englische Verlag ist von einer Gruppe von Eltern verklagt worden. Vier Jugendliche haben sich im Frühjahr 1998 gemeinsam umgebracht.

»Mir gefällt die Vorstellung, dass man seinen eigenen Himmel erschafft«, sagt sie.

Dann hört sie zu. Gibt ihm Taschentücher, wenn er weint. Das macht er, wenn er mit Mildred spricht. Weil er das Gefühl hat, dass er für sie wichtig ist.

Er erzählt von seinem Vater. Darin liegt sicher eine kleine Rache. Dass er mit Mildred spricht, die sein Vater verabscheut.

»Er hasst mich«, sagt er. »Aber das ist mir egal. Wenn ich mir die Haare schneiden ließe und in Hemd und heilen Hosen umherliefe und in der Schule lernte und zum Klassensprecher ernannt würde, dann wäre er auch noch nicht zufrieden. Das weiß ich.«

Jemand klopft an die Tür. Mildred runzelt verärgert die Stirn. Wenn das rote Lämpchen brennt…

Die Tür wird geöffnet, und Stefan Wikström kommt herein. Eigentlich hat er an diesem Tag frei.

»Hier bist du also«, sagt er zu Benjamin. »Nimm deine Jacke, und mach, dass du ins Auto kommst.«

Zu Mildred sagt er: »Und du hörst auf, dich in meine Familienangelegenheiten einzumischen. Er will nicht lernen. Er zieht sich so an, dass man sich übergeben möchte. Macht der Familie Schande, so gut er nur kann. Und du bestärkst ihn munter darin, wenn ich das richtig verstanden habe. Lädst ihn zum Tee ein, wenn er Schule schwänzt. – Hast du nicht gehört? Jacke und Auto!«

Er klopft auf seine Armbanduhr.

»Du hast jetzt gerade Schwedisch, ich fahr dich zur Schule.«

Benjamin bleibt sitzen.

»Deine Mutter sitzt zu Hause und weint. Deine Klassenlehrerin hat bei uns angerufen und wollte wissen, wo du steckst. Du machst Mama krank. Willst du das wirklich?«

»Benjamin wollte nur reden«, sagt Mildred. »Manchmal...«

»Man redet mit seiner Familie«, erklärt Stefan.

»Ach, wirklich!«, ruft Benjamin. »Aber du willst ja gar nicht antworten. Wie gestern, als ich dich gefragt habe, ob ich mit Kevin und seiner Familie mit zur Grenze fahren kann.«

»Lass dir die Haare schneiden, und zieh dich an wie ein normaler Mensch, dann rede ich mit dir wie mit einem normalen Menschen.«

Benjamin springt auf und nimmt seine Jacke.

»Ich fahr mit dem Rad zur Schule. Du brauchst mich nicht hinzubringen.«

Er stürzt aus dem Zimmer.

»Das ist deine Schuld«, sagt Stefan und zeigt auf Mildred, die noch immer die Teetasse in der Hand hält.

»Du tust mir leid, Stefan«, sagt sie dazu. »Du musst doch schrecklich einsam sein.«

»Wir lassen ihn laufen«, sagte Anna-Maria zum Staatsanwalt und ihren Kollegen. Sie ging in den Pausenraum und bat die Frau vom Jugendamt, Mutter und Sohn nach Hause zu bringen.

Dann ging sie in ihr Zimmer. Sie fühlte sich müde und mutlos.

Sven-Erik kam vorbei und fragte, ob sie mit zum Mittagessen kommen wollte.

»Es ist doch schon drei«, sagte sie.

»Aber hast du etwas gegessen?«

»Nein.«

»Nimm deine Jacke. Ich fahre.«

Sie grinste.

»Warum willst du fahren?«

Tommy Rantakyrö tauchte hinter Sven-Eriks Rücken auf.

»Ihr müsst kommen«, sagte er.

Sven-Erik schaute ihn düster an.

»Mit dir red ich nicht mal«, sagte er.

»Wegen der Sache mit dem Kater? Das sollte doch bloß ein Witz sein. Aber das hier müsst ihr euch anhören.«

Sie folgten Tommy Rantakyrö in Verhörraum 2. Dort saßen eine Frau und ein Mann. Beide in Wanderkleidung. Der Mann war ziemlich groß gewachsen, hielt eine militärgrüne Schirmmütze mit einem Firmenlogo in der Hand und wischte sich den Schweiß von der Stirn. Die Frau war unnatürlich mager. Sie hatte die tiefen Fältchen in der Oberlippe, die sich nach langjährigem Rauchen einstellen. Kopftuch und Beerenflecken auf den Jeans. Beide rochen nach Tabak und Mückenöl.

»Kann man ein Glas Wasser haben«, fragte der Mann, als Anna-Maria und ihre Kollegen den Raum betraten.

»Jetzt hör doch auf«, sagte die Frau in einem Tonfall, der andeutete, dass ihr nichts recht sein würde, egal, was der Mann sagte oder tat.

»Könnten Sie noch einmal erzählen, was Sie mir eben gesagt haben«, bat Tommy Rantakyrö.

»Na, erzähl du«, sagte die Frau gereizt zu ihrem Mann.

Ihr Blick irrte gestresst herum.

»Tja, wir waren im Norden vom Nedre Vuolosjärvi, zum Beerenpflücken«, sagte der Mann. »Mein Schwager hat da draußen eine Hütte. Unglaubliche Moltebeervorkommen um diese Zeit, aber uns ging es ja eher um Ihm…«

Er schaute auf zu Tommy Rantakyrö, der durch eine kurze Handbewegung klarstellte, dass der Mann zur Sache kommen sollte.

»Also, in der Nacht haben wir dann Lärm gehört«, sagte der Mann.

»Das war ein Schrei«, korrigierte die Frau.

»Ja, ja. Und jedenfalls kam danach dann ein Schuss.«

»Und dann noch ein Schuss«, fügte die Gattin hinzu.

»Dann erzähl du doch«, sagte der Mann genervt.

»Nein, hab ich gesagt. Du redest jetzt mit der Polizei!«

Die Frau kniff den Mund zusammen.

»Ja, mehr gibt es wohl nicht zu erzählen«, sagte der Mann.

Sven-Erik sah die beiden überrascht an.

»Und wann ist das passiert?«, fragte er.

»In der Nacht auf Samstag«, sagte der Mann.

»Und heute ist Montag«, sagte Sven-Erik langsam. »Warum kommen Sie erst jetzt?«

»Ich hab dir ja gesagt…«, setzte die Frau an.

»Ja, ja, halt jetzt die Klappe«, fiel der Mann ihr ins Wort.

»Ich habe doch gesagt, dass wir sofort fahren müssten«, sagte die Frau zu Sven-Erik. »Du meine Güte, als ich den Pastor auf dem Fahndungsplakat gesehen habe, meinen Sie, der war das?«

»Haben Sie etwas gesehen?«, fragte Sven-Erik.

»Nein, wir sind ins Bett gegangen«, sagte der Mann. »Haben nur das gehört, was ich Ihnen gesagt habe. Ja, und dann noch ein Auto. Aber das war viel später. Die Straße von Laxforsen kommt doch da vorbei.«

»War Ihnen nicht klar, dass die Sache ernst sein könnte?«, fragte Sven-Erik freundlich.

»Nicht dass ich wüsste«, erwiderte der Mann mürrisch. »Jetzt ist doch Elchjagd, da ist es schließlich normal, dass im Wald geschossen wird.«

Sven-Eriks Stimme klang unnatürlich geduldig.

»Aber es war doch mitten in der Nacht. In der Jagdsaison wird das Feuer eine Stunde vor Sonnenuntergang eingestellt. Und wer hat wohl geschrien? Der Elch vielleicht?«

»Ich hab dir ja gesagt…«, setzte die Frau wieder an.

»Hören Sie, im Wald klingt alles anders«, sagte der Mann und sah verärgert aus. »Es kann ein Fuchs gewesen sein. Oder ein brünftiger Rehbock. Haben Sie so einen schon mal gehört? Na, und jetzt haben wir es ja jedenfalls erzählt. Und da dürfen wir nun vielleicht nach Hause fahren?«

Sven-Erik starrte den Mann an, als ob der den Verstand verloren hätte.

»Nach Hause fahren?«, rief er. »Nach Hause fahren? Sie bleiben hier. Wir holen uns die Karte und sehen uns die Gegend an. Sie werden uns erzählen, woher der Schuss gekommen ist. Wir werden feststellen, ob es Kugel oder Schrot war. Sie überlegen sich, was das für ein Schrei war, ob Sie vielleicht ein Wort verstanden haben. Und wir werden auch über diese Autogeräusche sprechen. Woher, wie weit weg, alles. Ich will die genaue Uhrzeit wissen. Und wir werden das alles sehr genau durchgehen. Viele Male. Ist das klar?«

Die Frau sah Sven-Erik flehend an.

»Ich habe ja gesagt, wir sollten sofort zur Polizei fahren, aber Sie wissen ja, wie das ist, wenn man erst mal mit Beerenpflücken angefangen hat.«

»Ja, und jetzt siehst du, was dabei herausgekommen ist. Ich habe Himbeeren für dreitausend Eier im Auto. Auf jeden Fall muss ich unseren Sohn anrufen, damit er sie holen kommt. Verdammt, die Beeren werdet ihr mir nicht ruinieren!«

Sven-Eriks Brustkorb hob und senkte sich.

»Das Auto war jedenfalls ein Diesel«, sagte der Mann.

»Wollen Sie sich über mich lustig machen?«, fragte Sven-Erik.

»Nö, aber verdammt, das erkennt man doch. Die Hütte liegt ein Stück von der Straße entfernt, aber trotzdem. Aber wie gesagt, das war viel später. Braucht überhaupt nichts mit dem Schuss und allem zu tun zu haben.«

Um Viertel nach vier am Nachmittag flogen Anna-Maria Mella und Sven-Erik Stålnacke mit dem Hubschrauber nach Norden. Unter ihnen schlängelte der Torneälv sich dahin wie ein Silberband. Einige vereinzelte Wolken warfen ihre Schatten über die Berghänge, ansonsten schien die Sonne über dem goldgelben Gelände.

»Man kann ja verstehen, dass die lieber Beeren pflücken, als ihren Urlaub zu ruinieren und in die Stadt zu fahren«, sagte Anna-Maria.

Sven-Erik gab sich geschlagen und lachte.

»Was ist bloß mit den Leuten los?«

Sie schauten auf die Karte.

»Wenn die Hütte hier am Nordufer des Sees liegt und der Schuss von Süden gekommen ist…«, sagte Anna-Maria und zeigte auf die betreffenden Stellen.

»Er hat doch gesagt, es habe ziemlich nah geklungen.«

»Ja, und weiter unten sind ja einige Hütten am Ufer eingezeichnet. Und dann haben sie ein Auto gehört. Das kann nicht mehr als einen, höchstens zwei Kilometer von der Hütte entfernt gewesen sein.«

Sie hatten auf der Karte einen Kreis gezogen. Am nächsten Tag würde die Polizei zusammen mit der Heimwehr das Gelände durchsuchen.

Der Hubschrauber verlor an Höhe. Folgte dem länglichen See Nedre Vuolosjärvi nach Norden. Sie fanden die Hütte, in der das beerenpflückende Paar übernachtet hatte.

»Geh noch weiter runter, damit wir alles so gut wie möglich sehen können«, schrie Anna-Maria dem Piloten zu.

Sven-Erik hielt ein Fernglas in der Hand. Anna-Maria glaubte, ohne Fernglas besser sehen zu können. Birken und sandiger Boden. Der Waldweg zog sich am Ufer bis zum Nordende des Sees hin. Einige einsame Rentiere glotzten blöde, und eine Elchkuh mit Kalb galoppierte durch das Unterholz davon.

Aber trotzdem, dachte Anna-Maria, kniff die Augen zusammen und versuchte, etwas anderes zu erkennen als Birken und Unterholz. Es geht ja doch nicht im Handumdrehen, jemanden zu vergraben. Bei den vielen Wurzeln.

»Warte«, rief sie plötzlich. »Sieh mal da!«

Sie zog Sven-Erik am Arm.

»Siehst du«, fragte sie. »Da liegt ein Boot unterhalb der Rentierfährte. Das sehen wir uns mal an.«

Der See war über sechs Kilometer lang. Ein Pfad führte vom Waldweg zum Ufer hinunter. Das letzte Wegstück war sumpfig. Das weiße Plastikboot war an Land gezogen. Und umgedreht worden, damit kein Wasser hineinlief.

Mit vereinten Kräften drehten sie es nun wieder auf den Kiel.

»Sauber und ordentlich«, sagte Sven-Erik.

»Extrem sauber und ordentlich«, sagte Anna-Maria.

Sie bückte sich und musterte den Boden des Bootes. Schaute zu Sven-Erik hoch und nickte. Auch er bückte sich jetzt.

»Ja, aber Blut gibt es doch immer«, sagte er.

Sie schauten auf den See hinaus. Der war blank und ruhig. An einer Stelle kräuselte sich die Oberfläche. In der Ferne schrie eine Lumme.

Da unten, dachte Anna-Maria. Er liegt im Wasser.

»Wir gehen zurück«, sagte Sven-Erik. »Hat keinen Sinn, hier alles zu zertrampeln und die Techniker in den Wahnsinn zu treiben. Wir holen Krister Eriksson und Tintin her. Wenn sie etwas finden, dann müssen wir einen Taucher kommen lassen. Wir gehen auch nicht über den Weg, auch da kann es doch Spuren geben.«

Anna-Maria schaute auf die Uhr.

»Das schaffen wir noch, ehe es dunkel wird«, sagte sie.

Es war schon nach halb fünf Uhr nachmittags, als sie sich wieder am See versammelten, Anna-Maria Mella, Sven-Erik Stålnacke, Tommy Rantakyrö und Fred Olsson. Sie warteten auf Krister Eriksson und Tintin.

»Wenn er in der Nähe liegt, dann findet Tintin ihn«, sagte Fred Olsson.

»Auch wenn sie nicht so gut ist wie Zack«, sagte Tommy.

Tintin war eine Schäferhündin. Sie gehörte Polizeiinspektor Krister Eriksson. Als er fünf Jahre zuvor nach Kiruna gezogen war, hatte er Zack mitgebracht. Einen Schäferhund mit dickem beigem und braunschwarzem Fell. Breiter Kopf. Nicht gerade ein Ausstellungshund. Ein Einmannköter. Für Zack gab es nur Krister. Wenn jemand anders ihn streicheln oder auch nur begrüßen wollte, wandte er gleichgültig den Kopf ab.

»Es ist eine Ehre, mit ihm arbeiten zu dürfen«, hatte Krister über seinen Hund gesagt.

Die Bergwacht hatte einen mehrstimmigen Huldigungsgesang angestimmt. Zack war der beste Lawinenhund, den sie jemals gesehen hatten. Und auch ein guter Suchhund. Krister Eriksson ließ sich im Pausenraum auf der Wache immer nur dann sehen, wenn Zack zum Kuchen einlud. Genauer gesagt, wenn dankbare Angehörige oder von Zack Gerettete zum Kuchenessen baten. Ansonsten nutzte Krister Eriksson seine Kaffeepausen zu Spaziergängen mit seinem Hund oder zum Training.

Er war eben kein geselliger Typ. Das lag vielleicht an seinem Aussehen. Danach zu schließen, was Anna-Maria gehört hatte, hatte ein Hausbrand in Kristers Teenagerjahren diese Verletzungen verursacht. Sie hatte sich nie getraut, ihn danach zu fragen, dazu war er nicht der Typ. Sein Gesicht sah aus wie schweinchenrosa Pergament. Die Ohren waren zwei klaffende Löcher im Kopf. Er hatte keinen Haarwuchs, keine Augenbrauen oder Wimpern, nichts.

Auch von seiner Nase war nicht viel übrig geblieben. Zwei längliche Grotten, die in seinen Schädel führten. Anna-Maria wusste, dass er unter den Kollegen Michael Jackson genannt wurde.

Als Zack noch lebte, hatten sie Witze über Herrn und Hund gerissen. Dass sie abends zusammen beim Bier saßen und sich Sportnachrichten ansahen. Dass Zack beim Toto die meisten Richtigen hatte.

Nachdem Krister sich Tintin angeschafft hatte, hatte Anna-Maria nichts dergleichen gehört. Vermutlich wurden weiterhin Witze gerissen, aber da Tintin weiblichen Geschlechts war, waren es wohl Zoten, die in Anna-Marias Anwesenheit ungesagt blieben. »Sie wird gut«, pflegte Krister über Tintin zu sagen. »Noch ein wenig zu eifrig. Ist eben noch jung, aber das ändert sich ja.«

Krister Eriksson traf zehn Minuten nach den anderen ein. Tintin saß auf dem Beifahrersitz, festgeschnallt mit einem Sicherheitsgurt für Hunde. Er ließ sie aus dem Wagen springen.

»Ist das Boot da?«, fragte er.

Die anderen nickten. Ein Hubschrauber setzte es am Nordufer des Sees ins Wasser. Es war orange und ging auf Grund, dazu hatte es Scheinwerfer und Echolot.

Krister Eriksson zog Tintin eine Schwimmweste an. Sie wusste genau, was das bedeutete. Arbeit. Arbeit, die Spaß machte. Sie rieb sich eifrig an seinen Beinen. Ihre Schnauze war erwartungsvoll aufgerissen. Die Nasenlöcher weiteten sich in alle Richtungen.

Sie gingen zum Boot hinunter. Krister Eriksson stellte Tintin auf die kleine Plattform und stieß sich vom Ufer ab. Die Kollegen blieben stehen und sahen zu, wie sie davonglitten. Sie hörten, wie Krister den Motor anwarf. Sie suchten im Gegenwind. Anfangs lief Tintin aufgeregt umher, fiepte und tanzte. Dann setzte sie sich. Verhielt sich ganz ruhig und schien an etwas anderes zu denken.

Vierzig Minuten vergingen. Tommy Rantakyrö raufte sich die Mähne. Tintin hatte sich hingelegt. Das Boot glitt auf dem See hin und her. Arbeitete sich nach Süden vor. Die Kollegen am Ufer wanderten mit.

»Verdammt, die stechen ja heute wieder«, klagte Tommy Rantakyrö.

»Kerle mit Hunden. Das ist doch eigentlich das Richtige für dich«, sagte Sven-Erik zu Anna-Maria.

»Hör bloß auf«, knurrte Anna-Maria warnend. »Und es war übrigens gar nicht sein Hund.«

»Was denn?«, fragte Fred Olsson.

»Nichts«, sagte Anna-Maria.

»Na, na, wer A sagt«, sagte Tommy Rantakyrö.

»Sven-Erik hat A gesagt«, sagte Anna-Maria. »Erzähl schon. Bring mich in Schande, los!«

»Ja, aber das war doch, als du noch in Stockholm gewohnt hast«, begann Sven-Erik.

»Als ich auf der Polizeischule war.«

»Also, da ist Anna-Maria bei einem Typen eingezogen. Und wohnte da noch nicht lange.«

»Wir wohnten erst zwei Monate zusammen, und unsere Beziehung war auch nicht viel älter.«

»Und jetzt musst du korrigieren, wenn ich etwas falsch erzähle, aber jedenfalls kam sie eines Tages nach Hause, und auf dem Schlafzimmerboden lag ein schwarzer Stringtanga aus Leder.«

»Mit so einem obszönen Knopfverschluss«, sagte Anna-Maria. »Und vorn war ein Loch darin. Man brauchte sich ja nicht lange den Kopf darüber zu zerbrechen, was aus diesem Loch herausschauen sollte.«

Sie legte eine Pause ein und sah Fred Olsson und Tommy Rantakyrö an. Sie hatte die beiden wohl noch nie so glücklich und erwartungsvoll erlebt.

»Und außerdem«, fügte sie hinzu. »Lag auf dem Boden eine Damenbinde.«

»Hör doch auf!«, sagte Tommy Rantakyrö selig.

»Ich war total geschockt«, sagte Anna-Maria. »Ich meine, was wissen wir schon über andere Menschen? Und als Max dann nach Hause kam und von der Tür aus hallo rief, saß ich einfach nur im

Schlafzimmer. Er fragte: Was ist los?, und ich zeigte auf diesen Lederkram und sagte: Wir müssen reden. Über das da. Aber er reagierte nicht einmal. Ach, sagte er ganz ungerührt. Die ist sicher aus dem Kleiderschrank gefallen. Dann legte er Unterhose und Binde wieder zurück. Er war wirklich eiskalt.«

Sie grinste.

»Es war eine Hundeunterhose. Seine Mutter hatte eine Boxerhündin, die er manchmal betreute. Und wenn die läufig war, trug sie diese Hose mit dem Loch für den Schwanz und einer Binde. So einfach war das.«

Das Lachen der drei Männer hallte über den See.

Sie kicherten noch lange.

»Ja, verdammt«, quietschte Tommy Rantakyrö und wischte sich die Augen.

Dann sprang Tintin im Boot auf.

»Seht mal«, sagte Sven-Erik Stålnacke.

»Als ob wir auf die Idee kommen würden, gerade jetzt wegzuschauen«, sagte Tommy Rantakyrö und reckte den Hals.

Tintin stand noch immer. Sie war total angespannt. Ihre Schnauze zeigte wie eine Kompassnadel über den See. Krister Eriksson verlangsamte das Tempo und lenkte das Boot in die Richtung, in die Tintins Nase zeigte. Die Hündin fiepte und bellte, lief auf der Plattform hin und her und kratzte mit den Pfoten. Sie bellte immer intensiver, und am Ende hing sie mit dem Vorderkörper im Wasser. Als Krister Eriksson die Boje mit dem Bleigewicht zur Hand nahm, um die Stelle zu markieren, konnte Tintin nicht mehr an sich halten. Sie sprang ins Wasser und schwamm um die Boje herum, bellte und stieß Wasser aus ihrer Nase aus.

Krister Eriksson rief sie, packte sie am Griff der Schwimmweste und zog sie zu sich an Bord. Für einen Moment lief er Gefahr, selbst ins Wasser zu fallen. Im Boot fiepte und heulte Tintin weiter vor Glück. Die Polizei hörte Krister Erikssons Stimme durch den Motorenlärm und das Gebell.

»So ist es gut, Mädel. Braaav.«

Tintin sprang triefend wie ein Schwamm an Land. Sie schüttelte sich, und alle Umstehenden bekamen eine ordentliche Dusche ab.

Krister Eriksson lobte sie und streichelte ihren Kopf. Sie hielt nur für eine Sekunde still. Dann jagte sie in den Wald und verkündete, wie verdammt toll sie doch sei. Sie hörten ihr Gebell aus allerlei Richtungen.

»Sollte sie ins Wasser springen?«, fragte Tommy Rantakyrö.

Krister Eriksson schüttelte den Kopf.

»Sie war nur einfach so heiß«, sagte er. »Aber dass sie das Gesuchte findet, soll für sie auch ein positives Erlebnis sein, deshalb kann man sie nicht verfluchen, weil sie ins Wasser gesprungen ist, aber...«

Er schaute in Richtung des Hundegebells, mit einer Mischung aus unendlichem Stolz und Nachdenklichkeit.

»Sie ist verdammt tüchtig«, sagte Tommy beeindruckt.

Die anderen stimmten zu. Bei ihrer letzten Begegnung mit Tintin hatte die Hündin eine verschwundene senildemente Frau von sechsundsiebzig im Wald hinter Kaalasjärvi gefunden. Es war ein ausgedehntes Gelände zu durchsuchen gewesen, und Krister Eriksson war langsam mit dem Geländewagen über alte Forstwege gefahren. Auf der Motorhaube hatte er eine Gummimatte befestigt, damit Tintin nicht herunterrutschte. Tintin hatte wie eine Sphinx auf der Motorhaube gelegen und die Nase in die Luft gereckt. Eine imponierende Vorführung.

Die anderen hatten nicht so oft die Gelegenheit, mit Krister Eriksson lange Gespräche zu führen. Tintin kam von ihrer Ehrenrunde zurück, und auch sie wurde von der plötzlichen Gruppenzusammengehörigkeit erfasst. Sie ging sogar so weit, dass sie einmal um alle herumrannte und dann in Sven-Eriks Fußspuren herumschnüffelte.

Dann war dieser Moment vorbei.

»Also, dann sind wir wohl fertig«, sagte Krister fast wütend, rief seine Hündin und nahm ihr die Schwimmweste ab.

Es wurde jetzt dunkel.

»Jetzt brauchen wir nur noch die Technik und die Taucher zu verständigen«, sagte Sven-Erik. »Die sollen herkommen, sowie es morgen hell wird.«

Er war froh und traurig zugleich. Das Schlimmste war eingetroffen. Noch ein Geistlicher war ermordet worden, das konnte man jetzt ja fast mit Sicherheit sagen. Aber andererseits. Dort unten lag ein Leichnam. Es gab Spuren im Boot und sicher auch auf dem Weg. Sie wussten, dass es ein Auto mit Dieselmotor gewesen war. Jetzt hatten sie neue Indizien.

Er sah die anderen an. Merkte, dass alle diese elektrische Spannung verspürten.

»Sie sollen noch heute Abend herkommen«, sagte Anna-Maria. »Sie können doch zumindest einen Versuch im Dunkeln machen. Ich will ihn so bald wie möglich rausholen.«

Måns Wenngren saß im Grodan und betrachtete sein Mobiltelefon. Schon den ganzen Tag hatte er Rebecka Martinsson nicht anrufen wollen, jetzt konnte er sich aber nicht mehr erinnern, was eigentlich dagegensprach.

Er würde sie anrufen und so nebenbei fragen, was denn die Schwarzarbeit mache.

Er hatte Gedanken wie damals mit fünfzehn. Wie ihr Gesicht in dem Moment aussehen würde, wenn er in sie eindrang.

Alter Trottel!, sagte er zu sich und wählte ihre Nummer.

Sie meldete sich nach drei Klingeltönen. Hörte sich müde an. Er fragte ganz nebenbei, was denn die Schwarzarbeit mache, ganz wie geplant.

»Das ist nicht so gut gegangen«, sagte sie.

Dann strömte es aus ihr heraus, wie ihr von Teddys Vater unterstellt worden war, sie sei zum Schnüffeln hergekommen.

»Es war so schön, nicht mehr die ›Frau, die drei Männer umgebracht hat‹, sein zu müssen«, sagte sie. »Ich habe es nicht geheim gehalten, aber es gab auch keine Gelegenheit, darüber zu sprechen. Das Schlimmste ist, dass ich losgefahren bin, ohne meine Rechnung zu bezahlen.«

»Die kannst du doch sicher überweisen oder so«, sagte Måns.

Rebecka lachte.

»Ich glaube nicht.«

»Soll ich das für dich übernehmen?«

»Nein.«

Nein, natürlich nicht, dachte er. Kann sie alleine.

»Dann solltest du hinfahren und bezahlen«, sagte er.

»Ja.«

»Du hast nichts verbrochen, du brauchst nicht den Kopf einzuziehen.«

»Nein.«

»Und auch, wenn man etwas verbrochen hat, sollte man nicht den Kopf einziehen«, sagte Måns jetzt.

Jetzt verstummte sie ganz und gar.

»Jetzt wirst du sehr wortkarg, Martinsson«, sagte Måns.

Jetzt reiß dich zusammen, sagte Rebecka zu sich selbst. Führ dich nicht dauernd auf wie ein Fall für die Klapse.

»Verzeihung«, sagte sie.

»Ach, vergiss es«, sagte Måns. »Ich ruf dich morgen früh an und bring dich auf Trab. In irgendeinem Kaff eine Rechnung bezahlen, das schaffst du doch mit links. Weißt du noch, wie du es mit Axling Import aufnehmen musstest?«

»Mmm.«

»Ich ruf dich morgen an.«

Er ruft nicht an, dachte sie, als sie aufgelegt hatten. Warum sollte er?

Die Taucher von der Lebensrettungsgesellschaft fanden an diesem Abend um fünf nach zehn Stefan Wikströms Leichnam. Er wurde mit einem Netz hochgehievt, war aber schwer. Er war mit einer Eisenkette umwickelt. Seine Haut war weiß und aufgeschwemmt, aufgeweicht und wässrig. In Stirn und Brust hatte er Einschusslöcher von der Größe eines halben Zentimeters.

GELBBEIN

Es ist Anfang Mai. Das Laub, das unter dem Schnee gelegen hat, ist auf dem Boden zu einer braunen Schale gepresst worden. Hier und dort lugt vorsichtiges Grün hervor. Warme Winde von Süden. Vogelzüge.

Die Wölfin ist noch immer auf Wanderschaft. Ab und zu wird sie von der großen Einsamkeit überwältigt. Dann hebt sie den Kopf gen Himmel und lässt alles auf sich zukommen.

Fünfzig Kilometer hinter Sodankylä liegt eine Stadt mit einer offenen Müllhalde. Dort wühlt sie eine Weile herum, findet Reste und buddelt verängstigte fette Ratten aus. Schlägt sich ordentlich den Bauch voll.

Ein Stück außerhalb der Stadt ist ein karelischer Bärenhund angekettet. Als die Wölfin den Waldrand erreicht, bellt er nicht wie besessen los. Er fürchtet sich auch nicht, er macht keinen Fluchtversuch. Er bleibt stumm da stehen und wartet einfach auf sie.

Der Menschengeruch macht ihr zwar Angst, aber jetzt war sie schon so lange allein, und dieser furchtlose Bärenhund kommt ihr wie gerufen. Drei Tage lang kehrt sie bei Einbruch der Dämmerung zu ihm zurück. Traut sich an ihn heran. Beschnüffelt ihn und lässt sich beschnüffeln. Sie machen einander den Hof. Dann kehrt sie an den Waldrand zurück. Dort bleibt sie stehen und schaut den Hund an. Wartet darauf, dass er ihr folgt.

Und der Hund reißt an seiner Kette. Tagsüber hört er auf zu fressen.

Als die Wölfin am vierten Tag zurückkehrt, ist er nicht mehr da.

Sie bleibt eine Weile am Waldrand stehen. Dann läuft sie wieder in den Wald. Und zieht weiter.

Es liegt kein Schnee mehr. Der Boden dampft und zittert vor Sehnsucht nach Leben. Es kribbelt und krabbelt, keimt und sprosst überall. Das Laub sprengt sich einen Weg aus den schmerzenden Bäumen. Der Sommer kommt von unten her, wie eine grüne, unbezwingliche Welle.

Sie wandert zwanzig Kilometer am Torneälv nach Norden. Kommt über die Menschenbrücke bei Muonio.

Kurz darauf kniet zum zweiten Mal in ihrem Leben ein Mann vor ihr. Sie liegt im Birkenwald, und die Zunge hängt ihr aus dem Maul. Ihre Beine scheinen verschwunden zu sein. Die Bäume über ihr sieht sie nur als vagen Nebel.

Der kniende Mann ist Wolfsforscher bei den Naturschutzbehörden.

»Du bist so schön«, sagt er und streichelt ihre Seite und ihre langen gelben Beine.

»Ja, sie ist klasse«, stimmt die Tierärztin zu.

Sie gibt ihr eine Vitaminspritze, überprüft ihre Zähne, bewegt vorsichtig ihre Gelenke.

»Drei Jahre, vielleicht vier«, schätzt sie. »In hervorragendem Zustand, keine Krätze, gar nichts.«

»Eine echte Prinzessin«, sagt der Forscher und befestigt den Sender an ihrem Hals, ein seltsames Schmuckstück für eine königliche Hoheit.

Der Hubschrauber dröhnt noch immer. Der Boden ist so sumpfig, dass der Pilot nicht wagt, den Motor auszuschalten, denn dann könnte er so tief im Morast versinken, dass er nicht mehr abheben kann.

Die Tierärztin gibt der Wölfin noch eine Spritze.

Der Forscher richtet sich auf. Seine Hand spürt sie noch immer. Das dichte, kalte Fell. Die Wolle ganz innen. Die groben, langen Deckhaare. Die schweren Pfoten.

Von der Luft aus sehen sie, wie sie auf die Beine kommt. Ein wenig wacklig.

»Hart im Nehmen«, kommentiert die Tierärztin.

Der Forscher schickt einen Gedanken an die höheren Mächte. Eine Bitte um Schutz.

Dienstag, 12. September

ALLES STEHT IN DEN MORGENZEITUNGEN. Und in den Radionachrichten ist ebenfalls die Rede davon. Der verschwundene Pastor ist mit einer Kette umwickelt in einem See gefunden worden. Durch zwei Schüsse getötet. Einen in die Brust. Einen in den Kopf. Glatte Hinrichtung, sagt eine Quelle bei der Polizei und behauptet, es sei mehr Glück als Verstand gewesen, dass sie den Leichnam überhaupt gefunden hätten.

Lisa sitzt am Küchentisch. Sie hat die Zeitung zugeschlagen und das Radio abgestellt. Sie versucht, ganz stillzusitzen. Sowie sie sich bewegt, scheint in ihr eine Welle loszubrechen. Eine Welle, die durch ihren Körper jagt, die sie auf die Füße reißt, sie zwingt, durch ihr leeres Haus zu trampeln. Ins Wohnzimmer mit den klaffend leeren Bücherregalen und den leeren Fensterbänken. In die Küche. Das Geschirr ist gespült. Die Schränke sind sorgfältig ausgewischt. Alle Schubladen leer. Keine Papiere oder unbezahlten Rechnungen liegen herum. Ins Schlafzimmer. In dieser Nacht hat sie ohne Bettwäsche geschlafen, sie hat sich nur mit dem Steppmantel zugedeckt und konnte zu ihrem großen Erstaunen schlafen. Der Mantel liegt zusammengefaltet am Fußende, unter den Kissen. Ihre Kleider hat sie fortgegeben.

Wenn sie ganz still sitzen bleibt, kann sie ihre Sehnsucht bezwingen. Die Sehnsucht nach Schreien und Tränen. Oder nach Schmerz. Die Sehnsucht danach, die Hand auf die glühend heiße Herdplatte zu legen. Bald wird es Zeit zum Aufbruch sein. Sie hat geduscht und saubere Unterwäsche angezogen. Der ungewohnte BH kratzt unter den Armen.

Die Hunde lassen sich nicht so leicht hinters Licht führen. Sie kommen angeschwänzelt. Das Geräusch ihrer Krallen auf dem Boden, klicketi-klicketi-klick. Sie achten nicht auf ihre starre, abweisende Haltung. Sie bohren ihre Nasen in ihren Bauch, drücken sie zwischen ihre Beine, schieben die Köpfe unter ihre Hände und verlangen, gestreichelt zu werden. Sie streichelt. Es ist eine grauenhafte Anstrengung. Sich so weit zu verschließen, dass sie sie liebkosen kann, ihr weiches Fell berühren, die Wärme des lebendigen, fließenden Blutes darunter.

»Geht ins Bett«, sagt sie mit fremder Stimme.

Und sie gehen ins Bett. Aber dann sind sie gleich wieder da und laufen herum.

Um halb acht steht sie auf. Spült die Kaffeetasse aus und stellt sie in die Spülmaschine. Dort sieht sie auf seltsame Weise verlassen aus.

Auf dem Hof machen die Hunde sofort Schwierigkeiten. Normalerweise springen sie gleich ins Auto, sie wissen, dass das einen langen Tag im Wald bedeutet. Aber jetzt rennen sie hin und her. Karelin stürzt davon und pisst zwischen den Johannisbeersträuchern. Der Preuße setzt sich auf sein Hinterteil und starrt sie an, während sie mit der Hand immer wieder auf die geöffnete Hecktür zeigt. Majken gibt sich als Erste geschlagen. Kommt mit eingekniffenem Schwanz über den Hofplatz gelaufen. Karelin und der Preuße springen hinter ihr her ins Auto.

Kotz-Morris hat nie Lust auf eine Autofahrt. Jetzt aber führt er sich schlimmer auf denn je. Lisa muss ihn jagen, sie flucht und schimpft, bis er stehen bleibt. Sie muss ihn zum Auto schleppen und zerren.

»Spring jetzt rein, verdammt noch mal«, brüllt sie und schlägt ihm auf die Flanke.

Und jetzt springt er hinein. Er hat begriffen. Das tun sie offenbar alle. Schauen sie durch das Fenster an. Sie setzt sich auf den Kuhfänger und ist total erschöpft. Dass sie als Letztes ihre Hunde zusammenstauchen würde, das hätte sie nicht erwartet.

Sie fährt zum Friedhof. Die Hunde müssen im Wagen bleiben. Sie geht zu Mildreds Grab. Wie immer gibt es viele Blumen, kleine Karten, sogar Fotos, die sich in der Feuchtigkeit wellen und aufquellen.

Sie kümmern sich gut um sie, alle Frauenzimmer.

Sie hätte natürlich auch etwas auf das Grab legen müssen. Aber was hätte das wohl sein sollen?

Sie sucht verzweifelt nach Worten. Nach einem Gedanken. Sie starrt Mildreds Namen auf dem grauen, feuchten Stein an. Mildred, Mildred, Mildred. Durchbohrt sich mit diesem Namen wie mit einem Messer.

Meine Mildred, denkt sie dann. Dich habe ich im Arm gehalten.

Erik Nilsson sieht Lisa aus der Ferne. Sie steht starr und passiv da und scheint durch den Stein hindurchzublicken. Die anderen Frauen knien immer und sprechen in die Erde hinein, machen sich am Grab zu schaffen, jäten Unkraut, reden mit anderen Besuchern.

Er war unterwegs zum Grab, bleibt jetzt aber für einen Moment stehen. Er kommt unter der Woche oft morgens her, um seine Ruhe zu haben. Die Magdalenabande, er hat nichts gegen sie, aber sie halten Mildreds Grab besetzt. Für ihn gibt es dort unter den Trauernden keinen Platz. Sie beladen das Grab mit Blumen und Kerzen. Legen kleine Steine oben auf den Grabstein. Sein Beitrag verschwindet in der Menge. Den anderen mag es ja recht sein, zu einem Trauerkollektiv zu gehören. Es ist ein Trost für sie, dass sie viele sind, die Mildred vermissen. Aber er. Es ist ein kindischer Gedanke, das weiß er. Er will, dass die anderen auf ihn zeigen und sagen: »Er war ihr Mann, für ihn ist es am schlimmsten.«

Mildred steht schräg hinter ihm.

Soll ich weitergehen?, fragt er.

Aber sie gibt keine Antwort. Lässt Lisa nicht aus den Augen.

Er geht auf Lisa zu. Räuspert sich rechtzeitig, um ihr keine Angst zu machen, sie scheint so versunken.

»Hallo«, sagt er vorsichtig.

Sie sind sich seit der Beerdigung nicht wieder begegnet.

Sie nickt und versucht, ein Lächeln zustande zu bringen.

Er will schon sagen: »Du hast also auch eine Frühstücksverabredung hier« oder etwas ähnlich Sinnloses, was das Uhrwerk zwischen ihnen ein wenig schmieren könnte. Aber dann überlegt er es sich anders. Er sagt ernst: »Man hatte sie nur geliehen. Man kann das zwar verdammt noch mal nicht einsehen, wenn man mit jemandem zusammen ist. Ich war oft böse auf sie, wegen allem, was ich nicht bekommen habe. Jetzt wünschte ich, ich hätte... ich weiß nicht... das, was ich bekommen konnte, voller Freude angenommen, statt mich mit dem zu quälen, was es nicht gab.«

Er sieht sie an. Sie schaut ausdruckslos zurück.

»Ich rede und rede«, sagt er abwehrend.

Sie schüttelt den Kopf.

»Nein, nein«, bringt sie heraus. »Es ist nur... ich kann nicht...«

»Sie war immer so beschäftigt, hat die ganze Zeit gearbeitet. Jetzt, wo sie tot ist, habe ich endlich das Gefühl, dass wir Zeit füreinander haben. So, als ob sie in Pension gegangen wäre.«

Er sieht Mildred an. Sie ist in die Hocke gegangen und liest die Karten auf dem Grab. Ab und zu lächelt sie strahlend. Sie nimmt die Steine vom Grabstein und hält sie in der Hand. Einen nach dem anderen.

Er verstummt. Wartet darauf, dass Lisa vielleicht fragt, wie es ihm geht. Wie er zurechtkommt.

»Ich muss gehen«, sagt sie. »Ich hab die Hunde im Wagen.«

Erik Nilsson schaut hinter ihr her, als sie geht. Als er sich bückt, um die Blumen in der ins Erdreich gedrückten Vase auszutauschen, ist Mildred verschwunden.

Lisa setzt sich ins Auto.

»Legt euch«, sagt sie zu den Hunden hinten.

Ich hätte mich auch hinlegen sollen, denkt sie. Statt durch das Haus zu wandern und auf Mildred zu warten. Damals. In der Nacht vor Mittsommer.

Es ist die Nacht vor Mittsommer. Mildred ist bereits tot. Das weiß Lisa nicht. Sie wandert umher. Trinkt Kaffee, obwohl sie weiß, dass sie das so spät lieber lassen sollte.

Lisa weiß, dass Mildred in Jukkasjärvi einen Mitternachtsgottesdienst abgehalten hat. Sie hat die ganze Zeit damit gerechnet, dass Mildred danach zu ihr kommen würde, aber jetzt wird es doch sehr spät. Vielleicht hat irgendwer sie angesprochen und aufgehalten. Oder sie ist nach Hause gefahren. Nach Hause zu ihrem Erik. Bei diesem Gedanken krampft sich Lisas Bauch zusammen.

Die Liebe ist wie ein Gewächs oder wie ein Tier. Sie lebt und entwickelt sich. Wird geboren, wächst, altert, stirbt. Treibt neue, seltsame Sprossen. Eben noch war die Liebe zu Mildred eine heiße, vibrierende Freude. Ihre Finger dachten an Mildreds Haut. Ihre Zunge dachte an ihre Brustwarzen. Jetzt ist die Liebe so groß wie vorher, so stark wie vorher. Aber in der Dunkelheit ist sie bleich und fordernd geworden. Sie verschlingt alles, was es in Lisa gibt. Die Liebe zu Mildred macht sie müde und traurig. Sie hat es so ungeheuer satt, immer an Mildred zu denken. In ihrem Kopf gibt es keinen Platz für andere Dinge. Mildred und Mildred. Wo ist sie, was macht sie, was sagt sie, wie hat sie dieses oder jenes gemeint? Sie kann sich einen ganzen Tag nach Mildred sehnen, nur um sich dann mit ihr zu zerstreiten, wenn sie endlich kommt. Die Wunde in Mildreds Hand ist schon längst verheilt. So, als habe es sie nie gegeben.

Lisa schaut auf die Uhr. Es ist weit nach Mitternacht. Sie nimmt Majken an die Leine und geht hinaus auf die Hauptstraße. Will beim Anleger nachsehen, ob Mildreds Boot noch dort liegt.

Auf dem Weg dorthin kommt sie an Lars-Gunnars und Teddys Haus vorbei.

Ihr fällt auf, dass das Auto nicht auf dem Hofplatz steht.

Seither. Seither denkt sie jeden Tag daran. Die ganze Zeit. Dass Lars-Gunnars Auto nicht auf dem Hofplatz stand. Dass Lars-Gunnar der Einzige ist, den Teddy hat. Dass nichts Mildred wieder zum Leben erwecken kann.

Måns Wenngren ruft an und weckt Rebecka Martinsson. Ihre Stimme klingt warm und verschlafen.

»Hoch mit dir!«, kommandiert er. »Trink Kaffee, und iss ein Brot. Dusch dich, und mach dich fertig. Ich rufe in zwanzig Minuten wieder an. Dann musst du weit sein.«

Das macht er nicht zum ersten Mal. Als er mit Madelene verheiratet war und ihre zeitweise Platzangst und Panikattacken und Gott weiß was sonst noch alles noch ertragen konnte, hat er mit ihr alle Zahnarztbesuche, Familientreffen und Schuheinkäufe im Warenhaus durchgesprochen. Es ist eben doch alles zu irgendwas gut… und jetzt beherrscht er immerhin die Technik.

Nach zwanzig Minuten ruft er wieder an. Rebecka antwortet wie ein braves Pfadfindermädel. Jetzt soll sie sich ins Auto setzen, in die Stadt fahren und so viel Geld abheben, dass sie ihre Hütte in Poikkijärvi bezahlen kann.

Als er sie das nächste Mal anruft, sagt er, dass sie nach Poikkijärvi fahren, vor dem Lokal halten und ihn anrufen soll.

»So«, sagt Måns, als sie anruft. »Jetzt dauert es anderthalb Minuten, dann hast du es hinter dir. Geh rein und bezahl. Du brauchst kein Wort zu sagen, wenn du das nicht willst. Halt ihnen einfach das Geld hin. Wenn du das erledigt hast, dann setzt du dich ins Auto und rufst mich wieder an, okay?«

»Okay«, sagt Rebecka wie ein Kind.

Sie sitzt im Auto und schaut zum Lokal hinüber. Weiß und schäbig liegt es da in der scharfen Herbstsonne. Sie wüsste gern, wen sie dort wohl antreffen wird, Micke oder Mimmi?

LARS-GUNNAR SCHLÄGT die Augen auf. Stefan Wikström hat ihn im Traum geweckt. Sein jämmerliches Geschrei, klagend und flehend, als er am See in die Knie sinkt. Als er begreift.

Er ist im Sessel im Wohnzimmer eingenickt. Das Gewehr liegt auf seinem Knie. Mühsam erhebt er sich, mit steifem Rücken und verspannten Schultern. Er geht hoch in Teddys Zimmer. Teddy schläft noch immer tief.

Natürlich hätte er Eva niemals heiraten dürfen. Aber er war ja nur ein dummes Landei aus dem Norden. Leichte Beute für eine wie sie.

Groß war er immer schon. Bereits als Kind war er dick. Damals waren Kinder magere Wichte, die hinter Fußbällen herjagten. Sie waren dünn und schnell und warfen Schneebälle auf dicke Jungen, die nach Hause trotteten, so rasch ihre Beine sie trugen. Heim zu Vatern. Der mit dem Gürtel zuschlug, wenn er in der richtigen Stimmung war.

Ich habe gegen Teddy nie die Hand erhoben, denkt er. Das würde ich niemals tun.

Der dicke Knabe Lars-Gunnar aber wuchs heran und war trotz aller Schikanen ein sehr guter Schüler. Er machte eine Ausbildung bei der Polizei und zog dann wieder nach Hause. Und jetzt war er ein anderer. Es ist nicht leicht, in seinen Heimatort zurückzukommen, ohne in die alte Rolle zu fallen. Aber Lars-Gunnar hatte sich in diesem Jahr auf der Polizeischule verändert. Und einem Polizisten kommt man nicht dumm. Er hatte auch neue Freunde. In der Stadt. Kollegen. Er wurde in die Jagdgesellschaft aufgenommen. Und da er keine Angst vorm Zupacken hatte und ein guter Planer war, wurde er bald Jagdleiter. Eigentlich hätte dieses Amt rotieren sollen, aber so weit kam es nie. Lars-Gunnar denkt, dass es für die anderen sicher auch bequem war, einen zu haben, der plante und organisierte. In einem kleinen Winkel seines Bewusstseins ist ihm aber auch klar, dass niemand es gewagt hätte, seinen Anspruch auf den Posten des Jagdleiters in Frage zu stellen. Das ist gut so. Respekt kann nicht schaden. Und er hat diesen Respekt verdient. Hat ihn nicht ausgenutzt, wie viele andere das getan hätten.

Nein, sein Fehler war wohl eher immer, dass er zu lieb war. Dass er seine Mitmenschen zu positiv gesehen hat. So wie Eva.

Es ist schwer, sich keine Vorwürfe zu machen. Aber er war schon über fünfzig, als er sie kennen lernte. Hatte ein Leben lang allein gelebt, denn das mit den Frauen hatte einfach nicht klappen wollen. Bei denen war er noch immer träge wie früher, war sich seines Leibesumfangs allzu bewusst. Und dann Eva. Die ihren Kopf an seine Brust schmiegte. Ihr Kopf verschwand fast in seiner Hand, wenn er sie an sich zog. »Du kleines Wesen«, sagte er dann immer.

Aber später, als ihr das nicht mehr gut genug war, war sie verschwunden. Hatte ihn und den Kleinen verlassen.

Er kann sich kaum an die Monate nach ihrem Verschwinden erinnern. Sie sind für ihn ein dunkles Loch. Er hatte das Gefühl, dass der ganze Ort ihn anstarrte. Und er hätte gern gewusst, was hinter seinem Rücken getuschelt wurde.

Teddy dreht sich mühsam im Bett um. Das Bettgestell ächzt.

Ich muss…, denkt Lars-Gunnar und verliert den Faden.

Es ist schwer, sich zu konzentrieren. Aber der Alltag. Der muss weitergehen. Das ist doch der Sinn von allem. Sein und Teddys Alltag. Das Leben, das Lars-Gunnar für sie beide aufgebaut hat.

Ich muss einkaufen, denkt er. Milch und Zwieback und Aufschnitt. Wir haben fast gar nichts mehr im Haus.

Er geht die Treppe hinunter und ruft Mimmi an.

»Ich fahre in die Stadt«, sagt er. »Teddy schläft, und ich will ihn nicht wecken. Wenn er zu euch kommt, dann gib ihm Frühstück, ja?«

»Ist er da?«

Anna-Maria Mella hatte bei der Gerichtsmedizin in Lund angerufen. Am Telefon meldete sich Obduktionstechnikerin Anna Granlund, Anna-Maria aber wollte mit dem Oberarzt Lars Pohjanen sprechen. Anna Granlund hütete ihn wie eine Mutter ihr krankes Kind. Sie hielt im Obduktionssaal perfekte Ordnung. Schnitt für ihn die Leichen auf, entnahm Organe, legte sie zurück, wenn er fertig war, nähte die Leichen zu und schrieb auch größere Teile seiner Berichte.

»Er darf nicht aufhören«, hatte sie einmal zu Anna-Maria gesagt. »Du weißt, das wird am Ende wie eine Ehe, ich habe mich an ihn gewöhnt, ich will keinen anderen.«

Und Lars Pohjanen hielt durch. Atmete durch ein Luftrohr. Allein schon das Reden ließ ihn in Atemnot geraten. Einige Jahre zuvor war er wegen Lungenkrebs operiert worden.

Anna-Maria konnte ihn vor sich sehen. Vermutlich schlief er gerade auf dem genoppten Sofa aus den siebziger Jahren im Personalraum. Den Aschenbecher neben den abgenutzten Holzschuhen. Den grünen Operationskittel als Decke.

»Ja, er ist hier«, antwortete Anna Granlund. »Einen Moment.«

Dann Pohjanens Stimme am anderen Ende der Leitung, röchelnd und rau.

»Erzähl«, sagte Anna-Maria Mella, »du weißt, wie ungern ich lese.«

»Viel gibt es nicht. Hrrrm. Von vorn in die Brust geschossen. Dann aus nächster Nähe in den Kopf. Im Austrittsloch im Kopf zeigt sich der Explosionseffekt.«

Langes Einatmen, das Röcheln durch das Luftröhrchen.

»… vom Wasser aufgeweichte Haut, allerdings nicht geschwollen … aber ihr wisst ja, wann er verschwunden ist …«

»In der Nacht zum Samstag.«

»Da hat er wohl seither im See gelegen, nehme ich an. Wir haben kleine Verletzungen in den Teilen der Haut, die nicht von der Kleidung bedeckt waren, an den Händen und im Gesicht. Da haben die Fische schon mal zugelangt. Viel mehr gibt es nicht. Habt ihr die Kugeln gefunden?«

»Danach wird noch immer gesucht. Kein Kampf? Keine anderen Verletzungen?«

»Nein.«

»Und sonst?«

Pohjanens Stimme wurde schärfer.

»Mehr nicht, habe ich doch gesagt. Lass dir doch … von irgendwem den Bericht laut vorlesen.«

»Ich meine doch, bei dir.«

»Ach so, ach Scheiße«, sagte er und klang sofort freundlicher. »Bei mir ist alles beschissen, ist doch klar.«

Sven-Erik Stålnacke sprach mit der Gerichtspsychiaterin. Er saß auf dem Parkplatz in seinem Auto. Er mochte ihre Stimme. Schon von Anfang an hatte diese Wärme ihn angezogen. Und sie sprach langsam. Die meisten Frauen in Kiruna redeten so verdammt schnell. Und ziemlich laut. Sie waren wie Maschinengewehre, er hatte da keine Chance. Jetzt konnte er in Gedanken Anna-Maria hören: »Wieso denn keine Chance, wir haben doch keine Chance, keine Chance, in absehbarer Zeit eine brauchbare Antwort zu erhalten. Man fragt: Wie war das denn? Und dann ist es still, und dann ist es wieder still, und nach verdammt langem Nachdenken kommt dann: Gut. So ist es jedenfalls meistens, wenn ich aus Robert mehr herauspressen will. Also muss frau doch für zwei reden. Keine Chance, du meine Güte. Leck mich doch.«

Jetzt lauschte er der Stimme der Gerichtspsychiaterin und hörte ihren Humor. Obwohl es doch ein ernstes Gespräch war. Wenn er einige Jahre jünger wäre...

»Nein«, sagte sie. »Ich kann nicht an einen Nachahmer glauben. Mildred Nilsson wurde vorgezeigt. Stefan Wikströms Leichnam dagegen sollte nicht gefunden werden. Und es gab auch keine erlösenden Gewalthandlungen. Das hier ist eine ganz andere Herangehensweise. Es kann sich auch um jemand ganz anderen handeln. Die Antwort auf deine Frage ist also nein. Es ist sehr unwahrscheinlich, dass Stefan Wikström einem Serienmörder mit psychischen Störungen zum Opfer gefallen ist und dass der Mord unter starkem Affekt geschah und von Viktor Strandgårds Ende inspiriert war. Entweder war es ein anderer Mörder, oder Mildred Nilsson und Stefan Wikström wurden aus einem, ja, wie soll ich sagen, wirklichen Grund ermordet.«

»Ach?«

»Ja, also, der Mord an Mildred wirkt doch sehr... gefühlsbetont. Während der an Stefan eher...«

»Eine Hinrichtung war.«

»Genau! Es kommt mir ein ganz klein wenig vor wie ein Verbrechen aus Leidenschaft, jetzt spekuliere ich nur, bitte, vergiss das nicht, ich versuche dir nur mein gefühlsmäßiges Bild zu vermitteln... okay?«

»Ja.«

»Wie ein Mord aus Leidenschaft also. Gatte erschlägt Gattin im Zorn. Tötet den Liebhaber danach auf eher kaltblütige Weise.«

»Aber sie waren doch kein Paar«, sagte Sven-Erik.

Soviel wir wissen, fügte er in Gedanken hinzu.

»Ich meine ja auch gar nicht, dass es der Mann war. Ich meine nur...«

Sie verstummte.

»... ich weiß nicht, was ich meine«, sagte sie dann. »Es kann eine Verbindung geben. Es kann absolut derselbe Täter sein. Psychopath. Sicher. Vielleicht. Aber nicht notwendigerweise. Und nicht auf diese Weise, dass seine Vorstellungen von der Wirklichkeit jegliche Verankerung in der Wirklichkeit verloren haben.«

Es war Zeit, das Gespräch zu beenden. Sven-Erik tat das mit einem Stich des Bedauerns. Und Manne war noch immer verschwunden.

Rebecka Martinsson betritt Mickes Lokal. Dort sitzen drei Frühstücksgäste. Ältere Onkel, die sie mit beifälligen Blicken mustern. Weibliche Schönheit live. Die ist immer willkommen. Micke wischt gerade den Boden auf.

»Hallo«, sagt er zu Rebecka und stellt Mopp und Eimer beiseite. »Komm mit.«

Rebecka folgt ihm in die Küche.

»Du musst entschuldigen«, sagt er. »Das ging am Samstag so daneben. Aber ich wusste einfach nicht, was ich sagen sollte... hast du wirklich diese drei Pastoren in Jiekajärvi umgebracht?«

»Ja. Allerdings waren das zwei Pastoren und ein...«

»Ich weiß. Ein Verrückter, nicht? Das hat ja in den Zeitungen gestanden. Aber ein Name wurde dabei nie erwähnt. Auch die Namen von Thomas Söderberg und Vesa Larsson wurden nicht genannt, aber hier wussten ja alle, wer diese Pastoren waren. Das muss entsetzlich gewesen sein.«

Sie nickt. So muss es gewesen sein.

»Am Samstag, da dachte ich, dass Lars-Gunnar vielleicht Recht hat. Dass du zum Schnüffeln hergekommen bist. Ich habe dich ja gefragt, ob du Journalistin bist, und du hast nein gesagt, aber dann habe ich gedacht, nichts da, vielleicht ist sie Journalistin, und jedenfalls arbeitet sie für eine Zeitung. Aber so ist das nicht, was?«

»Nein, nein... ich bin hier zuerst zufällig gelandet, weil wir irgendwo essen wollten, Torsten Karlsson und ich.«

»Der Typ, der beim ersten Mal mit dir hier war?«

»Ja. Und ich spreche darüber sonst nie. Über alles... was damals passiert ist. Ja, und dann bin ich hier geblieben, um meine Ruhe zu haben, und weil ich mich noch nicht so recht nach Kurravaara getraut habe. Da steht das Haus meiner Großmutter und ... dann bin ich jedenfalls mit Teddy hingefahren. Der ist mein Held.«

Letzteres sagt sie mit einem Lächeln.

»Ich wollte für die Hütte bezahlen«, sagt sie dann und hält ihm Geld hin.

Micke nimmt es an und reicht ihr das Wechselgeld.

»Ich habe deinen Lohn abgezogen. Was sagt dein anderer Chef darüber, dass du schwarz in einer Kneipe jobbst?«

Rebecka lacht auf.

»Ach, jetzt kannst du mich erpressen.«

»Du solltest dich von Teddy verabschieden, du kommst ja ohnehin bei seinem Haus vorbei. Wenn du bei der Kapelle nach rechts abbiegst ...«

»Ich weiß, aber das ist sicher keine gute Idee, sein Vater ...«

»Lars-Gunnar ist in der Stadt, und Teddy ist allein zu Hause.«

Nie im Leben, denkt Rebecka. Es muss ja wohl Grenzen geben.

»Bestell ihm einen schönen Gruß von mir«, sagt sie.

Draußen im Auto ruft sie Måns an.

»Es ist vollbracht«, sagt sie.

Måns Wenngren gibt ihr die gleiche Antwort wie früher seiner Frau. Das rutscht ihm im Affekt einfach so heraus.

»Mein braves Mädchen!«

Dann fügt er eilig hinzu: »Gut so, Martinsson. Jetzt hab ich einen Termin. Bis dann.«

Rebecka bleibt mit dem Telefon in der Hand sitzen.

Måns Wenngren, denkt sie. Er ist wie das Gebirge. Es regnet und ist schrecklich. Der Wind tobt. Man ist müde, und die Schuhe sind durchnässt, und man weiß nicht so genau, wo man ist. Die Karte stimmt einfach nicht mit der Wirklichkeit überein. Und dann treiben plötzlich die Wolken auseinander. Die Kleidung trocknet im Wind. Man sitzt an einem Berghang und schaut auf ein sonniges Tal hinunter. Und plötzlich war alles der Mühe wert.

Sie versucht, Maria Taube anzurufen, kann sie aber nicht erreichen. Sie schickt eine SMS: »Alles o. k. Ruf an.«

Sie fährt über die Landstraße. Stellt das Autoradio auf irgendeinen Laberkanal.

Bei der Abzweigung zur Kapelle sieht sie Teddy. Sofort durchfährt sie ein bohrendes Gefühl von Schuld und Sehnsucht. Sie hebt die Hand zu einem Gruß. Im Rückspiegel sieht sie, wie er hinter ihr herwinkt. Eifrig winkt. Dann läuft er hinter ihrem Auto her. Er kann es nicht einholen, gibt aber nicht auf. Plötzlich sieht sie, dass er fällt. Es sieht nach einem üblen Sturz aus. Er verschwindet im Straßengraben.

Rebecka hält am Straßenrand. Schaut in den Rückspiegel. Er kommt nicht wieder zum Vorschein. Jetzt kommt Bewegung in sie. Sie springt aus dem Auto und rennt zurück.

»Teddy«, ruft sie. »Teddy!«

Wenn er nun mit dem Kopf auf einen Stein geknallt ist!

Er liegt im Straßengraben und strahlt sie an. Wie ein auf den Rücken gefallener Käfer.

»Becka!«, sagt er, als sie über ihm auftaucht.

Natürlich muss ich mich von ihm verabschieden, denkt sie. Was bin ich eigentlich für ein Mensch?

Er rappelt sich auf. Sie wischt ihm Dreck und Blätter ab.

»Hallo, Teddy«, sagt sie dann. »Wie schön, dass wir…«

»Komm mit«, fällt er ihr ins Wort und reißt an ihrem Arm wie ein Kind. »Komm mit.«

Dann machte er auf dem Absatz kehrt und trottet die Straße entlang. Er will nach Hause.

»Nein, also, ich…«, fängt sie an.

Aber Teddy geht weiter. Schaut sich nicht um. Verlässt sich darauf, dass sie ihm folgt.

Rebecka schaut ihr Auto an. Das steht ordentlich am Straßenrand. Versperrt niemandem die Sicht. Ein paar Minuten kann sie doch mitkommen. Sie läuft hinter ihm her.

»Warte auf mich!«, ruft sie.

Lisa hält vor der Tierklinik. Die Hunde wissen genau, wo sie sind. Das hier ist kein angenehmer Aufenthaltsort. Sie springen alle auf und schauen aus dem Autofenster. Reißen das Maul auf und hecheln. Die Zungen hängen weit heraus. Der Preuße verliert Schuppen. Das passiert immer, wenn er nervös ist. Weiße Flocken durchdringen sein Fell und legen sich wie Schnee über seine braunen Haare. Die Schwänze aller Hunde kleben unter ihren Bäuchen.

Lisa geht hinein. Die Hunde dürfen im Auto bleiben.

Müssen wir nicht mitkommen?, fragen ihre Blicke. Bleiben uns Spritzen, Untersuchungen, beängstigende Gerüche und erniedrigende weiße Plastikkragen erspart?

Anette, die Tierärztin, steht schon bereit. Lisa bezahlt. Anette wird es selbst machen. Sie sind allein. Kein weiteres Personal. Niemand im Wartezimmer. Lisa ist gerührt von so viel Rücksichtnahme.

Das Einzige, was Anette fragt, ist: »Willst du sie mitnehmen?«

Lisa schüttelt den Kopf. So weit hat sie noch gar nicht gedacht. Ihre Gedanken haben sich ja kaum bis zu diesem Moment vorgewagt. Und jetzt ist sie hier. Sie werden Abfall werden. Sie weicht dem Gedanken aus, wie würdelos das ist. Dass sie ihnen mehr schuldet.

»Wie sollen wir es machen?«, fragt Lisa. »Soll ich einen nach dem anderen reinholen?«

Anette sieht sie an.

»Das wäre zu hart für dich, glaube ich. Wir holen sie alle zusammen rein, dann bekommen sie zuerst etwas Beruhigendes.«

Lisa taumelt nach draußen.

»Halt«, warnt sie, als sie die Heckklappe öffnet.

Sie nimmt die Hunde an die Leine. Will nicht riskieren, dass einer wegläuft.

Die Hunde umspringen ihre Beine, als sie in die Tierklinik zurückgeht. Durch das Wartezimmer, vorbei an Büro und Behandlungsraum.

Anette öffnet die Tür zum Operationszimmer.

Ihr Hecheln. Und das Geräusch ihrer Krallen, die stressig über den Boden klicken und kratzen. Die Leinen verheddern sich. Lisa versucht, sie zu entwirren, während sie gleichzeitig auf den anderen Raum zugeht, dorthin sollen sie jetzt endlich.

Und da sind sie nun. In diesem grottenhässlichen Raum mit seinem grottenhässlichen roten Plastikboden und den braun geflämmten Wänden. Lisa stößt mit dem Oberschenkel gegen den schwarzen Behandlungstisch. Alle Krallen, die den Boden zerkratzt haben, haben dafür gesorgt, dass der Schmutz in den Boden eingedrungen ist und dass er nicht mehr sauber gescheuert werden kann. So scheint sich ein dunkelroter Pfad von der Tür und um den Tisch zu ziehen. An einem Wandschrank klebt ein scheußliches Plakat von einem kleinen Mädchen auf einer Blumenwiese. Sie hält ein weichohriges Hundebaby in den Armen. Auf der Wanduhr gibt es einen Text, der von der 10 bis zur 2 über das Zifferblatt läuft: »Jetzt ist es Zeit.«

Die Tür gleitet hinter Anette ins Schloss.

Lisa nimmt den Hunden die Leinen ab.

»Wir fangen mit Bruno an«, sagt sie. »Er ist so eigensinnig, er wird sich trotzdem erst als Letzter hinlegen. Das kennst du ja.«

Anette nickt. Während Lisa Brunos Ohren und Brust streichelt, gibt Anette ihm die Beruhigungsspritze.

»Bist du mein feiner Junge?«, fragt Lisa.

Und er sieht sie an. Er schaut ihr in die Augen, obwohl Hunde das sonst nicht machen. Dann wendet er seinen Blick schnell ab. Bruno ist ein Hund, der auf gutes Benehmen achtet. Der Rudelführerin darf man unter gar keinen Umständen in die Augen blicken.

»Das ist wirklich ein geduldiger Herr«, sagt Anette. Und streichelt ihn kurz, als sie fertig ist.

Bald sitzt Lisa da. Auf dem Boden unter dem Fenster. Hinter ihrem Rücken brennt die Elektroheizung. Kotz-Morris, Karelin und Majken liegen im Halbschlaf um sie herum auf dem Boden. Majkens Kopf auf ihrem einen Oberschenkel, der von Kotz-Morris auf dem anderen. Anette schiebt Bruno und Karelin näher an Lisa heran, damit sie sie allesamt erreichen kann.

Es gibt keine Worte. Nur einen schrecklichen Schmerz im Hals. Die warmen Leiber unter ihren Händen.

Dass ihr es über euch gebracht habt, mich zu lieben, denkt sie.

Sie, die innerlich so hoffnungslos schwerfällig ist. Aber Hundeliebe ist einfach. Man läuft in den Wald. Und ist froh. Man streckt sich in der Wärme der anderen aus. Lässt sich gehen und hat es gut.

Anette lässt den Rasierapparat brummen und bringt an den Vorderbeinen Kanülen an.

Es geht schnell. Viel zu schnell. Anette ist schon so weit. Jetzt bleibt nur noch das Letzte. Was sind die Abschiedsgedanken? Der Schmerz im Hals wird unerträglich. Es tut überall weh. Lisa zittert wie im Fieber.

»Dann spritze ich jetzt«, sagt Anette.

Und sie gibt ihnen die Giftinjektion.

Es dauert eine halbe Minute. Sie liegen so da wie vorher. Die Köpfe auf ihren Knien. Brunos Rücken an ihrem Hintern. Majkens Zunge ist auf eine andere Weise schlaff, als wenn sie schläft.

Lisa will sich erheben. Aber das geht nicht.

Das Weinen liegt dicht unter ihrer Gesichtshaut. Das Gesicht versucht, es zu unterdrücken. Es ist wie ein Tauziehen. Die Muskeln kämpfen dagegen. Wollen den Mund und die Augenbrauen zurück zum normalen Ausdruck holen, aber das Weinen hält dagegen. Am Ende zerplatzt alles zu einer grotesken, schluchzenden Grimasse. Tränen und Rotz fließen heraus. Dass das hier so unerträglich weh tun kann. Die Tränen haben hinter den Augen gelegen, und jetzt scheint jemand einen Deckel von einem Topf entfernt zu haben. Nun strömt es glühend heiß über ihr Gesicht. Auf Kotz-Morris.

Ein jämmerlicher Klageton kommt aus ihrem Hals. Es hört sich so schrecklich an. Uhu, uhu. Sie hört selbst auf dieses Geschrei der vertrockneten alten Vettel. Sie geht in die Hocke. Umarmt die Hunde. Sie bewegt sich heftig und unbeherrscht. Sie kriecht zwischen den Hunden umher, schiebt die Arme unter ihre schlaffen Körper. Streichelt ihre Augenlider und ihre Schnauzen, Ohren, Bäuche. Presst ihr Gesicht gegen ihre Köpfe.

Das Weinen ist wie ein Sturm. Es reißt und zerrt am Körper. Sie schnieft und versucht zu schlucken. Aber das fällt ihr schwer, auf allen vieren, das Gesicht nach unten gekehrt. Am Ende fließt Rotz aus ihrem Mund. Sie wischt ihn mit der Hand ab.

Und zugleich ist eine Stimme da. Eine andere Lisa, die sich das alles ansieht. Die fragt: Was bist du nur für ein Mensch? Denkst du gar nicht an Mimmi?

Und dann hört das Weinen auf. In dem Moment, als sie denkt, dass es niemals aufhören wird.

Es ist seltsam. Der ganze Sommer war eine lange Liste von Dingen, die erledigt werden mussten. Eins nach dem anderen hat sie abgehakt. Das Weinen stand nicht auf der Liste. Das hat sich von selbst dort eingetragen. Sie wollte es nicht. Sie hatte Angst davor. Angst, darin zu ertrinken.

Und jetzt ist es gekommen. Zuerst war es unangenehm, es war unerträgliche Qual und Finsternis. Aber dann. Dann wurde das Weinen zu einer Freistätte. Einem Raum, in dem sie sich ausruhen konnte. Einem Wartezimmer vor dem nächsten Posten auf ihrer Liste. Und deshalb wollte ein Teil von ihr plötzlich im Weinen verharren. Das andere, was noch passieren muss, aufschieben. Und dann verlässt das Weinen sie. Sagt: Das wäre erledigt. Und hört einfach auf.

Sie richtet sich auf. Es gibt ein Waschbecken, sie packt den Rand und zieht sich auf die Beine. Anette ist nicht mehr im Zimmer.

Ihre Augen sind geschwollen. Kommen ihr vor wie halbe Tennisbälle. Sie drückt ihre eiskalten Fingerspitzen auf die Augenlider. Dreht den Wasserhahn auf und spritzt sich Wasser ins Gesicht. Im Behälter neben dem Waschbecken steckt grobes Papier. Sie wischt sich ab und putzt sich die Nase, vermeidet es, in den Spiegel zu blicken. Das Papier kratzt über ihre Nase.

Sie schaut auf die Hunde hinunter. Jetzt ist sie so erschöpft und ausgeweint, dass sie das alles nicht mehr so stark empfindet. Die schreckliche Trauer ist nur noch wie eine Erinnerung. Sie hockt sich hin und streichelt alle ein wenig gelassener.

Dann geht sie hinaus. Anette sitzt vor dem Computer in ihrem Büro. Lisa braucht nur ein »Bis dann« rauszuwürgen.

Hinaus in die Septembersonne. Die sticht und quält. Scharf gezeichnete Schatten. Einige treibende Wolken verwirren ihre Augen. Sie setzt sich ins Auto und klappt die Sonnenblende herunter. Sie lässt den Motor an und fährt durch den Ort, dann biegt sie auf den Norgeväg ab.

Auf der ganzen Fahrt denkt sie einfach an nichts. Daran, wie die Straße sich dahinschlängelt. Wie Bilder sich ändern. Wütend blauer Himmel. Weiße Wolkenfetzen, die sich auf ihrem raschen Zug über die Bergrücken zerfransen. Scharfe, grobe Schluchten. Der lang gestreckte Torneträsk wie ein glänzend blauer Stein, umsponnen von hellem Gold.

Als sie Katterjåk passiert, taucht er auf. Ein Lastwagen. Lisa behält ihr hohes Tempo bei. Und öffnet ihren Sicherheitsgurt.

Rebecka Martinsson ging hinter Teddy her in den Keller. Es war eine grün angestrichene Steintreppe, die sich unter das Haus wand. Teddy öffnete eine Tür. Dahinter lag ein Zimmer, das als Speisekammer, Werkstatt und Vorratsraum benutzt wurde. Alles war voll gestellt. Es war feucht. Die weiße Wandfarbe wies hier und da schwarze Punkte auf. An manchen Stellen blätterte sie ab. Es gab einzelne Regalbretter mit Marmeladegläsern, mit Schachteln mit Nägeln und Schrauben und allen möglichen Beschlägen, es gab Farbdosen, Lackdosen und hart gewordene Pinsel, Eimer, Strommesser, jede Menge Kabel. An den freien Wandflächen war Werkzeug aufgehängt.

Teddy machte »pst«. Hielt sich den Zeigefinger an den Mund. Er nahm ihre Hand und führte sie zu einem Stuhl, auf den sie sich setzte. Er kniete auf dem Kellerboden und tippte mit dem Nagel darauf.

Rebecka saß ganz still da und wartete.

Aus der Brusttasche seiner Jacke zog Teddy eine fast leere Packung Butterkekse. Raschelte mit dem Papier, zog einen Keks heraus und brach ihn in Stücke.

Und da kam eine kleine Maus über den Boden gewetzt. Sie sprang in Schlangenlinien auf Teddy zu, blieb vor seinem Knie stehen, erhob sich auf die Hinterbeine. Sie war braungrau und nicht mehr als vier oder fünf Zentimeter groß. Teddy hielt ihr einen halben Keks hin. Die Maus versuchte, ihn zu schnappen, doch da Teddy nicht losließ, blieb sie stehen und knabberte. Außer dem Knabbern war nichts zu hören.

Teddy drehte sich zu Rebecka um.

»Maus«, sagte er. »Klein.«

Rebecka glaubte, die Maus müsse doch vor der lauten Stimme Angst haben, aber die Maus knabberte unbeeindruckt weiter. Rebecka nickte Teddy zu und lächelte strahlend. Es war ein seltsamer Anblick. Der riesige Teddy und die winzige Maus. Sie hätte gern gewusst, wie er das gemacht hatte. Wie er die Maus dazu gebracht hatte, ihre Furcht zu überwinden. Konnte er so geduldig gewesen sein, dass er hier unten ganz still gewartet hatte? Vielleicht.

Du bist ein ganz besonderer Junge, dachte sie.

Teddy streckte den Zeigefinger aus und versuchte, den Mäuserücken zu streicheln, aber da wurde die Angst größer als der Hunger. Die Maus jagte wie ein grauer Strich davon und verschwand hinter dem Abfall, der vor der Wand stand.

Rebecka schaute hinter ihr her.

Jetzt musste sie gehen. Sie konnte ihren Wagen nicht ewig unten auf der Straße stehen lassen.

Teddy sagte etwas.

Sie sah ihn an.

»Maus«, sagte er. »Klein.«

Sie empfand plötzlich Trauer. Hier stand sie mit einem entwicklungsgestörten Jungen in einem alten Keller. Und näher als ihm war sie seit einer Ewigkeit keinem anderen Menschen gekommen.

Warum kann ich nicht, fragte sie sich. Kann ich Menschen nicht mögen? Ihnen nicht vertrauen. Aber Teddy kann man vertrauen. Er kann sich nicht verstellen.

»Also, bis dann, Teddy«, sagte sie.

»Bis dann«, sagte er ohne die geringste Trauer in der Stimme.

Sie ging die grüne Steintreppe hoch. Sie hörte nicht, wie draußen ein Wagen hielt. Hörte nicht die Schritte auf der Treppe. Als sie die Tür zur Diele öffnete, wurde gleichzeitig die Haustür aufgerissen. Lars-Gunnars massive Gestalt füllte die Türöffnung. Wie ein Fels, der ihr den Weg versperrte. Etwas in ihr krampfte sich zusammen. Und sie schaute in seine Augen. Er sah sie an.

»Was, zum Teufel«, sagte er nur.

Bei der Untersuchung des Tatorts wurde um halb zehn Uhr morgens eine Kugel gefunden. Sie wurde am Seeufer aus dem Boden gegraben. Kaliber 30-06.

Um Viertel nach zehn hatte die Polizei Waffenregister mit Autoregistern verglichen. Alle herausgefiltert, die einen Personenwagen mit Dieselmotor und eine Kugelwaffe besaßen.

Anna-Maria Mella ließ sich im Schreibtischsessel zurücksinken. Der war wirklich ein überaus luxuriöses Teil. Sie konnte die Rückenlehne so weit nach hinten kippen, dass sie fast wie in einem Bett lag. Wie in einem Zahnarztstuhl, nur ohne Zahnarzt.

Treffer bei 473 Personen. Sie überflog die Namen.

Dann fiel ihr Blick auf einen, den sie kannte. Lars-Gunnar Vinsa.

Er besaß einen Mercedes Diesel. Sie schlug ihn im Waffenregister nach. Er war mit drei Waffen registriert. Zwei Kugelwaffen und eine Schrotflinte. Die eine Kugelwaffe war eine Tikka. Kaliber 30-06.

Na ja, man konnte ja nicht alle Waffen dieses Kalibers zum Probeschießen herbestellen. Man sollte vielleicht zuerst mit ihm reden. Bei einem alten Kollegen war das ja nicht so nett.

Sie schaute auf die Uhr. Halb elf. Nach dem Mittagessen könnte sie mit Sven-Erik zu ihm fahren.

Lars-Gunnar Vinsa sieht Rebecka Martinsson an. Auf halbem Weg in die Stadt ist ihm eingefallen, dass er seine Brieftasche vergessen hat, deshalb hat er kehrtgemacht.

Was ist das hier für eine verdammte Verschwörung? Er hat zu Mimmi gesagt, dass er wegfahren würde. Hat die diese Anwältin angerufen? Das kann er sich kaum vorstellen. Aber so muss es natürlich sein. Und schon ist sie zum Schnüffeln hergekommen.

Das Mobiltelefon in der Hand der Frau klingelt. Sie reagiert nicht. Verbissen starrt er ihr klingelndes Telefon an. Sie stehen ganz still da. Das Telefon klingelt und klingelt.

Rebecka denkt, dass sie sich melden muss. Sicher ist es Maria Taube. Aber sie kann nicht. Und als sie nicht antwortet, steht es plötzlich in seinen Blick geschrieben. Und sie weiß. Und er weiß, dass sie weiß.

Die Lähmung verfliegt. Das Handy fällt zu Boden. Hat er es ihr aus der Hand geschlagen? Hat sie es weggeworfen?

Er steht im Weg. Sie kann nicht hinaus. Eine wahnwitzige Angst breitet sich in ihr aus.

Sie macht kehrt und rennt die Treppe ins Obergeschoss hoch. Die ist schmal und steil. Die Tapeten sind vom Alter schmutzig. Haben ein Blumenmuster. Der Lack auf den Treppenstufen ist wie dickes Glas. Blitzschnell kriecht sie auf allen vieren weiter. Jetzt darf sie nicht ausrutschen.

Sie hört Lars-Gunnar. Schwere Schritte hinter ihr.

Sie könnte auch gleich in eine Falle laufen. Wo soll sie nur hin? Vor ihr ist die Toilettentür. Sie stürzt hinein.

Auf irgendeine Weise kann sie die Tür zuziehen und mit ihren Fingern das Schloss umdrehen.

Die Klinke wird von außen nach unten gedrückt.

Es gibt ein Fenster, aber es gibt nichts mehr in Rebecka, das einen Fluchtversuch über sich bringt. Es gibt nur noch Angst. Sie kann nicht mehr aufrecht stehen. Sinkt auf den Toilettendeckel. Dann fängt sie an zu zittern. Ihr Körper krampft sich zusammen. Die Ellbogen drücken sich gegen ihren Bauch. Die Hände sind vor ihrem Gesicht, sie zittern dermaßen, dass sie sich damit selbst auf Mund, Nase, Kinn schlägt. Ihre Finger sind krumm wie Krallen.

Ein schweres Dröhnen, ein Poltern vor der Tür. Sie kneift die Augen zusammen. Tränen fließen ihr über das Gesicht. Sie will sich die Ohren zuhalten, aber ihre Hände gehorchen ihr nicht, sie zittern und zittern nur.

»Mama«, weint sie, als die Tür krachend aufgerissen wird. Die Tür trifft ihr Knie. Das tut weh. Jemand packt ihre Jacke und zieht sie hoch. Sie weigert sich, die Augen aufzumachen.

Er zieht sie am Kragen hoch. Sie jammert.

»Mama, Mama!«

Er hört sich selbst fiepen. Äiti, äiti! Es ist über sechzig Jahre her, und sein Vater schleudert die Mutter wie einen Handschuh durch die Küche. Sie hat Lars-Gunnar und seine Geschwister in die Kammer eingeschlossen. Er ist der Älteste. Die kleinen Mädchen sitzen bleich und stumm auf dem Sofa. Der jüngere Bruder und er selbst hämmern an die Tür. Sie hören die Mutter weinen und flehen. Gegenstände fallen zu Boden. Der Vater hat den Schlüssel. Bald werden auch die Jungen an die Reihe kommen, während die Mädchen zusehen müssen. Dann wird die Mutter in der Kammer eingeschlossen sein. Der Gürtel wird zulangen. Aus irgendeinem Grund. Er weiß nicht mehr, aus welchem. Es gab immer so viele.

Er schlägt ihren Kopf gegen das Waschbecken. Sie verstummt. Kinderweinen und das »Älä lyö! Älä lyö!« seiner Mutter in seinem Kopf verstummen ebenfalls. Sie fällt auf den Boden.

Als er sie umdreht, sieht sie ihn aus großen stummen Augen an. Von ihrer Stirn fließt Blut. Wie bei dem Ren, das er auf dem Weg nach Gällivare angefahren hat. Derselbe Blick aus großen Augen. Und das Zittern.

Er packt ihre Füße. Schleppt sie zum Treppenabsatz.

Teddy steht auf der Treppe. Er entdeckt Rebecka.

»Was?«, ruft er.

Ein lauter, besorgter Ausruf. Wie ein verängstigtes großes Tier.

»Was?«

»Keine Sorge, Teddy«, ruft Lars-Gunnar. »Raus mit dir!«

Aber Teddy hat jetzt Angst. Gehorcht nicht. Macht einige Schritte die Treppe hoch. Schaut die liegende Rebecka an. Ruft wieder »was?«.

»Hörst du nicht«, brüllt Lars-Gunnar. »Raus mit dir!«

Er lässt Rebeckas Füße los und droht Teddy mit der Hand. Am Ende läuft er die Treppe hinunter und scheucht Teddy hinaus auf den Hof. Er schließt die Tür ab.

Teddy steht draußen. Er hört ihn rufen. »Was? Was?« Mit Angst und Verwirrung in der Stimme. Sieht vor sich, wie Teddy ratlos von einem Fuß auf den anderen tritt.

Er empfindet einen entsetzlichen Zorn auf die Frau da oben im Haus. Sie ist an allem schuld. Sie hätte sie in Ruhe lassen sollen.

Mit drei Sprüngen jagt er die Treppe hoch. Das ist wie bei Mildred Nilsson. Die hätte ihn in Ruhe lassen sollen. Ihn und Teddy und diesen Ort hier.

Lars-Gunnar steht draußen auf dem Hofplatz und hängt Wäsche auf. Es ist Ende Mai. Noch keine Blätter, aber grüne Spitzen in den Beeten. Es ist ein sonniger, windiger Tag. Teddy wird im Herbst dreizehn. Eva ist seit sechs Jahren tot.

Teddy springt auf dem Hof hin und her. Er kann sich immer auf irgendeine Weise beschäftigen. Aber man ist eben nie allein. Das fehlt Lars-Gunnar. Ab und zu seine Ruhe zu haben.

Der Frühlingswind zieht und zerrt an der Wäsche. Bald hängen

Laken und Unterwäsche wie eine Reihe von tanzenden Fahnen zwischen den Birken auf dem Hofplatz.

Hinter Lars-Gunnar steht die neue Pastorin Mildred Nilsson. Die kann ja vielleicht reden. Das scheint nie ein Ende zu nehmen. Lars-Gunnar zögert, ehe er zu den leicht löchrigen Unterhosen greift. Ganz weiß sind sie auch nicht mehr, aber immerhin sauber.

Aber dann denkt er Scheiße, wieso? Warum soll er sich vor ihr schämen?

Sie will Teddy konfirmieren.

»Du«, sagt er. »Vor zwei Jahren waren solche Hallelujamenschen hier und wollten für seine Heilung beten. Die hab ich vor die Tür gesetzt. Ich hab für die Kirche nicht so viel übrig.«

»Das würde ich nie tun«, sagt sie nachdrücklich. »Ja, also, natürlich werde ich für ihn beten, aber ich verspreche, das ganz leise und nur in meinem stillen Kämmerlein zu machen. Aber ich würde ihn mir niemals anders wünschen. Du bist wirklich mit einem feinen Jungen gesegnet worden. Besser könnte er doch gar nicht sein.«

Rebecka zieht die Knie an. Streckt sie aus. Zieht sie an. Streckt sie aus. Kämpft sich zurück in die Toilette. Kann nicht aufstehen. Kriecht so tief in eine Ecke, wie sie nur kann. Jetzt kommt er wieder die Treppe hoch.

Mildred hatte ja gut reden, dass Teddy ein Segen ist, denkt Lars-Gunnar. Sie brauchte ja nicht dauernd auf ihn aufzupassen. Und sie hat keine Ehe hinter sich, die wegen des Kindes, das man bekommen hat, in die Brüche gegangen ist. Sie braucht sich keine Sorgen zu machen. Um die Zukunft. Wie Teddy zurechtkommen soll. Um Teddys Pubertät und Sexualität. Während er mit den klebrigen Laken dasteht und sich fragt, was, zum Teufel, er nur machen soll. Eine Frau wird Teddy doch nicht finden. Und man hat jede Menge seltsame Ängste im Kopf, dass er mit seinem Trieb gefährlich werden kann.

Und nach dem Besuch der Pastorin kamen dann die Tanten aus dem Ort angerannt. Lass den Jungen konfirmieren, sagten sie. Und boten an, das Fest zu organisieren. Sagten, für Teddy könnte es doch lustig sein, und sie könnten jederzeit aufhören, wenn er sich nicht wohl fühlte. Sogar Lars-Gunnars Kusine Lisa kam an und setzte ihm zu. Sagte, sie könne ihm einen Anzug besorgen, dann würde er nicht in einem zu engen Mantel dastehen müssen.

Worauf Lars-Gunnar wütend geworden war. Und gesagt hatte, hier gehe es nicht um Anzug oder Geschenk.

»Es geht nicht um Geld!«, brüllte er. »Ich hab ja wohl immer für ihn bezahlt. Wenn ich sparen wollte, dann hätte ich ihn schon längst in eine Anstalt gesteckt. Also von mir aus soll er konfirmiert werden.«

Und er hatte einen Anzug und eine Uhr gekauft. Wenn man zwei Dinge aussuchen sollte, für die Teddy nun wirklich keine Verwendung haben würde, dann waren das wohl ein Anzug und eine Uhr. Aber Lars-Gunnar schwieg dazu. Geiz sollte ihm niemand nachsagen können.

Und dann hatte es eine Veränderung gegeben. Mildreds Freundschaft mit Teddy schien Lars-Gunnar etwas zu nehmen. Die Leute vergaßen den Preis, den er bezahlte. Nicht dass er sich übertrieben hoch eingeschätzt hätte. Aber sein Leben war nicht leicht gewesen. Der brutale Vater. Evas Verrat. Die Belastung, allein für ein entwicklungsgestörtes Kind verantwortlich zu sein. Er hätte andere Entscheidungen treffen können. Leichtere Entscheidungen. Aber er hatte seine Ausbildung gemacht und war dann an den Ort zurückgekehrt. War jemand geworden.

Eva hatte ihn in einen Abgrund gestürzt, als sie gegangen war. Er war mit Teddy zu Hause und kam sich vor wie jemand, den einfach kein Mensch will. Es war die Schande, überflüssig zu sein.

Trotzdem kümmerte er sich um Eva, als sie im Sterben lag. Er behielt Teddy zu Hause. Kümmerte sich selber um ihn. Wenn man sich Mildred Nilsson anhörte, dann war er der totale Glückspilz, wo er doch so einen feinen Jungen bekommen hatte. »Sicher«, hatte Lars-Gunnar zu einer der Tanten gesagt, »aber es ist auch eine schwere Verantwortung. Sehr viel Unruhe.« Und die Antwort war gewesen: Eltern sorgen sich doch immer um ihre Kinder. Er brauchte sich auch nicht von Teddy zu trennen, wie viele Leute, wenn die Kinder groß werden und aus dem Haus gehen. Das war doch alles nur Scheißgerede. Von Leuten, die einfach keine Ahnung von seiner Lage hatten. Aber danach schwieg er. Wie sollten die anderen das auch verstehen?

Mit Eva war es dasselbe gewesen. Seit Mildred gekommen war, hieß es, wenn Eva erwähnt wurde: »Armes Ding!« Über sie! Ab und zu hätte er gern gefragt, wie das gemeint sei. Ob sie glaubten, es sei so verdammt schwer, mit ihm auszukommen, dass sie deshalb sogar ihren eigenen Sohn verlassen habe?

Er hatte das Gefühl, dass hinter seinem Rücken getuschelt wurde.

Schon damals bereute er, dass er seine Zustimmung zu Teddys Konfirmation gegeben hatte. Aber dann war es zu spät. Er konnte ihm nicht verbieten, mit Mildred zur Kirche zu gehen, denn dann würde es aussehen, als ob er Teddy diese Freude nicht gönnte. Teddy war doch gern da. Er war schließlich zu dumm, um Mildred zu durchschauen.

Also hatte Lars-Gunnar die Sache ihren Lauf nehmen lassen. Teddy hatte sein eigenes Leben geführt. Aber wer wusch seine Kleider, wer hatte Verantwortung und Sorge?

Und Mildred Nilsson! Jetzt denkt Gunnar, dass er die ganze Zeit ihr Ziel war. Teddy war nur ein Mittel zum Zweck.

Sie zog in das Pfarrhaus ein und organisierte ihre Frauenmafia. Sorgte dafür, dass sie sich wichtig vorkamen. Und sie ließen sich lenken wie schnatternde Gänse.

Natürlich hatte sie von Anfang an etwas gegen ihn. Sie beneidete ihn. Man kann doch sagen, dass er am Ort seine Position hatte. War der Leiter der Jagdgesellschaft. War früher bei der Polizei gewesen. Und er hörte anderen ja auch zu. Setzte seine eigenen Bedürfnisse an die zweite Stelle. Und das verschaffte ihm Respekt und Autorität. Das konnte sie nicht ertragen. Sie schien ihm das alles nehmen zu wollen.

Es kam zu einem Krieg zwischen ihnen. Den nur er und sie sehen konnten. Sie versuchte, ihn in Verruf zu bringen. Er verteidigte sich, so gut er konnte. Aber diese Art von Spiel hatte ihm nie gelegen.

Die Frau ist wieder in die Toilette gekrochen. Sie liegt zusammengekrümmt zwischen Toilettensitz und Waschbecken und hält die Arme vors Gesicht, wie um sich vor Schlägen zu schützen. Er packt ihre Füße und zieht sie die Treppe hinunter. Ihr Kopf schlägt auf jeder Stufe auf. Bums, bums, bums. Und draußen ruft Teddy: »Was? Was?« Es fällt ihm schwer, nicht hinzuhören. Die Sache muss ein Ende nehmen. Jetzt muss sie endlich ein Ende nehmen.

Er denkt an die Reise nach Mallorca. Auch das war eine von Mildreds Ideen. Plötzlich sollte die kirchliche Jugendgruppe ins Ausland fahren. Und Mildred wollte, dass Teddy mitkam. Lars-Gunnar hatte abgelehnt. Aber Mildred sagte, die Kirche werde nur für Teddy zusätzliches Personal mitschicken. Auf Kosten der Gemeinde. »Und überleg doch mal«, sagte sie, »was Jugendliche in diesem Alter sonst kosten. Slalomskier, Reisen, Computerspiele, teure Kleider...« Und Lars-Gunnar hatte begriffen. »Es geht nicht um das Geld«, hatte Lars-Gunnar gesagt. Aber er hatte begriffen, dass es im Ort genau so aufgefasst werden würde. Dass er Teddy diese Reise nicht gönnte. Dass Teddy auf alles verzichten müsste. Dass er jetzt, wo Teddy die Möglichkeit einer schönen Abwechslung hatte... Also musste Lars-Gunnar sich geschlagen geben. Er konnte nur noch zu seiner Brieftasche greifen. Und alle sagten ihm, es sei doch sicher sehr schön für ihn, dass Mildred sich so um Teddy kümmerte. Schön für den Jungen, dass sie hergezogen war.

Aber Mildred wollte ihn fertig machen, das wusste er. Wenn ihre Fenster eingeschlagen wurden, oder als dieser Blödmann Magnus Lindmark versucht hatte, ihren Schuppen in Brand zu stecken, war sie nicht zur Polizei gegangen. Und das hatte den Klatsch doch noch geschürt. Genau, wie sie es vorgehabt hatte. Die Polizei kann nichts machen. Wenn es wirklich drauf ankommt, dann sitzen sie tatenlos herum. Das ganze Gerede traf Lars-Gunnar. Und er stand mit der Schande da.

Und danach hatte sie sich auf seinen Platz in der Jagdgesellschaft eingeschossen.

Auf dem Papier gehört der Boden vielleicht der Kirche. Aber der Wald gehört ihm. Er kennt sich da aus. Gut, die Pachtsumme war immer sehr niedrig. Aber eigentlich, wenn Recht Recht bleiben soll, dann müsste die Jagdgesellschaft dafür bezahlt werden, dass sie Elche schießt. Die Elche richten im Wald große Verbissschäden an.

Die Elchjagd im Herbst. Die Planung, zusammen mit den anderen Jungs. Die letzte Besprechung am frühen Morgen. Die Sonne ist noch nicht aufgegangen. Die Hunde sind vom Jagdeifer angesteckt worden und reißen an ihren Leinen. Wittern zum grauen Dunkel des Waldes hinüber. Irgendwo dort befindet sich die Beute. Tagsüber Jagd. Herbstluft und Hundegebell aus der Ferne. Die Gemeinschaft, wenn man das Wild angeht. Die Mühe im Schlachthaus, wenn die Tiere zerlegt werden. Das Fachsimpeln abends am Hüttenfeuer.

Sie schrieb einen Brief. Wagte nicht, das von Angesicht zu Angesicht zu sagen. Schrieb, sie wisse, dass Torbjörn wegen Wilderei verurteilt worden war. Dass er trotzdem seinen Waffenschein nicht verloren hatte. Dass er das Lars-Gunnar zu verdanken hatte. Dass es ihm und Torbjörn nicht gestattet werden dürfe, auf kirchlichem Boden zu jagen. »Das ist nicht nur unpassend, sondern direkt empörend, wenn wir an die Wölfin denken, die die Kirche zu schützen gedenkt«, schrieb sie.

Er spürt, wie seine Brust sich zusammenkrampft, wenn er daran denkt. Sie wollte ihn in die Einsamkeit stoßen, so war das. Wollte aus ihm einen verdammten Verlierer machen. Wie Malte Alajärvi. Keinen Job und keine Jagd.

Er hatte mit Torbjörn Ylitalo gesprochen. »Was, zum Teufel, kann man machen?«, fragte Torbjörn. »Ich muss ja froh sein, wenn ich meinen Posten behalten darf.« Lars-Gunnar hatte das Gefühl gehabt, in einem Moorloch zu versinken. Er konnte sich selbst in einigen Jahren sehen. Wie er zu Hause mit Teddy vor sich hin alterte. Sie könnten wie zwei Trottel dasitzen und sich Bingo im Fernsehen ansehen.

Das war nicht gerecht! Und die Sache mit dem Waffenschein! Die lag doch fast zwanzig Jahre zurück! Das war nur ihr Vorwand, um ihm zu schaden.

»Warum«, hatte er Torbjörn gefragt. »Was will sie von mir?« Und Torbjörn hatte mit den Schultern gezuckt.

Dann verging eine Woche, in der er mit keinem Menschen sprach. Ein Vorgeschmack auf sein kommendes Leben. Abends trank er. Um einschlafen zu können.

Am Abend vor Mittsommer saß er in der Küche und feierte. Wenngleich »feiern« nicht das richtige Wort war. Er war mit seinen eigenen Gedanken in der Küche eingesperrt. Kümmerte sich um seinen eigenen Kram, redete mit sich selber und trank allein. Ging endlich ins Bett und versuchte zu schlafen. In seiner Brust schien etwas zu pochen. Etwas, das er zuletzt als Kind gespürt hatte.

Dann saß er im Auto und versuchte, sich zusammenzureißen. Er weiß noch, dass er fast rückwärts in den Straßengraben gefahren wäre, als er den Hof verlassen wollte. Und dann kam Teddy in der Unterhose angerannt. Lars-Gunnar hatte gedacht, er sei schon längst eingeschlafen. Teddy rief und winkte. Lars-Gunnar musste anhalten. »Du darfst mitkommen«, sagte er. »Aber du musst dir etwas anziehen.« – »Nicht, nicht«, sagte Teddy und wollte zuerst die Autotür nicht loslassen. »Nein, nein, ich fahre nicht weg. Aber geh dich jetzt anziehen.«

In seinem Kopf scheint alles trübe zu werden, wenn er versucht, sich weiter zu erinnern. Er wollte mit ihr sprechen. Sie sollte ihm verdammt noch mal zuhören. Teddy schlief auf dem Beifahrersitz ein.

Er weiß noch, wie er zugeschlagen hat. Wie er dachte: Das muss genug sein. Das muss genug sein.

Sie wurde einfach nicht leiser. Egal, wie er auch zuschlug. Sie röchelte und jammerte. Er zog ihr Schuhe und Strümpfe aus. Stopfte ihr die Strümpfe in den Mund.

Er war noch immer außer sich vor Wut, als er sie zur Kirche hochtrug. Hängte sie an der Kette an der Orgel auf. Dachte, als er da oben auf der Empore stand, dass es wirklich keine Rolle spielte, ob jemand kam, ob jemand ihn gesehen hatte.

Dann kam Teddy herein. Er war aufgewacht und kam in die

Kirche gestiefelt. Stand plötzlich unten im Mittelgang und schaute aus großen Augen zu Lars-Gunnar und Mildred hoch. Sagte nichts.

Lars-Gunnar war sofort stocknüchtern. Wurde wütend auf Teddy. Und hatte plötzlich fürchterliche Angst. Er weiß noch, wie er Teddy zum Auto zog. Sie fuhren los. Und sie schwiegen. Teddy sagte nichts.

Jeden Tag rechnete Lars-Gunnar damit, dass sie kommen würden. Aber niemand kam. Das heißt, natürlich kamen sie und fragten, ob er etwas gesehen hätte. Oder etwas wüsste. Stellten ihm die gleichen Fragen wie allen anderen.

Er dachte daran, dass er die Arbeitshandschuhe angehabt hatte. Die hatten im Kofferraum gelegen. Er hatte überhaupt nicht weiter darüber nachgedacht. Wegen Fingerabdrücken oder so. Es war automatisch gegangen. Wenn man ein Werkzeug wie ein Brecheisen nimmt, dann zieht man vorher Handschuhe an. Das pure Glück. Das pure Glück.

Und dann war alles wieder wie vorher. Teddy schien sich an nichts zu erinnern. Er war genau wie immer. Auch Lars-Gunnar wurde wieder so wie immer. Nachts schlief er gut.

Ich war waidwund, dachte er jetzt, wo er mit der Frau vor seinen Füßen dastand. Wie ein Tier, das sich in eine Mulde legt und bei dem es nur eine Frage der Zeit ist, bis der Jäger es findet.

Als Stefan Wikström anrief, war es seiner Stimme anzuhören. Dass er wusste. Allein schon, dass er Lars-Gunnar anrief, warum machte er das? Sie sahen sich bei der Jagd, sonst hatte er nichts mit diesem Seidenpfaffen zu tun. Und jetzt rief der an. Teilte mit, der Probst schiene ins Wanken geraten zu sein, was die Zukunft der Jagdgesellschaft anging. Vielleicht würde Bertil Stensson dem Gemeindevorstand vorschlagen, die Pacht zu kündigen. Und Stefan Wikström redete über die Elchjagd auf eine Weise, die … als ob er in dieser Angelegenheit mitzureden hätte.

Und als Stefan angerufen hatte, löste sich der Nebel in Lars-Gunnars Erinnerung auf. Er wusste wieder, wie er am Anleger gestanden und auf Mildred gewartet hatte. Mit einem Puls wie eine Dampframme. Er schaute zum Pfarrhaus hinüber. Und dort stand im Obergeschoss jemand am Fenster. Erst als Stefan Wikström angerufen hatte, fiel ihm das wieder ein.

Was wollte er von mir, überlegt er jetzt. Er wollte Macht über mich haben. Genau wie Mildred.

Lars-Gunnar und Stefan Wikström sitzen im Auto und fahren zum See. Lars-Gunnar hat gesagt, dass er für den Winter das Boot an Land holen und die Ruder anketten will.

Stefan Wikström jammert wie ein kleines Kind über Bertil Stensson. Lars-Gunnar hört nur mit halbem Ohr zu. Es geht um die Pacht und darum, dass Bertil Stefans Arbeit als Pastor nicht zu schätzen weiß. Und dann muss Lars-Gunnar sich sein unerträglich kindisches Jagdgerede anhören. Als ob Stefan irgendetwas begriffen hätte. Der kleine Junge, dem der Platz in der Jagdgesellschaft vom Probst geschenkt worden ist.

Lars-Gunnar findet das Gefasel aber auch verwirrend. Worauf will der Pfaffe eigentlich hinaus? Stefan scheint Lars-Gunnar den Probst unter die Nase zu halten, wie ein kleines Kind das mit einem zerkratzten Arm macht. Blas drauf, dann tut es nicht mehr weh.

Er hat nicht vor, sich von dieser Seidenraupe unterbuttern zu lassen. Er ist bereit, den Preis für seine Taten zu bezahlen. Aber nicht an Stefan Wikström. Nie im Leben.

Stefan Wikström starrt den Teil des Weges an, der im Licht der Scheinwerfer zu sehen ist. Ihm wird im Auto leicht schlecht. Er muss nach vorn blicken.

Langsam macht sich Angst in ihm breit. Er spürt, dass sie sich wie ein Wurm durch seinen Magen schlängelt.

Sie sprechen über alles Mögliche. Nicht über Mildred. Aber sie scheint anwesend zu sein. Könnte fast auf der Rückbank sitzen.

Er denkt an die Nacht vor Mittsommer. Als er am Schlafzimmerfenster stand. Er sah jemanden bei Mildreds Boot. Plötzlich machte diese Person einige Schritte. Verschwand hinter einer Holzhütte auf dem Grundstück des Heimatmuseums. Mehr sah er nicht. Aber später dachte er natürlich daran. Dass es Lars-Gunnar gewesen war. Dass er jetzt etwas in der Hand hatte.

Nicht einmal jetzt denkt er, dass es falsch war, der Polizei nichts davon zu sagen. Lars-Gunnar und er gehören doch zu den Auserwählten in der Jagdgesellschaft. Und in gewisser Hinsicht ist er doch Lars-Gunnars Seelsorger. Lars-Gunnar gehört zu seiner Herde. Ein Geistlicher muss anderen Gesetzen gehorchen als ein normaler Bürger. Als Pastor kann er nicht den Finger heben und auf Lars-Gunnar zeigen. Als Pastor muss er in dem Moment bereit sein, wenn Lars-Gunnar bereit ist zu sprechen. Das ist eine weitere Last, die ihm auferlegt worden ist. Und er fügt sich. Legt alles in Gottes Hände. Betet: Dein Wille geschehe. Und fügt hinzu: Ich habe nicht das Gefühl, dass dein Joch süß und dass deine Bürde leicht ist.

Sie haben den See erreicht und steigen aus dem Wagen. Er muss die Kette tragen. Lars-Gunnar bittet ihn, schon einmal vorauszugehen.

Er geht über den Weg. Der Mond scheint.

Mildred geht hinter ihm. Das spürt er. Er hat den See erreicht. Lässt die Kette auf den Boden fallen. Sieht sie an.

Mildred klettert in sein Ohr.

Lauf, sagt sie dort drinnen. Lauf!

Aber er kann nicht laufen. Steht nur da und wartet. Hört Lars-Gunnar kommen. Langsam nimmt der im Mondschein Gestalt an. Und ja, er hat die Waffe bei sich.

Lars-Gunnar blickt hinunter auf Rebecka Martinsson. Seit er sie die Treppe heruntergezogen hat, zittert sie nicht mehr. Aber sie ist bei Bewusstsein. Lässt ihn nicht aus den Augen.

Rebecka Martinsson schaut zu dem Mann hoch. Sie hat dieses Bild schon einmal gesehen. Den Mann wie eine Sonnenfinsternis. Sein Gesicht ruht im Schatten. Die Sonne aus dem Küchenfenster. Wie ein Heiligenschein um seinen Kopf. Es ist Pastor Thomas Söderberg. Er sagt: Ich habe dich geliebt wie meine eigene Tochter. Gleich wird sie ihm den Schädel einschlagen.

Als der Mann sich über sie beugt, packt sie ihn. Nein, packen ist zu viel gesagt, der Mittel- und Zeigefinger ihrer rechten Hand stehlen sich unter den Halsbund seines Pullovers. Das Gewicht der Hand allein zieht ihn näher an sie heran.

»Wie kann man damit leben?«

Er befreit sich von ihren Fingern.

Womit denn leben, fragt er sich. Stefan Wikström? Er hat tiefe Trauer empfunden, als er damals in Paksuniemi eine Elchkuh geschossen hat. Das ist über zwanzig Jahre her. Eine Sekunde nachdem sie gestürzt war, kamen zwei Kälber aus dem Wald. Dann verschwanden sie im Wald. Er hat lange an diesen Fehler denken müssen. Zuerst die Kuh. Und dass er dann nicht reagiert und auch die Kälber erschossen hat. Sie müssen doch qualvoll verendet sein.

Er öffnet die Kellerluke im Küchenboden. Packt sie und schleift sie zu dem Loch.

Teddys Hand klopft ans Küchenfenster. Sein verständnisloser Blick zwischen den Plastikpelargonien.

Und jetzt kommt Leben in die Frau. Als sie die Luke im Boden sieht. Sie versucht, sich seinem Zugriff zu entwinden. Streckt die Hand nach dem Tischbein aus, der Tisch kippt um.

»Loslassen«, sagt er und reißt ihre Hand weg.

Sie zerkratzt ihm das Gesicht. Dreht und windet sich. Ein stummer, verkrampfter Kampf.

Er hebt sie über die Luke. Ihre Füße heben vom Boden an. Sie sagt kein einziges Wort. Der Schrei ist in ihre Augen geschrieben. Nein! Nein!

Er wirft sie wie einen Müllsack nach unten. Sie fällt rückwärts zu Boden. Poltern und Krachen, dann ist alles still. Er lässt die Luke wieder zufallen. Dann packt er mit beiden Händen die Kredenz, die an der Wand steht, und zieht sie über die Luke. Sie ist verdammt schwer, aber er hat Kraft genug.

Sie schlägt die Augen auf. Sie braucht eine Zeitlang, um zu begreifen, dass sie für eine Weile das Bewusstsein verloren hatte. Aber es kann nicht lange gewesen sein. Einige Sekunden. Sie hört, wie Lars-Gunnar etwas Schweres über die Luke zieht.

Weit offene Augen, aber sie sieht nichts. Kompakte Dunkelheit. Sie hört oben Schritte und schleifende Geräusche. Auf die Knie. Der rechte Arm hängt hilflos nach unten. Instinktiv greift sie sich mit der linken Hand an die Schulter und renkt den Arm ein. Es knackt. Ein Feuerstrahl aus Schmerzen jagt von der Schulter in Arm und Rücken. Alles tut weh. Nur ihr Gesicht nicht. Dort spürt sie gar nichts. Sie versucht, es zu betasten. Es ist wie betäubt. Und etwas hängt locker und feucht nach unten. Kann das ihre Lippe sein? Wenn sie schluckt, schmeckt alles nach Blut.

Runter auf alle viere. Lehmboden unter ihren Händen. Die Feuchtigkeit dringt durch ihre Jeans. Es stinkt nach Rattenkacke.

Wenn sie hier stirbt, dann werden die Ratten sie auffressen.

Sie kriecht los. Tastet mit der Hand nach der Treppe. Überall klebrige Spinnweben, die an der suchenden Hand haften bleiben. In der Ecke raschelt etwas. Die Treppe. Sie kniet auf dem Boden und legt die Hände auf eine Treppenstufe. Wie ein Hund auf den Hinterbeinen. Sie lauscht. Und wartet.

Lars-Gunnar hat die Kredenz zurückgezogen. Er wischt sich mit dem Handrücken die Stirn.

Teddys »Was?« ist verstummt. Lars-Gunnar schaut aus dem Fenster. Teddy wandert auf dem Hofplatz im Kreis. Lars-Gunnar kennt diesen Kreisgang. Wenn Teddy Angst hat oder traurig ist, läuft er so herum. Eine halbe Stunde kann ihm dann helfen, zur Ruhe zu kommen. Er scheint dann nichts mehr zu hören. Als er das zum ersten Mal erlebt hat, war Lars-Gunnar so frustriert und hilflos, dass er ihn schließlich geschlagen hat. Dieser Schlag brennt noch heute in ihm. Er weiß noch, dass er seine Hand ansah, die, die geschlagen hatte, und dass er an seinen eigenen Vater denken musste. Und Teddys Zustand wurde davon ja nicht besser. Sondern schlimmer. Jetzt weiß er, dass man Geduld braucht. Und Zeit.

Wenn er doch nur Zeit hätte!

Er geht hinaus auf den Hofplatz. Versucht es, obwohl er weiß, dass es nichts hilft.

»Teddy!«

Aber Teddy hört nichts. Er läuft und läuft im Kreis.

Tausendmal hat Lars-Gunnar an diesen Augenblick gedacht. Aber in seiner Vorstellung hat Teddy dann friedlich geschlafen. Lars-Gunnar und er haben einen schönen Tag hinter sich. Waren vielleicht im Wald. Oder mit dem Schneemobil auf dem Fluss unterwegs. Lars-Gunnar hat eine Weile an Teddys Bett gesessen. Teddy ist eingeschlafen und dann ...

Das hier ist zu viel. Schrecklicher könnte es überhaupt nicht sein. Er fährt sich mit der Hand über die Wange. Es fühlt sich an, als ob er weint.

Und er sieht Mildred vor sich. Seit damals war er auf dem Weg hierher. Das begreift er jetzt. Der erste Schlag. Dabei war er von Zorn auf sie erfüllt. Aber danach. Danach hat er gleichsam sein eigenes Leben in Scherben geschlagen. Hat es aufgehängt, damit alle Welt es sehen konnte.

Zum Auto. Da liegt der Stutzen. Er ist geladen. Das war er schon den ganzen Sommer. Er entsichert.

»Teddy«, sagt er mit belegter Stimme.

Er will doch noch Abschied nehmen. Das möchte er so gern.

»Teddy«, sagt er zu seinem großen Jungen.

Jetzt. Ehe er die Waffe nicht mehr halten kann. Er kann nicht hier sitzen, wenn sie kommen. Und zulassen, dass sie Teddy mitnehmen.

Er hebt die Waffe an seine Schulter. Zielt. Schießt. Die erste Kugel in den Rücken. Teddy kippt vornüber. Den zweiten Schuss richtet er auf den Kopf.

Dann geht er ins Haus.

Am liebsten würde er die Luke im Boden öffnen und sie umbringen. Was ist sie? Nichts.

Aber er bringt es nicht mehr über sich, die Kredenz zu verrücken.

Er lässt sich schwer auf das Küchensofa fallen.

Dann steht er auf. Öffnet die Wanduhr und hält mit der Hand das Pendel an.

Setzt sich wieder.

Den Lauf in den Mund. Es war eine Qual, so weit er sich zurückerinnern kann. Es wird eine Erleichterung sein. Es wird endlich vorbei sein.

Unten in der Dunkelheit hört sie die Schüsse. Sie kommen von draußen. Zwei Stück. Dann wird die Haustür zugeknallt. Sie hört die Schritte über dem Küchenboden. Dann den letzten Schuss.

Etwas Altes erwacht in ihr. Etwas von früher.

Sie klettert die Treppe hoch, um zu entkommen. Schlägt mit dem Kopf gegen die Luke. Wäre fast wieder nach unten gestürzt, kann sich aber festhalten.

Die Luke lässt sich einfach nicht bewegen. Sie hämmert mit den Fäusten dagegen. Ihre Fingerknöchel werden zerfetzt. Ihre Nägel brechen ab.

Anna-Maria Mella fährt um halb vier an diesem Nachmittag auf Lars-Gunnar Vinsas Hofplatz. Sven-Erik sitzt neben ihr im Auto. Sie haben auf der ganzen Fahrt nach Poikkijärvi geschwiegen. Es macht keinen Spaß, einem alten Kollegen sagen zu müssen, dass man seine Waffe beschlagnahmen und ausprobieren will.

Anna-Maria fährt wie immer ein bisschen zu schnell, und fast hätte sie den Körper überfahren, der dort im Kies liegt.

Sven-Erik stößt einen Fluch aus. Anna-Maria springt auf die Bremse, und sie steigen aus. Sven-Erik liegt schon auf den Knien und tastet den Hals ab. Ein schwarzer Fliegenschwarm hebt vom blutigen Hinterkopf ab. Lars-Erik schüttelt auf Anna-Marias stumme Frage hin den Kopf.

»Das ist Lars-Gunnars Junge«, sagt er.

Anna-Maria schaut zum Haus hinüber. Sie hat keine Dienstwaffe bei sich. Verdammt.

»Jetzt keinen Blödsinn machen, verdammt noch mal«, sagt Sven-Erik. »Ins Auto mit dir, dann holen wir Verstärkung.«

Es dauert eine Ewigkeit, bis die Kollegen kommen, findet Anna-Maria.

»Dreizehn Minuten«, sagt Sven-Erik, der immer wieder auf die Uhr schaut.

Dann treffen Fred Olsson und Tommy Rantakyrö in einem zivilen Dienstwagen ein. Zusammen mit vier Kollegen in kugelsicheren Westen und schwarzen Overalls.

Tommy Rantakyrö und Fred Olsson parken oben am Hang

und laufen geduckt zu Lars-Gunnars Hof weiter. Sven-Erik ist hinter Anna-Marias Wagen in Deckung gegangen.

Der zweite Streifenwagen fährt auf den Hof. Die Kollegen gehen dahinter in Deckung.

Sven-Erik Stålnacke bekommt ein Megafon in die Hand gedrückt.

»Hallo«, ruft er. »Lars-Gunnar. Wenn du im Haus bist, dann komm bitte raus, damit wir reden können!«

Keine Antwort.

Anna-Maria erwidert Sven-Eriks Blick und schüttelt den Kopf. Kein Grund zu warten.

Die vier in den kugelsicheren Westen gehen ins Haus. Zwei durch die Haustür, der eine zuerst, der andere dicht hinter ihm. Zwei klettern durch ein Fenster auf der Rückseite.

Es ist ganz dunkel, nur durch das eingeschlagene Fenster fällt ein wenig Licht. Die anderen warten. Eine Minute. Zwei.

Dann tritt einer der Kollegen vor die Tür und winkt. Keine Gefahr.

Lars-Gunnars Leichnam liegt vor dem Küchensofa auf dem Boden. Die Wand hinter dem Sofa ist mit seinem Blut bespritzt.

Sven-Erik und Tommy Rantakyrö schieben die Kredenz weg, die mitten im Raum über der Luke steht.

»Da unten ist jemand«, ruft Tommy Rantakyrö.

»Komm rauf«, sagt er dann und streckt die Hand nach unten.

Aber wer immer dort unten ist, kommt nicht herauf. Am Ende klettert Tommy nach unten. Die anderen hören ihn.

»Shit! Und jetzt ganz ruhig. Kannst du auf die Beine kommen?«

Jetzt taucht er wieder in der Luke auf. Das geht langsam. Die anderen helfen ihr. Fassen sie unter den Armen. Sie jammert leise.

Es dauert den Bruchteil einer Sekunde, ehe Anna-Maria Rebecka Martinsson erkennt.

Rebeckas Gesicht ist zur Hälfte blauschwarz und geschwollen. Sie hat eine große Wunde auf der Stirn, und ihre Oberlippe hängt lose an einem Hautfetzen. »Wie eine Pizza mit allem«, wird Tommy Rantakyrö viel später sagen.

Anna-Maria erinnert sich vor allem an ihre Zähne. Die waren so fest zusammengebissen. Als ob der Kiefer verklemmt wäre.

»Rebecka«, sagt Anna-Maria. »Was ...«

Aber Rebecka winkt mit einem Arm ab. Anna-Maria sieht, wie sie zu dem Leichnam auf dem Küchenboden hinüberschielt, ehe sie mit steifen Schritten aus der Tür geht.

Draußen ist der Himmel grau geworden. Die Wolken hängen düster und trächtig mit Regen über ihnen.

Auf dem Hof steht Fred Olsson.

Kein Wort kommt über seine Lippen, als er Rebecka entdeckt. Aber sein Mund formt das Ungesagte, und seine Augen werden ganz groß.

Anna-Maria sieht Rebecka Martinsson an. Sie steht stocksteif vor Teddys Leichnam. Etwas in ihren Augen sagt den anderen, dass sie sie nicht anrühren dürfen. Sie hält sich in ihrer eigenen Welt auf.

»Wo, zum Teufel, bleibt der Krankenwagen?«, fragt Anna-Maria.

»Ist unterwegs«, antwortet irgendwer.

Anna-Maria schaut nach oben. Jetzt setzt der Regen ein. Sie müssen den Leichnam auf dem Boden zudecken. Mit einer Plane oder so etwas.

Rebecka tritt einen Schritt zurück. Sie bewegt die Hand vor ihrem Gesicht, als müsse sie dort etwas vertreiben.

Dann geht sie los. Zuerst schwankt sie auf das Haus zu. Dann macht sie taumelnd kehrt und steuert stattdessen den Fluss an. Sie könnte genauso gut mit verbundenen Augen gehen, sie scheint nicht zu wissen, wo sie ist oder wohin sie geht.

Dann prasselt der Regen richtig los. Anna-Maria spürt die Herbstkühle wie einen kalten Luftschwall. Die Kälte schwappt über den Hofplatz. Mit dichtem, kaltem Regen. Tausend Nadeln aus Eis. Anna-Maria zieht den Reißverschluss ihrer blauen Jacke hoch. Jetzt muss sie sofort eine Plane für den Leichnam besorgen.

»Pass auf sie auf«, ruft sie Tommy Rantakyrö zu und zeigt auf die davontaumelnde Rebecka Martinsson. »Lass sie nicht an die Waffen im Haus heran, und auch nicht an eure eigenen. Und lass sie nicht zum Fluss hinuntergehen.«

Rebecka Martinsson überquert den Hofplatz. Im Kies liegt ein toter, toter, toter großer Junge. Eben saß er noch mit einem Keks in der Hand im Keller und fütterte eine Maus.
Es weht. Der Wind dröhnt in ihren Gehörgängen.
Der Himmel füllt sich mit Kratzspuren, mit tiefen Rissen, die ihrerseits von schwarzer Tinte gefüllt werden. Regnet es? Hat es angefangen zu regnen? Sie hebt fragend ihre Hände gen Himmel, um zu sehen, ob die nass werden. Ihre Ärmel rutschen zurück, entblößen die schmalen Handgelenke, die Hände sind wie nackte Birken. Ihr Schal fällt ins Gras.

Tommy Rantakyrö rennt mit Rebecka Martinsson um die Wette.
»Hör mal«, sagt er. »Nicht zum Fluss. Gleich kommt der Krankenwagen und…«
Sie achtet nicht auf ihn. Stolpert weiter zum Ufer hinunter. Jetzt findet er die Lage unangenehm. Die Frau ist unangenehm. Weit aufgerissene Augen in diesem leeren Gesicht. Er will nicht mit ihr allein sein.
»Tut mir leid«, sagt er und packt ihren Arm. »Ich kann nicht… du darfst da einfach nicht hingehen.«

Jetzt birst die Erde wie eine verfaulte Frucht. Jetzt nimmt jemand ihren Arm. Es ist Pastor Vesa Larsson. Er hat kein Gesicht mehr. Ein brauner Hundekopf sitzt auf seinen Schultern. Die schwarzen Hundeaugen sehen sie anklagend an. Er hatte Kinder. Und Hunde, die nicht weinen können.
»Was willst du von mir?«, schreit sie.
Und da steht Pastor Thomas Söderberg. Er zieht tote Säuglinge aus dem Brunnen. Bückt sich und hebt einen nach dem anderen auf. Hält sie mit dem Kopf nach unten, an der Ferse oder dem klei-

nen Fußgelenk. Sie sind nackt und weiß. Ihre Haut ist aufgedunsen und wässrig. Er wirft sie auf einen großen Haufen. Der wächst und wächst vor seinen Füßen.

Als sie herumfährt, steht sie Auge in Auge mit ihrer Mutter. Die so rein ist und so fein.

»Rühr mich bloß nicht an«, sagt sie zu Rebecka. »Hast du gehört? Weißt du überhaupt, was du getan hast?«

Anna-Maria Mella hat eine Matte gefunden. Damit will sie Lars-Gunnars Jungen zudecken. Es ist nicht so leicht zu erraten, was der Technik am liebsten wäre. Sie muss außerdem Sperren aufstellen lassen, ehe der ganze Ort hier zusammenströmt. Und die Presse. Verdammt, warum muss es denn jetzt auch noch regnen! Zu allem Überfluss, während sie nach Sperren ruft und mit der Matte über den Hof läuft, sehnt sie sich nach Robert. Nach dem Abend, wenn sie in seinen Armen weinen kann. Weil alles so unbeschreiblich schrecklich und sinnlos ist.

Tommy Rantakyrö ruft, und sie dreht sich um.

»Ich kann sie nicht halten«, ruft er.

Er ringt auf der Wiese mit Rebecka Martinsson. Sie fuchtelt mit den Armen und schlägt wild um sich. Reißt sich los und rennt zum Fluss hinunter.

Sven-Erik Stålnacke und Fred Olsson stürzen hinterher. Anna-Maria kann erst reagieren, als Sven-Erik sie fast eingeholt hat. Fred Olsson kommt einen Schritt hinter ihm. Sie fangen Rebecka ein. Sie windet sich in Sven-Eriks Armen wie eine Schlange.

»Aber, aber«, sagt Sven-Erik mit lauter Stimme. »Aber, aber.«

Tommy Rantakyrö hält sich die Hand unter die Nase. Ein Blutfaden sickert zwischen seinen Fingern hindurch. Anna-Maria hat immer Papier in der Tasche. Immer muss bei Gustav etwas abgewischt werden. Eis, Banane, Rotz. Sie reicht Tommy ein Taschentuch.

»Leg sie auf den Boden«, ruft Fred Olsson. »Wir müssen sie fesseln.«

»Hier wird nicht gefesselt«, wehrt Sven-Erik wütend ab. »Kommt der Krankenwagen nicht endlich?«

Diese Frage gilt Anna-Maria. Anna-Maria macht eine Kopfbewegung, die bedeutet, dass sie es nicht weiß. Jetzt halten Sven-Erik und Fred Rebecka Martinsson gemeinsam fest. Sie liegt zwischen ihnen auf den Knien und wirft sich von einer Seite auf die andere.

Und in diesem Moment trifft endlich der Krankenwagen ein. Dicht gefolgt von einer weiteren Streife. Blaulicht und Sirenen durch den harten, grauen Regen. Ein fürchterlicher Radau.

Und durch alles hört Anna-Maria Rebecka Martinsson schreien.

Rebecka Martinsson schreit. Sie schreit wie eine Verrückte. Sie kann nicht damit aufhören.

GELBBEIN

Er ist schwarz wie der Satan. Kommt durch ein Meer aus verblühtem Mohn. Die wolligen weißen Samenkapseln stieben wie Schnee unter der Herbstsonne auf. Dann bleibt er stehen. Hundert Meter von ihr entfernt.

Seine Brust ist breit. Und sein Kopf auch. Lange, grobe schwarze Haare am Hals. Schön ist er nicht. Aber groß. Genau wie sie selbst.

Er steht ganz still da, als sie näher kommt. Sie hört ihn seit gestern. Sie hat gelockt und gerufen. Hat für ihn gesungen. Hat in der Dunkelheit erzählt, dass sie ganz allein ist. Und er ist gekommen. Jetzt ist er endlich gekommen.

Das Glück lässt ihre Pfoten brennen. Sie läuft auf ihn zu. Sie macht ihm vorbehaltlos den Hof. Sie zieht die Ohren zusammen und geht in Werbungsstellung. Krümmt sich. Ihr langer Rücken wie ein geschmeidiges S. Sein Schwanz peitscht langsam und fegend hin und her.

Nase an Nase. Nase an Genitalien. Nase an Schwanz. Und dann wieder Nase an Nase. Die Brust hervor, den Nacken gestreckt. Das alles ist unerträglich feierlich. Gelbbein legt ihm alles zu Füßen, was sie nur hat. Wenn du mich willst, dann kannst du mich haben, sagt sie deutlich.

Und dann gibt er ihr das Zeichen. Legt eine Vorderpfote über ihre Schulter. Dann macht er einen verspielten Sprung vorwärts.

Und dann kann sie sich nicht mehr zurückhalten. Die Spielfreude, die sie vergessen hatte, ist mit aller Macht wieder da. Sie macht einen Sprung von ihm weg. Rennt los, dass die Erde nur so hinter ihr aufspritzt. Beschleunigt, macht kehrt, stürzt zurück und fliegt mit einem langen Sprung über ihn hinweg. Dreht sich um. Senkt den Kopf und bleckt die Zähne. Und dann rennt sie wieder weg.

Er setzt ihr nach, und sie schlagen gemeinsam einen Purzelbaum, als er sie eingeholt hat.

Sie sind außer sich vor Freude. Spielen wie verrückt. Liegen danach keuchend übereinander.

Sie reckt träge den Hals und leckt seinen Kiefer.

Die Sonne sinkt zwischen den Tannen. Die Beine sind müde und zufrieden.

Alles ist jetzt.

Danksagung

REBECKA MARTINSSON kommt wieder auf die Beine; ich glaube an dieses kleine Mädchen in den roten Gummistiefeln. Und nicht vergessen: In meiner Geschichte bin ich Gott. Die Personen können ab und zu ihren freien Willen haben, aber ich habe sie erfunden. Auch die meisten Orte im Buch sind erfunden. Es gibt zwar am Torneälv ein Poikkijärvi, aber damit enden auch alle Ähnlichkeiten, es gibt keinen Kiesweg, keine Kneipe, keinen Pfarrhof.

Viele haben mir geholfen, und bei einigen möchte ich mich hier bedanken bei der Juristin Karina Lundström, die innerhalb der Polizeibehörden interessante Personen aufspürt. Bei Oberarzt Jan Lindberg, der mir bei meinen Toten geholfen hat. Bei der Doktorandin Catharina Durling und der Assessorin Viktoria Edelman, die immer im Gesetzbuch nachschlagen, wenn ich keine Lust habe oder etwas nicht begreife. Bei Hundeführer Peter Holmström, der von der Supertöle Clinton erzählt hat.

Die Fehler in meinem Buch sind meine. Ich vergesse zu fragen, verstehe etwas falsch und entscheide mich wider besseres Wissen.

Dank auch an Verleger Gunnar Nirstedt für kluge Bemerkungen. Lisa Berg und Hans-Olov Öberg, die gelesen und gedruckt haben. Mama und Eva Jensen, die immer wieder auf den Repeatknopf drücken und sagen: Große Klasse, wirklich! Papa, der für Landkarten sorgt und alle möglichen Fragen beantworten kann und der mit siebzehn Jahren beim Eisnetzauslegen Wölfe gesehen hat.

Und dann noch: Per, genau, für alles.

btb

Helene Tursten

Der im Dunkeln wacht

Roman. 320 Seiten
ISBN 978-3-442-75279-9

Ich beschütze euch vor dem Bösen.
Bei mir seid ihr geborgen.
Ich bin der, der im Dunkeln wacht.

Zwei erdrosselte Frauen, in Plastikfolien verpackt. Fundort: zwei Friedhöfe rund um Göteborg. Beide Opfer waren alleinstehend, beide waren Mitte vierzig, bei beiden fand sich ein Foto mit einer verschlüsselten Botschaft an der Wohnungstür – mit einer Chrysantheme liebevoll verziert. Was Inspektorin Irene Huss nicht weiß: der Mörder hat bereits ein neues Opfer im Visier, und zwar sie ...

Ein neuer Fall für Irene Huss!

www.btb-verlag.de